LEAH BACH

Der Himmel über dem Kilimandscharo

Buch

Charlotte Harmsen träumt von der großen weiten Welt und will vom Heiraten nichts wissen. Schließlich hat sie sich bereits als junges Mädchen in George Johanssen verliebt, den Sohn eines Studienfreundes ihres Onkels. Doch George ist mit ihrer Cousine verheiratet, und so bleibt ihr nur eine Brieffreundschaft mit dem Mann, der als Einziger ihre heimlichsten Wünsche und Sehnsüchte versteht. Charlotte ist zweiundzwanzig als sie dem Werben des weitaus älteren Christian Ohlsen nachgibt – fasziniert von seinem Laden, in dem er exotische Waren aus Übersee verkauft. Doch Christian betrügt sie und entpuppt sich als höchst ungeschickter Geschäftsmann, der bald vor dem Ruin steht. Charlotte weiß, dass sie nur eine Chance auf eine Zukunft haben: indem sie Deutschland verlassen und in der Ferne ein neues Leben beginnen. In Ostafrika soll es möglich sein, ein gutes Auskommen mit dem Anbau von Kaffee zu haben. Sie ahnt nicht, dass es auch George dorthin ziehen wird …

Autorin

Leah Bach studierte Französisch und Russisch auf Lehramt, entschied sich aber gegen eine Laufbahn als Gymnasiallehrerin. Stattdessen begann sie zu schreiben, veröffentlichte bereits zahlreiche Kurzgeschichten und Romane und widmete sich ihrer heimlichen Leidenschaft, der Geschichte. Sie lebt mit ihrer Familie im Taunus und arbeitet als freie Autorin.
Weitere Informationen finden Sie unter
www.leahbach.de

Der zweite Band der großen Ostafrika-Saga von Leah Bach ist bereits in Planung.

Gisi

Leah Bach

Der Himmel über dem Kilimandscharo

Roman

blanvalet

MIX
Papier aus verantwortungsvollen Quellen
FSC® C014496

Verlagsgruppe Random House FSC-DEU-0100
Das FSC®-zertifizierte Papier *Holmen Book Cream*
für dieses Buch liefert Holmen Paper, Hallstavik, Schweden.

1. Auflage
Originalausgabe April 2012 bei Blanvalet,
einem Unternehmen der Verlagsgruppe
Random House GmbH, München.

Umschlaggestaltung: bürosüd°, München
Umschlagmotiv: © Corbis/DLILLC
Redaktion: Kristina Lake-Zapp
ES · Herstellung: sam
Satz: Buch-Werkstatt GmbH, Bad Aibling
Druck und Einband: GGP Media GmbH, Pößneck
Printed in Germany
ISBN: 978-3-442-37769-5

www.blanvalet.de

Teil I

Mai 1880

Jahrelang konnte sich Charlotte an jede Einzelheit dieses Vormittags erinnern: die Gerüche des alten Hauses, die Gespräche und Streitereien, den Kellerstaub auf den Marmeladentöpfen. Auch die Apfelbäume, von deren Ästen es wie weißrosige Schneeflöckchen wehte, blieben ihr im Gedächtnis, ebenso wie das versteinerte Gesicht des Großvaters in der dämmrigen, schweigenden Stube. An jenem Tag geschah etwas Unfassliches, das das Leben der Zehnjährigen von Grund auf veränderte.

Eine Fliege weckte sie auf. Eine dumme Stubenfliege, die sich kitzelnd auf ihre schlafwarme Wange setzte. Sie konnte die kleinen Beinchen auf der Haut spüren und machte voller Ekel eine rasche Handbewegung. Die Fliege flog auf, kreiste zornig brummend über den Betten und prallte zweimal gegen die Tapete, was klang, als ob jemand mit dem Finger fest gegen die Wand tippte. Eigentlich hätte sie davon benommen sein müssen, aber sie surrte einfach weiter und war plötzlich zwischen den grünen Fenstervorhängen verschwunden. Draußen war es schon hell.

Charlotte zog sich einen Zipfel des Federbetts übers Gesicht und kuschelte sich an Klara, die warm und rosig neben ihr schlummerte. Klara war ihre Lieblingscousine, gute zwei Jahre jünger als Charlotte; immer wenn sie bei den Großeltern zu Besuch waren, schlief Charlotte mit in Klaras Bett. Das war das Schönste an diesen Besuchen. Da ging Charlotte sogar freiwillig mit den Hühnern schlafen, nur um mit Klara noch zu flüstern, Geschichten zu erzählen oder alberne Witze. Die beiden anderen Betten in der engen Schlafkammer gehörten der älteren Cousine Ettje und Tante Fanny. Bei denen hätte Charlotte auf keinen Fall liegen wollen. Ettje knirschte im Schlaf mit den Zähnen, und manchmal schlug sie mit Armen und Beinen um sich. Außerdem hatte sie schon ihre Regel und jammerte immer fürchterlich, wenn es so weit war, was einen Angst und Bange machen konnte. Mit Tante Fanny das Bett zu teilen wäre noch schrecklicher gewesen; die legte sich abends steif und gerade auf den Rücken, die Hände über dem Bauch verschränkt, und wachte am Morgen in derselben Stellung wieder auf. Sobald Tante Fanny zu Bett gegangen war, durfte in der Kammer nicht mehr geflüstert werden, Kichern oder gar Lachen war gänzlich verboten. Einmal war die Tante aufgestanden und mit dem Nachtlicht in der Hand wie ein weißes Gespenst zu ihnen hinübergegangen, um Klara eine Ohrfeige zu geben. Die Strafe hätte Charlotte genauso verdient gehabt, aber Tante Fanny traute sich nicht, Charlotte zu schlagen, das hätte Papa nicht geduldet. Also hatte es die arme Klara abbekommen, Tante Fannys eigene Tochter.

Charlotte schloss die Augen und versuchte, Klaras regelmäßigen Atemzügen nachzuspüren, um ihr in den Schlaf zu folgen, doch es wollte nicht gelingen. Wahrscheinlich lag es am Morgenlicht, das durch die Ritzen des Vorhangs quoll und das ausgebleichte Grün mit silbernen Rändern versah. Leise seufzend drehte sie sich wieder auf den Rücken, ganz vorsichtig natürlich, um Klara nicht aufzuwecken. Vielleicht war es ja gut, dass sie jetzt wach war; sie hätte das Segelschiff auf dem unendlich weiten Ozean sowieso nicht wieder gesehen, man träumte einen Traum niemals zum zweiten Mal. Und dann war der Traum zwar schön, aber auch kummervoll gewesen, so dass sie fast geweint hatte. Der stolze Dreimaster, der mit prall gefüllten Segeln die Wellen pflügte, trug Eltern und Bruder immer weiter von ihr fort, jeder Tag, jede Stunde machte die Entfernung zwischen ihnen größer. Sie reisten nach Indien, wo Mamas Eltern wohnten, in das Land voller Sonne und brauner Menschen, wo die Pflanzen geheimnisvoll dufteten und perlmuttfarbige Blüten auf den Teichen schwammen, lächelnd und schön wie Menschengesichter. Wie hatte sie gebettelt und gefleht, dass sie sie doch mitnehmen mögen, doch Mama hatte sich nicht erweichen lassen. Charlotte wurde zu den Großeltern nach Leer gebracht, ein Frachtschiff war kein Ort für eine Zehnjährige, auch wenn ihr Papa der Kapitän war. Ihr siebenjähriger Bruder Jonny aber durfte mitfahren. Weil er eben ein Junge war.

Mama hatte sehr geweint, als der Großvater Charlotte in Emden abholte, auch Jonny hatte beim Abschied geheult; der kleine Dummkopf wäre viel lieber mit nach Leer gefahren, denn dort konnte er mit Paul spielen. Papa hatte Charlotte hochgestemmt und sich mit ihr auf der Stelle gedreht, so dass sie wie ein Vogel in der Luft schwebte, dazu hatte er gelacht. Das nächste Mal dürfe sie mit – das war hoch und heilig versprochen.

Drüben im Bett reckte Ettje die Arme; sie gähnte verschlafen und ballte dabei die Fäuste.

»Schlaft ihr noch?«, krächzte sie morgenheiser. »Denkt nicht, dass ihr faulenzen könnt, bloß weil heute keine Schule ist. Morgen ist Pfingsten, da wird hier alles geputzt.«

Ettjes rundes Gesicht war umrahmt von einer spitzenbesetzten Nachthaube, die aus dem Bestand der Großmutter stammte. Die Cousine war der Meinung, ihr Haar sei dadurch besser geschützt und werde – so ihre große Hoffnung – auch üppiger wachsen. Ettje hatte dunkelblondes, flusiges Haar, das sie für die Nacht zu einem Zopf flocht; wenn sie es tagsüber offen trug, bündelte es sich zu schmalen Strähnen, die sie so oft bürsten konnte, wie sie wollte – sie kamen immer wieder.

»Ich bin schon lange wach! Länger als du!«, prahlte Charlotte, während Klara neben ihr die Decke ein wenig herabschob und leise gähnte. Bei allem, was sie tat, war Klara leise wie ein Mäuschen, sogar wenn sie ging, machte sie kaum ein Geräusch. Das war seltsam, denn Klara hatte ein zu kurzes linkes Bein, auch der Fuß war nicht richtig, er war dick und gar nicht wie ein Fuß geformt.

»Dann hättest du uns längst warmes Waschwasser aus der Küche holen können!«, versetzte Ettje vorwurfsvoll.

»Wieso ich?«

»Wieso nicht? Hast du gedacht, ich mach das jeden Tag für euch? Ich muss schon immer Klara alles beischleppen.«

»Lass bloß Klara in Ruhe!«, versetzte Charlotte wütend.

Sie stand aus dem Bett auf und wickelte sich Mamas blaues Wolltuch um das lange Nachthemd. Um den Waschkrug zu holen, musste sie über die hölzerne Reisekiste klettern. Darin befand sich die eigentliche Ursache für Ettjes schlechte Laune – es waren Charlottes hübsche Kleider, ihre Schuhe und die feine Wäsche, auch ihre Spielsachen, einige Bücher und ihre beiden Puppen. Solch teure Sachen hatte Ettje nie besessen, dazu war kein Geld da im Hause des pensionierten Pfarrers Dirksen, der seine verwitwete Tochter Fanny mit den drei Kindern durchfüttern musste.

»Wenn ich das Wasser hole, darf ich mich als Erste waschen«, verkündete Charlotte fröhlich. »Und dann Klara. Du zuletzt, Ettje!«

»Schlag bloß den Krug nicht an, und verschütte nichts, das gibt Flecken auf der Stiege!«, rief Ettje ihr nach und drehte sich auf die Seite, um die wohlige Schlafwärme ihres Bettes noch ein wenig zu genießen.

Die Stiege war eng und dunkel, es roch nach Bohnerwachs

und altem Holz und auch ein bisschen nach Großvaters Pfeifentabak. Charlotte hielt den Krug mit beiden Händen vor dem Bauch und ertastete die Stufen mit den bloßen Füßen, auf keinen Fall wollte sie das kostbare, mit lila Blüten bemalte Gefäß an Wand oder Treppengeländer anschlagen. Kein Wunder, dass Klara für diese Arbeit nichts taugte, sie hatte ja auch so schon Mühe, die Treppe hinunterzugehen.

Unten im Flur war es ein wenig heller. Das kam durch das Oberlicht über der weiß gestrichenen Haustür, dafür zog es ordentlich, und der geflieste Boden war kalt. Auf der Flurkommode standen allerlei irdene Töpfe mit eingekochtem Mus und anderen Sachen. Die hatte die Großmutter wohl aus dem Keller geholt, denn die bunten Stoffe, mit denen sie bedeckt waren, trugen eine graue Staubschicht. Morgen war Pfingsten, da würde die Tante bestimmt einen Kuchen backen, vielleicht gab es sogar einen Braten.

Zum Glück war die Küchentür nur angelehnt, sie öffnete sich knarrend, als das Mädchen mit dem bloßen Fuß dagegendrückte. Wärme und der beißende Geruch des Herdfeuers quollen ihr entgegen, es roch auch ein wenig nach Kaffee und gekochter Milch. Die Großmutter stand vor dem Ofen, hatte die runde Herdplatte abgehoben und stocherte im Feuer herum, dass die Funken aufstoben.

»Dich Spatz haben sie geschickt?«, meinte sie und deckte das Feuer speiende Ungetüm im Ofen wieder mit der Eisenplatte zu. »Pass nur auf, dass du nicht auf der Stiege ins Stolpern kommst und mitsamt dem Krug herunterpurzelst!«

»Ich kann das schon! Ist ganz leicht für mich!«, behauptete Charlotte beleidigt und stellte den Krug neben dem Herd auf den Küchenboden.

»Na, denn man los!«

Großmutter Grete nahm die Kelle und schöpfte heißes Wasser aus dem »Schiff« in den Krug hinein. Das Schiff war ein viereckiger Behälter im Herd, der höchstens einem jämmerlichen Kahn ähnlich sah, mit dem man auf dem Fluss herumrudern konnte. Ein richtiges Schiff wie das, das ihr Vater befehligte, war es auf keinen Fall, dazu war es viel zu plump.

»Ach Gott, das schafft sie doch gar nicht«, ließ sich Tante Fanny vernehmen, die drüben am Küchentisch stand und Möhren schrappte. »Sie wird den Krug fallen lassen, Mutter. Es ist schade um das schöne Stück. Ich ruf mal fix nach Ettje …«

»Lass sie nur«, entgegnete die Großmutter unbeirrt und goss kaltes Wasser nach. »Und werft Paul aus den Federn, ich glaub fast, der schläft bis Pfingstmontag durch, wenn ihn keiner aufweckt.«

Großmutter Grete überragte Charlotte nur um einen halben Kopf, dafür war sie breit, bewegte sich rasch und hatte eine kräftige Stimme. Wenn sie ernst dreinblickte, war ihr Gesicht ganz glatt, nur die Wangen hingen ein wenig herunter. Wenn sie aber lachte – und das tat sie oft –, glich ihre Haut zerknittertem Papier und hatte tausende winzige Fältchen. Obgleich sie so klein war, hatte die Großmutter doch das Sagen im Haus, nicht einmal der Großvater wagte ihr zu widersprechen, dabei war er doch früher Pfarrer gewesen und auch jetzt noch eine Respektsperson für alle guten Lutheraner in Leer.

Charlotte hob den Krug vorsichtig an – er war jetzt elend schwer und noch dazu ziemlich voll.

»Geh langsam, und oben lass Ettje einschütten!«

Die Großmutter drehte sich wieder zum Herd, um einen Topf zurechtzuschieben, und schien sich nicht weiter um Charlottes Kampf mit dem Waschkrug zu kümmern. Dafür folgte Tante Fanny ihrer Nichte mit besorgtem Blick, hielt sogar mit der Arbeit inne, und ihrer Miene war zu entnehmen, dass sie jeden Augenblick eine Katastrophe befürchtete. Aber das war nichts Ungewöhnliches – die dünne, blasse Tante zog immer ein Gesicht, als stünde ihnen schon morgen der Jüngste Tag bevor. Das erste Mal schwappte das warme Wasser im Flur über, aber auch nur deshalb, weil ihr der dumme, graue Kater zwischen die Beine lief. Ein Schwall klatschte ihm auf den Rücken, und er zischte zu Tode erschrocken in Richtung Küche davon. Auf der Treppe musste sie zweimal stehen bleiben, weil sie beinahe Mamas hellblaues Wolltuch verloren hätte. Das Wasser schwappte erneut über, und Charlotte versuchte, die Lachen mit dem nackten Fuß zu verwischen. Oben im halbdunklen Flur stand Paul im kurzen Nachthemd am Geländer und sah gespannt zu, wie die Cousine den Krug balancierte. Als sie mit ihrer Last heil oben ankam, machte er ein enttäuschtes Gesicht.

»Ich hab dich verhext«, feixte er. »Gleich musst du den Krug fallen lassen.«

»Geh weg!«

»Er fällt, er fällt …«

Er hampelte dicht vor ihr herum und zog allerlei Grimassen, aber er wagte doch nicht, sie anzustoßen, denn wenn der Krug tatsächlich zu Bruch gegangen wäre, hätte er großen Ärger bekommen.

»Du hast gelbe Augen wie ein Kater!«, rief er hämisch, als sie schon vor der Tür der Schlafkammer war und er das Spiel aufgeben musste. »Kateraugen, Hexenaugen …«

Es war wirklich schade, dass ihr Bruder Jonny nicht hier war, der hätte Paul jetzt verdroschen, auch wenn er zwei Jahre jünger war als der Cousin. Charlotte hätte Paul auch gern eine gescheuert, aber sie musste den Krug festhalten, außerdem war sie ein Mädchen und durfte sich nicht prügeln.

In der Schlafkammer waren die Vorhänge noch zugezogen, aber durch den Spalt fiel ein Sonnenstrahl in den Raum hinein wie ein schmaler, goldener Schleier. Als Klara sich im

Bett aufsetzte, fiel er direkt über ihr Gesicht, und sie musste blinzeln.

»Ettje!«, rief Klara leise zum Bett der Schwester hinüber.

»Psst!«, machte Charlotte und schüttelte den Kopf. »Lass sie ruhig schlafen.«

Charlotte nahm die Waschschüssel von der Kommode und stellte sie auf den Boden, um leichter eingießen zu können. Dann musste sie Klara beim Aufstehen helfen. Das dicke Federbett lag bleischwer auf ihren Beinen, weil in der Nacht wieder alle Federn nach unten gerutscht waren. Ihre Cousine hatte ein wenig Mühe, sich auf den Boden zu knien, aber sie klagte nicht, sondern tauchte genau wie Charlotte den Lappen in die Waschschüssel, um sich den Schlaf aus dem Gesicht zu reiben. Auch Hände und Arme wurden mit warmem Wasser gesäubert, dann die Brust. Dazu musste man das Nachthemd aufknöpfen und herunterziehen, aber nicht bis über den Bauch, das wäre unschicklich gewesen. Alles, was unterhalb der Körpermitte war, durfte man auf keinen Fall mit dem nassen Lappen berühren, man sollte dort überhaupt so wenig wie möglich hinfassen. Nur die Füße mussten gewaschen werden, aber bloß bis zu den Knien hinauf. Einmal in der Woche wurden die Kinder gebadet, zuerst die Mädchen, dann die Knaben, damit das Badewasser gut ausgenutzt war. Doch nur die ganz kleinen Kinder waren dabei nackig, die älteren – auch Charlotte – behielten das Hemd an.

Klaras Haut war hell, ihre Brust und die Arme erschienen Charlotte sehr durchsichtig und mager, aber sie waren ganz normal und nicht verwachsen wie ihr Bein. Ihr Gesicht war schmal, die Nase ein bisschen zu groß, und die blauen Augen hatten Schattenränder – das kam wohl daher, dass Klara früher so oft krank gewesen war. Immerhin hatte sie keine Sommersprossen wie Ettje, die sich schrecklich über die Sprenkel auf Stirn und Nase ärgerte und schon einmal versucht hatte, sich mit weißem Mehl zu pudern. Es hatte nicht viel genutzt, die braunen Tupfer leuchteten durch das Mehl hindurch, und sie hatte von der Großmutter eine saftige Backpfeife bekommen. Im Hause Dirksen verschwendete man keine Lebensmittel, schon gar nicht für die Eitelkeit, die eine schlimme Sünde war.

»Ich wünschte, ich hätte Haare wie du«, flüsterte Klara. »So dicht und solche Locken.«

Sie hatte den Lappen ausgewrungen und über den Rand der Schüssel gelegt, jetzt griff sie nach Charlottes langem Zopf. Man brauchte niemals ein Band oder eine Spange dafür; es genügte, das Ende um den Finger zu schlingen, dann entstand eine Ringellocke, die den Zopf zusammenhielt.

»Wünsch dir das bloß nicht. Es ziept furchtbar beim Kämmen!«

»Es fühlt sich ganz weich an. Und es glänzt blau.«

»Blau?«, fragte Charlotte kichernd.

»Nicht richtig blau. Nur ein klein wenig. Wenn das Licht darauf scheint. Schwarzblau. Silberblau …«

Charlotte besah sich das Zopfende mit kritischen Augen und schüttelte den Kopf. Dann hob sie es in die Höhe, um es in den flimmernden Sonnenstrahl zu halten, der jetzt noch ein wenig heller und breiter geworden war. Dabei stieß sie mit dem Knie gegen die Waschschüssel, und das Wasser schwappte auf den Fußboden. Erschrocken wich Klara zurück, damit ihr Hemd nicht nass wurde.

»Was treibt ihr denn da?«, rief Ettje von ihrem Bett hinüber. »Wisch das auf, Charlotte! Wenn das Wasser durch die Dielen läuft, tropft es in die Wohnstube hinunter.«

»Das bisschen …«

»Mach schon! Und dann zieht euch an. Aber fix!«

Ettje stieg aus dem Bett, warf einen Blick in den leicht erblindeten Wandspiegel und zog sich selbst eine Grimasse. Dann hob sie schimpfend die Waschschüssel auf die Kommode und sah neiderfüllt zu, wie Charlotte den hölzernen Deckel ihrer Kiste aufklappte.

»Schau – das könnte dir passen, Klara!«, flüsterte Charlotte.

»Das ist zu fein für mich.«

»Morgen ist Feiertag, und wir gehen zur Kirche, da ist es genau richtig. Das Kleid hat Mama genäht, der Stoff kommt aus Indien. Fühl doch mal, wie glatt er ist.«

Ettje sah nicht hin, stattdessen rieb sie sich mit dem Lappen fest über das Gesicht und schnaube laut. Sie war vierzehn und hatte schon weibliche Formen, Charlottes Wäsche wäre ihr sowieso zu eng gewesen und die Kleider zu kurz. Trotzdem war es ungerecht.

»Kämmt euch das Haar! Trödelt nicht so herum!«

Charlotte musste unters Bett kriechen, um die hässlichen Holzschuhe hervorzuangeln, die sie im Haus der Großmutter tragen musste. Beim Aufstehen lugte sie neugierig zu Ettje hinüber, die gerade ihr Nachthemd heruntergeschoben hatte. Mama zog sich niemals vor den Kindern aus, daher war es für Charlotte aufregend, Ettjes Busen zu betrachten. Komisch schaute das aus, wie zwei Mückenstiche, die ordentlich angeschwollen waren. Die linke Seite war dicker, rechts musste wohl noch wachsen. Ein richtiger Busen war das nicht, wenn Ettje das Kleid anhatte, sah man nichts davon. Charlotte war froh, dass sie noch ein wenig Zeit hatte. Um nichts in der Welt wollte sie solche komischen Schwellungen an der Brust haben. Weshalb konnte man nicht einfach am Morgen aufwachen, und der Busen war fix und fertig, wie er sein musste?

Klara war schon auf der Treppe, und Charlotte quetschte sich an ihr vorbei, um langsam vor ihr herzugehen.

»Das musst du nicht, Lotte. Lauf hinunter in die Küche, ich komm schon nach«, flüsterte Klara verschämt.

»Ich geh doch bloß langsam, weil ich mir vorhin den Zeh am Bettpfosten gestoßen hab!«

Klara rutschte oft auf der Treppe aus und fiel die Stufen hinab, was niemanden hier im Haus besonders aufregte – man war daran gewöhnt. Aber Charlotte wollte nicht, dass Klara sich wehtat, deshalb lief sie auf der Treppe immer dicht vor ihr her, damit Klara sich an ihr festhalten konnte, falls sie ins Stolpern geriet.

Unten saß Paul am Küchentisch und stopfte ein Butterbrot in sich hinein, dazu trank er warme Milch. Tante Fanny presste den Brotlaib gegen die Brust und schnitt schmale Scheiben ab, dazu gab es Butter und schwarzbraunes Birnenmus, das mit Wasser aufgekocht und verlängert worden war. Die Großmutter bereitete das Frühstück für den Großvater vor, das er wie immer in seinem kleinen Arbeitszimmer einnehmen würde. Auf dem Tablett stand eine große Tasse Milchkaffee, daneben auf dem Teller lagen zwei Brotscheiben, dick mit Butter und Mus bestrichen. Kaffee gab es für die anderen höchstens zu Feiertagen oder wenn Besuch kam.

»Nun mal rasch«, befahl Großmutter Grete. »Ettje soll zum Schlachter und dann noch auf den Markt. Paul kann tragen helfen. Klara bleibt hier zum Sockenwaschen, und Charlotte hilft uns beim Saubermachen.«

Die Großmutter war wie ein Feldherr; wenn sie die Arbeiten einteilte, hatte man zu gehorchen. Morgen war Pfingsten, dann musste das ganze Haus blitzblank sein: Alle Böden mussten gewischt und die Betten geschüttelt werden, auf den Möbeln durfte kein Stäubchen liegen, vor allem nicht in der Wohnstube, für den Fall, dass überraschend Besuch kam.

Saubermachen war keine schöne Arbeit, fand Charlotte. Daheim in Emden gab es dafür ein Mädchen. Auch die Wäsche wurde von einer Frau abgeholt, nur die kleinen Sachen wusch Mama selbst.

»Soll ich nicht besser mit auf den Markt gehen, Großmutter? Du weißt doch, dass ich neulich die Eier billiger bekommen habe und die Butter auch.«

Großmutter Grete schwieg und ging in die Speisekammer, um die Speckseite vom Haken zu nehmen. Sie schwieg auch noch, während sie ein Stück davon herunterschnitt und in kleine Würfel zerteilte.

»Wir haben vier Pfennige gespart, weil ich so gut handeln kann«, beharrte Charlotte und nahm einen tiefen Schluck aus der Milchtasse. »Wenn ich heute wieder handele, sparen wir vielleicht noch mal vier oder fünf Pfennige.«

Ettjes Holzpantinen klapperten im Flur. Sie trat in die Küche und hörte gerade noch, was Charlotte sagte.

»Mit der gehe ich nicht auf den Markt, Großmutter. Man schämt sich ja vor den Leuten, so wie die schachert.«

»Du hast wohl Geld zu verschenken, wie?«, fuhr die Großmutter Ettje an, ohne von ihrer Arbeit hochzuschauen. Es fiel ihr schwer, die Anordnung zurückzunehmen, aber vier Pfennige waren vier Pfennige, und Geld war knapp.

»Weiß der Himmel, woher du dieses Talent hast«, knurrte sie Charlotte an. »Von deinem Vater gewiss nicht. Also geh mit auf den Markt, und versuche dein Glück.«

Ettje kaute verbissen an ihrem Butterbrot. Sie hatte nicht einmal Gelegenheit, ihren Ärger an Charlotte auszulassen, denn nun musste sie sich die Aufträge der Großmutter genau einprägen. Den Braten beim Schlachter abholen, der war vorbestellt, dazu drei Leberwürste und drei kleine Blutwürste. Auf dem Markt ein Pfund Butter, Zwiebeln, Eier, drei frische Brote. Und ein Päckchen Tabak. Dieser Auftrag wurde von einem leisen Seufzer begleitet, da sich der Großvater das Pfeiferauchen einfach nicht abgewöhnen wollte. Das Geld bekam Ettje abgezählt auf die Hand, und sie band es umständlich in ein Schnupftuch, damit sie es auf keinen Fall verlor. Paul hatte blitzschnell den großen Einkaufskorb aus der Speisekammer geholt und stellte sich dienstfertig neben die ältere Schwester, voller Sorge, daheim gelassen zu werden, weil jetzt ja Charlotte tragen helfen konnte. Er wusste, dass dann er an ihrer Stelle hätte ausfegen müssen – eine Arbeit, die er hasste.

Er hatte Glück. Großmutter Grete hatte immer eine kleine Schwäche für flehende Knabenaugen gehabt, und sie befahl ihm, die Jacke zuzuknöpfen und die Socken hochzuziehen. Das war alles.

Helle Maisonne empfing sie draußen und blendete die Augen, in den Hecken grünte es mächtig, neben der Eingangstür glänzte ein großer, weißer Klecks auf dem Boden. Der kam von dem Schwalbennest unterm Dach, in dem jetzt eifrig zwitscherndes Leben war. Drüben auf der anderen Straßenseite blühte das Spalierobst, weiße, rosig geränderte Pracht umhüllte die lange Reihe der ausgespannten Äste. Wenn ein Lüftchen aufkam, wehten die Blütenblätter wie Schnee über den Gartenweg und schwebten sogar bis auf die Straße.

Die Ulrichstraße war ein gutes Stück vom Markt entfernt, und Ettje, die für die Schönheiten des Frühlings völlig blind war, trieb zur Eile an. Nachbarinnen kamen ihnen mit vollen Körben entgegen, manche zogen auch einen Karren oder Bollerwagen hinter sich her, darauf hockten zwischen Bündeln, Flaschen und Körben die Kleinen, die noch nicht so weit laufen konnten. Charlotte hatte längst gelernt, dass man freundlich zu grüßen hatte, denn hier in Leer war es nicht wie in Emden, hier kannte jeder jeden. Pastor Henrich Dirksen war überall hoch angesehen, auch bei den Reformierten, obgleich die ja nicht den richtigen, christlichen Glauben hatten, und so blieb immer wieder eine der Frauen stehen, um einen kleinen Schnack zu halten. Ob das die Enkelin aus Emden sei? Die Tochter vom Ernst. Wo sie denn den kleinen Bruder gelassen habe? Dann erklärte Charlotte, dass ihre Eltern und der Bruder unterwegs nach Indien seien, und spürte voller Unbehagen die aufdringlichen Blicke. Manchmal hatte sie das Gefühl, dass die Frauen das alles längst wussten, sie wollten sie nur anstarren und ausfragen, vielleicht wollten sie auch wissen, ob sie ordentliches Deutsch reden konnte und nicht etwa Englisch oder Indisch.

»Bis in den Sommer hinein bleibst du bei der Großmutter? Da wird sie sich aber freuen, du bist doch eine ganz fixe Deern!«

Möwen kreisten über der Stadt, weiß gefiederte Diebe mit spitzen Schnäbeln; sie kamen von der Anlegestelle der Fischerboote her, wo manchmal etwas für sie abfiel. Die Maisonne ließ das spärliche Grün in den Straßen und Vorgärten leuchten, trotzdem erschien Charlotte die Stadt grau und irgendwie trostlos. Die Häuser waren niedrig, der Backstein dunkel verfärbt von Wind und Regen, zwischen den Häusern standen halb verfallene Remisen, wacklige Unterstände für Brennholz und allerlei Krempel, auch kaputte Boote, die vor sich hin moderten. Windmühlen drehten ihre Flügel wie kreischende, flatternde Ungetüme, ein Geräusch, das Charlotte heute seltsamerweise Angst machte, obgleich sie es bei früheren Besuchen in Leer immer lustig gefunden hatte. Vielleicht kam ihr die Stadt auch nur so hässlich vor, weil die Rosen noch nicht blühten, die vielerorts die Eingangstüren umrankten, doch vielleicht war der Grund auch einfach der, dass Charlotte so gerne auf dem Schiff bei Jonny und den Eltern gewesen wäre. Bis zum Spätsommer – das war so lang, dass es sich nicht lohnte, die Tage zu zählen, ein ganzes Leben, eine Ewigkeit.

»Wenn du wieder handelst und wir Geld sparen, könnten wir uns Bärendreck kaufen«, schlug Paul vor.

»Nee«, widersprach Ettje energisch. »Das kommt auf.«

Charlotte schwieg entrüstet. Wenn sie schon handelte, dann tat sie es, um die Großmutter zu beeindrucken, um ihr Lob zu hören, wenn sie die gesparten Pfennige auf den Tisch zählte, keinesfalls aber, um für Ettje und Paul heimlich Süßes zu kaufen, denn das war gemeiner Betrug.

Sie bogen von der Osterstraße nach links in die Norderstraße ein, von wo man schon den Lärm des Marktes hören konnte. Auch in den kleinen Läden und Werkstuben war Betrieb, und Paul wäre mit seinem großen Korb fast in ein Pferdefuhrwerk gerannt, das Bierfässer geladen hatte. Im letzten Moment riss Ettje den kleinen Bruder zurück und nahm die Gelegenheit wahr, ihm zwei saftige Ohrfeigen zu verpassen.

»Dummkopf! Die Großmutter wird mich prügeln, wenn du unter die Hufe kommst.«

Charlotte war schon vorgelaufen und hörte Pauls Geheul nur schwach und mit dem Marktlärm vermischt. In der Pfeffergasse, die in den Platz vor dem Rathaus mündete, gab es zwei hohe, schmale Schaufenster, die zu Julius Ohlsens Kolonialwarenladen gehörten. So ein Geschäft gab es nicht einmal in Emden, denn hier konnte man den ausgestopften Kopf eines echten Löwen bewundern. Er hing hinter den Auslagen an einer hölzernen Trennwand, riesig, umwallt von seiner braunschwarzen Mähne und mit aufgerissenem Maul, so dass man seine gelben Reißzähne sah. Das Fell hatte zwar schon einige Mottenlöcher, und auch die Nase war beschädigt, dennoch standen immer wieder zahlreiche Leute vor dem Laden, vor allem die Kinder.

Charlotte hatte zuerst das Gleiche wie alle anderen Betrachter empfunden: ein Grauen, das mit einem seltsam wohligen Gefühl gemischt war, so dass man sich von dem Anblick des toten Raubtieres kaum losreißen konnte. Dann aber hatte sie Mitleid mit dem Löwen bekommen. Was für ein prächtiger Wüstenkönig er gewesen sein musste, als er noch frei in seiner Heimat lebte, und jetzt hing er hier an der Holzwand, die lebendigen Augen durch braune Glaskugeln ersetzt, und alle Leute starrten ihn an. Wie schade, dass es keinen Zauber gab, der ihn wieder lebendig machen konnte. Es wäre lustig gewesen, wenn er plötzlich gebrüllt hätte, so gewaltig, wie nur ein

Löwe brüllen konnte. Da wären die dummen Gaffer davongelaufen, manche vielleicht gar in Ohnmacht gefallen, und die Kinder hätten angefangen zu heulen.

»Wenn ich groß bin, werde ich Großwildjäger«, hörte sie Pauls Stimme dicht hinter sich. »Mit einem Gewehr schieße ich alle Löwen tot. Das ist ganz leicht.«

»Dann pass nur auf, dass du nicht gefressen wirst!«

Ettje wartete bei den Marktständen. Sie war mit Paul schon beim Schlachter gewesen und wütend, dass Charlotte davongelaufen war.

»Das sage ich daheim. Ich hab keine Lust, Schelte zu kriegen, wenn wir zu spät nach Hause kommen.«

Charlotte erwiderte nichts, aber sie fand Ettje ziemlich dumm. Weshalb hatte sie es so eilig, wieder heimzukommen? Sie musste dort ja doch nur den ganzen Tag putzen und aufräumen.

»Jetzt macht hinne – wir brauchen noch Butter, Zwiebeln, Eier und Brot.«

Der Markt war wegen der anstehenden Feiertage größer als gewöhnlich. Dicht an dicht standen die Verkaufstische um das dunkelrote Backsteingebäude der Leerer Waage, mussten doch alle verkauften, ein- oder ausgeführten Güter gewogen werden. Bäuerinnen hockten breitbeinig auf Kisten, zählten Eier in Papiertüten, wogen Gemüse und Butter ab, und überall wurde geschnackt, gerufen, gelacht, hier und da auch gestritten. Die Fisch- und Geflügelhändler waren so dicht am Ledaufer, dass man fast Sorge haben musste, die Ware könne ihnen davonschwimmen. Dafür hatten sie es nachher, wenn der Markt vorüber war, am leichtesten: Sie brauchten Kisten und Bretter nur wenige Schritte bis zu ihren Booten zu tragen.

Gefolgt von Ettje und Paul, drängte sich Charlotte zwischen den Menschen hindurch, besah sich die Ware, merkte sich die Preise und stellte fest, dass es heute schwer werden würde, denn die Geschäfte gingen gut. Solange sich die Käufer drängten, würde keiner der Bauern etwas billiger abgeben.

»Wir müssen warten«, verkündete sie. »Jetzt ist nichts zu machen.«

»Worauf sollen wir denn warten?«, nörgelte Ettje. »Bis nichts mehr da ist? Das Brot ist jetzt schon knapp, und ranzige Butter wird die Großmutter nicht haben wollen.«

»Kaufen wir zuerst den Tabak.«

Ettje drehte die Augen zum Himmel und stöhnte. Um zu Dietrich Zachra zu gelangen, bei dem der Großvater immer seinen Tabak kaufte, mussten sie die Pfefferstraße ein ganzes Stück hochlaufen und danach wieder zurück zum Markt. Den Tabak hätte man leicht auf dem Heimweg besorgen können, ganz ohne überflüssige Lauferei.

»Dann gehen wir zu Ohlsen, das ist gleich hier vorn.«

»Da kaufen wir nicht.«

»Wieso denn nicht? Der hat doch auch Tabak.«

Ettje wusste den Grund nicht, aber der Großvater bezog seinen Tabak schon immer bei Zachra. Auf der anderen Seite konnte man einem Päckchen Tabak ja nicht ansehen, aus wessen Laden es stammte, und ausdrücklich gesagt hatte die Großmutter nicht, wo sie den Tabak kaufen sollten.

»Zu Ohlsen!«, quengelte Paul. »Da kann ich den Löwen anfassen. Ich will mal meine Hand in sein Maul stecken. Gehen wir zu Ohlsen, bitte, Ettje!«

»Es muss wohl immer alles nach Charlottes Kopf gehen«, ereiferte sich Ettje. »Ich bin wirklich froh, wenn du wieder in Emden bist!«

»Und ich erst!«, gab Charlotte böse zurück.

Mühsam quetschten sie sich durch das Marktgeschehen. Ettje hielt den Korb mit Fleisch und Würsten fest an sich gepresst aus Sorge, ein Dieb könne unter das Tuch langen und eine Wurst stehlen. Vor Ohlsens Laden blieb sie stehen und erklärte, lieber draußen warten zu wollen.

»Du hast ja bloß Angst!«, meinte Paul verächtlich.

Charlotte durchschaute sie. Falls die Sache herauskam, konnte Ettje immer noch behaupten, nicht mit bei Ohlsen gewesen zu sein.

»Dann gib mir das Geld!«

Das Tuch wurde aufgeknüpft, und Ettje zählte die Münzen in Charlottes Hand. So viel kostete der Tabak bei Zachra, wenn er bei Ohlsen teurer war, dann hatte Charlotte eben Pech gehabt.

Paul war schon die Stufen hinaufgelaufen und hatte die Messingklinke heruntergedrückt; die Ladentür mit den bunten Glaseinsätzen öffnete sich klingelnd. Trotz der Schaufenster war es drinnen dämmrig, was wohl an den hohen Regalen aus dunkelbraunem Holz lag, die ringsum bis zur Decke hinaufreichten und mit allerlei bunten Dosen, Kästchen und seltsamen Dingen vollgestopft waren. Charlotte sog tief die Luft ein. Es roch aufregend nach fremden Gewürzen; ganz sicher waren Muskat, Kurkuma und Pfeffer dabei, damit kochte ihre Mama zu Hause indische Soßen, die scharf und köstlich schmeckten. Zwei Frauen in feinen Kleidern und Hüten standen vor dem Ladentisch: die Witwe Harmsen und ihre Tochter Ella, die bald den Assessor Bientje aus Aurich heiraten würde. Sie prüften die Gewürze, die Kaufmann Ohlsen ihnen in kleinen Blechdöschen hinschob, berieten sich und konnten sich offensichtlich über die zu kaufende Menge nicht einig werden. Staunend sah Charlotte, dass Kaufmann Ohlsen trotz seiner vorgerückten Jahre glänzendes, dunkelbraunes Haar und einen ebensolchen Backenbart besaß, nur wenn er dienstfertig den Kopf neigte, konnte man die rosige Glatze zwischen den langen Haarsträhnen hindurchleuchten sehen. Neben den beiden Frauen wartete ein älterer Herr im dunklen Gehrock, der sich fest auf seinen Stock stützte und feindselig auf die schwatzenden Frauen starrte.

»Christian!«, rief Kaufmann Ohlsen über die Schulter. »Die Herrschaften möchten bedient werden!«

Tatsächlich traten jetzt hinter ihnen schon wieder neue Kunden ein, zwei junge Mädchen und eine füllige Frau im blauen Kleid, die sich gleich zu Frau Harmsen und ihrer Tochter gesellten, um ihr zur Verlobung zu gratulieren.

»Christian!«, rief Kaufmann Ohlsen wieder, dieses Mal energischer. Er lächelte den Damen gewinnend zu und erkundigte sich rasch bei dem älteren Herrn, womit er ihm dienen könne.

»Meinen Tabak!«

»Sofort, lieber Herr Jansson. Das ist ein rechtes Maiwetter heute, das leuchtet ja geradezu, nicht wahr?«

»Wenn's nur morgen und übermorgen hält …«

Kaufmann Ohlsen nahm, ohne hinzusehen, ein Tabakpäckchen aus dem Regal, offensichtlich wusste er genau, welche Ware wo lag. Gleichzeitig mit dem Klingeln der silbernen Registrierkasse tat sich hinter Ohlsen eine Tür auf. Ein Junge erschien, bekleidet mit einer geknöpften Jacke und einer langen dunklen Hose. Sein Hals war ziemlich dünn, und die Arme ragten ein wenig über die Jackenärmel hinaus.

»Frag, ob ich den Löwen streicheln darf«, flüsterte Paul, der sich eingeschüchtert hinter Charlotte hielt.

»Frag selber.«

Der Junge sah Charlotte an, er hatte grünliche Augen mit dunklen Wimpern, die ihm einen eindringlichen Blick verliehen.

»Was kann ich für euch tun?«, fragte er und wurde rot, weil sich seine Stimme überschlagen hatte.

»Ich würde gern den Löwen streicheln«, verkündete Paul.

Der Junge grinste und sah jetzt etwas netter aus, fand Charlotte. Vermutlich hörte er diese Bitte nicht zum ersten Mal.

»Darf er das, Vater?«

Kaufmann Ohlsen fixierte Paul mit strengem Blick, das Lächeln auf seinem Gesicht verschwand, dafür entstand auf seiner Stirn eine Reihe von Runzeln, gleichmäßig wie die Wellen, die an den Strand rollten.

»Wir wollen Tabak kaufen«, erklärte Charlotte rasch. »Für Pastor Dirksen.«

»Ach, das ist ja die Kleine von Käpten Dirksen«, schaltete sich Frau Harmsen ein. »Seid ihr wieder mal bei den Großeltern auf Besuch?«

»Nur ich«, antwortete Charlotte und sah zu, wie sich die Wellen auf der Stirn des Kaufmanns glätteten. Gleichzeitig hörte sie Ella Harmsen flüstern: »Wie sie aussieht! Nun, ihre Mutter ist ja auch eine Indianerin …«

Der Junge, der wohl Christian hieß, hatte das Flüstern ebenfalls gehört, denn seine Augen irrten zwischen Charlotte und Ella hin und her. Er biss sich auf die Unterlippe.

»Du darfst den Löwen anfassen – aber vorsichtig«, sagte er zu Paul und nickte auffordernd. Dann sah er wieder Charlotte an. »Möchtest du … den Löwen auch mal streicheln?«

Eigentlich hätte sie das liebend gern getan. Einmal über die zottige, braune Mähne fahren und spüren, wie sich das Löwenhaar anfühlte. Ganz vorsichtig mit dem Finger über das sandfarbige Fell an der Stirn gleiten, zärtlich und zugleich mit einem kleinen Angstschauder … Aber sie hatte das Gefühl, der Junge wollte sie damit trösten, weil man so über sie geflüstert hatte, und das passte ihr nicht.

»Nein, danke. Ich möchte ein Päckchen Tabak kaufen.«

»Welche Sorte?«

»Na, Pfeifentabak eben.«

»Wir haben verschiedene Sorten. Wie schaut denn das Päckchen aus, das dein Großvater kauft?«

Sie versuchte sich zu erinnern, was nicht leicht war, da der

Großvater den Tabak immer gleich in seinen gestickten Beutel füllte.

»Ein Wappen ist drauf«, fiel ihr ein. »Paul – weißt du, wie das Tabakpäckchen ausschaut?«

»Mit Drachen und Schwertern und so Zeug …«

Er reckte sich auf die Zehenspitzen, um ein Ohr des Löwen zu berühren. Durch das Ladenfenster konnte man Cousine Ettje sehen, die auf der Gasse wartete und Paul erzürnt bedeutete, endlich herauszukommen.

»Ist es eines dieser Päckchen?«, fragte Christian und legte vier braune Tütchen vor sie hin, alle mit einem hübschen Aufdruck.

»Nee, solche nicht. Habt ihr noch andere?«

»Vielleicht im Lager …«

Er warf einen raschen Blick zu seinem Vater hinüber, der gerade Mutter und Tochter Harmsen mit drei angedeuteten Verneigungen verabschiedete und gleichzeitig an der Ladenkasse drehte. Die beiden Mädchen bestaunten die Schnurrbartwichse und die bunten Tiegelchen mit Gesichtscreme, die in einer kleinen Vitrine auf dem Ladentisch ausgestellt waren.

»Magst du mitkommen?«, fragte Christian leise. »Das Lager ist gleich nebenan. Da haben wir auch Kokosnüsse und ein Stück von einem Elefantenzahn.«

Wenn er dachte, sie damit zu beeindrucken, hatte er sich getäuscht, denn solche Sachen hatte ihr Papa von seinen Fahrten mitgebracht, auch große Muscheln und schöne Schnitzereien aus schwarzem Holz.

»Wenn es schneller geht, komme ich halt mit.«

Sie musste hinter den Ladentisch gehen, und er hielt ihr die Tür dahinter auf und schloss sie rasch wieder, nachdem sie beide hindurchgegangen waren. Der Flur war kalt und düster mit grob gekalkten, ziemlich verschrammten Wänden. Wie seltsam, dass es hinter diesem feinen Laden so schmutzig und hässlich war.

Christian schob den Riegel einer schartigen Holztür zurück, und sie blickte in einen schmalen Raum voller Bretterregale. Säcke aus Jute mit schwarzer Aufschrift standen am Boden, einige waren offen, andere noch zugenäht. Viel stärker noch als im Laden vermischten sich hier die verschiedensten Gerüche zu einem aufregenden, betäubenden Duft. Da waren die fremde Süße von Zimt, der matte, schwere Geruch von Tee, auch Veilchen- und Rosenseife roch man heraus, das Aroma von Kaffee und Sandelholz …

»Da ist Reis drin«, erklärte er und zeigte auf einen der Säcke. »Der kommt aus Westindien.«

Sie starrte den Jutesack an, versuchte, die Aufschrift zu lesen, doch es gelang ihr nicht. Die Buchstaben verschwammen vor ihren Augen. Indien. Der Sack kam daher, wo jetzt ihre Eltern und ihr Bruder waren.

Christian machte keine Anstalten, nach dem Tabak zu suchen. Stattdessen setzte er sich auf den Reissack und räusperte sich. Seine Stimme kippte wieder, als er weiterredete.

»Ich hab dich am Mittwoch gesehen. Du bist aus der Schule gekommen und an der lutherischen Kirche vorbeigelaufen.«

»Wo ist jetzt der Tabak?«

Er schaute suchend über die Regale und dann wieder zu ihr hin, lächelnd, mit geröteten Wangen. Charlotte wurde unbehaglich zumute. Christian wischte sich ungeschickt das glatte braune Haar aus der Stirn, das nun wie ein Kamm von seinem Kopf abstand. »Ist … ist deine Mutter wirklich eine Indianerin?«

Er sah so komisch aus mit dem aufgestellten Haarkamm, dass sie die unfreundliche Antwort, die sie auf der Zunge hatte, wieder hinunterschluckte.

»Meine Mama kommt aus Indien«, stellte sie klar. »Ihr Papa ist ein Engländer, der eine Frau aus Indien geheiratet hat.«

»Ach so ...«

»Ich will jetzt den Tabak, sonst gehe ich wieder!«

»Gleich ... warte ...«

Er sprang auf und durchwühlte ein Regal, dann riss er einen Papiersack auf. Mehrere Päckchen Tabak fielen zu Boden. Als er sie hastig aufsammelte, stützte er ein Knie auf, und das dunkle Hosenbein bekam einen hellen Staubfleck. Er bemerkte es nicht, denn er schaute jetzt wieder hoch zu Charlotte und sagte hastig, als müsse er es unbedingt loswerden, bevor es zu spät war: »Du bist sehr hübsch, Charlotte. Viel hübscher als alle anderen Mädchen hier in Leer. Ich hab dich vorhin gesehen, als du vor der Ladenscheibe gestanden hast. Der Löwe gefällt dir, nicht wahr? Wenn er eines Tages mir gehört, dann schenke ich ihn dir...«

Ungläubig starrte sie ihn an. Was schwatzte der da für ein Zeug? Überhaupt fand sie ihn albern mit seinem Hahnenkamm, dem roten Gesicht und dem dünnen Hals.

»Zeig mal die Päckchen«, befahl sie unfreundlich. »Nee, die sind auch die falschen. Ich geh jetzt.«

Er war kein bisschen verwundert, wahrscheinlich hatte er schon gewusst, dass es nicht der richtige Tabak war, trotzdem sah er ziemlich unglücklich aus.

»Ich schenk dir eins davon.«

»Du spinnst wohl!«

Sie war schon im Flur. Was bildete der sich eigentlich ein? Dass sie Geschenke von ihm annahm? War sie vielleicht eine Armenhäuslerin?

»Das ist ein Werbegeschenk«, beharrte er und lief hinter ihr her. »Das erste Päckchen gibt's umsonst. Wenn deinem Großvater der Tabak schmeckt, kann er ihn immer bei uns kaufen.«

Das hörte sich zwar merkwürdig an, aber immerhin war es dann kein Geschenk, sondern eine Probe. So wie die Bauern auf dem Markt ihren Kunden ein Stück Apfel oder eine Pflaume zum Probieren anboten.

»Na schön, ich nehm's mit.«

Hastig schob er ihr das Päckchen in die Hand und öffnete dann die Tür, die in den Laden zurückführte. Dort war es inzwischen rappelvoll, außer Kaufmann Ohlsen bediente nun auch Christians Mutter die Kundschaft, eine schlanke, ältlich ausschauende Frau in einem dunklen Kleid mit weißem Spitzenkragen.

Von Paul war nichts zu sehen, auch Ettje schien nicht mehr draußen zu warten, ganz sicher war sie mit Paul zurück auf den Markt gegangen.

»Wenn wir uns morgen in der Kirche sehen – wirst du mich dann grüßen?«, wollte Christian wissen.

»Tschüss, ich muss los.«

Sie ließ ihn stehen und quetschte sich durch die Käufer hindurch zur Ladentür. Jetzt würde Ettje natürlich ohne sie einkaufen und die vollen Preise zahlen, die dumme Pute. Erst als sie schon halb aus dem Laden war, fiel ihr ein, dass sie ziemlich unhöflich gewesen war, immerhin konnte sie der Großmutter eine hübsche Summe auf den Tisch legen – das Geld für ein ganzes Päckchen Tabak.

»Danke schön!«, rief sie in den Laden hinein.

Ob er es bei dem Stimmengewirr hörte, wusste sie nicht, doch es war ihr gleich – sie hatte sich bedankt, und das war anständig so, schließlich hatte er ihr einen Gefallen erwiesen. Damit war es aber auch gut.

Sie musste eine Weile suchen, dann entdeckte sie Ettje an einem Stand gleich bei der Einmündung der Pfefferstraße. Sie hatte den Korb vor sich auf den Boden gestellt, doch Charlotte sah schon aus der Entfernung, dass er voller geworden war. Ganz sicher hatte sie schon Brot gekauft, vielleicht auch Zwiebeln.

»Dich nehme ich nie wieder mit!«, zischte Ettje. »Denkst du, ich will mir die Beine in den Bauch stehen und mich von den Leuten anglotzen lassen?«

Sie hatte nur die drei Brote eingekauft – was für ein Glück. Es war zwar immer noch reichlich Betrieb auf dem Markt, aber die beste Zeit war vorbei. Die Hausfrauen, die früh einkauften, weil sie für die Feiertage noch viel zu richten hatten, waren schon wieder daheim, jetzt waren die Nachzügler unterwegs, auch junges Volk und Kinder, die nur schauten, aber wenig Geld in den Taschen hatten. Charlotte kannte den Bauern am Gemüsestand, einen stämmigen Mann mit faltigem Gesicht und kleinen hellblauen Augen wie ein Schweinchen, der immer nur so grämlich tat, aber wenn seine Olsche nicht dabei war, konnte man mit ihm handeln.

»Ich geh mal nach Paul schauen«, sagte Ettje, der Charlottes Feilschen peinlich war. »Pass gut auf den Korb auf.«

»Gib mir das Geld!«

Just bevor die Bäuerin von einem Einkauf beim Krämer zurückkehrte, hatte Charlotte den Handel abgeschlossen, und wie ihr das Grinsen des Bauern bewies, war auch er bei dem eifrigen Hin und Her auf seine Kosten gekommen. Sie hatte Butter, Zwiebeln, Kartoffeln und ein Dutzend Eier erstanden und zehn Pfennige übrig behalten, dazu kam das Geld für den Tabak – die gewaltige Summe von einer Mark und zwanzig Pfennigen.

Unter dem missbilligenden Blick der Bäuerin schleppte sie den schweren Korb davon, bis Ettje sich endlich blicken ließ und ihr tragen half. Am Ledaufer, wo die Händler schon ihre Kisten und Bretter in die Kähne luden, mussten sie wieder nach Paul suchen. Schließlich entdeckten sie ihn inmitten einer Gruppe gleichaltriger Knaben, die am Wasser hockten und mit Klöten nach Enten und Möwen warfen.

»Es ist schon Mittag«, jammerte Ettje. »Wegen euch kriege ich Ohrfeigen und darf an Pfingsten nicht aus dem Haus.«

Charlotte hätte es ihr von Herzen gegönnt, aber sie war sicher, dass die Großmutter anders denken würde, wenn sie das ersparte Geld sah. Während des Heimwegs verriet sie ihrer Cousine kein Wort darüber, vor allem die Sache mit dem Tabak würde sie besser nur der Großmutter erzählen. Auf keinen Fall Ettje oder Tante Fanny, die würden dann nur wieder die Augen aufreißen und geräuschvoll die Luft einziehen, wobei sie die Hand vor den Mund schlugen – wie immer, wenn jemand etwas Verbotenes oder Unschickliches getan hatte.

Die Maisonne brannte heiß auf sie herunter, und sie stellten wieder einmal fest, dass der Rückweg irgendwie länger als der Hinweg war, schon deshalb, weil sie die Einkäufe schleppen mussten. Als Paul die Tüte mit den Kartoffeln aufs Straßenpflaster fiel und sie die davonrollenden Knollen auflesen musste, blieb Ettje ungewöhnlich ruhig, seufzte nur und meinte, darauf käme es jetzt auch nicht mehr an. Charlotte hingegen war ärgerlich über die Verzögerung, wollte sie doch so rasch wie möglich ihren Triumph auskosten.

Der Himmel war taubenblau, nur oben im Norden zogen weiße Schleierwölkchen vorüber, faserig wie dicht gesponnene Netze. Der Wind hatte einen Teppich aus welkenden Blütenblättern vor die Eingangstür des großväterlichen Hauses geweht, sie klebten an Charlottes Schuhen fest, als sie eilig darüberlief und die Tür aufriss.

In der Küche war niemand außer dem Kater, der zusammengeringelt in seiner Kiste schlief. Ein großer, eiserner Topf blubberte auf dem Herd und ließ den Deckel hüpfen, darin war Möhreneintopf mit Speck, das konnte man riechen.

»Die haben schon zu Mittag gegessen und sind jetzt am Putzen«, mutmaßte Ettje beklommen.

»Aber der Topf ist doch noch ganz voll«, stellte Paul fachmännisch fest. »Sonst würde es doch nicht spritzen.«

»Dann ist wohl Besuch da!«

Eigentlich kam am Tag vor einem Fest kein Besuch, höchstens mal eine Nachbarin, die Eier oder eine Tasse Mehl borgen wollte und noch ein wenig klönte. Die hätte aber in der Küche bei Tante Fanny gesessen.

Besuch, das war eine gute Nachricht für Ettje und Paul, denn dadurch würde die Strafe fürs Zuspätkommen aufgeschoben werden. Charlotte dagegen, die vor Stolz platzte und es eilig hatte, vor der Großmutter zu glänzen, ärgerte sich.

Die Kinder schlichen auf Zehenspitzen zurück in den Eingangsflur, blieben vor der Stubentür stehen und lauschten. Richtig, dort wurde gesprochen, man vernahm eine tiefe Männerstimme, die Charlotte bekannt vorkam.

»Das ist Superintendent Doden«, flüsterte Ettje. »Was will der denn heute bei uns?«

»Da hat jemand gelacht«, sagte Paul, der das Ohr an die Tür gepresst hielt. »Oder nee. Ich glaub eher, da heult wer.«

»Das ist Mama.«

Alle fuhren zusammen, denn sie hatten Klara auf der dämmrigen Treppe nicht gesehen. Sie hatte unten auf der letzten Stufe gesessen und stand jetzt auf, um zu ihnen zu humpeln.

»Ich durfte nicht mit rein«, sagte sie leise. »Deshalb hab ich hier gesessen und gewartet.«

»Was ist denn los?«, forschte sie Ettje aus. »Mama ist doch nicht krank?«

In diesem Augenblick wurde die Stubentür geöffnet, und Paul, der das Ohr noch am Schlüsselloch hatte, sprang blitzschnell zurück. Nichts erschien ungewöhnlich an Pastor Dirksen, abgesehen von den roten Äderchen in seinen Augen und seinem Bart, der plötzlich zitterte.

»Charlotte«, sagte er, ohne auf die anderen zu achten. »Komm mit mir hinauf ins Arbeitszimmer.«

Scheu sahen die anderen Charlotte an – sie musste etwas ganz besonders Schlimmes ausgefressen haben, dass sich der Großvater persönlich darum kümmerte.

Charlotte warf einen flüchtigen Blick in die Wohnstube, und das Bild, das sich ihr bot, blieb ihr in Erinnerung, als habe es jemand in Stahl gestochen. Das klobige, dunkelbraune Sofa mit den Häkelkissen, auf dem der dürre Superintendent in steifer Haltung saß, den schwarzen Hut in den Händen. Die Großmutter im Sessel neben einem Strauß künstlicher Farnwedel, die aus grauen Federchen gemacht waren. Ihre zusammengekniffenen Augen, die dunkel geäderte Hand, die sie vor den Mund gepresst hielt. Das farbenfrohe Spiel der Maisonne in den kleinen Fensterscheiben, die Nippesfiguren auf der Kommode, zwischen denen das weiße Marmorkreuz aufragte, das Papa einmal aus Südamerika mitgebracht hatte. Ein Stück von Tante Fannys dunkelblauem Kleid, über dem sie noch die weiße Schürze trug – der Rest wurde von der Tür verdeckt.

Der Großvater stieg langsam, Schritt um Schritt, die Treppe hinauf, seine linke Hand glitt über den hölzernen Lauf des Geländers. Charlotte konnte seinen keuchenden Atem hören, doch er blieb nicht stehen, um sich auszuruhen. Oben im engen Arbeitszimmer war Pauls Bett noch nicht gemacht, sein Nachthemd lag auf dem Dielenboden, daneben ein Schuh und zwei Socken.

Der Tag endete in diesem kleinen, dämmrigen Raum, vor dem Schreibtisch aus Eichenholz, denn alles, was danach geschah, sollte für alle Zeiten aus Charlottes Erinnerung gelöscht sein. Nur das erstarrte Gesicht ihres Großvaters blieb ihr im Gedächtnis, die Farbe seiner Haut, die fast ebenso weiß wie Haar und Bart erschien, und seine bläulichen, schmalen Lippen.

»Du wirst von nun an bei uns bleiben, mein Kind.«
»Bis zum Sommer – das weiß ich doch, Großvater.«
»Nein Charlotte. Für immer.«

Sie wollte es nicht glauben. Jonny und ihre Eltern waren auf einem Schiff weit draußen auf dem großen Ozean, da konnte sie doch niemand sehen. Schon gar nicht die Reederei in Bremen, die einen Brief an Superintendent Doden geschrieben hatte. Gar nichts wussten die, nicht einmal die Adresse ihres Großvaters, sonst hätten sie das Schreiben doch gleich an ihn geschickt.

»Der Sturm wütete in Küstennähe, nicht weit von Bombay«, schluchzte Tante Fanny, wenn die schwarz gekleideten Besucher in der guten Stube saßen. »Sie konnten die Küste schon sehen, aber wegen des Sturms ist der Dreimastfrachter wieder aufs offene Meer hinausgesegelt. Tage später wurden Trümmer an Land gespült. Keiner hat überlebt, alle liegen jetzt unten auf dem Meeresgrund …«

Tante Fanny weinte schrecklich viel, vor allem, wenn die Trauergäste ihr zuhörten. Dann erzählte sie auch gern von ihrem verstorbenen Ehemann Peter Budde, der Buchbinder gewesen war. Er hatte eine kleine Werkstatt in der Süderkreuzstraße gehabt und immer zu viel gearbeitet. Von dem Staub und dem Leim habe er husten müssen, daraus sei eine Lungenentzündung geworden und schließlich die Schwindsucht.

»Wen der Herr liebt, den ruft er früh zu sich …«

»Das Meer nimmt sich sein Opfer immer dann, wenn man es am wenigsten erwartet …«

»Nun ist die lütte Deern ganz allein auf der Welt.«

Charlotte musste schwarze Sachen anziehen, und manchmal führte Tante Fanny sie in die gute Stube, wo die Trauergäste mit Milchkaffee und Kuchen bewirtet wurden. Dann redete man tröstend auf sie ein, rief Gott den Herrn als ihren

Beschützer an, und – das war das Abscheulichste – einige der Frauen drückten sie mütterlich an die Brust, quetschten sie fast tot und streichelten dabei schluchzend ihr Haar.

»Es ist doch gar nicht wahr«, flüsterte sie Klara abends im Bett zu. »Wenn der Sommer zu Ende ist, dann kommen sie, um mich abzuholen. Und das nächste Mal darf ich mit – das hat Papa mir hoch und heilig versprochen.«

»Du hast recht«, wisperte Klara. »Sie kommen bestimmt. Ich werde sehr traurig sein, wenn du wieder in Emden bist, Charlotte.«

»Du musst nicht traurig sein, Klara. Ich bitte Mama, dass du bei uns wohnen kannst. Dann bleiben wir für immer zusammen.«

»Still jetzt!«, zischte Tante Fanny von ihrem Bett herüber. »Es ist zum Auswachsen mit euch. Den ganzen Tag muss man arbeiten, dazu noch der Herzenskummer, und dann hat man nicht einmal seine Nachtruhe!«

Am Sonntag nach Pfingsten gab es eine Trauerfeier in der Lutherischen Kirche für ihre Eltern und für Jonny, zu der viele Verwandte gekommen waren. Vorn beim Altar war alles bunt von Blumensträußen und Kränzen, und der Kirchenraum, der sonst muffig nach feuchtem Stein und Holz roch, duftete süßlich nach den Maiblüten. Charlotte musste in der ersten Stuhlreihe zwischen den Großeltern sitzen, sie konnte Tante Fanny und Ettje schluchzen hören, auch Tante Edine aus Aurich und ihre beiden Töchter Marie und Menna weinten die ganze Zeit. Die Großeltern saßen mit unbewegten Gesichtern da und weinten nicht, nur an dem Glitzern in den Augen der Großmutter und an ihren ineinander verkrampften Händen konnte man sehen, wie nahe sie den Tränen war.

Als die Orgel zum Ausklang spielte, standen die Großeltern auf, und Charlotte musste mit ihnen durch den Mittelgang zur Kirchentür schreiten, es folgten die beiden Brüder ihres Vaters, Wilhelm und Gerhard, dann Tante Fanny mit Ettje, Klara und Paul, und danach kam Tante Edine mit ihrem Mann Pastor Harm Kramer und den beiden Töchtern. Alle anderen waren in den Bänken sitzen geblieben und starrten sie an, während sie vorüberzogen. Es war beklemmend, dass alle so fest davon überzeugt schienen, dass Charlottes Eltern und Jonny tot waren. Aber wenn jemand starb, dann gab es doch einen Sarg, in den man seinen Leichnam legte. Und ein Grab auf dem Friedhof mit Blumen und einem Kreuz aus Eisen oder einem Stein. Dann erst war jemand tot – nicht, wenn er einfach nur auf dem Ozean verschwunden war. Vielleicht waren sie auf einer Insel gestrandet. In Afrika angelandet. Oder das Schiff schwamm noch irgendwo auf dem Meer herum und würde die Tage in den Hafen von Bombay einlaufen.

Die Lehrer in der Schule strichen ihr übers Haar und nannten sie »arme Kleine«, einige wenige Jungen und Mädchen sagten, dass es ihnen sehr leidtäte, die meisten Mitschüler waren jedoch wie immer. Charlotte mochte die Schule in Leer nicht, sie fand sie düster und hässlich, die Kinder waren dumm, und sie hatte dort keine Freundin. Sie wollte zurück in ihre Schule in Emden, dort konnte sie mit Ernestine und Juliane spielen, die dicke Anna mit den roten Zöpfen saß neben ihr, und die Lehrerin konnte sogar Englisch. Mama sprach meistens Englisch; wenn sie deutsch redete, klang es oft lustig, weil sie so viele Fehler machte.

Der Großvater war jetzt oft in Emden, manchmal nahm er die Großmutter mit, dann blieben die Kinder mit Tante Fanny allein, und wenn sie von der Schule heimkamen, wurde in der Küche gegessen.

»Du bist reich«, sagte Ettje missgünstig. »Du kriegst alles, was deinen Eltern gehört hat.«

Charlotte starrte in ihren Suppenteller und fuhr langsam mit dem Löffel durch die braungelbe Masse. Bohnen, Möhren, Zwiebeln, Stückchen von Kartoffeln, Suppengrün. Warum konnte sie sich nicht die Ohren zustopfen? Warum sagten die anderen immer solche Dinge, die doch nicht wahr sein konnten?

»Ich will nichts!«

»Du kannst es ja mir schenken!«

»Gar nichts bekommst du. Niemand kriegt etwas.«

»Doch! Du! Großmutter hat gesagt, dass sie euer Haus in Emden verkaufen und alle Möbel und was sonst darin ist. Alles! Und dafür bekommen sie viel Geld. Das gehört dann dir.«

Charlotte ließ den Löffel fallen, sprang auf und griff wütend in das flusige Haar ihrer Cousine.

»Das lügst du!«, kreischte sie und zerrte an Ettjes Haaren. »Sie können unser Haus nicht verkaufen, das gehört ihnen nicht! Das gehört Papa!«

Ettje zeterte und versuchte, sich zu befreien. Dabei tauchte sie mit der Nase in den heißen Suppenteller, und hätte Klara nicht rasch zugegriffen, wäre die Suppe samt Teller auf dem Fußboden gelandet. Tante Fanny machte nicht viel Federlesens, packte Charlotte an den Armen und zerrte sie auf ihren Stuhl zurück, dann verabreichte sie ihrer Nichte zwei feste Ohrfeigen. Anschließend beugte sie sich über den Tisch, um der heulenden Ettje ebenfalls eine Backpfeife zu geben.

»Ich hab doch nichts gemacht!«, jammerte Ettje.

»Das ist für dein loses Mundwerk!«

»Ich hab nur die Wahrheit gesagt!«

»Still. Jetzt wird gegessen. Nachher machst du den Abwasch, Ettje. Und Charlotte fegt aus.«

Charlotte weinte nicht. Schweigend saß sie vor ihrem Teller, spürte kaum, dass ihre Wangen von den Schlägen glühten. In ihrem Inneren war ein dunkler Schmerz aufgestiegen, der sich unaufhaltsam in ihrem Körper ausbreitete. Papa und Mama waren nicht mehr da, die Wärme, der Halt, der Schutz, den ihre

Eltern ihr gegeben hatten, mit ihnen verschwunden. Ungestraft konnte man ihr Elternhaus verkaufen, Mamas Möbel, Papas Bücher und seine Sammlungen, ihre Spielsachen und auch Jonnys Ritterburg mit den Reitern und Pferden. Ungestraft konnte Tante Fanny jetzt auch sie ohrfeigen, musste sie sich doch keine Sorgen mehr machen, dass Papa sie dafür schelten könnte.

»Ihr werdet schon sehen, wenn sie zurückkommen!«, rief sie trotzig.

Sie weinte erst am Abend, als sie mit Klara im Bett lag und Ettje mit Tante Fanny noch unten in der Küche war. Klara hielt sie mit beiden Armen umfangen, und Charlotte schluchzte in das Nachthemd der Cousine hinein, bis es von ihren Tränen durchweicht war.

»Das macht nichts«, wisperte Klara, als Charlotte sich beruhigt hatte und sie fest aneinandergeschmiegt dalagen, um miteinander in das Land der Träume und des Vergessens zu reisen. »Die Hauptsache ist, du hast dich ausgeheult.«

Der Frühling ging dahin, und der Sommer kam. Über dem Sofa in der Wohnstube hing jetzt ein gerahmtes Foto, das Charlottes Mama kurz vor der Reise in einem Atelier in Emden hatte aufnehmen lassen. Mama saß in einem ihrer schönen Kleider auf dem Stuhl, hinter ihr stand Papa in seiner Kapitänsuniform, aber ohne Mütze, so dass man sein krauses, helles Haar sah. Jonny und Charlotte hatte der Fotograf rechts von Mama aufgestellt, Jonny trug eine Jacke, dazu Knickerbocker und Stiefel. Die Stiefel waren eng gewesen, und Mama hatte lange reden müssen, damit er sie anzog. Papa stützte die rechte Hand auf die Stuhllehne in Mamas Rücken, die linke lag auf Charlottes Schulter. Hin und wieder hatte er sie ein wenig mit den Fingern gezwickt und sie damit zum Kichern gebracht. Es war schrecklich anstrengend gewesen, so lange ruhig zu stehen und in die große, schwarze Öffnung der Kamera zu starren; Jonny war ganz zappelig geworden, und

Mama hatte ihm schließlich Süßigkeiten versprochen, damit er endlich stillhielt.

Über das gerahmte Foto hatte man ein schwarzes, durchsichtiges Band drapiert, das ein wenig in das Bild hineinhing. Es gab noch weitere Neuerungen in der Stube. Tante Fanny und die Großmutter hatten die Kommode unters Fenster geschoben, an ihrem Platz stand jetzt Mamas Klavier. Es hatte heftige Wortwechsel darum gegeben, denn weder die Tante noch die Großmutter hatten das Klavier haben wollen, das ihrer Meinung nach die ganze Wohnstube »zukleisterte«. Zu Charlottes größter Überraschung hatte aber dieses Mal der Großvater das letzte Wort gehabt.

»Es ist ein schönes Instrument, und wenn Gerhard einmal in besseren Verhältnissen lebt, kann er es sich abholen.«

Onkel Gerhard war Papas jüngster Bruder. Er wohnte in Hamburg, und man hatte Charlotte erzählt, dass er dort Musik unterrichtete, aber sie war sich nicht sicher, ob das der Wahrheit entsprach, denn die Großmutter seufzte immer, wenn sie von ihm sprach.

»Was aus dem Jung wohl noch werden soll!«

Dabei war Onkel Gerhard schon dreißig Jahre alt – eigentlich hätte schon längst etwas aus ihm geworden sein müssen. Charlotte mochte ihn gern, obgleich sie ihn nur zweimal in ihrem Leben gesehen hatte. Einmal war er in Emden zu Besuch gewesen, da hatte er mit Mama musiziert; sie hatte Klavier gespielt, er die Geige. Das zweite Mal war er bei der Trauerfeier gewesen, da war er erst nach der Kirche angekommen und hatte mit ihnen zu Mittag gegessen, doch in dem verwandschaftlichen Getümmel hatte Charlotte keine Zeit gehabt, mit ihm zu sprechen. Sie hätte ihm das Klavier gern gegeben, zumal sie selbst keine Lust verspürte, darauf zu üben. Aber das Klavier gehörte Mama; worauf sollte sie spielen, wenn sie zurückkehrte?

Die Kirschen reiften, Johannisbeeren und Erdbeeren wurden eingekocht, bald waren auch die Stachelbeeren süß genug. Die Wiesen wurden zum zweiten Mal gemäht und das Korn geschnitten. Auf dem Markt gab es Kohl und frische Möhren, Sellerie, Lauch, auch schon die ersten Kartoffeln und Pflaumen. Kühlere Winde rissen an der Wäsche, die Tante Fanny hinten im Garten zum Trocknen aufhängte, drüben am Spalier des Nachbarn reiften die Äpfel. Der Sommer schickte sich an, in den Herbst überzugehen.

Der Rückweg von der Schule war eine harte Geduldsprobe. Charlotte ging neben Klara her, die nur langsam vorankam und manchmal auch ein Weilchen stehen blieb, weil ihr Bein schmerzte. Um nichts in der Welt wäre Charlotte vorgelaufen, aber wenn sie dann endlich in die Ulrichstraße einbogen, klopfte ihr Herz voller Aufregung, und sie reckte den Hals, um zu schauen, ob vor dem Haus der Großeltern vielleicht ein Fuhrwerk stand. Einmal, es war schon Ende August, erblickte sie einen Pferdewagen, und sie spürte, wie die Hoffnung heiß in ihr aufstieg. Doch es war nur ein Bekannter des Großvaters, der in Emden gewesen war und von dort einige Kisten mitgebracht hatte, darunter auch ein kleines Kästchen aus schwarzem Holz mit einer Zeichnung auf dem Deckel, die von einer Glasscheibe geschützt wurde.

»Das ist deine«, sagte die Großmutter, als sie mit Klara ins Haus trat. »Wenn sie in der Schlafkammer unters Bett geht, dann nimm sie mit hinauf.«

Charlotte schüttelte den Kopf. Die Enttäuschung schnürte ihr den Hals so eng zu, dass sie nicht reden konnte. Nein, sie wollte diese Kiste nicht haben, sie gehörte nach Emden in ihr Zimmer. Dort hatte sie ihren Platz.

An den Abenden wurde jetzt in der Stube die große Lampe angezündet, weil Tante Fanny und Ettje viel zu nähen hatten. Sie nähten Unterwäsche, Röcke und Jacken, einen Anzug für den Großvater und für Paul neue Hosen. Auch Klara bekam einen Rock und ein Kleid, obgleich sie die Sachen nicht haben wollte, denn sie wurden aus den Kleidern von Charlottes Eltern hergestellt. Die Stoffe waren gut, man brauchte nicht allzu viel zu ändern und konnte so eine Menge Geld sparen.

Es wurde immer früher dunkel, die Äpfel waren längst abgeerntet, auch die Blätter waren schon gelb, und der Wind wehte sie von den Bäumen und über die Straße. Nebel stieg aus den Feldern auf, verhüllte den Fluss und verwischte die Konturen der Häuser. Die Stadt war grau wie ein trostloses Gefängnis. Charlotte zog dicke Socken an und wickelte sich in das hellblaue Wolltuch ihrer Mutter ein – dennoch fror sie erbärmlich, nicht einmal in der Küche, wo der Herd brannte, wurde ihr warm.

Kurz vor Weihnachten stürmte es so heftig, dass die Öfen nicht mehr zogen und die Leute sich sorgten, bei Flut könne die Leda über die Ufer treten. In der Nacht konnte Charlotte nicht schlafen. Der Wind ließ das Haus klappern und stöhnen, heulte draußen um die Hausecken wie ein wildes Tier, das in der Stadt umherlief und Böses im Schilde führte. Leise setzte sie sich im Bett auf und versuchte, in der Dunkelheit der Kammer zu erkennen, ob Tante Fanny und Ettje schliefen. Nichts regte sich, und von Tante Fannys Bett her konnte sie ein leises Schnarchgeräusch vernehmen.

»Was ist?«, flüsterte Klara neben ihr. »Musst du mal raus?«

»Nee. Schlaf nur weiter.«

Sie schlüpfte unter dem Federbett hervor und tastete sich zur Tür. Nur im Nachthemd und auf Socken, war es scheußlich kalt, aber die Schlafkammer war zu dunkel, als dass sie das blaue Tuch hätte finden können, das irgendwo neben dem Bett auf dem Fußboden lag. Erst als sie auf dem Flur stand, spürte sie, dass Klara ihr gefolgt war.

»Geh wieder ins Bett!«

»Ich bin nicht müde. Bei Sturm kann ich sowieso nie schlafen.«

Im Flur stand eine Laterne auf einem Hocker, daneben lagen die Streichhölzer, damit man im Notfall rasch Licht machen konnte. Charlotte brauchte drei Hölzchen, um die kleine Kerze zu entzünden, weil ihre Finger so klamm waren, aber auch, weil es durch die Ritzen des Flurfensters so heftig zog.

»Du muss voraussteigen, Klara«, sagte Charlotte und deutete auf die Stiege zum Dachboden. »Wenn du fällst, halte ich dich fest.«

»Was willst du da oben?«

»Das siehst du dann …«

Die Stiege war sehr schmal und steil, außerdem gab es kein Geländer, so dass Charlotte große Angst hatte, Klara könne stolpern und sich verletzen. Doch sie schaffte es bis zur Dachbodentür, nur als sie den rostigen Riegel zurückschob, musste Charlotte sie festhalten. Es gab ein hässliches, knirschendes Geräusch, das beide Mädchen zusammenfahren ließ. Reglos verharrten sie auf der Stelle.

»Lass mich vorgehen«, wisperte Charlotte nach einer kleinen Weile.

Die Laterne warf einen gelblichen, zitternden Lichtkreis über den Bretterfußboden, und sie konnten eine alte Kommode erkennen, auf der Töpfe mit Schmalz und eingekochtem Mus standen. Daneben fanden sich ein ausgedienter Stuhl und eine hölzerne Wiege, in der einst alle fünf Kinder der Großeltern gelegen hatten, auch die Enkel hatte man darin in den Schlaf gewiegt, wenn sie auf Besuch waren.

»Da ist sie.«

Man hatte die schwarze Truhe mit einem alten Tischtuch abgedeckt und weit unter die Dachschräge geschoben. Als Charlotte das Tuch aufhob und der Laternenschein auf die

Truhe fiel, konnten die beiden Mädchen unter dem Glas die bunte Zeichnung erkennen: einen mächtigen Berg mit drei Gipfeln, einer davon schneebedeckt. An seinem Fuß wuchs grüner Urwald, über dem weißen Gipfel war der Himmel dunkelblau und unsagbar klar.

Die Kiste hatte Papa ihr zu ihrem neunten Geburtstag geschenkt, und sie hatte darin ihre Schätze aufbewahrt. Einen kleinen Affen aus Blech, der rasselnd umherhüpfte, wenn man ihn aufzog. Anziehpüppchen aus Papier, die sie sorgsam ausgeschnitten hatte mitsamt all ihren Kleidern, Hüten und Schuhen. Eine kleine Kugel aus Elfenbein mit durchbrochenem Schnitzwerk, in der eine weitere Kugel steckte und sogar noch eine dritte, ganz winzige, die ebenfalls von Ornamenten bedeckt war. Eine Muschel, wie eine gewölbte Hand, außen rosig und innen wie glänzendes Silber; wenn man sie ans Ohr hielt, hörte man das Meer rauschen.

»Halt mal die Laterne, Klara!«

Vorsichtig nahm sie den schwarzen Götzen heraus, den Papa ihr aus Afrika mitgebracht hatte. Er war aus Holz geschnitzt, hatte riesige Augen und breite Lippen, sein Körper war seltsam zusammengekauert und viel zu klein für den mächtigen Kopf, doch er hatte breite Füße, auf denen er stehen konnte. Im schwankenden Lichtschein breitete Charlotte ihre Schätze auf dem staubigen Boden aus, denn Klara, der langsam der Arm lahm wurde, konnte die Laterne nicht länger still halten und wechselte immer wieder die Hände. »Findest du die Sachen schön? Der Affe kann auch hüpfen, aber ich mag ihn jetzt nicht aufziehen, weil es zu viel Lärm macht.«

»Mir gefällt die Muschel am besten.«

Vorsichtig legte Charlotte jedes Stück in die Truhe zurück, ganz langsam, bedächtig, damit nichts beschädigt oder geknickt wurde.

»Ich glaube, sie kommen doch nicht wieder«, sagte sie leise

und schloss den Deckel. »Mama, Papa und Jonny sind weit fort auf dem Ozean und haben mich vergessen.«

Der Laternenschein zitterte, dann glitt er zur Seite, und Klara stellte das Licht auf den Boden. Mühsam kniete sie nieder und schlang die Arme um Charlotte.

»Sie haben dich ganz sicher nicht vergessen«, flüsterte sie, den Mund dicht an Charlottes Ohr. »Sie denken an dich, solange du lebst. Das weiß ich ganz sicher.«

Am folgenden Morgen erwachte Charlotte mit tobenden Kopfschmerzen. Der Doktor musste ins Haus gerufen werden, denn das Fieber stieg so hoch, dass sie allerlei verrücktes Zeug vor sich hin redete.

»Gott behüte, dass es eine Lungenentzündung wird«, stöhnte Tante Fanny. »Aber sie musste ja mitten in der Nacht auf den kalten Dachboden steigen. Diese Eigenmächtigkeiten müssen ihr unbedingt ausgetrieben werden.«

Dezember 1880

Am Heiligen Abend saß Charlotte, in ein Federbett gewickelt, in der Wohnstube, wo ein Strauß Kiefernzweige auf der Kommode prangte, mit bunten Kugeln und Zuckergebäck geschmückt. Daheim hatte es immer einen Tannenbaum gegeben, und Mama hatte auf dem Klavier Weihnachtslieder gespielt, nicht solche, wie man sie hier sang, sondern englische Lieder. Aber Charlotte war so schwach, dass sie nicht einmal traurig wurde. Die langen Reden des Großvaters über die Geburt des Herrn und das Licht der Welt, die Weihnachtschoräle, die Tante Fanny so laut und falsch mitsang, das kummervolle Schweigen der Großmutter – all das berührte sie nicht, so als geschähen diese Dinge nicht hier in der Wohnstube, sondern weit entfernt von ihr in einem fremden Haus. Es war ihr sogar gleichgültig, dass Paul die prächtige Ritterburg und die Pferde zum Geschenk erhielt, die ihrem kleinen Bruder Jonny gehört hatten. Paul weinte ein paar Tränen, als er diese Gaben entdeckte, vielleicht vor übergroßem Glück, vielleicht aber auch, weil er Jonny gemocht hatte und den Spielkameraden vermisste. Charlottes Geschenke waren eine Schale mit Gebäck, ein fein gesticktes Taschentuch von Klara und ein neues Kleid mit gehäkeltem Spitzenkragen, doch sie sah sie nicht einmal an.

Als zwei Tage später die ersten Verwandten zu Besuch kamen, konnte sie schon angekleidet und in ein warmes Tuch gehüllt auf einem Stuhl sitzen. Sie sei ein tapferes Mädchen, sagte man ihr, die Großeltern hätten sie sehr lieb. Gewiss sei sie fleißig und gehorsam, doch das Wichtigste sei, dass sie ganz schnell wieder gesund werde. Sie wolle den Großeltern doch keinen Kummer bereiten.

Charlotte nickte verlegen und antwortete jedes Mal nur »Ja, gewiss«, aber dennoch empfand sie die Besuche als angenehm. Das fröhliche Schwatzen und Kaffeetrinken belebte die triste Wohnstube und ließ auch die Großmutter wieder lächeln, wenn auch verhalten. Geschenke wurden verteilt, wobei besonders Charlotte reich bedacht wurde, und seltsamerweise gefiel es ihr jetzt, wenn die Tanten und Cousinen sie in die Arme nahmen. Es tat ihr wohl, so viel Leben zu spüren. Wer konnte so ausgiebig und albern lachen wie ihre Cousine Marie, die schon fast erwachsen war und dennoch ständig mit ihrer Schwester Menna dummes Zeug schwatzte? Marie hatte dichtes, goldblondes Haar, das sie manchmal am Hinterkopf aufsteckte wie eine erwachsene Frau. Sie brauchte es nicht mit der Brennschere zu kräuseln, wie Ettje es neulich versucht hatte, denn Marie hatte Naturlocken. Auch ihr Gesicht war hübsch, vor allem der kleine Mund mit den herzförmigen Lippen und die Art, wie sie lächelte.

Als die Feiertage vorüber waren, wurde es wieder still im Haus, die Stadt war grau und eintönig wie zuvor, und der Nebel mischte sich mit dem Rauch, der aus den Schornsteinen der Häuser aufstieg. Es war bitterkalt, Eisschollen trieben auf dem Fluss, und auf der Nesse, die inmitten der Ledaschleife lag, waren Gräser und Büsche weiß gefroren.

Charlotte war genesen, ihre Kräfte kehrten zurück, und das Leben trug sie voran. In der Schule hatte sie keine Mühe, brauchte kaum hinzuhören und hatte doch längst begriffen, was anderen mühsam eingepaukt werden musste. Wenn sie aufpasste – was sie nicht immer tat –, war sie bei den Besten. Schwieriger war es mit den Freundschaften, da blieb Klara ihre einzige Vertraute, denn Charlotte Dirksen war nicht einfach, und sie hatte ihren eigenen Kopf.

Zu Hause focht sie beharrlich um ihre Stellung, wollte sich der vier Jahre älteren Ettje nicht unterordnen, und es verging kein Tag, an dem die beiden nicht aneinandergerieten. Wenn die Großmutter nicht hinsah, verpasste Ettje der lästigen Cousine so manchen Stoß – noch war sie ihr an körperlicher Kraft überlegen. Charlotte war dafür umso gewandter und wusste die Großmutter auf ihre Art für sich einzunehmen.

Beim Abtrocknen schichtete sie das Geschirr aufeinander und trug nicht jedes Stück einzeln in den Schrank, wie Ettje es tat, sie fegte zuerst die Ecken aus und kehrte anschließend alles in der Mitte zusammen, das ging rascher. Wenn sie Socken waschen musste, seifte sie zuerst alle ein, um sie dann miteinander in der Schüssel auszuwaschen.

»Du wirst dir noch das Gehirn verrenken vor lauter Faulheit!«, spottete Ettje.

»Ich bin fertig mit meinem Anteil, und du hast noch drei Socken zu waschen!«, hielt Charlotte dagegen.

Ende März begann Tante Fanny öfter als gewöhnlich zu seufzen, was niemand weiter zur Kenntnis nahm. Seltsam war jedoch, dass sie nun mit der Großmutter in der Küche lange Streitgespräche führte, ja, sie wagte sogar, ihr zu widersprechen, und wenn ihr gar nichts mehr einfiel, brach sie in Tränen aus.

»Soll er so enden wie mein armer Peter? Totgearbeitet hat er sich für einen Hungerlohn, der uns kaum zum Leben gereicht hat. Nie werde ich vergessen, wie ich ihn sterbend in meinen Armen hielt und er mich anflehte, für unsere Kinder zu sorgen …«

»Hör auf zu nölen – es geht nun einmal nicht.«

»Es könnte schon gehen, wenn man nur wollte …«

Charlotte hatte rasch bemerkt, dass es klug war, nicht in die Küche zu gehen, solange die beiden miteinander stritten. Es führte nur dazu, dass man mit einem unangenehmen Auftrag fortgeschickt wurde, denn die Kinder sollten den zähen Kampf der beiden Frauen nicht mitbekommen.

Paul war am meisten verunsichert, zumal ihn seine Mutter jetzt ohrfeigte, wenn er schlechte Schulnoten nach Hause brachte. Gleichzeitig aber sorgte sie sich mehr denn je um ihn, schob ihm beim Mittagessen unauffällig die besten Bissen zu und drückte ihn immer wieder liebevoll ans Herz. Besonders das war ihm peinlich, denn er war schon zehn und mochte nicht mehr wie ein Kleinkind gehätschelt werden.

Anfang April, die Osterfeiertage waren nicht mehr weit, hatte der Streit der beiden Frauen plötzlich ein Ende. Dafür wusste Paul zu erzählen, dass die Großeltern am Abend in ihrer Schlafkammer lange miteinander redeten. Er musste es wissen, schließlich schlief er im Arbeitszimmer des Großvaters auf dem Sofa, und die Kammer der Großeltern war gleich nebenan, nur durch eine dünne Holzwand von seinem Sofa getrennt.

»Die Großmutter will, dass ich aufs Gymnasium gehe«, erzählte er düster. »Das hat Mama ihr eingeredet.«

»Das ist doch großartig!«

»Gar nicht. Die von Ubbo Emmus sind hochnäsig und verdreschen uns immer. Ich verliere alle meine Freunde, wenn ich dahin muss.«

»Na und?«

Charlotte verstand ihn nicht. Auf dem Gymnasium lernte man Latein und konnte später Arzt oder sogar Schiffskapitän werden. Insgeheim hätte sie auch gern ein Gymnasium besucht, aber das war ganz und gar unmöglich, dort wurden nur Jungen aufgenommen.

»Und überhaupt ist Paul viel zu dumm für die Lateinschule«, versetzte Ettje und zog die Oberlippe abschätzig in die Höhe. »Da wäre das viele Geld nur zum Fenster hinausgeworfen.«

Drei Tage nach Ostern, als die Schule noch nicht wieder begonnen hatte, rief der Großvater Charlotte nach dem Frühstück in sein Arbeitszimmer.

»Komm herein, und setz dich dort auf das Sofa.«

Das Sofa war diesmal aufgeräumt, Pauls Bettzeug ordentlich zusammengerollt und unter einer Decke verborgen, die beiden runden Häkelkissen standen prall aufgeschüttelt jedes in seiner Ecke. Charlotte setzte sich dazwischen und wartete. Sie spürte, dass etwas sehr Ernstes sein musste, denn der Großvater starrte mit verkniffenem Gesicht vor sich auf den Schreibtisch, auf dem ein beschriebenes Papier lag.

»Ich bin nicht glücklich über diese Entscheidung«, begann er, ohne sie anzuschauen. »Dennoch habe ich sie nach reiflicher Überlegung getroffen, weil sie dem Wohl aller dient. Damit du, Charlotte, später zu deinem Recht kommst, habe ich dieses Schreiben aufgesetzt.«

Er las ihr die Worte vor, langsam und mit leiser Stimme, als müsse er selbst gründlich prüfen, ob nicht ein Fehler darin war. Zweimal hielt er inne, nahm die Feder aus dem Tintenfass und verbesserte etwas, dann las er weiter, sah dabei immer wieder zu ihr hinüber, um festzustellen, ob sie auch genau zuhörte.

Charlotte begriff rasch, worum es ging. Das Gymnasium kostete Geld, auch die Bücher waren teuer, und Paul brauchte ordentliche Kleidung, keine geflickten Jacken und Hosen. Dieses Geld wollte der Großvater von ihr ausleihen, er nahm es von der Summe, die sie von ihren Eltern geerbt hatte und die für ihre Mitgift bestimmt war. Das tat er ungern, mit vielen Gewissensbissen und nur unter der Bedingung, dass Paul ihr später alles zurückzahlen würde.

»Es ist nicht anders möglich, Charlotte. Wir sparen schon jetzt, wo wir können, aber ich bin nicht bereit, eine Hypothek auf das Haus aufzunehmen, das einmal meine Kinder erben sollen. Dein Geld ist da, und du brauchst es im Moment noch nicht. Ich habe einen Teil davon in Papieren angelegt, dieser Teil wird nicht angetastet werden. Den Rest will ich für Pauls Ausbildung ausgeben, die irgendwann gewiss Früchte tragen wird …«

Pfarrer Dirksen hatte zwei Söhne studieren lassen, was schwer gewesen war; man hatte es sich vom Munde absparen müssen. Aber eine gute Ausbildung war wichtig für einen Mann, nur so konnte er eine Position erreichen und seine Familie ernähren. Die Mitgift für die beiden Töchter Dirksen war entsprechend knapp ausgefallen, Edine hatte einen Pfarrer geheiratet, so war sie gut versorgt, für Fanny hatte sich nur ein Buchbinder gefunden.

Das Schreiben sollte von Tante Fanny, der Großmutter und auch dem Großvater unterzeichnet werden, als Zeuge würde auch der Superintendent Doden seine Unterschrift darunter setzen. Der Großvater wollte es dann aufbewahren und Charlotte aushändigen, wenn sie volljährig war. In zehn Jahren also.

»Ich möchte, dass du eines weißt, Charlotte: Ich bin um dein Wohl besorgt und werde niemals zulassen, dass dir Unrecht geschieht …«

Sie hörte ihm ruhig zu, denn sie hatte längst verstanden, dass er ein schlechtes Gewissen hatte. Aber das war ganz unnötig, das Geld war ihr gleich. Sollte Paul es doch bekommen, dann würde Ettje ihr nicht ständig vorwerfen können, sie sei reich.

»Geh jetzt hinunter, Charlotte, und bewahre Stillschweigen über diese Angelegenheit. Vor allem dies musst du mir versprechen.«

Sie stand auf und nickte mit ernster Miene, doch sie machte keine Anstalten, aus dem Zimmer zu gehen.

»Ich möchte Klavierstunden nehmen, Großvater!«

Er hatte sich schon wieder über das Schreiben gebeugt, jetzt hob er verblüfft den Kopf. Er hatte befürchtet, Charlotte könne widersprechen oder weinen – sie hätte wohl Grund dazu gehabt. Stattdessen aber stellte sie eine Forderung.

»Klavierstunden? Aber … aber du hast das Klavier ja nicht einmal angerührt, seitdem es im Haus ist.«

»Ich will jetzt aber fleißig üben. Papa hat immer gewollt, dass ich Klavierspielen lerne, und Mama hat mir Unterricht gegeben.«

Klavierunterricht kostete Geld, das wusste sie recht gut. Aber wenn sie schon nicht aufs Gymnasium gehen konnte, dann wollte sie wenigstens das.

»Wir werden sehen«, murmelte Pastor Dirksen. »Du kannst ja vorerst ein wenig für dich üben. Irgendwo in einer Kiste müssen noch die Noten deiner Mutter sein, ich werde einmal nachsehen …«

Paul wartete schon hinter der Tür des Arbeitszimmers, auch er war zum Großvater hinaufgeschickt worden. Es war klar, dass er dort die frohe Botschaft seines baldigen Gymnasiumbesuchs erfahren und dazu noch jede Menge Ermahnungen und Anweisungen zu hören bekommen würde. Als er nach einer ganzen Weile wieder unten in der Küche auftauchte, strahlte Tante Fanny vor Glück, Paul aber machte ein Gesicht, als habe man ihn zu lebenslänglicher Festungshaft verurteilt.

Der Großvater hielt sein Wort. Schon am folgenden Morgen fand Charlotte einen Stapel Noten auf dem Klavier, einige waren staubig und hatten sogar Eselsohren, aber das störte sie nicht. Sie kannte alle diese Hefte. Sie hatten in einem Schrank gelegen, und Mama hatte oft davorgestanden, sie mit den Fingern durchgeblättert und dann dieses oder jenes Notenbuch genommen, um daraus zu spielen. Auch Charlotte hatte zwei Notenhefte besessen, darin standen langweilige Stücke für Anfänger und stumpfsinnige Fingerübungen, die man kaum Musik nennen konnte. Eigentlich war sie recht froh, dass diese Noten im Stapel nicht zu finden waren.

Sie musste eine Lampe und zwei Nippesfigürchen wegräumen, die ihre Großmutter oder Tante Fanny auf den Deckel der Tastatur gestellt hatte, dann konnte sie das Klavier öffnen. Über den Tasten lag immer noch das schmale Band aus grünem Filz, das Mama mit farbiger Seide bestickt hatte. Charlotte warf es achtlos aufs Sofa, zog sich den Schemel zurecht und setzte sich in Positur. Musik war etwas Wundervolles, sie hatte Mamas Spiel auf dem Klavier geliebt und sehr bewundert, manchmal hatte sie ihr sogar die Seiten der Noten umblättern dürfen, was ihr stets im richtigen Moment gelungen war. Aber selbst zu spielen war mühselig und schrecklich öde, und so oft sie Mama zuliebe auch geübt hatte – es wurde niemals wirkliche Musik daraus.

Zaghaft berührte sie eine Taste und verzog das Gesicht. Der Ton klang ganz anders und schrecklich fremd. Sie probierte eine C-Dur-Tonleiter, dann einige Akkorde und schüttelte sich. Die Tasten gehorchten nicht mehr, es erklangen andere Töne, wenn man sie herunterdrückte. Nichts war mehr so wie im Haus ihrer Eltern – sogar das Klavier hatte sich hier in der Stube verändert, es war ihm ergangen wie den Kleidern ihrer Mutter, die jetzt von Tante Fanny und Ettje getragen wurden und keinerlei Ähnlichkeit mehr mit Mamas zierlichen Gewändern hatten.

»Großmutter, das Klavier muss kaputt sein. Die Töne klingen anders als früher.«

»Das kommt dir nur so vor.«

»Nein, es muss repariert werden.«

»Das fehlte noch. Wo sowieso keiner diesen Kasten braucht.«

Beharrlich setzte sich Charlotte jeden Nachmittag an das

verwandelte Klavier und versuchte wenigstens ihre Finger dazu zu bringen, ihr besser zu gehorchen. Die Klänge taten ihr so weh, dass ihr manchmal die Tränen über die Wangen rollten, doch sie gab nicht auf. Nicht um alles in der Welt wollte sie vor dem Großvater als leichtfertige Schwätzerin dastehen, eine, die erst große Töne spuckte und hinterher nichts zustande brachte.

»Was für eine Katzenmusik«, stöhnte Ettje. »Wie lange sollen wir das noch aushalten?«

Es ging Ettje gar nicht um die falschen Töne, sondern darum, dass Charlotte Klavier übte und in dieser Zeit keine Aufgaben im Haus übernehmen musste. Vorhänge waschen, Betttücher plätten, vor der Haustüre fegen – das alles blieb für Ettje. Dabei musste sie sowieso mehr arbeiten als die anderen, denn seit diesem Frühling war sie mit der Schule fertig, und die Großmutter legte Wert darauf, dass aus ihr eine gute Hausfrau wurde.

»Ich weiß nicht, wozu das Geklimper gut sein soll«, meinte die Großmutter unmutig, als sie miteinander beim Abendbrot saßen. »Das kommt alles nur daher, weil du unbedingt das Klavier in unsere Stube stellen wolltest, Henrich.«

Der Großvater kaute schweigend an seinem Schmalzbrot, was ihm große Mühe bereitete, denn er hatte nicht mehr alle Zähne. Aus diesem Grund musste er auch vorher die Rinde vom Brot abschneiden, die bekam Paul, der sie gern in die Milch tunkte.

»Wahrscheinlich möchte sie eine feine Dame werden, die in den Salons verkehrt und auf Bällen tanzt«, bemerkte Tante Fanny.

»Tanzen kann man gar nicht, wenn Charlotte spielt«, meinte Paul. »Eher muss man davonlaufen.«

Klara sprach selten bei Tisch, dieses Mal aber war sie so empört, dass sie einen Satz wagte.

»Klavierspielen ist sehr schwer, und ich finde, dass Charlotte es schon ziemlich gut kann!«

Sie wurde rot, weil jetzt alle den Blick auf sie richteten. Aber sie senkte den Kopf nicht, wie sie es sonst tat, wenn jemand sie tadelnd ansah; sie hielt den Augen der Familie stand.

»Gut genug, um die Ratten und Mäuse aus dem Haus zu jagen!«, höhnte Paul.

»Still jetzt«, fuhr die Großmutter dazwischen. »Kehre besser vor deiner eigenen Tür, Paul!«

Paul hatte Spaß daran, auf Charlotte herumzuhacken, da er selbst eine harte Zeit durchlebte. Der Unterricht auf dem Gymnasium ging bis in den Nachmittag hinein, und dann waren noch Hausaufgaben zu erledigen, die er jeden Abend dem gestrengen Blick des Großvaters unterbreiten musste. Seine Zensuren waren bisher jämmerlich, was bedeutete, dass er auch den Sonntagnachmittag über lernen musste. Und das gerade jetzt, wo draußen überall die Wiesen grünten und die ehemaligen Kameraden auf dem Plytenberg oder in Leerort herumstromerten, Kaulquappen fingen und nach Kiebitzeiern suchten.

Der Großvater kaute langsam zu Ende und nahm dann einen großen Schluck aus der Teetasse, dabei sah er Charlotte nachdenklich an. Sie hatte die Arme aufgestützt und den Kopf hineingelegt, was eigentlich bei Tisch nicht gestattet war, doch die Großmutter hatte für dieses Mal darüber hinweggesehen. Vor allem deshalb, weil Charlotte alle Hänseleien wortlos ertragen hatte – vielleicht hatte die mühsame Erziehung zur Sanftmut ja doch endlich einmal gefruchtet.

»Ich habe gestern mit Kantor Pfeiffer gesprochen«, sagte der Großvater. »Wir sind uns einig geworden, dass du am Freitag um vier bei ihm vorbeischauen darfst, um ihm vorzuspielen. Wenn du ein Talent zur Musik hast, will er dir Unterricht geben.«

»Klavierunterricht?«, rief Tante Fanny voll Empörung. »Das ist ja gediegen. In vier oder fünf Jahren könnte Ettje schon heiraten, und für ihre Mitgift ist kein Geld übrig. Aber Charlotte bekommt Musikunterricht!«

»Du hast schon genug bekommen, Fanny!«, entgegnete Pastor Dirksen kurz angebunden.

Charlotte hätte eigentlich froh sein müssen, dass der Großvater vor der ganzen Familie für sie eingetreten war, aber sie war alles andere als begeistert. Kantor Pfeiffer war ein dürres Männlein mit wehendem, grauem Haar und ungepflegtem Bart, ein Mensch, der sogar am Sonntag eine ausgebeulte Hose trug und von dem die Leute sagten, er sei ein »komischer Kauz«. Früher hatte er in der Lutherischen Kirche die Orgel gespielt und auch die Sänger dirigiert, aber jetzt war er im Ruhestand, genau wie ihr Großvater, und er spielte manchmal wochentags ganz allein für sich die Orgel. Das konnte man hören, wenn man an der Kirche vorbeiging.

Wenn überhaupt, dann hätte Charlotte lieber bei Musiklehrer Böttcher Klavierspielen gelernt; der war glatt rasiert, trug einen blütenweißen, steifen Kragen und besaß sogar eine goldene Uhr mit Kette. Er unterrichtete am Gymnasium und hatte auch viele private Schüler. Aber er war katholisch, das gefiel dem Großvater gewiss nicht, und vielleicht nahm er auch mehr Geld.

Widerwillig zog sie am Freitagnachmittag die Jacke an und steckte das zusammengerollte Notenheft darunter, damit nicht jeder gleich sah, was sie bei sich trug. Kantor Pfeiffer wohnte in der Süderkreuzstraße, gleich hinter der Lutherischen Kirche, wo auch Schule und Armenhaus standen. Er wohnte aber nicht in einem schönen, neuen Haus wie Superintendent Doden, sondern in einem winzigen Backsteingebäude, das zwischen zwei größeren Häusern eingeklemmt war und sich neben den wohlhabenden Nachbarn ganz besonders armselig ausnahm. Zu allem Überfluss bekam sie noch den Auftrag, Nähgarn und Häkchen einzukaufen, denn Tante Fanny nähte inzwischen Wäsche und Kinderkleider für einige Familien in der lutherischen Gemeinde.

Es war Anfang Mai, aber noch sehr kühl, und dazu wehte eine steife Brise, die an Haaren und Rock riss – nur gut, dass sie die Jacke fest zugeknöpft hatte. Auf der Osterstraße spielten einige Mädchen Fangen, zwei davon waren ihre Schulkameradinnen, doch sie kümmerten sich nicht weiter um Charlotte, fragten auch nicht, ob sie mitspielen wollte. Sie hätte es sowieso nicht gedurft, die Großmutter wollte nicht, dass sich ihre Enkelinnen auf der Straße herumtrieben. Mit den Knaben war das etwas anderes – Paul und Jonny waren früher oft mit ihren Kameraden unterwegs gewesen, sogar außerhalb der Stadt in den Wiesen.

In der Norderstraße prallte plötzlich ein kleines Geschoss gegen ihren Arm, und sie blieb wütend stehen.

»Wer mit Klüten schmeißt, der ist selber ein Rabenaas!«, brüllte sie in den offenen Hauseingang hinein. Wer dort stand, konnte sie nicht erkennen, aber es waren ganz sicher Pauls ehemalige Kameraden, die dem unglücklichen Gymnasiasten jetzt spinnefeind waren.

»Schwarze Hexe!«, schallte es zurück.

»Hexe mit gelben Augen!«

»Negerin!«

Zwei weitere Lehmkügelchen flogen ihr entgegen, doch sie wich ihnen geschickt aus. Dafür traf eines davon den Gastwirt Zindler, der mit tief herabgezogener Mütze aus seinem Haus getreten war.

»Verflixte Lausbengels! Wenn ich euch erwische …«

Charlotte lief davon, ohne hinter sich zu sehen, und hoffte dabei inständig, der Gastwirt möge wenigstens einen der Burschen zu fassen bekommen. Doch das war fraglich, denn er hatte einen dicken Bauch, und die Bengel waren schnell auf den Füßen.

Sie versuchte sich damit zu trösten, dass die Feindseligkeiten eher Paul als ihr gegolten hatten, sie hatte sie nur abbekommen, weil sie seine Cousine war. Aber die Beschimpfungen waren ihr nicht unbekannt, sie hörte sie immer wieder. Indianerin, Negerin, Hexe, gelbäugige Katze … Auch Paul sagte das zu ihr, wenn er wütend auf sie war.

Sie war fremd hier in Leer, sie gehörte nicht hierher, und sie wollte auch nicht hierher gehören. Die Stadt war hässlich, lag geduckt am Ufer des grauen Flusses, und es war kalt, sogar im Sommer. Weshalb hatte der Großvater sie nicht nach Indien reisen lassen, wo immer die Sonne schien und die Menschen freundlich waren? Die Eltern ihrer Mutter hatten einen Brief in englischer Sprache geschrieben und darum gebeten, Charlotte zu sich nehmen zu dürfen. Aber die Großmutter hatte gesagt, sie würde sich eher die rechte Hand abhacken, als das Kind ihres verstorbenen Sohnes in die Fremde zu schicken.

Die Glocke neben der Pfeiffer'schen Haustür war abgerissen, einen Türklopfer gab es schon gar nicht, und auf ihr zaghaftes Pochen hin machte niemand auf. Fröstelnd stand sie da und überlegte, ob sie vielleicht zu früh dran war und erst Nähgarn und Häkchen kaufen sollte. Dann aber entschied sie, die Sache besser gleich hinter sich zu bringen, und drückte einfach die Klinke herunter.

Der Flur war eng, es roch nach feuchtem Holz und schimmeligen Tapeten, auch ein wenig nach Haferbrei.

»Hallo? Ist jemand zu Hause?«

Rechts tat sich eine Tür auf, und die gebückte Gestalt von Kantor Pfeiffer wurde sichtbar.

»Die kleine Dirksen«, sagte er und nickte dabei mehrere Male, als müsse er sich diese Tatsache selbst bestätigen. »Charlotte, nicht wahr? Komm herein, min Deern. Meine Schwester ist nicht da, sonst hätte sie dir aufgemacht …«

Er wohnte mit seiner Schwester zusammen. Ob er keine Frau hatte? Vielleicht war sie gestorben, er selbst war ja auch schon ziemlich alt …

Die Stube war nicht gerade groß und äußerst seltsam eingerichtet. Es gab weder Sofa noch Sessel, nur zwei Stühle und einen kleinen Tisch, der voller Zeitschriften lag. Ringsum an den Wänden standen Holzregale, in denen ebenfalls Bücher und Journale untergebracht waren, sie stapelten sich auf einem Tischlein unter den beiden schmalen, hohen Fenstern, nur der große Schrank mit den Glastüren schien voller Noten zu sein. Wo ein freies Plätzchen an der Wand geblieben war, hatte man Geigen aufgehängt, fünf an der Zahl.

»Dann zeig mir einmal, was du kannst, Charlotte. Hast du Noten mitgebracht? Dein Großvater sagte mir, du würdest fleißig üben. Warte, ich drehe dir den Schemel zurecht …«

Das Klavier war ein ganzes Stück größer als das ihrer Mama: ein einschüchternder, schwarzer Kasten mit schön geschnitzten Säulchen unter der Tastatur und zwei verschnörkelten, goldenen Kerzenhaltern zum Ausklappen. Die Tasten waren jedoch schon ziemlich vergilbt, und ein rascher Blick zeigte ihr, dass es auch nicht mehr davon gab als in dem Klavier ihrer Mama.

Ein scheußliches Quietschen ertönte, als Kantor Pfeiffer an der runden Sitzfläche des Hockers drehte. Charlotte kämpfte indes mit dem zusammengerollten Notenheft, das sich kaum mehr glätten lassen wollte.

»Aha!«, sagte er nach einem kurzen Blick und nickte wieder dreimal. Sonst sagte er nichts, aber er schien das Stück zu kennen.

Sie kletterte auf den Hocker, rutschte darauf herum und rieb sich die kalten Hände. Wenigstens wollte sie sich Mühe geben, wenn der Großvater ihr schon einen Klavierlehrer besorgt hatte – selbst wenn der ein komischer Kauz war.

Die aufsteigende Tonfolge der rechten Hand erklang – Charlotte hielt verblüfft inne. Ungläubig schlug sie einige Töne an, lauschte, und endlich begriff sie. Natürlich – dieses Klavier war in Ordnung, die Töne saßen an der richtigen Stelle!

»Der Anschlag ist sehr leicht«, sagte Kantor Pfeiffer, der sich ihr Verhalten auf seine Weise erklärte. »Bei deinem Klavier zu Hause lassen sich die Tasten wohl schwerer herunterdrücken …«

Sie hatte kaum hingehört und begann das Stück jetzt von vorn. Es klang ungewohnt, nachdem sie sich wochenlang mit dem verwandelten Instrument herumgeplagt hatte, zugleich aber war es wundervoll, ja berauschend. So hatte es bei Mama geklungen, das waren die Melodien, die Akkorde, die sie in Erinnerung hatte. Mit den Klängen stieg auch die schöne Stube im Elternhaus wieder vor ihr auf mit ihren leuchtend gelben Vorhängen und den dunklen Intarsienmöbeln aus Indien. Die Gestalt ihrer Mutter, am Klavier sitzend, zierlich, mit hochgestecktem glänzendem Haar, das Kinn leicht angehoben, die Augen geschlossen, der Musik nachlauschend. Was für ein Zauber in diesen Tönen doch lag! Sie konnte gar nicht mehr aufhören zu spielen, und es war ihr ganz gleich, dass sie schrecklich viele Fehler machte. In ihrem Inneren vernahm sie jetzt wieder die wirkliche, die echte Musik, die voller Wärme und Kraft war und ihr die Tür zu einer verlorenen Glückseligkeit öffnete.

Er hörte ihr geduldig zu, ohne sie zu unterbrechen. Nur einmal, im zweiten Satz, lief er hinaus auf den Flur, weil seine Schwester heimgekommen war. Als er zurückkehrte, schloss er leise die Stubentür und setzte sich.

Sie kam nur bis zum dritten Satz, dann waren ihre Finger

vollkommen kraftlos vor Anstrengung. Der vierte Satz war der schönste, da stürzten die Töne wie wilde Wasserströme von einem Berg herunter, und die linke Hand musste komplizierte Akkorde greifen – das schaffte sie sowieso nicht.

Kantor Pfeiffer schwieg eine ganze Weile und ließ sie vor dem Klavier sitzen. Als sie sich zu ihm umdrehte, sah sie, dass er Tee trank; eine Schale Kekse stand zwischen den Bücherstapeln, daneben eine zweite Tasse.

»Beethoven«, sagte er schließlich gedehnt. »Sonate Opus zwei – ein frühes Werk. Großartige Musik.«

Ja richtig, das war von dem Komponist Beethoven, jetzt sah sie es auch, es stand ganz klein rechts über den Noten.

»Noch viel zu schwer für dich, Charlotte. Wir werden mit Mozart beginnen, eine kleine Sonate. Und dann Bach, der große Johann Sebastian Bach, unerreicht in seiner Meisterschaft. Für den Anfang ein Stück aus dem Notenbüchlein für Anna Magdalena Bach, das war seine Frau …«

»Sie … Sie wollen mir also Unterricht geben?«

»Wir wollen es miteinander versuchen, Charlotte.«

Er stellte die Tasse sorgfältig auf den Tisch und stand auf. Mit einer sanften, fast schüchternen Handbewegung machte er ihr deutlich, dass sie ihm am Klavier Platz machen solle, und sie erhob sich rasch. Er drehte den Schemel wieder herunter, setzte sich und spielte – o Wunder – ganz ohne Noten. Das Stück klang in ihren Ohren sehr merkwürdig. Als habe man die Melodien in ein enges Zimmer gesperrt, wo sie hin- und hergingen, sich höflich voreinander verbeugten, aneinander vorbeiliefen und sich doch immer wieder trafen.

»Gefällt es dir?«

Sie schob die Unterlippe vor und überlegte, ob sie ihm die Wahrheit sagen sollte, dann begriff sie, dass er sie längst an ihrem Gesicht abgelesen hatte. Es sah nicht zornig oder beleidigt aus, eher verlegen.

»Es klingt komisch. Mama hat so etwas nie gespielt. Aber wenn es Ihnen so gut gefällt, dann will ich es lernen.«

»Du musst langsam und gründlich zu Hause üben, Charlotte. Jede Hand einzeln, das ist wichtig, denn jede Hand hat ihre eigene Melodie …«

»Ich kann aber nicht gut üben. Mamas Klavier ist kaputt. Die Töne sind nicht mehr dort, wo sie hingehören.«

»Du meinst … es ist verstimmt?«

»Verstimmt. Ja, die Töne sind verstimmt. Sie sind tiefer als vorher, manche ganz viel, andere nur ein bisschen …«

»Das ist wohl durch den Transport geschehen. So darfst du auf keinen Fall üben, Charlotte. Sag deinem Großvater, dass ich morgen vorbeikomme, um das Instrument zu stimmen.«

Er konnte es reparieren! Ob er dafür viel Geld verlangen würde?

»Setz dich jetzt, und probier einmal die rechte Hand!«

Das war leicht, aber er hatte dennoch vieles auszusetzen, schrieb mit einem Bleistift die Fingersätze über die Noten, verlangte von ihr, die Töne niemals auseinanderzureißen, sondern sie so eng wie möglich aneinanderzubinden. Nun musste sie das Gleiche mit der linken Hand machen, doch die war nicht so gelenkig wie die rechte und musste sich viel mehr anstrengen.

Danach gab es Tee, und sie durfte Kekse essen, während er ihr von Johann Sebastian Bach erzählte, der auch ein Kantor gewesen war und viele Kinder gehabt hatte. Er spielte ihr einige Stücke vor, die ihr sehr konfus und schwierig erschienen, aber das sagte sie nicht, denn sie wollte ihn nicht kränken.

Beim Spielen beugte er sich weit nach vorn, saß mit gekrümmtem Rücken da und – das war das Merkwürdigste – summte vor sich hin. Mal folgte sein Summen der Melodie der rechten, mal der der linken Hand, manchmal war es aber auch ganz kraus und schien gar nicht zu seinem Spiel zu passen.

»Nächsten Freitag, Charlotte!«, sagte er, als sie gehen durfte. »Und du übst keinen Ton, bevor ich dein Klavier gestimmt habe – versprich mir das! Die Noten darfst du mitnehmen, aber roll sie nicht zusammen, das vertragen sie schlecht.«

Kantor Pfeiffer erschien am folgenden Nachmittag im Hause Dirksen, und Tante Fanny musste die Lampe und die Nippesfigürchen vom Klavier forträumen, damit er den Deckel öffnen konnte. Für das Stimmen nahm er keinen Pfennig Geld, aber er wollte, dass Charlotte ihm dabei half. Sie durfte die Tasten einzeln anschlagen, und er drehte mit dem Stimmschlüssel so lange an den Wirbeln, bis der Ton wieder richtig klang.

»Stimmt es jetzt?«, fragte er sie jedes Mal.

»Zu hoch. Sie müssen ihn wieder herunterschrauben. Nur sooo viel!«

Sie zeigte es ihm mit Zeigefinger und Daumen und sah, wie er anfing zu grinsen. Sein Mund blieb dabei geschlossen, nur die Falten in seinem Gesicht wurden länger und tiefer. Er war schon ein Kauz, aber zugleich auch ein Fuchs, denn sie hatte den Verdacht, dass er nur fragte, um herauszufinden, ob sie die Töne richtig hören konnte.

»Jetzt kommt das Fis, das ist ganz böse verrutscht. Mehr … mehr … mehr … jetzt war's zu viel. Ein bisschen zurück. Noch mehr … noch mehr … halt!«

»Sehr gut, junge Dame!«

Das Stimmen dauerte sehr lange, und Tante Fanny, die währenddessen am Fenster saß und nähte, seufzte immer wieder leise. Mal fiel ihr die Garnrolle hinunter, mal die Schere, aber sie wagte nicht, sich zu beschweren. Nur die Großmutter riss zweimal die Tür auf und fragte, ob das noch lange dauern würde, ihr Enkel müsse lateinische Vokabeln lernen, und ihm drehe sich der Kopf.

Kantor Pfeiffer, so kauzig und schüchtern er auch daherkam, ließ sich nicht aus der Ruhe bringen – nicht einmal von der Großmutter, die doch solch eine Respektsperson im Hause war. »Gut Ding will Weile haben«, erklärte er freundlich nickend.

»Ihr Jüngster, der Gerhard, ist doch auch so für die Musik begabt«, sagte er. »Ich meine, Charlotte kommt nach ihm.«

»Da sei Gott vor!«, versetzte die Großmutter und schlug die Türe wieder zu.

August 1885

Nur selten im Hochsommer war der Himmel von einem so tiefen, dunklen Blau. An solchen Tagen schwammen dort oben Wolkengebilde wie weiße Schiffe auf einem stillen Meer, trieben ruhig über den weiten Ozean und verschwanden lautlos am Horizont. Wer mit ihnen reiste, der würde ferne Ufer erreichen, vor weißen Stränden ankern, an denen sich schlanke Palmen bogen. Vielleicht würde er an steilen Ufern vorbeigleiten, wo dichtes Pflanzenwerk helle Gebäude mit kleinen Säulen und Arkaden umgab; dahinter schichteten sich bläulich gefärbte Bergrücken, und über allem thronte der glitzernde Schneegipfel eines mächtigen …

»Charlotte! Charlottäääá! Großer Gott – wo bleibt sie denn wieder!«

Wie ein flügelloser Vogel stürzte sie aus den Wolken auf das Rasenstück des großelterlichen Gartens herab, gleich neben dem grün gestrichenen Klapptisch, den Paul schon aufgestellt hatte, damit sie am Nachmittag mit den Gästen im Freien sitzen konnten.

»Ich komme …«

Missmutig ging sie hinüber zu den Beeten, in denen Grünkohl, Möhren und einige kleine Weißkohlköpfchen in Reih und Glied standen, und betrachtete die Petersilie. Viel Staat war nicht mehr damit zu machen; obgleich man sie gegossen hatte, waren die zarten Blättchen doch schlaff, viele auch gelb von der Augusthitze. Seufzend suchte sie die besten Pflänzchen heraus und schnitt sie ab, wobei ihr wieder einmal der schwere Zopf im Wege war, der prompt nach vorn fiel, wenn sie sich bückte.

In der Küche herrschte hektische Aufregung. Tante Fanny stand über den Tisch gebeugt und schnitt das gekochte Pökelfleisch mit einem scharfen Messer in hauchdünne Scheiben, so dass sie fast aussahen, als wären sie aus Pergament. Die Tante trug noch ihr feines, dunkelblaues Kleid mit dem gehäkelten Spitzenkragen, das sie heute Morgen zum Kirchgang angelegt hatte, eine weiße Schürze schützte den teuren Stoff vor Fettspritzern. Charlotte hatte ihr in aller Frühe das Haar mit der Brennschere wellen und am Hinterkopf zu einem Knoten schlingen müssen, was ungewohnt aussah und sie noch ein wenig älter erscheinen ließ. Tante Fanny hatte in den vergangenen Jahren viele Falten bekommen, besonders um den Mund herum und auch am Hals.

»Wasch die Petersilie, und hack sie fein – sie kommt über die Kartoffeln«, befahl die Großmutter, die zwei dampfende Töpfe am Herd bewachte. »Und richte den Salat an. In zwei Schüsseln.«

Dicke Bohnen gab es dazu und eingelegten Kürbis, danach Puffert mit Beernstip. Der Großvater hatte sogar Wein besorgt, Heidelbeerwein hatten sie selbst, und Limonade war auch angesetzt worden. Kaffee und Krüppelkuchen würde man am Nachmittag im Garten servieren, und als Krönung gab es eine Torte, in die Tante Fanny Branntweinrosinen eingebacken hatte.

Es war Charlotte unverständlich, weshalb man an einem ganz gewöhnlichen Sonntag einen solchen Aufwand trieb, nicht einmal zu den Feiertagen wurde die Auricher Verwandtschaft so reichlich bewirtet. Es konnte eigentlich nur an dem Gast liegen, den Tante Edine dieses Mal mitgebracht hatte. Charlotte hatte den jungen Mann am Morgen in der Lutherischen Kirche nur von hinten betrachten können, da sie mit Klara gegangen und erst knapp vor Beginn des Gottesdienstes eingetroffen war. George Johanssen hatte drei Reihen vor ihnen zwischen Paul und dem Großvater in der Bank gesessen. Er war groß, hatte einen langen Hals und schmale Schultern, die in einer dunkelgrauen Jacke steckten. Das blonde Haar reichte ihm bis zum Kragen, etwas, das sich Paul hier in Leer nicht hätte erlauben dürfen, aber George Johanssen lebte in England, und außerdem war er Student der Medizin.

Die Frauen waren gleich nach dem Gottesdienst nach Hause gestürmt, um das Mittagessen vorzubereiten, während die Mannsleute den Gast noch in der Stadt herumführten, um ihm die Sehenswürdigkeiten des Ortes zu zeigen: die Kirchen, das Rathaus und jenes Backsteinhaus am Markt, in dem die große Waage stand, die maßgeblich für alle Händler des Marktes war und jedem verkündete, dass Leer das Marktrecht besaß.

»Denk daran, dir den Teller nicht so vollzuladen«, mahnte Tante Fanny. »Zwei Scheiben Fleisch sind genug – du kannst ja Salat und Kartoffeln essen. Und nachher noch Puffert. Das Fleisch muss für die Gäste bleiben, vor allem für den jungen Engländer.«

Als ob Charlotte jetzt noch Appetit verspürt hätte, nach all dieser Hektik! Gestern hatten sie das Haus gewienert, das Unterste zuoberst gekehrt, die Teppiche geklopft, die Stiege gebohnert, sogar die Vorhänge gewaschen. Anschließend hatten sie Kuchen gebacken, die Kleider zurechtgemacht, das Haar onduliert … Großer Gott – kam vielleicht der Kaiser auf Besuch?

»Sie müssen gleich hier sein«, ließ sich die Großmutter vernehmen. »Schau mal nach, ob Edine in der Stube mit dem Tischdecken und den Stühlen zurechtkommt, Fanny. Wo sind Marie und Menna? Sie können auftragen helfen.«

»Die sind drüben bei Hilke Hansen – Gläser ausleihen. Edine mag nicht, wenn die Limonade aus dem Weinglas getrunken wird.«

Die Großmutter, der diese Eigenmächtigkeit nicht passte, schwieg verdrossen. Gast hin, Gast her – wenn ein Glas kaputtging, würde sie es der Hansen'schen ersetzen müssen.

»Lauf mal hoch zu Ettje und Klara«, rief Tante Fanny Charlotte im Vorübergehen zu. »Du kannst Ettje noch fix das Haar aufstecken – du bist doch so geschickt darin, Charlotte.«

»Das habe ich doch heute früh schon gemacht!«

Die Stubentür klappte hinter der Tante zu. Charlotte überlegte rasch, ob sie den Auftrag ausführen sollte, dann entschied sie sich dafür, nach oben zu laufen, damit die Großmutter nicht auf die Idee kam, sie nach Marie und Menna auszuschicken, die sich anscheinend drüben bei der Nachbarin festgequatscht hatten. Nebenan würde sie ganz sicher Peter Hansen begegnen, den sie nicht leiden konnte, weil er sich vor ihr immer so wichtig machte.

Ettje saß in steifer Haltung auf ihrem Bett und ließ sich von Klara den Wandspiegel vorhalten. Ihr sommersprossiges Gesicht war schweißbedeckt, die kleinen Löckchen, die Charlotte ihr gebrannt hatte, klebten an ihrer Stirn.

»Das wird nicht besser, wenn du daran herumdrückst«, sagte Klara bekümmert. »Der wird nur dicker und röter, das ist alles.«

»Halt den Mund, und schau lieber nach, ob sie schon kommen«, stöhnte Ettje. »Weshalb muss mir das immer passieren – gestern Abend war noch nichts zu sehen, und jetzt habe ich diesen grässlichen Pickel zwischen den Augen. Gerade heute! Was soll ich bloß machen, Charlotte?«

Sie sah so jämmerlich aus, dass Charlotte Mitleid bekam. Sie mochte Ettje zwar immer noch nicht besonders leiden, aber inzwischen flackerte der Streit zwischen ihnen nur noch selten auf. »Leg was Kaltes darauf, dann schwillt es nicht weiter an. Einen Löffel oder einen kalten Lappen.«

»Gib den Waschlappen her, Klara! Und häng den Spiegel wieder auf.«

Klara schenkte Charlotte ein kleines Lächeln, das Ettje nicht sehen konnte, weil sie sich bereits den feuchten Waschlappen auf Stirn und Augen presste. Klara war immer noch ihre engste Vertraute, ihre Schutzbefohlene und der einzige Mensch auf der Welt, dem Charlotte sich öffnete. Klara wusste nahezu alles von ihr, sogar ihre Träume und ihren geheimen Kummer, und oft genügte den beiden ein Lächeln, ein kurzer Blick, eine Berührung mit der Hand, um sich miteinander zu verständigen.

Jetzt sagte Klaras Lächeln: Schau, wie sie die arme Ettje herausstaffiert haben, dabei wird sie ohnehin nicht gegen Menna oder gar Marie bestehen können, da gibt es keinerlei Hoffnung.

Seit der Besuch angekündigt worden war, hatte Tante Fanny eifrig genäht, um ihre ältere Tochter, die nun schon fast zwanzig war, so schön wie möglich zu kleiden. Sie hatte Ettje sogar ein Korsett nach neuester Mode geschneidert, und am Morgen hatte Tante Fanny die Tochter eigenhändig geschnürt. Tatsächlich wirkte Ettje jetzt zwar ziemlich steif, aber doch fast zierlich in der eng anliegenden, gestreiften Jacke, unter der sie eine dunkelblaue Bluse mit Stehbündchen trug. Wenn man sie anfasste, fühlte sich ihre Taille hart an wegen der eingenähten Stäbe.

»Doktor Johanssen ist in London ein sehr angesehener Arzt, und seine Frau kommt aus vornehmer Familie. Ich glaube, sie sind sogar von Adel und haben mehrere Offiziere in der Familie …«

»Du hast ja nicht einmal das Haar aufgesteckt«, wandte sich Klara kopfschüttelnd an Charlotte. »Komm, ich helfe dir, es sind noch ein paar Nadeln übrig.«

Unten hörte man die Großmutter schelten, das Fleisch würde kalt werden, wenn die Mannsleute nicht endlich beikämen. Menna und Marie traten schwatzend und gläserklirrend in den Flur und wurden von der Großmutter nicht eben freundlich empfangen. Es störte sie wenig – Maries fröhliches Lachen ertönte, dann schlug die Stubentür hinter ihr zu.

»Pünktlichkeit ist eine Tugend. Aber die lernt man in England wohl nicht!«, knurrte die Großmutter auf dem Flur.

Klara legte Charlottes dicken Zopf zu einem Kringel und steckte ihn an ihrem Hinterkopf fest; sie arbeitete so geschickt, dass Charlotte die Haarnadeln kaum spürte.

»Schau in den Spiegel, Charlotte! Wenn du magst, stecke ich dir das Haar jeden Tag so auf – dann siehst du aus wie eine junge Dame.«

»Bloß nicht!«

Der kleine Wandspiegel zeigte ein blasses Gesicht, die Nase zart, der Mund zu groß, die Wangen schmal, fast hager. Nichts Liebliches lag in diesen Zügen, sie waren unausgeglichen, kantig, voller Gegensätze, zeigten schon lang nicht mehr die sanften Linien des Kindergesichts, wollten sich aber auch noch nicht zu dem Antlitz einer jungen Frau fügen. Alles beherrschend waren die dunklen, ein wenig umschatteten Augen, deren Wirkung durch die schwarzen Wimpern und die dichten gewölbten Brauen noch zusätzlich betont wurde. Das gewaltige Zopfgebilde an ihrem Hinterkopf erschien Charlotte lächerlich, und sie hätte es gern wieder gelöst, wäre Klara nicht so begeistert von ihrem Werk gewesen.

»O Gott!«, stöhnte Ettje und riss den Spiegel an sich. »Jetzt ist die ganze Stirn rot und dick angeschwollen. Ich sehe aus, als wäre ich gegen die Wand gelaufen. So kann ich unmöglich nach unten gehen …«

»Sie kommen!«, hörte man Mennas helle Stimme aus dem Hausflur. »Du liebe Zeit, wie erhitzt sie sind. Was für ein

Spaß, bei diesem Wetter durch die Stadt zu laufen und alte Häuser anzustarren!«

Na endlich, dachte Charlotte. Wenn dieser Tag nur schon vorüber wäre! Morgen werden wir aufräumen und saubermachen – Gott weiß, wann ich wieder ans Klavier komme.

In der Wohnstube hatte man den Esstisch durch einen Klapptisch aus der Waschküche verlängert, was kaum auffiel, denn das schöne Tafeltuch der Großmutter ließ die Ritze verschwinden. Das Sofa war zum Tisch gerückt worden, die dort Sitzenden bekamen Kissen untergelegt, sonst hätten sie nur mit Kopf und Schultern über die Tischplatte geragt. Auch der Ohrensessel diente als Sitz, Paul hatte Großvaters Schreibtischstuhl heruntergetragen, und schließlich war noch einer der beiden Küchenstühle geholt worden, der nun so dicht am Fenster stand, dass das abgewetzte Holz der Lehne beim Eintreten kaum ins Auge fiel. Auf diesem Stuhl hatte Klara Platz zu nehmen, Charlotte saß weiter vorn, um der Großmutter rasch bei der Hand zu sein, falls etwas aus der Küche geholt werden musste.

Ansonsten war die Sitzordnung wie immer. Vorn bei der Tür thronte der Großvater am Kopfende des Tisches, dicht bei ihm saß die Großmutter, daneben Tante Edine und Tante Fanny. Das untere Ende des Tisches, zum Fenster hin, war für die »Jugend«, dort hatte man dem Gast schon einen Stuhl zugewiesen, und Tante Fanny focht im Flur einen heißen Kampf mit ihrer Schwester aus, denn sie bestand darauf, dass Ettje rechts des Gastes sitzen sollte. Schließlich saß Menna schon zu seiner Linken, das musste ja wohl reichen.

Charlotte und Marie trugen die Schüsseln auf, und der Großvater wartete, bis auch sie ihre Plätze eingenommen hatten, bevor er das Tischgebet sprach und den Gast noch einmal im Kreise seiner Familie willkommen hieß. Jetzt endlich hatte Charlotte Gelegenheit, sich die Ursache all dieses familiären Wirbels von der Vorderseite anzuschauen.

Eigentlich war nichts Ungewöhnliches an George Johanssen festzustellen, auch keinerlei Anzeichen einer hochadeligen Abkunft, die Tante Fanny so herausgestrichen hatte. Er hatte graue Augen und buschige, hellblonde Augenbrauen, seine Nase war schmal, aber gerade, das blonde Haar an der Seite gescheitelt und über den Ohren kürzer als im Nacken geschnitten. Was Charlotte am meisten an George auffiel, war seine Art, Menschen oder Gegenstände für einen kurzen Moment scharf zu fixieren, als versuche er, hinter dem äußeren Schein etwas anderes, Verborgenes zu erkennen. Er tat das, wenn ihm ein Familienmitglied vorgestellt wurde, aber auch unvermittelt während eines Gesprächs oder wenn er in der Stube umhersah und ihm eine Nippesfigur, eine Topfpflanze oder ein Bild ins Auge sprang. Ansonsten war er recht redselig, stellte viele Fragen und hatte die Begabung, alle, sogar Klara, in ein unbefangenes Gespräch zu verwickeln. Das Herz der Großmutter gewann er im Sturm, als er ihre Küche lobte und sich zu der Bemerkung verstieg, in England niemals solch leckere Speisen gegessen zu haben. Er zauberte rote Flecken auf Tante Fannys Wangen, als er bereitwillig dreimal von dem dringlich angebotenen Fleischteller nahm, und er brachte Ettje zum Lachen, indem er ihr seine Kenntnisse des friesischen Platt vorführte.

Charlotte sah er zweimal auf seine merkwürdige Weise an. Einmal, als Marie sie ihm vorstellte, das zweite Mal, als Klara ihm berichtete, Charlotte spiele sehr gut Klavier. Doch sie saß zu weit von ihm entfernt, als dass sie ein Gespräch hätten führen können. Charlotte war das recht so, unterhielt sie sich doch sowieso viel lieber mit Marie und Henrich, dem jüngeren Bruder der beiden Cousinen. Henrich war ein freundlicher, harmloser Bursche, der gerade um sein Abitur kämpfte und auf Wunsch des Vaters später Theologie studieren würde.

»Magst du nicht heute Abend zum Tanz aufspielen, Charlotte?«, rief Menna über den Tisch hinweg. »Wir räumen die Stube leer, dann haben wir Platz genug. Peter Hansen will auch kommen.«

Charlotte kratzte die letzten Bohnen aus der Schüssel und tat, als habe sie nichts gehört. Nicht im Traum hätte sie daran gedacht, für die Cousinen und ihren englischen Gast als Tanzpianistin herzuhalten, dazu war die Musik ihr viel zu kostbar. Sie hatte in den vier Jahren enorme Fortschritte gemacht, spielte große Sonaten von Beethoven, Mozart und Scarlatti, auch Walzer von Chopin und Mendelssohns *Lieder ohne Worte.* Sie hatte sich sogar mit Kantor Pfeiffers geliebtem Johann Sebastian Bach angefreundet. Sein »Italienisches Konzert« gefiel ihr am besten, mit der *Kunst der Fuge* plagte sie sich eher ihrem Lehrer zuliebe herum, und doch spürte sie den spröden Reiz dieser Stücke, die nicht nur das Gefühl, sondern auch den musikalischen Verstand forderten. Vor allem aber war die Musik ihre Zuflucht, der einzige Ort, der nur ihr allein gehörte, eine Zauberwelt, in der sich die Klänge auf geheimnisvolle Weise zu Farben und Düften wandelten, zu Landschaften von beglückender Schönheit.

»Komm schon, Charlotte«, bettelte Ettje, die inzwischen tatsächlich ihren Pickel auf der Stirn vergessen hatte, vor allem, weil der junge Engländer so unbeschwert mit ihr plauderte und sich an diesem Makel gar nicht zu stören schien. »Dann hätte sich das viele Geld für die Klavierstunden endlich mal gelohnt!«

»Ich habe für so was keine Noten!«

»Marie hat welche ausgeliehen und mitgebracht.«

Cousine Marie, die inzwischen dreiundzwanzig Jahre zählte und mit einem jungen Assessor aus Emden verlobt war, lächelte Charlotte gewinnend an, nur ein ganz klein wenig spürte man ihr schlechtes Gewissen. Aha, sie hatten diesen Anschlag von langer Hand geplant! Weder Marie noch Menna hatten es auf dem Klavier weit gebracht, obgleich sie eine Weile Unterricht gehabt hatten.

»Der Großvater will gewiss nicht, dass hier im Hause getanzt wird«, hielt Charlotte stur dagegen.

Tanzen war schließlich Sünde, genau wie im Gasthaus zu hocken und sich zu betrinken, an Glücksspielen teilzunehmen oder noch schlimmere Dinge zu tun. Solche schlimmen, unsittlichen Dinge taten manche Männer, das wussten sie aus gewissen Andeutungen der Großmutter, was genau dabei aber passierte, blieb ein aufregendes Geheimnis.

»Ach, das ist doch nur unter uns in der Stube, Charlotte«, beschwichtigte Marie und warf den Kopf zurück. Sie war besonders hübsch heute, ihre Augen strahlten, ihr Haar glänzte, fast schien es Charlotte, als würde die ganze Marie von innen heraus leuchten. Nach dem Essen gab es selbst gemachten Johannisbeerlikör und klaren Korn, der allerdings dem Großvater vorbehalten blieb. Er unterhielt sich jetzt angeregt mit George über den Konflikt in Sansibar und schalt auf den Sultan, der den Deutschen verbieten wollte, das Küstenland unter den Schutz des Reiches zu stellen. Er solle auf seiner Insel bleiben, dieser Araber – was gehe ihn die Küste an, dort habe er nichts zu sagen. In seinem Eifer und unter der Wirkung des klaren Kornschnapses verstieg sich der Großvater sogar zu der Behauptung, es seien natürlich wieder einmal die Briten, die sich hinter den Sultan gestellt hätten, um Deutschland auf dem afrikanischen Kontinent das Wasser abzugraben. Tante Fanny wurde blass, und die Großmutter bemühte sich geistesgegenwärtig, das Gespräch auf die lange Trockenheit und die zu erwartende schlechte Ernte zu lenken, doch George schien den Angriff auf sein Heimatland nicht übel zu nehmen. Stattdessen warf er zur größten Verblüffung des Großvaters die Frage ein, ob es überhaupt gerechtfertigt sei, fremde Völker unter den Schutz einer europäischen Nation zu stellen, sprich:

Kolonien zu gründen. Gespannt verfolgte nun auch Charlotte das Gespräch, und zum ersten Mal war sie von dem jungen Engländer beeindruckt, der Dinge aussprach, über die auch sie oft nachgedacht hatte.

»Gibt es einen Unterschied zwischen einer Eroberung und der Gründung einer Kolonie?«, fragte er mit provokantem Schmunzeln.

»Aber ja, und zwar einen ganz gewaltigen, junger Aufrührer«, gab der Großvater zurück und goss sich noch ein Gläschen ein. »Gerade ein Brite sollte darüber Bescheid wissen. Es geht zunächst einmal darum, die Eingeborenen zum christlichen Glauben zu führen, das ist unsere vornehmste Pflicht ...«

»Gewiss. Aber dazu braucht man keine Kolonien, da reichen Missionsstationen.«

»Aber lieber junger Freund! Sie wissen doch ebenso gut wie ich, dass die Arbeit der Missionare leider viel zu häufig an dem Widerstand der unwissenden Neger scheitert und viele mutige Christen dabei schon ihr Leben gelassen haben. Wenn wir die Seelen dieser armen Menschen retten und sie an den Segnungen unserer Kultur teilhaben lassen wollen, dann braucht diese Arbeit den militärischen Schutz der Nation.«

»Vielleicht benötigen sie die Segnungen unserer Kultur ja gar nicht? Was wissen wir schon von den Eingeborenen im Herzen Afrikas? So gut wie nichts, wir kennen nicht einmal ihre Sprache.«

Jetzt mischte sich auch Paul ins Gespräch ein. Unten am Tisch unterhielten sich die Mädchen über die neueste Art, sich das Haar aufzustecken – ein Thema, das ihn ziemlich wenig interessierte.

»Das Kauderwelsch dieser Neger muss man nun wirklich nicht verstehen«, warf er grinsend ein. »Die plappern doch einfach nur so dahin.«

»Da bist du im Irrtum«, widersprach George lächelnd. »Ich

habe in England das Werk eines deutschen Afrikaforschers studiert, der sich mit den Sprachen der Eingeborenen beschäftigt hat. Diese Sprachen sind keineswegs simpel, sondern sehr komplex und verfügen über eine Vielfalt an Ausdrücken …«

»Das war Heinrich Barth – nicht wahr?«, platzte Charlotte dazwischen. »Ich habe über ihn gelesen …«

Die Augen des Großvaters richteten sich voller Erstaunen auf seine Enkelin, auch die Großmutter und Tante Fanny starrten sie an, in ihren Gesichtern spiegelte sich jedoch eher Entsetzen. Ein junges Mädchen mischte sich nicht in Männergespräche ein, in denen es um Politik ging.

»Ja, richtig«, sagte George überrascht. »Hast du etwa sein Buch *Reisen und Entdeckungen in Nord- und Centralafrika* gelesen? Oder seine Arbeit über die zentralafrikanischen Vokabularien?«

Charlotte spürte, dass sie errötete, denn zum dritten Mal maßen sie nun die eindringlichen Augen des englischen Gastes. Dieses Mal mit ganz besonderer Neugier.

»Leider nicht«, gab sie zu. »Ich las über ihn in einem Zeitschriftenartikel. Dort wurde erwähnt, dass er die Sprachen der Afrikaner untersucht hat, aber man fand dies eher lächerlich. Ihm wurde zudem vorgeworfen, Sklaven gejagt und mit nach Europa gebracht zu haben …«

»Davon habe ich auch gehört«, erwiderte George, ohne Charlotte aus den Augen zu lassen. »Aber ich halte das für eine boshafte Verleumdung. Wie auch immer – Heinrich Barths Versuch, die afrikanischen Sprachen zu dokumentieren, ist ein großartiger Ansatz, den man weiter verfolgen müsste …«

»Das finde ich auch. Wie können wir über etwas urteilen, von dem wir gar nichts wissen? Das Gleiche gilt für die afrikanischen Sitten und Gebräuche und auch für ihre Religion …«

Jetzt reichte es dem Großvater, unchristliche Reden wie diese konnte er in seinem Haus auf keinen Fall dulden.

»Wo in aller Welt hast du diesen Artikel gelesen?«, wollte er von Charlotte wissen.

Sie biss sich auf die Lippen, hatte sie doch im Eifer des Gefechts Dinge verraten, die sie besser verschwiegen hätte.

»Kantor Pfeiffer hat zwei Journale abonniert, und ich lese hin und wieder darin.«

»Aha!«, ließ sich die Großmutter vernehmen, die der Meinung war, dass das Lesen von Romanen oder Journalen für ein junges Mädchen nur verderblich sein konnte.

Das Gespräch erstarb, der Großvater hatte schon kleine Augen und zog sich bald zurück, um sein Mittagsschläfchen zu halten. Auch Tante Fanny, die Großmutter und Tante Edine erhoben sich, in der Küche stand der Abwasch bevor, und draußen im Garten musste der Kaffeetisch eingedeckt werden. Die jungen Leute würden ja wohl noch ein wenig sitzen und sich auch ohne die »Alten« miteinander beschäftigen können.

»Charlotte, du kannst uns in der Küche helfen!«, befahl Tante Fanny.

Zu Charlottes Überraschung erklärte sich Marie freiwillig bereit, mit abzuwaschen. Vielleicht langweilte sie sich in der Stube, wo die drei jungen Männer – Paul, George und Maries Bruder Henrich – inzwischen eifrig über die Jagd mit Spürhunden und die dazu nötigen Jagdgewehre diskutierten, wozu weder Menna noch Marie, noch Klara viel beizutragen hatten.

»Nicht wahr, Großmutter«, bemerkte Marie leichthin, während sie das frisch geplättete Küchentuch entfaltete. »Es kann doch niemand etwas dagegenhaben, wenn wir heute Abend ein wenig Musik machen, oder? George liebt die Musik, und als Student kennt er einige Tänze, die in London sehr in Mode sind …«

»Tanzen wollt ihr? Dafür ist die Stube doch zu eng!«, meinte die Großmutter und reichte ihr den eben gespülten, tropfnassen Fleischteller zum Abtrocknen.

»Nicht richtig tanzen, Großmutter. Nur ein klein wenig die Schritte üben und ein paar lustige Spiele machen. George soll uns doch in guter Erinnerung behalten, wenn er wieder zurück zu seinen Eltern reist.«

»Das ist eine wunderbare Idee!«, schwärmte Tante Fanny, die ihre Ettje vermutlich bereits in Georges Armen sah. »Warum sollten die jungen Leute sich nicht vergnügen und Freude am Leben haben?«

Kaum zu glauben, dass gerade Tante Fanny solche Dinge von sich gab, die sonst immer predigte, ein junges Mädchen habe sich still und sittsam aufzuführen, und zornig wurde, wenn albern gelacht und gekichert wurde. Von ihrer Abneigung gegen Charlottes Klavierspiel einmal ganz abgesehen.

»Nun«, ließ sich Tante Edine zögerlich vernehmen. »Harm mag das Tanzen bei uns zu Hause ja nicht gestatten – er ist stets um sein Ansehen in der Gemeinde besorgt –, aber ich denke, dies ist ein unschuldiges Amüsement, das niemandem schadet.«

»Aber erst nach dem Kaffeetrinken«, entschied die Großmutter nach kurzem Überlegen. »Und dass mir in der Stube ja nichts zu Bruch geht!«

Marie wischte mit unschuldigem Lächeln über den Teller, der inzwischen längst trocken war, und Charlotte kam nicht umhin, das diplomatische Geschick ihrer Cousine zu bewundern. Marie war nie gut in der Schule gewesen und hegte auch sonst keinerlei Interessen. Sie begeisterte sich weder für die Musik noch für Bücher, fertigte keine Stickereien an wie ihre Schwester Menna und überließ die Haushaltsführung gern ihrer Mutter. Aber wenn Cousine Marie sich etwas in den Kopf gesetzt hatte, fand sie immer einen Weg, ans Ziel zu gelangen.

Bald war Unruhe im Flur zu vernehmen, offenbar war es dem Rest der Gesellschaft in der Stube zu langweilig geworden. Man hörte Ettje die Stiege hinauflaufen – der Großvater hatte einmal gesagt, sie habe einen Tritt wie ein Ackergaul –, ganz sicher holte sie ihren hellen Sommerhut, um sich vor der Sonne zu schützen. Gleich darauf schob Paul die Küchentür ein Stückchen auf und streckte den Kopf hinein.

»Wir zeigen George den Plytenberg – möchte jemand von euch mitkommen?«

Er sah dabei Marie und Charlotte an, aber natürlich waren seine Worte an alle Anwesenden gerichtet. Die Großmutter meinte kopfschüttelnd, bei solchen Temperaturen könne sie auf den weiten Weg leicht verzichten und außerdem sei hier im Haus noch einiges zu richten. Auch Tante Fanny und Tante Edine lehnten ab, mahnten jedoch, bis spätestens vier Uhr zum Kaffeetrinken im Garten zurück zu sein.

»Wir sind pünktlich – George hat eine Taschenuhr, die geht auf die Minute genau und zeigt sogar die Mondphasen an. Was ist mit euch beiden?«

Marie legte die Bestecke, die sie gerade abtrocknete, samt dem Küchentuch auf den Tisch und fasste Charlotte am Arm.

»Natürlich kommen wir mit. Wir holen nur unsere Hüte, damit wir nicht braun wie die Neger im Gesicht werden.«

Charlotte ließ sich mit fortziehen, allerdings ohne die gleiche Begeisterung zu empfinden. Nun würde die Großmutter Klara für die Küchenarbeit einspannen, denn die konnte auf keinen Fall mit zum Plytenberg. Vielleicht hätte sie den Weg sogar geschafft, aber dann hätten alle auf sie warten müssen, weil sie so langsam humpelte, und das wollte Klara auf keinen Fall.

»Was wollt ihr denn auf dem Plytenberg?«, nörgelte Charlotte im Flur. »Da ist doch nichts zu sehen, nur ein paar alte Steine.«

Marie hatte schon ihren Strohhut aufgesetzt und band ihn mit einer Schleife unter dem Kinn fest.

»Es ist auf jeden Fall besser, als im Garten herumzusitzen.

Es wird bestimmt lustig, und wir werden eine Menge Leute treffen.«

Gerade das fand Charlotte überhaupt nicht lustig. Sie hasste die Sonntagsausflüge, bei denen man immer Bekannte grüßen musste, bei ihnen stehen blieb und allerlei belangloses Zeug redete. Aber dieser Tag war sowieso ein verlorener. Das einzig interessante Gespräch hatte man ihr abgeschnitten, und auch über Marie hatte sie sich ärgern müssen. Da die Großmutter die Tanzerei nun erlaubt hatte, würde ihr nichts anderes übrigbleiben, als am Abend die albernen Stücke aus Maries ausgeliehenen Noten zu spielen.

»Willst du denn nichts auf den Kopf setzen?«, fragte Marie erstaunt.

»Warum sollte ich?«, gab Charlotte patzig zurück.

Die Cousine zuckte die Schultern und lief zur Haustür. Die anderen warteten bereits draußen auf der Straße. Als sie die Tür aufzog, drang gleißendes Sonnenlicht in den dämmrigen Flur, und Charlotte erblickte die Konturen von Maries Gestalt wie einen zierlichen Schattenriss vor dem hellen Hintergrund. Für einen Augenblick beneidete sie die Cousine um diese nahezu perfekten Körperlinien, die eng geschnürte Taille, die schön geformte Büste, den weichen Schwung des samtbesetzten, dunkelgrünen Rockes. Alles passte zusammen, als stammte es aus einem Modejournal, und doch wirkte Marie niemals gestelzt wie Ettje in ihrem engen Korsett, sondern bewegte sich natürlich und anmutig.

Paul machte den Anführer, da er sich am besten auskannte. Geschickt suchte er die passenden Wiesenwege zum Plytenberg aus, der auf der anderen Seite des Ortes lag, denn niemand hatte Lust, durch die Stadt zu gehen. Marie und Menna hielten sich an Georges Seite; Ettje, die in ihrem neuen Korsett fürchterlich schwitzte, musste sich mit Cousin Henrich begnügen, und Charlotte ging einsam als Schlusslicht hinterdrein. Ab und an mussten sie einen schmalen Graben überwinden, dann postierten sich Paul und George breitbeinig über dem Hindernis, um den Mädchen beim Hinüberspringen behilflich zu sein. Es gab viel Gelächter und Gekreische, man fasste sich bei den Händen, und die Röcke flogen im Sprung in die Höhe, was aber keines der Mädchen zu stören schien. Nur Charlotte verschmähte die Bemühungen der beiden Kavaliere, suchte sich selbst eine passende Stelle aus und sprang ohne Hilfe. Ohnehin war wegen der Trockenheit kaum Wasser in den Gräben – es war ihr völlig unverständlich, dass so viel Theater darum gemacht wurde.

Wie sie bereits befürchtet hatte, war der mickrige Hügel, den man den Plytenberg nannte, von zahlreichen Sonntagsausflüglern besetzt. Kinder und junges Volk liefen barfuß über die Wiese, hockten oben auf den Mauerresten oder legten sich ins Gras, um seitlich hügelabwärts zu rollen, weil man davon so wunderbar schwindelig wurde. Weiter unten lagerten einige Familien im Schatten der Bäume, bunte Tischtücher waren im Gras ausgebreitet worden, auf denen Teller mit Plätzchen oder belegten Broten, bauchige Krüge und Trinkgefäße standen.

»Das also ist der Plytenberg«, sagte George, und Charlotte glaubte, einen leisen Spott in seiner Stimme zu bemerken. »Was für ein seltsames Gebilde – ist es vielleicht künstlich aufgeworfen?«

»Das weiß niemand so genau«, erklärte Ettje und wischte sich mit dem Ärmel den Schweiß von der Stirn. »In der Schule wurde uns erzählt, es sei einst ein Aussichtspunkt für die Leute aus der Festung Leerort gewesen. Vielleicht hat ja mal ein Turm dort gestanden.«

»Und oben in der Turmkammer saß eine Prinzessin gefangen, das kenne ich schon. War es jene, die ihr Haar hinabließ, damit der Ritter daran emporklettern konnte?«, scherzte George, und die Mädchen lachten.

»Das würde höchstens bei Charlotte gehen«, kicherte Menna. »Die hat einen Zopf, so dick und fest, da könnte sich ein ganzes Regiment dran hochziehen.«

George richtete seine grauen Augen auf Charlotte. Er schien nicht abgeneigt, sie ein wenig zu necken, als er jedoch den bitterbösen Ausdruck in ihrer Miene bemerkte, wandte er den Blick rasch ab.

»Lasst uns hinaufsteigen«, schlug er vor. »Sieht man den Fluss von dort oben?«

»Klar. Wenn du dich anstrengst, kannst du bis nach England schauen.«

Charlotte blieb zurück. Unzählige Male war sie sonntags mit der Familie an diesem Ort gewesen; sie hatte Klara hinaufgeholfen und mit ihr oben auf den Mauerresten gestanden, um nach den grauen Bändern der Flüsse Ems und Leda Ausschau zu halten, die sich bei Leerort vereinigten. Die Festung selbst, die früher einmal auf dieser Landspitze gestanden hatte, gab es nicht mehr; nur noch einige Wälle, von Gebüsch bewachsen, ragten aus der Ebene. Kleine Häuser standen jetzt dort, auf der einstigen Festungsanlage war das Dorf Leerort entstanden.

Niemand störte sich daran, dass Charlotte nicht mitkam, und sie nahm die Chance wahr, sich ein wenig entfernt von den Ausflüglern im Schatten einer jungen Eiche ins Gras zu setzen. Aufatmend lehnte sie den Rücken gegen den Stamm, zog die Knie hoch und strich ihren Rock glatt. Wie angenehm, ein paar Minuten für sich allein zu haben, bevor die lästige Meute zurückkehrte! Sie kniff die Augen zusammen, um besser gegen die Sonne sehen zu können, und verfolgte mit spöttischem Blick, wie die anderen drüben gerade die letzten Meter überwanden. Paul war schon oben, Menna, die sich von Henrichs Hand befreit hatte, kroch lächerlicherweise auf allen vieren, George und Ettje waren erst in der Mitte des Hügels angekommen, wo sie auf Marie warteten, die unbefangen mit einer Freundin schwatzte. Charlotte stellte fest, dass George zwar dünn, aber ziemlich drahtig war, seine Bewegungen hatten eine federnde Leichtigkeit, die Paul oder Henrich wohl niemals erreichen würden.

Die Wärme tat ihr gut, löste die Spannung in ihrem Körper und ließ eine wohlige Müdigkeit in ihr aufkommen. Sie lehnte den Kopf zurück, und es war ihr jetzt gleich, dass sich der von Klara so kunstvoll aufgesteckte Zopf in der schrundigen Rinde der Eiche verfing. Mit geschlossenen Augen gab sie sich den Geräuschen des Sommers hin. Dem auf- und abebbenden Stimmengewirr der Ausflügler, dem leisen Klirren von Tellern und Tassen, dem Summen der Fliegen, dem Flüstern der Eichenblätter über ihr. Aus dieser Grundmelodie erhoben sich hin und wieder Lachsalven oder Kindergebrüll, fröhliche oder ärgerliche Rufe, einmal vernahm sie auch das helle Sirren einer Wespe, das für kurze Zeit alle anderen Geräusche dominierte und dann in der vielstimmigen Symphonie des Sommers unterging.

Etwas Dunkles bewegte sich dicht vor ihren geschlossenen Lidern, sie zuckte zusammen und schlug die Augen auf. George hatte mit der Hand vor ihrem Gesicht herumgewedelt, um herauszufinden, ob sie schlief.

»Schon wieder abgestiegen?«, fragte sie und griff an ihren Hinterkopf, um den Zopf zu befreien, der in der Eichenborke festhing.

»Weshalb bist du nicht mitgekommen?«

Sie drehte sich zur Seite und tat, als sei sie mit ihrem Haar beschäftigt. Sie mochte es nicht, wenn er sie so durchdringend anschaute.

»Hat mich jemand vermisst?«

»Ich zum Beispiel.«

Ein abschätziges Lachen war ihre Antwort. Weshalb sollte er

sie wohl vermisst haben? Den ganzen Weg lang hatte er sich nicht nach ihr umgesehen.

George aber ließ sich nicht beeindrucken und setzte sich unaufgefordert neben sie ins Gras.

»Hat Paul dir die Geschichte von dem Wikingerfürsten erzählt, der dort unten im Hügel begraben liegt?«, fragte sie spöttisch. »Eines Tages will er ihn ausbuddeln, weil er glaubt, in seinem Grab jede Menge goldene Ketten und Amulette zu finden.«

»Davon hat er tatsächlich gesprochen. Marie meinte allerdings, dass dieser Schatz in der Obhut kleiner Wesen sei, die sie ›Erdmantjes‹ nennt.«

»Möglich. Es gibt jede Menge seltsame Gestalten bei uns in Leer.«

George lachte leise und streckte sich rücklings im Gras aus. Entspannt blinzelte er in den hellen Himmel hinein und schaute ein paar Möwen nach, die über ihnen ihre Kreise zogen. Charlotte kämpfte mit einer ganz ungewohnten Befangenheit. Sie hätte ihm gern gesagt, dass seine Ansichten sie beeindruckt hatten, dass sie ganz seiner Meinung war, doch sie fürchtete auf einmal, dass ihm das gleichgültig sein könnte. Wer war sie schon? Eine unerfahrene, kleine Fünfzehnjährige, nicht besonders hübsch und schrecklich altklug, wie die Großmutter immer sagte. Gewiss war es besser, den Mund zu halten, sonst lachte er sie am Ende noch aus.

»Wo sind die anderen? Wieso bist du ganz allein?«, fragte sie daher.

»Sie haben mich einer Menge Bekannter vorgestellt, und jetzt sitzen sie drüben im Gras bei einer Nachbarin, die sie mit Limonade bewirtet.«

Er lächelte müde, und sie konnte ihn plötzlich gut verstehen. Seit er in Deutschland war, wurde er herumgeführt, allen möglichen Leuten als Sohn aus angesehener Familie präsentiert, man bewirtete ihn aufwendig, spreizte sich vor ihm, schob ihm die heiratsfähigen Töchter zu. Vermutlich war er ganz froh, für eine kleine Weile seine Ruhe zu haben.

»Ist es wahr, dass deine Mutter eine Inderin war?«

Charlotte hasste diese Frage, die ihr schon so häufig gestellt worden war. Immerhin klang sie aus seinem Mund anders, nicht sensationsgierig wie bei den meisten, sondern einfach nur interessiert.

»Nein. Meine *Groß*mutter war Inderin«, antwortete sie daher knapp.

Er schwieg einen kurzen Moment, und als er weitersprach, vermied er es, sie anzusehen, stattdessen schien es, als rede er zu den Möwen, die über ihnen am Himmel flogen.

»Ich habe Augen wie deine in London gesehen. Dort gibt es viele Menschen aus fremden Ländern, aber nur sehr wenige haben dieses Gold in ihren Augen, wie du es hast.«

Gold? Was redete er für einen Blödsinn! Sie hatte gelbe Augen wie eine Katze, eine Hexe. Hässliche Augen, vor denen man Angst bekommen konnte.

»Sie sind schön und geheimnisvoll«, fuhr er fort. »Wie dieser Edelstein, der eigentlich braun erscheint, im Licht aber plötzlich golden schimmert. Wie heißt er doch gleich auf Deutsch, es will mir nicht einfallen ...«

»Tigerauge!«

Er verzog das Gesicht zu einer Grimasse, erst als Charlotte zu kichern begann, hob er den Kopf, bemerkte erleichtert ihre Heiterkeit und lachte nun selbst.

»Ich rede krauses Zeug, wie?«

»Ziemlich.«

»Ich wollte dich nicht kränken, Charlotte. Weißt du, manchmal bin ich ein arger Träumer.«

»Klingt ganz danach.«

Er setzte sich mit einem Ruck auf, fuhr sich mit beiden

Händen durchs Haar und schaute sie verschmitzt von der Seite an.

»Ja, ein Träumer«, ergriff er wieder das Wort. »Als Kind hörte ich meinen Vater von Indien erzählen und stellte mir orientalische Paläste vor, indische Maharadschas mit goldbestickten Turbanen und weiße Elefanten. Später vertiefte ich mich in allerlei Bücher und Karten, und als Student trieb ich mich in den Vierteln von London herum, wo Inder, Afrikaner oder Araber wohnen.«

Sie staunte, zugleich aber spürte sie so etwas wie Neid. Er hatte sich »herumgetrieben«, war seiner Neugier gefolgt, hatte sich fremde Menschen und Orte angesehen, die ihn anzogen. Wie einfach war es doch für einen Mann, solche Orte zu besuchen, die Frauen aus »anständigem« Hause vollkommen verschlossen waren!

»Du kannst dir nicht vorstellen, Charlotte, wie trist es in London sein kann, wenn der Nebel wochenlang nicht weichen will. Straßen und Gebäude schwimmen in braunem Dunst, Lichter werden zu verwaschenen Flecken, und die Schwermut legt sich mit dunklen, feuchten Flügeln über die Menschen …«

»Das kann ich mir sehr gut vorstellen«, warf sie leise ein.

Sie wechselten einen kurzen Blick, eine Art Solidarität blitzte zwischen ihnen auf, und er fühlte sich ermutigt weiterzusprechen. Dabei drehte er Grashalme in den Fingern und starrte an ihr vorbei Richtung Stadt, über der jetzt die Mittagssonne stand.

»Meine Eltern erwarten, dass ich die Arztpraxis meines Vaters in London übernehme. Dagegen habe ich im Grund auch nichts einzuwenden, der Beruf des Mediziners gefällt mir, ich halte das für eine gute und sinnvolle Arbeit. Und doch weiß ich, dass ich zuerst meinen Träumen folgen muss. Wenn ich es nicht tue, werde ich es mein Leben lang bereuen.«

»Deinen Träumen folgen? Was bedeutet das?«

»Ich werde England verlassen.«

Voller Ehrfurcht sah Charlotte ihn an. Der Wille der Eltern, der Großeltern, war eisernes Gesetz, so hatte sie es gelernt. Sich diesem Zwang zu verweigern und eigene Wünsche zu verwirklichen, wäre in den Augen ihrer Großeltern Hoffart gewesen und somit eine schwere Sünde. Und doch wollte George genau dies tun – wie mutig er war.

»Wohin wirst du reisen?«

Er lächelte sie an, und die Begeisterung in seinen grauen Augen verzauberte sie.

»Es klingt vielleicht irrsinnig – aber ich habe eine große Sehnsucht nach der Wüste«, sagte er leise, als verrate er ein Geheimnis. »Ich habe zahlreiche Bücher und Berichte gelesen und kriege diese Bilder nicht mehr aus dem Kopf. Ich will die klaren Sterne am schwarzen Nachthimmel über der Sahara sehen. Auf dem schwankenden Rücken eines Kamels durch Sanddünen reiten, die sich wie rote, erstarrte Meereswogen eine an die andere fügen. In glühender Sonne meinen Weg gehen, vorüber an bizarrem, schwarzem Felsgestein, um mich herum eine unendlich weite, schweigende Landschaft, fremd, voller tödlicher Gefahren und zugleich ein Spiegel meiner selbst ...«

Er hielt inne und fuhr sich mit der Hand übers Gesicht, als wolle er seine Gedanken fortwischen. Dann fuhr er fort: »Ich rede so dahin – wahrscheinlich findest du das alles ziemlich abgeschmackt.«

»Nein«, murmelte sie. »Du ... du kannst das alles so wunderbar beschreiben. Ich sehe es vor mir, als wäre ich dort.«

Eine Mauer zerbarst in ihr. Zum ersten Mal in ihrem Leben traf sie einen Menschen, der das Gleiche empfand wie sie selbst. Stockend begann sie, von ihren Phantasien zu erzählen, von den Wolken, mit denen sie reisen wollte, von den fernen

Landschaften, die in ihrem Kopf auftauchten, voller Farben und Töne, voller Wärme, voller Leben.

»Wenn ich die Augen schließe, sehe ich blaugrüne Wellen an einen Strand rollen, wo sie zu schaumigen Teppichen auslaufen, die einen an den Füßen kitzeln, wenn man über den Sand läuft. Ich erblicke hohe, zerklüftete Felsen, von fremdartigen Pflanzen bewachsen, und darüber den Himmel, klar, dunkelblau und so tief, als würde er nirgendwo enden …«

Nein, sie wusste nicht, woher sie solche Träume nahm. In den Journalen von Kantor Pfeiffer waren Fotografien abgebildet, manchmal auch bunte Zeichnungen, doch keine davon hatte die gleiche Leuchtkraft wie ihre Phantasien.

»Es ist so stark, dass ich oft glaube, nur meine Flügel ausbreiten zu müssen, um dorthin zu gelangen. Aber dann weiß ich plötzlich, dass ich gar keine Flügel besitze, ja, ich habe nicht einmal Füße …«

Ihr Herz hämmerte, ihr Atem stockte, und sie konnte nicht weitersprechen. Es war, als schieße ein lange aufgestauter Sturzbach aus ihr heraus, über dessen Gewalt sie selbst erschrak. Zugleich spürte sie jedoch, dass ihre Worte schrecklich einfältig, ja kitschig klangen und das, was sie tief in ihrem Inneren empfand, nicht mal ansatzweise wiedergaben. Hilfesuchend blickte sie George an und war erleichtert, als sie sah, wie ernst er geblieben war.

»Ich wusste es«, sagte er. »Als ich dich heute das erste Mal sah, wusste ich sofort, dass es auch in dir ist. Aber ich ahnte nicht, wie sehr es dich umtreibt, Charlotte.«

Er beugte sich zu ihr hinüber, um sacht seine Hand auf ihren Arm zu legen. Die Berührung war schön und trostreich, seine grauen Augen blickten voller Anteilnahme.

»Weißt du was? Wenn ich erst in Übersee bin und meinen Platz dort gefunden habe, dann werde ich dich …«

»George?«, rief eine fröhliche Stimme. »He, George – wo hast du dich verkrochen?«

Er hob den Kopf, ohne seinen Satz zu beenden, und blickte Marie entgegen, die über die Wiese auf sie zugelaufen kam. Plötzlich war alle Ernsthaftigkeit aus seinen Zügen verschwunden, das unbefangene, so charmante Lächeln des englischen Studenten umspielte wieder seinen Mund, und seine Augen waren heller denn je zuvor, als er jetzt Marie betrachtete.

»Ach, du Armer!«, seufzte sie theatralisch. »Wir sind wirklich ganz schreckliche Gastgeber! Amüsieren uns und bemerken nicht einmal, wenn uns der Gast abhandenkommt. Ich hoffe, du vergibst uns, George!«

»Darüber muss ich erst nachdenken, Jungfer Marie.«

Sie kicherte und erwähnte dann, dass es schon halb vier sei, sie müssten an den Heimweg denken. Die Großmutter sei außerordentlich streng, was die Essenszeiten betraf, gewiss sei der Kaffee schon gekocht und der Kuchen geschnitten.

Auf dem Rückweg kümmerte sich George nicht mehr um Charlotte. Stattdessen trieb er ausgelassene Scherze mit Ettje und Menna, diskutierte eifrig mit Henrich über den Sinn des Theologiestudiums und regte schließlich sogar einen kleinen Wettlauf zwischen den jungen Männern an, bei dem zwei Zäune und ein Graben zu überwinden waren.

»Was für Kindsköpfe!«, sagte Marie und lächelte.

George gewann den Hindernislauf knapp vor Paul, Henrich wurde Letzter, was ihn jedoch nicht weiter störte – er war nicht ehrgeizig. Dafür hatte sich Paul einen Riss im Jackenärmel eingehandelt, als er über das hölzerne Gatter sprang, und es war vorauszusehen, dass Tante Fanny darüber in Zorn geraten würde, denn diese Stelle ließ sich nur sehr schwer flicken.

Charlotte hatte den Wettkampf mit klopfendem Herzen beobachtet, und sie ertappte sich dabei, dass sie George inbrünstig den Sieg wünschte. Was hatte er ihr wohl sagen wollen, bevor Marie zu ihnen stieß? Es schien ihr etwas ungeheuer Wichtiges zu sein, etwas, das ihr ganzes Leben hätte verändern können. Aber sie brachte nicht den Mut auf, ihn danach zu fragen. Nicht, solange sie mit den anderen zusammen waren und er dieses heitere Gebaren an den Tag legte, das den anderen George, den, der ihre Sehnsüchte verstand und nachempfinden konnte, so vollständig verbarg.

Das Kaffeetrinken im Garten erschien ihr gezwungen und steif, nur die vielen Wespen, die Kuchen und Plätzchen umschwärmten und die Tanten zur Verzweiflung brachten, belebten die Zeremonie. Weshalb musste man seine Gäste eigentlich so vollstopfen, sie immer wieder nötigen, noch ein Stück Kuchen, noch ein Plätzchen zu nehmen? Das ganze Jahr über wurde gespart, manchmal stand man hungrig vom Abendbrottisch auf – aber an Feiertagen, wenn Gäste zu bewirten waren, wurde geprasst. George saß jetzt neben dem Großvater. Charlotte konnte nicht hören, was die beiden miteinander redeten, doch manchmal, ganz selten, wanderten die grauen Augen zu ihr hinüber, blieben für einen kleinen Moment an ihr hängen, und dann glaubte sie, ein verständnisinniges Lächeln auf seinem Gesicht zu erkennen. Mehr nicht, aber dies allein erschien ihr schon sehr viel und führte dazu, dass ihre Wangen heiß wurden.

Dann, als die Großmutter endlich die Erlaubnis gab, stürzten Cousins und Cousinen in die Wohnstube. Nippes und Lampen, Vasen und allerlei Krempel wurden in Sicherheit gebracht, Möbel gerückt, die Kommode aufs Sofa gestellt, das Klavier zum Fenster geschoben. In das Getümmel mischten sich aufgeregte Anweisungen der Tanten und hektische Aufschreie. Tante Fanny rettete ihren dreibeinigen Nähtisch vor der kommenden Zerstörung, Menna büßte einen silbernen Anhänger ein, der in einer Ritze zwischen den Dielen verschwand. Schließlich war alles bereit und Charlottes Schicksal für diesen Abend besiegelt.

Es war schlimmer, als sie befürchtet hatte. Sie konnte nicht einfach drauflosklimpern, nein, sie musste warten, bis George die Tanzschritte erklärt hatte, die dann auch noch geübt werden mussten, und zu guter Letzt wollte man ihr vorschreiben, in welchem Tempo sie zu spielen hatte.

»Nicht so schnell, ich komme durcheinander.«

»Nicht so laut!«

»Hör auf. Wir machen das noch mal von vorn!«

Die Musik war schwungvoll, doch zugleich oberflächlich und banal, so dass Charlotte bald begann, eigene Zwischenteile zu erfinden, sie in die Musik einzufügen und wieder zu den Noten zurückzukehren. Klara, die nicht mittanzen konnte, hatte sich einen Stuhl neben Charlotte gerückt, um ihr die Seiten umzublättern, doch sie kam bald völlig durcheinander und ließ ratlos die Hände sinken.

»Was spielst du da? Wo bist du jetzt?«

»Ist doch egal!«, knurrte Charlotte.

Sie blieben nicht unter sich – bald fanden sich Nachbarn ein, Freundinnen von Ettje, zwei Gymnasiasten, die einen kleinen Abendspaziergang unternommen hatten, und auch der unvermeidliche Peter Hansen. Charlotte war froh, mit dem Rücken zum Geschehen zu sitzen, so dass sie nur an dem lauten Gerede und dem ab und zu aufbrandenden Gelächter erahnen konnte, was sich hinter ihr abspielte. Hin und wieder war die mahnende Stimme der Großmutter zu vernehmen, die sich sorgte, der Lärm könne die Nachbarn stören. Georges Stimme war nicht leicht aus dem Gewirr herauszuhören, er redete viel, gab Anweisungen, lobte und ermunterte, oft lachte er, manchmal aber wurde seine Stimme seltsam weich, und Charlotte kniff schmerzlich berührt die Augen zusammen.

Einmal spürte sie eine Hand auf ihrer Schulter und kam

völlig aus dem Takt, als sie dicht an ihrem Ohr sein Flüstern vernahm.

»Du spielst großartig, kleine indische Prinzessin mit den Tigeraugen ...«

Es gab keine Möglichkeit, mit ihm allein zu sein und die Frage zu stellen. Als die Großmutter das bunte Treiben endlich beendete und Charlotte damit von ihrer Fron erlöste, mussten die Möbel wieder gerückt und alle Gegenstände an ihren ursprünglichen Platz gestellt werden. Vor dem Haus wartete schon der Wagen, denn obgleich es noch hell war, wollte Tante Edine aufbrechen, man fuhr gut zwei Stunden bis Aurich, und es würde keinen guten Eindruck machen, wenn die Familie des Pastors erst gegen Mitternacht nach Hause kam.

Den Abschied verpatzte ihr der lästige Peter Hansen, der schon darauf gewartet hatte, sie anzusprechen und vom bevorstehenden Ehrentag seiner Eltern zu erzählen, zu dem auch die Nachbarschaft am kommenden Samstag eingeladen sei. Man habe bunte Lampions aus Papier geschnitten und echten Schaumwein bei Ohlsen bestellt. George sagte nur wenige, belanglose Worte zu ihr, an die sie sich später nicht mehr erinnern konnte. Er war erhitzt und übermütig gestimmt, saß im Wagen zwischen Marie und Menna, und als er sich umwandte, um noch einmal zu winken, galt sein Gruß keiner bestimmten Person, sondern allen, die vor dem Haus zurückgeblieben waren.

Drei Wochen später flatterte ein Brief ins Haus, in dem Tante Edine der Verwandtschaft mitteilte, dass sich George Johanssen mit ihrer ältesten Tochter Marie verlobt habe.

Tante Fanny sank in den Sessel und stieß seltsame Laute aus, die wie ein Lachen, dann aber auch wieder wie Schluchzen klangen. Als sie begann, nach Luft zu ringen, und man fürchtete, sie könne ersticken, liefen Ettje und Charlotte in die Küche, um kaltes Wasser und Riechsalz zu besorgen. All diese Bemühungen halfen jedoch wenig, erst als die Großmutter ihr befahl, sofort mit dem hysterischen Getue aufzuhören, beruhigte sich die unglückliche Fanny.

»So eine hinterhältige Person … Tut, als könne sie kein Wässerlein trüben …«

»Was regst du dich auf? Marie ist vier Jahre älter als Ettje – es war höchste Zeit, dass sie unter die Haube kam.«

»Marie war verlobt!«

Auch der Großvater fand diesen Umstand bedenklich, schließlich bedeutete eine Verlobung eine Verpflichtung, die im Einverständnis mit Eltern und Familien eingegangen worden war und die man nicht so mir nichts dir nichts in den Wind schlagen könne. Der junge Assessor hatte Marie keinen Grund gegeben, die Verlobung zu lösen, er hatte sich vorbildlich verhalten, war eifrig in seinem Beruf und hatte sogar einen Verlobungsring gekauft. Wie stand er nun in der Öffentlichkeit da?

»Eine Verlobung ist eine Zeit der Prüfung«, sagte die Großmutter und betonte dabei jedes Wort.

»Drum prüfe, wer sich ewig bindet – ob sich nicht noch was Bess'res findet«, zitierte Gymnasiast Paul mit verhaltenem Spott.

»Friedrich Schiller ist ein Aufrührer und Unruhegeist, der den jungen Menschen nur die Köpfe verwirrt«, gab der Großvater ärgerlich zurück. »Außerdem ist das Zitat verballhornt und ganz falsch!«

Das wusste Paul natürlich, er hatte witzig sein wollen, was leider gründlich danebengegangen war. Die Großmutter, von literarischer Bildung vollkommen unbelastet und eher praktisch denkend, fand jedoch, dass Paul nicht unrecht hatte.

»Bei einer Heirat kommt es immer darauf an, in die Zukunft zu denken. Und George ist für Marie auf jeden Fall die bessere Partie.«

Das war nicht zu leugnen. Für die Großmutter konnte es gleich sein, ob George Marie oder Ettje nahm – die Hauptsache war, er heiratete in die Familie ein. Die Sache war somit beredet und trotz leichter Vorbehalte des Großvaters für in Ordnung befunden, was bedeutete, dass Tante Fanny ihre enttäuschten Hoffnungen mit sich selbst auszumachen hatte.

Ettje nahm die Nachricht mit erstaunlicher Gelassenheit auf. Nur abends in den Betten, als Klara sie tröstete, George hätte sowieso nicht zu ihr gepasst, brach der Kummer aus ihr heraus, und sie fauchte die Schwester böse an:

»Schau du lieber selber, dass du einen abbekommst! Du mit deinem Humpelbein!«

»Lass sie«, sagte Klara besänftigend, als Charlotte auf Ettje losgehen wollte. »Sie hat es nicht so gemeint.«

Als Tante Fanny zu Bett ging, schloss sie das Fenster, da die kühle Nachtluft angeblich der Lunge schade. In Wirklichkeit hatte sie panische Angst vor Einbrechern und anderen männlichen Gestalten, die ihrer Meinung nach draußen im Dunkeln lauerten, um ahnungslose Schläferinnen zu überfallen. Es wurde stickig in der Schlafkammer, die schweren Federbetten waren durch Leintücher ersetzt worden, doch die langen, hochgeschlossenen Nachthemden waren Pflicht, und so lagen die Mädchen schwitzend in den Kissen. Ettje war trotz der Wärme und ihres Ärgers bald eingeschlafen, Klara hatte die Augen geschlossen und bewegte sich nicht, doch Charlotte wusste, dass sie noch wach war.

»Bist du traurig?«, flüsterte Klara plötzlich.

»Es ist so heiß, ich kann nicht einschlafen.«

Zum ersten Mal seitdem sie im Haus der Großeltern lebte, wünschte sich Charlotte ein eigenes Bett, denn dann hätte sie Klara jetzt nicht belügen müssen. Klara spürte, wenn sie unglücklich war, sie merkte es an ihren Bewegungen, an ihrem Atem, an ihrem Pulsschlag. Charlotte hatte ihrer Cousine von ihrem Gespräch mit George erzählt, doch ganz gegen ihre Gewohnheit war sie dabei sehr zurückhaltend gewesen, hatte nur berichtet, dass George die fernen Länder liebe und später wohl nach Übersee reisen wolle. Nichts von dem gebrochenen Damm ihrer Gefühle, von ihrer Beglückung, einen Gleichgesinnten gefunden zu haben; auch jenen so entscheidenden Satz, den George nicht zu Ende geführt hatte, hatte sie für sich behalten. Sie wollte nicht getröstet werden. Der Schmerz, der ihr die Seele abdrücken wollte, gehörte ihr allein, niemand sollte davon erfahren, nicht einmal Klara. Es gab keinen fassbaren Grund für diesen abgrundtiefen Kummer, und außerdem: Weshalb sollte George Marie nicht heiraten? Sie war schön, hatte ein bezauberndes Lächeln und eine Figur wie ein Modell, sie war beweglich und fröhlich – ganz so, wie ein junges Mädchen sein sollte, in das sich ein junger Mann verlieben konnte. Marie hatte schon viele Bewerber abgewiesen, nur auf den dringenden Wunsch ihrer Eltern war sie die Verlobung mit dem jungen Assessor aus Aurich eingegangen, und jetzt, kurz bevor es zu spät war, hatte sie die große Liebe ihres Lebens kennengelernt. Charlotte konnte Marie nur allzu gut verstehen – sie selbst an ihrer Stelle hätte genauso gehandelt.

Weshalb dann aber dieser Schmerz, der sich so schwer auf ihr Herz legte? War es der Gedanke, dass dieses Gespräch, das ihr so unendlich viel bedeutet hatte, für George nur eine kleine unwichtige Plauderei gewesen war? So unbedeutend und nebensächlich, dass er sie bald wieder vergessen hatte? Ja, damit hatte es zu tun. Sie hatte ihm ihr Innerstes geöffnet und Dinge preisgegeben, die nur Klara wusste und sonst niemand. Das, was sie für ernsthafte Anteilnahme, für eine Art Seelenverwandtschaft gehalten hatte, war nichts als oberflächliches Gerede gewesen und vergessen, als Marie auftauchte – hübsch, verführerisch, mit einem koketten Lächeln im Gesicht. In Wahrheit hatte er sich über sie, die »kleine indische Prinzessin mit den Tigeraugen«, wohl nur lustig gemacht. Tante Fanny hustete, dann setzte sie sich im Bett auf, um schnaufend nach einer Stechmücke zu schlagen, die sie drangsaliert hatte. Charlotte bewegte sich nicht. Plötzlich empfand sie Mitgefühl für ihre Tante, deren Hoffnungen ebenfalls herb enttäuscht worden waren. Hatte George nicht auch mit Ettje gescherzt, ihr zu verstehen gegeben, dass sie ihm gefiel? Ja, er war ein Blender, er hatte sie alle über seine wahren Absichten getäuscht, hoffentlich meinte er es wenigstens mit Marie ernst und kam nicht auf die Idee, die Verlobung nach ein paar Monaten wegen einer anderen zu lösen.

Der Sommer wich dem Herbst, kühle Winde rissen an dem welkenden Laub, Regengüsse hinterließen breite Rinnen und glitschige Pfützen auf den Straßen. Wenn die Sonne zwischen den Wolken durchblickte, leuchteten die letzten Blätter ockergelb und dunkelgrün, und einige der Backsteinhäuser glühten in warmem Rot. Doch nur allzu bald stiegen die Nebel aus dem Fluss, um lautlos die Wiesen, Felder und die ganze Stadt zu erobern. Dann legten die Nebelfrauen eine graue Decke über die Häuser, die unter dieser Last niedriger und dunkler erschienen, und wenn sich ein Mensch bei Wind und Regen durch die Straßen kämpfte, hatten die Nebelhexen ihren Spaß daran, sich dicht an ihn zu schmiegen, ihn in ihre feuchten Mäntel einzuhüllen und ihm traurige Geschichten einzuflüstern.

Charlotte kannte die Tücke der Nebelgeister und wappnete sich gegen ihre Macht. Jede Minute, die nicht mit Schule oder Hausarbeiten belegt war, saß sie am Klavier, übte verbissen neue Stücke ein und berauschte sich an jenen Augenblicken, da die Musik gelang, sich dem annäherte, was der Komponist hatte ausdrücken wollen. Es gab immer wieder heftige Szenen, wenn die Großmutter ihr das Spielen verbieten wollte, denn Charlotte war nicht bereit, sich wortlos zu fügen wie alle anderen im Haus – sie argumentierte, bettelte und konnte gar patzig und aufsässig werden. Das letzte Wort behielt sich stets die Großmutter vor, die solche »Launen« nicht dulden konnte und die Enkelin zu nützlichen Arbeiten abkommandierte. Im kommenden Frühjahr würde Charlotte die Schule beenden, und da sie eine hübsche Mitgift besaß, konnte man auf eine baldige Heirat hoffen. Eben darauf wollte die Großmutter sie vorbereiten. Klavierspielen mochte eine nette Zugabe sein, die ihrem künftigen Ehemann wohl Freude bereiten konnte, doch vor allem galt es, das Mädchen zur klugen Führung des Haushalts anzuleiten, wozu gerade Charlotte ganz hervorragende Anlagen besaß. Sie war flink und geschickt, Kochen lernte sie mit Leichtigkeit, niemand wusste die Tafel so hübsch zu dekorieren wie sie, und wenn sie auf dem Markt einkaufte, handelte sie nach wie vor die günstigsten Preise aus. Die Großmutter hätte stolz auf sie sein können, schien Charlotte doch ganz nach ihr zu kommen – wäre sie nur nicht so eigenwillig gewesen. Nur allzu gern hätte die Großmutter den Klavierunterricht verboten, doch Kantor Pfeiffer nahm kein Geld mehr für die Stunden, er musizierte mit Charlotte aus reiner Begeisterung für die Musik, und der Großvater war der Meinung, man dürfe dem alten Kantor diese Freude nicht nehmen.

So kam Charlotte weiterhin in den Genuss der Familienjournale, die dieser für seine Schwester abonniert hatte und nach Jahrgängen sortiert in seinen Regalen aufbewahrte. Vor allem die Reiseberichte faszinierten sie, die Fotografien, auf denen die Einwohner exotischer Länder zu sehen waren. Neger mit spitz zugeschliffenen Zähnen und skurrilen Tätowierungen, Tuareg-Krieger, die ihre Gesichter mit Tüchern verhüllten, so dass man nur die dunklen, ausdrucksvollen Augen sah, auch Chinesen in kurzen Kitteln oder blütengeschmückte Frauen in der Südsee, die ihre nackten Brüste zeigten, was Charlotte zutiefst verlegen machte. Auch andere Artikel verschlang sie, Berichte über Konzerte, gesellschaftliche Ereignisse, Staatsbesuche gekrönter Häupter und vor allem den Fortsetzungsroman. Darin ging es immer um ein armes, einfaches Mädchen, das sich in einen aufregenden Mann verliebte, einen höheren Beamten, einen Fabrikbesitzer oder gar in einen Adeligen. Im Grunde war klar, wie die Sache ausgehen würde, dennoch verschlang Charlotte Fortsetzung um Fortsetzung, bangte um ihre Heldin, litt all ihre Herzensqualen, bis das Paar trotz zahlreicher Widerstände und Intrigen glücklich vereint war. Solche Geschichten waren Schundliteratur, die junge Menschen zu Ausschweifungen und Sittenlosigkeit verführte, das wusste sie von den Großeltern, in deren Haus höchstens das Kirchenblatt gelesen wurde, doch das störte Charlotte keineswegs. Auch Klara profitierte von den spannenden Geschichten, die Charlotte ihrer Lieblingscousine abends im Bett erzählte. Sie malte die schönsten Stellen wortreich aus und änderte auch manchmal die Handlung, wenn sie glaubte, sie müsse eigentlich einen anderen Verlauf nehmen.

Anfang November kündigten Tante Edine und ihr Ehemann Peter einen Besuch an, auch Menna würde dabei sein, dazu die beiden Verlobten. George hatte inzwischen sein Abschlussexamen in England mit ausgezeichneten Ergebnissen bestanden, so dass der Hochzeitstermin für das kommende Frühjahr, noch vor Ostern, anberaumt worden war. Die Feier würde in Emden stattfinden, Pfarrer Peter Kramer selbst wollte seine Tochter und ihren Bräutigam miteinander vermählen und ihnen Gottes Segen auf ihrem Lebensweg mitgeben.

Außer den Großeltern war niemand erfreut über diesen Besuch. Paul war enttäuscht, dass Henrich nicht mitkam, der für sein Abitur büffeln musste, und Tante Fanny war seit dem Sommer ohnehin bis aufs Blut mit ihrer Schwester Edine zerstritten.

»Also noch vor Ostern –«, sagte sie spöttisch. »Schmiede das Eisen, solange es heiß ist!«

Charlotte hüllte sich in Schweigen. Der Schmerz, der sie anfangs ganz und gar vereinnahmt hatte, war während der vergangenen Wochen weniger geworden und mitunter ganz verschwunden, so dass sie sich fast sicher war, ihn besiegt zu haben. Dieses Mal wusste sie, was von dem jungen Mann zu halten war, er würde keine weitere Gelegenheit finden, sie zu enttäuschen. Er würde ihr einfach nur gleichgültig sein, mehr hatte er nicht verdient.

Doch als sie George vor dem Haus aus der Kutsche steigen sah, wurde ihr dieser Vorsatz schwerer, als sie geglaubt hatte. Welch ein Unterschied bestand doch zwischen dem Bild in ihrer Erinnerung und dem wirklichen, lebendigen George, der mit einem einzigen Blick seiner grauen Augen, einer raschen Körperbewegung, einer Hebung seiner Stimme die alte Verletzung mühelos wieder aufbrechen ließ!

Mit steifem Lächeln nahm sie das Geschenk entgegen, das er für sie aus England mitgebracht hatte: ein schmales Paket, in gelbes Seidenpapier eingewickelt.

»Willst du es nicht auspacken?«

Er sah sie mit erwartungsvollem Lächeln an, scheinbar überzeugt davon, ihr eine große Freude zu machen. Sie riss das Papier auf und fand ein Buch, in braunes Leinen gebunden; auf dem Deckel war ein Bild eingestanzt, das sie unter anderen Umständen neugierig gemacht hätte. Hohe, orientalisch anmutende Gebäude, davor mehrere Männer in langen Gewändern und Turban, die Silhouette einer Frau, die von Kopf bis Fuß in ein schwarzes Tuch gehüllt war. Am rechten Bildrand ritt ein Araber auf seinem Kamel durch eine angedeutete Wüstenlandschaft, alles schimmerte golden, als würde es von gleißender Sonne beschienen.

»Danke. Sehr nett von dir!«

»Es ist eine Reisebeschreibung: *Thousand miles up the Nile* von Amelia Edwards. Sie hat im Jahr 1873 Ägypten bereist und ist nilaufwärts gefahren – eine ganz und gar außergewöhnliche, mutige Frau …«

»Aha …«, sagte Charlotte und genoss die Enttäuschung, die sie mit dieser offensichtlichen Gleichgültigkeit auslöste. Marie lachte hell auf, als sie das Geschenk sah, und neckte George, der Charlotte ein englisches Buch schenkte. Wie sollte sie es wohl lesen?

Der Nachmittag zog vor Charlottes Augen vorbei, als stehe sie hinter einem Fenster und betrachte das Geschehen durch die Glasscheibe. Die Kaffeetafel in der Wohnstube, wo man wie immer eng beieinander hockte und sich mit den Ellenbogen berührte. George und Marie, die Seite an Seite saßen und sich heimlich unter dem Tafeltuch an den Händen hielten. Mennas und Ettjes dummes Gekicher, Paul, der den Kaffee verkleckerte, Tante Fannys versteinerte Miene, als ihre Schwester sie nach ihrem Befinden fragte. Am schlimmsten war die Rede von Onkel Peter, der das Predigen auch an der Kaffeetafel nicht lassen konnte. Er hielt eine nicht enden wollende Ansprache auf den zukünftigen Schwiegersohn, der ein so glänzendes Examen abgelegt habe und schon nach Weihnachten in der Praxis seines Vaters die ersten Patienten betreuen werde. Gewiss sei Gott dem Herrn zuallererst am Heil unserer Seelen gelegen, doch habe der Arzt, der den menschlichen Körper heile, eine nicht minder edle Aufgabe, denn Gott selbst habe Adam aus einem Erdenkloß geschaffen, und somit sei auch der Leib des Menschen ein göttliches Werk …

Charlotte war froh, hin und wieder in die Küche laufen zu können, um Milch, Kaffee oder Tee nachzuholen. George gab sich unbefangen heiter, wie es seine Art war; ohne Mühe hatte er Ettje wieder versöhnt, und sogar Tante Fannys eisige Miene schmolz unter seinen Scherzen dahin. Ab und zu beugte er sich über den Tisch, um einige Worte oder eine Frage an Charlotte zu richten, dann antwortete sie mit knapper Höflichkeit und vermied es, ihm in die Augen zu sehen. Hatte er etwa ein schlechtes Gewissen? Aber weshalb denn? Alle liebten ihn, er war in den Schoß der Familie aufgenommen worden und wärmte sich in der allgemeinen Herzlichkeit.

Als sie mit Klara vom Abwaschen aus der Küche zurückkehrte, hatte man an der Tafel schon Wein und selbst gemachte Liköre aufgefahren, der Großvater war mit dem Schwiegersohn Peter in theologische Gespräche vertieft, während Paul, Menna und Ettje sich mit dem Flohspiel vergnügten. George hatte bei Marie und Tante Edine gesessen, jetzt erhob er sich und winkte Charlotte zu.

»Ich habe Noten mitgebracht, Charlotte. Lass uns ein paar vierhändige Stücke miteinander versuchen.«

Wenn er geglaubt hatte, ihr damit eine Freude zu machen, dann hatte er sich gründlich verrechnet. Jetzt wusste sie, dass auch er Klavier spielen konnte, was er damals listig verschwiegen hatte. Der Grund war klar: Er hatte mit Marie tanzen wollen, anstatt am Klavier sitzen zu müssen.

»Ein andermal«, erwiderte sie kühl. »Ich habe mir einen Fingernagel eingerissen, das stört sehr beim Spielen.«

George sah sie auf seine eigene, intensive Weise an, dann schwand das Lächeln aus seinem Gesicht, ganz offensichtlich hatte er ihre Botschaft verstanden. Von schlechtem Gewissen zeugte seine Miene keineswegs, eher wirkte er verdrossen.

»Dann eben nicht!«

Er wandte sich schulterzuckend ab und kümmerte sich für den Rest des Besuches nicht mehr um sie. Charlotte verspürte etwas wie einen Triumph. Sie hatte ihm gezeigt, was sie von ihm hielt, das würde er sich merken. Erst am Abend, als George in Mantel und Hut draußen bei der Kutsche stand, um den Frauen beim Einsteigen behilflich zu sein, wurde ihr beklommen zumute. Nun würde er fortreisen, zuerst nach Emden und dann zu seinen Eltern nach England, um erst im Frühjahr zurückzukommen. War sie ungerecht gewesen? Immerhin hatte er ein Buch für sie gekauft, von dem er glaubte, es würde ihr gefallen. Einen Augenblick lang überlegte sie, ob sie rasch zu ihm gehen sollte, um ihm zu sagen, dass er durchaus ihren Geschmack getroffen hatte. Doch als sie den Fuß hob, um zur Kutsche zu eilen, war er bereits eingestiegen. Niemand konnte es ihm verdenken – es regnete, und der Wind war eisig. Der Kutscher trieb die Pferde an, und das rasselnde Gefährt verschmolz in Dämmerung und Nebel bald zu einem formlosen Klumpen, eskortiert vom zitternden Schein der beiden Kutschenlaternen.

Oktober 1892

Christian Ohlsen hielt die Arme hinter dem Rücken verschränkt und blickte durch die Ladenscheibe in das Gewimmel auf der Pfefferstraße. Er mochte den Gallimarkt nicht besonders, obgleich die Markttage immer viel Volk aus der Umgebung anzogen und sogar Leute aus Emden und Aurich mit der Bahn nach Leer gereist kamen. Aber die Konkurrenz war hart: Die auswärtigen Händler mieteten sich überall in der Pfefferstraße ein und boten außer Wäsche, Schuhen und allerlei Stoffen leider auch preiswerten Kaffee oder Tee an. Wenn überhaupt, dann machte Ohlsen nur mit Naschwerk oder dem Kleinzeug Geschäfte, das er von indischen Händlern aus Hamburg bezog. Amulette, Tierhörner, kleine Schnitzereien aus Holz und Elfenbein oder auch eingelegte Kästchen, die wie winzige Schatztruhen aussahen. Wobei man die Augen überall haben musste, denn der Markt zog auch jede Menge Betrüger und Langfinger in die Stadt, die kleine Gegenstände mit meisterhafter Geschicklichkeit in ihren Jackentaschen verschwinden ließen. Gegen Abend, wenn die Vergnügungssüchtigen durch die Pfefferstraße auf den Marktplatz zogen, wo die Schaubuden standen, musste man die Verkaufstische vor dem Laden schnellstens wieder forträumen und das Geschäft dichtmachen.

Junge Burschen rotteten sich zusammen und maßen ihre Kräfte bei allerlei Spielen, spendierten ihren Deerns Bärendreck und klebriges Zuckerzeug oder sogar eine Sitzung bei der Wahrsagerin. Familienväter ließen ihre Brut auf dem Karussell fahren und zahlten zähneknirschend den Eintritt zur Menagerie oder den Blick durch ein »Stereoskop«, wo man fotografische Naturaufnahmen sehen konnte, die angeblich von der echten Natur nicht zu unterscheiden waren.

»Zieh das Gitter vor, und schließ es ab!«, rief Christian dem Lehrling zu. »Danach wischst du den Laden, und dann kannst du gehen.«

Der Lehrling hieß Julius und war der jüngste Sohn eines ortsansässigen Schneiders – ein flinkes, schmales Kerlchen mit rotblondem Haar, das keineswegs dumm war. Sein Vorgänger war vor einem halben Jahr mit Eltern und Geschwistern nach Amerika ausgewandert – wie so viele Leute aus Leer, die hier keinen Boden mehr unter die Füße bekamen.

Ein Pulk junger Kerle zog draußen vorüber, auch eine Frau war darunter. Es waren Bauernsöhne aus den umliegenden Dörfern, die vermutlich lange gespart hatten, um sich hier auf dem Markt ein paar Gläser Branntwein und ein wenig Vergnügen leisten zu können. Einige schienen schon kräftig gebechert zu haben; sie brüllten lauthals herum und spielten sich auf, die Frau war vermutlich eine Hure. In der Nacht würde es noch schlimmer werden, da machten die Gasthäuser gute Geschäfte, und obgleich die Stadtpolizisten und auch der Nachtwächter ihre Runden drehten, kam es doch immer wieder zu Prügeleien und Zerstörungen.

Christian Ohlsen war seit drei Jahren alleiniger Inhaber der Ohlsen'schen Kolonialwarenhandlung. Er war nicht freiwillig dazugekommen, eigentlich hätte er viel lieber noch ein Weilchen das angenehme Studentenleben in Hamburg genossen, das die Eltern ihm in der Hoffnung finanzierten, den einzigen Sohn eines Tages als angesehenen Juristen in einer guten Staatsposition zu sehen. Aber daraus war nichts geworden. Als sein Vater plötzlich verstarb, war Christian von einem Abschlussexamen noch ebenso weit entfernt wie zu Beginn seines

Studiums. So kehrte er nach Leer zurück, um dort das väterliche Geschäft zu übernehmen.

Er tat es auf seine Weise. Ein Leben wie die Eltern, die nur geschuftet hatten, wollte Christian Ohlsen nicht führen. Was hatte der Vater nun von dem Geld auf der Bank? Er hatte sein Leben zwischen Waren und Zahlen verbracht, hatte tagsüber hinter dem Ladentisch gestanden und am Abend über den Büchern gesessen, und alle Gespräche zu Hause hatten sich nur um Ein- und Verkäufe gedreht, ob die Gesichtscreme für Frau Hansen vorrätig war, weshalb die Witwe Bollmann wohl letzten Samstag nicht zum Einkauf gekommen war oder ob man es wagen könne, eine größere Menge Kaffee zu bestellen. Eine Woche vor Weihnachten, als im Laden gerade Hochbetrieb war, fand man den Kaufmann Ohlsen im Lager auf dem Boden liegend, der Doktor, der eilig herbeigeholt wurde, konnte ihm nicht mehr helfen. Christians Vater hatte schon seit Jahren ein Herzleiden mit sich herumgeschleppt, aber die Arbeit ging vor, und er hatte immer behauptet, kerngesund zu sein. Die Mutter überlebte ihren Ehemann nur um zwei Monate, Anfang Februar raffte sie eine Lungenentzündung dahin.

Christian investierte die Ersparnisse seiner Eltern großzügig, er kaufte das Nachbarhaus dazu, ließ die Wände durchbrechen und vergrößerte so Wohnung und Lager um fast das Doppelte. Auch das Warenangebot wurde erheblich ausgebaut, wobei er inzwischen ein wenig vorsichtiger geworden war, da allzu viele hübsche und ausgefallene Dinge, die er in der ersten Begeisterung gekauft hatte, in den Lagerregalen verstaubten oder verdorben waren. In Erwartung eines höheren Gewinns stellte er zwei junge Frauen für den Verkauf ein, dazu kam der Lehrling, der nur ein geringes Kostgeld erhielt. Vor allem die jungen Frauen hatte Christian gut angelernt, sie waren stets wie aus dem Ei gepellt und redeten die Kundschaft mit Namen und Titel an.

Der Lehrling Julius hatte inzwischen das eiserne Gitter vor die Ladentür geklappt und mit dem schweren Vorhängeschloss gesichert. Christian rüttelte vorsichtshalber noch einmal daran, dann nickte er und nahm den Schlüsselbund wieder in Empfang. Die Ladentür würde er nach alter Gewohnheit selbst abschließen, genau so wie es sein Vater immer gehalten hatte. Die Mädchen rechneten schon an der Registrierkasse die Tageseinnahmen zusammen, vermutlich würde es wieder eine Differenz geben, was lästig war, denn dann musste er nachfragen und ermahnen. Früher, als noch Vater und Mutter den Laden führten, hatte die Kasse immer auf Heller und Pfennig gestimmt.

»Es sind schon wieder fünfunddreißig Pfennig zu wenig in der Kasse«, jammerte auch schon eine der beiden.

»Wie kann das sein?«

Das Mädchen verdrehte die Augen und tat einen tiefen Seufzer, dann sah sie zu ihrer Kollegin hinüber, die das Münzgeld noch einmal nachzählte. Natürlich lag es an der da, die passte nicht auf, wenn sie herausgab, dreimal hatte sie sie schon dabei erwischt, da war es um zwei Pfennige und einmal sogar um eine ganze Mark gegangen. Aber laut sagen wollte sie das nicht, sie deutete es nur mit Blicken an und wusste, dass Herr Ohlsen sie schon verstehen würde.

»Es wird nicht mehr«, stellte die andere bekümmert fest, nachdem sie alle Münzstapel kontrolliert hatte. Christian hatte wenig Lust, die Zählerei von vorn zu beginnen; Zahlen waren sowieso nicht seine Stärke, auch die Bücher führte er nur ungern, und oft verrechnete er sich dabei.

»Lassen wir es für heute so.«

Die Mädchen waren mehr als willig, oft blieben sie länger, um neue Warensendungen auszupacken oder Preisschilder zu schreiben, sie drängten sich geradezu auf, und Christian war vollkommen klar, was in ihren Köpfen vor sich ging. Aber er würde ganz sicher nichts mit einer seiner Angestellten anfangen, von einer Heirat mal vollkommen abgesehen, da stellte er sich etwas anderes vor. Er hatte die beiden mit Bedacht ausgesucht: Sie waren blond, blauäugig und rundlich, zwei dralle, kleine Landpomeranzen – genau die Sorte Frau, die bei ihm nur Langeweile auslöste.

Er ließ sie noch die Regale auffüllen, die beiden Schaufenster wollte er später selbst neu dekorieren – diese Arbeit liebte er ganz besonders. Der alte Löwenkopf war längst auf dem Speicher in irgendeiner Kiste, wo er vermutlich von den Motten gefressen wurde, dafür hatte er andere Blickfänger eingekauft, einen goldgefassten Elefantenzahn aus Indien, verschiedene Dolche, deren Griffe mit Silber und Mondstein eingelegt waren, afrikanische Schnitzereien aus Ebenholz und den farbenprächtigen Kopfschmuck eines Indianers aus Südamerika, der aus Papageienfedern, bunten Perlen und glitzernden Steinchen gefertigt war. Eine Buddhafigur aus grüner Jade hatte er leider wieder aus dem Schaufenster entfernen müssen, da Superintendent Doden seiner Frau verboten hatte, bei Ohlsen einzukaufen, solange dieser unchristliche Götze im Laden stand.

Er hatte sich gerade für die Ebenholzstatue und den Elefantenzahn entschieden und war schon auf dem Sprung ins Lager, um die passenden Waren und Dekorationsstücke zusammenzustellen, da fiel sein Blick zufällig auf die Straße. War sie das? Natürlich – dort mitten im Gewimmel ging die kleine Dirksen mit ihrer Cousine. Wie hieß sie doch? Klara. Ein schmales, unauffälliges Mädchen; man sah sie ziemlich selten in der Stadt, denn sie hatte mit dem Laufen Mühe, die Ärmste hatte von Geburt an ein lahmes Bein. Die beiden Frauen bewegten sich recht langsam voran, ein oft angestoßenes Hindernis im Strom der fröhlich dahineilenden Menge.

Christian trat näher zum Fenster und spähte angestrengt

hinaus. Seit Jahren war ihm die kleine Dirksen nicht aus dem Sinn gegangen, es war geradezu lächerlich, wie sehr er von ihr besessen war. Christian war an die dreißig und ein begehrter Junggeselle in der Stadt, man lud ihn ein, plauderte am Sonntag nach dem Kirchgang mit ihm, und viele Mütter kamen in Begleitung ihrer heiratsfähigen Töchter zum Einkaufen. Er hätte sich längst für eine gute Partie entscheiden können, aber er war nicht auf eine Geldheirat erpicht, er suchte etwas anderes. Etwas Besonderes. Ein Mädchen wie Charlotte Dirksen.

Seit jenem Tag vor über zehn Jahren war sie nur selten im Laden aufgetaucht, meist in Begleitung ihrer Großmutter, die geizig wie die Nacht war und nur den billigsten Kaffee einkaufte. Manchmal auch mit ihrer Tante, einer geschwätzigen Vogelscheuche, mit der er jedoch trotz allem angeregt plauderte, nur um Charlotte ein wenig länger im Laden zu halten. Sie sprach selten, besah sich aber alle Dinge mit großem Interesse, roch an den Gewürzen, atmete tief den Duft der teuren Seifen ein, nahm diese oder jene Schnitzerei in die Hand, betrachtete die bunten Döschen in den Regalen. Er hätte ihr den halben Laden geschenkt für einen freundlichen Blick oder ein paar belanglose Worte, doch Charlotte Dirksen war unnahbar. Komplimenten begegnete sie mit Spott, ein vielsagendes Lächeln konnte dazu führen, dass sie sich umdrehte und wortlos davonging. Das hatte nicht nur er so erfahren, auch andere, denen es um ihre hübsche Mitgift zu tun gewesen war, hatte sie kalt abblitzen lassen.

Er starrte den beiden Frauen nach. Je weiter sie sich entfernten, desto häufiger wurde ihm die Sicht von anderen Marktgängern versperrt, und er musste den Hals recken, um wenigstens noch ihren Strohhut mit den weißen Bändern zu sehen. Charlotte Dirksen war hochgewachsen, überragte ihre Cousine um einen halben Kopf, dabei war sie sehr schlank, geradezu schmal. Als Frauenkenner, der er war – er hatte sich während seiner Studentenzeit kräftig die Hörner abgestoßen –, konnte er jedoch ausmachen, dass sich unter Jacke und Kleid zarte, aber gerade deshalb umso verlockendere weibliche Formen verbargen.

Es war das Exotische, das ihn immer an Charlotte Dirksen fasziniert hatte. Die leichte Brauntönung ihrer Haut im Sommer. Das füllige, pechschwarze Haar, das er gar zu gern einmal aufgelöst gesehen hätte. Die verwirrende Farbe ihrer Augen, die an Bernstein erinnerte. Sie war eine Kostbarkeit, ein Luxuswesen, die kleine Dirksen, so eine fand man nicht alle Tage, vor allem nicht hier auf dem platten Land in einem grauen Städtchen, wie Leer es war.

Was mochte sie bei den Schaubuden treiben? Wollte sie ihrer Cousine die Menagerie mit den seltenen Tieren zeigen? Oder hatte sie anderes im Sinn? Jemanden treffen, dem es inzwischen gelungen war, den harten Panzer ihrer Abwehr zu durchdringen? Dazu war der Markt wohl geeignet, im Gewimmel der vielen Fremden fiel ein Gespräch mit einem jungen Mann kaum auf. Christian Ohlsen mochte daran nicht so recht glauben – trotzdem verspürte er Eifersucht, und seine Laune verdüsterte sich.

»Wir sind fertig, Herr Ohlsen«, sagte hinter ihm eines der Mädchen. »Es ist noch früh – wir könnten noch die neue Lieferung aus Bremen auspacken …«

»Lasst es gut sein«, erwiderte er unfreundlich. »Ihr könnt jetzt gehen. Sicher wollt ihr euch auch mal den Markt anschauen.«

Sie bedankten sich, und er merkte amüsiert, dass sie enttäuscht waren. Es gefiel ihm, hob es doch sein Selbstbewusstsein, das bei dem Gedanken an Charlotte Dirksen stets ins Wanken kam. Verdammt – er war schließlich jemand, die Frauen liefen ihm hinterher, wollten sogar umsonst für ihn arbeiten –, wieso gelang es ihm nicht, die kleine Dirksen zu beeindrucken? War sie vielleicht eine Prinzessin? Die Tochter des Bürgermeisters? Des Amtmanns? Ihr Großvater war Pfarrer gewesen und sie selbst eine Waise. Charlotte Dirksen hatte keinen Grund, so hochmütig zu sein.

Keinen, außer der Tatsache, dass sie eine Kostbarkeit war, die Christian Ohlsen heiß begehrte.

Die Schaufenster konnte er auch morgen oder am Montag noch umdekorieren, jetzt hatte er sowieso keine Ruhe dazu. Er lief aus dem Laden in den Flur, schaute rasch nach, ob noch einer der Angestellten im Lager war, dann schloss er ab und eilte die Treppe hinauf in seine Wohnung. Er wechselte Weste und Jacke, wählte einen farbigen Binder und schlang ihn zu einer kecken Schleife. Vor dem Spiegel blieb er stehen, setzte den Hut auf, schob ihn vor und zurück, glättete das Haar an den Schläfen und fuhr sich mit dem befeuchteten Zeigefinger über die Augenbrauen.

Er nahm den Hinterausgang, den auch die Angestellten zu benutzen hatten, und ging zwischen Häusern und Gärten hindurch zum Markt, da er wenig Lust verspürte, sich durch die belebte Pfefferstraße zu quetschen. Mühsam zwang er sich, langsam zu gehen – sie würde ganz sicher noch bei den Schaubuden sein. So rasch konnte sie den Markt nicht wieder verlassen haben, mit ihrer gehbehinderten Cousine schon gar nicht.

Der Lärm war ohrenbetäubend, nicht nur die Marktbesucher johlten und schwatzten, auch die Schausteller taten ihr Bestes, um durch lautes Gebrüll auf sich aufmerksam zu machen. Die Wohlhabenderen unter ihnen hatten Zelte oder phantasievolle, farbige Buden aufgebaut, die orientalischen Palästen ähnelten und allein schon durch ihr pittoreskes Aussehen das Volk anzogen. Christian überlegte, ob Charlotte wohl Gefallen an der exotischen Menagerie haben könnte. Dort wurden in einem roten Zelt allerlei halb kranke Tiere ausgestellt: Leoparden, Zebras, ein zahnloser Löwe und eine

Schlange. Er hatte sich als Kind eine solche Schau angesehen und erinnerte sich jetzt noch an den stechenden Geruch, der nichts mit den Ausdünstungen von Pferden oder anderer heimischer Tiere zu tun hatte. Unentschlossen ging er weiter, begegnete einigen Bekannten, die freundlich zu grüßen waren, ließ sich eine – natürlich heiratsfährige – Nichte und deren Freundin vorstellen und ärgerte sich über den lästigen Aufenthalt.

»Sehen wir Sie kommende Woche, lieber Herr Ohlsen? Zum Vereinsfest der Liedertafel werden Sie doch gewiss kommen wollen!«

Er zog höflich den Hut und versicherte, alles möglich zu machen, um dieses Ereignis nicht zu verpassen. Allein das Geschäft erfordere natürlich seinen ganzen Einsatz …

Im gleichen Augenblick entdeckte er Charlottes Strohhut mit den weißen Bändern und hatte es eilig, sich zu verabschieden. Mühsam schob er sich durch die Menge, ärgerte sich, wenn man ihn beiseitedrängte und er Charlotte für eine Weile aus den Augen verlor, doch er verstand es geschickt, trotz aller Umwege immer auf Kurs zu bleiben. Eine rotgelbe Flamme züngelte auf, man hörte die erschrockenen und begeisterten Ausrufe der Leute, und er begriff, dass Charlotte und ihre Cousine die Künste des Feuerschluckers bewunderten. Das gefiel ihr also – da schau mal einer an!

Gleich darauf stellte er zu seinem Verdruss fest, dass Charlotte und Klara nicht allein geblieben waren. Eine junge Frau und ein Mann mit steifem, schwarzem Hut hatten sich zu ihnen gesellt, doch er konnte ihre Gesichter nicht erkennen, da sie mit dem Rücken zu ihm standen. Der Mann redete eifrig auf Charlotte ein, die lächelnd den Kopf schüttelte und dann fragend zu ihrer kleinen Cousine sah. Christian ging einige Schritte näher und tat, als würde auch er den Feuerschlucker bewundern; in Wirklichkeit aber wollte er sich Charlottes Gesprächspartner von der Seite besehen und erkannte erleichtert Peter Hansen. Der hatte vor zwei Jahren Charlottes Cousine Ettje geehelicht – auch wenn es hieß, er sei zunächst hinter Charlotte her gewesen, aber er war abgeblitzt, wie so manch anderer auch.

»Ich glaube nicht, dass ich das sehen will«, hörte er jetzt ihre Stimme.

»Nun komm schon! Peter will uns einladen, da wirst du doch nicht kneifen. Willst du Klara den Spaß verderben? Ohne dich geht sie sowieso nicht mit!«

Das war Ettje Hansen, Peter hatte also seine Frau mitgebracht. Worum ging es eigentlich? Was wollte sie nicht sehen?

»Es ist sehr lehrreich, Charlotte. Auch die Zöglinge des Gymnasiums sind gestern mit ihren Professoren dort gewesen. Man glaubt nicht, welch seltsame Wesen auf Gottes Erdboden herumlaufen! Schau doch auf die Reklame!«

Peter Hansen zeigte mit ausgestrecktem Arm auf eines der größeren Zelte, ein kreisrundes Gebilde aus schmutziggelben Tüchern, an denen man ringsherum bunte Reklameplakate angebracht hatte.

Christian musste die Augen zusammenkneifen, um wenigstens die fett gedruckten Worte lesen zu können:

NON PLUS ULTRA. HÖCHST SELTENE UND MERKWÜRDIGE NATURERSCHEINUNGEN

Er kannte diesen Schausteller, einen kleinen, dürren Mann mit einem grauen Ziegenbärtchen, begleitet von seiner Frau und zwei jungen Gehilfen, die möglicherweise seine Söhne waren. Sie kamen seit Jahren zum Gallimarkt und verdienten dabei recht gut, denn die Plätze im Zelt waren nicht gerade billig. In den vergangenen Jahren hatte man einen »Heliophobus, einen Albino«, ausgestellt, einen fettleibigen, blonden Menschen, der blöde vor sich hin glotzte und eine Haut wie eine Käsemade hatte. Dazu eine junge Indianerin aus Neuholland, ein wollhaariges, zartes Ding, das einen Kriegstanz aufführte und mit dem Fleisch von schwarzen Hühnern gefüttert wurde. Erwachsene Männer, die einen Aufpreis bezahlten, durften sie nach der offiziellen Vorstellung noch kurz in ihrer Landestracht bestaunen – mit nichts als einem schmalen, geflochtenen Lederriemen um die Hüften.

Christian Ohlsen hatte die Vorstellung besucht, zweimal sogar, denn das Mädchen war sehr reizvoll, dennoch war ein schales Gefühl bei ihm zurückgeblieben. Er konnte recht gut verstehen, dass Charlotte eine solche Schaustellung nicht sehen wollte.

Man schien sie jedoch inzwischen überredet zu haben, denn die vier bewegten sich in Richtung des gelben Rundzelts. Christian zögerte einen Moment, dann entschloss er sich, hinterherzugehen. Möglicherweise gab es nach der Vorstellung eine Gelegenheit, sich ganz zwanglos über das Dargebotene zu unterhalten, wenn auch nicht mit Charlotte, so doch mit den Hansens. Peter Hansen war Assistent beim Hauptzollamt, Christian hatte öfter mit ihm zu tun, wenn ihm Waren geliefert wurden, vielleicht waren die Hansens ja überhaupt eine gute Chance, näher an Charlotte heranzukommen. Sie wohnten ganz in ihrer Nähe, wenn er sie besuchte, konnte es gut sein, dass er Charlotte dort traf. Wieso kam er erst jetzt darauf? Die Idee war grandios.

Die Marktbesucher standen Schlange vor dem Zelteingang, als er sich hinten anstellte, wurden die Hansens, Charlotte und Klara gerade eingelassen. Ärgerlich blickte er über die Menge der vor ihm Stehenden und versuchte abzuschätzen, ob er überhaupt noch eine Chance hatte, ins Zelt zu gelangen, doch die füllige Ehefrau des Schaustellers, die den Eintritt kassierte, hatte gierige Augen und winkte einen nach dem anderen hinein. Christian war bei den Letzten, die noch einen

Sitzplatz ergatterten, zwar nur hinten, wo man nicht allzu viel sehen konnte, aber das war immer noch besser als ein Stehplatz zwischen den Bauern und Landgebräuchern, die nach Kuhstall stanken.

Die Luft im Zelt war so dick, dass man sie hätte in Scheiben schneiden können, was einerseits der warmen Oktobersonne zu verdanken war, andererseits den Ausdünstungen der vielen Leute. Man saß auf roh gezimmerten Bänken im Halbkreis, die teuersten Plätze ganz vorn an der Manege hatten sogar Rückenlehnen, in den hinteren Reihen wurde es rustikaler, da knackte wohl auch mal das Holz, und man musste sich vorsehen, dass man nicht mitsamt dem wackligen Bänkchen umkippte. Etwa ein Drittel des runden Zeltinnenraums war mit bemalten Holzkulissen abgetrennt, man sah stilisierte Palmen und gedrehte Säulen, dazwischen orientalisch anmutende Schriftzeichen, auch schnörkelig vergitterte Haremsfenster, von denen die schwarze Farbe schon abgeplatzt war. In der Mitte dieses phantasievollen Machwerks befand sich ein dunkelroter, leicht zerschlissener Vorhang mit goldenen Schnüren – dort würde gleich der ziegenbärtige Schausteller erscheinen, um dem geneigten Publikum die ersten »Merkwürdigkeiten« zu präsentieren.

Christian erspähte Charlotte vorn in der ersten Reihe zwischen ihren beiden Cousinen – Peter Hansen hatte ordentlich was springen lassen für diese Einladung. Wenn er sich vorbeugte, konnte er Charlottes Profil sehen, sie hatte eine zierliche Nase, die Lippen waren voll, der Mund war überhaupt ein wenig groß, was ihm jedoch gut gefiel. Die Hitze im Zelt hatte ihre Wangen rosig gefärbt, und sie fächelte sich mit einem Werbeblatt Kühlung zu. Peter Hansen hatte sein Schnupftuch aus der Tasche gezogen und wischte sich den Schweiß im Nacken.

Ein Glöckchen läutete, und das Gemurmel der Zuschauer erstarb, in den hinteren Bänken fuhr man mit den Köpfen hin und her und reckte den Hals, um an den vorn Sitzenden vorbei auf die Manege sehen zu können.

Der rote Vorhang wurde auseinandergezogen, und der Ziegenbart trat mit verheißungsvollem Lächeln vor das Publikum. Christian stellte fest, dass sowohl das Lächeln als auch der blaue, goldbetresste Anzug mit der Pluderhose unverändert waren, auch die Zahnlücke oben rechts war ihm von seinen früheren Besuchen her wohlbekannt. Während der Ziegenbart mit erstaunlich kräftiger, tiefer Stimme allerlei Überflüssiges schwafelte, beobachtete Christian gespannt Charlottes Gesicht. Sie hatte die schwarzen Augenbauen gesenkt und die Nase ein wenig hochgezogen – ganz offensichtlich fand sie den Burschen reichlich abgeschmackt.

Jetzt wandte sie sich zu Klara, legte den Arm um ihre Schultern und wechselte lächelnd einige Worte mit ihr. Christian hatte sie noch niemals auf diese Weise lächeln sehen, so offen und voller Zärtlichkeit. Etwas durchzuckte ihn heiß, und er spürte einen leichten Schwindel. Es musste die verdammte stickige Luft sein oder das Geschwafel des goldbetressten Ziegenbocks da vorn. Es konnte aber auch an der Erkenntnis liegen, dass diese exotische Kostbarkeit, die er so gern sein Eigen genannt hätte, mehr war, als er bisher geglaubt hatte. Sie konnte fürsorglich sein, liebevoll, sich einem Menschen zärtlich zuwenden. Solche Eigenschaften hatte Charlotte Dirksen bisher geschickt vor aller Welt verborgen.

Für einen Augenblick schloss er die Augen und überließ sich süßen Phantasien, bis er von rechts einen festen Stoß erhielt, als sein Nachbar aufsprang, um das vorn Dargebotene besser sehen zu können – allerlei Zeug, das zu Anfang der Vorstellung mit vielen lateinischen Ausdrücken, die kaum einer der Zuschauer verstehen konnte, angepriesen und herumgezeigt wurde, dazu wurden die passenden Schauergeschichten erzählt. So gab es zum Beispiel einen braunen Schrumpfkopf mit zugenähtem Mund aus dem fernen Polynesien; die Gebeine eines Engländers, der einem indischen Tiger zum Opfer gefallen war; selbst ein ausgestopfter Alligator aus dem Land der Pyramiden, in dessen weit aufgerissenem Maul eine Schlange steckte, war darunter. Angeblich hatte er sie gerade verspeisen wollen, als die Kugel des Jägers ihn traf. Charlottes Cousine Klara starrte mit weit aufgerissenen Augen auf diese grausige Sammlung, Peter Hansen fächelte sich mit dem Hut Kühlung zu, seine Frau Ettje war krebsrot im Gesicht, so dass man fast glauben konnte, sie würde gleich vor Hitze und Entsetzen zerfließen, doch das Glitzern in ihren Augen verriet, dass sie die Vorstellung sehr genoss. Charlotte hatte wieder die Brauen gefurcht, und ihre Miene drückte Abscheu aus.

Jetzt war der Albino fällig, der vermutlich schon hinter dem Vorhang wartete, um von den beiden jungen Gehilfen hinausgeschoben zu werden. Es musste schwer für ihn sein, lebte er doch angeblich in seinem Heimatland unter der Erdoberfläche und ging nur des Nachts auf die Jagd, daher auch die eckigen, roten Augen. Doch zu Christians Überraschung wurde eine andere Attraktion angekündigt, der Albino musste dem Schausteller irgendwie abhandengekommen sein, vielleicht war der arme Bursche ja gestorben.

»Ein wollhaariger Neger aus dem Urwald am Kilimandscharo«, verkündete der Ziegenbart dem Publikum mit großer Geste. »Sein Stamm ist es gewohnt, Menschenfleisch zu essen, sowohl roh als auch gebraten. Dieses Exemplar wurde vor einem Jahr bei einer Expedition ins Innere von Schwarzafrika von Lord Stanhope gefangen genommen und in einem vergitterten Käfig nach Europa gebracht.«

Die Vorhangzieher machten ihre Sache gut. Wie aufs Stichwort hin öffneten sich die roten Stoffbahnen, und man erblickte die massige, dunkle Gestalt des Negers. Sein Oberkörper war unbekleidet, um die Lenden hatte er ein Fell gewickelt, das vermutlich von einem gescheckten Fohlen stammte. Er torkelte einige Schritte nach vorn, verzog das Gesicht und bleckte die weißen Zähne, die spitz gefeilt waren und einem Raubtiergebiss ähnelten. Der Effekt war außerordentlich. Eine Frau kreischte voller Panik, und der Ziegenbart beeilte sich zu versichern, dass sein Neger vollkommen ungefährlich und zahm sei, was man auch an dem Ring sehen könne, der durch seine Nase gezogen war. Außerdem habe man ihm die Menschenfresserei längst abgewöhnt, er ernähre sich von lebendigem Federvieh und nehme auch Haferbrei gern an.

Die Leute beruhigten sich, einige mutmaßten, der Neger blecke nicht die Zähne, um zu beißen, sondern um zu lächeln, doch nicht alle konnten sich dem anschließen. Indessen stand der bekehrte Menschenfresser immer noch unbeweglich auf der Stelle und zeigte weder Scheu noch Angriffslust. Sein großer, schwarzer Körper glänzte, offenbar hatte man ihn vor der Vorstellung mit irgendeinem Fett eingerieben.

»Dieses Exemplar ist kräftig und von schönem Wuchs, die Haut schwarz wie Ebenholz, außer an den Innenflächen der Hände und Füße …«

Der Ziegenbart näherte sich furchtlos dem dunkelhäutigen Riesen, stemmte seinen herabhängenden, rechten Arm in die Höhe und drehte die Hand so, dass man die helle Innenfläche sehen konnte. Ein leichter Tritt veranlasste das Schauobjekt, auch den Fuß zu heben, um dem geneigten Publikum den wissenschaftlichen Beweis für die Richtigkeit der zuvor erfolgten Aussage zu erbringen. Christian war hin- und hergerissen von dieser Demonstration, die ihm unwürdig, zugleich aber auch spannend erschien. Was hatten sie mit diesem schwarzen Riesen gemacht, dass er so gleichmütig auf der Stelle stand und sich wie eine Gliederpuppe bewegen ließ? Man konnte die dicken Muskelstränge unter der glänzenden Haut erkennen – jetzt waren sie schlaff, doch eben, als der Ziegenbart ihm den Arm hochgestemmt hatte, hatte man sehen können, wie sie anschwollen. Ein einziger Schlag hätte dem Schausteller den Garaus machen können, doch der Schwarze stand fromm wie ein Lamm da und grinste in die gaffende Menge. Seine Augen kamen Christian seltsam starr vor. Ein Schlafmittel? Ein betäubender Saft? Oder konnte es sein, dass der Bursche den Verstand verloren hatte und gar nicht mehr wahrnahm, was mit ihm geschah?

Die fette Ehefrau des Ziegenbarts erschien in einem safrangelben, mit glitzernden Borten und Glasperlen besetzten Gewand, in dem sie aussah wie ein riesiger Pudding. Sie hielt in jeder Hand ein braunes Huhn ohne Kopf und zeigte das tote Federvieh den Zuschauern, als sei dies etwas ganz und gar Außergewöhnliches.

»Sie erleben jetzt die Speisung des afrikanischen Menschenfressers, welche täglich zu dieser Stunde und in der gleichen Weise vonstattengeht. Aus Rücksicht auf die weiblichen Zuschauer wird der Neger die Hühner nicht lebendig verzehren, wie es seine Gewohnheit ist, dafür aber ungekocht und noch lebenswarm. Nach der Speisung wird er den Kriegstanz seines Volkes vorführen, den die Kikuju vor einer Menschenjagd stets ...«

Christian starrte noch auf die kopflosen Hühner, die die safrangelbe Schaustellerin vor dem Publikum schwenkte, als er plötzlich einen hellen, zornigen Aufschrei vernahm, der ihn erschrocken zusammenfahren ließ. In der ersten Reihe war Bewegung entstanden, einige Zuschauer waren aufgesprungen, man hörte ärgerliche Ausrufe, Kinder schrien, Frauen schimpften, dann vernahm man die laute Stimme des Schaustellers.

»Beruhigen Sie sich, meine Gnädigste. Bleiben Sie auf Ihren Plätzen, verehrte Damen und Herren, es besteht keine Gefahr. Wenn Sie nicht hinschauen mögen, machen Sie einfach die Augen zu …«

»Das ist abscheulich! Sie sind ein Ungeheuer!«

Gott im Himmel, es ist Charlotte!, dachte Christian entsetzt und fuhr von seinem Sitz hoch. Sie macht sich vor allen Leuten lächerlich!

Charlotte hatte keine Chance, zwischen den vollbesetzten Bänken hindurch zum Ausgang zu gelangen, er sah sie aufgebracht hin- und herlaufen. Schließlich versuchte sie, sich durch die Menge der stehenden Zuschauer zu drängen, verfolgt von Geschrei und Gelächter. Neuer Tumult entstand, als einige der Leute sie nicht durchlassen wollten.

»Bleib daheim, wenn du schwache Nerven hast!«

»Willst uns die Vorstellung versauen? Ich hab bezahlt und geh hier nicht weg!«

»Stell dich nicht so an – hast du noch nie ein totes Huhn gesehen?«

Christian war keine Kämpfernatur, dennoch stieg er hastig über die Beine der neben ihm sitzenden Leute hinweg, trat etlichen auf die Füße, stolperte, erntete Flüche und schrille Aufschreie, dann hatte er die Stehplätze erreicht.

»Weg da! Macht Platz!«

Seine blindwütige Entschlossenheit machte Eindruck, man wich vor ihm zurück, protestierte nur halbherzig, und es gelang ihm, bis zu der gelben Zeltplane vorzustoßen, deren einzelne Bahnen mit Lederriemen und Schnallen an schmalen Eisenpfosten befestigt waren. Dort, wo zwei Bahnen aufeinanderstießen, würde es möglich sein, einen Durchschlupf zu schaffen.

»Hierher, Fräulein Dirksen!«, brüllte er. »Hier geht es hinaus!«

Er nestelte an einer Schnalle herum, brach sich fast die Fingernägel ab, doch zum Glück begriff ein junger Bursche neben ihm, was er vorhatte, und machte sich ebenfalls an den Schnallen zu schaffen. Christian spähte nach Charlotte, erblickte ihren Hut und die weißen Bänder, schob die Leute rüde beiseite und streckte den Arm nach ihr aus.

»Hierher! Zu mir! Ich führe Sie hinaus!«

Die Plane gab nach, durch den Schlitz drang helles Sonnenlicht ein, und im gleichen Moment gelang es ihm, Charlottes Hand zu fassen. Er handelte impulsiv, fragte nicht nach ihrem Einverständnis, sondern zog sie zu sich heran und legte schützend den Arm um ihre Schultern. Sie wehrte sich nicht, begriff, was er vorhatte, und ließ sich, gefolgt von Beschimpfungen und Lachsalven, zu dem improvisierten Ausgang schieben. »Vorsicht. Unten ist das Tuch noch befestigt.«

Nacheinander stiegen sie durch die Öffnung und fanden sich auf dem lärmenden Markt wieder. Dicht neben ihnen wurde Branntwein ausgeschenkt, eine Frau sang laut und heiser, ein junger Kerl mit Schirmmütze torkelte herum, und Christian stellte sich schützend vor Charlotte.

Sie atmete rasch, überwältigt von Abscheu und Zorn verbarg sie ihr Gesicht in den Händen. Er sah, dass ihre Schultern zitterten, und war heftig versucht, sie in die Arme zu nehmen, doch er beherrschte sich; es wäre nicht anständig von ihm gewesen. So blieb er dicht bei ihr stehen, wartete, bis sie sich beruhigt hatte, und sorgte dafür, dass keiner der betrunkenen Zecher ihr zu nahe kam.

»Ich muss Sie um Verzeihung bitten, Fräulein Dirksen.«

Charlotte hatte die Hände vom Gesicht genommen und versuchte, ihr Haar in Ordnung zu bringen. Sie hatte nicht geweint, wie er zuerst glaubte, es war nur die Aufregung gewesen, die sie hatte zittern lassen. Jetzt wirkten ihre Züge wieder gefasst, nur ihre schmal zusammengekniffenen Augen verrieten ihre innere Bewegung.

»Sie? Aber wofür denn?«

»Ich fürchte, ich habe mich in der Aufregung despektierlich verhalten. Ich … ich wollte Ihnen nicht zu nahe treten …«

Erst jetzt schien sie sich darüber klar zu werden, dass er vorhin den Arm um sie gelegt hatte. Er hätte sich am liebsten die Zunge abgebissen – jetzt hatte er sie verschreckt, wie dumm von ihm.

»Sie haben sich großartig benommen, Herr Ohlsen. Ich bin Ihnen zu Dank verpflichtet.«

»Aber nein!«, rief er erleichtert. »Es geschah ganz spontan, ich weiß selbst nicht, was da über mich gekommen ist. Aber ich bin sehr froh darüber …«

Hinter ihm begann die Frau wieder zu grölen, sie verlangte nach Branntwein, eine raue Stimme erklärte, sie habe bereits genug und solle sich endlich davonmachen. Christian Ohlsen nahm diese Geräusche nur am Rande wahr, denn Charlotte Dirksens schwarze Augen musterten ihn mit großer Eindringlichkeit.

»Es war so grauenhaft«, sagte sie leise. »Ich habe noch niemals in meinem Leben etwas so Beschämendes, so Widerliches gesehen.«

»Kommen Sie«, bat er. »Gehen wir ein wenig beiseite, hier wird es zu laut.«

Er bot ihr seinen Arm, und sie hakte sich ohne Zögern bei ihm ein. Langsam gingen sie ein paar Schritte, dann hatte er sich eine Erwiderung überlegt.

»Ich muss gestehen, dass ich ähnlich empfunden habe, aber ich hatte nicht den Mut, aufzustehen und zu gehen, so wie Sie, Fräulein Dirksen. Ich habe Sie sehr bewundert.«

Der Blick, der ihn von der Seite traf, war zweifelnd, vielleicht lag sogar ein wenig Spott darin. Sie schien ihm nicht recht zu glauben.

Dennoch sprach sie weiter.

»Das ist doch ein Mensch, genau wie wir. Was gibt ihnen das Recht, ihn so vorzuführen? Ihn öffentlich zu füttern wie ein wildes Tier? Wie ist es nur möglich, dass all diese Leute so viel Geld bezahlen, um sich etwas derart Niederträchtiges anzusehen? Haben sie kein Herz? Kein Gefühl? Keine Würde?«

»Ich weiß es nicht. Aber oft tun wir Dinge, für die wir uns später zutiefst schämen. Mir ist es heute so ergangen …«

»Mir auch!«, pflichtete sie ihm bitter bei.

Unschlüssig blieb er stehen und überlegte, ob er die Chance ergreifen sollte, die sich ihm bot.

»Würden Sie mir gestatten, Sie nach Hause zu begleiten, Fräulein Dirksen?«

»Das ist sehr freundlich von Ihnen, aber ich werde auf meine Cousine warten. Klara ist noch dort drinnen, und ich möchte mit ihr gemeinsam nach Hause gehen.«

Natürlich – wie hatte er das vergessen können. Ihr zärtliches Lächeln fiel ihm wieder ein – sie schien sehr an ihrer kleinen Cousine zu hängen. Er hätte wohl argumentieren können, dass Klara ja mit den Hansens heimgehen konnte, aber das hielt er für unklug. Sie hatte abgelehnt – er würde sie nicht bedrängen.

»Dann gestatten Sie mir, Ihnen so lange Gesellschaft zu leisten, bis die Vorstellung vorüber ist.«

Das wurde akzeptiert, schon deshalb, weil es nicht anging, dass eine junge Frau ganz allein auf dem Markt herumstand. Sie gingen auf und ab, und er bemühte sich, sie zu unterhalten, erzählte von seiner Studentenzeit in Hamburg, von den Schönheiten der großen Stadt, der Binnenalster, dem Hafen, und zu seiner Freude wurde auch sie gesprächig. Sie kannte Hamburg, war als Kind mit ihren Eltern dort gewesen, auch in Bremen und einmal sogar in Rotterdam. Dann lenkte er das Gespräch auf das Geschäft, das ihm so wenig Zeit für Vergnügungen lasse …

»Gibt es den Löwen noch?«

Sie konnte sich tatsächlich daran erinnern! Er versprach, den Löwenkopf aus der Kiste zu nehmen und aufarbeiten zu lassen, und war entzückt, dass sie darüber lächelte.

Die Zeit drängte, schon tönten von der reformierten Kirche sechs Schläge zu ihnen herüber. Gleich würde die Vorstellung beendet sein; vor dem Zelteingang hatten sich schon neue Schaulustige eingefunden, die die nächste Vorführung nicht verpassen wollten.

»Am Freitag feiert die Liedertafel Vereinsfest – werden Sie und Klara auch dort sein?«

Er glaubte sich zu erinnern, dass ihre Großmutter dort Mitglied war, er konnte sich aber auch täuschen. Doch das Glück war ihm hold.

»Ich hatte schon daran gedacht, aber Klara ist dagegen, sie fühlt sich nicht wohl in Gesellschaft.«

»Das ist sehr schade. Ihre Cousine ist ein nettes, hübsches Mädchen, sie darf sich nicht vor aller Welt zurückziehen. Vielleicht sollten Sie ihr ein wenig helfen, damit aus ihr keine Einsiedlerin wird …«

Die ersten Schaubesucher quollen aus dem Zelt, einige hatten noch glasige Augen, die meisten aber lachten und schwatzten voller Begeisterung über das Gesehene.

»Ich werde es mir überlegen«, sagte Charlotte und steckte eine Haarsträhne, mit der der Wind spielte, unter ihren Strohhut. Bevor sie zu Klara hinüberging, bedankte sie sich noch einmal, und dieses Mal lächelte sie ihn an. Freundlich, aber doch mit einem Schuss Ironie, offenbar hatte sie seine Strategie sehr wohl durchschaut.

Die Arpeggien der rechten Hand sanken wie funkelnde Tröpfchen hernieder, bildeten ein Gespinst von unendlicher Zartheit, glitzernd wie ein Sonnenteppich. Leise setzte die Melodie in den tiefen Tönen ein, schwang sich auf, dunkel und schön, wiegte sich in dem glitzernden Vorhang der Arpeggien, verwob sich mit ihm, modulierte in eine neue Tonart …

»Willst du jetzt endlich mit dem Geklimper aufhören!«

Charlotte brach ihr Spiel nicht sofort ab, sie ließ die Arpeggien auslaufen, brachte die Melodie zu einem selbst erfundenen Ende und setzte langsam und bedächtig einige Schlussakkorde. Die Großmutter stieß heftig die Luft aus, ob aus Erleichterung oder aus Zorn, war schwer auszumachen. Sie ging zum Sofa und schüttelte eines der Kissen auf, setzte es wieder an seinen Platz und schlug mit der Hand in die Kissenmitte, damit die Enden akkurat nach oben standen.

»Was ist nun?«, fragte sie in Charlottes Richtung.

»Ich weiß nicht …«

Das Gesicht der Großmutter war mit den Jahren kleiner geworden, auch faltiger, doch sie trug das Haar immer noch straff zurückgebunden und bedeckte den Knoten mit einer spitzenbesetzten Haube. Jetzt wurden die Kerben um ihren Mund tiefer, wie immer wenn sie sich ihrer eigensinnigen Enkelin entgegenstemmen musste.

»Du weißt es nicht? Jesus Christus im Himmel! Worauf willst du denn noch warten? Dass dir der Kaiser von China zu Füßen fällt? Ein afrikanischer Prinz?«

»Ich liebe ihn nicht!«

Jetzt reichte es der Großmutter endgültig. Keine ihrer Töchter und auch keine ihrer Enkelinnen hatten je solchen Widerspruchsgeist in sich getragen wie Charlotte. Es war das »ungute« Blut ihrer Mutter, dieser fremden Person, mit der sich ihr armer Sohn damals eingelassen hatte und die – das war ihre feste Meinung – auch die Schuld an seinem allzufrühen Tod trug.

»Was sind das für Hirngespinste! Liegst deinen Großeltern mit zweiundzwanzig Jahren noch auf der Tasche und träumst von der großen Liebe. Woher hast du nur diese neumodischen Ansichten?«

Charlotte schwieg. Sie kannte diese Vorhaltungen seit Jahren. Ein junges Mädchen hatte bei der Wahl des Bräutigams zuerst an die Familie zu denken. Wichtig war, einen Ehemann mit guter Position und ausreichendem Einkommen zu ergattern, selbstverständlich musste er auch die richtige Konfession haben und einen reinen Leumund. Wenn ein solcher Kandidat gefunden war und er sich einer Verbindung geneigt zeigte, dann hatte man »Ja« zu sagen.

»Die wirkliche Liebe ist ein Samenkörnchen, das man in den Nährboden der Ehe legt, damit es im Laufe der Jahre hervorsprießen und zu einem prächtigen Baum gedeihen kann. Die andere Liebe, dieses romantische Zeug, das in den Köpfen vieler junger Leute herumspukt, ist nichts als ein Strohfeuer. Wer eine Ehe auf diese sündige Leidenschaft gründet, der rennt unweigerlich in sein Unglück, denn von all der Glut wird nur Asche in seinen Händen zurückbleiben …«

Die Großmutter verkniff sich den Hinweis auf die »Schundliteratur«, in der jungen Mädchen von derart »falscher« Leidenschaft erzählt wurde, so dass die erhitzten Gemüter glaubten, der künftige Ehemann müsse den dort beschriebenen Helden gleichen.

»Um vier Uhr wird er vor der Tür stehen«, kürzte die Großmutter das Gespräch ab. »Bis dahin wirst du dich hoffentlich besonnen haben!«

Sie warf noch einen prüfenden Blick über die Stube, befand alles zum Empfang des Gastes gerichtet, dann wandte sie sich zur Tür. Jetzt war es kurz nach drei, sie musste nach oben, den Großvater aus dem Mittagsschlaf wecken und ihm beim Ankleiden helfen, denn seine Gegenwart war bei dem anstehenden Besuch unbedingt erforderlich. Seit einigen Monaten kränkelte Pastor Dirksen, sein Rücken wollte nicht mehr, manchmal konnte er vor Schmerzen weder gehen noch sitzen. Auch mit dem Magen stand es nicht zum Besten, der Arzt hatte Natron und eine strenge Diät verordnet, und die Großmutter hatte die ständige Tabakraucherei für dieses Leiden verantwortlich gemacht.

Seufzend legte Charlotte den Tastenschoner wieder an seinen Platz, es war noch immer der gleiche, den ihre Mutter vor vielen Jahren gestickt hatte, das seidene Blütenmuster war kaum verblasst.

Noch eine Stunde, dann würde sie sich entscheiden müssen. Christian Ohlsen hatte sie gebeten, seine Frau zu werden, das war vor zwei Wochen gewesen, als er sich nach einem Besuch verabschiedete und sie beide für einen Augenblick ohne Zeugen an der Haustür standen. Charlotte hatte sich Bedenkzeit erbeten, und Christian hatte sie ihr gewährt. Er wolle sie nicht bedrängen, doch er wäre der glücklichste Mensch der Welt, wenn sie sich für einen gemeinsamen Lebensweg entscheiden könnte.

Christian Ohlsen hatte nichts von einem Romanhelden an sich, er war weder ein hochgestellter Herr, noch besaß er ein dunkles Geheimnis, und besonders gut sah er auch nicht aus. Aber selbst Charlotte war klar, dass es solche Helden im wirklichen Leben nicht gab. Zumindest in Leer hatte sie noch keinen entdeckt. Es gab unsympathische Männer und solche, die annehmbar waren, und von denen war Christian Ohlsen eindeutig der annehmbarste. Man konnte sich zwanglos mit ihm unterhalten, er war großzügig, höflich, liebte die Musik, und er teilte ihre Leidenschaft für ferne Länder. Er war gefühlvoll, manchmal sogar etwas übertrieben, er schenkte ihr Blumen und hatte der Großmutter duftende Rosenseife mitgebracht. Er kleidete sich mit Geschmack, und wenn er ihr Komplimente machte, war es nicht nur so dahingesagt, er meinte es ernst. Alles deutete darauf hin, dass Christian Ohlsen in sie verliebt war.

Wie seltsam, dachte sie. Ein Mädchen hat nicht das Recht, seinem Herzen zu folgen, ein Mann aber sehr wohl.

Nachdenklich starrte sie auf die seidenen Blumen, die die Hände ihrer verstorbenen Mutter gestickt hatten. Vor ein paar Jahren hatte der Großvater ihr eröffnet, dass ihre Eltern erst ein Jahr vor der Geburt ihres Bruders Jonny geheiratet hatten. Es war ein Schock für Charlotte gewesen, denn das bedeutete nichts anderes, als dass sie selbst unehelich geboren war. Die schöne Emily Lindley hatte sich dem Kapitän Ernst Dirksen ohne Trauschein hingegeben – aus leidenschaftlicher Liebe. Und er? War er nicht zu ihr zurückgekehrt, um sie zu heiraten? Welche Art von Liebe hatte ihre Eltern denn nun miteinander verbunden? Die echte oder die falsche? Ihr schien, dass sie sehr glücklich gewesen waren, denn sie hatten einander oft umarmt und geküsst.

Regentropfen klatschten gegen die Fensterscheiben, rannen auf krummen Wegen daran herab, bildeten ein verwirrendes Netz aus durchsichtigen Gängen, die sich schließlich zu einer nassen Fläche auflösten. Was für ein boshaftes Aprilwetter – gerade eben hatte noch die Sonne geschienen, jetzt beugten sich die gelben Narzissen im Blumenkasten unter den Angriffen des herabströmenden Regens. Sie musste an Marie denken, die mit ihrem Ehemann George schon seit vier Jahren in Ägypten lebte. Marie hatte sich damals in George verliebt und seinetwegen ihre Verlobung gelöst. Es konnte also – in seltenen Fällen – tatsächlich vorkommen, dass ein Mädchen den Mann bekam, den es liebte. Marie war das gelungen – war sie deshalb ins Unheil gestürzt? Keineswegs – sie beklagte sich zwar über die Hitze und das Ungeziefer in Ägypten, doch von ihrem George berichtete sie nur Gutes, vor allem, dass er ein begeisterter Vater sei …

Die Stubentür wurde leise geöffnet, Klara spähte durch den Spalt, und als Charlotte ihr zulächelte, zog sie die Tür ganz auf. Während sie in die Stube humpelte, hörte man Tante Fanny in der Küche mit der Großmutter reden, und Charlotte sah erschrocken zu der kleinen Pendeluhr hinüber, die zwischen den Nippesfigürchen auf der Kommode stand. Die Zeiger waren schon auf halb vier vorgerückt.

»Zu Ausflügen haben wir uns einladen lassen. Getanzt hat sie mit ihm auf dem Ball der Liedertafel, mehrmals hintereinander, ich habe es genau gesehen. Dreimal hat er uns schon besucht – und jetzt will sie ihn abweisen! Was glaubt sie denn, wer sie ist? In ihrem Alter kann sie froh sein, noch einen Mann zu finden, sie ist doch keine achtzehn mehr …«

Klara beeilte sich, die Tür zu schließen, so dass Tante Fannys Traktate nur noch gedämpft zu hören waren.

»Sie ist ungerecht, Charlotte. Niemand kann dich zu einer Ehe zwingen, die du nicht willst …«

»Ich weiß …«

Klara humpelte zu ihr hinüber, blieb hinter dem Klavierschemel stehen und legte Charlotte beide Hände auf die Schultern.

»Ich will vor allen Dingen nicht, dass du es meinetwegen tust«, sagte sie eindringlich. »Ich komme auch so zurecht. Vor allem, seitdem ich mit dem Nähen Geld verdiene und auch Mutters Kunden übernommen habe.«

Tante Fanny konnte kaum noch für Kunden nähen, so schlecht waren ihre Augen geworden. Klara aber war sehr geschickt darin, und was sie nähte, gefiel den Leuten. Der Lohn für die viele Arbeit und die langen Nächte beim Schein der Gaslampe war allerdings sehr gering. Christian hatte Charlotte vorgeschlagen, Klara solle bei ihnen leben, so müsse sie sich nicht von ihrer Cousine trennen.

»Wenn du Klavierunterricht gibst und ich für meine Kunden nähe, könnten wir auch so beieinander bleiben«, spann Klara ihre Träume weiter. »Auch wenn … wenn die Großeltern einmal nicht mehr sind. Wir würden hier im Haus wohnen, den Garten bestellen, und dann gibt es doch noch deine Mitgift.«

Charlotte fasste Klaras Hände, die wieder einmal schrecklich kalt waren. Sie hatte keine Ahnung, wie viel von ihrer Mitgift noch übrig war, nachdem auch Pauls juristisches Studium in Hamburg zum größten Teil davon bezahlt wurde. Er würde wohl noch eine Weile brauchen, gerade vor einem Monat war er wieder einmal durch eine Prüfung gefallen.

»Wir bleiben in jedem Fall beieinander, Klara. Aber wenn ich Christian heirate, dann leben wir in einer schönen Wohnung, haben das Geschäft und den Markt gleich vor der Nase, und du brauchst nicht mehr zu nähen.«

Klaras Hände begannen zu zittern. Sie zog sie von Charlottes Schultern und setzte sich auf den hohen Sessel des Großvaters, in dem sie fast verschwand. In ihrem schmalen Gesicht spiegelte sich ein innerer Kampf, als müsse sie sich sehr überwinden, um etwas auszusprechen, das eigentlich ungehörig war.

»Es … es soll wohl nicht sehr schön sein. Es soll auch wehtun, sagt man. Ettje hat behauptet, es sei ganz furchtbar gewesen. Aber es gehört eben dazu, wenn man heiratet …«

»Ach, du meinst … die Hochzeitsnacht?«

Klara nickte errötend. Weder ihre Mutter noch die Großmutter hatten je über solch peinliche Dinge gesprochen. So etwas erwähnte man nicht, Ettje hatte früher einmal für eine neugierige Frage eine kräftige Ohrfeige erhalten. Das hatten sich die anderen gut gemerkt.

»Es spielt sich dort unten ab, da, wo man nicht hinfassen soll …«, flüsterte Klara.

Charlotte warf ihr einen ärgerlichen Blick zu. So viel wusste sie inzwischen auch, obgleich sie noch vor vier oder fünf Jahren geglaubt hatte, die Kinder entständen beim Küssen.

Es war naheliegend, denn alle Romane endeten damit, dass das Liebespaar heiratete, er sie küsste und sie Kinder bekamen. Ein solcher Kuss war ihr als etwas unsagbar Frivoles erschienen, und sie hatte diese Stellen immer wieder gelesen, um den süßen Schauer des Verbotenen zu spüren. Inzwischen war Charlotte jedoch klar geworden, dass außer dem Kuss noch etwas anderes passieren musste, das weder in den Romanen noch im wirklichen Leben jemals erklärt wurde. Es hatte mit der Hochzeitsnacht zu tun, um die immer ein fürchterliches Gewese gemacht wurde. Seltsam war das schon, sollte der Hochzeitstag doch der schönste Tag im Leben einer Frau sein. Der dazugehörigen Nacht allerdings haftete ein Schrecken an, als würde die arme Braut in ein schamloses, gruseliges Folterkabinett geführt.

»Meine Güte – so schlimm kann es doch nicht sein, Klara. Alle Ehefrauen, die ich kenne, haben es überlebt.«

»Natürlich. Ich wollte dir auch keine Angst machen.«

Klara schwieg beschämt, da sie fürchtete, zu weit gegangen zu sein.

»Man muss es wohl über sich ergehen lassen und sich dabei nicht anstellen – dann gewöhnt man sich daran.«

In der Schule war manchmal über diese Sachen geflüstert worden. Einige der Mädchen schienen mehr darüber zu wissen und gefielen sich darin, die Ahnungslosen zu beeindrucken. Es war krauses Zeug gewesen, ganz und gar unvorstellbare Dinge, die mit dem »Teil« zusammenhingen, das ein Mann besaß, eine Frau aber nicht. Charlotte konnte sich daran erinnern, wie sie neben der Kinderfrau gestanden hatte, als diese ihren kleinen Bruder badete. Auch sie selbst war damals noch klein gewesen, gerade mal drei Jahre älter als Jonny, aber sie hatte gesehen, dass er ein Schwänzlein besaß, mit dem er zum Entsetzen der Kinderfrau ins Badewasser gepieselt hatte. Hinter dem Schwänzlein war noch etwas anderes gewesen, ein rosiges Gebilde wie ein Geschwür, ein wenig schrumpelig und nicht eben hübsch; sie hatte den armen Jonny damals bedauert, dass er ein solches Ding mit sich herumschleppen musste.

Das Geheimnis mochte in diesem seltsamen »Teil« liegen. Nur konnte sie sich nicht vorstellen, dass ein Mann seiner Frau mit einem so weichen, empfindlichen Schwänzchen wehtun konnte. »Es ist vielleicht aber auch ganz anders«, sagte Klara. »Vor allem, wenn man sich aufrichtig liebt. Vielleicht ist es dann ja auch wunderschön.«

Klara hatte den bedenklichen Ausdruck auf Charlottes Zügen gesehen, und nun kam sie sich richtig schlecht vor. Nein, es war nicht recht von ihr, Charlotte solche Sachen zu erzählen, nur weil sie selbst viel lieber hier im Haus der Großeltern geblieben wäre. Christian Ohlsens Wohnung war sicher sehr schön, und sie würde dort – so hatte Charlotte gesagt – ein eigenes Zimmer für sich allein bekommen. Dennoch fürchtete sie sich davor. Sie fürchtete sich auch vor Christian Ohlsen, vor der lärmenden Pfefferstraße, vor dem großen Laden und vor allem vor den vielen Bekannten, die in der Wohnung vorsprechen würden. Auch davor, dass sie dann allein schlafen musste. Seit Ettjes Hochzeit teilten die Cousinen zwar nicht mehr das Bett miteinander, aber immerhin schliefen sie noch in derselben Schlafkammer. Die hatten sie jetzt ganz für sich, denn Tante Fanny war in das Arbeitszimmer des Großvaters umgezogen, wo früher Paul geschlafen hatte.

»Wenn man sich aufrichtig liebt …«, wiederholte Charlotte nachdenklich.

Welche Art der Liebe war da wohl gemeint? Die große Leidenschaft oder das kleine Pflänzchen, das erst noch wachsen musste?

»Du magst ihn doch … irgendwie? Oder?«

»Irgendwie … schon.«

Die kleine Pendeluhr fing an zu rasseln, dann schaffte sie es, vier grelle Schläge von sich zu geben, die wie die Schelle auf dem Postamt klangen. Charlotte klappte den Deckel der Klaviertastatur über die seidene Blütenstickerei und erhob sich, um ans Fenster zu treten.

Er war schon dicht vor dem Haus. Der Wind zerrte mit wütender Kraft an seinem Regenschirm, mit der Linken hielt er einen Blumenstrauß gegen die Brust gepresst, um das schöne Seidenpapier, in das die Blumen eingewickelt waren, vor dem Regen zu schützen. Als er schon fast den Kiesweg zum Hauseingang erreicht hatte, blieb er stehen, klemmte den Blumenstrauß unter den Arm und versuchte mit der freien Hand die Schlammspritzer von seinen Hosenbeinen zu entfernen. Seine Verrenkung wirkte so grotesk, dass Charlotte kichern musste. Dann aber hob er den Kopf, und sie sah seinen verzweifelten Gesichtsausdruck.

Er liebte sie. Zwei Wochen lang hatte er gewartet und gebangt, nun kam er, um aus ihrem Mund sein Urteil zu empfangen. Gerührt sah sie zu, wie er mit dem flatternden Schirm kämpfte und das Monstrum schließlich zusammengefaltet gegen die Hauswand lehnte. Er liebte sie – weshalb sollte sie ihn unglücklich machen?

Januar 1894

Christian Ohlsen steckte den Federhalter zurück ins Tintenfass und rieb sich die kältesteifen Finger. Das Feuer in dem kleinen Kanonenöfchen war längst niedergebrannt, aber eigentlich lohnte es nicht, noch eine Schaufel Kohle nachzulegen – er würde diese lästige Rechnerei ohnehin bald beenden. Missmutig starrte er auf das aufgeschlagene Handelsbuch. Dort waren die Ausgaben der beiden letzten Monate vermerkt, doch er hatte – wie meist – nicht regelmäßig eingetragen, da lagen noch Rechnungen herum, die er nicht ordentlich abgelegt und vergessen hatte, und außerdem fehlten noch die Weihnachtsgeschenke für die Angestellten. Doch ganz gleich, was er noch hinzufügen musste, es war jetzt schon ersichtlich, dass die Ausgaben die Einnahmen erheblich übersteigen würden. Und das trotz des recht guten Weihnachtsgeschäfts. Es lag an den Kunden, die knauserten, wo sie nur konnten, und all die schönen Dinge, die er von weither bestellte, in den Regalen verkommen ließen. Ja, wenn er in Bremen oder Hamburg ein Geschäft hätte – da gab es die reichen Reeder, die wohlhabende Bürgerschaft, die konnten den Beutel wohl auftun. In Leer drehte man den Pfennig dreimal um, bevor man ihn ausgab, und wenn, dann kaufte man nur ein wenig Kaffee, etwas Tee, den billigen Tabak, vielleicht auch Pomade oder Hautcreme, aber das war schon Luxus. Viele konnten sich noch nicht einmal das leisten, die hatten keine Arbeit und Schulden obendrein, sie verkauften Haus und Hof, um nach Übersee auszuwandern. Dort in der Fremde erhofften sie sich Glück und Wohlstand, doch das war – wie man so erfuhr – bisher nur in wenigen Fällen eingetreten. Von den meisten hörte man nie wieder etwas.

Er zog die Uhr aus der Westentasche und stellte fest, dass es schon nach neun war, höchste Zeit, nach oben in die Wohnung zu gehen. Dort würde es angenehm warm sein, denn Charlotte ließ immer gut einheizen; er würde noch ein wenig mit ihr plaudern und dabei ein, zwei Gläser Wein trinken, die Bilanz konnte auch bis morgen warten.

Er klappte die Bücher zu, entdeckte noch eine unbezahlte Rechnung, die sich unter dem Ablagekasten versteckt hatte, und legte sie zu den anderen. Er würde sie vorerst sowieso nicht bezahlen können, morgen wollte er dem Lieferanten in Bremen schreiben, um Stundung bitten, am besten bis Ostern. Sorgfältig löschte er die Lampe und schloss das kleine Büro ab, das er sich seit seiner Heirat unten im Laden eingerichtet hatte. Früher, als er noch Junggeselle gewesen war, hatte er die Bücher oben in der Wohnung geführt, doch dort war jetzt kein Platz mehr, alles war neu eingerichtet worden, und er wollte Charlotte den Anblick der hässlichen, unordentlichen Geschäftspapiere ersparen.

Der Flur war duster und eisig kalt, er stolperte über einen Karton, in dem noch die letzten Reste der Weihnachtsdekoration verpackt waren, die der Lehrling eigentlich ins Lager hatte räumen sollen. Dieser Lehrling taugte nicht viel, bei jeder Kleinigkeit musste man ihn kontrollieren, sonst vergaß er die Hälfte. Charlotte hatte es ihm vorausgesagt, als er den Burschen vor Weihnachten einstellte. Er hatte sie ausgelacht – was verstand sie schon von Angestellten? Im Haus ihrer Großeltern hatte es nicht einmal Dienstboten gegeben. Aber sie hatte Recht behalten.

Das Treppenhaus lag in sanftem Licht, das durch die Glaseinsätze der Wohnungstür drang, und seine Stimmung hob sich. Er hatte viel zu lange dort in der Kammer bei den Büchern gesessen, das bekam ihm nicht, verdarb ihm die Laune und schuf trübe Gedanken. Überhaupt war er seit einiger Zeit viel lieber dort oben in seiner hübschen Wohnung als unten im Laden, wo er sich mit den Unzulänglichkeiten der Angestellten und dem Geiz der Kundschaft herumärgern musste.

»Charlotte?«

»Wir sind im Salon!«

Er nahm den wollenen Schal ab und wechselte die Jacke, um nicht den Mief des feuchten Ladenbüros in die Wohnung zu tragen. In Hausjacke betrat er den Salon und fand dort Charlotte mit Klara auf dem Sofa sitzend, über eines der vielen Bücher gebeugt, die er ihr geschenkt hatte.

Ihre Gestalt in dem hellen Kleid faszinierte ihn immer wieder aufs Neue; er liebte das üppige, schwarze Haar, das sie geflochten und aufgesteckt trug, wenngleich sich immer wieder kleine Löckchen herausstahlen. Sie ringelten sich an ihren Schläfen, über dem Ohr oder im Nacken und verliehen ihren Zügen einen bezaubernden, verspielten Ausdruck.

»Du hast es aber lange ausgehalten«, meinte sie, als sie von ihrem Buch aufsah. »Bist du denn fertig geworden?«

»Nun, für heute schon. Leider hört die Arbeit nie auf, wenn man ein Geschäft führt ...«

Aufseufzend lehnte sie sich zurück und gähnte, dann zog sie das Tuch noch enger um die Schultern und legte das Buch zur Seite. Sie war blasser als gewöhnlich, das schwere, dunkle Haar ließ den Kontrast noch stärker hervortreten, Schatten lagen unter ihren Augen. Es rührte ihn, hatte er doch Anteil an diesem Zustand: Charlotte war seit einigen Monaten schwanger.

»Ich glaube, es wird Zeit für mich«, ließ sich Klara vernehmen. »Ich wünsche eine gute Nacht.«

»Gute Nacht, Klara. Süße Träume.«

Die obligate Umarmung der beiden Cousinen und die Gute-Nacht-Küsse erfolgten wie jeden Abend, dann nickte Klara ihm mit scheuem Lächeln zu und humpelte hinaus.

Sie war leise wie ein Mäuschen, diese kleine Cousine, die er in seinen Hausstand aufgenommen hatte. Ein Wesen, das die Begabung hatte, irgendwo im Raum zu sitzen, ohne dass man es wahrnahm. Im Grunde ein rührendes Ding; sie hatte ihm kleine Geschenke gemacht, Taschentücher mit seinem Monogramm bestickt, ein hübsches Kästchen für seine Manschettenknöpfe aus Seidenröllchen hergestellt. Dennoch bereute er seine Großzügigkeit inzwischen, denn Klara störte seine Zweisamkeit mit Charlotte. Auch jetzt, da er sich neben ihr auf dem Sofa niederließ und den Arm um sie legte, waren sie nicht gänzlich miteinander allein, Klara war wie ein Schatten, der Charlotte anhaftete und der untrennbar mit ihr verbunden war.

»Wie geht es dir heute, mein Herz?«

»Ganz gut. Ein wenig Übelkeit noch, aber nicht mehr so schlimm wie zu Anfang.«

Er zog sie dichter an sich und küsste ihre Wange. Ihre Haut war zart und kühl, er atmete den Duft ihres Haars ein und versuchte, seine Lippen auf ihren Mund zu pressen, doch sie entzog sich ihm.

»Ich bin dein Ehemann, Liebes. Kein böser Verführer«, scherzte er. »Du darfst mir nicht vorenthalten, was mein ist.«

»Nicht heute … Mir ist nicht gut, und es könnte auch dem Kind schaden.«

»Es wird dem Kind gewiss nicht schaden, wenn ich dich küsse.«

Sie gab nach, überließ sich ihm für eine kleine Weile, ertrug seine Zärtlichkeiten, erwiderte sie sogar, wie er es ihr beigebracht hatte, als er aber die Häkchen ihres Kleides öffnen wollte, wehrte sie sich. Er unternahm noch einige schwache

Versuche, sie zu verführen, doch im Grunde wusste er bereits, dass sie nicht fruchten würden, und so gab er schließlich auf.

Es war schade, er hatte sich von den Nächten mit ihr sehr viel mehr versprochen. Gewiss nicht gleich in der Hochzeitsnacht, da waren alle anständigen Frauen noch ahnungslos und stellten sich an, als wolle man sie umbringen. Aber sie hatte auch auf seine späteren Bemühungen kaum reagiert, keinerlei Feuer oder Leidenschaft gezeigt, und wenn sie auf seine Wünsche einging, so tat sie es nur, um ihm einen Gefallen zu erweisen. Insgeheim verfluchte er die sittenstrenge Erziehung der protestantischen Großmutter, die Charlotte ganz offensichtlich verdorben hatte. Kein einziges Mal hatte sie sich bisher nackt vor ihm gezeigt, sie kleidete sich hinter dem Wandschirm an und aus, und in den Nächten trug sie lange, spitzenbesetzte Gewänder. Dabei konnte er seine Begierde kaum beherrschen, diese exotische Schönheit ganz und gar unbekleidet und mit aufgelöstem Haar vor sich zu sehen.

»Zeig mir doch einmal, was ihr beiden da gerade angeschaut habt. Habe ich dir dieses Buch nicht aus Bremen mitgebracht?«

Sie schien erleichtert, dass er ihr die Zurückweisung nicht nachtrug, und hob das Buch eilig auf ihren Schoß. Tatsächlich, er erkannte es wieder, ein Werk über die Entwicklung der Schifffahrt von den Anfängen bis hin zu den modernen Postdampfern. Sie schlug einige Seiten um und begann, ihm die Takelage eines Dreimasters zu erklären, redete von Masten, Wanten, Spieren und Schoten, schilderte genau, wie die verschiedenen Taue arbeiteten und wozu sie gebraucht wurden. Christian Ohlsen war kein Mensch, der den Dingen auf den Grund ging, dennoch hörte er ihr geduldig zu, obgleich er kaum etwas begriff. Er erfreute sich an ihrer Lebhaftigkeit und den raschen Augenaufschlägen, wenn sie immer wieder zu ihm hinschaute, um festzustellen, ob er auch aufmerksam war. Wie goldener Bernstein konnten diese Augen im Licht der Lampe aufleuchten – schade, dass sie diese Leidenschaft in derart überflüssiges Zeug investierte, anstatt sie für sinnvollere Dinge aufzubewahren.

»Wenn du willst, kaufe ich dir eines dieser hübschen Schiffsmodelle aus Holz, die wir in Bremen gesehen haben. Würde dir das Freude machen?«

Sie lehnte sich zurück und atmete einige Male tief ein und aus – die über das Buch gebeugte Körperhaltung schien ihr nicht gut zu bekommen.

»Wenn du mir eine Freude machen willst, dann könntest du Paul ein wenig unterstützen. Er steht kurz vor dem Examen und braucht ein paar juristische Bücher …«

»Paul!«, knurrte er unzufrieden. »Glaubst du wirklich, dass er seine Abschlussexamina schaffen wird?«

»Er bemüht sich redlich, Christian.«

Er war unentschlossen. Einerseits wollte er ihr den Wunsch nicht abschlagen, andererseits war er ärgerlich darüber, dass man Charlottes Mitgift angetastet hatte, um Paul studieren zu lassen. Diesen Missstand hatte er gleich nach der Hochzeit beendet, nun verwaltete er das Vermögen seiner Frau, und das Kapital wurde im Geschäft dringend gebraucht. Paul war kein übler Bursche, er hätte wohl einen guten Handwerker oder vielleicht auch einen Kaufmann abgegeben – aber zu einem Juristen taugte er nach Christians Meinung nicht. Das war nur dem verdammten Ehrgeiz seiner Mutter zuzuschreiben.

»Wir werden sehen, Charlotte. Momentan stehen wieder einige Bestellungen an und auch eine Fahrt nach Bremen, um Waren einzukaufen. Da muss ich mit unserem Geld haushalten.«

»Wirst du mich mitnehmen, wenn du nach Bremen fährst?«

»Liebes – in deinem Zustand solltest du besser zu Hause bleiben.«

»Aber es geht mir gut«, protestierte sie voller Eifer. »Höchstens die Langeweile macht mich krank. Ich kann doch nicht den ganzen Tag über lesen oder Klavier spielen.«

Wieder legte er vorsichtig den Arm um sie und streichelte ihre Schulter. Sie war zart und ein wenig knochig, wie eine Halbwüchsige, und das gefiel ihm, fachte seine Begierde an – er liebte dieses Kindhafte, noch nicht ganz Erwachsene an ihr. Es war nur zu hoffen, dass die Mutterschaft ihren Körper nicht allzu sehr verändern würde, sie hatte aufreizende Brüste, fest wie kleine, spitze Halbkegel, und einen flachen Bauch.

»Du kannst unsere Wohnung hübsch einrichten, ein wenig nähen oder sticken, deine Damenkränzchen besuchen oder – und das würde mir am besten gefallen – dich für mich schön machen. Was ist mit all den Kleidern, den Hüten und dem Modetand in deinen Schränken? Die goldene Halskette mit den roten Steinen, die ich dir zu Weihnachten geschenkt habe, hast du noch kein einziges Mal getragen!«

Das fehlte noch, dass sie mit nach Bremen fuhr! Ein paar Wochen nach der Hochzeit hatte er sie leichtsinnigerweise mitgenommen, eigentlich nur, um sie mit seinen Handelsverbindungen, seinem Geschick und seinen Kenntnissen zu beeindrucken. Er hatte es schwer bereut, denn sie hatte begonnen, ihm Ratschläge zu erteilen, hatte diese oder jene Ware als zu teuer bezeichnet, und einmal – er hatte rasch eingreifen müssen – hatte sie doch tatsächlich begonnen, mit dem indischen Händler zu feilschen wie ein Marktweib. Diese »zweite Natur« war ganz offensichtlich ein Erbteil ihrer Großmutter Dirksen, die vor Geiz kaum aus den Augen schauen konnte und der Familie wochentags nicht einmal eine Tasse Kaffee gönnte.

»Die Kette ist wunderschön, Christian. Manchmal habe ich fast ein schlechtes Gewissen, dass du so viel Geld für mich ausgibst.«

»Für wen sollte ich es wohl sonst ausgeben, wenn nicht für

dich, mein süße Frau. Ich will, dass du strahlst, dass mich alle um dich beneiden, denn du bist das Kostbarste, das ich besitze.«

Er spürte selbst, dass seine Worte allzu überschwänglich klangen, dennoch sagte er die Wahrheit. Spürte sie das? Sie schüttelte lächelnd den Kopf, aber zugleich schmiegte sie sich ein wenig dichter an ihn, und er genoss diese freiwillige Nähe, mit der sie sonst leider sehr sparsam war.

»Ich komme mir trotzdem recht unnütz vor, Christian. Natürlich kümmere ich mich darum, dass der Haushalt gut versehen wird, aber in der Küche herrscht die Köchin, das Mädchen reinigt die Zimmer, und für die Wäsche kommt eine Frau. Wenn ich wenigstens unten im Laden mithelfen dürfte. Es würde mir viel Freude machen.«

»Den Laden überlass besser mir, Charlotte!«

Er sagte es kurz und knapp, da sie bereits mehrfach über dieses Thema gestritten hatten. Gewiss, seine Mutter hatte die Kunden bedient, aber seine Frau würde das nicht tun. Weil er es nun einmal nicht wollte.

»Ich könnte dir helfen, die Bücher zu führen«, schlug sie eigensinnig vor. »Ich war im Rechnen immer eine der Besten, und wenn ich mich bemühe, schreibe ich die Zahlen akkurat wie gedruckt.«

»Vom Führen der Bücher verstehst du nichts.«

Wie hartnäckig sie doch sein konnte. Sein energischer Tonfall schien sie überhaupt nicht zu beeindrucken, stattdessen blitzten ihre Augen vor Eifer.

»Ich könnte es lernen. Wir stellen einen Schreibtisch in den Salon, dann musst du auch nicht stundenlang an den Abenden unten in der engen Kammer sitzen und dir die Finger abfrieren.

Du erklärst mir, wie die Bücher geführt werden, und überprüfst immer genau, was ich geschrieben habe, damit sich kein Fehler einschleicht. Auf diese Weise könnte ich dir nützlich sein, ohne hinter der Ladentheke zu stehen, was du ja nicht möchtest.«

»Wir werden sehen«, entgegnete er gequält und presste sie noch einmal an sich, bevor er vom Sofa aufstand. »Vielleicht hast du ja Vergnügen daran, mit Tusche zu zeichnen? Ich könnte mir vorstellen, dass du sehr begabt bist, mein Schatz. Auf jeden Fall werde ich dir aus Bremen einen Zeichenblock, Pinsel und Tusche mitbringen ...«

»Und was ist mit den Büchern?«, beharrte sie stur.

»Die Bücher für Paul? Er soll mir die Titel nennen ...«

Jetzt funkelte verhaltener Zorn in ihren Augen, und ihre schwarzen Brauen stießen über der Nasenwurzel fast zusammen.

»Du weißt genau, welche Bücher ich meine, Christian!«

Er hasste es, wenn er sich ihr so energisch entgegenstellen musste. Weshalb war sie so unzufrieden? Andere hätten sie um ein Leben, wie sie es führte, glühend beneidet, hielt er sie nicht wie eine Prinzessin? Aber sie wollte seine Rechnungsbücher führen! Großer Gott!

»Ein für alle Mal, Charlotte: Diese Bücher führe nur ich allein. Dahinter verbirgt sich kein Misstrauen dir gegenüber, sondern einfach eine kaufmännische Gewohnheit, auch mein Vater hat seine Bücher immer selbst geführt.«

Der enttäuschte Ausdruck auf ihren Zügen tat ihm weh, aber er wollte in jedem Fall fest bleiben. Wenn sie einmal herausgebracht hatte, dass er nachgab, dann würde er bald kein Bein mehr auf die Erde bekommen.

»Gehen wir schlafen«, schlug er mit sanfter Stimme vor und reichte ihr beide Hände, um ihr vom Sofa aufzuhelfen. »Soll ich dir noch etwas aus der Küche holen? Einen kleinen Imbiss? Einen Becher Milch? Die Köchin schläft zwar, aber ich finde mich schon zurecht ...«

»Nein, danke.«

Sie erhob sich ohne seine Hilfe, sah ihn auch nicht an, als sie an ihm vorbei zur Flurtür ging. Er hörte sie im Badezimmer hantieren; sie drehte das Wasser auf und schien sich die Zähne zu putzen.

Im Schlafzimmer schlug er schon einmal die Decken zurück und fand in beiden Betten je eine Wärmflasche aus Zinn, die sie vorsorglich hatte hineinstellen lassen. Als ob ein liebendes Ehepaar blödsinnige Bettwärmer brauchte!

Er nahm sich vor, recht bald mit dem Zug nach Bremen zu fahren und dort über Nacht zu bleiben. Er liebte Charlotte, aber dort, in der Bremer Hafengegend, gab es ein Etablissement, das er schon zweimal seit Beginn seiner Ehe besucht hatte. Eines der Mädchen war zierlich wie ein Knabe, und seine Haut hatte die Farbe von Milchkaffee.

Er nahm Charlotte ja nichts weg. Erstens tat er es nur selten, und zweitens war sie schwanger.

Es war dunkel im Zimmer, draußen pfiff der Sturm um die Häuser, riss an den Dachschindeln, heulte in den Gittern vor der Ladentür. Charlotte setzte sich stöhnend im Bett auf und rieb sich den Rücken. Was war das? Als sie sich zu Bett gelegt hatte, war dieser ziehende Schmerz ganz harmlos gewesen, doch nun durchfuhr er ihren Bauch wie ein heftiger Krampf, kam und ging, wollte nicht aufhören. Es glich den Schmerzen, die sie früher bei ihrer Regel gehabt hatte, aber in der Schwangerschaft hatte man keine Regel. Ihr Ausbleiben war ja gerade das Zeichen dafür, dass man ein Kind in sich trug, so viel wusste sie immerhin schon, die Großmutter hatte sie in den Schatz ihrer Erfahrungen eingeweiht.

»Klara?«, flüsterte sie.

Sie war froh, dass Christian in Bremen übernachtete, so dass Klara heute Nacht bei ihr lag. Christian war in solchen

Dingen keine Hilfe, er hatte panische Angst vor Krankheiten und geriet in helle Aufregung, wenn sie nur einen Schnupfen bekam.

»Ist dir nicht gut? Soll ich dir einen Kamillentee kochen?«, fragte ihre Cousine leise.

Charlotte sank aufatmend zurück in die Kissen. Das Ziehen hatte nachgelassen, vielleicht war es jetzt vorbei.

»Ich habe Bauchschmerzen. Wahrscheinlich habe ich das Abendessen nicht vertragen.«

»Sei ganz ruhig. Ich mache dir einen warmen Umschlag.«

Ein Streichholz flammte auf, dann verbreitete sich der gelbe Schein der Gaslampe im Zimmer, und man konnte die Intarsienkommode mit dem Spiegel, den Wandschirm aus chinesischer Seide und die dunkelroten Fenstervorhänge erkennen. Klara stand schon neben dem Bett und warf hastig ein Schultertuch über ihr Nachtgewand, dann sah sie zu Charlotte hinüber und lächelte ihr beruhigend zu.

»Das ist der Sturm. Ich konnte auch nicht schlafen, weil es draußen so rumort …«

»Leg dich wieder hin. Ich glaube, es hat sowieso aufgehört …«

»Es macht mir keine Mühe, Charlotte. Der Herd ist gewiss noch warm. Gleich bin ich wieder bei dir.«

Sie ließ die Schlafzimmertür offen, als sie hinaushumpelte, und Charlotte hörte, wie sie in der Küche mit Kelle und Schüssel hantierte. Klara war gar nicht so ungeschickt, wie die Großmutter und Tante Fanny immer behauptet hatten, sie wusste sich recht gut zu helfen, wenn es darauf ankam. Eine Schublade wurde aufgezogen – sie nahm wohl ein frisches Küchentuch heraus, um es in das warme Wasser …

Unerwartet heftig kehrte der Schmerz zurück, schnürte ihren Leib zusammen, zerrte an ihrem Rücken. Stöhnend presste sie beide Hände auf ihren Bauch und spürte trotz der peinigenden Krämpfe, wie es warm zwischen ihren Beinen heraussickerte.

Das Kind!

Ein eisiger Schrecken durchfuhr sie. Es war doch noch viel zu früh, es durfte noch nicht geboren werden. Hastig schlug sie die Decke zurück, vergaß für einen Augenblick sogar den peinigenden Schmerz, dann sah sie den länglichen, hellroten Flecken auf dem weißen Nachthemd. Das war Blut – blutete eine Frau, wenn sie ein Kind bekam?

Auf keinen Fall durfte sie im Bett liegen bleiben, sonst würden auch noch die Unterlage und die Matratze durchweicht werden.

»Klara! Ich brauche Tücher! Ich habe meine Regel, glaube ich …«

Sie zog das Nachthemd hoch und klemmte sich den zusammengeknüllten Stoff zwischen die Beine, das Hemd war jetzt sowieso blutig und musste mit Essigwasser gesäubert werden. Doch auch auf dem Laken war ein leuchtend roter Fleck, sie musste das Bett abziehen, die Unterlage auswaschen …

Rasch stand sie auf, doch ihr wurde schlecht, und sie glaubte, die kreisenden Flügel einer Windmühle dicht vor sich zu sehen. Der Schmerz nahm wieder von ihr Besitz, stärker noch als zuvor, umschloss ihren Leib wie ein glühender Ring und schnürte ihn ein. Sie krümmte sich zusammen und wollte sich am Nachttisch abstützen, doch sie fand keinen Halt. Ein Stapel Bücher, der auf dem Tischchen gelegen hatte, fiel polternd auf die Dielen, gleichzeitig schien sich eine bleischwere Hand auf sie zu legen, die sie unerbittlich zu Boden drückte.

»Charlotte! Bitte … komm zu dir. Sag etwas. Ich bin doch bei dir …«

»Es … es tut so weh …«

Sie lag dicht vor dem Bett, ihr Körper gehorchte ihr nicht mehr, sobald sie nur den Kopf hob, fing das ganze Zimmer an zu kreisen. Zwischen ihren Beinen war etwas Schleimiges, Warmes, etwas Fremdes, das doch von ihr selbst stammte.

»Ich wecke das Mädchen«, wisperte Klara, die neben ihr kniete. »Sie wird Doktor Holzmann holen. Bleib ganz still liegen.«

Undeutlich nahm sie wahr, dass Klara aus dem Zimmer humpelte, hörte ihre aufgeregte Stimme im Treppenhaus, die ihr hell erschien und ungewohnt energisch. Das Mädchen jammerte, sie habe Angst bei diesem Sturm, es sei stockdunkel, und die Windsbräute trieben sich um. Klara humpelte in den Flur zurück, ein Kleiderbügel fiel auf den Fußboden, dann schlug die Wohnungstür zu.

Charlotte schloss die Augen und versuchte, das Zittern unter Kontrolle zu bringen, das ihren Körper schüttelte. Der Schmerz war jetzt vergangen, kehrte auch nicht wieder, zurück blieben das Hämmern ihres Herzens und eine gewaltige Erschöpfung.

»Klara? Klara!«

Sie war fort. War sie am Ende selbst losgegangen, um den Doktor zu holen? Nur mit einem Tuch über dem Nachtgewand? Was für ein Unsinn, es war doch vorbei. Kein Schmerz mehr, auch der Schwindel hatte sich gelegt, nur das Zittern wollte nicht von ihr weichen. Vorsichtig setzte sie sich auf, öffnete die Knöpfe ihres Nachthemds, streifte es herunter, wischte sich das Blut zwischen den Beinen damit ab. Sie wollte nicht wissen, was in seinen Falten verborgen war, ließ es am Boden liegen und ging unbekleidet hinüber zur Kommode, um sich ein frisches Hemd zu nehmen.

Als Dr. Holzmann nach über einer Stunde zusammen mit der völlig durchgefrorenen Klara in der Wohnung erschien, lag Charlotte im neu bezogenen Bett auf Christians Seite, die Matratze war ausgewaschen, weiße Tücher waren darüber gebreitet. Auch das blutige Hemd war verschwunden, sie hatte es in einen Eimer gestopft und die Treppe hinunter in den Hof getragen.

»Ein Abortus«, knurrte der Arzt, der seinen Ärger über die anscheinend überflüssige nächtliche Ruhestörung nur mühsam zurückhielt. »Haben Sie getanzt? Sich unmäßig stark bewegt?«

»Nein.«

»Sie wissen doch, dass eine Schwangere ruhig und zurückgezogen leben sollte. Leichte Speisen, keinen Kaffee oder gar Alkohol, früh zu Bett gehen. Keine Aufregungen.«

»Ja.«

Er verzichtete darauf, sie zu untersuchen, verordnete Bettruhe, stärkende Speisen, ab und an ein Gläschen Rotwein zur Blutbildung. Dann kassierte er sein Honorar, das natürlich höher ausfiel wegen der nächtlichen Stunde. Klara musste hinunter in den Laden laufen, so viel Bargeld bewahrten sie nicht in der Wohnung auf.

Charlotte hörte nicht mehr, wie er das Haus verließ, um durch Wind und Wetter zu seinem noch schlafwarmen Bett zurückzukehren. Sie spürte nur eine abgrundtiefe Müdigkeit und eine seltsame Leere, so als ginge sie alles, was geschehen war, nichts mehr an. Nur schlafen, tief in den Brunnen des Vergessens sinken, dorthin, wo man in kühler Dunkelheit dahintrieb, traumlos, bewusstlos, ohne Erinnerung.

Die Verzweiflung, mit der Christian die Nachricht am folgenden Tag aufnahm, rührte sie. Er überließ den Laden den Angestellten und saß den Nachmittag über an ihrem Bett, hielt ihre Hand, vergoss Tränen und bat sie inständig, bald wieder gesund zu werden.

»Es ist nicht deine Schuld, Charlotte… Du hast nichts falsch gemacht … Es war das Schicksal …«

Er scheuchte Klara und das Mädchen, allerlei Dinge für Charlotte zu besorgen, zankte mit der Köchin, und am Abend überraschte er seine Frau mit einem goldenen Ring in Form einer gewundenen Schlange.

»Ich habe ihn in Bremen für dich gekauft, mein Herz. Schau, er passt wie angegossen an deinen Finger. Habe ich gut gewählt?«

Sie tat, als freue sie sich, um ihn nicht zu kränken. Insgeheim jedoch fand sie ein solches Geschenk weit übertrieben. Auch sein übergroßer Kummer und seine Bemühungen, ihr das Krankenlager so angenehm wie möglich zu machen, belasteten sie eher, als dass sie ihr halfen. Trost fand sie nur in den wenigen Momenten, in denen sie mit Klara allein war.

»Es hat mich verlassen, bevor ich es kennenlernen, bevor ich es in meinen Armen halten konnte …«

»Es hat deine Liebe gespürt, Charlotte, und das wird ihm für immer bleiben. Weshalb es fortgehen musste, weiß niemand. Gott hat es gerufen, und es musste folgen …«

In der Nacht sah sie nach langer Zeit wieder den stolzen Dreimaster durch die Wogen gleiten, der Wind zerrte an den Segeln, blaugrün glänzte das Meer und weiß der Schaum vor dem Schiffsbug. Der Traum beglückte sie seltsamerweise, in dem gleichmäßigen Rauschen und Schlagen der Wellen löste sich all ihr Kummer auf, und sie fand Erleichterung.

»Habe ich dich nicht gewarnt?«, befand die Großmutter. »Aber du musstest ja ständig am Klavier sitzen. Es kann doch jeder normale Mensch sehen, dass das eine ungesunde Körperhaltung für eine Schwangere ist!«

Zu Christians Entsetzen hielt Charlotte die verordnete Bettruhe nur einen einzigen Tag ein, dann bestand sie darauf, wieder ihr normales Leben zu führen. Es fehlte ihr nichts, sie war auch nicht krank – und auf Beileidsbesuche der Familie konnte sie gern verzichten. Mürrisch saß sie im Salon, klappte dieses oder jenes Buch auf und legte es wieder zur Seite, schlug lustlos einige Akkorde auf dem Klavier an. In ein wollenes Tuch gewickelt, stand sie am Fenster und sah fröstelnd auf die nasse Straße herunter. Köchin und Mädchen konnten ihr nichts recht machen, die Waschfrau bekam ihren Unmut zu spüren, sogar Klara erntete so manche bissige Bemerkung. Christians ständig besorgte Miene ging ihr auf die Nerven, sie entzog sich ihm, so oft es möglich war, ging an den Abenden früh zu Bett und stellte sich schlafend, wenn er zu ihr kam. In den Nächten lag sie wach und grübelte, sehnte sich zurück nach dem lebhaften Treiben, das einst im Haus der Großeltern geherrscht hatte, nach Ettjes dummem Geschwätz, nach Pauls Lausbubenstreichen, ja sogar nach der energisch ordnenden Hand der Großmutter. Wie oft hatte sie damals gewünscht, eine Kammer für sich allein zu besitzen, einen eigenen Schrank oder wenigstens eine Kommode – jetzt verfügte sie über eine ganze Wohnung, hatte Bücher und Noten, Kleider und Schmuck, doch alle diese Dinge bedeuteten ihr nichts.

Weshalb hatte sie nicht Klaras glückliche Natur? Klara konnte sich in alles einfügen, war mit allem zufrieden. Sie nähte und stickte, steckte ihre Nase in verschiedene Bücher und hatte neulich um den Tuschkasten gebeten, den Charlotte achtlos in eine Kommodenschublade geworfen hatte. Nun zauberte sie mit Feuereifer zierliche Blättchen auf das Papier, zeichnete ineinander verschlungene Eisblumen und zarte Federchen.

War das das Leben? Sich einfügen und das Beste daraus machen? Dort, wohin Gott einen gestellt hatte, getreulich seine Pflicht erfüllen? So hatte es der Großvater immer formuliert, und es klang recht vernünftig. Nur hatte Charlotte das Gefühl, an den falschen Platz gestellt worden zu sein.

»Die Frau gehört ins Haus, dort ist sie die Herrin und verwaltet getreulich den Besitz, sorgt für die Erziehung der Kinder. Draußen aber hat der Mann das Sagen, seinen Entscheidungen hat sie sich zu fügen, denn er trägt die Verantwortung für die Familie!«

Christian war jetzt recht häufig unterwegs, oft auch über Nacht, wenn er zu Kunden reisen musste, um irgendwelche Dinge zu regeln, Waren einzukaufen oder sich um Zollangelegenheiten zu kümmern. Wenn er zurückkehrte, wirkte er angespannt auf Charlotte, und ihr Gewissen regte sich, da sie sich kaum noch bemühte, auf seine Wünsche einzugehen. Sie war nicht das hübsch gekleidete Püppchen, das er aus ihr machen wollte, auch nicht die willige Geliebte, die schon gar nicht. Wenn sie sich durchringen konnte, sich besorgt nach seiner Gesundheit zu erkundigen, lachte er sie aus.

Ein paarmal war sie während seiner Abwesenheit hinunter in den Laden gelaufen, was ihr eigentlich verboten war. Sie hatte sich das Lager angesehen und das Treiben der Angestellten im Verkaufsraum beobachtet, das ihr wenig gefallen hatte. Die beiden jungen Frauen waren adrett gekleidet und freundlich, doch wenn sie Kunden bedienten, waren sie schrecklich phantasielos, brachten nur das herbei, was gefordert wurde, und wenn eine Ware nicht vorhanden war, zuckten sie bedauernd die Schultern. Charlotte war sicher, das besser zu können. Man musste mit den Kunden plaudern, eine angenehme Stimmung schaffen, herausfinden, was sie brauchen könnten, und ihnen dann all die hübschen Dinge anbieten, die noch draußen in den Lagerregalen warteten. Weshalb gab es keine Sonderpreise wie in anderen Geschäften? Das zog Kundschaft in den Laden. Und wieso lungerte der Lehrjunge faul im Lager herum und kaute Lakritzstangen? Sie hätte schon Aufgaben für ihn gefunden: Die Schaufensterscheiben mussten gewischt werden, die Ladentür knarrte und hätte eine Portion Öl vertragen können, und oben in den Regalen lag der Staub. Aber die Angestellten dachten nicht daran, ihre Anweisungen auszuführen, stattdessen erklärten sie boshaft, man werde Herrn Ohlsen fragen, ob diese Arbeiten nötig seien. Sie wussten ganz genau, dass die junge Frau Ohlsen hier unten im Geschäft nichts zu suchen und schon gar nichts zu sagen hatte.

»Weshalb engagierst du dich nicht im Liederkreis?«, fragte Christian ärgerlich, als ihm Charlottes Besuche im Laden hinterbracht wurden. »Sie suchen jemanden, der sie am Klavier begleitet – das wäre doch eine Beschäftigung.«

»Ich möchte etwas Sinnvolles tun!«

Er seufzte tief und sah zur Zimmerdecke empor, als gäbe es dort oben jemanden, der seine Sorgen verstand.

»In den Frauenkreisen der lutherischen Gemeinde strickt man Socken und Mützen für die Waisenkinder im Armenhaus. Soweit mir bekannt ist, werden kleine Geschenke zu Weihnachten eingepackt und in einer hübschen Feierstunde an die Kinder verteilt ...«

»Ich weiß ...«

Sie verzog abschätzig das Gesicht und brachte ihn damit zum Schweigen, resigniert nahm er sich den *Leerer Anzeiger* vor, studierte die Annoncen und vertiefte sich dann in eine Meldung über die Proteste im Reichstag gegen Bismarcks Entlassung. Sie betrachtete seine Stirn, auf der noch die waagerechten Runzeln zu sehen waren, die auch jetzt noch nicht verschwinden wollten, und sie musste an seinen Vater denken. Es hätte wenig Sinn gehabt, ihm zu erklären, dass sie sich unter den Frauen der lutherischen Gemeinde nicht wohlfühlte, dass sie keine Lust hatte, über kleine Kinder, Rezepte zum Einkochen von Früchten und gehäkelte Spitzenkragen zu reden und dass ihr die falschen Töne im Liederkreis Ohrenschmerzen bereiteten. Keine einzige dieser Schnepfen verstand etwas von Schifffahrt oder Geographie, denn wenn sie überhaupt Bücher lasen, dann waren es christliche Romane über fromme Pastorenfrauen.

»Weshalb ziehst du dich nicht hübsch an, Charlotte? Immer das gleiche Kleid und dieses wollene Tuch um die Schultern!«

»Ich friere.«

Es war schon Ende März, doch der Winter behauptete sich hartnäckig gegen den herandrängenden Frühling, Eisschollen trieben auf der Leda, und die gefrorenen Wiesen drüben auf der Nesse glitzerten in der schräg einfallenden Morgensonne. Wie zum Hohn trafen haufenweise schlechte Nachrichten ein. Kantor Pfeiffer, Charlottes heiß geliebter und einziger musikalischer Vertrauter, erlag einer Lungenentzündung und wurde zu Grabe getragen. Er hatte verfügt, dass Charlotte seine Instrumente und Noten erhalten sollte, doch seine Schwester verteidigte diesen Besitz wie eine Furie, und so verzichtete Charlotte darauf. Er hatte ihr die Liebe zur Musik ins Herz gepflanzt, wozu brauchte sie also Noten und Instrumente? All die glücklichen Stunden, in denen sie miteinander musiziert hatten, waren in ihrer Erinnerung festgeschrieben, keinen Ton, keines seiner Worte würde sie je vergessen, auch nicht seine Begeisterung und seinen lebenslangen Dienst an den großen Meistern, die er so tief verehrt hatte.

Der Großvater machte Sorgen, auch mit seiner Gesundheit ging es steil bergab. Mal machte ihm das Herz zu schaffen, mal der Rücken, dann wieder konnte er schlecht Luft bekommen, so dass man das Schlimmste befürchtete. Tante Fanny oder die Großmutter musste ihn ankleiden und im Arbeitszimmer auf den Sessel setzen, die Treppe hinunter in die Wohnstube schaffte er nicht mehr aus eigener Kraft, und die beiden Frauen konnten ihn nicht tragen. Ettje vermochte kaum zu helfen, sie erwartete wieder ein Kind, das dritte inzwischen, das unbedingt ein Mädchen werden sollte, denn es lärmten bereits zwei muntere Buben im Haus. Wie oft hatte Ettje ihre Cousine Charlotte beneidet – nun war es umgekehrt, Ettje war eine glückliche Mutter, während Charlotte sich nutzlos und überflüssig vorkam.

Als die Nachricht eintraf, dass Paul durchs Abschlussexamen gefallen war, lief Christian im Salon hin und her, beide Hände an die Stirn gelegt.

»So viel Geld für nichts und wieder nichts ausgegeben! Wie gut hätte ich das im Geschäft brauchen können!«

»Aber du hast es doch auch so geschafft, Christian. Das Geschäft läuft doch ausgezeichnet, oder nicht?«

Er blieb stehen, nahm die Hände herunter und starrte sie an. Dann lächelte er und glättete sich das zerraufte Haar.

»Natürlich«, murmelte er. »Alles läuft gut. Aber mit diesem Geld wäre es natürlich leichter gewesen …«

Die Kälte wollte nicht weichen, auch nach Ostern zeigte sich nur selten die Sonne, der Nordwind trug Eisregen mit sich und überzog das Straßenpflaster mit spiegelnder Glätte. Schon wurden Holz und Kohle knapp, denn Charlotte heizte ohne Unterlass. Tagsüber saß sie mit dem Rücken zum Ofen, trug warme Socken und hatte das wollene Tuch fest um die Schultern gewickelt, dennoch waren ihre Finger so kalt, dass sie kaum die Buchseiten umblättern konnte, und an Klavierspielen war schon gar nicht zu denken. Wenn sie zu Bett ging, kauerte sie sich wie eine Katze unter dem Federbett zusammen, umschloss die Wärmflasche mit ihrem Körper und spürte zugleich, wie die Kälte durch ihren Rücken in sie eindrang. Es war nicht die gleiche Kälte, die draußen Eiszapfen an den Regenrinnen wachsen ließ und die Dachschindeln mit blitzendem Raureif bestreute – es war eine andere Art von Kälte, eine, gegen die kein Ofen und kein Feuer half und die sich auch von einem wollenen Schultertuch nicht bannen ließ.

An einem trüben Aprilmorgen stand sie am Fenster und starrte in den grauen Dunst, der vom Fluss über die Stadt wehte.

»Schau«, sagte Klara. »Ich habe es für dich gemalt – gefällt es dir?«

Charlotte seufzte. Klaras Zeichnungen waren fast immer ihr gewidmet, zeigten sie von vorn oder im Profil. Christian und sie hatten der Cousine einen kleinen Tisch und einen Stuhl in den Salon gestellt, damit sie die schönen Polster nicht mit schwarzer Tusche bekleckerte, zumal ihr im Eifer der künstlerischen Inspiration schon einmal das Fässchen umgekippt war.

»Zeig her – wieder ein Portrait von mir? Ich fürchte, es wird mir so gehen wie immer: Ich kann mich auf deinen Zeichnungen nicht wiedererkennen.«

»Nein, diesmal ist es eine Landschaft.«

Hügel waren zu sehen, nur mit wenigen Pinselstrichen hingeworfen, dahinter die kantige Spitze einer Pyramide. Eine Palme, die sich im Wind neigte, anmutig und zäh in ihrer Biegsamkeit. Reiter, kaum angedeutet und doch klar zu erkennen, eine Karawane, die langsam zwischen hohen Sanddünen dahinzog …

»Ich hatte an Marie denken müssen«, erklärte Klara, während Charlotte noch auf den Zeichenblock starrte. »Und an George.«

»An George …«

Wie lange war das her. Neun Jahre nur und doch eine Ewigkeit. Damals, nachdem sie einander auf dem Plytenberg ihre Träume gestanden hatten, hatte sie gehofft, er würde diesen einen Satz, der wie eine Verheißung, wie ein Versprechen geklungen hatte, das alles für sie verändern könnte, zu Ende sprechen, doch er hatte es nicht getan. Und nun war es längst zu spät.

»Weshalb schreibst du nicht einmal an Marie? Ihr letzter Brief liegt seit Wochen bei der Großmutter, und sie kommt nicht dazu, ihn zu beantworten.«

»Ich?«

Klara blickte sie voller Zärtlichkeit an und lächelte wissend. Es hatte sich nichts zwischen ihnen verändert.

»In Ägypten ist es jetzt gewiss so heiß, dass man sogar im Schatten schwitzt.«

Charlotte zögerte. Marie hatte bisher nur an die Großeltern geschrieben und Grüße an alle Verwandten in Leer ausrichten lassen. Sie hatte eine saubere Handschrift wie ein Schulmädchen, und ihre Briefe wurden bei Besuchen gern vorgelesen – beantwortet hatte sie jedoch bisher immer der Großvater. Nie war Charlotte auf die Idee gekommen, einen eigenen Brief an Marie zu schreiben. Warum sollte sie auch? Maries Nachrichten an die Familie beschränkten sich auf ihre Sorgen um die Kinder, das unzuverlässige Hauspersonal, den Mangel an Deutsch sprechenden Bekannten und ihre Angst vor Staub- und Sandstürmen. Ihre überschäumende Fröhlichkeit, ihr Liebreiz sprachen nicht aus diesen Zeilen, diese Eigenschaften zeigten sich vermutlich nur, wenn man Marie gegenüberstand. In ihrem Denken war sie realistisch; sie besaß den praktischen Sinn der Großmutter, war eine gute Ehefrau, eine vernünftige Hausherrin und eine besorgte Mutter. Nicht mehr, aber auch nicht weniger.

George hatte noch nie einen längeren Brief an die Leerer Verwandtschaft gerichtet, er quetschte höchstens ein paar Worte unter Maries ausführliche Zeilen, manchmal auch nur einen Gruß und seinen Namen.

Charlotte holte sich die Genehmigung der Großmutter, die froh war, die lästige Schreiberei aus den Händen geben zu können, und verbrachte drei Nachmittage damit, ihren ersten Brief nach Ägypten zu verfassen. Sie schrieb im Namen der Familie, zählte alle familiären Ereignisse der vergangenen Wochen auf, berichtete vom neuen Rathaus, das in Leer gebaut wurde, von Veranstaltungen der Lutherischen Kirche, fügte auch einige heitere Begebenheiten bei, um Marie ein wenig zu amüsieren.

Am Ende des Briefes richtete sie Grüße an die Kinder und an George aus. Sie habe das Buch, das er ihr vor Jahren schenkte, mit viel Freude gelesen, nicht nur einmal, sondern sogar mehrfach. Das Englische sei kein Hindernis gewesen, immerhin habe sie die Sprache schon als Kind gesprochen.

Mehr wollte sie nicht hinzufügen, obgleich es sie drängte, über dieses Buch zu schreiben, ihre Begeisterung über die lebendigen Schilderungen, die Zeichnungen und die phantastische Reise auf dem Nil kundzutun. Wie sehr bewunderte sie diese Frau, die sich in Männerkleidung unter ägyptische und sudanesische Schiffer gewagt hatte, um das Land der Pharaonen zu erforschen.

Wochenlang wartete sie, hegte eine winzige Hoffnung im Herzen, über die sie nicht einmal mit Klara sprach. Doch das kleine Fünkchen genügte, um die Kälte zu besiegen und ihre Lebensgeister neu zu wecken. Plötzlich fand sie wieder Freude am Klavierspiel; sie bot sich sogar im Liederkreis als Begleiterin an und spielte geduldig Choräle und Seemannslieder, das herzergreifende »Abendlied« von Friedrich Silcher oder vereinfachte Chöre aus den Bach'schen Oratorien.

»Siehst du, mein Herz«, meinte Christian zufrieden. »Es kommt nur darauf an, sich einer Sache ganz und gar hinzugeben. Ich hörte von allen Seiten Lobeshymnen über dich, und in dem Zeitungsartikel zur Maifeier des Liederkreises wurdest du sogar namentlich erwähnt.«

Sie lächelte und freute sich darüber, ihm einen Gefallen getan zu haben, obgleich ihr das Lob und die Erwähnung im Anzeiger herzlich gleichgültig waren. Manchmal fragte sie sich, was sie sich von ihren Briefen eigentlich erhoffte. Wenn George ihre Worte überhaupt las, würde er sie im besten Fall erfreut zur Kenntnis nehmen. Im schlimmsten Fall konnte es auch sein, dass er sich an die Szene vor acht Jahren erinnerte und der Ärger wieder in ihm erwachte. Ganz gleich, wie er die Sätze aufnahm – es gab keinen Grund für ihn, ihr eine Antwort zukommen zu lassen.

Ende Juni traf im Haus der Großeltern ein Brief aus dem britischen Protektorat Ägypten ein. Er enthielt ein langes Schreiben von Marie, eine Photographie und ein zusammengefaltetes Blatt, das die Großmutter an Charlotte weitergab.

»Was für eine Handschrift!«, meinte sie kopfschüttelnd. »Dabei ist George Akademiker. Ich bin nur froh, dass Marie so schöne, leserliche Buchstaben schreibt.«

Charlottes Puls raste vor Ungeduld, doch sie musste neben Klara in der Wohnstube des großelterlichen Hauses sitzen, den mitgebrachten Kaffee trinken und Maries Brief laut vorlesen, denn auch Tante Fanny wollte den Inhalt hören, und ihre Augen waren zu schwach, um das Schreiben selbst zu lesen.

»Wie gut Marie ausschaut!«, stellte die Großmutter fest, die die Brille gezückt hatte, um die Photographie nochmals in Augenschein zu nehmen. »Und die Kleinen, wie sie gewachsen sind. Berta wird sechs in diesem Jahr und Johannes vier …«

Das Foto erinnerte an die alte, inzwischen bräunlich verfärbte Aufnahme ihrer Eltern, die – immer noch mit dem Trauerflor geschmückt – in der Wohnstube hing. Genauso steif saß Marie auf ihrem Stuhl, sie hatte zugenommen, und ihr Lächeln war weniger kokett als vielmehr triumphierend. Hinter ihr stand George, mit einem hellen Anzug angetan, überschlank, einen Arm herabhängend, den anderen angewinkelt, eine Hand auf Maries Schulter. Sein Gesicht war gebräunt, was einen starken Kontrast zu seinen hellen Haaren und Augenbrauen bildete, seine Wangen wirkten eingefallen, und in seinen Augen lag ein seltsamer Ausdruck, der Ungeduld, aber auch Rastlosigkeit bedeuten konnte. Vermutlich hatte er sich einfach über die endlose Sitzung beim Fotografen geärgert.

»Magst du uns den Brief an dich nicht vorlesen, Charlotte?«, drängte Tante Fanny.

»Oh, den muss ich wohl erst einmal in aller Ruhe entziffern. Beim nächsten Besuch …«

Klara war die Stiege zum Arbeitsraum des Großvaters hinaufgegangen, um dort ein wenig mit ihm zu plaudern. Es war ein trauriger Anblick, der sich ihr bot: Pastor Henrich Dirksen schien während der letzten Monate kleiner geworden zu sein, auch konnte er nicht mehr aufrecht im Sessel sitzen, sondern musste von vielen Kissen und Polstern gestützt werden. Nur sein Geist war noch gesund, doch auch das war kein Segen, da er seinen jammervollen Zustand begriff und darunter litt.

Charlotte folgte ihrer Cousine, doch heute musste sie sich zwingen, wenigstens ein Weilchen bei ihm zu sitzen, seine verkrümmte Hand zu streicheln und von allerlei Unwichtigem zu reden. Sie kam sich schlecht vor, als sie Klara zum Aufbruch drängte, doch in ihrem Beutel steckte der Brief von George, von dem sie bisher nur die Anrede gelesen hatte. *Meine liebe kleine Charlotte …*

Es hatte sie seltsam berührt, immerhin war sie längst nicht mehr das kleine Mädchen, das damals unter der Eiche im Gras gesessen hatte. Obgleich sie es ganz gern wieder gewesen wäre …

Klara zog sich in ihr Zimmer zurück, als sie in der Pfefferstraße angekommen waren; sie sei müde von dem langen Weg und müsse noch ein wenig ausruhen. Christian war unten im Laden, er würde heute länger im Geschäft bleiben, denn er wollte morgen wieder für zwei Tage nach Bremen fahren.

Meine liebe, kleine Charlotte,
wie habe ich mich gefreut, dass dir mein Geschenk nun doch gefallen hat, zuerst fürchtete ich, ganz schlimm danebenge-

griffen zu haben. Amelia Edwards war nicht nur eine mutige Frau, sie war auch eine wundervolle Schriftstellerin, und gerade deshalb hatte ich dieses Werk für dich ausgewählt. Du liest also Reiseberichte? Auch andere Autoren? Schreib mir darüber, ich bin neugierig, dein Urteil zu hören. Schreib mir auch, was du den lieben, langen Tag über tust, ob du noch Klavier spielst, lebendige Bilder vor Augen hast und mit den Wolken davonreisen möchtest …

Zum Ausgleich will ich dir von mir erzählen. Erinnerst du dich an unser Gespräch, als der Träumer dir von den roten Sanddünen und der grandiosen Wüsteneinsamkeit vorschwärmte? Ja, ich habe sie inzwischen am eigenen Leib erfahren, die Wüste, das große Nichts, die unendliche Leere, die Zone des Todes. Mit all ihren Schrecken und in ihrer Großartigkeit habe ich sie erlebt, ich habe gespürt, wie die Hitze meine Augen aus den Höhlen treiben wollte, meine Zunge zu einem Klumpen quoll und mein Hirn zu kochen begann. Aber ich habe auch die silberne Schale des Mondes über den Dünen gesehen und das funkelnde Netz des Sternenhimmels auf dem schwarzen Himmelssamt. Zweimal blickte ich dem Tod in die Augen und spürte dabei das Leben in mir so stark wie nie zuvor.

Was schreibe ich für wirres Zeug, kleine Freundin! Ich wollte dich nicht erschrecken, ich bin nur voll von all dem Erlebten und bilde mir ein, du könntest vielleicht Freude daran haben, meine Ergüsse zu lesen.

Lass mich für heute schließen. Es ist schon Nacht in Kairo, doch überall auf den Dachterrassen sieht man Lichter, die Leute sitzen beieinander, schwatzen und essen, versuchen, ein wenig Abkühlung zu finden nach der lähmenden Hitze des Tages.

George

P.S. Ich warte auf Post!

Das war mehr, als sie in ihren kühnsten Träumen erhofft hatte. Die Jahre schienen wie ausgelöscht, als könne man jetzt, nachdem so vieles geschehen war, den Faden einfach wiederaufnehmen und fortspinnen. Sie las den Brief immer wieder, wog jedes Wort ab, grübelte über jede Wendung nach, versuchte, diesen Menschen zu begreifen, für den Schönheit und Grauen, Leben und Tod so eng ineinander verflochten waren. War er ein Träumer? Ganz sicher. Doch er setzte seine Träume in Taten um. Wo sie nur schöne Bilder vor sich sah, da hatte er das Leben mit allen seinen Sinnen gespürt, auch die Qualen, die Todesangst, den Schrecken. Jetzt begriff sie die Unrast in seinen Augen – er war hungrig nach diesem Leben, forderte es heraus, rang mit ihm, wagte sich bis an seine Grenzen. George Johanssen war einer, der ohne Bedenken nach dem Kelch der Götter griff, um ihn bis zur Neige auszukosten.

Wie sie ihn um diesen Mut beneidete! Sie, die im goldenen Käfig eingesperrt saß, der man die Flügel beschnitten hatte, die ihre Sehnsucht nach Weite nur mit Büchern und Musik betäuben konnte. Nicht einmal die Entschuldigung, dass sie eine Frau war, durfte sie geltend machen. Es hatte eine Amelia Edwards gegeben, eine Alexandrine Tinné …

Charlotte zeigte diesen Brief niemandem, nicht einmal Klara, die auch nicht danach fragte. Noch bevor Christian zurückkehrte, hatte sie eine Antwort verfasst und zur Post gebracht. Sie hatte die Worte sorgfältig gewählt, denn sie wollte auf keinen Fall, dass George spürte, wie einsam und unglücklich sie sich in ihrer Ehe fühlte. Stattdessen nannte sie einige der Bücher, die sie gelesen hatte, und gab ihr Urteil darüber ab. Gerhardt Rohlfs' *Quer durch Afrika* war ihr an manchen Stellen zu oberflächlich erschienen, sie warf ihm vor, sich allzu wenig um das Verständnis fremder Kulturen zu bemühen. Heinrich Barth war sehr umständlich und genau, auch seine Neugier und sein Lerneifer beeindruckten sie, doch seine Schriften waren schwer zu lesen. Henry Morton Stanley empfand sie als unangenehm, marktschreierisch und selbstverliebt. Sie hatte eine Weile gegrübelt, ob Marie vielleicht gar an Georges Reisen teilgenommen hatte, doch wenn es so gewesen wäre, dann hätte Marie der Familie ganz sicher darüber berichtet – George hatte seine Unternehmungen vermutlich in Gesellschaft von Freunden und Einheimischen durchgeführt. Sie schloss damit, dass sie große Freude an seinem Bericht gehabt habe und ungeduldig auf weitere Schilderungen warte.

Der Form halber fügte sie ein Schreiben an Marie bei und auch eine von Klaras Zeichnungen. Natürlich keines der Portraits, sondern ein Bild, das den Blick aus ihrem Fenster zeigte: spitze Dächer, Schornsteine, darüber der grau schraffierte Himmel; die Stellen, die weiß geblieben waren, stellten Wolken dar.

Das wochenlange Warten war zermürbend. Sie stellte sich vor, wie ihr Brief mit der Bahn nach Hamburg gelangte, dann auf einen der Reichspostdampfer verladen wurde und mit anderen Schreiben zusammengeschnürt in einem Postsack irgendwo im Bauch des Schiffes lag. Schwere See hatte das Schiff zu überstehen, besonders im Ärmelkanal, dann im Atlantik entlang der französischen und spanischen Küste, bis es bei Gibraltar das Mittelmeer erreichte. Doch es war Sommer, das Meer würde gnädig sein und den Dampfer mit ihrem Brief nicht etwa in Seenot geraten lassen, er würde in Marseille anlegen, in Neapel und sicher in Port Said an der afrikanischen Küste anlanden. Von dort aus war es nicht mehr weit bis Kairo. Zwei Wochen würde die Fahrt gewiss dauern, wenn George sofort zurückschrieb, konnte sie schon Ende Juli auf seine Antwort hoffen …

Sie blühte auf, bat Christian, ihr Bücher über Ägypten zu kaufen, vertiefte sich in die Geheimnisse der Pharaonen, las über Jean-François Champollion und den Stein von Rosetta, der die Entzifferung der ägyptischen Hieroglyphen ermöglicht hatte. Zu ihrer Überraschung schien auch ihr Mann an ihren Studien Gefallen zu finden, ganz gegen seine sonstige Gewohnheit saß er an den Abenden oft bei ihr, um zu lesen. Wollte er ihr damit einen Gefallen tun? Sie fand es rührend, doch im Grunde auch anstrengend, denn sie verspürte wenig Lust, mit ihm über all diese Dinge zu sprechen. Das Licht, das sie beseelte, hatte nichts mit Christian Ohlsen zu tun.

An einem Abend Anfang August, als sie schon vor Ungeduld verging und überlegte, rasch noch einmal in die Ulrichstraße zu den Großeltern zu laufen, warf Christian nachlässig ein Schreiben auf den Tisch. George hatte den Brief an ihre Adresse in der Pfefferstraße geschickt, das Schreiben hatte zwischen den Briefen gelegen, die der Postbote jeden Morgen in den Laden brachte.

»Marie hat dir wohl geschrieben«, bemerkte Christian.

»Ach ja«, sagte sie rasch und versuchte, ihre Aufregung zu verbergen. »Die Großmutter hatte mich gebeten, den Briefwechsel weiterzuführen …«

Sie legte den Brief scheinbar achtlos zur Seite und begann, von einem seltsamen Besucher zu erzählen, der am Morgen versucht hatte, sich zur Wohnung Zutritt zu verschaffen. Er hatte nach Christian gefragt, und als sie ihm versicherte, ihr Mann sei unten im Geschäft, wollte er ihr nicht glauben.

»Was war das für ein Mann? Wie sah er aus?«

»Er trug eine grüne Weste und hatte einen mächtigen Schnauzbart. Ich glaube, es war ein Händler aus Bremen, doch ich habe leider seinen Namen vergessen …«

Die Ablenkung gelang hervorragend, denn Christian geriet ganz außer sich, schalt über die Frechheit dieses Menschen, der in eine fremde Wohnung eindrang, noch dazu in Abwesenheit des Hausherrn.

»War er denn nicht unten bei dir im Geschäft?«

»Gewiss nicht!«

»Hätte ich besser das Mädchen zur Polizeistation geschickt?«

»Aber nein ... das nicht ... Es ist einfach nur ungehörig, und ich ärgere mich darüber.«

Sie bemühte sich, ihn zu beruhigen, und schob den Brief unauffällig unter eines der Sofakissen, um ihn später ungestört zu lesen. Musste sie ein schlechtes Gewissen deshalb haben? Gewiss war es nicht in Ordnung, Heimlichkeiten vor dem eigenen Ehemann zu haben – doch was tat sie Schlimmes? Es war schließlich kein Liebesbrief, sondern nur ein freundschaftlicher Austausch, und schließlich gehörte George zur Familie. Zudem kam ihre frohe Stimmung auch Christian zugute, sie bemühte sich um ihn, kleidete sich so, wie er es immer gewünscht hatte, steckte ihr Haar auf neue Art auf und zeigte sich zärtlich, wenn er sie begehrte. Was in letzter Zeit jedoch recht selten geschah.

Erst am folgenden Morgen fand sie Gelegenheit, Georges Schreiben zu öffnen. Es war umfangreich, neben einem ausführlichen Brief fand sie zwei eng beschriebene Bögen, auf die Rückseiten hatte er mit Bleistift Skizzen gezeichnet, Pflanzen, verfallene Mauern einer Oasensiedlung, ein Boot mit schmalem Segel und Ruderern auf einem ruhig dahinströmenden Fluss.

Meine liebe Freundin,
mit welcher Begeisterung habe ich dein Schreiben gelesen! Ich ahnte, dass auch du deinen Träumen treu geblieben bist, es konnte nicht anders sein, sind sie doch ein Teil deiner selbst. Ein kluges Mädchen bist du geworden, liebe Charlotte. Dein Urteil über die verschiedenen Reiseberichte deckt sich ganz und gar mit meinem Empfinden, auch ich mag Stanleys Art nicht, obgleich er ein blendender Schreiber ist. Wenn

es dir möglich ist, dann besorge dir Quer durch Afrika *von Verney Lovett Cameron, ich denke, es wird dir viel Freude bereiten …*

Er berichtete nichts von Marie, auch kein Wort von den Kindern, wohl aber einiges über seine Arbeit in der Klinik, die zwar eine britische Einrichtung war, aber auch Einheimische behandelte. Es empörte ihn, dass man auch von den Ärmsten Geld forderte, das sie nicht aufbringen konnten; er hatte diese Menschen einige Male umsonst versorgt und sich dabei Ärger mit seinen Kollegen eingehandelt.

… An den Abenden, wenn ich auf der Dachterrasse die Kühle der Nacht suche, wünschte ich mir oft, du könntest neben mir sitzen, um mir beim Schreiben über die Schulter zu sehen. Ich habe den Plan gefasst, meine Erlebnisse schriftlich niederzulegen, doch ich bin unsicher und fürchte, nicht den rechten Ton zu treffen. Darf ich dich bitten, diese ersten und zweifelsohne sehr ungeschickten Versuche durchzusehen? Im Ernst, Charlotte, du bist die Einzige, der ich diese Blätter anvertrauen mag …

Charlotte musste die Lektüre unterbrechen, um die Gefühle zu ordnen, die jetzt über sie hereinbrachen. Es war vor allem Befriedigung, mehr noch: Es war Triumph. Er vertraute *ihr* diese Blätter an, nicht Marie, seiner Frau, die doch mit ihm in Ägypten lebte und diese Aufgabe leicht hätte übernehmen können. Zugleich aber stieg Bitterkeit in ihr auf. Er hätte damals nur ein Wort sagen, ihr ein wenig Hoffnung machen müssen. Weshalb hatte er sie niemals aufgefordert, nach Ägypten zu reisen? In seinem Haus zu wohnen, Marie zur Hand zu gehen und ihr Gesellschaft zu leisten? Vor drei Jahren war sie volljährig geworden, da hätte sie über ihre Mitgift verfügen können. Aber er hatte neun Jahre lang geschwiegen, und jetzt jammerte er, wie schön es wäre, wenn sie neben ihm säße!

Ein böser Gedanke beschlich sie. Vielleicht hatte er tatsächlich überlegt, sie einzuladen, und es war Marie gewesen, die damit nicht einverstanden war? Ihre Cousine Marie, die so klug sein konnte und stets bekam, was sie haben wollte.

Gleich darauf schämte sie sich dieses Verdachts und vertiefte sich in Georges Reisebericht. Er zog sie in seinen Bann, kaum dass sie zwei Sätze gelesen hatte, sie glaubte, den rötlichen Staub auf der Zunge zu schmecken, den Kamelgeruch zu atmen, das Geschrei der streitenden Beduinen zu vernehmen. Mit bebendem Herzen las sie seine Schilderung des Sandsturms, der ihn und seine Begleiter fast das Leben gekostet hatte. Sie war neben ihm, kniete inmitten des höllischen Infernos an seiner Seite und spürte, wie er versuchte, sie mit seinem Körper vor den heranbrausenden Sandkörnern und Steinchen zu schützen …

Gewaltsam riss sie sich von dem Text los und stützte den Kopf in beide Hände. Nein, das war lange vorbei. Damals, als Fünfzehnjährige, war sie in George verliebt gewesen, eine dumme, kindliche Schwärmerei, die ihr Kummer bereitet hatte und die inzwischen längst vergessen war. Was sie heute miteinander verband, war eine Art Seelenverwandtschaft, sie teilten die gleiche Leidenschaft, verstanden einander und tauschten sich aus.

Sie las den Bericht zu Ende, betrachtete eingehend die Zeichnungen, die, anders als Klaras Bilder, sehr genau waren und viele Einzelheiten zeigten. Dann griff sie zur Feder und begann, den Text zu überarbeiten, machte auf einem gesonderten Blatt Vorschläge, um einige Details plastischer auszudrücken, strich Übertreibungen und Ungenauigkeiten an, stellte Verständnisfragen. Zwei Tage benötigte sie für diese Arbeit, dann schrieb sie einen Brief dazu, lobte und ermutigte George, mit seinen Schilderungen fortzufahren, und fügte in heiteren Worten hinzu, wie sehr auch sie bedauere, nicht neben ihm zu sitzen, denn so könnten sie sich das Porto für die Briefe sparen.

Als sie den Brief am folgenden Morgen zum Postamt trug, kam ihr der seltsame Gedanke, dass dieser nun auf die Reise gehen durfte, während sie selbst zurückblieb. Es gab Träume, die man leben konnte, das hatte George bewiesen. Es gab aber auch solche, die für immer ausgeträumt waren.

November 1895

Sie schlief noch, als die Glocke an der Wohnungstür schellte – einmal, zweimal –, dann schlug jemand mit der Faust gegen die Tür. Klara neben ihr fuhr erschrocken aus den Kissen.

»O Gott!«, stöhnte sie. »Es wird doch drüben in der Ulrichstraße nichts passiert sein?«

Es war schon nach acht Uhr. In den Ritzen der Fenstervorhänge stand das fahle Morgenlicht eines trüben Novembertages. Trübe auch deshalb, weil der Brief von George schon seit Wochen überfällig war.

»Lass das Mädchen die Tür öffnen!«

Charlotte griff nach ihrem Morgenrock und zog ihn übers Nachthemd. Als sie die Vorhänge zurückzog, füllte sich der Raum mit bleigrauem Licht. Es regnete in Strömen, dennoch standen unten in der Pfefferstraße eine Menge Leute, die offensichtlich darauf warteten, dass der Laden geöffnet wurde.

Die Schelle ging mehrfach hintereinander in kurzen Abständen, man hörte das Mädchen durch den Flur laufen und dabei leise schelten.

»Ist das eine Art, am frühen Morgen über die Leute herzufallen? Ich komm ja schon …«

Charlotte half Klara in den Morgenrock, steckte eilig ihr Haar auf und redete dabei beruhigend auf die zitternde Cousine ein.

»Es muss etwas Schreckliches passiert sein, Charlotte …«

Männerstimmen im Flur, das Mädchen flüsterte untertänig, ließ jemanden in den Salon eintreten. Gleich darauf klopfte sie im Schlafzimmer an und öffnete die Tür einen Spaltbreit, ohne zuvor eine Antwort abzuwarten. Ihr breites, unschönes Gesicht sah verängstigt aus, wie immer, wenn etwas Unvorhergesehenes den normalen Tagesablauf unterbrach.

»Es … sind amtliche Herren gekommen. Ich habe gesagt, dass Herr Ohlsen in Bremen ist, aber sie bestehen darauf, mit Ihnen zu sprechen. Die Sache dulde keinen Aufschub …«

»Es ist gut, Anni. Sag den Herren, dass ich komme.«

Charlotte schlüpfte in die Hauspantoffeln und zog die Bänder des Morgenrocks enger um die Taille. Wenn die Herrschaften sie in aller Frühe störten, würden sie mit ihrem Morgenneglígé vorliebnehmen müssen. Es war ärgerlich, denn vermutlich handelte es sich um Leute, die Geld von Christian forderten, das kam in letzter Zeit immer häufiger vor, und sie hatte sich schon Gedanken darüber gemacht, ob Christian das Geschäft nicht allzu leichtfertig führte. Ein paar klärende Worte würden genügen, die Gläubiger abzuwimmeln; sie war mit den Geschäften ihres Mannes nicht vertraut und konnte leider nicht weiterhelfen.

Ihre Vermutung war falsch gewesen. Die drei Herren, die mit ernsten Gesichtern und feuchten Gamaschen neben den Polstermöbeln standen, waren keine Händler. Einer von ihnen war Klaus Sundermann, der Ehemann einer Dame aus dem Liederkreis, die Charlotte gestern Abend noch unter Tränen versichert hatte, sie spiele schön wie ein Engel. Die anderen beiden kannte sie nur vom Sehen, aber sie waren beim Amtsgericht tätig, wo auch Paul inzwischen untergekommen war.

»Guten Morgen, meine Herren.«

Ihr freundlicher Gruß wurde erwidert, auf den Gesichtern der Männer spiegelte sich deutliches Unbehagen. Sie verspürte plötzlich ein beklemmendes Gefühl in der Brust. Weshalb diese Grabesmienen, diese merkwürdige Art, sie anzustarren, als müsse man tiefstes Mitleid mit ihr haben?

»Es tut uns sehr leid, Sie zu dieser frühen Stunde stören zu müssen, Frau Ohlsen. Aber das Mädchen sagte uns, Ihr Ehemann sei abwesend …«

Sundermann war um die fünfzig, klein und gedrungen. Seinen Schnurrbart pflegte er seit vielen Jahren mit einer Bartwichse, die seine Frau unten im Laden kaufte. Er hatte eine gute Position bei Bünting, dem Teehändler, und versah außerdem einige Ehrenämter in der reformierten Gemeinde …

»Mein Mann ist geschäftlich in Bremen, Herr Sundermann. Er wird morgen um die Mittagszeit wieder in Leer eintreffen. Aber nehmen Sie doch bitte Platz, vielleicht kann ich Ihnen ja inzwischen behilflich sein?«

Keiner der drei Männer machte Miene, ihrer Aufforderung zu folgen, stattdessen wechselten sie bedeutungsvolle Blicke. Charlotte vermutete, dass Sundermanns Begleiter höchstens Gerichtsdiener oder Schreiberlinge waren; Paul hatte erzählt, dass diese Leute sich gern aufspielten, im Grunde aber nichts zu sagen hatten.

»In Bremen. Geschäftlich …«

»Wie ich gerade sagte …«

Sie musste die aufsteigende Panik verbergen. Weshalb dieses merkwürdige Benehmen? Diese Grabesmienen? Die Erinnerung an das Gesicht des Großvaters war plötzlich wieder da, damals, vor zwölf Jahren, als sie in seinem Arbeitszimmer stand …

»Ist meinem Mann … etwas zugestoßen? Bitte schonen Sie mich nicht, ich will es wissen.«

»Das wollen wir doch nicht hoffen, Frau Ohlsen.«

Sundermann betonte jedes Wort dieses Satzes. Man vernahm jetzt Lärm auf der Straße, jemand rüttelte an dem Gitter vor der Ladentür, unwillige Rufe tönten nach oben. Charlotte ging an den Besuchern vorbei zum Fenster und schob die Gardine beiseite.

»Was ist los?«, rief sie aufgeregt. »Was wollen all diese Menschen? Weshalb stehen sie vor dem Laden?«

»Sie wissen es also nicht, Frau Ohlsen?«

Es lag ein Quäntchen Mitgefühl in Sundermanns Stimme, er presste die schmalen Lippen zusammen und strich mit der Hand über den Schnurrbart.

»Ich habe keine Ahnung, meine Herren. Würden Sie mich bitte aufklären?«

»Es ist mir sehr unangenehm, Frau Ohlsen, aber wir sind gekommen, um das Gebäude zu versiegeln. Das Konkursverfahren gegen Ihren Ehemann wurde vor zwei Monaten eröffnet, und meine Wenigkeit wurde als Konkursverwalter berufen.«

Sie begriff nichts, doch sie spürte, wie ihre Beine zu zittern begannen. Konkurs war etwas Schlimmes. Sie hatte ja immer geahnt, dass Christian zu verschwenderisch einkaufte, viel zu hoch hinaus wollte mit seinen Plänen …

»Sie haben eine halbe Stunde Zeit, um einige persönliche Dinge zusammenzupacken. Wertsachen, die von den Mitteln Ihres Ehemannes gekauft wurden, gehören in die Konkursmasse. Ich muss Sie darauf hinweisen, dass Sie sich strafbar machen, wenn Sie Schmuck oder andere Wertgegenstände unterschlagen …«

Mit einer plötzlichen Bewegung wandte sie sich vom Fenster ab und blickte den Männern ins Gesicht. War das ein boshafter Scherz? Wollte man sie einschüchtern, um Geld von Christian zu erpressen?

»Aber … das ist doch lächerlich.«

Sundermann winkte einem der Gerichtsleute, der ein Papier aus seiner Aktentasche zog und es Charlotte reichte. Die Worte »Gerichtsbeschluss«, »Konkursverfahren«, »Veräußerung der Konkursmasse« tanzten vor ihren Augen auf und ab. Das war kein Scherz, amtliche Schreiben scherzten nicht – das war bitterer Ernst.

»Persönliche Gegenstände, die Sie nachweislich mit in die Ehe gebracht haben, können Sie unter Umständen beanspruchen, darüber wird das Gericht entscheiden. Vorläufig verbleibt alles in der Wohnung, bis der Wert geschätzt wurde, damit man die Sachen später versteigern kann …«

Jetzt erst wurde ihr das ganze Ausmaß der Katastrophe bewusst. Man nahm ihnen alles: das Haus, die Möbel, ihre Bücher, die Noten … Wie Bettler würde man sie auf die Straße setzen, den vielen Leuten dort unten zum Fraß vorwerfen, die ganz sicher gekommen waren, um sich an ihrer Schande zu weiden.

»Setzen Sie sich, Frau Ohlsen. Wir sind keine Unmenschen, aber dem Gesetz muss Genüge getan werden. Ihr Mann hat zahllose Geschäftsleute hintergangen, die genaue Summe seiner Schulden ist noch gar nicht abzusehen, vor allem deshalb, weil er die Handelsbücher nicht ordentlich geführt hat …«

Wie betäubt ließ sie sich zu einem Sessel führen, merkte kaum, dass Klara, die sich inzwischen angekleidet hatte, den Salon betrat und schluchzend die Arme um sie legte. Nur am Rande nahm sie wahr, dass Sundermanns Begleiter damit begonnen hatten, die Möbel im Salon aufzulisten, Schubladen aufzuziehen und schamlos darin herumzuwühlen. Sie drangen sogar in Klaras Zimmer ein.

Wie hatte sie alle Anzeichen dieses schrecklichen Zusammenbruchs übersehen können? Wo hatte sie gelebt? In ihren Träumen von dem fernen Ägypten, in den Briefen, die sie mit George wechselte?

»Haben Sie es denn nicht im *Leerer Anzeiger* gelesen? Es wurde unter den amtlichen Nachrichten veröffentlicht.«

Nein, sie hatte nichts gelesen. Christian ließ ihr die Zeitung am Morgen hinaufbringen – hatte er den amtlichen Teil herausgenommen? Aber auch wenn er es nicht getan hatte – amtliche Nachrichten waren ihr immer herzlich gleichgültig gewesen. O Gott! Alle hatten es gewusst, ihre Bekannten, die Sänger des Liederkreises, die Gemeindeglieder der Lutherischen Kirche, vermutlich auch Ettje und Peter, Tante Fanny, die Großmutter … Aber niemand hatte ihr etwas davon gesagt.

»Fassen Sie sich, ruhen Sie sich einen Augenblick aus – dann muss ich Sie leider bitten, sich anzukleiden und die notwendigen Dinge zusammenzupacken …«

Klara hatte aufgehört zu weinen, sie setzte sich auf die Armlehne des Sessels und streichelte Charlottes Schulter.

»Wie konnte er einfach nach Bremen fahren?«, fragte sie zornig. »Er wusste doch, was hier geschehen würde. O wie feige von ihm, uns mit alldem allein zu lassen!«

»Er wollte Waren einkaufen, Rechnungen bezahlen …«, murmelte Charlotte.

»Ihr Mann kann seit Beginn des Konkursverfahrens keinerlei Geschäfte mehr tätigen, Frau Ohlsen. Seine Handelsbücher sind geschlossen, was bis jetzt noch im Laden verkauft wurde, habe ich selbst verbucht. Leider ist zu befürchten, dass Ihr Mann sich ganz bewusst aus Leer entfernt hat …«

Charlotte wehrte die Verzweiflung ab, die sich lähmend über sie legen wollte. Christian war davongelaufen, weil er die Schande nicht ertrug. Jetzt war es an ihr zu retten, was zu retten war.

Plötzlich wurde ihr klar, dass die Gerichtsleute alle Räume durchschnüffeln würden, noch waren sie in Klaras Zimmer, bald aber würden sie das Schlafzimmer betreten und die Kommode öffnen …

»Es geht mir besser, Herr Sundermann. Ich werde mich jetzt ankleiden. Falls die Herren, die soeben meine Wohnung durchsuchen, mir die Möglichkeit dazu geben …«

»Aber selbstverständlich. Wir werden solange die Wirtschaftsräume überprüfen. Erschrecken Sie bitte nicht – unten im Laden findet bereits eine Zwangsversteigerung statt, die einstweilen jedoch nur die geschäftlichen Räume betrifft …«

Sie würden also den Laden ausräumen, die Regale wegschleppen, die silberne Registrierkasse, die hübsche, kleine Vitrine, die auf dem Ladentisch stand. Diese Geier würden das Lager leeren und den goldgefassten Elefantenzahn, die glitzernden Dolche, den Indianerschmuck und andere Dinge, die Christian mit so viel Begeisterung in Bremen erworben hatte, meistbietend verhökern. Vielleicht auch den alten Löwenkopf, der oben auf dem Dachboden in einer Kiste vor sich hin gammelte. Nein, den wohl nicht – wer wollte dieses Monstrum schon haben?

»Bleib bei der Tür stehen, Klara!«, befahl sie, als sie im Schlafzimmer miteinander allein waren. »Sag mir, ob jemand kommt.«

»Was willst du tun? Hast du nicht gehört, dass du dafür ins Zuchthaus kommen kannst?«

»Das ist jetzt gleich!«

Zitternd verharrte Klara an der Schlafzimmertür. Man hörte das Mädchen heulen, vermutlich waren die Gerichtsleute jetzt in der Küche. Auch die Köchin war eingetroffen, sie schimpfte lauthals und verlangte von Sundermann den ausstehenden Lohn. Was das für eine Gerechtigkeit sei? Die reichen Händler holten sich ihr Geld zurück, aber die Dienstboten, die könne man ja um ihren Lohn prellen …

Jetzt, da ihr Unglück besiegelt war, handelte Charlotte plötzlich klar und zielbewusst. Was auch immer Christian getan hatte – sie würde nicht zulassen, dass man ihnen alles nahm. In der schön eingelegten Kommode, die Christian damals für sie in Hamburg gekauft hatte, befand sich ihr gesamter Schmuck, all die kostbaren Ketten, Ringe und Armbänder, die ihr bisher so gleichgültig gewesen waren. Sie leerte den Inhalt der Schatulle in einen Baumwollstrumpf, warf auch Christians goldene Manschettenknöpfe hinein, einige Goldmünzen, eine Taschenuhr mit Kette. Dann knotete sie das Strumpfende zusammen und band das schmale Bündel unter dem Rock an ihrer weiten, spitzenbesetzten Unterhose fest. Da sollte Sundermann mal zu suchen wagen!

Christian hatte ihr etwas Bargeld dagelassen. Es waren nur wenige Markstücke, und sie wollte auch besser nicht darüber nachdenken, woher das Geld stammte, denn soweit sie verstanden hatte, durfte er über die Einkünfte des Ladens nicht mehr verfügen. Gleichwohl – es würde reichen, das Mädchen zu entlohnen und ein Fuhrwerk zu mieten. Die Köchin würde das Nachsehen haben, doch Charlotte hatte die laute, eigenwillige Person sowieso nie leiden können. Sollte doch der eifrige Konkursverwalter für ihren Lohn sorgen!

Anschließend holte sie die beiden verstaubten Koffer vom Dachboden, die man für die Hochzeitsreise nach Berlin angeschafft und später nie wieder benutzt hatte.

»Pack vernünftige Dinge ein, Klara. Wäsche und warme Kleidung, einen Umhang, Schuhe und Strümpfe.«

»Ich brauche keinen Koffer, Charlotte. Eine Tasche reicht mir.«

Klaras stets blasses Gesicht glühte jetzt vor Aufregung, doch ebenso wie Charlotte handelte sie rasch und vernünftig. Es war gut, etwas tun zu können, wenigstens einen winzigen Rest seiner Habe zu retten, um nicht ganz und gar verloren zu sein.

»Dann nehme ich den anderen Koffer für Christians Sachen.«

Sie legte Anzüge, Wäsche und Schuhe in die Koffer, ließ all die teuren Kleider, die Christian so geliebt hatte, im Schrank zurück, wählte ein schlichtes Kleid aus englischem Wollstoff, ein Kostüm mit langer Jacke und Pelzkragen, einen weinroten

Hut mit dunkler Schleife. Als sie die Koffer geschlossen hatte und das Gepäck schon in den Flur hinaustragen wollte, hielt sie inne und lief zurück. Ganz unten im Kleiderschrank und fast vergessen in all den Jahren stand die kleine Kiste, welche die Erinnerungen ihrer Kindheit barg. Die würde sie den gierigen Gläubigern nicht lassen.

Sie rief das Mädchen zu sich und erfuhr, dass es sich die Herren in der Küche bei einem kleinen Imbiss und einer Tasse Kaffee bequem gemacht hätten. Die arme Anni sah so unglücklich aus, als habe man ihre eigenen Eltern mittellos vor die Tür gesetzt.

»Ich kann es nicht glauben, Frau Ohlsen«, schluchzte sie. »Sie waren immer gut zu mir …«

»Du wirst ganz sicher eine andere Stelle finden, Anni. Hier, nimm dieses Geld, das ist alles, was ich dir geben kann. Aber schweig darüber, und zeig es niemandem, hörst du? Und besorg uns ein Fuhrwerk. Es soll auf dem Marktplatz warten.«

Das Mädchen wischte sich die verheulten Augen und versicherte, das Geld auf keinen Fall nehmen zu wollen, als dann aber Schritte zu hören waren, ließ sie die Markstücke eilig in ihrer Rocktasche verschwinden.

»Ein Fuhrwerk. Jawohl, Frau Ohlsen.«

Die drei Herren erschienen wohlgesättigt und vom Kaffee beschwingt im Flur, einem der Herren vom Gericht klebte noch der Honig im Schnurrbart. Ihre Mienen, die zunächst heiter erschienen, wandelten sich beim Anblick der Koffer zu amtlicher Strenge.

»Ich muss Sie leider bitten, das Gepäck zu öffnen.«

Sie durchsuchten ihre Kleider, fassten in alle Taschen von Christians Anzügen, durchforsteten ihre Wäsche, öffneten das kleine Kästchen und besahen sich eingehend jeden Gegenstand, ob er vielleicht von besonderem Wert sei.

Charlotte fühlte sich ihnen schutzlos ausgeliefert, gerade so wie damals, als Tante Fanny sie ohrfeigte und es niemanden mehr gab, der es ihr verbieten konnte. Was für ein Mensch war dieser Sundermann! Hatte er eine doppelte Natur? Konnte das der gleiche joviale, Zigarren rauchende Mann sein, der bei den Festen des Liederkreises in fröhlicher Runde seine Scherze machte? Noch vor einigen Wochen hatte er ihr anerkennend zugelächelt, als sie beim Sommerfest ein Stück von Mendelssohn vorspielte – jetzt war er sich nicht zu schade, mit seinen dicken Fingern ihre Unterwäsche zu durchwühlen.

»Möchten Sie mich auch durchsuchen?«, fragte sie provozierend.

Sundermann richtete sich wieder auf und wies einen seiner Helfer an, die Koffer wieder zu schließen. Sein Gesicht war dunkelrot, nicht etwa aus Scham, sondern nur, weil ihm das Blut in den Kopf gestiegen war, als er sich so tief über den Koffer beugte.

»Sie müssen nicht glauben, dass ich das gern tue, Frau Ohlsen.«

»Weshalb tun Sie es dann? Hat man Sie dazu gezwungen?«

»Ich versehe dieses Amt, weil ich es für meine Pflicht halte, dem Wohl der Allgemeinheit zu dienen. Ihr Mann hat den guten Namen und das Ansehen seiner verstorbenen Eltern benutzt, um zahllose Geschäftspartner gewissenlos zu betrügen. Es gibt weit über fünfzig Gläubiger, bis hin nach Bremen und Hamburg …«

Ohne schlechtes Gewissen spürte sie den schwer gefüllten Strumpf unter ihrem Rock. Christian hatte auch sie betrogen, ihre Mitgift war verloren, und ob sie von Paul jemals auch nur eine Mark zurückbekommen würde, stand in den Sternen …

»Das Klavier gehört mir und darf nicht versteigert werden. Es ist ein Erbstück meiner Eltern, das können alle meine Verwandten bezeugen!«

Man hatte es schon in die Liste aufgenommen, doch jetzt machte Sundermann ein Kreuz an den Rand der Spalte – was auch immer das bedeuten mochte.

»Ebenso meine Bücher und meine Noten!«, verlangte sie.

Sie durfte einige Notenhefte, die schon reichlich abgenutzt waren, mitnehmen, die Bücher wurden ihr verweigert. Christian selbst hatte Sundermann immer wieder erzählt, was für interessante und teure Werke er für seine Frau erworben hatte, da sie eine so begeisterte Leserin sei. Das Kästchen mit ihren Kindheitserinnerungen konnte sie nach hartem Kampf für sich behalten, der Inhalt war zwar nichts wert, die kleine Schatulle jedoch sehr hübsch gearbeitet.

»Die Gegenstände, die sich als nicht veräußerlich erweisen, können Sie später abholen lassen ...«

An Klaras Tasche nahm niemand Anstoß, sie enthielt nur Kleidung und ihren Zeichenblock. Die Herren halfen ihnen, das Gepäck die Stiege hinunter zum Hinterausgang zu tragen, dort ließ man sie mit ihrer Habe im Regen stehen, denn oben in der Wohnung wartete noch viel Schreibarbeit. Für einige der Möbel würde man einen Sachverständigen kommen lassen, damit alles seine Ordnung hatte und nichts verschleudert wurde.

Charlotte schleppte die Koffer, Klara mühte sich mit ihrer Tasche, wollte sich aber auf keinen Fall helfen lassen. Nur fort, die Augen schließen und nicht zurücksehen. Nicht auf den Tumult hören, der aus dem Laden zu ihnen drang, wo die Versteigerung in vollem Gange war. Anni hatte den Auftrag getreulich ausgeführt. Gleich an der Einmündung der Königstraße wartete ein Fuhrwerk auf sie, es gehörte einem Bauern, der Grünkohl und Schweinefleisch zum Gasthof Voogd geliefert hatte und froh war, einen kleinen Nebenverdienst einstecken zu können. Ohne viele Worte schob er Kisten und allerlei Geräte auf seinem offenen Wagen zusammen, stellte

Koffer und Tasche dazu und rückte anschließend ein paar Säcke zurecht, auf denen die Frauen Platz nehmen konnten. Wagen und Säcke waren ebenso vom Regen durchweicht wie der Bauer selbst, dem das Wasser von der Mütze in den Jackenkragen rann, was ihn jedoch kaum zu stören schien. Schweigend zählte er das Geld nach – es war das letzte, das Charlotte besaß –, dann bestieg er sein Fuhrwerk und trieb den Gaul an. Träge setzte sich das Gefährt in Bewegung und ruckelte durch die Königstraße, bog nach rechts ab, um über die Lindenbaumstraße die Kirchgasse zu kreuzen, dann weiter durch die Osterstraße, bis sie endlich in die Ulrichstraße gelangten. Die Fahrt ging kreuz und quer durch Leer, und obgleich wegen des Regens kaum jemand unterwegs war, spürten die beiden Frauen doch, wie man sie durch die Fenster der Häuser anstarrte. Da fuhren sie, die junge, hübsche Frau Ohlsen und ihre Cousine Klara, auf einem dreckigen Bauernkarren, klatschnass vom Regen und arm wie die Kirchenmäuse. Ja, wer hoch hinaus wollte, der fiel oft tief.

Vor dem großelterlichen Haus stellte ihnen der Bauer Koffer und Tasche auf die Straße und rumpelte mit seinem Wagen davon. Er war aus Loga und hatte es nicht mehr weit, die ganze Fahrt war für ihn nicht einmal ein Umweg gewesen.

Tante Fanny öffnete auf ihr Läuten, und genau wie Charlotte erwartet hatte, brach sie auf der Stelle in Tränen aus.

»Die Schande! Die Schande! Dass es so weit kommen musste! Ich habe ja gleich gesagt, dass dieser Mann nichts für dich ist, Charlotte …«

Sie hatten also von dem Konkurs gewusst.

»Immer und immer wieder hat er uns versichert, alles käme wieder in Ordnung. Da sieht man nun, was sein Gerede wert war. Nichts, gar nichts. Die Schande! Unser guter Name ist ruiniert. Nirgendwo kann man sich mehr blicken lassen …«

Charlotte hatte keine Lust, sich das Gejammer länger anzuhören. Sie und Klara waren bis auf die Haut durchnässt und fast steif vor Kälte, was sie jetzt brauchten, waren trockene Kleider und ein warmer Ofen. Energisch schob sie das Gepäck in den Flur hinein und wollte dann die Tür zur Wohnstube öffnen.

»Doch nicht dorthin, nass wie ihr seid!«, rief Tante Fanny entsetzt. »Wollt ihr die Möbel und den Teppich ruinieren? Kommt meinetwegen in die Küche!«

Wenig später erschien auch die Großmutter, die jetzt fast nur noch oben am Lager ihres Mannes saß – Pastor Dirksen hatte vor einigen Tagen das Bewusstsein verloren. Sie machte nicht viele Worte, stand nur eine kurze Weile vor den beiden Frauen, die sich an ihren warmen Herd geflüchtet hatten, und musterte sie mit aufmerksamen Augen.

»Das möge Gott ihm vergeben – ich kann es nicht!«

Gleich darauf wandte sie sich ab, goss dampfenden Kamillentee in einer Kanne auf und ging damit hinaus. Doch bevor sie die Tür hinter sich schloss, gab sie Tante Fanny die energische Anweisung: »Mach die Betten in der Schlafkammer zurecht. Solange ich lebe, wird keines meiner Kinder und Enkel auf der Straße nächtigen müssen.«

Bitter dachte Charlotte daran, dass sie sich noch vor nicht allzu langer Zeit in das Haus der Großeltern zurückgewünscht hatte. Jetzt war sie wieder hier angekommen, aber das Haus hatte nichts Heimeliges, es war eine Zuflucht, und in seinen Mauern herrschte Niedergeschlagenheit. Tante Fanny, die die Schlafkammer für sich allein in Besitz genommen hatte, musste mit der altgewohnten Enge vorliebnehmen, und auch Paul wohnte wieder bei den Großeltern, da das winzige Gehalt, das er bei Gericht bezog, nicht zum Leben reichte. Er musste sich ganz von unten hochdienen, das nicht abgeschlossene Studium war nichts als verlorene Zeit gewesen.

»Natürlich habe ich von dem Konkursverfahren gewusst«, gab er zu. »Aber Christian behauptete immer, alles sei nur ein Missverständnis, die Sache werde bald niedergeschlagen und ich solle euch auf keinen Fall damit beunruhigen.«

»Was wird mit ihm geschehen, wenn er zurückkommt?«, forschte Charlotte mit bangem Herzen.

»Er wäre ein Idiot, wenn er zurück nach Leer käme. Sie können ihn ins Gefängnis stecken. Sogar ins Zuchthaus.«

»Ins … Zuchthaus?«

Paul setzte eine wissende Miene auf – bei seinen Vorgesetzten war er nur ein kleines Licht, hier, zu Hause, konnte er mit seinem Wissen prahlen.

»Klar. Betrügerische Absicht. Unordentlich geführte Bücher. An seiner Stelle würde ich mich entweder aufhängen oder für immer verschwinden. Hat er denn keinen Abschiedsbrief hinterlassen? Selbstmörder tun so was häufig.«

»Mir blieb ja gar keine Zeit, nachzusehen«, murmelte Charlotte beklommen.

Ausgerechnet Ettje, mit der Charlotte früher so manchen Krieg ausgefochten hatte, war der Mensch, der ihr jetzt Trost und Hilfe gab.

»Das hast du nicht verdient, Lotte«, sagte sie und nahm sie in die Arme. »Und auch Klara nicht. Aber wir sind für euch da, das hat Peter auch gesagt. Es wird schon werden.«

Ihre kurzen Besuche, bei denen sie ihre drei Buben mitbrachte, trugen Leben und Fröhlichkeit in das triste Haus. Die beiden Älteren tobten durch Küche und Wohnstube, der Jüngste krabbelte schon, mit verkniffenem Gesichtchen und glänzenden, hellblauen Augen. Ettje war glücklich in ihrer Mutterschaft, und sie gab ihr Glück weiter an alle, die es benötigten. Sie versorgte Charlotte und Klara mit allerlei Kleinigkeiten, die die beiden in ihrer Eile im Ohlsen'schen Haus vergessen hatten – Haarnadeln, Schleifen, Handschuhe und

Strumpfbänder –, sie setzte ihrer Mutter den jüngsten Enkel auf den Schoß, tröstete die Großmutter und saß mit ihr bei dem Kranken. Sobald sie mit Charlotte allein war, schmiedete sie Pläne für die Zukunft, so wie sie es auf ihre praktische Art verstand.

»Wenn der Großvater nicht mehr ist, wird es knapp werden mit dem Geld. Peter hat gesagt, dass wir die Mutter zu uns nehmen. Du und Klara – ihr könnt euch dann um die Großmutter kümmern.«

Ettje hatte sich alles schon überlegt. Charlotte konnte Klavierunterricht geben, Klara würde wieder nähen – auf diese Weise konnten sie ihren Lebensunterhalt bestreiten. Und wenn es nicht reichen sollte – Peter verdiente nicht schlecht, und die Schwiegereltern halfen auch mit. Man würde sie nicht verhungern lassen.

»Lass ein wenig Gras über die Sache wachsen, dann wirst du vielleicht wieder heiraten, Charlotte. Du bist hübsch. Auch ohne Mitgift wirst du einen neuen Ehemann finden.«

»Aber ich bin mit Christian verheiratet!«

Ettje seufzte tief und sah sie kopfschüttelnd an.

»Du glaubst doch nicht, dass du ihn je wiedersiehst, oder? Hast du nicht gehört, was Paul gesagt hat? Nach einigen Jahren kannst du ihn für tot erklären lassen …«

»So etwas tut man nicht, Ettje!«

»Großer Gott! Willst du bis an dein Lebensende Klavierstunden geben? Wenn du wieder heiratest, bist du versorgt, und um Klara werden wir uns schon kümmern!«

Insgeheim war Charlotte fest entschlossen, sich niemals wieder einem Ehemann anzuvertrauen. Sie hatte den Strumpf mit ihrem Schmuck und den anderen Wertsachen ganz unten in ihre Schatulle gelegt, sollte der schwarze Götze aus Afrika darüber wachen. Wenn die Zeit gekommen war, würde sie die Sachen zu Geld machen und mit Klara fortgehen, nach

Emden oder Aurich, vielleicht auch nach Jever. Sie würde ein Geschäft mieten und einen Handel beginnen, warum nicht? Sie würde es schon schaffen. Hier in Leer wollte sie auf keinen Fall bleiben.

Eine Woche später stand ein Fremder vor der Tür. Ein magerer, bärtiger Mann ohne Mantel und Rock, die Weste zerrissen und voller dunkler Flecken. Charlotte brauchte eine Weile, um ihren Ehemann wiederzuerkennen, dann zog sie die Tür auf und ließ ihn eintreten.

Sie setzte ihn an den Küchentisch, wo er Brot und Wurst hinunterschlang, warme Milch trank und wirres Zeug redete. Er habe alles noch abwenden wollen, in Bremen sei man ihm Geld schuldig gewesen, damit hätte er sein Geschäft retten können. Doch der Gläubiger sei nicht anzutreffen gewesen, alles habe sich verzögert, und dann habe ihm das Geld für die Rückfahrt nach Leer gefehlt. Charlotte solle nicht verzagen, er wolle ganz neu anfangen, das habe er sich geschworen. Er liebe sie, sie sei alles, was ihm geblieben sei, er würde für sie arbeiten, ganz gleich, was, er würde für sie Kisten schleppen oder Mist fahren, wenn es ihr nur gut ginge …

Charlotte und Tante Fanny hatten Mühe, ihn auf das Sofa in der Wohnstube zu schaffen, dort deckten sie eine Kolter über ihn und ließen ihn schlafen.

»Das hat uns noch gefehlt!«, jammerte Tante Fanny. »Was denkt er sich dabei? Nach allem, was er uns angetan hat, glaubt er wohl noch, wir würden ihn durchfüttern!«

»Wäre es dir lieber gewesen, er hätte sich das Leben genommen?«, fragte Klara empört.

»Ach was! Es ist rücksichtslos, so einfach hier hereinzuschneien!«

Charlotte war hin- und hergerissen. Sie war unendlich erleichtert, dass Christian lebte, zugleich aber war ihr bewusst, dass dieser zu Tode erschöpfte und verwirrte Mensch nicht der

Ehemann war, dem sie sich vor zwei Jahren anvertraut hatte. Sie hatte nur einen Teil von ihm gekannt, den großzügigen, zärtlichen, hin und wieder auch starrsinnigen Mann, der sich so gern mit schönen Dingen umgab und seine Frau in einen goldenen Käfig sperrte. Jetzt kannte sie auch Christian Ohlsens andere Seite: Er war ein Verschwender und ein Betrüger, ein Feigling und ein untauglicher Geschäftsmann.

Christian schlief wie ein Stein bis zum folgenden Morgen, dann erschien er bei Tante Fanny in der Küche und begehrte warmes Wasser, um sich zu rasieren. Tante Fanny flüchtete entsetzt zu Charlotte, die mit Klara oben bei der Großmutter war, um das Bettzeug des Kranken zu wechseln.

»Das kann kein Mensch von mir verlangen! Kümmere dich um deinen Mann, Charlotte. Du hast ihn schließlich geheiratet!«

Charlotte trug frische Wäsche und Kleidung nach unten, besorgte ihm das Rasierzeug des Großvaters und sah zu, wie er sich wusch. Er war verprügelt worden, hatte blaue Flecke am ganzen Körper, und nachdem er sich rasiert hatte, sah sie, dass über seine rechte Wange eine tiefe Schramme lief. Sollte sie Mitleid mit ihm haben?

»Wie ist das passiert?«

Er war verlegen, schämte sich, ihren Blicken ganz und gar ausgeliefert zu sein, doch sie nahm keinerlei Rücksicht darauf.

»Hatte ich erwähnt, dass ich eine Forderung eintreiben wollte? Ein dreckiger Inder in Bremen, der nicht zahlen will …«

Er stockte und senkte den Blick.

»Verzeih mir. Es gibt überall gute und schlechte Menschen.«

»Gewiss!«

Es gab schon lange keine Verbindung mehr zu den Großeltern in Indien. Sie wusste nicht einmal, ob sie noch lebten.

Er zog sich Wäsche und Strümpfe an, stülpte das Hemd über den Kopf, stieg in die Hose, die ihm jetzt am Bund zu weit war. Auch Weste und Jacke passten nicht mehr richtig, doch als er fertig angekleidet war und das Haar gekämmt hatte, lächelte er sie schüchtern an.

»Komm zu mir, mein Schatz. Ich bin so glücklich, dass du in dieser Stunde der Not zu mir stehst. Ich liebe dich, Charlotte.«

Sie machte keine Anstalten, von ihrem Stuhl aufzustehen. Seine Mundwinkel sanken herab, das Lächeln erstarb.

»Ich will eine Erklärung von dir, Christian!«

»Natürlich, mein Schatz. Du hast ein Anrecht darauf. Niemand hat mehr Anrecht darauf als du. Ich sagte ja, dass ich alles noch hätte abwenden können …«

Zornig schlug sie mit der Faust auf den Küchentisch. Geschirr klirrte, ein Kaffeelöffel fiel auf den Steinboden. Ihr Mann zuckte erschrocken zusammen.

»Die Wahrheit will ich wissen, Christian!«, fuhr sie ihn an. »Keine Ausreden und keine Lügen. Wie konnte es so weit kommen? Weshalb hast du mir unsere Lage verschwiegen? Wo bist du die ganze Zeit über gewesen?«

Er hatte sie noch nie zuvor so wütend gesehen. Sein Gesicht wurde aschfahl. Ein paarmal öffnete er den Mund, um zu einer Erklärung anzusetzen, hielt jedoch gleich wieder inne und schwieg verwirrt.

»Ist es so schwer? Dann will ich dir helfen. Kann es sein, dass das Geschäft schon in den roten Zahlen war, als du um meine Hand anhieltest?«

»Nein, Charlotte«, rief er erschrocken. »Das ist es nicht. Ich habe dich nicht um deiner Mitgift willen geheiratet. Glaub das bitte nicht. Ich liebe dich. Ich liebe dich mehr als mein Leben. Nur um deinetwillen bin ich jetzt zurückgekommen, und ich schwöre dir: Ich wäre lieber davongelaufen …«

»Das glaube ich dir gern!«

Die Sätze stürzten aus ihm heraus, als sei ein Damm gebrochen, Wahres und Erdichtetes, Geständnisse und Schönrednerei, verzweifelte Reue, Schwüre, Glaubhaftes und ganz offensichtliche Lügen. Sie unterbrach ihn mehrere Male, was nicht einfach war, denn es schien ihn unendlich zu erleichtern, sein Herz vor ihr auszuschütten. Dennoch wurde sie nicht schlau aus diesem verworrenen Wust von Worten, nur eines war ihr bald klar: Christian war kein abgefeimter Betrüger, er war ein Phantast, ein Mensch, der stets einige Meter über dem Erdboden schwebte und einen tödlichen Abgrund für ein liebliches Tal hielt. Er hatte Wechsel ausgestellt und sie mit neuen Wechseln bezahlt, hatte hier ein Loch aufgerissen, um ein anderes zu stopfen, hatte Gläubiger hingehalten, während er anderenorts schon wieder neue Schulden machte. Und wenn der Umsatz einmal gut gewesen war, hatte er das Geld für hübsche Dinge hinausgeworfen, hatte sich Anzüge machen lassen und seine Frau großzügig beschenkt.

»Wir fangen ganz neu an, Charlotte«, redete er, und seine Augen glänzten fiebrig. »Dies alles ist mir eine Lehre gewesen, ich werde von nun an ein anderer sein. Ein kleines Geschäft in einer Nebengasse, nur Tabak und Kaffee. Und du wirst an meiner Seite sein, im Laden stehen, die Kunden bedienen. Das hast du doch immer gewollt, Liebes …«

Sie ließ ihn reden und trug währenddessen die schmutzigen Kleider in die Waschküche, goss das Waschwasser in den Ausguss, schürte das Feuer im Herd und setzte einen Topf mit Milch auf. Er dachte tatsächlich daran, hier in Leer ein Geschäft zu eröffnen! Großer Gott, war er wirklich so naiv, oder hatte ihm die Verzweiflung den Verstand geraubt?

Noch bevor das Frühstück fertig war, erschienen zwei Polizisten vor dem Haus, um Christian in Arrest zu nehmen. Paul hatte gleich am frühen Morgen, noch bevor er seinen Dienst angetreten hatte, bei der Polizei Meldung erstattet, dass Christian Ohlsen nach Leer zurückgekehrt war. Dabei hatte er lediglich seine Pflicht erfüllt; alles andere hätte sich negativ auf seine Karriere auswirken können.

Christian schien wie betäubt, antwortete auf alle Fragen, ließ sich widerstandlos die Handfesseln anlegen. Als sie ihn abführten, ging er wie ein Traumwandler zwischen den beiden Polizisten, erst draußen vor der Kutsche wandte er sich nach Charlotte um, suchte mit hilflosen Augen ihren Blick. Dann stieß man ihn in den Wagen, und der Kutschenschlag klappte zu.

»Das musste ja so kommen«, sagte Tante Fanny. »Dieser Mensch ist ein Verbrecher. Aber du wolltest ihn ja unbedingt heiraten. Ich habe damals gleich gewusst, dass er ein Verbrecher ist …«

»Halt den Mund!«, fauchte Charlotte sie an.

Tante Fanny wich erschrocken vor ihrer Nichte zurück und verzog sich scheltend in die Küche. Nur Unglück und Schande hatte dieses Mädchen ins Haus gebracht, aber das war kein Wunder, alles Unheil hatte damals begonnen, als der arme Ernst sich mit einer Indianerin einließ. Das ungute Blut …

»Christian tut mir trotz allem leid«, sagte Klara. »Aber wir können ihm nicht helfen.«

»Das werden wir ja sehen!«

Was auch immer er getan hatte – Christian war kein Verbrecher. Er war leichtfertig, unbedacht, gewiss auch feige, aber er hatte niemanden erschlagen. Nein, sie würde nicht zulassen, dass man ihn ins Zuchthaus sperrte. Er war ihr Ehemann, sie hatte gelobt, zu ihm zu halten, in guten und in schlechten Zeiten. Sie würde für ihn kämpfen.

Die Großmutter war der gleichen Meinung. Christian Ohlsen hatte schwere Sünde auf sich geladen, aber er gehörte immer noch zu ihrer Familie. Ein Zuchthäusler hätte das Ansehen von Pastor Henrich Dirksen und seiner Familie endgültig ruiniert.

»Seht nach dem Kranken – ich gehe zu Dekan Claasen. Die Lutheraner müssen sich für uns einsetzen, das ist ihre Christenpflicht!«

Als sie durchgefroren und mit triefendem Regenschirm von ihrer Mission zurückkehrte, war sie aufgebracht.

»Dein Mann hat anschreiben lassen und das Geld nie eingefordert, dieser Dummkopf. Das heißt wirklich, die Gutmütigkeit zu weit treiben! Jeder arme Schlucker hatte bei ihm Kredit, konnte sich mit Reis, Kaffee und Schuhwichse versorgen, ohne jemals bezahlen zu müssen.«

Immerhin war Dekan Claasen der Meinung, dass Christian Ohlsen kein schlechter Mensch sein könne, habe er doch ein Herz für die Armen gehabt. Wenn auch eher aus Schlamperei denn aus christlicher Nächstenliebe.

Charlotte rang mit sich, dann überwand sie ihren Widerwillen und stattete Frau Sundermann in der Königstraße einen Vormittagsbesuch ab. Sie hatte immer eine Vorliebe für Charlotte gehabt, vielleicht konnte sie Einfluss auf ihren Mann nehmen.

Das Dienstmädchen starrte sie durch den Türschlitz an, auf ihre Frage, ob Frau Sundermann Zeit habe, sie zu empfangen, wisperte sie: »Ich weiß nicht …«

Noch vor einigen Wochen wäre Frau Sundermann ihr mit überschwänglicher Begeisterung entgegengelaufen, hätte Tee und Kuchen aufgefahren und Charlotte bestürmt, ihr einige Stücke auf dem Klavier vorzuspielen. Jetzt ließ sie sich Zeit, die Besucherin stand im Regen vor der Haustür und wartete mit bangem Herzen. Schließlich verkündete das Mädchen, Frau Sundermann erwarte sie, könne jedoch nur wenige Augenblicke erübrigen. Sie nahm Charlotte den Regenschirm ab – nicht jedoch den nassen Mantel – und ging voraus in den ersten Stock, wo sich die Wohnräume befanden.

»Meine Liebe! Wie freue ich mich, Sie zu sehen. Ach, das

Schicksal meint es oft nicht gut mit uns. Treten Sie doch näher, ich bin leider sehr in Eile, aber für ein paar Worte ist immer Zeit …«

»Wie schade, dass ich ungelegen komme. Ich möchte Sie nicht aufhalten …«

Charlotte lächelte unbefangen, sie kam nicht als untertänige Bittstellerin, würde nicht darauf beharren, angehört zu werden. Ihr Gegenüber zögerte, dann siegte Frau Sundermanns empfindsame Seele über alle Vorbehalte.

»Setzen Sie sich doch, liebe Freundin. Geben Sie mir Ihren Mantel. Um Himmels willen – er ist ja völlig durchnässt. Grete! Weshalb hast du Frau Ohlsen nicht den Mantel abgenommen …«

Sie nahmen Platz, Frau Sundermann ließ Tee und Gebäck bringen, und es war keine Rede mehr von einer dringenden Verpflichtung. Stattdessen ließ Frau Sundermann ihrem Herzen freien Lauf.

»Dass dies gerade Ihnen geschehen musste! Einer solch wundervollen Künstlerin. Was für schöne Feste haben wir miteinander gefeiert! Wie einfühlsam haben Sie stets begleitet! Und Ihre Soloeinlagen … Ich war zu Tränen gerührt …«

Charlotte schwieg und hörte zu. War sie wegen ihres Klavierspiels gerührt oder wegen des geschäftlichen Desasters? Es war nicht leicht herauszubringen, denn Frau Sundermanns Gefühle flossen leicht ineinander. Sie bedauerte, dass es den schönen Laden nicht mehr gab, sie habe so gern bei Herrn Ohlsen gekauft. Was für ein höflicher, reizender Mensch. Wer hätte das von ihm gedacht?

»Auch ich hatte das nicht erwartet …«, warf Charlotte vorsichtig ein und nippte an ihrer Teetasse.

»Es wird Sie sicher freuen, dass der Laden bald neu eröffnet wird …«

Moritz Schmidt, ein Vetter von Sundermann, hatte Haus

und Ladeneinrichtung ersteigert. Er würde sein kleines Geschäft in der Osterstraße schließen und in der Pfefferstraße einen Kolonialwarenladen einrichten. Zwar ein wenig bescheidener als Ohlsen, aber er würde selbstverständlich alles anbieten, was Frau Sundermann so gern bei Ohlsen gekauft hatte.

Wie schön, dachte Charlotte bitter. Sundermann hatte seinem Vetter Haus und Laden günstig verschafft, und seine Frau kann wieder die Schnurrbartwichse für ihren Ehemann einkaufen. Wie rasch sich doch die Lücken schließen und die Welt wieder in Ordnung kommt.

»Ich brauche Ihre Hilfe, liebe Frau Sundermann«, sagte sie. »Sie wissen vielleicht, wie es um meinen Mann steht.«

Sie war im Bilde, vermutlich hatte sie genau aus diesem Grund gezögert, Charlotte ins Haus zu bitten.

»Ich komme zu Ihnen, weil ich weiß, dass Sie mich verstehen werden. Ich kann meinen Mann in seiner Not nicht verlassen …«

»Das verstehe ich. Sie haben ein großes Herz, meine liebe Freundin. Oh, wie gut ich Sie verstehe – auch ich würde so handeln …«

Sie versprach, sich für Christian einzusetzen. Wem konnte es nutzen, wenn er verurteilt wurde? Niemandem, denn die Schulden würden sich dadurch nicht verringern. Ihr Mann sei ein vernünftig denkender, ein kluger Mensch, er würde das gewiss einsehen.

Charlotte musste fünf Tassen Tee trinken, zahllose Kekse herunterwürgen und anschließend noch versprechen, den beiden Töchtern Sundermann Klavierstunden zu geben. Frau Sundermann hielt das für eine gute Tat; in ihrer jetzigen Lage könne Charlotte doch jeden Pfennig gebrauchen, und der Musiklehrer wäre in seinen Forderungen recht unverschämt.

Als Charlotte endlich den Heimweg antreten konnte, musste sie tief Luft holen. Sie hatte das Gefühl gehabt, unter Frau Sundermanns Güte zu ersticken. Der Regen hatte aufgehört, nur der eisige Nordwind blies ihr unbarmherzig entgegen, und der Novemberhimmel lastete schwer und dunkel auf der Stadt. In den Pfützen trieben die letzten, braunen Herbstblätter, sogen sich voller Nässe und sanken dann langsam hinab, um sich mit dem Morast zu vereinigen. Pferdefuhrwerke überholten sie und bespritzten ihren Umhang, hin und wieder sah sie ein bekanntes Gesicht unter den entgegenkommenden Menschen, doch nur wenige grüßten sie. Die meisten wandten die Köpfe rasch zur Seite, betrachteten angestrengt die Auslagen eines Ladens, einen Hauseingang, den Grünkohl in einem Garten.

Fröstelnd zog Charlotte den Umhang zusammen und beeilte sich, die belebten Straßen so bald wie möglich hinter sich zu lassen. Wie sie diese Stadt hasste. Sie war grau und eng, voller selbstgerechter Menschen, ohne Sonne, ohne Wärme. Wie hatte sie es hier nur so lange ausgehalten?

Als sie im Haus der Großeltern eintraf, lag ein Brief für sie auf dem Küchentisch. George hatte ihr schon vor Wochen geschrieben, doch die Post hatte seit der Konkurseröffnung alle Schreiben einbehalten und an Sundermann ausgeliefert. Niemand hatte respektiert, dass Charlottes Name auf der Adresse stand, man hatte das Schreiben geöffnet und gelesen, schließlich hätte es sich um ein Geschäft handeln können, das Ohlsen listig über seine Frau abwickelte.

Ohne einen Blick hineinzuwerfen, legte Charlotte den Brief zur Seite. Sie wollte nicht wissen, was darin stand, die Zeit der schönen Träume war vorüber. Vielleicht würde sie George später schreiben, viel später, wenn sie entschieden hatte, wie sie weiterleben wollte. Jetzt konnte sie nur abwarten.

Am Abend kniete sie in der Schlafkammer und zog die kleine Kiste unter dem Bett hervor, die alle ihre Schätze barg. Wie viel mochte der Schmuck wohl wert sein? Sie hatte keine Ahnung. Christian hatte stets einen ausgefallenen Geschmack besessen, mit billigen Dingen hatte er sich nie abgegeben. Aber sie wusste auch, dass man für ein Schmuckstück nur einen kleinen Teil seines wirklichen Wertes erhielt, wenn man es weiterverkaufte. Sie würde feilschen und handeln – das fiel ihr nicht schwer, das lag ihr im Blut.

Der Lampenschein ließ das Glas auf dem Deckel spiegeln, so dass sie die Kiste anheben musste, um die bunte Zeichnung zu betrachten, die sie schon als Kind so fasziniert hatte. Einsam erhoben sich die Gipfel des Kilimandscharo in den Himmel, zogen den Betrachter zu sich heran, lockten ihn, sich mit ihrer Kraft und Ferne zu messen, das Unmögliche zu wagen, das Unbezwingbare herauszufordern. Sie erschauderte und glaubte, die Kühle der Gipfel zu spüren, den Wind zu atmen, der sie von dorther anwehte und der den Geruch der Freiheit in sich trug. Als sie den Deckel aufklappte, grinste ihr der schwarze Götze entgegen. Wie seltsam – ihr war niemals aufgefallen, dass er einen heiteren, fast verschmitzten Gesichtsausdruck hatte. Oder kam ihr das heute nur so vor? Sie strich mit dem Finger über sein krauses Haar, die stumpfe Nase, die breiten, wulstigen Lippen. Das schwarze Holz fühlte sich warm an, als sei all die Sonnenglut darin gespeichert, die es hatte wachsen lassen. Ihr Vater hatte ihn auf Sansibar erworben, jener geheimnisvollen Insel nahe der afrikanischen Küste, die man seit Jahrhunderten auch die Gewürzinsel nannte. Afrika, das Land der Wärme, der Düfte, des Lichts.

Drei Wochen später wurde Christian Ohlsen aus dem Arrest entlassen. Man hatte Milde vor Recht ergehen lassen, eine Anzeige war auf Fürsprache der lutherischen Gemeinde zurückgezogen worden. Andere Geschädigte dachten praktisch:

Aus einem Zuchthäusler war unter keinen Umständen mehr Geld herauszuholen.

Christians Zustand war besorgniserregend. Er sprach nicht, aß kaum, saß stundenlang zusammengesunken in der Küche auf einem Stuhl und starrte auf den gefliesten Boden. Wenn man ihm Fragen stellte, hob er den Kopf, als erwache er aus einer tiefen Trance, und auf eine Antwort musste man lange warten.

»Er hat das alles wohl erst jetzt begriffen«, sagte Klara leise zu Charlotte, als sie am Abend in den Betten lagen. »Wir können nur hoffen, dass er nicht ernstlich krank wird.«

Die Versteigerung hatte nur einen Teil der Schulden gedeckt, den Rest würde Christian abbezahlen müssen. Was immer er tat, wo immer er Geld verdiente, es würde ihm nur ein kleiner Teil davon bleiben, alles andere wanderte zu seinen Gläubigern. Und da die Summe erheblich war, konnte er darauf rechnen, bis zu seinem Lebensende auf keinen grünen Zweig mehr zu kommen.

Der Tod des Großvaters kurz vor Weihnachten kam nicht unerwartet und war trotz allen Kummers doch eine Erlösung, nicht nur für ihn selbst, sondern auch für die Großmutter, die seit Wochen kaum von seinem Krankenlager gewichen war. Noch einmal erlebte Charlotte das Zusammentreffen der umfangreichen Familie, dieses Mal zu einem traurigen Anlass, der dennoch gebührend mit Kaffeetrinken und Kuchenessen im Haus der Großmutter begangen werden musste. George und Marie waren nicht angereist, worüber Charlotte recht erleichtert war. Menna war inzwischen verheiratet und hochschwanger, ihr Bruder Henrich hoffnungsvoller und braver Student der Theologie, Pastor Harm Kramer hatte die Stellung des Superintendenten eingenommen, und seine Tischpredigt fiel daher noch ein wenig länger und frömmer aus. Es war das letzte Familientreffen, bei dem sie zugegen sein würde, das hatte Charlotte längst bei sich beschlossen, und sie nahm alle Eindrücke tief in sich auf, um sie für sich zu bewahren: die Grablegung auf dem eisigen Friedhof unter dem bleigrauen Himmel, das muntere Geschwätz in der geheizten Stube, Tante Fannys Gejammer, die unbeschwerte Fröhlichkeit von Ettjes kleinen Söhnen, der tiefe, schweigsame Kummer der Großmutter.

Zum ersten Mal in ihrem Leben würde sie ihre Zukunft in die eigenen Hände nehmen. Und nicht nur ihre eigene, auch das Glück zweier weiterer Menschen hing von dem Gelingen ihrer Pläne ab. Sie zitterte vor diesem Unternehmen, und zugleich berauschte sie sich daran. Der Weg in jene Traumlandschaften, die ihr immer vor Augen geschwebt hatten, lag offen vor ihr. George hatte recht, man konnte Träume leben. Doch es gehörte eine Menge Geschick und Klugheit dazu, das Tor zur Freiheit unbeschadet zu durchschreiten.

Spät am Abend, als die Gäste das Haus verlassen hatten und die Küchenarbeit erledigt war, ging sie hinüber in die Stube, wo Christian auf dem Sofa schlief. Er hatte sich den Tag über verborgen gehalten, war nicht mit zum Friedhof gegangen; während des Kaffeetrinkens hatte er sich in der Schlafkammer versteckt. Sie hatte ihn in Ruhe gelassen, ihr war klar, dass er sich vor der Familie schämte.

»Christian?«

Er lag zusammengekauert mit dem Gesicht zur Rücklehne; als sie ihn sanft an der Schulter rüttelte, machte er keine Bewegung. Doch sie wusste, dass er nicht schlief.

»Wir müssen reden, Christian.«

Sie spürte, wie sein Körper sich versteifte. Vermutlich dachte er an die zornige Auseinandersetzung vor vier Wochen, kurz bevor man ihn abgeführt hatte. O ja, er war ein Feigling. Er fürchtete nichts mehr, als ihr sein Versagen und seine Hoffnungslosigkeit eingestehen zu müssen.

»Wir werden auswandern«, sagte sie kurz und knapp. »Du, ich und Klara.«

Er tat einen langen Atemzug, ob aus Erleichterung oder aus Widerwillen war nicht auszumachen. Weiter gab er kein Lebenszeichen von sich.

»Hast du gehört, Christian? In zwei Monaten reisen wir ab, ich habe alles genau geplant.«

Jetzt endlich rang er sich dazu durch, ihr eine Antwort zu geben. Seine Stimme war heiser und sehr leise.

»Das ist unmöglich, Charlotte.«

Er tat ihr leid in seiner Verzweiflung, doch sie brachte es nicht fertig, seine Schulter zu streicheln. Er war ihr Ehemann, sie hatte gelobt, an seiner Seite zu bleiben, und dieses Gelöbnis würde sie halten. Respekt oder Achtung empfand sie nicht mehr vor ihm – er war ein hilfloses Kind, für das sie sorgen musste, sie durfte ihn nicht untergehen lassen in seinem Unglück.

»Hör zu«, sagte sie und setzte sich auf die Sesselkante. »Ich habe mit Onkel Gerhard gesprochen, er wird mir schreiben, wann ein Reichspostdampfer Ende Februar oder Anfang März in Hamburg ablegt. Bis dahin werden wir unser Vorhaben keinem Menschen anvertrauen. Du weißt, aus welchem Grund.«

Er drehte sich auf den Rücken und starrte sie aus weit aufgerissenen Augen an, als wäre sie verrückt geworden. Wie fremd er ihr erschien mit dem zerrauften Haar und dem ungepflegten Vollbart, den er aus Nachlässigkeit hatte wachsen lassen.

»Was hast du dir da nur ausgedacht, Charlotte? Sie werden mich festnehmen, wenn ich versuche, das Land zu verlassen.«

»Es wird niemand bemerken. Wir steigen am frühen Morgen in den Zug nach Emden, von dort aus geht es per Schiff nach Hamburg. Natürlich können wir nur wenig Gepäck mitnehmen …«

Sie würde ihr Klavier zurücklassen müssen. Das Klavier ihrer Mutter, das sie all die Jahre begleitet hatte, das ihr so viele glückliche Augenblicke geschenkt hatte. Und doch war auch ihre geliebte Musik nur eine Betäubung gewesen, die sie daran gehindert hatte, das Leben, das wirkliche Leben mit beiden Händen anzupacken.

Der entschlossene Ausdruck in ihren Zügen tat seine Wirkung. Christian richtete sich zum Sitzen auf, sein Blick war jetzt unruhig, als schwanke er zwischen Hoffnung und Resignation.

»Mit dem Reichspostdampfer? Woher willst du das Geld für die Überfahrt nehmen? Wohin willst du überhaupt?«

»Nach Afrika.«

»Nach Afrika?«, wiederholte er ungläubig. »Doch nicht etwa nach Ägypten, wo deine Cousine lebt?«

»O nein!«

Sosehr sie sich danach gesehnt hatte, George nahe zu sein – dieser Traum war für immer ausgeträumt. Sie war mittellos, hatte für ihre behinderte Cousine Klara und den hilflosen Christian zu sorgen – in Ägypten würde sie auf Georges Hilfe angewiesen sein. Dazu war sie zu stolz.

»Ich will nach Sansibar. Vielleicht auch nach Daressalam.«

»In die neue Kolonie? Nach Deutsch-Ostafrika? Und was sollen wir dort tun? Ohne einen Pfennig Geld?«

»Das Gleiche, was wir hier im Reich tun würden. Nur wird es einfacher sein. Ich will einen Laden aufmachen und handeln.«

Er kicherte. Es sah merkwürdig aus, kein Laut kam dabei über seine Lippen, nur seine Brust und die Schultern zuckten.

»Du?«

Aus Mitleid verkniff sie sich die boshaften Worte, die ihr auf der Zunge lagen.

»Ja ich. Und ich bin mir sicher, dass es mir gelingen wird.«

Sie war sich keineswegs sicher, aber sie würde alles versuchen, um dieses Ziel zu erreichen. Immerhin machte die Festigkeit, mit der sie diesen Satz sprach, großen Eindruck auf Christian. Er fuhr sich mit beiden Händen durch das gesträubte Kopfhaar und schien sich nun langsam für ihren Plan zu erwärmen.

»Wenn, dann werden wir beide das tun, Charlotte. Ich kenne mich aus, und du weißt nicht einmal, wie man ein Handelsbuch führt …«

Sie schwieg auch jetzt. Wichtig war, dass er endlich wieder Mut fasste und zu Kräften kam. Was später würde, stand in den Sternen. In den hellen, glänzenden Gestirnen des afrikanischen Nachthimmels.

»Zu niemandem ein Wort, Christian«, ermahnte sie ihn. »Weder die Großmutter noch Tante Fanny, noch sonst irgendjemand aus der Verwandtschaft dürfen davon erfahren. Nur Klara weiß Bescheid und Onkel Gerhard, doch der hat versprochen zu schweigen.«

»Es ist eine verrückte Idee, Charlotte …«

»Es ist die einzige Möglichkeit!«

Er versprach ihr, Stillschweigen zu bewahren, zunächst noch ein wenig halbherzig, doch mehr und mehr für diesen Plan entflammt. Am folgenden Morgen fand er sich ordentlich gekleidet und rasiert in der Küche ein, um zu frühstücken, den Tag über lauerte er auf eine Gelegenheit, mit Charlotte allein zu bleiben, um ihr Fragen zu stellen. Weshalb gerade Ostafrika? Weshalb nicht Amerika? Dort sei das Klima angenehm, es würde Land an die Aussiedler verteilt, man könne sogar Gold finden … Ob sie nicht von dem Buschuri-Aufstand in der Zeitung gelesen habe? Die Araber hätten sich an der ostafrikanischen Küste gegen die Deutschen erhoben, es habe Kämpfe und Tote gegeben, Daressalam sei in Schutt und Asche gelegt worden. Nur mit Hilfe der deutschen Kriegsflotte habe man diese elenden Sklavenhändler in ihre Schranken weisen können …

»Das war vor sieben Jahren, Christian. Jetzt herrscht dort Frieden. Die Deutsch-Ostafrikanische Gesellschaft will Plantagen anlegen, das könnte sie nicht tun, wenn es dort Aufstände gäbe!«

Ihre Energie riss ihn mit. Nach dem Weihnachtsfest begann er, von Geldern zu reden, die er in Bremen noch eintreiben könnte, auch wollte er sich nach den Kosten für die Überfahrt erkundigen.

»Wenn du das tust, wird alles auffliegen! Bleib hier im Haus, und sprich mit niemandem. Das musst du mir schwören, Christian!«

Er fügte sich, wenn auch ungern. Eine große Rastlosigkeit hatte ihn erfasst. Charlotte gab Klavierunterricht bei verschiedenen Familien und war ganze Nachmittage unterwegs, Klara hatte Aufträge angenommen und nähte bis spät in die Nacht hinein. In den wenigen freien Momenten zeichnete sie Porträts von der Großmutter und Tante Fanny, von Ettje und Peter Hansen und von deren drei Söhnen. Sie zeichnete das Haus und den Garten, der jetzt von Schnee bedeckt war, den Eingang mit dem leeren Schwalbennest, die Straße, die Menschen, die vorübergingen.

»Übertreib es nicht, Klara!«, warnte Charlotte sie leise, wenn sie ihr über die Schulter sah.

»Ich will, dass wir das alles hier nicht vergessen. Die Bilder werden uns helfen, unsere Heimat auch in der Ferne vor Augen zu haben.«

Den Großteil des Geldes, das sie verdienten, gaben sie für Lebensmittel aus, da sie der Großmutter nicht zumuten konnten, sie durchzufüttern. Einen Teil jedoch behielten sie zurück; es war nicht viel, aber sie mussten die Reise bis Hamburg bezahlen. Charlotte hatte inzwischen ein Schreiben von

Gerhard erhalten und die Preise für die Überfahrt erfahren. Es wurde ihr schwindelig, als sie die Zahlen las; selbst wenn sie in der dritten Klasse reisten, würden sie an die sechshundert Mark benötigen.

»Woher willst du dieses Geld nehmen?«, fragte Christian aufgeregt. »Willst du es stehlen?«

»Ich werde es bekommen!«

Sie traute ihm nicht und schwieg über den Schmuck in ihrem Holzkästchen. Ach, auch das geliebte Kästchen würde sie zurücklassen müssen. Es passte nicht in den Koffer, der zudem mit Kleidern und Wäsche gefüllt werden musste.

Zwei Tage später entschloss sich Christian, auf dem Markt Kisten zu schleppen, er kehrte vor den Läden, putzte Fenster und verkaufte seinen guten Anzug samt Hut bei einem Trödler.

»Ich will nicht faulenzen, wenn ihr beide arbeitet«, sagte er beschämt und gab Charlotte die Summe, die er verdient hatte.

»Ach, Christian!«

Was für eine Überwindung musste ihn das gekostet haben, hier in Leer, wo jeder ihn kannte! Wie viel Spott, wie viele hämische Blicke mussten ihn getroffen haben! Nein, er war doch kein Feigling. Plötzlich war die Rührung wieder da, sie legte die Arme um ihn und war froh, ihn nicht im Stich gelassen zu haben.

In der Nacht vor ihrer Abreise schrieb sie einen zärtlichen Brief an die Großmutter, dankte ihr für die Fürsorge, bat um Verzeihung und versprach, so bald wie möglich Post zu senden. All die kleinen Dinge, die von der Versteigerung übrig geblieben waren und die inzwischen zum Haushalt gehörten, schenkte sie Ettje, nur das Klavier sollte Gerhard gehören, so wie es der Großvater einst gewollt hatte.

Keiner von ihnen fand Schlaf in dieser Nacht; alle drei wälzten sie sich auf ihrem Lager herum und erhoben sich noch vor Morgengrauen, leise, vor Kälte und Aufregung zitternd. Die Gaslaternen halfen ihnen, den kurzen Weg zum Bahnhof zu finden, dort warteten nur wenige Menschen auf den Zug nach Emden, graue, verfrorene Gestalten, die von ihnen kaum Notiz nahmen.

Niemand hinderte sie daran, die Stadt zu verlassen, Leer glitt als schwarzer Schemen an den Zugfenstern vorbei, vor ihnen lag das Abenteuer eines neuen Anfangs.

Teil II

März 1896

Gleißend spielte die Sonne auf den Meereswellen, ließ sie hellblau und türkis aufleuchten und bestreute sie mit blitzenden Fünkchen. Charlotte beschattete die Augen mit beiden Händen, um sich vor den glitzernden Lichtreflexen zu schützen, dennoch vermochte sie den Blick nicht abzuwenden. Seit sie in Hamburg in See gestochen waren, nahm sie jede Möglichkeit wahr, auf dem Vorderdeck des Dampfers zu stehen, aufs Meer hinauszuschauen, zu spüren, wie der Wind an ihrer Kleidung riss, und den Atem des Meeres in sich aufzunehmen, der ihr so seltsam vertraut war.

»Heute haben wir's gemütlich«, sagte eine Männerstimme neben ihr. »Nicht so wie letzte Woche, als der Sturm Sie fast weggepustet hat, junge Frau!«

Es war einer der Heizer, ein kräftiger, junger Bursche aus Bremen, der ebenso wie seine Kameraden hin und wieder auf dem Vorderdeck auftauchte, um sich von der schweißtreibenden Arbeit zu erholen. Er hatte zugesehen, wie die Matrosen Charlotte während eines Sturms im Atlantik energisch unter Deck schicken mussten, hatte sie doch ernsthaft vorgehabt, sich an die Reling zu klammern und das grandiose Naturschauspiel dort draußen zu beobachten.

»Der hätte mich ganz sicher nicht weggepustet«, versetzte sie schmunzelnd. »Ich habe gute Seebeine.«

»Auf jeden Fall war's besser so!«, versetzte der Heizer gleichmütig. »Die Brecher schlugen verdammt hoch.«

Sie hatte keine Angst. Auch wenn das Meer stürmisch war

und seine grauen Wogen das Schiff auf- und niederwarfen, hatte sie keine Sekunde gefürchtet, das nasse Element könne sie verschlingen. Stattdessen hatte sie fasziniert das zornige Pulsieren der Tiefe gespürt, das die Wogen emporwachsen ließ und sie über den Ozean jagte, und sie hatte begriffen, dass dort unten auf dem Grund des Wassers das Herz des Meeres schlug.

»Wo sind wir jetzt?«

Er hatte die Augen zu schmalen Schlitzen zusammengekniffen und schützte sie jetzt zusätzlich mit der Hand, während er nach Süden spähte. Gestern hatten sie die Straße von Gibraltar passiert und Tarifa gesehen mit der vorgelagerten Insel Las Palomas – helles Felsgestein, die Umrisse des weißen Leuchtturms von kobaltblauem Wasser umgeben. Dann hatte die Abendsonne alles rötlich gefärbt, und das Land in der Ferne schien zu brennen. Von der afrikanischen Küste, nach der sie sich voller Sehnsucht die Augen ausschaute, war nur ein dunkler, unregelmäßiger Streif zu erkennen gewesen, von Nebeln halb verborgen, die später zu rostrotem Dunst wurden.

»Da drüben liegt Marokko«, murmelte der Mann. »Ist zu weit weg, um es sehen zu können. Die nächsten Tage sind wir auf offener See, da stoßen wir höchstens auf ein paar Inseln. Aber in Neapel liegen wir ein paar Tage fest, laden Kohle und Proviant und nehmen auch die Post an Bord. Dort sollten Sie an Land gehen und sich umschauen.«

Neapel! Sie hatte so viel darüber gelesen, über die fruchtbaren Hänge, auf denen Oliven und Weinstöcke wuchsen, den grandiosen, feuerspeienden Vesuv, das stahlblaue Meer, das in den Buchten weiße Felsen umspülte. Vielleicht würden sie einen kleinen Rundgang am Hafen machen, mehr konnte Klara nicht schaffen. Um einen Wagen zu mieten und Stadt und Umgebung zu erkunden, brauchte man Geld.

»Nun sehen Sie sich den Burschen an! Er folgt uns schon seit Tagen, hat wohl einen Narren an uns gefressen!«

Blinzelnd schaute sie in Richtung seines ausgestreckten Arms nach oben, wo man die großen Hebekräne des Schiffes sah, vom Rauch des Schornsteins umweht. Hoch über ihnen am blauen Himmel sah man den Umriss eines großen Seevogels, der mit ausgebreiteten Schwingen scheinbar reglos über ihnen stand. In Landnähe hatten sich hin und wieder ein paar Möwen zu ihm gesellt – lästige Gesellen, die ihn feindselig umkreisten, seinen ruhigen Flug stören wollten. Doch er hatte die frechen Plagegeister ignoriert und seinen Weg unbeirrt fortgesetzt, als gäbe es zwischen ihm, dem freien Herrn der Lüfte, und dem rauchenden, stampfenden Schiff tief unter ihm eine geheime Verbindung.

»Na, dann will ich mal wieder«, sagte der Heizer und ließ die Reling los. »Passen Sie auf, dass Sie nicht über Bord fallen, junge Frau. Wäre schade um Sie.«

Sie lachte und band sich das Tuch fester, mit dem sie ihr Haar vor dem Wind schützte.

»Alles Gute. Sorgen Sie dafür, dass wir vorankommen.«

»Das tun wir wohl!«

Er bewegte sich breitbeinig über das Deck, wo einige Passagiere der dritten Klasse auf den Schiffsplanken saßen, um sich zu sonnen. Unten im Heizraum musste es die pure Hölle sein, das hatte er so zwar nicht gesagt, aber Charlotte hatte es seinen wenigen Andeutungen entnommen. Pausenlos wurde das rot glühende Drachenmaul der Maschine gefüttert, die Männer arbeiteten in Schichten, schaufelten die Kohle in stickiger Luft und brennender Hitze bis zur Erschöpfung.

Sie hatte das ständige Schlagen und Stampfen der Maschine, das selbst nachts nicht aufhörte, zuerst als beängstigend empfunden, denn die Passagiere der dritten Klasse waren unter dem Vorderdeck untergebracht, nicht weit vom Maschinenraum entfernt. Doch inzwischen hatte sie sich entschlossen, diese gewaltige, beharrlich arbeitende Kraft als ihre

Verbündete zu sehen. Anders als ein Segelschiff, das die Meereswinde nutzen musste, zog der Dampfer schnurgerade seine Bahn durch die Wellen, steuerte ohne Umwege sein Ziel an und brauchte keine Flauten zu fürchten. Dieses lärmende, feurige Höllenwerk im Bauch des Schiffes trug sie ihrem Ziel entgegen – es war eine gute, eine verlässliche Kraft.

Sie nahm noch einmal den Anblick des blitzenden, kobaltblauen Meeres in sich auf, sog tief die kühle Meeresbrise in ihre Lungen, dann stieß sie sich seufzend von der Reling ab und wandte sich der von einem Holzgeländer umrandeten Luke zu, durch die man hinunter ins Zwischendeck stieg. Sie musste nach Klara und Christian sehen, die beide trotz des schönen, sonnigen Wetters bisher nicht auf Deck erschienen waren.

Die wiedererwachte Zuneigung zu ihrem Mann, ihre Rührung über seine Versuche, über sich selbst hinauszuwachsen und Geld für die Reise zu verdienen, hatten nicht lange angehalten. Schon bald nach ihrer Ankunft in Hamburg, als ihr Onkel Gerhard sie in seine enge Zweizimmerwohnung führte, waren heftige Streitigkeiten ausgebrochen. Christian war zornig geworden, als er den Schmuck sah, nahm ihr übel, dass sie ihm diesen Schatz verheimlicht hatte. Noch schlimmer wurde es, als sie darauf bestand, die Schmuckstücke allein und ohne seine Begleitung zu verkaufen, denn er war davon überzeugt, dass sie in ihrer Unerfahrenheit betrogen wurde. Den Erlös, den sie schließlich nach vielen misslungenen Versuchen und beharrlichem Feilschen erzielte, bezeichnete er als lächerlich, sie habe nur einen Bruchteil des wirklichen Wertes erhalten und sich kräftig übers Ohr hauen lassen. Wäre nicht Klara bei ihnen gewesen, die immer wieder besänftigte und vermittelte, dann hätte Charlotte ihre Zunge nicht länger im Zaum halten können und Dinge gesagt, die ihr später leidgetan hätten. Auch Gerhard, der sich rührend um sie kümmerte, fand keine Gnade vor Christians Augen. Was dieser Mensch wohl treibe? Wie er in solch einer verkommenen Bleibe in Hafennähe überhaupt leben könne? Mit all diesem merkwürdigen Zeug in der Wohnung.

Charlotte hatte bisher keine Ahnung gehabt, womit ihr Onkel seinen Lebensunterhalt verdiente, und sie zweifelte daran, dass überhaupt jemand in der Familie Genaueres darüber wusste, auch die Großeltern hatten stets nur vage Andeutungen gemacht. Onkel Gerhard war Musiker, es gab einige Geigen und eine Laute in seiner Wohnung, aber auch eine Trompete, mehrere Flöten und eine Trommel. Dazu hingen überall seltsam bunte Gewänder herum, lange Seidenstrümpfe, Schuhe aus glänzendem Leder und allerlei Flitterkram, der an Theater oder Zirkus denken ließ. Christian behauptete abschätzig, Gerhard sei ein Vagabund und Straßensänger, vielleicht auch einer dieser geschminkten Artisten, die in kleinen Theatern oder Varietés auftraten, zusammen mit Tänzerinnen, zahmen Löwen oder dressierten Pudeln.

Vielleicht hatte er sogar recht, denn während der wenigen Tage, die sie dort wohnten, packte Gerhard jeden Nachmittag allerlei Kleider und Instrumente ein, um damit zu verschwinden, und meist kam er erst spät in der Nacht zurück.

Dennoch war er ein gütiger Mensch, ohne seine Hilfe hätten sie diese Reise niemals antreten können. Er hatte drei Fahrkarten für den Reichspostdampfer *Bundesrath* für sie vorbestellt und angezahlt, versorgte sie mit Lebensmitteln und teilte seine enge Bleibe mit ihnen. Er wollte auch die Anzahlung nicht zurückhaben, schließlich habe ihm Charlotte das Klavier geschenkt. Sie versprach ihm, die Schulden abzuzahlen, sobald sie in ihrer neuen Heimat Fuß gefasst hatten. Die übrig gebliebene Summe war nicht groß, aber sie musste reichen, um sich damit eine bescheidene Existenz aufzubauen.

Noch während sie die Treppe hinabstieg, vernahm sie Christians Stimme – er schien sich angeregt mit einigen Mitreisenden zu unterhalten.

»Mkwawa – nie gehört. Wer soll das sein? Ein Neger?«

Ein leises, höhnisches Lachen war zu hören.

»Sie sollten diese Kerle nicht unterschätzen. Mkwawa und seine Leute haben vor einigen Jahren über dreihundert Askari samt den deutschen Offizieren niedergemacht. In zehn Minuten waren sie alle hin. Auch der deutsche Befehlshaber – Zelewski hieß er, die arme Sau.«

»Großer Gott! Und hat man diesen Mkwawa inzwischen gefasst?«

»Der treibt dort immer noch sein Unwesen. Mich brächten jedenfalls keine zehn Pferde nach Deutsch-Ost.«

Das Gespräch erstarb, als sie unten angekommen war. Die beiden Männer, mit denen Christian am Tisch saß, waren sehr jung, vermutlich erst knapp über zwanzig, doch in ihren Gesichtern lag jener unwägbare Ausdruck eines Menschen, der gelernt hatte, sich auf jede erdenkliche Weise durchzuschlagen. Angeblich wollten sie bis ins portugiesische Mosambik fahren und von dort aus weiter nach Südafrika gelangen, wo einer der beiden einen Onkel hatte. Sie starrten Charlotte mit unverhohlener Begierde an. Es gab nicht viele Frauen an Bord; in der dritten Klasse fuhr außer ihr und Klara nur noch ein einziger weiblicher Passagier mit, eine nicht mehr ganz junge Person, die einen sehr offenen Umgang mit den männlichen Mitreisenden pflegte.

»Weshalb gehst du nicht hinauf an Deck?«, fragte sie Christian. »Die Sonne und die frische Brise werden dir guttun.«

»Ich kann das verdammte Wasser nicht mehr sehen.«

Die drei Männer lachten und schienen das für einen guten Witz zu halten. Der tatsächliche Grund war wohl ein anderer: Christian litt darunter, dass den Passagieren der dritten Klasse nur das Vorderdeck zur Verfügung stand, wo auch Heizer und

Matrosen herumliefen, während das Oberdeck den Reisenden der ersten und zweiten Klasse vorbehalten war. Diese schönen, weiß gestrichenen Aufbauten mit den hübschen Fenstern und den überdachten Seitendecks erhoben sich wie eine Festung über dem Vorderdeck, doch es war ihnen nicht einmal gestattet, die Treppen hinaufzusteigen, um sich dort umzusehen. Die hell gekleideten Herren und wenigen Damen, die dort oben promenierten, wünschten nicht, mit den Passagieren der dritten Klasse in Berührung zu kommen.

»Dann werde ich halt mit Klara hinaufgehen.«

Er gab keine Antwort, vermutlich hatte er wenig Lust, der Schwägerin die Treppe hinaufzuhelfen und sie auf dem schwankenden Deck zu stützen. Diese Fürsorge überließ er gern Charlotte. Immerhin ging es ihm jetzt, da die See ruhiger war, beträchtlich besser. Die Euphorie der ersten Reisetage, als er heilfroh war, nicht kurz vor der Abfahrt in Hamburg noch aufgespürt und arretiert worden zu sein, hatte ziemlich bald tiefster Verzweiflung Platz machen müssen. Im Gegensatz zu Charlotte und Klara litt Christian unter der Seekrankheit, sobald das Meer unruhig wurde, lag er sterbenskrank in seiner Koje und erbrach sich. Charlotte hatte sich liebevoll um ihn gekümmert, was bei heftigem Seegang nicht einfach war. Nur der Tisch war am Boden festgeschraubt, Stühle, Gefäße und andere Gegenstände rutschten gefährlich rasch von einer Seite des Zwischendecks auf die andere, und die Männer in den oberen Kojen mussten aufpassen, nicht herausgeschleudert zu werden.

Man hatte den hinteren Teil des Zwischendecks mit einer beweglichen Holzwand abgeteilt, dort befanden sich die Schlafkojen der Frauen. Der Frauenbereich war so eng, dass noch nicht einmal ein Tisch hineingepasst hätte. Auch hier gab es Stockbetten, aus hartem Holz gefertigt und ohne Matratze, dafür waren jedem Reisenden zwei Decken zur Verfügung gestellt worden. Klara und Charlotte teilten sich eine Schlafkoje, die andere war von ihrer Mitreisenden besetzt, die im oberen Bett ihre Kleider ausgebreitet hatte. Sarah William besaß zahlreiche Kleidungsstücke, die sie immer anders miteinander kombinierte, zudem eine Auswahl von auffälligen Hüten, die in Farbe und Form niemals zu ihren Kleidern passen wollten. Sie zeigte sich gern in immer neuen Aufmachungen an Deck, was Charlotte und Klara etwas verwunderte, denn Sarah war zu ihrem Verlobten, der bei einer Hamburger Land- und Plantagengesellschaft tätig war, nach Daressalam unterwegs. Von diesem seltsamen Gebaren abgesehen, hatte sich Sarah jedoch als hilfsbereite und tatkräftige Person erwiesen, besonders die schüchterne Klara hatte es ihr angetan. Sarah hatte sich von ihr porträtieren lassen und war über das Ergebnis so begeistert, dass sie Klara Geld für das Bild bot. Zu Charlottes Ärger lehnte Klara jedoch ab und schenkte ihr das Porträt. Sarah bedankte sich, indem sie Klara einen ihrer Hüte verehrte.

Charlotte fand Klara auf dem Rand ihrer Koje sitzend, wo sie im trüben Licht des winzigen Bullauges eine von Christians Jacken flickte.

»Du wirst dir noch die Augen verderben! Hinauf mit dir an die Sonne!«

Es brauchte ein wenig Überredungskunst, da Klara sich scheute, an Deck zu steigen. Dabei hatte Charlotte ihr immer wieder erklärt, dass man ihre Behinderung dort oben kaum bemerken würde; sie sei nicht die Einzige, die bei dem ständigen Schwanken des Schiffes unsicher daherging.

»Ich bin dir eine ziemliche Last, nicht wahr? Vielleicht hätte ich besser in Leer bleiben sollen …«

»Ohne dich wäre ich niemals fortgereist, Klara. Wir beide gehören zusammen, das weißt du.«

Klara lächelte schwach. Ja, sie beide gehörten zusammen,

seit vielen Jahren war das nie anders gewesen. Doch im Gegensatz zu Charlotte, die voller Begeisterung in all das Neue eintauchte, das sie täglich erfuhren, sehnte sich Klara zurück nach dem Haus der Großeltern, der engen Schlafkammer, dem kleinen Garten und all jenen Dingen, die ihr bisher ein sicheres Refugium gewesen waren. Was sollte aus ihr werden in dem fremden Land, wenn sie noch nicht einmal allein eine Treppe hinaufsteigen konnte?

»Nun komm schon. Es ist kaum Seegang, es wird dir leichtfallen.«

Charlotte nahm eine der Decken über den Arm und hakte Klara unter, während sie durch den Männerbereich zur Treppe gingen. Wieso stellte sie sich so an? Klaras ungleichmäßiger Gang war kaum zu bemerken, erst auf der Treppe begann sie zu stolpern, und oben an Deck musste Charlotte sie gut festhalten, da sie bedenklich ins Schwanken geriet.

»Mein Gott, was für ein Licht!«, flüsterte Klara und schloss die Augen. »Es ist unfassbar hell, man ist ganz geblendet davon.«

»Warte nur, bis wir in Neapel sind, dann wirst du Farben sehen, noch schöner als an der spanischen und portugiesischen Küste. Und in Afrika erst …«, schwärmte Charlotte. Bei sich dachte sie: Wenn ich erst einmal weiß, wovon wir leben, werde ich ihr Wasserfarben kaufen, das wird sie glücklich machen …«

Die wenigen Liegestühle waren alle besetzt, aber Klara hätte eine so wacklige Sitzgelegenheit sowieso nicht benutzen können. Charlotte suchte eine windgeschützte Ecke, breitete die Decke auf den Deckplanken aus und half ihrer Cousine, sich darauf niederzulassen. Nicht weit von ihnen hatte sich auch Sarah gelagert, umringt von einigen Mitreisenden. Es ging lebhaft zu, eine Flasche kreiste, und Sarahs Lachen wurde immer häufiger von hellen Kieksern unterbrochen. Matrosen, die auf Deck zu tun hatten, riefen ihr im Vorüberlaufen ein paar Worte zu, doch sie mussten sich vorsehen: Der Maat hatte ein wachsames Auge auf sie. Charlotte war froh, dass die Schiffsmaschine so laut dröhnte, dass sie die Sätze nicht verstehen konnte.

Als Christian endlich an Deck erschien, hatte sich der Himmel bereits wieder bezogen; ein frischer Wind wühlte das Meer auf, das nun plötzlich grau und feindselig erschien. Weißliche Gischtschleier spritzten seitlich des Schiffes empor, noch waren sie harmlos und hübsch anzusehen, ganz anders als in der Nordsee. Da schlugen sie mit gefährlicher Wucht über das Deck, und das Seewasser lief sogar die Treppe hinunter ins Zwischendeck. Missmutig setzte sich Christian neben Charlotte auf die Decke, die unruhiger werdenden Schiffsbewegungen bekamen ihm schlecht, und seine Stimmung war düster.

»Schau ihn dir an, den hochwohlgeborenen Herrn dort oben«, lästerte er und deutete ungeniert mit dem Finger zum Oberdeck hinauf. »Seit Tagen steht er am Geländer und glotzt zu uns herunter, als wären wir eine Horde Affen im Tierpark.«

Auch Charlotte hatte diesen Mann schon öfter bemerkt. Er trug einen hellen Tropenanzug wie viele Passagiere, die in der ersten und zweiten Klasse reisten, doch er ging immer ohne Hut. Sein Gesicht war von der Sonne gebräunt, und er trug einen kleinen Oberlippenbart, sein welliges, blondes Haar flatterte im Wind. Seltsam an ihm war nur, dass er immer allein dort oben stand, vermutlich war er ein Mensch, der sich nicht so rasch an andere Mitreisende anschloss.

»Wie kommst du darauf, dass er uns beobachtet? Er sieht aufs Meer hinaus, das ist alles.«

Christian hatte ihren Einwand gar nicht vernommen, er war viel zu sehr damit beschäftigt, seinem Ärger über die Zurücksetzung Luft zu machen.

»Eine Kabine mit Waschbecken und Fenster, Raucherzimmer, Speisesaal, Salon mit Sofas und Polstersesseln. Was für ein Luxus! Etliche von ihnen schleppen ganze Waffensammlungen mit sich herum, auf Löwenjagd wollen sie gehen, Elefanten und Nashörner schießen. Eingebildete Nichtstuer! Sogar ihre Bediensteten haben Kabinen in der zweiten Klasse.«

Charlotte ließ ihn reden. Auch sie hatte die reiche Ausstattung der ersten Klasse in den Prospekten bewundert, doch sie vermisste den Luxus nicht. Jahrelang hatte sie sich eine winzige Schlafkammer mit Klara, Ettje und Tante Fanny geteilt, sie war an Einschränkungen gewöhnt.

»Noch ein paar Wochen, dann wird alles anders werden!«

Die Wellen schienen das Schiff jetzt von allen Seiten anzugreifen, es schlingerte bedenklich, man hörte die Maschine ächzen und stampfen. Christian wurde aschfahl im Gesicht.

»Großartig wird es werden«, versetzte er zynisch. »Wenn wir jemals in Daressalam ankommen, werden die deutschen Behörden mich einsperren und zurück ins Reich expedieren. So wird es ausgehen!«

»Weshalb sollten sie das tun? Niemand dort weiß etwas von deinen Schulden. Und außerdem müssten sie dann ja die Kosten für deine Heimreise übernehmen!«

Er machte eine abschätzige Handbewegung und erhob sich schwerfällig, um so rasch wie möglich wieder hinunter in seine Koje zu gelangen. Auch Klara wollte nun doch lieber wieder nach unten, sie fröstelte, und dann musste sie ja doch Christians Jacke flicken …

»Ich tauge nun einmal nicht für eine Seereise, Charlotte. Besser du lässt mich unten, dann musst du dir nicht immer solche Mühe machen …«

»Das macht mir keine Mühe!«, widersprach Charlotte ärgerlich und machte Anstalten, Klara auf die Füße zu helfen.

Sorgte sie nicht ständig für die beiden? Versuchte sie nicht ihr Möglichstes, um sie aufzuheitern, ihnen Mut zu machen? Meine Güte, sie tat alles, was in ihrer Macht stand, um Klara und Christian in ein neues, freies, glückliches Leben zu führen, aber anstatt dass sie ihr dafür dankbar waren, machten sie ihr mit ihrem unablässigen Genörgel zu schaffen.

Schnurgerade zog sich der blaue Streifen des Kanals durch den Wüstensand, schmal, gerandet von flachen, rötlich-gelben Ufern. Nur hier und da fand das Auge Halt an ein wenig Grün, Palmen und Gebüsch wuchsen aus dem staubigen Boden, Ziegen grasten, graue Kamele standen mit zusammengebundenen Vorderbeinen und nagten an dornigem Gestrüpp. Dort war eine Oase mit niedrigen, weißen Gebäuden, Frauen in langen, dunklen Gewändern trugen Lasten auf den Köpfen. Auf einem Sandhügel standen drei schwarzhäutige Knaben, blickten sehnsüchtig zu dem träge vorüberziehenden Dampfschiff hinüber und winkten aus Leibeskräften.

»Wie man bei dieser brütenden Hitze so herumhampeln kann«, sagte Christian, der neben Charlotte an der Reling stand und sich mit dem Taschentuch den Schweiß abwischte.

»Sie sind daran gewöhnt«, gab sie müde zurück.

Sie hätte gern die Hand gehoben, um den fröhlichen kleinen Kerlen zurückzuwinken, doch sie war zu matt dazu. Gewiss lag das an der Hitze, selbst der schwache Fahrtwind brachte keine Erfrischung. Auch der schöne Seevogel, der das Schiff so viele Tage begleitet hatte, war über Nacht verschwunden, er war zurück in seine Heimat geflogen, ins Mittelmeer; vielleicht hatte er sich jetzt ein anderes Schiff ausgesucht, dem er folgte.

Es gab keine Morgen- und Abendstunden mehr. Innerhalb kürzester Zeit brach das Licht des Tages aus der Nacht hervor, und wenn der Tag in die Dunkelheit zurückstürzte, färbte der gelb glühende Sonnenball die Landschaft für wenige Minuten mit tiefem, brennendem Rot. Der Dampfer hatte in Port Said einen Tag festgemacht, Kohle, Post und neue Passagiere waren an Bord genommen worden, nun durchfuhr man bei brütender Hitze den schmalen, glatten Kanal. Im Westen, dort, wo die Sonne allabendlich ihr flammendes Schauspiel entzündete, weit hinter den flachen Sandhügeln, über die manchmal die filigrane Form einer Palme ragte, dort in der dunstigen Ferne lag die Stadt Kairo. Nur zwei Tagesreisen entfernt und doch unerreichbar. George hatte keine Ahnung, dass sie hier vorüberfuhren.

Christian legte den Arm um seine Frau. Seitdem die Stürme des Mittelmeeres hinter ihnen lagen, hatte sich seine Stimmung wieder gehoben, er behandelte Charlotte mit Zärtlichkeit, hatte sie sogar für die »dummen, unnötigen Streitereien« um Verzeihung gebeten. Auch nutzte er jede Gelegenheit, sie zu berühren, denn nach langer Abstinenz war wieder das Verlangen nach ihrem Körper in ihm erwacht.

»Bitte nicht, Christian. Es ist so heiß …«

Tatsächlich empfand sie seinen Arm wie eine drückende Last auf ihren Schultern. Zudem war die Berührung ihr peinlich. In Port Said hatte sich das Vorderdeck mit zahlreichen neuen Mitreisenden gefüllt, orientalisch gekleidete Farbige verschiedener Hautschattierungen, die sich mit ihren Bündeln und Lasten auf Liegestühlen und Deckplanken eingerichtet hatten. Nur wenige von ihnen benutzten die Kojen im Zwischendeck, wo man wegen des Maschinenlärms, der Hitze und der stickigen Luft kaum Schlaf fand. Die meisten verbrachten die Nächte in Decken eingewickelt unter freiem Himmel.

Christian zog seufzend den Arm zurück, konnte es aber nicht lassen, dabei mit der Hand spielerisch über ihren bloßen Nacken zu gleiten. Eines der kleinen Löckchen blieb an seinem Finger hängen, und Charlotte zuckte zusammen, als er ungeschickt daran riss.

»Entschuldige, mein Herz. Das geschah nicht mit Absicht.«

»Schon gut …«

»Es ist wirklich sehr heiß. Und die Landschaft ist auch nicht gerade abwechslungsreich. Kein Wunder, dass du so bedrückt bist, mein Liebes …«

»Ich bin nur ein wenig müde.«

Kleine Fischerboote wurden in Ufernähe gerudert, das Segel zu setzen machte heute wenig Sinn, denn es herrschte Flaute. Hinter ihnen hatte sich ein Streit zwischen den neuen Mitreisenden erhoben; sie hörten die rasche, aufgeregte Rede einer Frau, die die anderen übertönte. Die Worte klangen abgerissen, überstürzten sich, Laute kamen darin vor, die sie noch nie zuvor vernommen hatten.

Christian lüftete für einen Moment seinen Hut, setzte ihn jedoch gleich wieder auf, als fürchte er, sich ohne Kopfbedeckung einen Sonnenstich einzuhandeln. Charlotte hatte versäumt, einen seiner hübschen, leichten Strohhüte vor der Versteigerung zu retten, es war ärgerlich, doch er machte ihr deshalb keinen Vorwurf. Trotz der Hitze trug er beharrlich seinen dunklen Anzug, den Klara ihm enger genäht hatte, und den schwarzen Hut gegen die Sonne. Hemdsärmelig herumzulaufen, wie es einige der Mitreisenden der dritten Klasse taten, kam für ihn nicht in Frage. Das einzige Zugeständnis, das er sich erlaubte, war, dass er sich die Weste unter der Jacke ersparte.

»Weißt du, ich habe mir überlegt, dass es purer Unsinn wäre, sich an einem Ort wie Daressalam niederzulassen«, fuhr er fort. »An der Küste sollen tropische Temperaturen herrschen, wahrscheinlich ist die Gegend sogar sumpfig, da kann man leicht Fieber bekommen.«

Sie schwieg, wie immer, wenn er ihr seine Pläne unterbreitete. Vielleicht hatte er ja gar nicht so unrecht, es waren schon viele Europäer am Tropenfieber gestorben, und man wusste, dass die Feuchtgebiete daran schuld waren. Es wurde daher empfohlen, regelmäßig eine kleine Dosis Chinin einzunehmen. Sie würde dieses Medikament besorgen, sobald sie vor Anker gegangen waren; auch wenn es Geld kostete, so schien ihr diese Maßnahme doch wichtiger zu sein als alles andere.

»Wir sollten in die Berge ziehen, Charlotte. Nach Usambara, wo die Deutsch-Ostafrikanische Gesellschaft gerade Plantagen anlegen lässt. Oder zum Kilimandscharo.«

»Zum Kilimandscharo? Wie kommst du denn darauf?«

»Dort soll es Plantagen geben. Sie bauen Bananen an. Oder Kaffee – ich weiß es nicht genau. Auf jeden Fall ist das Klima in den Bergen viel angenehmer und gesünder als an der Küste.«

Kilimandscharo! Es hörte sich so verlockend an, dass sie für einen Moment ihren geheimen Kummer vergaß. Jener gewaltige Berg, der sich aus der Steppe erhob und seinen schneebedeckten Gipfel bis in die Wolken reckte. Ob er in Wirklichkeit ebenso großartig aussah wie auf der Zeichnung, die sie samt dem Kästchen in Leer zurückgelassen hatte? Doch gleich darauf schüttelte sie diese Gedanken ab. Die Zeit der Träume war vorüber. Vielleicht würde sie diesen wundersamen Berg eines Tages mit eigenen Augen sehen. Später. Die Stadt Kairo würde sie gewiss niemals zu sehen bekommen, sie durfte es nicht, sie wollte es nicht. Sie würde George schreiben. Später.

»Um eine Plantage anzulegen, braucht man viel Geld, Christian.«

»Ach Unsinn, Charlotte! Was ist los mit dir? Ich erkenne dich ja kaum wieder. Noch in Hamburg warst du voller Zuversicht, und jetzt redest du nur immer von dem Geld, das wir nicht haben.«

»Aber es ist so«, beharrte sie, bemüht, auch seine Träume frühzeitig zu zerstören. »Man benötigt mehrere tausend Mark, und das nur für den Anfang.«

Er wollte es nicht einsehen, argumentierte hartnäckig, dass die Ostafrikanische Gesellschaft gewiss froh um jeden Deutschen sei, der sich in der Kolonie ansiedeln wollte, und ihm das Land fast umsonst geben würde.

»Es geht nicht nur um das Land, Christian. Wir müssten die Arbeiter bezahlen, die die Bäume roden und die Pflanzungen vorbereiten. Wir müssten die Pflanzen kaufen, für die Bewässerung sorgen, Gebäude errichten und was weiß ich noch alles …«

»Ach was! Die Neger arbeiten doch für ein paar Pfennige am Tag. Und Wasser gibt's in den Bergen überall. Du siehst zu schwarz, mein Schatz. Wenn die erste Ernte verkauft ist, sind wir reich und können alle Schulden bezahlen …«

»Vielleicht …«

Sie hielt nicht viel davon. Selbst wenn die Gesellschaft bereit gewesen wäre, ihm einiges Geld vorzustrecken – er war gewiss nicht der Mann, der eine Plantage auf die Beine stellen konnte. Vermutlich glaubte er, auf einem bequemen Stuhl im Schatten sitzen und kühle Getränke schlürfen zu können, während die Schwarzen draußen in den Pflanzungen die Arbeiten erledigten. Sie verstanden doch beide nichts von der Landwirtschaft, sie waren Händler.

»Du wirst schon sehen, Charlotte«, meinte er lächelnd und schob sacht den Arm um ihre Taille, um sie näher zu sich heranzuziehen. »Es wird alles viel leichter sein, als du glaubst. Wir fangen ganz neu an, wir beide zusammen, Seite an Seite. Und dieses Mal werde ich dich nicht enttäuschen!«

Sie ertrug seine Annäherung, wollte ihn nicht erneut zurückweisen. Möglich, dass er es ernst meinte. Ja, ganz sicher war es ihm ernst. Aber ebenso sicher war auch, dass sie sich nicht auf ihn verlassen konnte. Mit dem wenigen Geld, das sie gerettet hatte, wollte sie tun, was sie selbst für richtig hielt.

Mitte April hatten sie den Hafen von Aden verlassen, einen öden Ort, von schwarzgrauem Fels umschlossen, wo nur wenige, gelbliche Häuser in flirrender Hitze ausharrten. Kein Baum, kein Strauch, nichts als kahles, zerklüftetes Gebirge, schwarz, von stahlblauen Wellen umspült, grandios wie eine Landschaft vor Anbeginn der Welt und zugleich beängstigend und feindselig.

In der Nacht, als der Dampfer im Hafen von Aden lag, hatte Charlotte kein Auge zugetan. Zum ersten Mal auf dieser Reise empfand sie tiefe Zweifel an dem, was sie beschlossen und so energisch in die Tat umgesetzt hatte. Die Natur neigte sich nicht überall dem Menschen zu, um ihn zu nähren und zu kleiden. In diesem feindseligen, schwarzen Fels, der die Sonnenglut des Tages in sich aufgesogen hatte, gab es keine Chance auf Leben. Dort wartete der Tod, dem George in der Wüste so fasziniert ins Auge gesehen hatte und dem er nur mit knapper Not entgangen war. Sie war nicht George, sie suchte nicht die Grenzen des menschlichen Daseins, sie wollte einen Ort finden, an dem sie leben konnte, ein Haus, einen grünen Palmenhain, ein Fenster, das aufs Meer hinausging. Und das Gleiche wollte sie für Klara und Christian. War das denn zu viel verlangt? Hatte sie leichtfertig gehandelt? Was würde aus ihnen werden, sollte es ihr nicht gelingen, in der Fremde ihr Auskommen zu finden?

Tage später, als der Dampfer an der afrikanischen Ostküste entlangfuhr, waren all ihre Ängste verflogen. Begeisterung herrschte an Bord, sie stand zwischen Christian und Klara an der Reling, eingeklemmt zwischen den schwatzenden, gestikulierenden, lachenden Passagieren jeglicher Hautfarbe und starrte voller Entzücken auf die vorüberziehenden Ufer.

Palmen und Akazien reckten sich dort gegen den tiefblauen Himmel, die filigranen Zweige, sacht vom Wind bewegt, bildeten dichte, grüne Haine, sprachen vom Zauber eines fruchtbaren Küstenlandes. Zum Strand hin fiel das Land in einer steilen Böschung ab, doch auch dieser Abhang zeigte sich nur hier und da als dunkles Riffgestein, viel öfter war er von dichter grüner Vegetation bewachsen. Sanft leckten die Meereswellen den weißen Strand, wo kleine Fischerboote im Sand lagen und schwarze Kinder im seichten Wasser spielten. Ab und zu waren erwachsene Männer in langen, hellen Gewändern mit fremdartigen Kopfbedeckungen zu sehen, die dort irgendetwas vom Boden aufsammelten.

Auch auf dem Oberdeck hatten sich die Reisenden an der Reling versammelt, man konnte sehen, dass sie Sektgläser in den Händen hielten und miteinander anstießen. Welchen Toast sie ausgebracht hatten, war wegen des Dröhnens der Maschine nicht zu hören, doch es war nicht schwer zu erraten.

»Tanga! Tanga!«

Der Name des Küstenortes schwirrte über das Vorderdeck. Auch wenn man sonst kein einziges Wort aus den Gesprächen der farbigen Mitreisenden verstand – dort, bei der weit ins türkise Meer hinausragenden Landzunge, fast verborgen zwischen üppig wuchernden Tropenpflanzen, musste der Hafen von Tanga liegen. Sie hatten die Küste der Deutschen Kolonie erreicht – deshalb brachte man dort oben ein Hoch auf Kaiser Wilhelm aus, auf die Deutsche Kolonie Ostafrika und auf Herrn Wissmann, der den Araberaufstand vor ein paar Jahren so glorreich niedergeschlagen hatte.

»Schau doch nur!«, rief Christian, der, von der allgemeinen Begeisterung angesteckt, seinen Hut schwenkte. »Man kann das Usambara-Gebirge sehen. Dort werden wir bald eine Plantage haben, mein Schatz!«

Sie lachte über seinen Eifer, der doch so unsinnig war, aber in ihrer glücklichen Stimmung sah sie darüber hinweg. Vielleicht würden sie ja tatsächlich irgendwann in diesen Bergen ihre Heimat finden, die man von hier aus nur als bläuliche Hügel weit im Inland sehen konnte. Vorläufig lockte sie jedoch viel mehr die Küste, das blau und grünlich schimmernde Meer, die kleinen Schiffe mit den weißen und farbigen Segeln, die sich wie große Tropfen im Wind bauschten und die man Dhau nannte. War es nicht jenes Land, von dem sie immer geträumt hatte?

»Es ist schön«, sagte Klara neben ihr so leise, dass sie es im allgemeinen Geschrei kaum verstand.

»Es ist genau so, wie ich es mir vorgestellt habe, Klara!«, gab Charlotte triumphierend zurück und zog die Cousine an sich. »Ein Land aus Wärme und Licht, ein reiches Land, ein unendlich schönes Land. Schau nur die vielen Vögel dort – ich glaube gar, es sind Pelikane.«

Ein Schwarm großer, schwarzweißer Vögel hatte sich aus dem grün bewachsenen Inland erhoben. Sie erschienen ihnen sogar aus der Entfernung gewaltig – wie mussten ihre Schwingen rauschen, wie ihre Schreie klingen!

»Das ist ein gutes Omen«, meinte Klara lächelnd und beschattete die Augen mit der Hand. »Pelikane sollen Glück bringen, das habe ich mal irgendwo gelesen!«

»Glück und Segen!«, rief Charlotte ausgelassen. »Nie wieder graue Dächer und enge Gassen. Nie wieder trübe Nebel und missgünstige Menschen! Wir sind frei. Und wir werden glücklich sein, Klara!«

Lachend warf sie den Kopf zurück, und in diesem Moment erfasste ihr Blick den weiß gekleideten Mann, der abseits der übrigen Passagiere auf dem Oberdeck stand. Wie die anderen hielt auch er ein Sektglas in der Hand, jetzt hob er es übermütig in die Höhe und lächelte zu ihr hinab, als wolle er ihr zutrinken. In ihrer Euphorie winkte sie ihm zu, dann jedoch senkte sie rasch den Kopf und zog das Tuch fester, das sie um ihr Haar geschlungen hatte.

»Du hast das Richtige getan, mein Schatz«, hörte sie Christians Stimme dicht neben sich und spürte, wie er seinen Arm um ihre Taille schob. »Ich habe eine wundervolle, kluge Frau geheiratet. Du hast uns in dieses Paradies geführt, Charlotte. Wie bin ich dir dankbar dafür.«

Er küsste sie sanft auf die Schläfe, eine Zärtlichkeit, die ganz ohne körperliches Begehren war und die sie gerade deshalb zutiefst rührte. Er war stolz auf sie, und er liebte sie. Was konnte sich eine Ehefrau mehr wünschen als die Liebe und Anerkennung ihres Mannes?

Einen Tag später hatten sich die kleinen Wölkchen zu einem bedrohlich dunklen Gewitterhimmel zusammengezogen, und die Küste lag im Dunst herabstürzender Regenmassen. Gewaltig explodierte über ihnen der Donner, übertönte sogar das Dröhnen und Stampfen der Schiffsmaschine, und zu Charlottes großer Verzweiflung zog die geheimnisvolle, lang ersehnte Insel Sansibar als blaugrauer Schemen in weiter Ferne an ihnen vorüber. Ach, sie hatte so gehofft, diese Insel wenigstens im Vorbeifahren betrachten zu können, die Paläste des Sultans zu bestaunen, den Zauber des nach Gewürzen duftenden Orients einzuatmen. Doch alles, was sie beim Ausharren auf Deck davontrug, war ein durchweichtes Kleid und triefend nasses Haar.

»Es ist Regenzeit, meine Liebe«, sagte Sarah William kopfschüttelnd, als Charlotte enttäuscht in den Frauenbereich des Zwischendecks zurückkehrte. »Da treibt man sich nicht draußen herum. Nur gut, dass es hier unten so warm ist, Ihre Sachen werden rasch trocknen.«

Regenzeit – natürlich. Sie würde noch bis Ende Mai andauern, dann begann die Trockenperiode. Das hatte sie irgendwann gelesen, doch bald wieder vergessen. Es regnete – was für ein gesegnetes Land, wenn man an die glühend heiße Wüstenlandschaft Ägyptens oder gar an die Ödnis von Aden dachte.

Als der Dampfer die Einfahrt zum Hafen von Daressalam

durchfuhr, war der Himmel über ihnen dunkel, gleißende Blitze durchzuckten die Wolken. Die Passage durch den breiten, natürlichen Kanal war wegen der Korallenriffe nicht ungefährlich, mehrfach stoppte die Maschine, man hörte die lauten Kommandorufe des Schiffsführers, und es kam den ungeduldig wartenden Reisenden wie eine Ewigkeit vor, bis sich endlich vor ihnen das weite Hafenbecken öffnete. Es war tatsächlich riesig, ringsum von reicher Vegetation bewachsen und durch die vorgelagerten Riffe vor Stürmen geschützt.

»Daressalam – der Hafen des Friedens«, sagte einer der jungen Männer, mit denen Christian seit ihrer Abfahrt aus Hamburg so gern Umgang pflegte.

In diesem Augenblick krachte über ihnen der Donner, und der regenschwangere Himmel entlud sich über Land und Hafenbucht. Oben auf den überdachten Seitendecks störte sich niemand an dem heftigen Tropengewitter, unten auf dem Vorderdeck jedoch rannte alles durcheinander, denn viele der Passagiere hatten schon ihr Gepäck hinausgetragen. Vor allem Sarah schimpfte lauthals und warf die schiffseigenen Decken über ihre Koffer und Hutschachteln, da sie fürchtete, ihre Hüte würden durch die Nässe Schaden nehmen. Charlotte, Christian und Klara drängten sich eng aneinander, als könnten sie auf diese Weise dem heftig herabprasselnden Regen trotzen.

Gemächlich bewegte sich der Dampfer auf die Stadt zu, die sich rechts der Hafeneinfahrt an der Küste ausbreitete. Sie sahen Palmen, die vom Unwetter geschüttelt wurden, dazwischen einige helle, neue Gebäude, nicht ganz so großartig wie der Gouverneurspalast, der schon vom Meer aus sichtbar gewesen war, aber dennoch solide im Vergleich zu den anderen Häusern, die eher einen verwahrlosten Eindruck machten. Aber das mochte an dem dichten Regen liegen, der den Blick und auch die Farben trübte.

»Da ist ein Landungssteg!«, rief Christian. »Ich glaube, wir halten genau darauf zu.«

»Gott sei Dank«, murmelte Charlotte.

Doch ihre Hoffnung wurde enttäuscht. Der Dampfer bewegte sich zwar auf den Landungssteg zu, legte jedoch nicht dort an, sondern stoppte die Maschine in einiger Entfernung und ging vor Anker. Es sah ganz so aus, als müssten die Passagiere mit Booten zum Steg gebracht werden.

Klara schwieg, doch Charlotte sah ihr die aufsteigende Panik an. Wie sollte ihre Cousine, die sogar auf einer normalen Treppe Schwierigkeiten hatte, über die schmale, nur von zwei Handläufen gesicherte Gangway hinunter in das schwankende Boot gelangen?

»Wir gehen miteinander, Klara. Du hakst dich bei mir unter und hältst dich mit der anderen Hand am Handlauf fest!«

Vorerst geschah nichts, man wartete den tropischen Regenguss ab, der bekanntermaßen nie allzu lange andauerte. Als sich die Regenwolken verzogen hatten und die Feuchtigkeit in der Sonnenhitze als feiner Dunst emporstieg, begannen die Vorbereitungen für den Landgang. Jetzt, da die große Maschine nicht mehr dröhnte, vernahm man andere Geräusche, hörte das Gluckern und Plätschern der Wellen, die Befehle an die Matrosen, sogar die Anweisungen, die oben im Bereich der ersten und zweiten Klasse an die Bediensteten gerichtet waren.

»Schau, das Wasser im Hafen ist ganz ruhig!«, sagte Christian.

Charlotte blickte hinunter auf die spiegelnde Wasserfläche, die jetzt bei Sonnenschein von einem hellen Blau war, kleine Wellen blitzten auf wie funkelnde Glasscherben. Vom Land her näherten sich Ruderboote; darin saßen ausschließlich schwarzhäutige Männer, die sich mächtig in die Riemen legten, als gälte es, ein Wettrudern zu bestreiten. Als das erste der Boote an der inzwischen eingehängten und befestigten

Gangway anlegte, schien es Charlotte jedoch, als schwanke das kleine Boot heftig auf und nieder.

Man ließ den anderen den Vortritt. Die meist männlichen Passagiere der oberen Klassen gelangten ohne Schwierigkeiten in die Ruderboote, einige schienen sogar Spaß daran zu haben, man hörte ihre Scherzworte und sah sie lachen. Die Frauen – fünf an der Zahl, zwei davon Bedienstete – stiegen ebenfalls mutig hinunter, sie wurden von hilfreichen Händen in Empfang genommen und auf einen Sitz geleitet. Sie machten ihre Sache gut – eigentlich war es nur die Kleidung, die bei solchen Unternehmungen lästig war: die enge Schnürung, die Röcke und die Schuhe, die für eine solche Kletterpartie nicht geeignet waren.

»Warten wir noch ein wenig«, bat Klara ängstlich, als Charlotte ihre Tasche ergriff und sich den Reisenden anschließen wollte, die auf die Gangway zusteuerten.

»Irgendwann muss es sein, Klara«, widersprach Christian verärgert. »Wir können schließlich nicht ewig auf dem Schiff bleiben, oder?«

Verzagt hakte sich Klara bei Charlotte unter, während Christian den Koffer trug. Die Ausschiffung der farbigen Mitreisenden verlief rascher, denn alle, auch die Frauen, bewegten sich mit einer Geschmeidigkeit, die Charlotte staunen ließ. Auf den Booten staute sich ihr Gepäck, und man drängte die Menschen so eng zusammen, dass zu befürchten stand, das Boot könne die Last nicht tragen und würde sinken.

»Kann ich Ihnen behilflich sein?«

Charlotte wandte sich zu dem Mann um, der sie von hinten angesprochen hatte, in der Meinung, es sei einer der Matrosen. Doch zu ihrer Überraschung war es der blonde Reisende, der ihr mit seinem Sektglas zugeprostet hatte. Was hatte ihn aufgehalten? Die anderen Passagiere der oberen Klassen waren längst ausgeschifft.

»Sehr freundlich – aber ich glaube, wir kommen zurecht.«

Sein Lächeln erschien ihr angenehm, es war weder aufdringlich noch verfänglich, zeugte aber von einem unerschütterlichen Selbstvertrauen.

»Ich trage Ihre Schwester hinunter!«, schlug er vor. »Das dauert keine Minute und erspart Ihnen die Kletterei!«

Klara war zu keiner Antwort fähig. Es war für sie undenkbar, von einem völlig fremden Herrn angefasst oder gar getragen zu werden.

»Vertrauen Sie sich mir an, junge Frau?«, rief er vergnügt und machte eine kleine Verbeugung. »Sie sind in meinen Armen so sicher wie in Abrahams Schoß!«

Er schien ihr Schweigen für Zustimmung zu halten. Mit raschem Schwung hob er die völlig erstarrte Klara hoch, als sei sie ein leichtes Vöglein, und trug sie Richtung Ruderboote.

»Das ist doch … Wer ist das überhaupt? … Wie kommt er nur dazu?«, stotterte Christian überrumpelt.

Charlotte antwortete nicht, doch auch sie war nicht gerade erfreut über diese impulsive Aktion. Allerdings musste sie zugeben, dass der Fremde nicht zu viel versprochen hatte. Klara saß nun heil und sicher unten im Boot, während ihr Helfer das schwankende Gefährt mit seinem Körpergewicht ausbalancierte und offensichtlich darauf wartete, weitere Hilfe leisten zu dürfen.

Er nahm Christian, der als Nächster hinunterstieg, den Koffer ab, damit er leichter ins Boot klettern konnte, dann blinzelte er gegen die Sonne an der Bordwand empor. Charlotte, die nun ebenfalls die untere Plattform der Gangway erreicht hatte, verzichtete auf die Hilfe des Unbekannten und ergriff stattdessen die ausgestreckte Hand ihres Mannes.

Während die schwarzen Ruderer die kurze Strecke bis zum Landungssteg bewältigten, saß der blonde Helfer ihr gegenüber, die angewinkelten Ellenbogen auf die Knie gestützt. Er schien sich offenbar darüber klar zu werden, dass seine Hilfeleistung ein wenig übereilt gewesen war, und versuchte, den Schaden wiedergutzumachen.

»Ich habe mich nicht einmal vorgestellt – verzeihen Sie mir. Maximilian von Roden. Aus Brandenburg.«

Christian war rasch versöhnt, stellte sich, seine Frau und seine Schwägerin vor, erklärte, im Usambara-Gebirge eine Plantage anlegen zu wollen, und schwatzte davon, ein großes Geschäft in Ostfriesland geführt zu haben. Klara überwand ihren Schrecken und sprach ihren Dank aus. Charlotte nickte ihm nur kurz zu und starrte dann angestrengt zu der Stadt hinüber, der sie sich näherten. Als das Boot am Landungssteg festmachte, hatte Klara gleich mehrere Helfer zur Seite, auch die schwarzen Ruderer fassten zu, um sie auf den Steg zu heben. Charlotte musste hart um den Koffer kämpfen, den ein übereifriger Schwarzer an Land tragen wollte, erst als sie energisch wurde, ließ er die Last stehen und starrte die zornige Weiße so verständnislos an, dass ihr die lauten Worte schon wieder leidtaten.

Langsam ging sie an Klaras Seite über den hölzernen Steg. Unter ihnen schwappten die Wellen über den flachen Strand, vereinzelt war schwarzes, vom Wasser glatt geschliffenes Gestein zu sehen, Muscheln und Seetang. Als der Steg endete, setzten sie zögernd die Füße auf den sandigen Boden ihrer neuen Heimat. Er war feucht und von den Spuren der Menschen vor ihnen übersät, die meisten stammten von den nackten Füßen der einheimischen Träger, doch man sah auch die Abdrücke breiter Herrenschuhe, kantiger Stiefel und die Konturen von Damenschuhen, deren Absätze viereckige Löcher in den Sand gebohrt hatten.

Unter einer einsamen Palme blieben sie stehen. Christian setzte den Koffer ab, und sie betrachteten unsicher das deutsche Hafenamt, zu dem eine steinerne Treppe hinaufführte.

Es war ein lang gezogenes, hell getünchtes Gebäude von eigenartiger Bauart, eine Mischung aus altgewohnter, heimatlicher Architektur und orientalischen Formen. Deutsch wirkten auf jeden Fall die viereckigen Türmchen mit den spitzen Dächern, doch die verschnörkelt geschnitzte Türeinfassung kam ihnen sehr afrikanisch vor.

»Da sind wir nun«, sagte Christian schnaufend und lehnte sich mit dem Rücken gegen den Stamm der Palme. »Und was jetzt?«

Die Frage war berechtigt. Die Passagiere der *Bundesrath* waren längst im Stadtinneren verschwunden, auch Maximilian von Roden war nicht mehr zu sehen. Dafür eilten eingeborene Träger an ihnen vorüber, die auf ihren Köpfen dicke Bündel und Säcke die Treppe hinauf zum Hafengebäude schleppten. Sie schauten die beiden weißen Frauen und ihren Begleiter mit neugierigen Augen an, doch keiner von ihnen kümmerte sich weiter um die neu angekommenen Europäer. Indes verdunkelte sich der Himmel über ihnen in der Absicht, einen weiteren Regenguss tropischen Ausmaßes auf die Bucht des Friedens herabzuschütten.

»Kann ich Ihnen weiterhelfen?«

Es klang nicht eben freundlich, der Ton war eher dienstlich und ein wenig ungehalten. Ein weiß gekleideter Mann war aus einem der Boote gestiegen und kam auf sie zu. Ein Offizier? Bunte Achselstücke mit dem Reichsadler schmückten seine Schultern, und er trug eine weiße Mütze mit schwarzem Schirm. Ein Beamter? Egal – es war ein weißer Einwohner dieser Stadt, und er sprach deutsch.

»Das wäre wirklich sehr freundlich von Ihnen«, gab Christian zurück. »Wir sind gerade angekommen und kennen uns nicht aus.«

Der andere maß sie mit abschätzendem Blick, der auf

Charlotte ein wenig länger ruhte. Sein Gesicht war sonnengebräunt, die Wangen voll, der Mund unter dem dunkelblonden Schnurrbart schmal zusammengezogen.

»Sie sind Deutsche?«

»Allerdings. Aus Hamburg. Mein Name ist Ohlsen, das sind meine Frau und meine Schwägerin …«

»Willkommen. Ich bin Erwin Kunert, Bezirksamtmann der Kaiserlich Deutschen Post. Wenn Sie eine Bleibe suchen, kann ich Ihnen das Afrika-Hotel empfehlen. Ich besorge Ihnen eine Rikscha, das ist das einfachste Transportmittel hierzulande …«

»Das wäre ganz reizend …«, begann Christian mit großer Erleichterung, doch Charlotte unterbrach ihn.

»Verzeihung, aber wir suchen kein Hotel, sondern eine einfache Unterkunft. Unsere Mittel sind leider begrenzt.«

Der Postbeamte wandte sich rasch zur Seite, um einem schwarzen Träger ein paar Worte in einer unverständlichen Sprache zuzurufen, dann nahm er für einen Moment die Mütze ab. Darunter war er fast kahlköpfig, nur ein dünner, kurz geschnittener Haarkranz umgab seinen Schädel.

»Ich verstehe«, sagte er leise. »Das wird nicht einfach werden. Auch hierzulande kostet das Leben Geld, Frau Ohlsen. Geschenkt bekommt man nur selten etwas.«

»Wir werden schon zurechtkommen«, meinte Charlotte zuversichtlich. »Nur für den Anfang müssen wir nicht gleich in einem Hotel wohnen. Gibt es keine andere Möglichkeit?«

Erwin Kunert stieß heftig den Atem aus und verharrte einen Augenblick unschlüssig. Dann entschied der Himmel über ihr Schicksal, der ihnen zwischen Blitz und Donner einen gewaltigen Sturzregen sandte.

»Kommen Sie mit. Ich bringe Sie vorerst im Postgebäude unter. Das geht aber höchstens für ein, zwei Tage. Ich kann Sie ja schließlich nicht im Regen herumirren lassen …«

Nass waren sie sowieso, und als sie jetzt die Treppe zum Hafengebäude hinaufstiegen, um Schutz vor den Wassermassen zu suchen, wurden sie zum zweiten Mal durchweicht. Beklommen standen sie im Flur herum, drückten sich gegen die Wände, um schwarzen Angestellten auszuweichen, die zwischen den Büros und der großen Lagerhalle hin- und herliefen. Der Dampfer hatte Waren aus Deutschland an Bord gehabt, deren Vollständigkeit und Unversehrtheit anscheinend genau überprüft werden musste. Durch das Rauschen und Trommeln des Regens hindurch vernahmen sie die knappen Befehlsrufe der weißen Beamten, Türen klappten auf und zu, und für einen kleinen Moment sahen sie einen der Schiffsoffiziere, der in einem Büroraum saß und seelenruhig die Beine ausstreckte.

Charlotte wandte den Blick wieder der offen stehenden Eingangspforte zu. Der Regen fiel so dicht, dass Himmel, Wasser und Küstenlinie in einem feinen Dunst lagen und kaum voneinander zu unterscheiden waren. Charlotte atmete tief ein und spürte, wie diese feuchte Wärme sie belebte, als sei sie etwas lang Vertrautes, das sie nun wiedergefunden hatte. Der Duft der Erde lag darin, fahl, süß und voll fremder Würze, ein erregender Geruch nach sprießenden Pflanzen und sich entfaltenden Blüten.

»Was für ein Wetter!«, stöhnte Christian und schüttelte seinen Hut aus.

»Sie sollten sich rasch daran gewöhnen, sonst ist dies kein Ort für Sie«, bemerkte Kunert. »Meine Frau und ich werden Daressalam in wenigen Tagen verlassen und mit der *Bundesrath* nach Deutschland zurückfahren.«

»Ach ja?«, fragte Christian betreten.

Sie schwiegen eine kleine Weile. In einem der Büros erhob sich ein Wortgefecht, und sie konnten den rauen Ton eines deutschen Beamten und die sanfte, beredte Sprechweise eines

Orientalen unterscheiden, der ganz offensichtlich als Bittsteller auftrat. Verstehen konnten sie kein einziges Wort.

»Wir haben unser erstes Kind hier begraben müssen«, sagte Kunert unvermittelt, als müsse er ihnen seine Abreise erklären. »Ein Fieber. Viele Säuglinge sterben hier am Fieber.«

Betroffen sah Charlotte die Trauer in seinen Augen, und zugleich stieg die Erinnerung an jene schreckliche Sturmnacht in Leer wieder in ihr auf, als das kleine Wesen, das in ihr gelebt hatte, sie so plötzlich verließ. Großes Mitgefühl erfasste sie.

»Das tut mir unendlich leid«, sagte sie leise.

Seine Züge wurden verkniffen, ganz offensichtlich wollte er nicht bemitleidet werden, vermutlich bereute er seine Eröffnung schon.

»Ich sagte das nicht, um Sie zu erschrecken. Es ist nur einfach eine Tatsache, über die man nicht hinwegsehen sollte.«

»Natürlich. Ich danke Ihnen für Ihre Offenheit, Herr Kunert.«

Der Regen hatte nachgelassen. Die vier verließen das schützende Hafengebäude und gingen stadteinwärts. Die Straßen waren breit, rechts und links floss das Regenwasser in gelblichen, brodelnden Rinnsalen zum Hafen hinunter, der Boden war aufgeweicht, und Klara musste sich vorsehen, nicht auszugleiten. Hier und da sah man fertige, neue Gebäude, klobig, mit säulengestützten Vordächern und überdachten Balkonen, die mit orientalisch anmutendem Schnitzwerk verziert waren. An anderen Stellen lagen Steine und Baumaterialien herum, schwarze Arbeiter, nur mit kurzen Hosen bekleidet, krochen unter aufgespannten Planen hervor, unter denen sie den Regenguss abgewartet hatten.

Das Postamt von Daressalam erschien ihnen einschüchternd groß. Klappläden mit Lamellen verschlossen die Fenster im Erdgeschoss, rings um den ersten Stock zog sich ein hölzerner Balkon, das flache Dach wurde von einer weißen, sonderbar gezackten Holzschnitzerei getragen, die das Gebäude aus der Entfernung wie eine viereckige Sahnetorte wirken ließ. Über der Eingangstür prangte das Emblem der Kaiserlich Deutschen Post.

Kühle empfing sie, als sie eintraten, ein schwarzer Angestellter in einer hellen, halblangen Hose und weißem Hemd wischte den Flur, es roch nach Holz, Stein und deutscher Sauberkeit. Kunert führte sie in einen hohen, nicht allzu großen Raum, den er als sein Büro bezeichnete, das er jedoch nur tagsüber nutzte, denn die Post stellte ihren Beamten eigene Wohnungen zur Verfügung.

»Das wäre für die Damen. Für Sie, Herr Ohlsen, werde ich ein Feldbett in einem Nebenraum aufschlagen lassen. Nur provisorisch, versteht sich. Gewiss werden Sie bald eine andere Unterkunft finden …«

»Wir sind Ihnen wirklich sehr dankbar …«

Das Erste, worauf Charlottes Blick fiel, war eine Wanduhr aus braunem Holz, ein vertrauter Anblick – im Arbeitszimmer des Großvaters hatte genau die gleiche gehangen. Ein länglicher Kasten, mit geschnitztem Eichenlaub und kleinen Giebelchen verziert, durch den Glaseinsatz sah man das helle, runde Zifferblatt und das goldene Uhrpendel, das gemächlich hin- und herschwang. Über dem braunen Holzregal, das viele kleine Fächer zur Ablage von Dokumenten aufwies, hing ein gerahmtes Bild von Kaiser Wilhelm II. Herr Kunerts Schreibtisch war mit Papieren, Federhalter, Tintenfass, Löschroller und allerlei anderem Bürokram bedeckt, davor stand ein kleines Schreibpult, das völlig leer war, dazu mehrere Stühle. Hinter einem Wandschirm war das Bett verborgen, darüber befand sich eine Konstruktion aus Metallstangen, die ein feines Netz trugen.

»Gegen die verdammten Mücken«, erklärte Kunert. »Sorgen Sie am Abend dafür, dass keines dieser Biester darunter ist, und heben Sie das Netz in der Nacht auf keinen Fall an.«

»Gibt es viele Mücken hier in der Gegend?«, erkundigte sich Christian beklommen und ließ suchend den Blick über die hell getünchten Wände des Raumes gleiten.

»Nördlich und westlich der Stadt befinden sich Sumpfgebiete, eine großartige Brutstätte für diese Blutsauger. Haben Sie sich Chinin besorgt? Es ist das einzige Mittel gegen das Fieber, aber man wird davon schwindelig und fühlt sich wie zerschlagen.«

Charlotte hatte langsam genug. Sosehr sie seinen Schmerz um das gestorbene Kind nachempfinden konnte – es war deprimierend, diese beständigen Warnungen anzuhören. Es musste doch auch Europäer geben, die sich in diesem Land eingelebt hatten und die sich hier wohlfühlten!

»Sie sollten außerdem so schnell wie möglich bei der Gouvernementsverwaltung vorstellig werden«, fuhr Kunert fort, während er einige Papiere auf seinem Schreibtisch zusammenschob und in einer Schublade unterbrachte. »Gehen Sie zum Stadthaus, dort wird man Ihnen weiterhelfen. Und falls Sie tatsächlich beabsichtigen, eine Plantage anzulegen, dann empfehle ich Ihnen die Ostafrikanische Gesellschaft. Sie hat hier eine Niederlassung und unterstützt Pflanzer, die sich ansiedeln wollen.«

»Und was muss man tun, wenn man einen Laden eröffnen will?«, erkundigte sich Charlotte.

Der Postbeamte schüttelte den Kopf und seufzte über so viel Ahnungslosigkeit.

»Dieses Vorhaben sollten Sie so schnell wie möglich vergessen, Frau Ohlsen. Der Handel in Daressalam ist fest in den Händen der Inder und Araber. Sie bekommen ihre Waren über verschlungene Wege aus Sansibar und Indien oder schleppen das Zeug über Karawanenwege aus dem Landesinneren an die Küste – kein Deutscher hat es bisher geschafft, auf diesem Gebiet Fuß zu fassen.«

Damit verabschiedete er sich, erklärte, drüben in der telegraphischen Betriebsstelle zu tun zu haben, und ging hinaus auf den Flur, wo sie ihn Anweisungen erteilen hörten. Dabei benutzte er deutsche Worte, aber auch andere, die fremd klangen und die Charlotte schon auf dem Schiff gehört hatte.

»Suaheli«, sagte sie. »Wir müssen es lernen, damit wir uns verständigen können.«

»Ach was«, knurrte Christian missgelaunt. »Wir befinden uns in einer deutschen Kolonie, die Neger auf unser Plantage werden Deutsch reden, dafür sorge ich schon.«

»Du glaubst tatsächlich, man wird uns das Geld leihen, um eine Plantage anzulegen?«

»Natürlich. Mit dem Handel wird es sowieso nichts, Charlotte. Das hast du ja eben gehört.«

»Ich mag nicht alles glauben, was dieser Mann uns weismachen will!«

Christian stieß einen tiefen, ärgerlichen Seufzer aus und wollte etwas entgegnen, doch Klara verhinderte den aufkommenden Streit, indem sie ihn sanft am Arm fasste.

»Schauen wir erst einmal, dass wir in trockene Kleider kommen«, meinte sie. »Es ist sehr unangenehm in den feuchten Sachen.«

Sie waren froh über den Wandschirm, denn so konnten sie Anstand wahren, und Klara musste sich nicht vor Christian umkleiden. Die Sachen aus dem Koffer waren jedoch ebenfalls klamm, vermutlich würden sie sich während der Regenzeit an diesen Zustand gewöhnen müssen. Sie besaßen nur wenige Kleidungsstücke, die auf der Reise ohnehin schon gelitten hatten; auf dem Schiff hatten sie nur die Leibwäsche waschen können, an Plätten oder gar Stärken war nicht zu denken gewesen. Christian störte sich sehr an diesem Zustand, vor allem hätte er gern einen hellen Tropenanzug besessen, dazu einen Strohhut, weiße Lederschuhe und einen hübschen Binder.

»Wenn wir erst unsere Plantage haben, werden wir uns auch passende Kleidung anfertigen lassen, Charlotte. Es ist schon wegen des Klimas unabdingbar. Außerdem sollten wir Deutschen den Negern ein Vorbild sein.«

Es klopfte an der Tür, und ein schwarzhäutiger, junger Mann trat ein. Er trug eine weiße Kappe auf dem krausen, kurz geschnittenen Haar, und sein helles, bodenlanges Gewand war so sauber, als käme es eben gerade aus der Wäsche. Mit ernster Miene stellte er ein Tablett auf dem Schreibtisch ab, dann verzog er das Gesicht zu einem Lächeln, das seine prachtvollen, schneeweißen Zähne enthüllte, und verbeugte sich.

»Jambo, bwana, jambo bibi …«, sagte er. »Willkommen.«

Obgleich er sich heftig bemühte, die steife Haltung eines Dieners beizubehalten, lag doch eine kindliche Unbefangenheit in seinem Wesen. Eine Wärme, die Charlotte unglaublich wohltat und die sie bei dem deutschen Beamten trotz all seiner Bemühungen so vermisst hatte.

»Danke«, sagte sie lächelnd. »Was bringst du uns da? Wie heißt das?«

Er verstand sie nicht und fürchtete offensichtlich, einen Fehler gemacht zu haben, doch als sie mit dem Finger auf eine der Schüsseln deutete, begriff er.

»Kuku«, erklärte er grinsend und bewegte die angewinkelten Ellenbogen wie flatternde Vogelschwingen. Dann zeigte er auf den Krug, sein Gesicht nahm einen verzückten Ausdruck an, und er rieb sich den Bauch.

»Scherbet.«

Kuku war ganz offensichtlich gekochtes Huhn. *Scherbet* erwies sich als eine aromatische Fruchtlimonade. Als er begriff, dass sie mit dem, was er gebracht hatte, zufrieden waren, verneigte er sich wieder und ging hinaus.

»Sehr anstellig«, meinte Christian kauend. »Nicht ganz so

wie die Lehrjungen, die ich früher hatte, aber er scheint nicht dumm zu sein.«

»Er arbeitet wohl nur im Haus«, überlegte Klara. »Er benimmt sich fast wie ein Diener, der bei einer vornehmen Familie angestellt ist. So würdevoll. Ich glaube, er ist stolz auf sein schönes Gewand und die weiße Kappe.«

Es war ihre erste Mahlzeit auf afrikanischem Boden, und sie schmeckte ein wenig ungewohnt nach einem süßlich aromatischen Gewürz, das an Muskat erinnerte, aber nicht scharf war. Zu dem Huhn gab es Reis und gekochte, rote Bohnen.

»Köstlich!«

Christian betupfte sich die Lippen mit dem Taschentuch, und sein zufriedenes Lächeln sagte Charlotte, dass er nun wieder zuversichtlicher Stimmung war. Tatsächlich strotzte er vor Unternehmungslust, überzeugte Charlotte und Klara nach einer kurzen Ruhepause, sofort im Stadthaus vorzusprechen und danach gleich noch die Niederlassung der Ostafrikanischen Gesellschaft aufzusuchen. Klara hatte sich kaum fünf Minuten auf dem Bett ausgestreckt, da drängte er schon zum Aufbruch: Man müsse solche Formalitäten am besten gleich erledigen, die deutschen Behörden seien gewiss auch in den Kolonien korrekt, und sie wollten schließlich nicht, dass man sie für illegale Einwanderer hielt. Nach dem Weg zu diesen Stellen hatte er sich bereits auf dem Schiff erkundigt.

Noch unterwegs hatte er gefürchtet, gleich nach seiner Ankunft in Daressalam eingesperrt und nach Deutschland zurückgeschickt zu werden – nun sah er sich schon als stolzer Besitzer einer Plantage in den afrikanischen Bergen!

Draußen schien die Sonne. Das Regenwasser war erstaunlich schnell abgelaufen, der Schlamm hatte eine feine Kruste bekommen, nur hie und da glänzte noch eine Pfütze, über der die Mücken schwirrten. Nun waren Menschen auf den Straßen, zwar nur wenige Weiße, dafür aber umso mehr Farbige, vor allem junge Burschen, die ähnlich wie der Diener im Postgebäude gekleidet waren und offensichtlich irgendwelche Aufträge zu erfüllen hatten. Auf den Baustellen wurden Steine behauen und aufeinandergesetzt, eine Tätigkeit, die von lebhaftem Schwatzen begleitet wurde – eilig schienen es die schwarzen Arbeiter nicht zu haben, die klobigen, weißen Bauten ihrer deutschen Kolonialherren zu errichten.

Auch das Stadthaus war noch nicht vollendet, doch es war einer der wenigen Bauten, die Charlotte gefielen. Vieleicht lag es an den vielen weißen Arkadenbögen, die das Erdgeschoss umgaben und die in ihrer geschwungenen Form an einen Sultanspalast erinnerten. Im oberen Geschoss wurde noch gewerkelt, Balkongitter wurden eingesetzt, Wände gestrichen, ein Weißer in Jacke und Kniebundhose stand auf dem unfertigen Balkon und rauchte eine Zigarette. Vor dem Gebäude waren zwei gesattelte Pferde angebunden, unweit davon hockte ein schwarzer Diener auf einer Treppenstufe und malte mit dem großen Zeh Figuren in den feuchten Boden.

Plötzlich jedoch sprang er auf und nahm eine Art Habachtstellung ein, und während sie noch nach dem Grund für diese plötzliche Bewegung rätselten, vernahmen sie stampfende Schritte. Eine Gruppe farbiger Uniformierter war um eine Häuserecke gebogen und marschierte unter Führung eines schwarzen Offiziers zum Stadthaus hinüber. Es waren nur zehn oder zwölf Mann, doch sie schienen großen Spaß daran zu haben, Lärm für ein ganzes Regiment zu veranstalten. Je näher sie dem Stadthaus kamen, desto fester traten sie auf, dann, als sie sich schon dicht vor den Arkaden befanden, vernahm man aus dem Mund des schwarzen Offiziers das laut gebrüllte, deutsche Kommando: »Abteilung stillgestanden!«

Die Männer folgten seinem Befehl. Fasziniert starrte Charlotte auf diese seltsame Truppe aus sehnigen jungen Afrikanern, die man in Uniformjacken aus Khakistoff mit roten

Aufschlägen und Achselstücken gesteckt hatte, dazu trugen sie kurze Hosen. Einige waren mit Mützen ausgestattet, andere hatten sich rote Tücher auf malerische Weise um die Köpfe gebunden, alle waren jedoch mit Dolchen und Schusswaffen ausgerüstet.

»Askari«, erklärte Christian. »Die Soldaten in der Kolonie sind alles Neger. Habt ihr gehört, wie gut sie deutsch reden?«

Gleich darauf traten zwei deutsche Offiziere in Reiterkleidung aus dem Stadthaus, ließen sich von dem schwarzen Diener die Pferde herbeiführen und saßen auf. In raschem Trab ritten sie davon, gefolgt von den Askari, die nun ebenfalls traben mussten, um mit den Reitern Schritt zu halten.

»Das waren bestimmt sehr hohe Offiziere«, vermutete Christian. »Vielleicht sogar der Gouverneur selbst. Wie schade, dass er fortgeritten ist, wir hätten uns gleich mit ihm bekannt machen können.«

Hinter der malerischen Arkadenreihe befanden sich die üblichen rechteckigen, hohen Fenster, über der zweiflügeligen Eingangspforte hatte man ein Relief des Deutschen Reichsadlers angebracht, der sich hier ein wenig fremd, aber dennoch sehr eindrucksvoll ausnahm. Im Flur standen mehrere Stühle und ein kleiner Tisch, auf dem eine große Muschel lag, die offensichtlich als Aschenbecher benutzt wurde. Zwei Afrikaner – ein weißhaariger, magerer Alter im zerschlissenen Kittel und ein junger Bursche mit tätowierten Wangen – hockten gleichmütig auf dem gefliesten Boden und schienen auf irgendetwas zu warten. Auf einem der Stühle saß ein graubärtiger Mann, der einen umständlich gewickelten Turban trug, dazu eine gelbe, geknöpfte Jacke und eine halblange, bauschige Hose. Er lächelte sie an, als sie an ihm vorübergingen. Als Charlotte seinem Blick begegnete, erschrak sie: In den mandelförmigen, braunen Augen des Fremden funkelte es für einen kleinen Moment golden.

Christian hatte inzwischen an eine Tür geklopft und die Aufforderung erhalten, einzutreten. Wie seltsam – deutsche Amtsstuben ähnelten einander wie ein Ei dem anderen, ganz gleich, ob sie sich in Ostfriesland oder in einer Kolonie in Afrika befanden. Überall gab es düstere Aktenschränke, Schreibtische mit gedrechselten Beinen, Stapel von Akten und Papieren und das gerahmte Bild des Kaisers an der Wand. Einige faustgroße, braun-weiß gesprenkelte Muscheln auf dem Fensterbrett und eine rosige Koralle auf dem Schreibtisch wirkten in dieser Umgebung wie Souvenirs, die sich der Beamte von einer Reise mitgebracht hatte.

»Ich habe Sie schon erwartet – Herr Ohlsen, nicht wahr? Seien Sie herzlich willkommen. Meine Damen, ich freue mich ganz besonders. Gottfried Ebert, zu Ihren Diensten. Die holde Weiblichkeit ist ja hierzulande noch ein wenig schwach vertreten. Vorläufig. Das wird sich natürlich bald ändern …«

Der deutsche Beamte war breit gebaut und hatte einen Stiernacken, doch er schien ein Gemütsmensch zu sein – seine Freude, drei Landsleute in der Fremde zu begrüßen, wirkte herzlich und echt.

»Sie … Sie haben uns erwartet?«

»Freilich«, schmunzelte er. »Ein guter Bekannter, der Herr von Roden, war vorhin bei mir, um einige Formalitäten zu regeln, und er hat die Gelegenheit genutzt, Sie mir wärmstens ans Herz zu legen.«

»Ach ja?«, stammelte Christian verblüfft. »Nun, das war … sehr freundlich von ihm.«

»Aber nehmen Sie doch Platz, meine Herrschaften. *Mtumi! Mtumi!* Wo steckt der Faulpelz? *Mtumi!*«

Er klatschte in die Hände. Gleich darauf erschien ein schwarzer Diener mit einem Tablett, auf dem vier Gläser und zwei Flaschen standen, die eine aus braunem Glas, die andere weiß.

»Für mich bitte nicht«, ließ sich Klara erschrocken vernehmen, auch Charlotte wehrte ab.

»Nun, Sie werden sich ohne Zweifel bald daran gewöhnen, meine Damen. Whisky oder ein guter Weinbrand sind kein Alkohol, sondern Medizin. Wir nehmen dieses Medikament täglich ein, um dem Klima und der afrikanischen Mentalität zu trotzen. Einen winzigen Begrüßungsschluck dürfen Sie mir nicht verweigern.«

Charlotte gab nach und nippte an dem scharfen Getränk, das weitaus besser roch, als es schmeckte. Klara benetzte nur die Lippen, Christian hingegen ließ sich nicht lange bitten, trank in genüsslichen Schlucken und lobte die Marke überschwänglich.

»Ja, der Baron Max von Roden«, schwatzte Ebert, der sein Glas in langen Zügen leerte und sich ein zweites Mal einschenken ließ. »Sein Urahn soll unter dem alten Fritz zu Ruhm und Ehren gekommen sein. Großer Landbesitz in Brandenburg, ein Schloss, ein richtiges Juwel. Hat sich irgendwie mit seiner Verwandtschaft zerstritten, der dumme Bursche. Weiß der Teufel, weshalb, ist aber auch ein eigenwilliger Kerl. Jetzt hat er drüben am Kilimandscharo einem Araber die Pflanzung abgekauft und will Sisal anbauen …«

»Da schau an«, bemerkte Christian. »Am Kilimandscharo!«

»In der Nähe von Moshi. Guter Boden und schon seit vielen Jahren unter dem Pflug. Er muss sich ins Zeug legen – im nächsten Jahr will er seine Verlobte ins Land holen, damit sie heiraten können.«

Schweigend hörte Charlotte zu, wie Ebert sich nun über das Gedeihen der Kolonie verbreitete, den fruchtbaren Boden lobte, auf dem man neben den einheimischen Pflanzen auch hervorragend Kartoffeln, Kohl, Radieschen oder Salat anbauen könne. Die Anlage von Pflanzungen sei im Aufschwung, vor allem am Kilimandscharo, mittlerweile aber auch im

Usambara-Gebirge, wo man gerade die ersten Versuchspflanzungen anlege.

»In einigen Jahren werden die ewigen Nörgler und Kleingeister im Reich endgültig schweigen. Dann wird Deutsch-Ostafrika zum Wohlstand des Reiches beitragen mit Elfenbein, Kaffee, Tabak, Kopal und Tropenhölzern. Und wenn wir erst Baumwolle ausführen, müssen die Engländer sich warm anziehen …«

Momentan sei die Handelsbilanz allerdings noch negativ, man müsse mehr Waren einführen als ausführen, vor allem Eisenwaren für den Bau und vernünftige Lebensmittel, denn Rindfleisch, Butter und Käse seien in Afrika nahezu unbekannt. Auch Spirituosen, Wein und Bier lasse man kommen, das Zeug, das die Schwarzen brauten, könne kein Europäer trinken, ohne davon krank zu werden.

Christian, vom Whisky beflügelt, begann nun voller Enthusiasmus über seine eigenen Pläne zu sprechen. Eine Plantage in Usambara, so groß wie möglich, Arbeitskräfte seien ja offenbar vorhanden. Er wolle Kaffee anbauen oder auch Baumwolle, das sei ganz gleich, er kenne sich mit solchen Waren aus, immerhin habe er jahrelang damit gehandelt. Ebert nahm noch ein drittes Glas, doch anders als bei Christian schien der Alkohol bei ihm keine Wirkung zu zeigen. Charlotte hatte eher das Gefühl, dass der Whisky ihn ruhiger machte und sein Hirn anregte. Der Beamte beobachtete Christian mit hochgezogenen Augenbrauen, warf nur hier und da eine gezielte Frage ein und ließ den Blick immer wieder aufmerksam über Charlotte und Klara schweifen.

Er prüft uns, dachte Charlotte beklommen. Mein Gott – weshalb muss Christian so ein Zeug schwatzen?

»Nun – wir freuen uns natürlich über jeden Deutschen, der sich hier in der Kolonie ansiedeln will«, sagte er schließlich gedehnt, als Christians Redeschwall erlahmte. »Sie haben also ein Geschäft geführt. Ein Handwerk haben Sie nicht zufällig erlernt? Ich frage nur deshalb, weil wir einen ziemlichen Mangel an deutschen Handwerkern haben.«

»Ein Handwerk? Nein. Ich bin Geschäftsmann, mein Kolonialwarenladen war der größte in der ganzen Region, ich konnte Waren anbieten, die sonst nirgendwo zu kaufen waren …«

Ebert stellte das leere Glas auf den Schreibtisch und hielt den Diener mit einer Handbewegung davon ab, es wieder aufzufüllen. Als er jetzt von seinem Stuhl aufstand, schwankte er trotz der drei Gläser Whisky um keinen Zentimeter. Er ging zu seinem Schreibtisch hinüber, nahm Platz und wischte sich das verschwitzte Gesicht mit dem Taschentuch.

»Erledigen wir noch rasch das Offizielle, Herr Ohlsen. Wenn Sie sich bitte alle in dieses Formular eintragen wollen … Und dann benötige ich noch die Dokumente …«

»Dokumente? Welcher Art?«

»Nun, Ihre Pässe natürlich. Und die amtliche Abmeldung in Ihrer Heimatstadt.«

Charlotte verfluchte innerlich den deutschen Amtsschimmel, der sogar bis in die Kolonien hineintrabte. Die Pässe konnten sie vorweisen, dann würde man allerdings feststellen, dass sie nicht aus Hamburg, sondern aus Leer in Ostfriesland kamen, aber da hatte Christian sich sowieso schon verplappert. Eine amtliche Abmeldung hatten sie natürlich nicht. Wie weit reichte die deutsche Bürokratie? Würde man etwa nach Leer schreiben und Erkundigungen über sie einziehen?

»Wir haben die Dokumente bei unserem Gepäck«, schwatzte Christian bereits. »Morgen bringen wir sie vorbei.«

»Das hat keine Eile. In den nächsten Tagen. Nur damit alles seine Ordnung hat.«

Er war nicht dumm, dieser Ebert, ganz und gar nicht. Seine Augenbrauen zogen sich immer häufiger nach oben, und die wohlwollende Heiterkeit in seinem rot verschwitzten Gesicht hatte etwas Spöttisches bekommen. Er hatte Christian Ohlsen als das eingeschätzt, was er war: ein Phantast. Konnte sie deshalb zornig auf Ebert sein? Im Grunde nicht, denn wie alle Beamten tat er nur seine Pflicht. Dennoch spürte sie deutlich, dass sie diesen Menschen nicht mochte.

»Verfügen Sie über Mittel?«, fragte er Christian beiläufig.

»Eine gewisse Summe können wir anlegen …«

»Das ist gut. Wer völlig mittellos hierherkommt, hat es am Anfang recht schwer. Nun – ich schlage vor, Sie leben sich erst einmal ein wenig bei uns ein.«

Ebert verabschiedete sich von den »Damen« mit besonderer Herzlichkeit, empfahl ihnen, das Konzert der Militärkapelle am Sonntag anzuhören, und erwähnte die verschiedenen Aktivitäten, die die Ehefrauen der Offiziere und Verwaltungsbeamten entfalteten.

»Um Ihre Sicherheit brauchen Sie sich keine Sorgen zu machen, meine Damen«, sagte er und ließ den Blick von Klara zu Charlotte wandern. »Die Zehnte Kompanie ist in Daressalam stationiert, außerdem haben wir seit einigen Jahren eine Polizeitruppe, die überall im Land für Ordnung sorgt. Fühlen Sie sich also bei jedem Ihrer Schritte von uns behütet …«

Vor dem Stadthaus atmete Charlotte tief die feuchte, warme Küstenluft ein. Ein Schwarm weißer Vögel strich rauschend über sie hinweg, berührte im tiefen Flug fast die grünen Palmwedel und verschwand landeinwärts. Von irgendwoher wehten fremdartige Klänge herüber, eintönig und voller Melancholie, in einem gleichförmigen Rhythmus, der dem langsamen Puls der gelbbraunen, afrikanischen Erde zu entspringen schien. Sie spürte, wie die Spannung und der Widerwille in ihrem Inneren sich lösten und eine frohe, scheinbar grundlose Zuversicht aufkam. Das Herz dieses Landes schlug nicht in der Amtsstube des deutschen Beamten, es schlug hier draußen, man spürte sein Pochen in jedem Atemzug, in jedem Laut und in allen Poren des Körpers als den uralten, unvergänglichen Rhythmus des Lebens.

»Was für ein netter Mensch«, sagte Christian angeheitert. »Ich denke, wir werden die kleinen Schwierigkeiten bald elegant umschifft haben.«

Ein donnernder Kanonenschuss durchschnitt die Mittagsstille, und alle drei fuhren erschrocken zusammen.

»Das war unten am Strand«, stammelte Klara.

»Soweit bekannt, gibt es hier zur Zeit keine Kämpfe«, murmelte Christian. »Vielleicht sind die verdammten Engländer …«

Er hielt abrupt inne, als hinter ihnen lautes, schadenfrohes Gelächter ertönte. Zwei farbige Frauen in bunten, langen Röcken standen dort, klatschten in die Hände und bogen sich vor Vergnügen über die schreckhaften Weißen.

»Bum Bum!«, rief eine von ihnen. »*Pumsika, bwana.* Arbeit aus. Kanone sagt: Es ist Mittag …«

»Großer Gott!«, murmelte Christian und wischte sich den Schweiß ab. »Was für ein Land! Haben die keine Kirchturmuhren?«

Der Whisky hatte Christians Begeisterung zwar beflügelt, im Postamt angekommen, erklärte er jedoch, sich ein wenig ausruhen zu wollen. Sie seien schließlich seit dem frühen Morgen auf den Beinen, und jetzt, zur Mittagszeit, habe es wenig Sinn, bei der Ostafrikanischen Gesellschaft vorzusprechen.

Charlotte verspürte keine Müdigkeit, im Gegenteil, sie fieberte vor Neugier auf das Leben in dieser Stadt, das sich jenseits deutscher Verwaltungsbauten und heckenumzäunter Grünanlagen abspielte. Aber wo? Bei der Einfahrt in den Hafen hatte sie den Eindruck gehabt, dass die neuen, hellen Bauten vor allem in der Mitte und im Osten der Stadt lagen. Im Westen, zum Landesinneren hin, schienen andere Farbtöne vorzuherrschen, helles Grau, Braun, Sand und Ocker, auch waren viele Häuser zwischen der üppigen Vegetation nur zu erahnen, aber nicht deutlich zu erkennen gewesen. Dort lagen vermutlich die Viertel der Schwarzen, die Läden der Inder und Araber.

Sie sagte Christian nichts von diesen Gedanken und zog sich mit Klara in ihre provisorische Unterkunft zurück. Klara war sehr erschöpft; auf dem Schiff hatte sie meist in der Kabine gesessen, nun fiel ihr das Gehen noch schwerer als zuvor. Dennoch war sie – genau wie Charlotte – innerlich von all dem Neuen aufgewühlt, und als sie nebeneinander auf dem schmalen Bett lagen, redete Klara ohne Punkt und Komma.

»Eine Pflanzung, das wäre doch schön, Charlotte. Weit draußen in den Bergen, wo die Luft kühl und frisch ist. Ein Haus, ganz für uns allein, ein kleiner Garten, wo man Kartoffeln und Gemüse anbauen könnte …«

Charlotte seufzte tief. Ein schöner Traum.

»Du würdest wohl lieber draußen in der Einsamkeit leben als in der Stadt, nicht wahr?«

Klara gab es zu. Die Luft war hier so drückend, diese klobigen, weißen Bauten, die breiten Straßen und dann natürlich das Fieber.

»Wie einfach hat es doch die Verlobte unseres freundlichen Helfers«, stellte Charlotte voller Neid fest. »Sie wartet in aller Ruhe ab, bis die Plantage komfortabel genug eingerichtet ist, und setzt sich dann ins gemachte Nest.«

Klara wandte ihr das Gesicht zu und lächelte sie an. Charlotte fühlte sich ertappt und errötete.

»Ein Baron ist er«, flüsterte Klara nachdenklich. »Aber gar nicht stolz und hochnäsig. Seine Verlobte muss ihn sehr lieben, dass sie um seinetwillen ihr angenehmes Leben in Deutschland aufgeben will. Gewiss ist auch sie von Adel und sehr wohlhabend.«

Charlotte schwieg. Das Leben war viel einfacher, wenn man über Geld und Einfluss verfügte, sogar hier in der Kolonie galt dieses Gesetz. Max von Roden war mit Ebert befreundet, vielleicht sogar mit dem Gouverneur bekannt, er hatte sich eine Plantage gekauft, konnte seine Arbeiter bezahlen, und ganz sicher genoss er die volle Unterstützung der deutschen Kolonialregierung.

»Ich will mich umsehen, Klara. Bleib ruhig liegen, und schlaf ein wenig, ich bin bald wieder da.«

Mit entsetzten Augen verfolgte Klara, wie Charlotte sich zum Ausgehen fertig machte.

»Aber du kannst doch nicht ganz allein …«

»Du hast doch gehört, dass sie uns auf Schritt und Tritt behüten!«

»Aber was soll ich Christian sagen?«

»Dass ich mir die Stadt ansehe.«

Sie fühlte sich frei wie ein Vogel, ein Zustand, an dem sie sich berauschte. Wann war sie jemals ganz allein unterwegs gewesen? In Deutschland war es nicht üblich, dass eine junge Frau ohne Begleitung durch fremde Straßen lief; nur in Hamburg, als sie den Schmuck verkaufte, hatte sie Christians Begleitung energisch von sich gewiesen. Damals war sie in gedrückter Stimmung und mit schlechtem Gewissen von Laden zu Laden gegangen; bei ihrer Rückkehr hatte sie sich einen Sack voller Vorwürfe anhören müssen. Jetzt verspürte sie keine Gewissensbisse mehr. Was sie tat, war vielleicht unvernünftig, doch es war ihre eigene Entscheidung, niemand war für sie verantwortlich. Schon gar nicht Christian, der vorhin in der Amtsstube noch allerlei dummes Zeug geschwafelt hatte.

Es war still im Postamt, nur in einem Raum hörte man das leise Summen und Klicken des Telegraphen. Draußen empfing sie die gleißende, afrikanische Sonne, die inzwischen fast alle Pfützen im rötlich gelben Boden aufgeleckt hatte. Bauschige weiße Wolken zogen über den Himmel – nach Regen sahen sie nicht aus, vielleicht waren die Güsse für heute ja vorüber.

Sie ging die schnurgerade Straße hinunter in Richtung Hafen, um von dort aus weiter nach Westen zu gelangen. Eine Gruppe schwarzer Frauen begegnete ihr, die Körbe mit Wäsche auf den Köpfen transportierten, und sie bewunderte ihren sicheren, geschmeidigen Gang, bei dem sie nur die Hüften sanft bewegten. Einige stützten die Last mit einem Arm, andere balancierten sie frei auf dem Kopf, schwatzten und kicherten dabei und schienen sich keine Sorgen darüber zu machen, dass die Wäsche aus dem Korb fallen könnte. Charlotte spürte ihre verwunderten Blicke, und eine kleine Unsicherheit stieg in ihr auf. Offensichtlich war es auch hierzulande nicht üblich, dass eine weiße Frau ganz ohne Begleitung herumlief.

Kurz vor dem Hafengebäude entdeckte sie ein Straßenschild, das von einer großen Schirmakazie beschattet wurde. »Kaiserstraße«, war darauf zu lesen. Sie musste lachen. Im Gezweig der Akazie spielten graue Äffchen, sie hatten runzlige, dunkle Gesichter und sahen mit klugen Augen zu ihr herab. Bald entdeckte sie auch das Afrika-Hotel, einen leicht verblassten, altmodischen Bau mit schmalen Säulchen und bunten Fenstervorhängen. Eine Menge dunkelhäutiger Männer hatte sich vor dem Gebäude versammelt, einige standen beim Eingang und gestikulierten, andere hockten gleichmütig am Boden, als wären sie nur zufällig hier, um eine gemütliche Mittagsrast zu halten. Charlotte vermutete, dass die Jagdgesellschaft, die mit dem Dampfer gekommen war, einheimische Träger anmietete, um Lebensmittel, Zelte, Kochgeschirr und sonstiges Gepäck ins Landesinnere zu befördern. Sie hatte einmal gelesen, dass kaum ein Lasttier eine Reise durch Urwald und Steppe überlebte, Pferde schon gar nicht, höchstens Ochsen oder Maultiere, aber auch die wurden oft vom Fieber dahingerafft oder von wilden Tieren gerissen.

Die weißen Jagdgenossen schienen sich um die Anmietung der Träger nicht weiter zu kümmern, diese Aufgabe hatte ein braunhäutiger Mann übernommen, der einen Turban und eine halblange, weite Hose trug.

Niemand kümmerte sich um sie, als sie vorüberging, und sie war froh darüber. Nun verengten sich die Straßen, bildeten Winkel und scharfe Ecken; halb verfallene Häuser waren zu sehen, aus einigen hatte man Steine herausgeschlagen und auf Karren geladen, sie schienen als Baumaterial zu dienen. Eine Rikscha rollte an ihr vorbei; ein hölzerner Kasten auf zwei Rädern, ähnlich einer kleinen Kutsche, die aber nicht von einem Zugtier, sondern von einem Eingeborenen bewegt wurde. Unter dem Baldachin aus Stroh saß ein bärtiger Europäer der – o Wunder – eine schwarze Anzugjacke und sogar einen dunklen Hut trug. Ein Missionar? Sie hatte gehört, dass es hier eine evangelische und auch eine katholische Missionsniederlassung gab.

Es war der einzige Weiße, dem sie bislang auf ihrem Weg begegnet war. Wie merkwürdig. Wo waren sie alle? Saßen sie in ihren Büros, in den Wohnungen oder im Afrika-Hotel bei einem ausgiebigen Mittagessen? Und wo waren ihre Frauen? Einige wenige sollte es ja geben, aber die schienen sich nicht aus ihren Wohnungen herauszubewegen – vielleicht ließen sie alle Besorgungen durch schwarze Angestellte erledigen.

Ein gelber Hund kläffte sie an, gleich darauf kam ihr eine Rotte lachender, kreischender schwarzer Kinder entgegengerannt, die jedoch erstaunlich geschickt zur Seite wichen, um nicht mit ihr zusammenzustoßen. Der warme Küstenwind wehte ihr einen Duft entgegen, der ihr bekannt und zugleich doch fremd vorkam: eine Mischung aus erregend würzigen Aromen und fauligem Gemüse, aus süßen Orangen und nicht mehr ganz frischem Hühnerfleisch; auch Petroleum war darin und der Geruch nach bitteren Kräutern, deren Namen sie nicht hätte nennen können. Hier musste irgendwo ein Markt sein. Bald vernahm sie auch die typischen Geräusche, die nicht sehr viel anders waren als die, die sie von daheim kannte. Das Stimmengewirr war rascher und schien ihr fröhlicher, es war nicht die betulich breite Sprechweise der Ostfriesen, doch auch hier wurde ganz offensichtlich die Ware angepriesen, gelacht, gefeilscht, mit Herzblut und Eifer gehandelt.

Der Markt fand sich unter einem breiten Strohdach, umgeben von Palmen, Buschwerk und einigen kleinen Steinhäusern, die ganz sicher nicht von den deutschen Kolonialherren erbaut worden waren. Entzückt blieb sie stehen, um das bunte, bewegte Bild in sich aufzunehmen. Hier war das Leben, hier war Afrika, und es war wundervoll in seiner Farbenpracht. Was für Früchte mochten das sein, die dort auf Tüchern am Boden ausgebreitet lagen? Sie leuchteten flammend rot und orange, andere waren von matten Blautönen, grasgrün, nussbraun. Sie konnte Kokosnüsse und ockergelbe, sehr kleine Bananen erkennen, seltsam geformte weiße und bräunliche Wurzeln, ovale hellgrüne Früchte von erstaunlicher Größe. Melonen? Kürbisse?

Sie musste vorwärtsgehen, um kein Hindernis für die Marktbesucher zu bilden, schritt langsam und noch ein wenig unsicher an den Verkäufern vorüber. Es waren fast nur Frauen, viele hatten kleine Kinder dabei, bezaubernde, schokoladenbraune Putten, die sich an die Mutter schmiegten oder einfach schlafend am Boden lagen. Charlotte fasste Mut und fragte hier und da nach dem Namen der Ware, erkundigte sich nach dem Preis, befühlte und beroch diese oder jene Frucht, wie es auch die anderen Käufer taten, spürte die pralle, glatte Oberfläche einer Mango, die stacheligen Blätter der Ananas, berauschte sich an den Aromen, die bald süß, bald fahl, dann wieder säuerlich und frisch waren.

Wie gern hätte sie einige der leckeren Früchte gekauft. Sie

trug ihr Geld in einem Lederbeutel um den Hals, doch sie besaß deutsches Geld, noch dazu viele Scheine, und sie vermutete, dass die Marktfrauen Pesa oder Rupien haben wollten. Außerdem schien es ihr nicht sehr klug, ihren Schatz so in aller Öffentlichkeit hervorzuholen, denn auf Märkten trieb sich stets allerlei Diebesgesindel herum, das würde in Afrika nicht viel anders als daheim in Ostfriesland sein.

»Not this one«, sagte plötzlich eine hohe Stimme. *»It's not ripe. Let's buy some coconuts and bananas instead …«*

Sie wandte sich zur Seite und erblickte einen Europäer im hellen Anzug, den Kopf mit einem Tropenhut vor der Sonne geschützt, an den Füßen weiche, flache Schnürschuhe. Sein Gesicht war bartlos, er musste noch sehr jung sein, das erklärte wohl auch seine helle Stimme. Jetzt beugte er sich über einen Haufen kleiner, brauner Früchte, nahm eine davon in die Hand und prüfte die Qualität. Hinter ihm warteten zwei schwarze Diener mit geflochtenen Körben, in denen schon verschiedene Tüten und Früchte lagen.

Ein Weißer. Immerhin. Ob er zu der Jagdgesellschaft gehörte? Charlotte konnte den Blick nicht von ihm wenden, sah zu, wie er um die Früchte handelte, dann eine Börse aus der Tasche zog und der Händlerin einige Münzen in die ausgestreckte Hand zählte. Irgendetwas war sonderbar an diesem jungen Mann, doch sie hätte nicht sagen können, was. Jetzt sah er sich um, anscheinend wollte er das Warenangebot noch einmal prüfen, und Charlotte blickte ihm für einen kleinen Moment direkt ins Gesicht.

Es war eine Frau! Das konnte keine Täuschung sein, denn jetzt entdeckte sie auch eine lockige, blonde Haarsträhne, die sich seitlich unter dem Tropenhelm hervorringelte und ihr bis auf die Schulter fiel. Charlotte konnte es nicht fassen: Diese Frau trug Männerhosen und darüber eine lockere Jacke, die in der Taille von einem Gürtel zusammengehalten wurde. Es kam ihr ungemein schamlos vor, und sie ertappte sich bei der Überlegung, ob diese seltsame Frau möglicherweise auch auf das Korsett verzichtet hatte. Dann aber dachte sie an die Frauen, die in Männerkleidung die Sahara und den Nil bereist hatten, und plötzlich empfand sie Hochachtung vor dieser Fremden. Es war mutig und zugleich sehr sinnvoll, diese Kleidung anzulegen, denn so war man für die Strapazen einer solchen Reise viel besser gerüstet.

Die Fremde beachtete Charlotte so wenig wie sonst wen auf dem Markt, ihr Interesse galt offensichtlich nur ihren Einkäufen. Nach wenigen Minuten verschwand sie mit ihren beiden Begleitern im Gewimmel der Käufer, und Charlotte stand immer noch an derselben Stelle, bezaubert, erschüttert, auf jeden Fall aber um eine Erkenntnis reicher.

Endlich riss sie sich los und setzte ihren Gang über den Markt fort, besah schaudernd das auf Brettern ausgelegte Fleisch, auf dem die Fliegen herumkrochen, ging an Körben voll schnatternder Enten und Hühner vorüber und spürte dann, wie ihr ein wenig schwindelig wurde.

Kein Wunder, dachte sie. Die Afrikanerinnen wickeln sich Tücher ums Haar, auch die weiße Engländerin trug einen Tropenhelm, und ich laufe ohne Kopfbedeckung herum.

Sie folgte einem Pfad, der zwischen den Häusern hindurch auf eine breitere Straße führte. Hier gab es Läden, einen neben dem anderen. Dunkle, enge Löcher, aber auch größere Geschäfte, in einigen waren Handwerker bei der Arbeit, andere waren reine Verkaufsläden. Im Gegensatz zu dem lebhaften Markttreiben ging es hier ruhiger zu, nur wenige, ausschließlich schwarze Kunden zeigten an den Waren Interesse, die Händler und Handwerker hockten am Boden auf Teppichen, dösten in der Mittagssonne und harrten der kommenden Geschäfte. Neugierig trat Charlotte näher, um sich die angebotenen Gegenstände zu besehen. Es gab Teekessel und Töpfe,

Öllampen, Körbe, buntes Geschirr und allerlei Schmuck oder Amulette, die von Stangen oder von der Decke herabhingen. Kaum ein Laden hatte sich auf bestimmte Waren spezialisiert, jeder schien anzubieten, was er gerade günstig hatte einkaufen können. Säcke mit Reis oder Mais standen neben Lampenöl und Seife, Tücher wehten im Wind, Hüte und Regenschirme lagen auf Teppichstapeln. Vor allem aber befanden sich vor vielen Läden niedrige Bänke, auf denen eine verwirrende Vielfalt der verschiedensten Gewürze ausgestellt war.

Wie magisch angezogen beugte sie sich über die kleinen Körbe, in denen sich die duftenden Körner und Samen, die Beeren, Wurzeln oder Knollen befanden. Nur die rotbraunen, harzig riechenden Muskatnüsse, die auf der Oberfläche merkwürdig gewundene Muster aufwiesen, und die schwarzen, schrumpligen Pfefferkörner waren ihr bekannt. Der Inhalt der meisten Körbchen war ihr jedoch vollkommen fremd und voller Geheimnisse. Da gab es kleine, braune Sterne, die wie Anis dufteten, schwarze Krümel von schwerem, erdigem Aroma, gelbe, herb duftende Wurzeln, getrocknete Blätter, die nach Zitrone rochen, braune, längliche Hülsen, die wie vertrocknete Stangenbohnen aussahen, aber einen seltsam frischen, säuerlichen Geruch verströmten …

»Tamarinde. Man legt sie in Wasser, damit sich die säuerliche Schärfe entfaltet, und macht dunklen Tamarindensaft daraus.«

Der Händler, der an seiner Türöffnung lehnte, die Hände auf dem Rücken verschränkt, musste ihr schon eine Weile zugeschaut haben, während sie sich am Duft der Gewürze berauschte. Charlotte sah ihn voller Verblüffung an, nicht nur deshalb, weil er ein fehlerloses Deutsch sprach, sondern auch, weil sie ihn kannte.

»Sie waren vorhin im Stadthaus, nicht wahr?«

»So ist es. Wir haben uns dort gesehen.«

Es war der Mann mit dem Gold in den Augen. Scheu musterte sie ihn, doch sie wagte kaum, sein Gesicht zu betrachten. Er war ein Inder, kein Araber. Oder täuschte sie sich?

Er schien ihre Befangenheit zu spüren und begann, ihr einiges über die Gewürze zu erzählen, erklärte, woher sie kamen und wofür man sie verwendete, zeigte ihr, dass es vier Sorten Pfeffer gab, den weißen, schwarzen, roten und grünen, und ließ sie ein kleines Stückchen vom indischen Lorbeer kauen, der wie Zimt oder Gewürznelke schmeckte.

Das Aroma war so scharf, dass ihr wieder ein wenig schwindelig wurde.

»Ich brauche ein Kopftuch.«

»Ich habe schöne Tücher. Kommen Sie.«

Eigentlich hatte sie nichts einkaufen wollen, dennoch folgte sie ihm in seinen Laden, wo es angenehm kühl war. Stoffballen lagerten in wackligen Regalen, bunte, weiße, grüne, dazwischen standen Kisten mit allerlei glitzerndem Tand, Vasen und Kannen, an der Wand hingen lederne Gürtel mit silbernen Schnallen.

Er hatte eine geschickte Art, die zusammengefalteten Tücher mit einer einzigen Bewegung über einem kleinen Tischlein auszubreiten. Warmes Gelb, mattes Rosé, Türkis, das wie das sonnenbeschienene Meer leuchtete. Es gab auch welche mit Mustern, die an gewundene Schneckenhäuser oder filigranes Blattwerk erinnerten.

»Wie viel kostet das?«, fragte sie und zeigte auf ein Tuch in einem warmen Goldton.

»Fünf Rupien für Sie. Es ist aus indischer Seide. Ein schönes Tuch für eine schöne Frau …«

»Ich habe nur deutsches Geld bei mir …«

»Dann nehme ich sechs Deutsche Mark von Ihnen.«

Charlotte erschrak. Sechs Mark? So viel konnte sie nie und nimmer für ein Tuch ausgeben. Auch nicht, wenn es aus indischer Seide war … Sie nahm den Stoff in die Hand und spürte, wie leicht er war. Zart und kühl glitt er durch ihre Finger und blieb an jeder rauen Hautstelle hängen. Solche Stoffe hatte sie vor langer Zeit gekannt, ihre Mutter hatte Kleider daraus getragen, die später zu Röcken für Ettje und Tante Fanny umgearbeitet wurden …

»Das ist zu teuer …«

»Sie werden diese Qualität nirgendwo billiger bekommen.«

Sie versuchte gar nicht erst zu feilschen. Selbst wenn sie das Tuch um ein, zwei Mark herunterhandelte, war es völliger Unsinn, sich ein so teures Kleidungsstück zu leisten.

»Ich muss darüber nachdenken.«

Sie lächelte entschuldigend und entnahm seinem ernsten Gesichtsausdruck, dass er den Grund ihrer Zurückhaltung erkannt hatte. Er verneigte sich vor ihr, als sie hinausging, was ihr sehr merkwürdig erschien.

Eilig lief sie die Straße entlang, und erst als sie sich ein wenig entfernt hatte, begann sie wieder zu schlendern, um sich die Geschäfte anzuschauen. Es gab eine Menge Handwerker, die hier halb im Freien hockten und auf Metall herumhämmerten, Schmuck auffädelten oder an Nähmaschinen saßen und weiße, lange Gewänder herstellten.

Nähen kann Klara auch, dachte sie. Man müsste sich in einem dieser Häuser einmieten, Waren kaufen und sie anbieten. Gewänder schneidern. Hübschen Schmuck herstellen. Weshalb sollte das nicht möglich sein?

Aber sie konnte nirgendwo einen leeren Laden entdecken. Sogar die winzigsten Löcher waren voller Körbe und Warenballen, ein Handwerker klopfte herum, Araber tranken Kaffee und inhalierten Rauch aus langen Schläuchen, die an einem schlanken Glasbehälter befestigt waren. Es roch süßlich, und sie spürte wieder, wie der Boden unter ihr leicht zu schwanken begann. Tücher flatterten an einem Ständer, purpurne, blutrote, safranfarbige, dazwischen eines, das wie dunkles Gold leuchtete. Indien, das Land ihrer Mutter …

Sie drehte sich um und ging entschlossen zurück.

Der indische Händler hatte Kundschaft im Laden, zwei farbige Frauen erwarben Gewürze und Reis, den er abwog und in die mitgebrachte Korbtasche füllte. Dann untersuchten sie sämtliche Teekessel, wogen sie in der Hand, inspizierten Tülle, Henkel und Boden, bis sie sich endlich für ein Exemplar entschieden. Sie feilschten eine Weile mit viel Gelächter und lebhaften Gesten, und der indische Händler ging mit freundlicher Ruhe darauf ein, verlor niemals sein Lächeln, und am Ende schienen beide Parteien mit dem Handel zufrieden zu sein.

Als sie den Laden verlassen hatten, wandte er sich Charlotte zu.

»Sie haben es sich überlegt?«

»Ich würde das Tuch gern noch einmal sehen.«

»Legen Sie es sich um – hier ist ein Spiegel.«

Er hatte die Tücher schon wieder ins Regal geschichtet, das Seidentuch lag obenauf, und als er es entfaltete, breitete es sich vor Charlotte aus wie eine wehende, goldene Fahne. Es fühlte sich an wie ein luftiger Hauch, eine ferne, zärtliche Erinnerung, fein wie ein Spinnweb und doch ein sicherer Schutz, kühl und wärmend zugleich. Er hielt ihr einen runden, in Silber gefassten Handspiegel vor.

»Es ist Ihre Farbe. Die Farbe Ihrer Augen.«

Also hatte auch er es bemerkt. Sie drapierte das Tuch auf andere Weise, kreuzte die Enden unter ihrem Kinn und schlang sie im Genick zusammen.

»Ich habe eine Frage.«

Er schien etwas geahnt zu haben, denn seine Augen zogen sich ein wenig zusammen, und um seinen Mund legte sich ein ironischer Zug.

»Fragen Sie …«

»Ich möchte einen Laden mieten, um ein Geschäft zu eröffnen.«

Was immer er erwartet hatte, dies war es wohl nicht gewesen.

»Hier? Was wollen Sie verkaufen?«

»Alle möglichen Waren. Töpfe, Teppiche, Stoffe, Gewürze. Meine Cousine kann gut nähen, wir können Gewänder herstellen …«

Sie erzählte, dass sie schon als Kind auf dem Markt gehandelt habe, dass sie einen Laden für Kolonialwaren besessen hätten, dass das Handeln ihr im Blut läge und sie die feste Absicht habe, hier neu anzufangen.

Er hörte ihr geduldig zu, dann erklärte er bedauernd, dass alle Läden besetzt seien. Es sei nicht einfach, hier in der Gegend ein Haus zu mieten.

»Es braucht nur ein ganz kleiner Laden zu sein. Für den Anfang. Kennen Sie niemanden, der von hier fortgehen will? Oder jemanden, der sein Geschäft aufgibt?«

Er betrachtete sie immer noch mit schmalen Augen, jetzt schien sogar Misstrauen darin zu liegen, und ihre Hoffnungen sanken.

»Sie sind eine Deutsche?«, wollte er wissen.

»Ja.«

Er schwieg, sah zu, wie sie das Tuch wieder löste, eine andere Variante versuchte. Trat hinter sie und sah über ihre Schulter hinweg in den Handspiegel, der ihr Gesicht zeigte, von goldener Seide umflossen. Die Frage, die man ihr so oft gestellt hatte, schwebte unausgesprochen im Raum, doch dieses Mal standen die Zeichen andersherum. Was in der kleinen Stadt Leer ein Makel gewesen war, konnte hier vielleicht eine Tür aufstoßen.

»Meine Großmutter war Inderin. Leider weiß ich nicht einmal ihren Namen. Ich war noch klein, als meine Eltern und mein Bruder starben …«

»Ihre Großmutter kam in Ihnen zurück.«

Sie begriff den Sinn dieses Satzes erst viel später, als sie ihn näher kannte. Jetzt, in diesem Moment, fand sie diese Bemerkung reichlich verrückt.

»Der Mann, der den Laden nebenan führt, wird in ein paar Wochen nach Usambara gehen«, erklärte er gleichmütig. »Die Plantagen, die die Ostafrikanische Gesellschaft anlegen will, werden viele Leute anziehen. Die Deutschen sind gute Kunden, sie brauchen viele Dinge, außerdem bezahlen sie ihre Arbeiter pünktlich. Die Afrikaner sind wie die Kinder, kaum haben sie ein wenig Geld verdient, kaufen sie sich billige Messer und schöne Gewänder, Schmuck, silberne Knöpfe und Alkohol.«

Die Art, wie er von den »Afrikanern« redete, gefiel ihr nicht; es lag unendlich viel Verachtung darin. Doch sie ergriff die Chance, die er ihr bot.

»Dann könnte ich den Laden vielleicht mieten? Wem gehört er? An wen muss ich mich wenden?«

»Er gehört mir«, sagte er leise. »Aber ich kann Ihnen nicht den ganzen Laden vermieten, einen Teil davon brauche ich als Lager.«

»Das wäre nicht so schlimm. Ich will ja klein anfangen«, erklärte sie eifrig. »Wie hoch wäre die Miete?«

»Es ist nicht nur der Laden, ich vermiete auch die Wohnung, die darüber liegt.«

Die Wohnung hatte drei Zimmer, es gab eine Wasserleitung und eine einfache Kochstelle, worunter sie sich nicht viel vorstellen konnte. Morgen früh könne er sie ihr zeigen, jetzt habe er niemanden, der auf seinen Laden aufpasste.

»Wo kaufen Sie die Waren ein?«

Er lächelte, überlegen oder auch mitleidig. Noch nie hatte sie einen Menschen getroffen, der so schwer einzuschätzen war. Bot er ihr Laden und Wohnung an, weil sie eine indische Großmutter hatte? Oder einfach nur, weil sie ihm gefiel?

»Ich werde Ihnen beim Einkauf helfen.«

Konnte sie ihm trauen? Ihr Gefühl sagte, dass er noch einen anderen Grund haben musste, ihr dieses Angebot zu machen. Vielleicht wollte er ihr einfach nur ihre Ersparnisse abknöpfen. Und dennoch meinte sie, keinen abgefeimten Betrüger vor sich zu haben. Aber natürlich – sie konnte sich täuschen.

»Ich komme morgen früh, um mir die Wohnung anzusehen. Bitte geben Sie sie bis dahin an keinen anderen.«

»Natürlich nicht.«

Sie zog das Tuch von den Haaren und hielt es in den Händen. Es warf weiche Schatten und sah aus wie ein goldschillernder Strom, der durch ihre Finger floss.

»Für vier Mark nehme ich es«, sagte sie kühn.

Zuerst sah man nur seine Schultern zucken, dann hörte man ihn kichern, schließlich lachte er. Nicht laut, sondern eher still, aber dennoch schien er köstlich amüsiert.

»Nehmen Sie es mit – es ist ein Geschenk von Kamal Singh. Ich werde morgen früh auf Sie warten.«

Die Wohnung war für europäische Verhältnisse mehr als primitiv. Zur Straße hin gab es zwei kleine Fenster, auch auf der Nordseite, wo eine Gasse einmündete, drang durch eine viereckige Maueröffnung ein wenig Licht ein, vor allem aber diente diese Öffnung als Rauchabzug für die Kochstelle. Ansonsten war es finster, in den kleinen Schlafräumen konnte man nicht einmal stehen, da das flache Dach zur straßenabgewandten Seite stark abfiel, damit das Regenwasser ablaufen konnte. An vielen Stellen bröckelte der Putz von den Wänden, was der Vormieter durch bunte Wandteppiche verdeckt hatte, der Fußboden war zum Teil mit Fliesen belegt, die sich jedoch schon abgelöst hatten oder zerbröckelten.

Die indische Familie schien sich wenig daran zu stören, sie begrüßten Kamal Singh wie einen guten Bekannten, waren freundlich zu den drei Deutschen und reichten ihnen sogar Tee in winzigen, schön bemalten Tässchen. Es gab nur wenige Möbel, man saß auf einer geflochtenen Matte am Boden, und auf den niedrigen Betten tummelten sich vier Kinder, das kleinste mochte noch kein Jahr alt sein.

Christian hielt seine Empörung zurück, bis sie wieder unten auf der Straße waren, dort teilte er Kamal Singh freundlich, aber entschieden mit, dass er nicht beabsichtige, diese Wohnung zu mieten. Dann entfernte er sich mit energischen Schritten in der festen Meinung, dass Charlotte und Klara ihm folgten. Doch er hatte sich getäuscht. Als er sich nach einer kleinen Weile umwandte, standen die beiden Frauen immer noch vor dem Geschäft des Inders, und er war gezwungen umzukehren.

»Was ist los? Willst du etwa in dieses Loch einziehen?«

»Ich will mir den Laden ansehen«, erklärte sie in festem Ton.

Kopfschüttelnd geduldete er sich. Der Laden war nicht mehr als ein kahler Raum mit schmutzigen, ehemals weiß getünchten Wänden. Ein wackliges Regal wollte der Vorbesitzer ihnen zurücklassen, vermutlich weil es die Reise in die Berge nicht überstehen würde, alles andere wollte er mitnehmen. Ein Vorhang teilte den hinteren Bereich des Ladens ab, dort lagerten Kisten und in Leinwand eingenähte Warenballen, die Kamal Singh gehörten. Wenn genügend Platz war, könnten sie dort ebenfalls ihre Sachen aufgewahren, wenn er den Raum jedoch benötigte, müssten sie ihn räumen.

»Du bist nicht recht gescheit!«, schimpfte Christian, als die beiden Frauen zu ihm zurückkehrten. »Dieser Bursche hat es nur auf unser Geld abgesehen. Schau ihn dir doch an!«

Charlotte war zornig, denn er hatte so laut gesprochen, dass Kamal Singh, der wieder in sein Geschäft zurückgekehrt war, ihn hören konnte.

»Ich will diese Wohnung und diesen Laden mieten, Christian!«

»Nicht mit meinem Einverständnis. Ich bin dein Ehemann, ohne meine Einwilligung kannst du keinen Vertrag unterschreiben. Falls du es vergessen haben solltest: Wir leben hier unter deutschem Recht!«

»Bitte«, sagte Klara verzweifelt. »Streitet doch nicht. Noch dazu mitten auf der Straße!«

»Und womit gedenkst du, unseren Lebensunterhalt zu bestreiten?«, fragte Charlotte wütend, ohne sich um Klaras Flehen zu kümmern. »Von deinem Traum, einmal eine Kaffeeplantage zu besitzen? Wann? In einem Jahr? In zehn Jahren? Sollen wir bis dahin verhungern?«

Ein heftiger Regenguss enthob Christian fürs Erste einer Antwort. Schleunigst flüchteten sie sich unter das ausgespannte Stoffdach eines Geschäfts. Dort verharrten sie einige Minuten schweigend, starrten in den strömenden Regen, der die Straße in einen sprudelnden Sturzbach verwandelte, und versuchten, ihre Kleidung vor den aufspritzenden Tropfen zu schützen. Christian war düsterer Stimmung, seine Hoffnung, einen Kredit zu erhalten, hatte sich gestern zerschlagen, er hatte auf die verdammte Cliquenwirtschaft geschimpft, die Herren von und zu, die sich gegenseitig Gelder und Ländereien zuschusterten und andere ausschlossen. Ebert, bei dem er sich beschwerte, hatte nur die Schultern gezuckt und ihm eine Stelle als Schreiber in der deutschen Verwaltung angeboten. Nicht allzu gut bezahlt, aber immerhin ein Anfang.

»Ich werde in Usambara schon einen Posten finden«, knurrte er schließlich. »Auf den Pflanzungen werden sie froh sein, einen Deutschen einstellen zu können. So werde ich mir Kenntnisse erwerben und Geld zusammensparen.«

»Das kannst du tun. Aber ohne mich!«

Er gab zu, dass er sie in diesem Fall sowieso nicht mitnehmen könne, auch Klara nicht. Aber es sei Wahnsinn, diesem Inder zu vertrauen, er sei ein Orientale und denke um die Ecke. Er habe sich bei Kunert erkundigt. Kamal Singh besaß mehrere Ladenhäuser in der Inderstraße, seine beiden Söhne waren ebenfalls Händler und lebten auf Sansibar, außerdem hatte er drei Schwiegersöhne, von denen einer in Bagamoyo, die anderen beiden irgendwo in Arabien saßen. Der Clan arbeitete gut zusammen und handelte gewiss nicht nur mit Wasserkesseln und Seidentüchern. Kunert wusste auch, dass der Inder mit den deutschen Behörden Ärger hatte; man hatte ihn zum Verkauf eines Hauses bewegen wollen, um es abzureißen – das sich beständig ausbreitende Inderviertel war der deutschen Verwaltung ein Dorn im Auge. Vermutlich handelte es sich genau um das Gebäude, das er jetzt an Charlotte vermieten wollte – ein kluger Schachzug von ihm. Wenn dort eine deutsche Familie wohnte, würden ihn die Behörden fürs Erste in Ruhe lassen.

»Und wenn schon. Ein Grund mehr für ihn, mich nicht zu betrügen!«

Sie hatte sich inzwischen nach dem Umrechnungskurs erkundigt. Eine Rupie war eine Mark dreiunddreißig wert, ein Pesa zwei Pfennige. Vierundsechzig Pesa gingen auf eine Rupie. Wenn er für ein Kopftuch fünf Rupien hatte haben wollen und dann sechs Mark von ihr verlangte, hatte er sehr zu ihren Gunsten umgerechnet.

Das feindselige Schweigen inmitten des prasselnden Unwetters tat Charlotte weh, sie war zu hart gewesen, sie wusste doch, wie sehr Christian unter seiner Enttäuschung litt. Besser, sie versuchte, ihn sanft zu überreden.

»Wenn du tatsächlich nach Usambara gehen willst, müssen Klara und ich irgendwo bleiben«, lenkte sie ein. »Schließlich können wir nicht Wochen und Monate im Postamt logieren, und das Hotel ist viel zu teuer. Da kommt diese Wohnung genau recht. Zumal du uns ganz sicher bald Geld schicken wirst.«

Der letzte Satz war hilfreich. Sie glaubte an ihn, vertraute darauf, dass er Erfolg haben würde. Wenn sie es tat, dann konnte auch er selbst an sich glauben. Seine düstere, verkrampfte Miene löste sich.

»Die Wohnung – gut. Aber nicht den Laden.«

»Er vermietet nur beides zusammen.«

Sie brauchte eine Weile, um ihn zu überzeugen, doch schließlich kapitulierte er vor ihrer Hartnäckigkeit. Gut, er würde sich nach der Miete erkundigen. Aber sie dürfe in seiner Abwesenheit keinesfalls teure Waren einkaufen, auf denen sie dann sitzen blieb. Und sich nicht etwa dazu hinreißen lassen, bei diesem Inder Schulden zu machen. Der würde ihnen ganz sicher das letzte Hemd nehmen.

Charlotte verkniff sich die boshaften Bemerkungen, die ihr auf der Zunge lagen, und sie gingen zu dritt zurück in Kamal Singhs Laden, um die Verhandlungen zu führen. Der Inder schien Christians beleidigende Worte nicht gehört zu haben, denn er behandelte ihn freundlich, wenngleich sein Lächeln schwer zu deuten war. Die Miete hatten sie wöchentlich zu entrichten, sie war aber erstaunlich niedrig, und so setzten sie einen Mitvertrag auf, der die Wohnung und einen Teil des darunter befindlichen Ladens umfasste. Charlotte bestand darauf, ihre Unterschrift neben die ihres Mannes zu setzen.

Christians Reise nach Usambara riss ein Loch in ihre Ersparnisse. Er würde mit dem Küstendampfer bis Tanga fahren, um sich dort einer Reisegruppe anzuschließen, die in die Usambaraberge zog. Dazu wollte er sich ein Maultier mieten oder kaufen, außerdem benötigte er Geld für Verpflegung und Unterkunft. Ansonsten wollte ihm die Ostafrikanische Gesellschaft hilfreich unter die Arme greifen: Deutsche Arbeitskräfte wurden gebraucht, wer arbeiten und es zu etwas bringen wolle, sei ihnen immer herzlich willkommen.

Als sie am Hafen voneinander Abschied nahmen, verspürte Charlotte herbe Gewissensbisse. Wie konnte sie ihn ganz allein fortlassen? War sie nicht seine Frau und hatte gelobt, immer an seiner Seite zu bleiben? Ach, wie sollte ein so weltfremder Träumer, wie er es war, dort in der Wildnis zurechtkommen?

»Schreib mir so bald wie möglich, ja?«, bat sie ihn.

Auch er war tief bewegt, doch er versuchte, seinen Kummer hinter gespielter Fröhlichkeit zu verbergen. Die Rupien, die sie ihm aufdrängen wollte, damit er nur rasch Post an sie senden konnte, wies er zurück, sie brauche das Geld für sich und Klara. Wenn er erst Fuß gefasst habe, würde er ihnen Reisegeld schicken, damit sie so rasch wie möglich nachkommen konnten.

»Pass mir gut auf Klara auf. Und nehmt das Chinin, das wir gekauft haben …«

»Sei vorsichtig, Christian. Es gibt Leoparden dort. Und Schlangen …«

Der kleine Postdampfer hatte am Landungssteg angelegt, die Glocke schrillte, es war Zeit. Als Christian sie umschlang, spürte Charlotte die Erschütterung in seiner Brust; er schluchzte, und auch sie konnte jetzt ihre Tränen nicht mehr zurückhalten.

»Vergib mir, Charlotte. Wenn wir wieder beisammen sind, wird alles anders werden. Wir werden nie wieder streiten. Ich liebe dich, mein Herz. Ich liebe dich so sehr …«

Er musste sich gewaltsam von ihr losreißen, sonst hätte er den Postdampfer nicht mehr erreicht. Vom Deck aus winkte er ihr zu, und als der Dampfer schon in den schmalen Kanal einfuhr, der den Hafen mit dem Ozean verband, sah sie noch immer sein weißes Taschentuch im Wind flattern. Dann verschwand das Schiff hinter dem dichten Palmenhain der evangelischen Missionsstation.

Charlotte verbrachte die folgenden Tage auf verschiedenen deutschen Ämtern, um die nötigen Papiere für die Eröffnung eines Geschäfts zu erlangen. Eine Woche später schickte Kamal Singh ihr einen Boten ins Postamt – Wohnung und Laden seien jetzt bezugsbereit. Es war eine erlösende Nachricht für die beiden Frauen, die sich im Postamt inzwischen wie lästige Störenfriede vorkamen. Sie hatten in eine Nebenkammer umziehen müssen, da Kunert sein Büro brauchte, um seinen Nachfolger einzuarbeiten. Er selbst saß schon auf gepackten Koffern – in wenigen Tagen würde die *Bundesrath* von ihrer Fahrt nach Delagoa-Bai und Mosambik wieder zurückkehren und über Daressalam die Rückreise nach Hamburg antreten.

In der Inderstraße wartete eine Überraschung auf sie. Kamal Singh hatte die Wände der Wohnung frisch übertünchen lassen, in dem größeren Raum lagen Teppiche am Boden, Öllampen hingen von den Decken herab, unter den Fenstern stand eine niedrige Truhe aus dunkelbraunem Holz, ein Bettgestell mit Polstern in einem der Schlafräume. In der Küche fanden sich etliche Kochgerätschaften, Geschirr, Eimer, sogar Kehrblech und Feger, dazu ein Bündel Holz, um Feuer zu machen. Vor allem aber hatte er einen Herd aufstellen lassen, der zwar fürchterlich verschrammt war, dafür aber ein Rohr besaß, das den Rauch aus dem Fensterchen ins Freie leitete. Angeblich gehörten diese Dinge zur Wohnung und standen ihnen zur Verfügung.

Charlotte bestand darauf, die Miete für die ersten beiden Wochen im Voraus zu entrichten, worüber er lächelnd den Kopf schüttelte, das Geld dann aber doch nahm. Dass sie im Stadthaus Rupien und Pesa eingetauscht hatte, gefiel ihm auch nicht, weshalb sie nicht zu ihm gekommen sei, er hätte ihr einen günstigeren Kurs gegeben.

Sie überließ es Klara, die wenigen Dinge einzuräumen, die

sie in ihrem Koffer mitgebracht hatten, und saß stundenlang in Kamals Laden, half ihm, die Kunden zu bedienen, und bemühte sich, Suaheli zu lernen. Als er bemerkte, dass sie sich die Sätze und Ausdrücke auf einem Blatt Briefpapier notierte, verschwand er im Hintergrund seines Ladens und kehrte mit einem abgegriffenen Büchlein zurück.

»Wörterbuch der Suaheli-Sprache mit Grammatik«, entzifferte sie voller Überraschung. »Woher haben Sie das?«

Er zuckte die Schultern, was wohl so viel bedeutete, dass er sich nicht mehr genau erinnern könne, doch sie dürfe das Büchlein gern benutzen. Es war beim Orientalischen Seminar in Berlin gedruckt worden und ganz offensichtlich für den Gebrauch in einer evangelischen Mission bestimmt.

»Kluge Leute«, sagte er. »Sie haben drüben bei der Hafeneinfahrt ihre Missionsgebäude, züchten Gemüse und Obst und haben auch Kokospalmen. Es gibt eine Schule und eine Krankenstation. Sie behandeln alle, ohne Ausnahme.«

Charlotte begriff, dass er offensichtlich auch mit den evangelischen Missionaren Handel trieb. Er schien sie jedoch zu schätzen; in die Missionsschule gingen neben afrikanischen auch viele indische Kinder, das sei wichtig, erklärte er ihr, denn nur ein gebildeter Inder könne die Anerkennung der Deutschen gewinnen, vielleicht sogar eine Stelle in der Verwaltung bekommen. Von den katholischen Missionaren hielt er weniger, sie seien stolze Menschen, die nur ihren eigenen Glauben kannten und keinen anderen daneben gelten ließen. Er selbst war ein Sikh und besuchte den Tempel, der nördlich der Inderstraße gelegen war.

»Sie wollten mir helfen, Waren einzukaufen.«

»Sagen Sie mir, was Sie haben wollen.«

Sie war vorsichtig. Reis und Tee wurde immer gekauft, dazu hübsches Geschirr, aber nicht zu teuer, ein paar Haushaltswaren und Stoffe.

Er hörte schweigend zu und nickte vor sich hin, anscheinend fand diese Auswahl seine Billigung, allerdings merkte er an, dass ein paar »glänzende« Dinge nicht schlecht wären, ein wenig Schmuck, blitzende Windspiele – Sachen, die die Aufmerksamkeit auf sich zogen.

»Und Gewürze. Aber nur die gängigen. Und eine Nähmaschine.«

»Eine Nähmaschine?«

»Für meine Cousine. Sie kann sehr gut nähen.«

Er wiegte den Kopf und meinte, eine solche Maschine sei teuer und nicht leicht zu beschaffen, aber er wolle sich umsehen. Dann nannte er ihr die Einkaufspreise, schlug vor, welche Mengen sie kaufen solle und was sie daran verdienen könne. Charlotte rechnete alles im Kopf durch und musste schlucken – von ihren Ersparnissen würde nur wenig übrig bleiben. Die Handelsspanne war unterschiedlich, am geringsten bei den Lebensmitteln, die anderen Dinge brachten mehr ein. Aber die musste man erst mal verkaufen.

»Es wird schon gehen«, sprach er ihr Mut zu. »Für den Anfang auf jeden Fall. Später werden Sie bessere Geschäfte machen.«

Jetzt stellte sie auch fest, dass er mehrere Angestellte beschäftigte, vor allem Afrikaner, aber auch einige Inder. Sie tauchten hin und wieder im Laden auf, nahmen Aufträge entgegen und liefen wieder davon, manchmal blieb auch der eine oder andere, um die Kunden zu bedienen, während Kamal Singh sich mit Freunden in den hinteren Teil des Ladens zurückzog, um bei Tee oder Kaffee lange Gespräche zu führen.

Die bestellten Waren wurden noch am gleichen Nachmittag in ihren Laden geliefert. Afrikaner schleppten Säcke und Ballen auf dem Rücken, stellten die Sachen gehorsam dort ab, wo Charlotte sie haben wollte, und freuten sich wie die Könige, als sie einige Pesa Trinkgeld erhielten. Bald erschienen auch zwei junge Inder mit Tischen, einem Stuhl und mehreren Kisten und erklärten, Sahib Kamal Singh lasse anfragen, ob sie für diese leider etwas verstaubten und verschrammten Gegenstände eine Verwendung habe.

Nichts von alledem stimmte: Die Tische waren aus glattem Holz und hatten gedrechselte Beine, der Stuhl, der geschnitzte Seitenlehnen hatte und mit rotem, gemustertem Samt bezogen war, schien aus einem indischen Palast zu stammen, wenngleich er schon ein wenig abgenutzt war. Charlotte beschloss, sich über die Großzügigkeit des Inders vorerst keine weiteren Gedanken zu machen, rief Klara nach unten, und sie verbrachten den Rest des Tages damit, ihre Waren einzuräumen. Da sie die hölzernen Torflügel dabei offen ließen, stellten sich auch schon die ersten Kunden ein, und so hatten sie bis zum Abend drei Rupien und vierundzwanzig Pesa eingenommen.

Als sie sich kurz vor Einbruch der Dunkelheit mühten, die mehrfach zusammengeklappten Torflügel auseinanderzuziehen, um das Geschäft für die Nacht vor Einbrüchen zu sichern, erschien Kamal Singh höchstpersönlich, um ihnen zur Hand zu gehen.

»Gehen Sie am Abend oder in der Nacht niemals allein aus«, warnte er die Frauen. »Und wenn Sie es doch tun müssen – schaffen Sie sich einen Revolver an.«

Klara wurde blass – all die fürchterlichen Geschichten, die Tante Fanny immer von Dieben und Räubern erzählt hatte, die einer Frau Entsetzliches antun konnten, wurden in ihrer Phantasie wieder lebendig.

»Einen Revolver?«, fragte Charlotte, der ebenfalls beklommen zumute wurde.

»Für eine Frau ist das besser als ein Gewehr«, meinte er gleichmütig. »Am besten aber ist, Sie lassen sich in der Nacht von einem bewaffneten Diener begleiten.«

»Vielen Dank für den Rat. Wir werden keinen Fuß aus der Wohnung setzen, solange es dunkel ist.«

Er verbeugte sich mit ernster Miene und ging davon. Kamal Singh wohnte nicht in der Inderstraße, er besaß ein Haus, das weiter südlich nahe der Hauptstraße gelegen war. Kunert hatte erzählt, der Inder sei Witwer, es wohnten jedoch zahlreiche Verwandte oder Freunde bei ihm, außerdem bewirte er häufig Gäste oder Geschäftspartner, so genau könne man das nicht auseinanderhalten.

Ihre Abendmahlzeit bestand aus gekochtem Reis, gewürzt mit Salz und Kurkuma, dazu aßen sie eine Mango, die Charlotte einer Straßenhändlerin abgekauft hatte und die köstlich wie reifer Pfirsich schmeckte. In Ermangelung von Tisch und Stühlen saßen sie nebeneinander auf der Truhe, hielten die Teller auf dem Schoß und lauschten dem Regen, der heftig aufs Dach trommelte. Es war ein großartiges Gefühl, in einer eigenen Wohnung zu leben und sich bei niemandem für seine Anwesenheit entschuldigen zu müssen.

»Wenn wir erst eine Nähmaschine haben, kannst du aus den Stoffen hübsche Gewänder herstellen«, murmelte Charlotte, als sie neben Klara auf dem Bett lag.

»Aber ich habe noch nie auf einer Maschine genäht, Charlotte!«

Die Großmutter hatte der neuen Technik immer misstraut, solch teuren Schnickschnack brauchte man nicht, solange genügend Frauen im Haus waren, die die Nadel führen konnten.

»Das lernst du schnell. Sogar die Männer können es hier – hast du nicht gesehen, wie sie vor ihren Läden sitzen und die Nähte heruntersurren?«

So schläfrig Klara auch war – ihre Bedenken waren riesengroß, und sie musste sie loswerden.

»Aber ich kann mich doch nicht auf die Straße setzen, wo

mir alle Leute bei der Arbeit zuschauen, Charlotte. Wenn ich schon nähe, dann will ich es still für mich irgendwo hinten im Laden tun.«

»Da ist es zu dunkel, Klara. Und außerdem sollen die Leute doch wissen, dass wir Kleider nähen, sonst bekommen wir keine Bestellungen.«

»Wir könnten doch ein Schild aufstellen …«

»Ein Schild?«, fragte Charlotte kichernd. »Und was willst du darauf schreiben? In welcher Sprache? Wo die meisten sowieso nicht lesen können …«

Sie hatten die Fenster im großen Zimmer offen gelassen. Es hatte jetzt aufgehört zu regnen, und die frische Luft war angenehm. Ein seltsamer Laut drang von draußen zu ihnen herein, ein Scharren und Kratzen, dann ein dumpfer Schlag.

»Was war das?«, flüsterte Klara verängstigt. »Doch wohl kein Dieb, der in unseren Laden einbrechen will?«

»Das war nicht bei uns, es ist weiter vorn …«

Holz splitterte, sie vernahmen ein Fauchen, dann ein tiefes, rasselndes Knurren, das ihnen das Blut in den Adern gefrieren ließ. Charlotte sprang von ihrem Lager auf und lief zum Fenster. Unten auf der Straße war jetzt Lärm, Fackeln wurden geschwenkt, Männer fuchtelten mit Knüppeln herum, brüllten, schalten, fluchten in allerlei Sprachen.

»Simba! Simba!«

Im Zwielicht sah Charlotte den hin- und herirrenden Schatten eines großen Tieres, ein dumpfes Grollen ertönte, dann ein tiefes, drohendes Brüllen. Die Männer wichen zurück, einer warf die brennende Fackel nach der Bestie, und im Lichtschein erkannte Charlotte das aufgerissene Maul und die wilden, glitzernden Augen einer Löwin. Sie fauchte zornig, dann drehte sie ab und trottete die Straße entlang, bis sie in der Dunkelheit verschwunden war.

Deshalb also sollten sie in der Nacht nicht auf die Straße

gehen! Löwen drangen bei Dunkelheit bis in die Stadt hinein und versuchten, in Wohnungen und Geschäften allerlei Fressbares zu stehlen. Sie dachte wehmütig an den ausgestopften Löwenkopf, der vor vielen Jahren in Ohlsens Schaufenster gehangen hatte. Damals hatte sie geglaubt, der König der Savanne sei ein freier, edler Herrscher der afrikanischen Wildnis. Aber wie es schien, war diese große Katze nicht mehr als ein gemeiner Dieb und Aasfresser.

Schammi tauchte am gleichen Tag auf, an dem Kamal Singh ihnen die Nähmaschine bringen ließ. Charlotte war rasch auf den Markt gelaufen, um Früchte und Gemüse einzukaufen, als sie den Jungen bemerkte. Er hockte zusammengekauert neben einem der hölzernen Pfosten des lang gezogenen Strohdachs, unter dem sich das Marktgeschehen abspielte. Charlotte spürte seinen eindringlichen Blick, während die Händlerin ihr zwei Hände voll Erdnüsse in den Korb warf, und aus einem plötzlichen Impuls heraus hockte sie sich vor ihn hin und reichte ihm einige Nüsse.

Zunächst rührte er sich nicht, in seinen Augen spiegelten sich Zweifel und Misstrauen. Er hatte große, dunkelbraune Augen, die in seinem schmalen Gesicht riesig wirkten, vielleicht war es das, was Charlotte an diesem Kind so berührt hatte. Es dauerte eine kleine Weile, bis er mit einer langsamen Bewegung den Arm hob und ihr die Nüsse eine nach der anderen aus der Hand nahm. Sie nickte ihm lächelnd zu und beeilte sich dann, zu ihrem Laden zurückzulaufen, wo Klara sich mit der Nähmaschine abplagte.

Erst später bemerkte sie, dass er ihr gefolgt war. Vorerst kämpfte sie zornig gegen die Tücken des widerspenstigen Geräts und zugleich gegen Klaras sanfte Resignation, die ja gleich gewusst hatte, dass diese Anschaffung sinnlos war.

»Es ist zu anstrengend für mich, Charlotte. Mein Fuß …«

»Du hast zwei Füße, Klara. Mit dem gesunden Fuß kannst du die Maschine sehr gut in Gang bringen!«

»Es geht zu schwer. Und wenn sie dann endlich in Bewegung kommt, reißt der Faden ab.«

Die Nähmaschine war ein Fabrikat der Firma Seidel & Naumann aus Dresden, wie in goldener Schrift auf ihrem schwarzen Eisenkörper zu lesen war. Kamal Singh hatte sie auf verschlungenen Wegen erworben, angeblich stammte sie von einem holländischen Siedler aus Südafrika.

»Wenn die Deutschen sie gemacht haben, muss sie solide sein«, hatte er behauptet.

Solide war sie sicher, es wackelte nichts, nur war das Gerät ungeheuer schwergängig. Charlotte bat den Inder um Öl und rückte der eisernen Dame mit einer kleinen Kanne zu Leibe, kippte in jedes Löchlein, auf jede Schraube und vorsorglich auch über das große Schwungrad eine Portion der durchsichtigen, seltsam riechenden Flüssigkeit.

Nach und nach bildete sich ein Kreis von Zuschauern, die ihre Bemühungen neugierig beobachteten. Junge Männer, Kinder jeglichen Alters, Frauen, die mit Körben und Lasten auf dem Kopf unterwegs waren – alle blieben stehen, verfolgten jede ihrer Bewegungen, schwatzten, staunten, klatschten in die Hände, wenn die Maschine für kurze Zeit ihre Arbeit tat. Es waren Inder, Goanesen und Araber, die meisten jedoch schwarze Afrikaner. Charlotte stellte fest, dass Schadenfreude überall in der Welt verbreitet war, hier in Afrika jedoch trug man sie viel offener zur Schau. Das Gelächter über ihre Misserfolge war laut, manchmal sogar schrill, dennoch empfand sie es nicht als hämisch, denn es lag eine gutmütige Fröhlichkeit darin.

Nach vielen vergeblichen Versuchen gelang es ihr endlich, eine gerade Naht herzustellen, ohne dass sie sich in die Finger stach oder der hinterhältige Faden riss. Das Geheimnis bestand darin, gleichmäßig zu treten; kam man aus dem Rhythmus, nähte die Maschine rückwärts.

»Es ist gar nicht so schwer, Klara. Ein paar Tage, dann hast du es gelernt und willst gar nicht mehr mit der Hand nähen!«

Sie erntete einen kleinen Applaus, als sie die Naht triumphierend in die Höhe hielt, von den Scherzworten verstand sie nur wenige, aber besonders den schwarzen Frauen schien sie großes Vergnügen bereitet zu haben. Klara, die sich bei so viel Aufmerksamkeit am liebsten in das nächstbeste Loch verkrochen hätte, atmete erleichtert auf, als sich die Leute endlich zerstreuten. Übrig blieb nur ein schwarzer Junge, ein schmales Bürschlein von vielleicht zehn oder elf Jahren, nur mit einem kurzen Jutekittel angetan. Er hatte sich dicht vor dem Laden auf den Boden gesetzt, gleich neben den Tisch, auf dem sie ihre Gewürze, ein paar Töpfe und bunte Tassen aufgestellt hatten. Charlotte erkannte ihn sofort wieder.

»*Jambo.* Willst du noch Erdnüsse?«

»Nein.«

Ratlos sah sie Klara an, die die Schultern zuckte und mitleidig auf den Jungen blickte.

»Er hat bestimmt Hunger, Charlotte. Schau, wie dünn er ist.«

Der Junge sagte etwas auf Suaheli, das sie nicht gleich verstanden. Dann redete er langsamer, zeigte auf den Tisch mit den Gewürzen, stand auf und warf sich in die Brust.

»Ich glaube gar, er will auf unsere Waren aufpassen.«

»Aber das geht nicht«, meinte Charlotte. »Wir können ihn nicht bezahlen.«

»Kein Geld. Nur *chakula.* Schammi isst nicht viel.«

Wie es schien, wollte er nur für das Essen arbeiten.

»Wir brauchen niemanden.«

»Weiße *bibi* braucht einen *boy. Bibi* kann schlecht gehen. Schammi holt, was sie haben will. Schammi fängt Dieb. Schammi trägt Kiste. Schammi läuft, wohin sie will …«

Er begleitete diese Worte mit Gesten, sprang hin und her, tat, als wolle er einen imaginären Spitzbuben festhalten, schleppte mit gebeugtem Rücken eine nicht vorhandene Last. Ganz sicher war er ein begabter Pantomime.

»Gehen Sie nicht darauf ein«, riet Kamal Singh, der zu ihnen hinüberkam, um ihnen zwei Gläser mit gesüßtem Tee und ein wenig Gebäck auf einem Tablett zu bringen. Seitdem sie den Laden neben ihm eröffnet hatten, tat er dies jeden Morgen und auch am frühen Nachmittag.

»Er ist ein gewitzter Dieb«, meinte er mit dem ihm eigenen Gleichmut. »Vor allem aber trägt er den Keim des Todes in sich.«

»Den Keim des Todes? Wie meinen Sie das?«

Charlotte entdeckte in Kamal Singhs Augen einen Ausdruck, der ihr bisher noch nie aufgefallen war. Im goldblitzenden Dunkel seiner Iris lag Kälte.

»Es gibt immer wieder Krankheiten, die niemand beim Namen nennen oder gar heilen könnte. Seine Familie starb an solch einem Fieber, er ist der Einzige, der überlebt hat. Niemand weiß, weshalb gerade er zum Weiterleben auserwählt wurde, aber er trägt die Krankheit in sich.«

Schammi hatte sich wieder neben den Tisch mit den Waren gesetzt und schien zu einer dunklen Statue zu erstarren, solange Kamal Singh mit Charlotte und Klara plauderte. Erst als der Inder sich wieder in seinen eigenen Laden begeben hatte, regte sich Schammi.

»Kein Geld. Nur wenig *chakula.*«

»Es ist unsere Christenpflicht, Charlotte«, sagte Klara. »Kamal Singh mag uns gewogen sein, aber er ist ein hartherziger Mensch.«

»Und wenn er recht hat?«

»Gott wird uns schützen. Und gegen das Fieber gibt es Chinin.«

Sie hatten beide hin und wieder mit Fieberanfällen oder Durchfall zu kämpfen gehabt, doch diese Unpässlichkeiten hatten sich nach einigen Tagen gelegt. Charlotte entschied, es mit Schammi zu versuchen. Man konnte ihn für Botengänge gebrauchen, als Aufpasser für den Laden, er konnte kleine Handreichungen leisten, auf dem Markt für sie einkaufen, und vor allem würden sie mit ihm Suaheli reden und dabei die Sprache lernen.

Die erste Nacht verbrachte Schammi im Laden. Am Morgen fanden sie ihn hinten zwischen den Warenballen, zitternd vor Angst, denn obgleich die hölzerne Tür mit einem Schloss gesichert war, fürchtete er sich vor den Löwen. Auch zum Einkaufen taugte er nicht viel, stets brachte er die falschen Dinge, redete sich damit heraus, die Früchte, die er hatte kaufen sollen, seien schlecht gewesen, deshalb habe er andere gebracht. Das Rechnen lag ihm gar nicht; wenn er vom Markt zurückkehrte, konnte er niemals sagen, wie viel er für welchen Einkauf bezahlt hatte. Dafür zeigte er andere Talente. In großer Schnelligkeit lernte er die deutschen Wörter, konnte bald alle möglichen Gegenstände und Sachverhalte ausdrücken, und Charlotte musste sich große Mühe geben, es ihm auf Suaheli gleichzutun. Klara, die ihm besonders zugetan war, erfreute sich den ganzen Tag über seiner Aufmerksamkeit. Mit kritischen Augen sah er zu, wie sie an der Nähmaschine wirkte, und erriet, ohne dass sie es ihm auftragen musste, was er ihr herbeiholen sollte. Dennoch blieb die ratternde Nähmaschine für ihn eine unheimliche Angelegenheit, vor allem die blitzenden, auf- und niedersausenden Metallteile waren ihm verdächtig, und nicht für alle Güter dieser Welt hätte er es gewagt, den metallenen Körper der Maschine zu berühren. *Sheitani* hause darin, sagte er einmal.

»Manchmal glaube ich, er will mich beschützen, falls der Scheitan aus der Nähmaschine springen sollte«, meinte Klara lächelnd.

»Schammi dich beschützen? Vor seinen Geistern und Dämonen? Der ist der größte Hasenfuß, den ich kenne.«

»Er ist doch noch ein Kind, Charlotte!«

Seit jener ersten Nacht, in der Schammi im Laden fast vor Angst gestorben war, wohnte er bei ihnen in der Wohnung. In dem noch leer stehenden Schlafraum lag er zusammengekauert wie ein Säugling auf einem Teppich und schien mit seinem harten Lager hochzufrieden zu sein.

Charlotte entschloss sich, einen ersten Brief in die Heimat zu senden. Es war kein ausführlicher Bericht, sie vermeldete, dass sie gesund seien, einen kleinen Laden in Daressalam führten und sich dort gut eingerichtet hätten. Von Christians Reise ins Usambara-Gebirge schrieb sie nichts. Seit der Abfahrt des Dampfers vor drei Wochen hatten sie nichts mehr von ihm gehört, und sie begann, sich ernsthaft Sorgen zu machen.

»Aller Anfang ist schwer«, tröstete Klara. »Er wird uns erst dann schreiben, wenn er auf sicheren Füßen steht.«

Wenn er überhaupt irgendwo einen Posten oder wenigstens eine kurzfristige Beschäftigung gefunden hat, dachte Charlotte beklommen. Die schrecklichen Phantasien, die sie in schlaflosen Nächten plagten, behielt sie besser für sich. Es gab zahllose Berichte über Europäer, die irgendwo im Urwald oder in der Steppe verschwunden waren und deren Schicksal niemals geklärt wurde. Schlimmer als die Sorge um Christian war jedoch ein zutiefst boshafter, sündiger Gedanke, den sie voller Scham von sich wies, dessen sie sich aber dennoch nicht erwehren konnte: Das Leben ohne ihn war angenehm.

Kamal Singh wusste, dass Charlottes Ehemann nach Usambara gereist war, doch er fragte niemals nach ihm. Fast schien es Charlotte, der Inder glaubte nicht daran, dass Christian jemals zurückkehrte. Viel weniger noch schien er damit zu rechnen, dass Charlotte und Klara eines Tages nach Usambara fahren würden, um dort mit Christian Ohlsen zu leben. Kamal Singh war nach wie vor bemüht, Charlotte bei der Führung ihres Ladens unter die Arme zu greifen. Er vermittelte Klara Aufträge aus seinem weitläufigen Freundeskreis, verschaffte Charlotte allerlei Waren, die günstig im Einkauf waren und guten Absatz fanden, und wenn er ihnen Tee brachte, plauderte er jetzt immer häufiger von seinen Geschäften. Er bezog Elfenbein, Tierhörner, Krallen und Zähne aus dem Landesinneren, außerdem Kopal: braune Klumpen eines urgeschichtlichen Baumharzes, das die Schwarzen aus dem Boden ausgruben. Doch das Geschäft sei heute schwieriger geworden, es sei ungemein teuer, eine Karawane auszurüsten, da die Träger immer höhere Löhne verlangten. Früher hätten Sklaven diese Arbeit besorgt, da habe man nur die Ausrüstung und die Verpflegung zahlen müssen – die Araber, die drüben am anderen Ende der Straße ihre Läden hätten, könnten ein Lied davon singen. Trotz allem schien er noch gut im Geschäft zu sein und hatte manch einen Abnehmer, der für Löwenkrallen oder das Horn eines Nashorns viel Geld zahlte. Man stellte ein Pulver daraus her, das von Männern sehr begehrt war.

»Mir gefällt nicht, was er uns da erzählt«, meinte Klara, als sie am Abend miteinander allein waren. »Gewiss hat er früher selbst Sklaven gehalten. Und dieses Zeug, das sie aus Tierhörnern machen – nichts als Aberglaube und Hokuspokus.«

Charlotte war weniger kritisch. Ein Geschäft war ein Geschäft – und wenn die Käufer dieser Pülverchen daran glaubten, es könne ihre Manneskraft erhöhen –, warum nicht? Vielleicht half es ja tatsächlich, wer konnte das schon so genau wissen. Doch das waren Dinge, über die sie mit Klara besser nicht sprach – die errötete ja schon, wenn sie nur das Wort »Manneskraft« hörte. So eng sie nach wie vor mit ihrer Cousine verbunden war – es taten sich Risse auf. Immer häufiger musste Charlotte ihre Gedanken vor ihr verbergen, und sie wusste, dass auch Klara ihr manches verschwieg. Ihre Cousine hatte sich zwar dazu durchgerungen, vor dem Laden an ihrer Nähmaschine zu sitzen, doch sie tat ihre Arbeit, ohne nach rechts oder links zu sehen, und wenn sie redete, dann sprach sie nur mit Charlotte oder mit Schammi. Die lebhafte, fröhliche Art, mit der Charlotte inzwischen ihre Kunden bediente, sie beriet, mit ihnen auf Suaheli, Arabisch oder Deutsch radebrechte und vor allen Dingen um die Preise feilschte, lag Klara gänzlich fern. Sie sehnte sich stattdessen nach einer kleinen Stube, in der sie ungestört von neugierigen Blicken ihrer Arbeit nachgehen konnte, vor allem aber brauchte sie den Halt der christlichen Religion, in der sie aufgewachsen war. Inzwischen mietete sie sich jeden Sonntag eine Rikscha, um gemeinsam mit Schammi zur evangelischen Missionsanstalt zu fahren und dort den Gottesdienst zu besuchen. Charlotte, die keine Sehnsucht nach religiösem Trost verspürte, hatte sich energisch geweigert, den Laden während dieser Zeit zu schließen, und so blieb sie allein zurück und verkaufte ihre Waren auch am heiligen Sonntag.

Der erste Streit zwischen ihnen brach an jenem Tag aus, als Sarah William in der Inderstraße erschien. Charlotte, die vor dem Laden stand und mit einem goanesischen Koch und seinem Diener um den Preis der rötlichen Galgantwurzeln feilschte, erblickte plötzlich weit hinten, dort, wo die Araber ihre Läden hatten, einen lila Fleck. Zuerst glaubte sie, ihre Augen spielten ihr einen Streich, denn inzwischen war die Trockenzeit angebrochen, und jeder kleine Windhauch wirbelte gelbliche Staubwolken empor, welche die Sicht erschwerten. Doch als sie ihren Handel abgeschlossen hatte und dem Goanesen noch rasch von den Muskatblüten und den Korianderfrüchten erzählte, die morgen ganz frisch bei ihr eintreffen würden, erblickte sie Sarahs Hut, an dem eine zarte Straußenfeder befestigt war.

»Schau doch, wer zu uns kommt!«, rief sie Klara zu. »Sarah William – ich habe mich schon gefragt, was wohl aus ihr geworden ist.«

Sarah war auffallender gekleidet denn je und erregte sogar hier, wo viele Afrikanerinnen grelle, bunte Farben bevorzugten, einiges Aufsehen. Als Charlotte ihr zuwinkte, blieb sie überrascht stehen und blinzelte gegen die Sonne. Als sie ihre ehemalige Mitreisende endlich erkannt hatte, breitete sie entzückt die Arme aus und lief auf Charlotte zu. Zwei schwarze *boys* mit weißen Mützen und langen Gewändern, die ihrer *bibi* folgten, mussten ebenfalls rennen.

»Charlotte Ohlsen und meine kleine Klara! Was für eine Freude! Ich hatte schon gefürchtet, ihr wäret im Usambara-Gebirge verschollen …«

Sie umarmte Charlotte, und Klara musste die Arbeit unterbrechen, als Sarah auch sie herzlich umschlang und auf beide Wangen küsste.

»Ich besitze die hübsche Zeichnung immer noch, meine Kleine. Sie hat einen Ehrenplatz an der Wand über meinem Bett, und jeder, der sie sieht, will wissen, wer das Bild gemalt hat …«

Charlotte schickte Schammi in die Wohnung hinauf, um Kaffee zu kochen, was er ausgezeichnet verstand, dann bot sie ihrem Gast den Sessel an, den Kamal Singh ihr geschenkt hatte, und Sarah ließ sich mit einer gezierten und zugleich aufreizenden Bewegung darauf nieder.

»Das ist doch nicht etwa euer eigener Laden? Meine Güte, was für eine Arbeit, noch dazu bei dieser Hitze! Zeig mir doch einmal diese Ohrringe mit den grünen Steinen. Nicht die – die anderen, die daneben hängen. Ist das Jade? Echt oder nur gefärbtes Glas? Lass mal sehen, wie sie mir stehen. Hast du einen Spiegel?«

Sie schwatzte ohne Punkt und Komma, erzählte freimütig, dass es mit ihrer Heirat nun doch nichts würde, ihr Verlobter habe sich als ein schrecklicher Langweiler entpuppt, und überhaupt sei sie nicht für die Ehe geschaffen. Sie habe eine hübsche Wohnung im Westen der Stadt gemietet, dort sei es angenehm ruhig, die Häuser meist in gutem Zustand, und über Mangel an Gesellschaft könne sie auch nicht klagen.

Die beiden *boys* waren mit geflochtenen Taschen ausgestattet, in denen sich bereits allerlei Stoffe und andere Dinge gesammelt hatten. Während ihre Herrin Kaffee trank und ausgiebig plauderte, hockten ihre afrikanischen Diener mit Schammi zusammen, um sich mit ihm in einer fremden Sprache zu unterhalten, die nichts mit Suaheli zu tun hatte.

»Ihr beide müsst mich unbedingt besuchen«, meinte Sarah. »Dass meine kleine Klara so gut nähen kann … Nun ja, du hast ja auf dem Dampfer schon immer gesessen und gestichelt. Wo ist denn dein Mann, Charlotte? Ist er dir etwa abhandengekommen?«

Sie lachte hell auf über ihren Scherz, den weder Charlotte noch Klara besonders lustig fanden. Dann räumte sie ein, sie habe gehört, Christian Ohlsen sei ins Usambara-Gebirge gezogen, um dort auf einer Plantage zu arbeiten.

Von wem sie das wisse, erkundigte sich Charlotte.

»Ach, Liebste! Ich kenne eine Menge Leute. Offiziere, Inspektoren, Ärzte, Beamte … Alles, was sich hier so angesiedelt hat, geht bei mir ein und aus. Hast du gehört, dass es bald auch eine deutsche Brauerei hier geben wird? Ein gewisser Wilhelm Schmidt stellt Weißbier her – ein grauenhaftes Zeug, aber es erinnert so angenehm an die deutsche Heimat …«

Weißbier trank man aus hohen Gläsern, so viel wusste Charlotte. Aber vielleicht brauchte dieser Schmidt ja auch Bierkrüge mit der Aufschrift seiner Brauerei? Sie überlegte noch, wie sie die beschaffen könnte, als Sarah auch schon beim nächsten Thema war.

»Klara, meine Süße! Ich brauche unbedingt eine geschickte

Schneiderin. Kannst du auch Korsagen nähen? Wäsche? Diese Inder können keine anständige Kleidung herstellen – von ihrem Geschmack ganz zu schweigen –, alles ist zu weit, trotzdem lösen sich die Nähte auf.«

Sie kaufte zwei Paar Ohrringe aus Silber, ein rotes Seidentuch und einige der kleinen Duftbeutel, die Charlotte erfunden hatte. Sie füllte sie mit Stoffresten, zwischen die sie Zitronengras, Nelken oder Vanillestangen legte, und sie fanden reißenden Absatz. Sarah handelte nicht, zahlte ohne Zögern den geforderten Preis, und der lederne Beutel, den sie unter der Jacke verbarg, schien noch lange nicht leer zu sein.

Der Abschied war herzlich – zumindest von Sarahs Seite. Charlotte verhielt sich freundlich, aber doch zurückhaltend, Klara dagegen, die allein schon Sarahs Gehabe und den ganzen Aufruhr als schrecklich peinlich empfunden hatte, musste sich stark zusammennehmen, um wenigstens Lebewohl zu sagen.

»*Bibi* ist laute Frau. Viel reden«, stellte Schammi unbefangen fest, während Charlotte und Klara noch betreten schwiegen. »Sie hat afrikanisches Mädchen, das heißt Mgumditemi. Muss Kleider waschen und Essen kochen, aber weiße *bibi* ist nie zufrieden. Am Abend viel Besuch in Wohnung. Viel lachen und trinken. Viel weiße Männer kommen zu weiße *bibi* und ...«

»Halt den Mund!«, unterbrach ihn Klara mit ungewohnter Schärfe. »Das ist schrecklich, Charlotte. Wir hätten es gleich auf dem Schiff bemerken müssen. O Gott – sie ist eine ... eine ...«

Sie brachte das Wort nicht heraus, sondern setzte sich wieder an ihre Nähmaschine, die jetzt in der Trockenzeit sehr unter dem Staub litt und häufig geölt werden musste. In ihrer Aufregung trat sie zu heftig aufs Pedal, die Maschine ratterte los – der Faden riss.

»Für diese Frau nähe ich nicht, Charlotte!«

Charlotte glaubte, nicht recht gehört zu haben. Sarah würde die bestellten Kleidungsstücke gut bezahlen – was ging es sie an, womit sie ihr Geld verdiente? Sie waren Geschäftsleute und keine Moralapostel.

»Wie kommst du dazu, über diese Frau den Stab zu brechen? Gerade du, die Sarah besonders ins Herz geschlossen hat?«

Klara bemühte sich, das gerissene Nähgarn wieder einzufädeln, doch da ihre Finger vor Aufregung zitterten, wollte es ihr nicht gelingen.

»Ich breche nicht den Stab über sie, Charlotte. Dazu habe ich kein Recht. Jesus sagt: ›Wer unter uns ohne Sünde ist, der werfe den ersten Stein auf sie.‹ Aber ich werde ihr Tun auf keinen Fall unterstützen, indem ich Korsagen und Wäsche für sie nähe!«

Es war ganz offensichtlich, dass Klara zu viel Zeit in der Missionsstation verbrachte. Meist blieb sie mit Schammi den ganzen Sonntagvormittag dort, sie hatte den Jungen sogar überreden wollen, die Missionsschule zu besuchen, doch Schammi hatte sich hartnäckig geweigert. Er war stolz auf den kleinen Lohn, den Charlotte ihm inzwischen auszahlen konnte und den er sogleich in allerlei überflüssige, glänzende Dinge umsetzte.

»Sie wird ihrer Tätigkeit auch ohne Korsagen und Wäsche nachgehen!«, schimpfte Charlotte.

Klara beugte sich über ihre Näherei, doch obgleich sie einen Strohhut mit gewölbter Krempe trug, um sich vor der Sonne zu schützen, sah Charlotte, dass sie tiefrot geworden war. Dabei hatte sie die Worte gar nicht so gemeint, wie Klara sie offenbar verstanden hatte.

»Unser Herr Jesus Christus ist auch für sie gestorben, deshalb wird Gott ihr diese Sünde einst vergeben«, sagte sie leise. »Aber ich will sie nicht in ihrem schlechten Tun bestärken. Ich werde kein einziges Stück für sie nähen.«

Nie zuvor war die sanfte Klara so hartnäckig gewesen. Charlotte stand eine Weile fassungslos da, bekämpfte den aufkommenden Zorn und wandte sich schließlich ab. Es war Kundschaft im Laden, um die sie sich kümmern musste. Schammi schlich mit trauriger Miene hinter ihr her, sah sich aber immer wieder nach Klara um, die ohne aufzublicken ihre Arbeit tat. Schließlich entschloss er sich, seinen Platz neben der Nähmaschine wieder einzunehmen, doch sein schmales Kindergesicht zeigte einen bekümmerten Ausdruck, und wenn er zu Charlotte hinübersah, schien er sie um Verzeihung zu bitten.

Klara blieb standfest bei ihrem Entschluss. Als Sarah drei Tage später wieder im Laden erschien, erklärte Klara, mit Arbeit so überlastet zu sein, dass sie in nächster Zeit keine Aufträge annehmen könne. Zu Charlottes Erleichterung verübelte Sarah ihr diese Zurückweisung nicht; sie habe vorerst genug zum Anziehen, zumal ein guter Bekannter ihr einige sehr feine Wäschestücke aus Frankreich besorgt habe. Sie kaufte Charlotte einige kleine Tässchen und eine mit Rosen bemalte Teekanne ab, ließ sich mehrere Ellen indischer Seide abmessen und zahlte großzügig, ohne um den Preis zu feilschen.

»Wenn ihr wieder etwas Hübsches hereinbekommt, schick mir deinen *boy* – dann schaue ich gern vorbei!«

Der kühle Südostwind bauschte ihren Rock, als sie davonging, und sie musste ihren Hut festhalten. Die Trockenzeit war zwar unangenehm wegen des ständig aufwirbelnden, feinen Staubs, aber dafür war die schwüle Feuchtigkeit gewichen, und man konnte in der Nacht besser schlafen. Es gab weniger Mücken, doch jetzt musste man sich vor den Sandflöhen in Acht nehmen, und aus irgendeinem Grund waren auch die kleinen, grauen Affen frecher geworden. Sie wagten sich bis in den Laden hinein, und Schammi musste die Augen überall haben, denn die gewitzten Kerlchen griffen blitzschnell zu, und was sie einmal in ihren Fingern hatten, sah man nie wieder.

Charlotte hatte einige deutsche Frauen kennengelernt, die hier in Daressalam verheiratet waren, ihre Ehemänner waren deutsche Offiziere der hier stationierten Zehnten Kompanie der Schutztruppe oder Verwaltungsbeamte. Die meisten dieser Frauen waren noch sehr jung, nur wenige hatten Kinder. Dennoch nahm Charlotte die Einladungen zu Nachmittagskaffeestündchen nur selten wahr, schon deshalb, weil sie Klara und Schammi nur ungern den Laden anvertraute. Dazu kam, dass es ihr hier in Daressalam nicht anders ging als in Leer: Sie konnte mit den braven Hausfrauen und besorgten Müttern nur wenig anfangen, teilte weder ihre Begeisterung für deutsche Backrezepte, noch konnte sie echte Bewunderung für die Wohnungen aufbringen, die mit Möbeln aus der Heimat geradezu vollgestopft waren. Keine dieser Frauen musste ihren Lebensunterhalt mit eigener Arbeit verdienen, ihre hauptsächliche Sorge galt dem Ehemann, dem Haushalt und den Kindern. Dennoch schienen die deutschen Gattinnen sie zu schätzen, man ließ bei Frau Ohlsen einkaufen, schickte ihr kleine Geschenke und fragte an, ob sie nicht bei dieser oder jener Gelegenheit für ein wenig Musik sorgen wolle. Es gab ein Klavier im Gouvernementspalast, und Frau von Liebert, die Gemahlin des Gouverneurs, habe sich schon mehrfach nach einer guten Pianistin erkundigt. Charlotte verspürte wenig Lust dazu und wimmelte solche Anfragen freundlich ab.

Im Juli endlich brachte Schammi einen Brief vom Postamt. Namenlose Erleichterung ergriff Charlotte, als sie Christians Handschrift erkannte. Das Schreiben war ausführlich und voller Optimismus. Christian hatte nach anfänglichen Schwierigkeiten eine Stellung als Vorarbeiter auf einer neu angelegten Kaffeepflanzung erhalten; er berichtete von den Rodungsarbeiten im tiefen Busch, von der Vorbereitung des Bodens, vom Einsetzen der jungen Pflanzen, die noch vor Beginn der Regenzeit an Ort und Stelle sein müssten. Alles sei doppelt schwierig, da die Schwarzen faule Burschen seien – kaum schaue man zur Seite, da ließen sie die Arbeit liegen. Es gäbe auch solche, die zwei Tage arbeiteten, um danach auf Nimmerwiedersehen im Busch zu verschwinden. Dabei würden sie gut bezahlt, aber diesen Dummköpfen sei der Wert des Geldes nicht bewusst, sie verprassten ihren Wochenlohn an einem einzigen Tag bei den indischen und arabischen Händlern, die sich inzwischen hier angesiedelt hätten.

Er sei zuversichtlich, bald ein eigenes »Haus« zu besitzen, zwar nicht aus Stein, aber doch solide aus Lehm und Holz gebaut. Sobald das der Fall sei, würde er ihnen Reisegeld schicken, und sie könnten zu ihm ziehen.

»Wenn du, mein Liebes, das Handeln nicht sein lassen magst, dann kannst du auch hier einen Laden aufmachen. Ich werde jedenfalls der glücklichste Mann unter der Sonne sein, wenn du erst wieder bei mir bist. Bis zu diesem Augenblick werde ich bei Tag und Nacht an dich denken und mich nach dir sehnen.

Lass dich von mir aus der Ferne umarmen, meine tapfere, kleine Charlotte, und vergiss mich nicht, bis wir uns wiedersehen. Dein dich liebender Ehemann.«

»Na siehst du«, sagte Klara mit glücklichem Lächeln, nachdem sie das Schreiben gelesen hatte. »Habe ich dir nicht gesagt, dass er sich erst dann melden wird, wenn er Gutes zu berichten hat? Ach, wie freue ich mich darauf, in dieses Haus einzuziehen. Wir werden einen kleinen Garten anlegen, Charlotte. Und vielleicht können wir auch Möbel anschaffen, eine

Kommode, Tisch und Stühle. Es ist doch ein wenig dunkel und eng hier bei uns …«

Charlotte stimmte ihr zu, natürlich war die Wohnung etwas klein, schließlich war sie auch nur als Übergangslösung gedacht. Aber immerhin hatten sie ein zweites Bett angeschafft, und falls Klara Tisch und Stühle brauchte, würde sie sich danach umsehen. Charlotte schlief seit einiger Zeit in einem eigenen Bett, das sie in dem zweiten Schlafraum aufgestellt hatten, und Schammi war ohne Murren auf den Teppich im Wohnraum umgezogen.

»Ach, weshalb sollen wir jetzt noch Möbel kaufen? Wenn Christian uns nach Usambara kommen lässt, hat er das Haus sicher schon fertig für uns eingerichtet.«

Charlotte wollte Klaras glückliche Stimmung nicht verderben und gab ihr in allen Dingen Recht. Gewiss, es sei gesünder, in den Bergen zu leben, schon wegen der lästigen Moskitos, und wenn sie fleißig sparten, könnten sie ganz sicher bald Besitzer einer eigenen Plantage werden. Wie gut, dass Christian jetzt als Pflanzer Erfahrungen sammelte, die kämen ihnen später zugute.

Insgeheim jedoch fühlte sie sich zerrissen und unglücklich. Sie liebte diesen kleinen Laden, den sie mit Kamal Singhs Hilfe aufgebaut hatte und der inzwischen genügend Geld zum Leben abwarf. Sie liebte auch diese Wohnung, sie war zwar eng, und die hinteren Räume waren dunkel, aber sie lag im Herzen der Inderstraße, dort, wo die Geschäfte getätigt wurden, wo Händler und Käufer aufeinandertrafen, wo das Leben pulsierte. Schon häufig hatte Kamal Singh Waren aus dem hinteren Bereich ihres Ladens abholen lassen und dafür neue eingelagert – das waren Geschäfte, die mehr einbrachten als der Verkauf eines Teekessels oder eines Seidentuchs, und der Inder schien nicht abgeneigt, sie daran teilhaben zu lassen.

Das alles sollte sie nun also aufgeben, um mit Klara und Christian in einer Holzhütte im Usambara-Gebirge zu hausen. Selbst wenn sie dort einen kleinen Laden eröffnen könnte – sie würde ganz von vorn anfangen müssen. Und die Aussicht auf eine eigene Plantage lockte sie – nach allem, was Christian da geschildert hatte – überhaupt nicht.

Den ganzen August über kam kein Brief mehr von ihrem Ehemann, auch im September, als sich schon die Regenzeit ankündigte, warteten sie vergeblich auf Nachricht. Klara tröstete sich und Charlotte damit, dass die Arbeiten auf der Plantage gewiss viel Kraft und Zeit in Anspruch nähmen, schließlich hatte er geschrieben, die Pflanzen sollten bis zur Regenzeit im Boden sein. Charlotte war nicht böse über diesen Verzug, ärgerlich war nur, dass sich Kamal Singh mehr und mehr vor ihr verschloss, seitdem Klara ihm erzählt hatte, dass sie bald abreisen würden. Ausgerechnet Klara, die sonst so schweigsam war, musste ihm diese Neuigkeit brühwarm verkünden!

Das Land war ausgedörrt, Risse taten sich im Boden auf, Gras und Buschwerk waren staubbedeckt und vertrocknet – immer häufiger sahen die Menschen zum Himmel hinauf, der am Morgen bedeckt und dunstig war, betrachteten prüfend die Wolken und hofften auf Regen. Charlotte erfuhr, dass die Regenzeit eine unsichere Sache war, in manchen Jahren kam sie spät und dauerte nur kurze Zeit an, manchmal fiel der Regen auch ganz aus. Das waren böse Jahre für die Kokospflanzungen an der Küste, die schon die Araber angelegt hatten und die jetzt von den deutschen Kolonialherren betrieben wurden.

Anfang Oktober endlich stiegen andere Wolken über dem Meer auf. Wie dunkler Rauch zogen sie über den Himmel, schwarz am Horizont, grau zerfetzte Schleier an den Rändern. Eine gewaltige Spannung hielt Mensch und Tier in Atem, die Leute gerieten schneller miteinander in Streit. Blitze zuckten über den Himmel wie Flammen, denen das Krachen des Donners fast wie eine Erlösung folgte.

Charlotte hatte die Ladentüren zwar am Morgen geöffnet, dann aber doch nicht gewagt, den Tisch oder gar die Nähmaschine nach draußen zu schieben. Klara war nicht ganz wohl, und sie war vorerst oben in ihrem Bett geblieben, was nicht weiter schlimm war, denn die Inderstraße schien wie leer gefegt. Nur ein paar schwarze Kinder spielten im Staub mit kleinen Lehmkügelchen, ein dürrer, hellbrauner Hund saß bei ihnen und versuchte, die runden Dinger zu schnappen.

Die ersten Tropfen fielen vereinzelt, malten kleine dunkle Flecken in den gelben Staub, die rasch wieder vergingen und neuen Tupfern Platz machten. Dann fiel der Regen urplötzlich mit heftiger Gewalt über die Küste her, schlug prasselnd auf die Dächer, beugte die hohen Palmen, die wie erstarrt auf diesen Angriff gewartet hatten, und die Wasserflut schoss schäumend und gurgelnd durch die Straßen.

Charlotte stand bei den offenen Türen und genoss das Schauspiel dieses ersten, mächtigen Regengusses. Tief atmete sie den feuchten Dunst ein, in dem sich Himmel und Erde, Meer und Wolken miteinander vereinigten. Schammi war hinaus auf die Straße gelaufen, wo er gemeinsam mit einigen der schwarzen Kinder in den gelben Bächen herumsprang, den Regen in seinen weit geöffneten Mund rinnen ließ und sich wenig darum scherte, dass Hemd und Hose klatschnass wurden. Lächelnd sah Charlotte ihm dabei zu und bedauerte ein wenig, dass sie selbst keinen solchen Regentanz aufführen durfte, hätte sie doch große Lust dazu gehabt.

Der Mann, der dicht an den Häusern entlang durch den Regen lief, war ihr gar nicht aufgefallen. Als er in ihrem Laden vor den herabstürzenden Regenmassen Schutz suchte, erblickte sie zunächst nur eine vermummte, triefende Gestalt.

»*Salam aleikum*«, sagte er. »Oder besser: *Jambo.*«

Charlotte durchfuhr heißes Erschrecken. Nein, das konnte nicht sein. Und doch war es seine Stimme, seine Art zu sprechen, die sie über all die Jahre hinweg nicht vergessen hatte.

Er nahm die lange, weiße Jacke herunter, die er als Regenschutz über den Kopf gezogen hatte, und strich sich das nasse Haar aus der Stirn. Sein Gesicht war schmaler geworden, unter den Augen und in den Mundwinkeln zeigten sich kleine Kerben in der gebräunten Haut. Die grauen Augen hatten nichts von der Rastlosigkeit, die sie auf der Photographie zu sehen geglaubt hatte, sie waren ruhig und mit großer Intensität auf Charlotte gerichtet.

»George? Bist du das wirklich?«, stammelte sie.

»Habe ich mich so verändert?«

Er wischte sich mit der Hand über das nasse Gesicht und sah dann an sich herunter. Obergewand und Hose klebten ihm am Körper und waren an einigen Stellen mit gelbem Straßenschlamm bespritzt. Er kam ihr ungeheuer dünn vor, noch dünner als früher; vielleicht lag es daran, dass er jetzt sehr viel ernster, aber auch männlicher wirkte.

»Du bist … reifer geworden …«

Sie suchte nach Worten. Wie aus dem Nichts war er aufgetaucht, wie ein Geist aus den herabstürzenden Wassern, den aufsteigenden Dünsten entstiegen, ein Teil all jener unsinnigen Träumereien, denen sie sich einst hingegeben hatte und die sie längst überwunden zu haben glaubte.

»Reifer«, wiederholte er und lächelte. »Oh, vielen Dank. Du hingegen bist eine Schönheit geworden, Charlotte.«

Sein Lächeln war anders als früher. Er hatte damit bezaubern können, herausfordern, mitreißen, verführen, und manchmal hatte es ihn auch wie einen verträumten Jungen aussehen lassen. Jetzt schien ihr eine ungewohnte Bitterkeit darin zu liegen, und das Kompliment, das er ihr gemacht hatte, gefiel ihr nicht.

»Nun, ich bin nicht mehr die schüchterne Kleine, die du am Plytenberg in lange Gespräche verwickelt hast und die später für euch zum Tanz aufgespielt hat …«

»Weiß Gott nicht!«

Er wandte den Blick von ihr ab und sah sich in ihrem Laden um. Nickte grinsend dem tropfnassen, verdreckten Schammi zu, der neugierig hereingelaufen war und sich in eine Ecke auf den Boden hockte. Regenwasser rann von dem vorspringenden Flachdach herunter und bildete einen rauschenden Vorhang, der die Sicht auf die Straße erschwerte. Oben in den Wolken explodierte der Donner.

»Ihr führt also einen Laden. Richtig, dein Mann ist ja Händler von Beruf …«

Sie hatte Zeit gehabt, sich zu fassen und ihre Gedanken zu ordnen. Was auch immer George hierhergeführt hatte, es war ein verwandtschaftlicher Besuch, es war angebracht, ihn heraufzubitten, ihm Kaffee zu kochen und ihn zu bewirten. Sie würde Klara wecken, und sie würden familiäre Neuigkeiten austauschen …

»Das ist mein eigener Laden. Ich führe ihn seit einem halben Jahr, und die Geschäfte gehen gut. Du kannst hier alles erwerben, was dein Herz begehrt. Nun ja – fast alles.«

»Und was tut dein Mann? Hat er auch ein Geschäft?«

»Er hat eine Stellung auf einer Plantage in den Usambara-Bergen.«

George schwieg, und Charlotte verstummte ebenfalls. Eine seltsame Spannung lag zwischen ihnen, die sie beide daran hinderte, so unbefangen zu plaudern, wie Verwandte es taten, die sich lange nicht gesehen hatten. Zerstreut fasste er eines der Amulette aus geschnitzten Obstkernen, betrachtete es und legte es wieder beiseite. Dann nahm er eine kleine Schachtel aus dem Regal, öffnete sie und roch an dem Inhalt.

»Was ist das?«

Sie errötete. Nicht einmal Klara wusste von der Existenz dieser Schachtel, aber er fand sie mit sicherem Griff.

»Nichts, was du brauchen könntest.«

Schweigend verschloss er die Schachtel wieder, doch sein Gesichtsausdruck verriet ihr, dass er erraten hatte, um was es sich handelte.

»Du scheinst wirklich gute Geschäfte zu machen. Dieses Pulver wird auf Sansibar zu einem hohen Preis angeboten.«

»Du warst auf Sansibar?«

»Ich lebe dort zur Zeit.«

Die Unruhe erfasste sie aufs Neue. Er lebte auf Sansibar, jener geheimnisvollen Insel, die gerade einmal zwanzig Kilometer von der Küste entfernt lag und die sie doch noch nie betreten hatte. Der Küstendampfer fuhr in wenigen Stunden bis dorthin, die kleinen Dhaus der Araber und Afrikaner brauchten jedoch mehrere Tage. Dennoch erschien Sansibar ihr unglaublich nah, so nah, dass ihr fast schwindelig wurde.

»Auf Sansibar«, sagte sie verwirrt. »Ich dachte, ihr seid in Kairo …«

»Das Leben spielt seltsame Spiele«, gab er ein wenig ironisch zurück. »Ich glaubte dich in Leer und wartete ungeduldig auf deinen Brief. Es dauerte eine Weile, bis man mir mitteilte, dass du mit Klara und deinem Mann bei Nacht und Nebel aus der Stadt verschwunden bist.«

Sie biss sich auf die Lippen. Er hatte recht, sie musste dazu stehen, zumal sie bis zu diesem Tag nicht den Mut aufgebracht hatte, ihm zu schreiben.

»Die Umstände waren sehr schwierig, George. Es kam alles völlig überraschend und …«

Er ließ sie nicht ausreden. Einem plötzlichen Impuls folgend, wandte er sich ihr zu und fasste sie an beiden Händen. Alle Ironie war aus seinen Zügen gewichen, er sprach jetzt aufgeregt und voller Anteilnahme.

»Ich weiß, Charlotte! Verzeih meinen dummen Vorwurf. Ettje hat uns geschrieben, was in Leer geschehen ist, und ich … ich gestehe, dass ich voller Zorn war, als ich ihren Brief las. Wie konnte dein Mann es so weit kommen lassen?«

Ihr Herz hämmerte. O Gott, weshalb tat er das? Weshalb ließ er ihre Hände nicht los? Schon einmal hatte er ihre Hand berührt, ganz leicht nur, kaum spürbar, doch sie hatte nächtelang … Sie riss sich zusammen.

»Es war meine eigene Schuld, George. Ich hätte es sehen müssen, aber ich habe den Kopf in den Sand gesteckt, Klavier gespielt, mich in Träumereien ergangen, während um uns herum alles zusammenbrach.«

Er schüttelte den Kopf und stieß einen ärgerlichen Laut aus.

»Und weshalb hast du mir das alles verschwiegen?«, rief er vorwurfsvoll. »Ich hätte euch doch helfen können. Zwei Wochen nach eurer Abreise sind Marie, die Kinder und ich nach England zurückgekehrt, das hatte ich dir in meinem Brief angekündigt, aber du hast ihn vermutlich gar nicht mehr gelesen. Meine Güte – wir hätten euch das Geld für eine neue Existenz geliehen …«

»Das ist großzügig von dir, George, aber das hätte wenig genutzt. Und ich hätte es auch nicht gewollt. Alles ist gut so, wie es gekommen ist.«

Er starrte sie an, schien mit seinen grauen Augen in sie hineinblicken, ihre Gedanken lesen, ihre Gefühle begreifen zu wollen. Dann ließ er ihre Hände los und trat einen Schritt zurück.

»Ich vergaß, dass du ja immer schon in ferne Länder reisen wolltest«, sagte er lächelnd. »Von Anfang an steckte in dir die gleiche Sehnsucht, die auch mich in die Ferne treibt. Wir sind uns sehr ähnlich, Charlotte.«

Doch sie schüttelte abwehrend den Kopf. Die Zeiten der Träume und Sehnsüchte seien vorbei, sie habe ein Geschäft und treibe Handel, stünde mit beiden Füßen auf dem Boden. Und außerdem sei sie nicht freiwillig in die Ferne gereist, die Notwendigkeit habe sie getrieben, aber sie habe es nicht bereut. Er hörte ihr zu und blickte nachdenklich in den strömenden Regen hinaus.

»Wenn du Handel treibst, dann solltest du Sansibar kennenlernen«, sagte er, nachdem sie einen Augenblick geschwiegen hatten. »Ich arbeite dort als Arzt an einer britischen Klinik und könnte dir als Fremdenführer nützlich sein.«

Sie machte eine abwehrende Bewegung, die nicht sehr überzeugend wirkte. Der Vorschlag war mehr als verführerisch, doch gerade deshalb schreckte sie davor zurück.

»Ich danke dir. Aber ich kann meinen Laden schlecht ohne Aufsicht lassen ...«

»Es ist ein faszinierender Ort, Charlotte«, beharrte er. »Dort trifft Afrika auf Arabien, britischer Lebenstil auf orientalische Pracht, pralles, wimmelndes Leben in den Basaren auf bitterstes Elend in dunklen Gassen. Die Araber waren schon im zehnten Jahrhundert dort und rissen den Gewürzhandel an sich, später, im sechzehnten Jahrhundert setzten sich die Portugiesen auf der reichen Insel fest, um nur allzu bald durch die Imame von Maskat besiegt und verdrängt zu werden. Es ist nicht mit Daressalam zu vergleichen, wo der ehemalige Palast des Sultans inzwischen verfällt und als Steinbruch benutzt wird – auf Sansibar ist der Orient lebendig, wer dort durch die Städte geht, der könnte glauben, die Welt der Scheherazade und des Kalifen Harun al-Raschid sei auferstanden ...«

Er hatte sich in flammende Begeisterung geredet, und sie spürte, wie die Glut seiner Schilderungen auf sie übersprang. »Lass uns hinaufgehen«, sagte sie daher rasch, »dann kannst du auch Klara begrüßen. Schammi wird uns Kaffee kochen. Bestimmt finden wir trockene Kleider für dich, Klara näht die langen Gewänder der Afrikaner ...«

Er schien tatsächlich einen Augenblick lang geneigt, ihrer Einladung zu folgen, dann aber lehnte er ab. Er sei dienstlich unterwegs, müsse ein Serum in die Regierungsklinik bringen und nach einem Kollegen in der evangelischen Mission schauen, der am Fieber erkrankt sei.

»Ich werde kommenden Freitag wieder in Daressalam sein«, sagte er und reichte ihr die Hand zum Abschied. »Wenn du magst, fahren wir am frühen Vormittag mit dem Küstendampfer gemeinsam nach Sansibar. Du kannst die Nacht in meinem Haus verbringen – Platz ist genug vorhanden, und eine Rückfahrmöglichkeit nach Daressalam wird sich am Samstag auch finden.«

»Ach, du bist ja nicht recht gescheit!«, wehrte sie ab. »Als ob ich meinen Laden zwei Tage lang allein lassen könnte!«

»Überleg es dir gut, Charlotte. Vielleicht kommt eine solche Gelegenheit nie wieder.«

Er lächelte, was ihn um Jahre jünger wirken ließ. So hatte er damals Marie angesehen, verschmitzt und ein wenig herausfordernd, doch zugleich mit ernsten Augen. Noch bevor ihr wirklich bewusst wurde, was dieses Lächeln in ihr auslöste, war er auch schon durch den dichten Vorhang der vom Dach herabrinnenden Wasserfäden getaucht. Ein Blitz zuckte auf und zeigte ihr schemenhaft seine davoneilende Gestalt, dann verschwand die graue Silhouette, und eine Serie krachender Donnerschläge ließ die blechernen Wasserkessel auf den Ladenregalen erzittern.

Der Küstendampfer hatte mit den aufgewühlten Wellen des indischen Ozeans zu kämpfen, dennoch folgte er gleichmütig und stetig seinem Kurs, eine schlanke Rauchfahne hinter sich herziehend. Der Himmel war bedeckt und ließ das Meer graugrün erscheinen, dämpfte auch die Farben der Küste, ohne ihr die Leuchtkraft ganz entziehen zu können. Die kleinen

Koralleninseln, die der Hafeneinfahrt von Daressalam vorgelagert waren, glitten langsam an ihnen vorüber, im Dunst sahen sie aus, als wären sie von zartgrünen und zimtfarbigen Schleiern überzogen.

George hatte nicht damit gerechnet, dass Charlotte auf sein Angebot eingehen würde, hatte insgeheim sogar gehofft, sie würde es ablehnen, da er sich – so hingezogen er sich zu ihr fühlte – doch vor ihrer Nähe fürchtete. Mit eher zögerlichen Schritten nahm er daher am vereinbarten Freitag frühmorgens Kurs auf die Inderstraße, beladen mit Geschenken für sie, Klara und den kleinen *boy.* Charlotte stand vor ihrem Laden, ausstaffiert mit Regenschirm und Tasche, und erwartete ihn bereits.

»Du hast recht, George«, sagte sie und hob den Kopf, um ihn anzusehen. »Eine solche Gelegenheit wird nicht wiederkommen – ich möchte Sansibar sehen.«

Obgleich der Rand des Strohhutes Stirn und Augen beschattete, spürte er doch ihren prüfenden Blick, und er bemühte sich, sein Erschrecken zu verbergen, in das sich gleichzeitig unbändige Vorfreude mischte.

»Ich freue mich, Charlotte … Fast fürchtete ich schon, du würdest dich nicht entschließen können …«

Jetzt stand sie neben ihm an der Reling des Küstendampfers, hatte den Hut abgenommen, den der Wind ihr sonst vom Kopf gerissen hätte, und starrte nach Osten, wo bisher nichts weiter zu sehen war als die unendliche Weite des Ozeans.

»Ist dir kalt?«

Er hatte gesehen, dass sie in der kühlen Morgenbrise fröstelte. Für einen Augenblick wandte sie ihm ihr Gesicht zu, die dunklen Brauen tief gesenkt, die Lippen fest aufeinandergepresst. Er hätte sie nicht mitnehmen sollen, hätte ihr den Vorschlag gar nicht erst machen dürfen, doch dann war es zu spät gewesen. »Ich friere nicht, danke.«

Er hätte ihr seine Jacke umlegen können, doch er spürte ihre Abwehr und respektierte sie. Mit Sorge dachte er daran, wie er die Zeit bis morgen früh mit ihr verbringen sollte, was er sagen durfte und was nicht, welche Eingeständnisse er ihr machen konnte und was er besser verschwieg. Es würde ein Gang auf einem schmalen Grat sein, und er ahnte jetzt schon, dass ihm Fehler unterlaufen würden.

Der erste Fehler war bereits passiert, ohne dass er eine Chance gehabt hätte, ihn zu umgehen. Charlotte war davon ausgegangen, er lebe mit Marie und den Kindern auf Sansibar, doch er war allein, seine Frau war in England geblieben, schon wegen der Kinder, die dort die Schule besuchen sollten, aber auch, weil Marie sich strikt geweigert hatte, noch einmal ins Ausland zu reisen. Seinem Vater ging es schlecht – es war Zeit für George, die Arztpraxis in London zu übernehmen.

»Ich werde nur wenige Monate auf Sansibar bleiben«, hatte er Charlotte erklärt. »Es war ein Angebot, das über einen Kollegen zu mir kam, und ich habe es angenommen.«

Was er verschwieg, war die Tatsache, dass er dieses Angebot angenommen hatte, weil ihm inzwischen zugetragen worden war, wohin es Charlotte verschlagen hatte. Seit ihrem Briefwechsel fühlte er sich zu ihr hingezogen, sah in ihr eine Gleichgesinnte, die in seinem Leben eine wichtigere Rolle einnahm, als er es zuerst für möglich gehalten hatte. Doch auch dies würde er ihr besser verschweigen.

»Wie konntest du mich dann so einfach in dein Haus einladen? Wohnst du dort etwa ganz allein?«

»Aber nein. Ich habe Angestellte, und es gibt viele Zimmer, in denen ich oft Gäste empfange. Dein guter Ruf ist nicht in Gefahr, Charlotte Ohlsen!«

Sie war immer noch die brave, protestantisch erzogene Kleinstädterin, das hätte er vor seiner Einladung bedenken müssen, aber dazu war er bei ihrer Begegnung in der vergangenen Woche nicht fähig gewesen. Obwohl geplant, hatte ihn das Wiedersehen mit Charlotte vollkommen überwältigt, und er hatte einige Tage und Nächte gebraucht, um den Wust seiner Empfindungen zu entwirren.

Er hatte nicht die romantische Seelenverwandte gefunden, das scheue kleine Mädchen mit den orientalischen Augen, das ihn einst so gerührt hatte. Charlotte war eine voll erblühte Schönheit, eine aufregende Mischung aus Orient und Okzident, schlank und doch ungemein weiblich, das Gesicht, in dem vor allem die dunklen, goldblitzenden Augen hervorstachen, war immer noch schmal, aber das Kantige, Unausgeglichene der Fünfzehnjährigen war daraus verschwunden. Mehr noch als das Äußere hatte ihn jedoch ihre Lebendigkeit fasziniert, ihre Tatkraft, die er der verträumten, kleinen Charlotte niemals zugetraut hätte. Sie führte diesen Laden ganz allein, und offensichtlich machte sie ihre Sache gut. Dennoch hatte er trotz all ihrer Beteuerungen, inzwischen mit beiden Beinen fest auf dem Boden zu stehen, bemerkt, dass sie weder ihre Träume noch ihre Neugier verloren hatte.

Er hatte sich letztlich eingestehen müssen, dass diese neue Charlotte in ihm Empfindungen weckte, die für sie beide nicht gut waren. Genauer ausgedrückt: Er begehrte sie. Nicht nur ihren Körper, sondern vielmehr ihre sprühende Lebenskraft, ihre Zärtlichkeit, die Begeisterung, die er immer noch in ihr erwecken konnte. Eine Weile versuchte er, sich einzureden, er habe sie nur eingeladen, um ihr Ratschläge zu geben, Verbindungen aufzutun, sie über Tropenkrankheiten aufzuklären und sie mit Medikamenten versorgen zu können, dann jedoch erkannte er, dass dies alles nur Vorwände waren, so dass er sich vornahm, seine Einladung für besagten Freitag zu widerrufen.

Doch das hatte er nicht fertiggebracht.

»Hör zu, George!«

Sie hatte sich ihm wieder zugewandt, eine lange Haarsträhne in der Hand, die sich aus ihrem aufgesteckten Zopf gelöst hatte und vor ihrer Nase herumflatterte. Der Strohhut hing an einem Band um ihren Hals, der Wind ließ ihn auf ihrem Rücken tanzen.

»Es tut mir leid, dass ich mich so albern benommen habe. Natürlich werde ich in deinem Haus übernachten – schließlich sind wir erwachsene Menschen, nicht wahr?«

»Ich bin froh, dass du so denkst«, sagte er erleichtert. »Falls dir aber noch Bedenken kommen sollten, kann ich dich auch in einem Hotel oder in der Familie eines englischen Kollegen unterbringen.«

»Ach, Unsinn. Ich freue mich wahnsinnig – ist das dort hinten schon die Insel?«

»Noch nicht, Frau Ungeduld. Es dauert noch ein wenig.«

Sie war jetzt wie ausgewechselt, ließ sich von den Gewürznelkenplantagen erzählen, die erst Anfang des Jahrhunderts auf Sansibar angelegt worden waren und die Insel zur Erntezeit mit dem starken, vanilleartigen Duft der blühenden Bäume erfüllten. Tief bewegt lauschte sie der Liebesgeschichte zwischen einem deutschen Kaufmann und der Tochter des Sultans, stellte immer wieder Fragen, wollte wissen, was nach der Entführung aus den beiden geworden war, und stellte dann beklommen fest, dass es so mutige Frauen auf der Welt gäbe, vor denen sie selbst sich entsetzlich klein und feige vorkam. Sie erzählte ihm, dass sie auf dem Markt von Daressalam einer Frau im Tropenanzug begegnet war, einer dieser englischen Ladys, deren Welt nur aus Hunden, Pferden und der Jagd bestand und die nach Afrika auf Großwildjagd reisten, um sich daheim eine Reihe ausgestopfter Trophäen über den Kamin zu hängen. George verachtete diese Sorte Mensch zutiefst. Von dem fremden Land, in dem sie herumgestapft waren, begriffen diese Leute nicht mehr, als in ein Whiskyglas ging.

»Findest du es wirklich erstrebenswert, ahnungslose Tiere zu erlegen, die von schwarzen Treibern ausgespäht und schussgerecht vor deine Flinte gelockt werden?«

Sie sah ihn mit großen Augen an, offensichtlich hatte sie ihm dieses harte Urteil nicht zugetraut.

»Du hast recht«, meinte sie dann. »Nein, das ist keineswegs zu bewundern. Ich würde niemals ein Tier einfach nur um der Trophäe willen töten. Allerdings würde ich mich mit meinem Revolver schützen, falls mir einer dieser feigen, diebischen Löwen zu nahe käme, die nachts in den Straßen von Daressalam ihr Unwesen treiben.«

Sie besaß tatsächlich einen Revolver und hatte auch schon probeweise damit geschossen. Dieser Inder hatte ihn ihr besorgt, ihr Helfer, den sie in höchsten Tönen lobte. Es machte ihn stutzig – George konnte sich nicht vorstellen, dass dieser Mann sie aus purer Menschenliebe derart unterstützte. Er war ein Geschäftsmann, der vermutlich nur da investierte, wo er einen Gewinn sah. Doch er schwieg besser über seine Vermutungen, denn er wollte auf keinen Fall mit ihr streiten.

»Wenn du einmal in die afrikanische Savanne kommst, wirst du dort Löwen sehen, die keine feigen Diebe sind.«

»Vielleicht werde ich das eines Tages tun«, erwiderte sie nachdenklich. Dann lächelte sie ihn an. Es war ein glückliches Lächeln, dem eine Verführungskraft innewohnte, von der sie vermutlich keine Ahnung hatte.

»Es ist seltsam, George. Seitdem ich dich wiedergetroffen habe, scheinen mir so viele Dinge möglich zu sein, an die ich vorher gar nicht zu denken gewagt habe. Die Savanne mit all den fremdartigen, wundervollen Wesen möchte ich kennenlernen: die Massai, diese stolzen Krieger, die niemals versklavt werden können, da sie in Gefangenschaft sterben, und diesen gewaltigen Berg, den Kilimandscharo, von dem ich schon als Kind geträumt habe …«

Das Leuchten ihrer Augen ging ihm nahe, denn er bezweifelte, dass sie all dies jemals zu Gesicht bekäme. Sie war eine Frau, und wie er ihren Mann einschätzte, so schien er nicht eben geneigt, mit Charlotte die wilde Schönheit der afrikanischen Savanne zu erkunden. Er war in Usambara auf einer Pflanzung. Wieso dort und nicht in Daressalam an ihrer Seite? Aber diese Dinge gingen ihn nichts an, und er würde sich hüten, sie danach zu fragen. Obgleich es ihn brennend interessierte – die Details in Ettjes Brief hatten seinen Zorn erregt. Wieso hatte sie einen solchen Versager geheiratet? Sie hatte weiß Gott einen besseren Ehemann verdient.

Die Sonne ließ die Wellen glitzern, jetzt endlich waren die Wolken zu kleinen Dunstfähnchen zusammengeschmolzen, und das Meer leuchtete in klaren Blau- und Türkistönen. An der afrikanischen Küste wagten sich wieder einige der kleinen Dhaus aufs Meer, die gebauschten Segel sahen aus wie weiße Tropfen auf den blaugrünen Fluten. Er dachte daran, dass er in Ägypten mit Schifflein wie diesen den Nil befahren und dabei auch selbst Hand angelegt hatte. Hier wie dort waren die Schiffer Meister ihres Faches, steuerten ihre einfachen Boote instinktiv, als wären sie mit ihnen verwachsen. Kein Wunder, die meisten lernten diese Kunst von Kind auf.

Er hatte erwartet, dass Charlotte in entzückte Rufe ausbrechen würde, als die Hauptinsel Unguja mit den vorgelagerten Koralleninseln in Sicht kam. Doch sie gab keinen Laut von sich, starrte mit weit geöffneten Augen auf weiße Sandstrände und sanfte, dunkelblaue Buchten mit ihren Mangrovendickichten und Schraubenbäumen. Dahinter lagen weite Grasflächen, Buschwerk und vielfarbige Plantagenanlagen, aus denen die hohen Palmen herausragten wie aufgereckte, grüßende Hände. Durch das dunkle Grün der Pflanzen leuchteten hier und da die weißen Landhäuser der Araber.

»So habe ich es in meinen Träumen gesehen.«

Er musste sich zu ihr hinüberlehnen, um ihre leisen Worte durch das Rattern und Tuckern des Dampfers hindurch zu verstehen.

»Die bläulichen Wellen, die immer heller und durchsichtiger werden, wenn sie über den Sand lecken. Das dichte Gewirr der Pflanzen, wie ein grünes Gewölk, das auf der weißen Koralleninsel lagert. Dort, im Schatten riesiger Bäume, schlummern Teiche, auf denen rosige und gelbe Blütenknospen treiben ...«

Sie hatte den Mund ein wenig geöffnet, als wolle sie den Anblick nicht nur mit den Augen in sich aufnehmen, sondern ihn einatmen wie einen erregenden Duft. George war bewegt. Undeutlich erinnerte er sich, dass sie damals tatsächlich von Bildern gesprochen hatte, die sie in ihren Träumen sah. Es hatte ihm gefallen. Die kleine Charlotte mit den exotischen Augen und dem schwarzen Haar war ihm damals wie eine Verkörperung seiner eigenen Sehnsüchte erschienen. Jetzt erst begriff er, wie ernst und tief sie empfand, und etwas wie Reue stieg in ihm auf, dass er sie damals so bald wieder vergessen hatte.

»Zayn z'al barr«, sagte er ihr ins Ohr. »Das haben die arabischen Seeleute damals ausgerufen, als sie diese Inseln zum ersten Mal erblickten. Auf Deutsch heißt es so viel wie: ›Schön ist dieses Land.‹«

Das dunkelblaue Wasser im Hafen von Sansibar-Stadt schien wie von zahllosen, weißen Papierstückchen bestreut, so viele kleine Boote fuhren jetzt hinaus aufs Meer. Es waren nicht nur Dhaus, sondern vor allem Einbäume mit doppeltem Ausleger, die mit ihrem großen Segel pfeilschnell durchs Wasser glitten. Am Ufer lagen einige größere Handelsschiffe vor Anker, Segler und Dampfschiffe, unübersehbar auch ein englisches Kriegsschiff. George versuchte, Charlotte die Aufteilung der Stadt zu erklären, den Bereich des Sultanspalasts, die Basare der Inder mit ihren mehrstöckigen Häusern, deren Fensterläden stets graublau und grün gestrichen waren, das

Negerviertel, wo kleine Hütten aus Lehm eng nebeneinander standen. Er zeigte ihr auch die Klinik, in der er arbeitete: ein weißer Bau mit zwei zinnenbewehrten Treppentürmchen. Sie lag im Viertel der Ausländer direkt am Meer. Doch hörte sie ihm überhaupt zu?

»Der Palast des Sultans, sagst du? Aber das sind Ruinen, ganze Mauern sind zusammengefallen, die Dächer eingestürzt ...«

»Sie sind nicht eingestürzt, Charlotte, sie wurden von den Kanonen englischer Kriegsschiffe zerschossen. Hat man denn drüben in Daressalam nichts davon gehört?«

Sie überlegte kurz, dann nickte sie. Die deutschen Frauen, die sie hin und wieder besuchte, hatten von einem »Operettenstückchen« geredet, das auf Sansibar stattgefunden habe. Die Araber dort hätten für ein paar Stunden den Aufstand geprobt, aber die britische Marine habe sie recht bald wieder zur Räson gebracht.

Die Schilderung ärgerte ihn, obgleich ihm die Hochnäsigkeit britischer und deutscher Offiziere längst bekannt war.

»Das ist nett ausgedrückt. Die britische Schutzmacht war mit dem Nachfolger des verstorbenen Sultans nicht einverstanden und wünschte sich einen anderen Kandidaten auf dem Thron. Ende August haben fünf britische Kriegsschiffe Stadt und Sultanspalast beschossen, um diese Ansprüche durchzusetzen. Es hat über fünfhundert Tote und noch mehr Verletzte gegeben – auf Seiten der Sansibarer natürlich, die Briten haben keinen einzigen Mann verloren.«

Er hatte versucht, einen ironischen Ton anzuschlagen, doch ihr betretenes Schweigen zeugte davon, dass sie seine Verbitterung herausgehört hatte. »Die Lage ist inzwischen wieder ruhig«, erklärte er und bemühte sich um ein Lächeln. »Die Menschen hier haben schon viele Eroberer kommen und gehen sehen. Sansibar wird bleiben.«

Sie sah ihn zweifelnd an, und er spürte, dass sie ihm nicht so recht glaubte. Vielleicht sollte er das Thema später noch einmal anschneiden.

Inzwischen war eine Flut von schwarzen Händlern dem Dampfer entgegengerudert. Auf ihren kleinen Einbäumen transportierten sie Orangen, Ananas und Kokosnüsse, bunte Papageien oder auch kleine Affen, die sie den Passagieren lauthals anpriesen. Sie folgten ihnen auch, als sie an Land gingen, und George hatte seine liebe Not, die aufdringlichen Burschen loszuwerden. Charlotte hatte es nicht eilig, die Hafengegend zu verlassen, immer wieder blieb sie stehen, sah aufs Meer hinaus, betrachtete neugierig die großen Segler und Dampfschiffe am Kai, bestaunte die schwarzen Träger, die Warenballen aus dem lang gesteckten Zollschuppen über schwankende Bretter in den Bauch der Schiffe schleppten. Als er sie endlich in eine der engen, mit Strohmatten und Tüchern überdachten Händlergassen geschleust hatte, verwandelte sie sich augenblicklich in die tatkräftige junge Frau, die er in ihrem Laden in Daressalam bewundert hatte. Kein Geschäft war ihr zu klein, kein Loch zu duster, sie musste alles bestaunen, betasten, nach Herkunft, Qualität und Preisen fragen. Sie sah den Metallarbeitern zu, die mit kurzen, sicheren Hammerschlägen gold- und silberfarbige Knöpfe herstellten, die man an Spazierstöcke aus Rohr stecken konnte. Sie befühlte Antilopengehörne und Leopardenfelle, starrte fasziniert in die aufgerissenen Mäuler ausgestopfter Flusspferde, steckte ihre Nase in jedes Pülverchen, schnüffelte an jedem Gewürz, prüfte die gelbe Schminke aus Kurkuma und das schwarze Antimon mit den Fingern, unterhielt sich mit dem Händler und fragte ihn neugierig aus. Woher? Wie teuer? Wie lange bleibt es frisch? Wer kauft es? Welche Speisen werden damit gewürzt? Schnell zeigte sich, dass sie bereits über gute Kenntnisse verfügte und sich nichts vormachen ließ; sie rechnete blitzschnell mit Rupien und Pesa und kam auch mit dem englischen Pfund und dem amerikanischen Dollar zurecht.

Er sah dem Schauspiel amüsiert zu und musste daran denken, dass Marie sich stur geweigert hatte, auch nur ein einziges arabisches Wort in den Mund zu nehmen. Charlotte plapperte Suaheli, gemischt mit arabischen und indischen Brocken, wechselte aber auch mühelos ins Englische, und wenn sie gar nicht weiterkam, zeigte sie mit Mimik und Gesten, worauf sie hinauswollte.

Er ließ ihr Zeit, blieb geduldig neben ihr stehen und wartete, bis sie ihre Verhandlungen abgeschlossen hatte, dann folgte er ihr zum nächsten Laden, wo das Ganze von vorn begann. Manches, wie die schön geformten Antilopenhörner, die kunstvoll geschnitzten, durchbrochenen Kugeln aus Elfenbein oder die halbmondförmigen Silberohrringe, schien ihr ganz besonders zu gefallen, doch sie kaufte kein einziges Stück. War sie geizig? Oder verdiente sie mit ihrem Laden nur gerade so viel, um sich und ihre Cousine ernähren zu können? Während sie mit einem arabischen Händler radebrechte, erstand er ein Paar teure, silberne Ohrringe, die zu ihrem schwarzen Haar großartig aussehen würden. Er steckte sie in seine Jackentasche, unsicher, ob sie dieses Geschenk von ihm annehmen würde. Dann sah er auf die Uhr und stellte fest, dass es schon gegen zwei ging.

»Ich werde in der Klinik gebraucht«, gestand er ihr. »Es wird ein paar Stunden dauern, aber ich werde dich vorher zu meinem Haus bringen, damit du dich ein wenig ausruhen kannst.«

Doch sie dachte gar nicht ans Ausruhen und wollte ihn auf jeden Fall begleiten, schon deshalb, weil sie gern sehen wollte, wie und wo er arbeitete. George blockte ab. Er müsse sich um seine Patienten kümmern, behauptete er, sie würde dort nur herumsitzen und sich langweilen. In Wirklichkeit hatte er Ärger mit seinem französischen Kollegen, der viele seiner Ansichten, die schwarze Bevölkerung betreffend, nicht teilte, und wollte nicht, dass Charlotte die gespannte Atmosphäre in der Klinik zu spüren bekam.

»Ich gebe zu, dass ich einen boshaften Hintergedanken hege«, gestand er daher grinsend. »Ich habe inzwischen an meinem Buch weitergeschrieben und hoffte darauf, du würdest die Zeit damit ausfüllen, ein wenig in meinen Manuskripten zu schmökern.«

Ihre Enttäuschung verflog, sie lachte und erkundigte sich verschmitzt, ob es in seinem Haus eine Dachterrasse gäbe. Und ob er einen Rotstift habe, denn wenn sie schon lesen müsse, dann wolle sie auch ihre Meinung dazu kundtun.

»Darauf hoffe ich! Deine Korrekturen haben mir immer sehr geholfen, Charlotte.«

Dieses Lob kam von Herzen, und doch hatte er nicht alles gesagt. Nicht nur ihre Anmerkungen – die sie bisher übrigens noch nie mit Rotstift, sondern nur mit Bleistift eingefügt hatte – waren ihm wichtig. Dieser schriftliche Austausch war ein Bindeglied zwischen ihnen gewesen, eine unverfängliche Art, dem anderen Gedanken und Empfindungen mitzuteilen, und er wollte sich diese Möglichkeit erhalten. Ihr Ehemann würde einen intimen Briefwechsel gewiss nicht dulden. Wenn sie jedoch Manuskripte korrigierte – was er ihr gern auch vergüten würde –, gab es für Christian Ohlsen keinen Grund, eifersüchtig zu sein.

Sie waren in südlicher Richtung gegangen und hatten jetzt die Basare und die schmalen, verwinkelten Gassen der Kernstadt hinter sich gelassen. Das Ausländerviertel begann jenseits eines alten Bollwerks aus dicken Mauern und zinnenbesetzten Rundtürmen, das einst die Portugiesen errichtet hatten. Da es heute nicht länger von militärischer Bedeutung war, teilte es das Schicksal so vieler Gebäude der Stadt: Es verfiel langsam.

Die Deutschen und Briten hatten geräumige Wohnhäuser, Militärunterkünfte und repräsentative Kolonialbauten errichtet, in Sichtweite der alten Türme befand sich das lang gezogene Gebäude der britischen Kommandantur, davor lag ein offener Platz für die Abnahme der Truppenparaden.

»Die Stadtteile, in denen sich die Kolonialherren ansiedeln, ähneln einander, egal, wohin man kommt«, bemerkte er. »Immer findet man sie in den angenehmsten Gegenden, es gibt eine Postzentrale, ein Hotel und mehrere Bars, die nur von Europäern frequentiert werden, und man erkennt die offiziellen Gebäude schon aus der Entfernung an den wehenden Fahnen. Bald wird es hier auch eine große Kathedrale geben: Die französischen Missionare haben im Juli, kurz vor Ausbruch der Revolte, den Grundstein gelegt.«

»Es erinnert tatsächlich ein wenig an das deutsche Viertel in Daressalam«, stellte Charlotte fest. » Ich glaube, es ist sehr angenehm, hier zu leben, aber mir gefällt die wimmelnde Betriebsamkeit der Basare unten in der Kernstadt besser.«

Er musste schmunzeln; sie schien sich kein Bild davon zu machen, wie gefährlich es für einen Europäer war, sich in diesen düsteren Gassen zu verirren. Die Gewalt, die zu nächtlicher Stunde in solchen Gegenden vorherrschte, war für Charlotte vermutlich kaum vorstellbar. Doch er wollte ihr zumindest heute nichts davon berichten, da er sich wünschte, dass sie diesen Aufenthalt in angenehmer Erinnerung behielt.

Das einstöckige Gebäude, das man ihm als Unterkunft zugewiesen hatte, war ein schmuckloser, rasch hochgezogener Bau mit einem Spitzdach, der ebenso gut in der Schweiz oder in Deutschland hätte stehen können. Angenehm waren nur die Begrünung ringsum und die Palmen, die das Bauwerk beschatteten, und natürlich die unmittelbare Nähe zum Meer.

»Ich werde bis etwa fünf Uhr zu tun haben – wenn du willst, kannst du mich in der Klinik abholen«, schlug er vor. »Du kannst sie nicht verfehlen, du musst nur zum Meer gehen, die Klinik liegt südlich von hier direkt am Strand. Du kannst dir den Weg aber auch von Jim zeigen lassen.«

Der Vorschlag schien ihr zu gefallen, ganz wie er vermutet hatte. Langsam löste sich seine Besorgnis auf, die Balance zwischen Nähe und Abstand war lange nicht so schwer einzuhalten, wie er befürchtet hatte. Er würde ihr einige seiner Manuskripte heraussuchen, nur einen kleinen Teil natürlich, damit noch genügend Vorrat für später blieb. Am Abend würden sie gemeinsam essen, ein Glas Wein trinken und sich dabei unterhalten. Über die Sahara und den Nil, die Pyramiden und die Kunst, ein Kamel zu reiten. Vielleicht auch über die Familie daheim in Europa, über die kleine Stadt in Ostfriesland, seinen Besuch damals … Falls sie die Sprache auf ihren Mann bringen würde, hatte er sich vorgenommen, wortlos zuzuhören, auch von Marie wollte er nur das Notwendigste berichten. Wenn er sich gut im Griff behielt, war die Chance, einen Fehler zu begehen, relativ gering.

Morgen würde er sie dann zum Hafen begleiten und ihr zum Abschied vom Kai aus zuwinken. Keine Liebschaft. Nicht mit Charlotte. Es hätte alles zerstört, was zwischen ihnen war. Sie würden miteinander in Verbindung bleiben, Manuskripte hin- und herschicken, auch später, wenn er wieder in England war, würde er Briefe empfangen, die ihre Handschrift trugen – die Buchstaben ordentlich gesetzt, nur hin und wieder ein weit ausholender Schwung, ein Schnörkel, ein energischer Strich unter einem Wort, das ihr wichtig war.

Er würde diese Briefe bitter nötig haben, denn im Grunde wusste er nicht, wie er weitermachen sollte.

Charlotte konnte vom Fenster des Arbeitszimmers sehen, wie George zwischen den Häusern verschwand, und sie wunderte sich, wie vertraut ihr seine hohe, überschlanke Gestalt war.

Wenn sie sich auf die Zehenspitzen stellte, konnte sie zwischen zwei Häusern hindurch ein kleines Stück Meer erkennen. Es war tiefblau, die Mittagssonne spiegelte sich gleißend auf dem Wasser, als habe jemand flüssiges Silber darauf gegossen. In der Ferne lag matter, nebeliger Dunst.

Hinter ihr war der *boy* ins Arbeitszimmer getreten und brachte Tee, eine Schale mit Früchten und etwas Gebäck. George hatte ihn »Jim« genannt, doch das war ganz sicher nicht sein wirklicher Name.

»*M'se* wünschen Milch zum Tee? Oder Limonensaft?«

»Milch ist gut. Danke, Jim. Wie heißt du auf Afrikanisch?«

»Mtitima«, gab er mit leichter Verwunderung zurück. »Aber hier auf Sansibar ich bin Jim.«

Sie erfuhr, dass seine Eltern als Sklaven nach Sansibar gebracht worden waren, jetzt waren sie frei und wollten auf keinen Fall zurück an die Küste. Das Leben war schön auf Sansibar, viel besser als drüben auf dem Festland. Dort hatten sie hungern müssen, bekamen das Fieber, in den Trockenjahren starb das Vieh. Sansibar war anders, hier war es immer warm, hier waren die Menschen fröhlich, es gab *pombe* und Reiswein und viele schöne Frauen …

Er hatte ihr eine Tasse Tee eingegossen und sich dann wieder zurückgezogen. Sie setzte sich damit auf einen der Stühle, um das heiße, aromatische Getränk langsam zu schlürfen. Es würde ihr helfen, zur Ruhe zu kommen und ihre durcheinanderwirbelnden Gedanken zu ordnen. Wie leichtfertig sie doch gewesen war, als sie beschlossen hatte, Georges Einladung zu folgen. Ach du lieber Himmel, was würde Klara von ihr denken, wenn sie erfuhr, dass Marie und die Kinder gar nicht auf Sansibar, sondern in England waren? Aber was hätte sie tun sollen? Ein Hotel konnte sie nicht bezahlen, und auch die Unterbringung bei Freunden wäre ihr peinlich gewesen.

Sie stellte die leere Tasse ab und lehnte sich zurück. George hatte eine beneidenswert schöne Wohnung, weitläufig und hell. Außer den Wirtschaftsräumen gab es im Erdgeschoss zwei Gästezimmer, im Obergeschoss verfügte er über Arbeitszimmer, Schlafraum und ein hübsch eingerichtetes Wohnzimmer. Das Mobiliar und die üppig wallenden Vorhänge – eine Mischung aus England, Indien und Afrika – gehörten nicht ihm, sondern waren Hinterlassenschaften seiner Vorgänger. Dennoch atmeten die Räume Georges Gegenwart. Bücherstapel, aus denen Lesezeichen herausragten, lagen auf Schreibtisch und Fensterbrett, auf einem Tischchen neben dem Sessel stand ein vergessenes Glas, in dem noch ein Rest des Getränks verblieben war. An den Wänden sah man kolorierte Zeichnungen, die ganz sicher von seiner Hand stammten, denn sie ähnelten den Zeichnungen in seinen Briefen …

Ihre Gedanken schweiften in eine andere Richtung. Nein, sie wollte jetzt nicht über George nachdenken, viel eher über die unfassbar vielen, aufregenden Eindrücke, die an diesem Tag über sie hereingebrochen waren, über den Zauber dieser Insel, die ihr beim ersten Anblick wie ein schöner Traum erschienen war. Die Basare mit ihrer unendlichen Vielfalt an Waren, wo man den Duft der Orangen und reifen Mangos einatmete, das Aroma der exotischen Gewürze, aber auch den Gestank von Öl, Unrat und verfaulender Fische. Was für ein Gewimmel von Menschen jeglicher Nationalität – Inder, Somali, Araber, Abessinier, Europäer, Asiaten –, da konnte Daressalam nicht mithalten. Vor allem die Frauen waren anders, man sah sie in schreiend bunten Gewändern und abenteuerlich gestalteter Haartracht, sie wiegten beim Gehen die Hüften und sahen den Männern offen in die Augen. Wasserverkäufer und schwarze Lastenträger quetschten sich durch die Menge, Araber trieben ihre rot gefärbten, sehnigen Reitesel rücksichtslos durch die engen Gassen, Kühe standen gleichgültig kauend im Weg herum. Einmal waren sie einem Zug aneinandergeketteter schwarzer Gefangener begegnet, die armen Kerle waren mit nichts als einem zerrissenen Hüfttuch bekleidet, und der Aufseher trieb sie mit der *kiboko,* wie man die Nilpferdpeitschen auf Suaheli nannte, gnadenlos voran. Man hatte sie wegen irgendwelcher Vergehen verurteilt, nun mussten sie die Trümmer um den zerstörten Palast aufräumen.

Sie beugte sich vor, um sich eine zweite Tasse Tee einzuschenken, trank einige Schlucke und stellte fest, dass sie leichte Kopfschmerzen hatte. War es gut, sich in dieser Verfassung Georges Manuskripten zu widmen, die drüben auf dem Schreibtisch auf sie warteten? Mit einer entschlossenen Bewegung stellte sie die Tasse auf die Untertasse, der heiße Tee schwappte über und verbrannte ihr die Finger. Ärgerlich wischte sie die Hand an ihrem Rock ab und stand auf, froh, dass nichts auf die hübsche, bunte Tischdecke gelaufen war. Sie fand mehrere Bleistifte und ein Radiermesser neben den Papieren, einen Rotstift allerdings nicht, obgleich George beide Schubladen danach durchsucht hatte, bevor er zur Klinik aufgebrochen war.

Zuvor hatten sie Scherze über seine überschwänglichen Briefe gemacht, seine romantische Vorstellung, sie, Charlotte, könne als seine Muse neben ihm sitzen, seine Gedanken und Phantasien beflügeln. Nein, sie war keine Muse, vielmehr eine gründliche und eifrige Leserin, die mit vorsichtigem Stift Ausdrücke korrigierte, eine Anmerkung oder eine Frage einfügte. Er hatte widersprochen und behauptet, ohne ihre ermutigenden Briefe hätte er diese vielen Seiten niemals geschrieben.

»Du ahnst nicht, wie unsicher ich im Grunde bin und wie sehr ich deine Hilfe brauche.«

Sie hatte nicht antworten können, denn sie musste ein seltsam warmes, zitterndes Glücksgefühl niederkämpfen, das gleiche, das sie während der vergangenen Woche immer wieder überkommen hatte. Es war eine ungeheuer süße Empfindung, die ihr gerade darum verdächtig erschien und die sie auf keinen Fall zulassen wollte. Ja, sie würde tun, was sie ihm versprochen hatte, sie würde sein Manuskript überarbeiten, gründlich und genau, mit klarem Kopf, aber ohne sich allzu sehr auf seine Texte einzulassen.

Kaum hatte sie mit ihrer Arbeit begonnen, wurde ihr klar, dass sie sich etwas vorgemacht hatte. Schon nach den ersten Zeilen spürte sie den Sog seiner Worte und versank darin. Da war er wieder, dieser rätselhafte Mensch, der sich so harmlos und liebenswert geben konnte und gleichzeitig solche Abgründe in sich trug. Der Grenzgänger, der Mann, der sich immer neue Herausforderungen suchte, der den Tod nicht scheute und doch mit allen Fasern seines Seins am Leben hing. Sie glaubte, neben ihm in einem der schwankenden Dhaus zu sitzen, die sich langsam nilaufwärts bewegten, an braunen Krokodilen und grauen Flusspferden vorbei. Sie kletterte an seiner Seite zum Felsentempel des Pharaos empor, sie lag bei ihm auf den nassen Bootsplanken, fiebernd, wirre, phantastische Bilder vor Augen, den Schädel fast berstend vor Schmerz. Noch mehr aber schlugen sie die folgenden Seiten in Bann. George schrieb über seine Arbeit an der englischen Klinik in Kairo, schilderte die Schicksale seiner Patienten und ihrer Familien; Menschen, die so arm waren, dass sie kaum die nötige Nahrung kaufen konnten, um zu überleben, geschweige denn Medikamente für den Kranken. Es war eine beklemmende Lektüre, die zwischen bitterer Resignation und zornigem Aufbegehren schwankte. George hatte sich dagegen gewehrt, dass man Unterschiede zwischen den Patienten machte, dass Mittel wie Chinin, das entzündungshemmende Antipyrin oder auch Äthernarkosen bei Operationen nur für europäische Patienten verfügbar waren. Auch wies man Tuberkulosefälle oder Lepra in der Klinik ab, um sich keiner Ansteckungsgefahr auszusetzen. Die Malaria – dort als

»Fluch des Nils« bekannt –, wurde bei Europäern versuchsweise mit Methylenblau behandelt, wobei es Erfolge gegeben hatte – für die ägyptische Bevölkerung war eine solche Therapie undenkbar. Jeder Europäer, auch wenn er arm war, genoss eine bessere medizinische Behandlung als ein einfacher Fellache. Freilich, die Missionare waren hingebungsvoll bemüht, die Krankheiten der Eingeborenen zu heilen, doch auch hier wurden Unterschiede gemacht. Auf Sansibar war es mit den Bekehrungen zum christlichen Glauben nicht so recht vorangegangen, viele Missionen waren zum afrikanischen Festland hinübergewandert und hatten ihre Krankenstationen auf Sansibar geschlossen.

Wer sich nicht bekehren lassen wollte, durfte auch nicht an den Segnungen der europäischen Medizin teilhaben.

Charlotte musste sich die Blätter ein zweites Mal vornehmen, um ihre Anmerkungen zu setzen; beim ersten Durchlesen war sie zu aufgewühlt gewesen. Wie hatte sie vergessen können, dass er schon damals in Leer mit der üblichen Haltung der Europäer nicht konform gegangen war? Damals hatte er mit ihrem Großvater über die Sprachen der afrikanischen Eingeborenen gestritten und – wenn sie sich recht entsann – auch über Sinn und Zweck einer Kolonie. Ein »Weltverbesserer« sei dieser junge Mann, hatte Henrich Dirksen damals kopfschüttelnd gemeint. Was für Kleingeister sie doch alle gewesen waren! Charlotte war voller Bewunderung für George; seine Empörung war gerecht, und sie wäre ohne Zögern bereit gewesen, sich an seine Seite zu stellen.

Sie schob die Blätter wieder zusammen, achtete darauf, dass die Seitennummerierung nicht durcheinandergeriet, und legte die Bleistifte daneben. Sie würde nachher mit ihm darüber sprechen, ihn herausfordern, fragen, sich von seinen Gedanken führen lassen, ihm folgen und zugleich dagegenhalten. Er war doch nicht allein mit seinen Überzeugungen. Wenn es ihm gelang, dieses Buch zu Ende zu schreiben und zu veröffentlichen, würde er Gleichgesinnte finden und womöglich viel bewegen können. Ja, er musste schreiben, und sie würde ihn dabei nach Kräften unterstützen.

Sie hatte keine Ahnung, wie viel Zeit vergangen war; sicher war nur, dass sie es im Haus nicht mehr lange aushielt. Sie würde zum Meer hinuntergehen, langsam auf die Klinik zuhalten und falls sie zu früh dran war, irgendwo am Strand auf ihn warten.

Als sie die Zimmertür öffnete, eilte ihr Jim entgegen, der offensichtlich den Auftrag hatte, sie zur Klinik zu begleiten.

»*M'se* auf keinen Fall zu weit laufen«, mahnte er besorgt, als sie erklärte, ohne ihn gehen zu wollen. »Nur hier, wo Europäer wohnen. Nicht an andere Orte. Besser ist, Jim geht mit, nicht gut, wenn weiße *m'se* allein ist …«

»Ich gehe nur bis zur Klinik, Jim. Dort werde ich *daktari* Johanssen treffen, dann bin ich nicht mehr allein!«

»Besser, Jim geht mit …«

Sie lächelte über sein betroffenes Gesicht und wollte schon an ihm vorüber zur Treppe laufen, als er einen Vorhang beiseiteschob und sie einen kurzen Blick in Georges Wohnzimmer werfen konnte. Vorhin, als er ihr den Raum gezeigt hatte, war niemand dort gewesen; jetzt aber erblickte sie eine junge Frau. Sie hatte in einem der geflochtenen Sessel gesessen und stand auf, um mit Jim einige Worte in einer fremden Sprache zu wechseln. Charlotte blieb stehen, weniger aus Überraschung, sondern eher deshalb, weil der Anblick sie faszinierte. Die Frau musste abessinische Wurzeln haben, doch war ihre Haut heller als die der Abessinierinnen, ihr Gesicht ebenmäßig und auch nach europäischen Vorstellungen schön. Sie war groß gewachsen, und der weite, rot gemusterte Rock ließ ihre Taille ungemein schmal erscheinen. Das prächtige, schwarze Haar war nicht kraus, sondern gewellt und fiel ihr weit über die Schultern, ein paar schmale Zöpfchen, mit bunten Bändern und Perlen geschmückt, mischten sich unter die Locken.

Charlotte dachte daran, dass George ihr von mehreren Bediensteten erzählt hatte, und nickte der Frau freundlich zu, bevor sie die Treppe hinabging.

Unten empfing sie die Hitze des Spätnachmittags, so dass sie rasch ihren Strohhut aufsetzte und die Bänder fest unter dem Kinn verknotete. Sie hatte es eilig, zum Meer zu gelangen, wo hoffentlich eine kühlere Brise wehte, während sich hier zwischen den Häusern die Sonne fing und kaum ein Lüftchen zu spüren war. Auf Straßen und Wegen sah sie vor allem schwarze Bedienstete, aber auch einige Europäer, vermutlich Beamte oder Händler, die sie höflich grüßten und ihr neugierige Blicke nachschickten.

Das Meer war sanft und klar, kleine Dhaus waren darauf verstreut wie weiße Schmetterlinge, die sich mit gefalteten Flügeln auf der saphirblauen Oberfläche niedergelassen hatten. Mit leisem Plätschern schoben sich die Wellen auf den Strand und glitten sacht wieder zurück. An manchen Stellen lagen braune, mit Muscheln besetzte Algen, die bewiesen, dass der Ozean auch weniger friedlich gestimmt sein konnte. Charlotte ging dicht am Rand der Wellen entlang, und schließlich konnte sie der Versuchung nicht widerstehen, wenigstens die Schuhe abzustreifen, um mit den Füßen den feuchten Sand und das kühle Wasser zu spüren. Es war ein wundervolles Gefühl, das sie an Kindheitstage erinnerte, die sie längst vergessen geglaubt hatte. Die Zeit, als ihre Eltern und der kleine Jonny noch lebten und man irgendwo – wo war das nur gewesen? – an einem Strand herumtollte, sich mit Wasser bespritzte und mit den Füßen im weichen, matschigen Schlick versank. Nach einer Weile erblickte sie das weiße Gebäude der Klinik mit den beiden Treppentürmen, das tatsächlich dicht am Meeresufer gebaut war, nur von einer niedrigen Mauer vor den Wellen geschützt. Charlotte beschloss, sich zwischen einigen jungen Kokospalmen niederzulassen, um auf George zu warten.

Sie stellte die Schuhe neben sich in den Sand, da sie zu träge war, sie wieder anzuziehen, lehnte den Rücken gegen einen der schlanken Stämme und schloss die Augen. Kaum vernehmbar knisterten die Palmzweige über ihr in der Brise, sacht rauschte und gluckste das Meer in immer wiederkehrendem Rhythmus, irgendwo in weiter Ferne, mehr spürbar als hörbar, brodelte dumpf das Leben der Stadt. Sie atmete tief ein, wollte den salzigen Geruch des Ozeans in sich einsaugen, doch es war ein anderer Duft, der vom Land zu ihr herübergetragen wurde. Der scharfe und zugleich süßliche Geruch der blühenden Nelkenbäume, das weiche Aroma von Zimt, der herbe Duft der Muskatblüte …

Sie blinzelte zur Klinik hinüber, doch dort waren nur ein paar dunkelhäutige Kinder zu sehen, die am Strand irgendetwas in Körbe sammelten, das sie nicht erkennen konnte. Draußen auf dem Meer zog jetzt der Küstendampfer vorbei, der am Abend kurz vor Einbruch der Nacht in Daressalam anlegen würde. Für einen Augenblick überließ sie sich einem kleinen Schatten, der auf ihre glückliche Stimmung gefallen war und der mit der schönen Abessinierin in Georges Haus zu tun hatte. Sie war seine Bedienstete, vermutlich hielt sie die Räume sauber, vielleicht kochte sie auch für ihn. Es waren wohl der stolze Blick und die aufreizende Körperhaltung dieser Frau, die sie andere, nahezu unvorstellbare Gedanken hegen ließen. Beschämt über sich selbst, blickte sie wieder zu dem weißen, leuchtenden Bau der Klinik hin – und tatsächlich erkannte sie jetzt einen hochgewachsenen, sehr schlanken Mann, der eben zum Strand hinabging.

Als er sie sah, winkte er und setzte sich in Trab, lief auf sie zu wie ein unbeschwerter Knabe. War das wirklich der Mann, dessen widersprüchliche Schriften sie vorhin so aufgewühlt hatten? Er bewegte sich in weiten, mühelosen Sprüngen über den Sand, erwischte den hellen Strohhut gerade noch, bevor er ihm vom Kopf geweht wurde, und lachte herzhaft über sich selbst. Charlotte fiel ein, dass sie barfuß war, und sie beeilte sich, ihre Schuhe wieder überzustreifen.

»Komm!«, sagte er und streckte ihr den Arm entgegen. »Lass uns ein wenig am Meer entlanggehen.«

Die Aufforderung hatte etwas Unwiderstehliches, und so zögerte sie nicht, ihm die Hand zu reichen und sich von ihm auf die Füße ziehen zu lassen. Sein Griff war fest, und er hielt ihre Hand noch eine kleine Weile umschlossen, als sie schon vor ihm stand.

»Ich könnte mir morgen Vormittag freinehmen, und wir reiten ins Inselinnere«, schlug er vor. »Ich zeige dir die Gewürzpflanzungen und den Urwald. An manchen Orten befinden sich verfallene Paläste, von Pflanzen halb überwuchert; dort lebt die Erinnerung an die Zeiten, als die Inseln noch den Omanis allein gehörten und der Handel mit afrikanischen Sklaven den Sultan noch reicher machte als der Gewürzhandel.«

»Das wenigstens war eine gute Entscheidung der Engländer«, meinte sie. »Auch die Deutschen haben den Sklavenhandel verboten und Buschuris Aufstand vor einigen Jahren niedergeschlagen.«

Er war ihr voraus zum Meer gegangen, das sich jetzt merklich zurückzog, es war Ebbe. Der Sand war feucht, so dass man nicht allzu tief einsank, hin und wieder schwappte eine vorwitzige Welle über Georges helle Stoffschuhe, was ihn jedoch nicht im Mindesten störte.

»Du hast recht«, erwiderte er nach einigem Zögern. »Und doch schaffen es die Sansibarer, die Verbote zu unterlaufen. Das Geschäft ist allzu einträglich – täglich und überwiegend nachts werden schwarze Afrikaner vom Festland nach Sansibar und von dort aus weiter in die Sklaverei verschleppt.«

Sie hatte davon gehört, es aber nicht glauben wollen. Der Wind trug den Duft der Nelkenblüten heran, reife Süße und herbe Bitternis, ein Aroma, das die Sinne gefangen nahm, genau wie diese Insel in ihrer unschuldigen Schönheit, die doch von Gewalt und Elend unterwandert war.

»Das Paradies ist zugleich auch der Ort, an dem die Sünde ihren Anfang nahm«, sagte George leichthin. »Es gibt auf Erden niemals das eine ohne das andere. Vielleicht ist es gut so – wer weiß?«

Er sah sie blinzelnd von der Seite an, als wolle er herausfinden, wie sie diese Worte aufnahm.

»Was sollte daran gut sein?«, fragte sie kopfschüttelnd.

»Nun – das Leben ist nun einmal so eingerichtet, Charlotte. Wir alle sind wie diese Insel. Unschuldig und zu edlen Taten fähig und zugleich auch sündig, kleinmütig, eigensüchtig. Wir sollten weder uns selbst noch diese Insel hassen, sondern sie trotz ihrer Unvollkommenheit lieben.«

Das klang vernünftig, obgleich der Großvater sicher anderer Meinung gewesen wäre, denn für ihn war der Mensch von Geburt an durch und durch sündig und daher auch nicht liebenswert, er konnte aber mit Christi Hilfe von seiner Sünde erlöst werden.

Noch während sie überlegte, was sie auf seine Worte erwidern sollte, war sein Ernst unvermittelt in Übermut umgeschlagen. Wie ein kleiner Junge fasste er ihre Hand und begann zu rennen, zog sie hinter sich her, bis sie sich losriss, dann wandte er sich lachend zu ihr um.

»Nun komm schon, Charlotte!«, rief er ihr zu. »Zieh die Schuhe wieder aus. Ich tue es auch.«

»Die … die Schuhe?«

Noch ganz außer Atem von dem unvermittelt raschen Lauf,

versuchte sie, den verrutschten Strohhut wieder zurechtzuschieben.

»Die Schuhe!«, beharrte er grinsend. »Du hattest sie vorhin schon ausgezogen, ich habe es genau gesehen.«

Mit ungeduldigen Bewegungen streifte er seine eigenen Schuhe von den Füßen, klemmte sie unter den Arm und nickte ihr auffordernd zu.

»Aber ich …«, stammelte sie ratlos.

»Nur Mut. Es wird dich niemand deshalb steinigen!«

Es war etwas Verschmitztes in dem Blick, mit dem er sie von oben bis unten maß, eine Herausforderung, bei der ihr unbehaglich wurde. Das war nicht der George, der sie mit seinen Schriften so fasziniert hatte, und doch war er es. Aber hier war er körperlich präsent, sie fühlte seine Anziehung, hörte sein Lachen, hatte den festen Griff seiner Hand zu spüren bekommen.

Er hatte nicht viel Geduld, sondern hockte sich vor sie in den Sand und machte sich an ihren Füßen zu schaffen. Mit geschickten Händen befreite er sie von dem schützenden Leder, erhob sich mit triumphierendem Grinsen und reichte ihr die braunen Halbschuhe.

»Halte sie gut fest, wenn du sie verlierst, siehst du sie nie wieder!«

»Was … was soll das werden?«

Er gab ihr keine Antwort, packte sie nur erneut bei der Hand und riss sie mit sich fort. Die flachen Wellen spritzten auf, durchnässten den Saum ihres Kleides. »George!«, rief sie verzweifelt. »Lass mich … mein Kleid …«

Er kümmerte sich nicht um ihren Protest. Mit weiten Sprüngen lief sie mit ihm durch die kühle, schaumige Brandung, spürte, wie der Sand unter ihren Füßen wich, das salzige Wasser um sie herum aufwirbelte, und plötzlich empfand sie Vergnügen dabei. Der nasse Kleidersaum wickelte sich um ihre Beine, der Hut glitt ihr vom Kopf, der aufgesteckte Zopf löste sich, doch das alles war ihr gleich. Sie war frei wie ein Vogel, so frei, wie sie als Kind gewesen war; sie spürte ihren Körper, das kühle Nass der Wellen, die kleinen Steinchen und Muscheln im Sand, die warme Meeresbrise, die ihre heißen Wangen umstrich. Als er endlich innehielt und sich zu ihr umwandte, keuchte sie vor Anstrengung.

»So gefällst du mir viel besser, Charlotte Dirksen!«, sagte er und betrachtete sie mit leuchtenden, grauen Augen.

»Mein Kleid ist nass!«, beschwerte sie sich.

»Das trocknet wieder!«

Sie bückte sich blitzschnell und spritzte einen Schwall Wasser über ihn. Überrascht sprang er zurück, sah dann scheinbar empört an sich herunter und drohte, es ihr gleichzutun. Wo waren die Jahre geblieben? Sie war wieder ein Kind, lief jauchzend und kichernd vor ihm davon, raffte mit einer Hand den nassen Rock, um schneller voranzukommen, und wusste doch, dass er sie mit Leichtigkeit einholen würde. Ihr langer Zopf wehte hinter ihr her, die Flechten lösten sich.

»Warte nur, ich erwische dich schon!«, hörte sie ihn rufen, und in diesem Augenblick wünschte sie sich nichts mehr, als von ihm gefasst zu werden, seine Arme zu spüren, seinen heftigen Atem an ihrer Schulter zu hören.

Doch das geschah nicht. Er lief nur eine Weile hinter ihr her, jagte sie durch die seichte Brandung, dann blieb er zurück, beobachtete sie und wartete, bis auch sie stehen blieb. Erst dann setzte er sich wieder in Bewegung und ging langsam auf sie zu.

Das Blut rauschte noch in ihren Ohren, kleine Wellen umspielten ihre Waden. Jetzt, da die kindliche Begeisterung sich legte, kam sie sich lächerlich vor mit den großen Wasserflecken im Kleid und dem aufgelösten Haar, die Schuhe in der Hand …

Auch er war nicht ohne Spuren davongekommen, die Hose

klebte an seinen Beinen, die Jacke trug blassgraue Flecken, und sogar an seinen Augenbrauen hingen ein paar Tröpfchen. Beklommen sah sie, dass der Übermut aus seinem Gesicht gewichen war. Er hatte die Stirn gefurcht, und seine Augen waren schmal, die Iris von den hellen Wimpern fast verborgen.

Als er vor ihr stand, schwieg er eine kleine Weile und starrte sie an, dann sagte er etwas vollkommen Verrücktes.

»Bist du glücklich?«

Er hatte mit leiser Stimme gesprochen, und sie begriff, dass etwas hinter dieser Frage stand, auf das sie sich nicht einlassen durfte.

»Eben gerade war ich glücklich wie ein Kind. Und schrecklich albern.«

»Das waren wir beide, Charlotte. Es ist eine seltsame Sache mit dem Glück. Glück ist etwas Flüchtiges. Man muss es greifen, wenn es sich einem bietet, sonst eilt es vorüber.«

Der Wind spielte in ihrem offenen Haar. Sacht strich er ihr eine Strähne aus dem Gesicht, und seine Hand verweilte dabei für einen winzigen Augenblick auf ihrer Wange.

»Das Glück«, murmelte sie. »Kommt es im Leben darauf an? Es ist viel wichtiger, an dem Platz, an den man gestellt wurde, seine Pflicht zu erfüllen.«

Wo hatte sie das nur gehört? Wieso redete sie jetzt solches Zeug?

»Und was ist, wenn man dich an den falschen Platz gestellt hätte? Wenn es einen anderen Ort gäbe, an dem du deine Pflicht erfüllen und zugleich glücklich sein könntest?«

Der Großvater hätte jetzt gesagt, dass es Gott war, der den Platz des Menschen bestimmte, doch im Grunde hatte sie niemals wirklich daran geglaubt …

George legte nun seine Hand auf ihre Schulter, und sie spürte seine Finger, unruhig, nervös, zittrig, als stünde er unter großer Anspannung.

»Wie meinst du das?«, fragte sie bang.

Er drehte den Kopf zur Seite und sah aufs Meer. Sie hörte seinen gepressten, hastigen Atem.

»Du bist nicht glücklich mit diesem Mann, Charlotte«, stieß er endlich hervor. »Dein Platz ist nicht an seiner Seite. Wenn du Mut hättest …«

Entsetzt fuhr sie zurück, seine Hand glitt von ihrer Schulter, sein Arm sank herab.

»Wie kannst du so etwas sagen?«, rief sie zornig. »Was geht dich das an, George Johanssen? Ich liebe Christian, und mein Platz *ist* an seiner Seite!«

»Du liebst ihn nicht«, beharrte er hartnäckig. »Du kannst ihn gar nicht lieben, sonst wärst du nicht mit mir hierhergefahren!«

Scham und Wut durchfluteten sie. O wie boshaft, ihr derartige Absichten zu unterstellen! Wie abgrundtief musste er sie verachten, wenn er so von ihr dachte! Sie war hierhergefahren, um die Gelegenheit beim Schopfe zu packen, Sansibar kennenzulernen, zusammen mit ihm, seiner Ehefrau – ihrer Cousine Marie – und den Kindern. Er war derjenige gewesen, der sie getäuscht hatte!

»Wag es nicht, mich je wieder anzufassen!«, schrie sie. »Geh! Verschwinde! Ich will dich nie mehr wiedersehen!«

Sogar in ihrem Zorn begriff sie, dass sie ihm unsinnige Dinge entgegenschleuderte, doch es war ihr gleich. Sie hörte nicht einmal, was er erwiderte, und sie wollte es auch gar nicht wissen. In ihren Ohren klang noch der Satz »Du kannst ihn gar nicht lieben, sonst wärst du nicht mit mir hierhergefahren« – eine Beleidigung, die gerade darum so fürchterlich war, weil sie ein Körnchen Wahrheit enthielt.

»Charlotte!«

Sie raffte den Rock bis zu den Knien und rannte davon. Spürte den Sand unter den Füßen, stellte fest, dass sie die

Schuhe hatte fallen lassen, und hielt doch nicht an, rannte weiter und weiter, fort vom Strand, über schmale Wege und durch enge Gassen. Wo war sie? Graue, halb verfallene Häuser waren plötzlich um sie herum, Gebüsch, der umgestürzte Stamm einer vertrockneten Palme. Sie schlüpfte zwischen den Gebäuden hindurch, spürte einen stechenden Schmerz im linken Fuß, doch sie blieb nicht stehen. Sprang über Scherben und Unrat, stieß sich an einem vorstehenden Brett, stolperte fast, weil ihr ein niedriger Karren im Weg stand. Hühner flatterten auf, ein kleiner Köter kläffte sie an.

»Charlotte! Verdammt noch mal!«, tönte es zornig hinter ihr her.

Was sie aufhalten sollte, trieb sie nur zu weiterer Flucht an. Nur fort, zum Hafen hinunter, irgendwie würde sie ein Boot finden, das sie zum Festland hinüberbrachte. Der Dampfer fuhr erst wieder morgen früh, aber es gab die kleinen Dhaus, die Handelsboote …

»Charlotte. Um Himmels willen! Charlotte!«

Wo war nur der Hafen? Sie musste sich links halten, doch da gab es kein Durchkommen. Die Gebäude waren jetzt dichter, die schmalen Gassen zahlreicher, sie trat auf etwas Weiches, das jammervoll aufkreischte, sah dunkle Gesichter, blitzende, große Ohrringe, hörte lautes Gelächter. Ihr Herz hämmerte. Weshalb musste sie auch dieses enge Korsett tragen, das ihr den Atem abschnürte und sie schwindeln ließ? Links tat sich eine Gasse auf, eng und wenig vertrauenerweckend, doch das war jetzt gleich, gewiss würde sie zum Hafen führen.

Es war dämmrig zwischen den gedrängt stehenden Baracken, der Geruch von Schnaps und Erbrochenem schlug ihr entgegen, und gleich darauf erkannte sie, dass es hier nicht weiterging. Ein halb nackter, braunhäutiger Mann torkelte auf sie zu, starrte sie mit weiten, hell glänzenden Augen an und murmelte etwas, das sie nicht verstand. Erschrocken wandte sie sich um, stolperte über die Beine eines Menschen, der dicht an einer Hauswand am Boden gesessen hatte, und wäre fast gestürzt. Ein Gesicht blickte sie an, das so grauenhaft war, wie sie es in ihrem ganzen Leben noch nicht gesehen hatte; Nase und Lippen des Unglücklichen waren von einer Krankheit zerfressen. Gelächter und laute Rufe erhoben sich in ihrer Nähe, die Gasse, die eben noch menschenleer gewesen war, belebte sich plötzlich, als lösten sich die Gestalten aus den dunklen Bretterwänden der armseligen Hütten.

Voller Panik wandte sie sich um, auf der Suche nach dem Weg, den sie gekommen war, und prallte gegen einen Körper.

»Ruhig«, hörte sie eine Stimme dicht an ihrem Ohr. »Hör auf zu schreien. So sei doch still!«

Sie wehrte sich verzweifelt, zappelte, wand sich, versuchte sogar, mit den nackten Füßen zu treten, doch George hielt sie unerbittlich fest.

»Bitte, Charlotte!«, flüsterte er. »Ich kann dich nicht schützen, wenn du ein solches Aufsehen machst.«

Er zog sie ein Stück mit sich fort, drängte sie sacht mit dem Rücken gegen eine Hauswand und lehnte sich gegen sie. Namenlose Erschöpfung überkam sie, es gab keine Möglichkeit, ihm zu entkommen, er war stärker als sie und fest entschlossen, sie nicht mehr davonlaufen zu lassen. Sie lehnte den Kopf zurück und schloss die Augen, spürte seinen angespannten Körper, der sich dicht an sie presste und der so völlig anders war als Christians schwerer, weicher Leib.

»Ich wollte das nicht sagen, Charlotte«, flüsterte er. »Ich weiß selbst nicht, was mich überkommen hat …«

Sein heißer Atem berührte ihre Schläfe, und die Sehnsucht, die sie so lange verleugnet hatte, stieg mit ungeahnter Macht in ihr auf. Nie zuvor hatte sie einen Mann begehrt, nie hatte sie Leidenschaft erlebt, außer in ihrer Musik und in ihren

Träumen. Sie wandte ihm ihr Gesicht zu und blickte in seine zusammengekniffenen, glänzenden Augen.

Er küsste sie. Zuerst verhalten, als könne er selbst nicht glauben, was er da tat, dann immer heftiger, berauschte sich an ihr, ließ sie seine Zunge spüren, grub die Finger in ihr Haar und flüsterte immer wieder ihren Namen. Ohne zu wissen, was sie da tat, erwiderte sie seine Liebkosungen mit verzweifelter Hast, und erst als sie langsam wieder zur Besinnung kam, begann sie, sich zu wehren.

»Das werden wir niemals wieder tun«, flüsterte sie.

Schweigend umfasste er sie mit beiden Armen, hielt sie an sich gepresst und ließ die Stirn auf ihre Schulter sinken.

»Niemals«, murmelte er. »Ich verspreche es dir.«

Im Morgennebel erschien die afrikanische Küste unwirklich wie eine Traumlandschaft. Die Abbruchlinie des Strands sah aus wie ein dunkler, immer wieder unterbrochener Strich auf gelbem Grund, die Pflanzen wuchsen in graugrünem Pastell, die gezackten Formen der Palmen ragten sattgrün daraus hervor, von aufsteigenden Nebelfetzen umweht. Schleierwolken überspannten den Himmel, jetzt weißlich wie der Dunst des Festlands, vor einer Stunde noch hatte der Sonnenaufgang Meer und Wolken in ein dunkel glühendes Rot getaucht.

Charlotte lehnte an der Reling des vollbesetzten Küstendampfers, froh, einen Platz gefunden zu haben, wo man sie in Ruhe ließ. Hinter ihr auf dem Deck hockten die Passagiere eng gedrängt zwischen Warenballen, Kisten und Körben unterschiedlichen Inhalts, durch das Tuckern der Maschine hindurch waren arabische Worte zu vernehmen, Suaheli, auch indische, englische oder deutsche Ausdrücke. Einige der Männer hatten getrocknete Flaschenkürbisse vor sich stehen, die sie als Wasserpfeifen gebrauchten; wenn der Wind sich drehte, wurde der Rauch über das Deck geblasen, und man erkannte den süßlichen Geruch des Haschischs.

Charlotte hätte am liebsten eine Mauer um sich gezogen, um sich von all den Passagieren, den Geräuschen und Gerüchen abzuschotten. Wieso war ihr auf der Hinfahrt nicht aufgefallen, wie schmutzig dieses Schiff war, wie widerlich der Geruch von Öl, Teer und Rauch, der ihr in die Nase stieg? Und diese vielen Menschen, die man auf dem Deck zusammenpferchte, so dass sie kaum ein Fleckchen fanden, um sich niederzusetzen – weshalb kam sie sich heute zwischen ihnen so verloren vor, während sie sonst immer ihre Freude an dem Gewimmel und den vielen Gesichtern gehabt hatte?

Sie fühlte sich müde und krank, ihre Füße schmerzten, ihre Schläfen hämmerten, schon während der Nacht hatten sich heftige Kopfschmerzen eingestellt, die sich im Laufe des Morgens noch gesteigert hatten. Schlimmer jedoch war das Durcheinander ihrer Gefühle, das sie bis jetzt noch nicht hatte ordnen können. Scham wechselte mit Sehnsucht, Zorn mit Verzweiflung, mal glaubte sie, einen festen, geraden Weg vor sich zu sehen, dann wieder fiel alles auseinander. Spalten taten sich auf, Untiefen gähnten vor ihr, weit in der Ferne lockte ein schimmernd weißer Gipfel, doch der Pfad dorthin verlor sich im Dickicht.

George hatte ihren Willen respektiert, hatte nicht gewagt, sie noch einmal zu küssen. Dafür hatte er sie bis zum Strand hinab getragen, denn bei ihrer wilden Flucht hatte sie sich tiefe Schnittwunden an den Füßen eingehandelt. Schonungslos rieb er ihr die Füße mit Salzwasser ein, wollte sie tröstend in den Arm nehmen, als der brennende Schmerz eintrat, doch sie wies ihn zurück, biss die Zähne aufeinander und gab keinen Laut von sich. Er beschaffte eine Rikscha, mit der sie in der Abenddämmerung zu seinem Haus fuhren, dort zog sie sich in eines der Gästezimmer zurück und verbarrikadierte die Tür.

Sie hatte sich lächerlich benommen. Weshalb war sie nicht auf sein Angebot eingegangen, miteinander zu reden, das Missverständnis – wie er es nannte – zu klären? Er war ein Ehrenmann und hätte sie gewiss nicht angerührt, er hatte sich voller Sorge um sie bemüht und hätte die Chance verdient gehabt, sich vor ihr zu rechtfertigen. Aber ihre Angst war allzu groß gewesen, dabei fürchtete sie sich nicht einmal vor ihm, sondern vielmehr vor sich selbst.

Später, als sie von Scham und Reue gepeinigt auf dem Bett lag, hatte die Frau an ihre Tür geklopft, ein Tablett mit Speisen und Getränken hereingereicht, dazu eine kleine Büchse, Verbandszeug und ein Paar bunt verzierter, geflochtener Schuhe. Die schöne Abessinierin sprach kein Wort und zog sich gleich wieder zurück, ihr Lächeln konnte Anteilnahme, aber auch Spott bedeuten. Charlotte hatte sich auf die Bettkante gesetzt, um ihre Füße zu verarzten, und wieder war ein Schatten über ihre Gedanken geglitten. War George tatsächlich ein »anständiger« Ehemann? Hatte er sie nicht dazu aufgefordert, sich von ihrem Mann zu trennen? Weshalb? Für wen sollte sie frei sein? Für ihn vielleicht, den Ehemann ihrer Cousine, den Vater von drei unschuldigen Kindern?

George mochte ein interessanter und kluger Mensch sein, sie konnte viele seiner Überzeugungen teilen, in einigen Dingen bewunderte sie ihn sogar, aber sie würde sich in Zukunft fern von ihm halten und auch seine Manuskripte nicht mehr lesen. Vor allem das nicht, waren es doch gerade seine Schriften gewesen, die sie in seinen Bann gezogen hatten.

Sie hatte kaum geschlafen, und wie es schien, war auch George oben in seinen Räumen nicht zur Ruhe gekommen. Mehr als einmal hatte sie seine Schritte vernommen, hatte gehört, wie er den Stuhl rückte, einmal war ein Glas heruntergefallen und zerschellt. Sie verbot sich, darüber nachzugrübeln, ob er ganz allein dort oben umherging oder ob es vielleicht noch jemanden gab, der auf leichten Bastschuhen fast lautlos über den Fußboden lief. Die Schuhe, die er ihr hatte bringen lassen, gehörten ganz sicher nicht ihm, vermutlich stammten sie aus dem Besitz der stolzen Abessinierin.

Noch vor Sonnenaufgang, im ersten, fahlen Morgengrauen, war sie mit Regenschirm, Hut und Tasche aus dem Haus gelaufen, als sei sie auf der Flucht. Erst nach einer Weile hatte sie sich umgedreht. Die Fensterscheiben seines Arbeitszimmers spiegelten die ersten orangeroten Strahlen der aufgehenden Sonne. Sie glaubte, einen Schatten dahinter zu erkennen. Wenn er ihren überstürzten Aufbruch beobachtet hatte, so war er ihr doch nicht gefolgt. Charlotte hatte einen Augenblick verharrt, dann hatte sie sich langsam umgedreht und war weiter Richtung Hafen gegangen. Zwei füllige Afrikanerinnen mit bunten, aufwendig gewickelten Kopftüchern und silbernen Armreifen drängten sich soeben neben sie an die Reling und unterhielten sich auf Suaheli. Offenbar ging es um eine heitere Begebenheit, die Frauen gestikulierten, redeten schnell und laut und lachten herzhaft. Sie hatten ein hartes Leben, die afrikanischen Frauen, dachte Charlotte, und doch konnten sie so fröhlich sein, so unbefangen. War diese Gabe nicht auch eine Art von Glück? Ein Glück, das in ihnen selbst lag und das ihnen über so viel Schweres hinweghalf.

Fröstelnd zog sie die Schultern zusammen. Sie war mit diesem Talent nicht gesegnet. Sie fühlte sich einsam, am falschen Ort und hasste sich selbst. Bis der Dampfer Daressalam erreichte, würde sich der Himmel schon wieder mit schwarzen Gewitterwolken bezogen haben und der nächste Tropenregen über die Küstenregion hereinbrechen. Noch vor wenigen Tagen hatte sie die Regenzeit sehnsuchtsvoll erwartet, den ersten, kräftigen Wolkenbruch mit Begeisterung begrüßt, sich an dem Geruch des feuchten Bodens und der wachsenden Pflanzen berauscht. Jetzt war ihr nur noch kalt. In Daressalam müsste sie vermutlich durch Schlamm und tiefe Pfützen tapsen, was die albernen Bastschuhe bestimmt nicht durchstehen würden. Sie hatte sich nicht getäuscht. Das einzig Gute war, dass der kleine Küstendampfer direkt am Landungssteg festmachen konnte, so dass den Passagieren die Fahrt auf den schwankenden Schiffchen erspart blieb. Bei Blitz und Donner verließen sie das Schiff, Charlotte nahm zwei junge Inderinnen mit unter ihren Schirm, und sie strebten eilig auf das schützende Dach des Hafengebäudes zu. Die Fahrgäste, die dort auf den Dampfer gewartet hatte, hasteten ihnen mit Körben und Taschen entgegen, so dass sie sich vorsehen mussten, auf dem schmalen Steg nicht zur Seite gedrängt zu werden und im Wasser zu landen. Charlotte ließ ihre beiden Schützlinge am Hafengebäude zurück, wo ein Verwandter auf sie wartete, empfing überschwänglichen Dank für ihre gute Tat und machte sich auf den Weg zur Inderstraße. Obgleich sie nur für eine Nacht weg gewesen war, sehnte sie sich wie selten zuvor nach Klaras zärtlicher Fürsorge, nach trockenen Kleidern und Schuhen, einem heißen, duftenden Tee. Ihr Laden, ihre kleine Wohnung, Klara, ihre engste Vertraute, der lustige Schammi – all das war das Glück, das für sie bestimmt war. Kein strahlend heller Planet, eher ein schwach blinkendes Sternchen am Nachthimmel. Aber es gehörte ihr, sie hatte es sich selbst geschaffen.

Der Laden war geschlossen. Fassungslos rüttelte sie an den hölzernen Falttüren und stellte fest, dass man sie von innen verriegelt hatte. Gut, es regnete. Aber das war doch kein Grund, das Geschäft im Stich zu lassen! Die Läden ringsum hatten die Vordächer aus Stoff eingerollt, einige hatten auch die Türen zum Schutz gegen die aufspritzenden Wassermassen vorgeklappt. Doch die Geschäfte waren geöffnet, wenn der Gewitterregen nachließ, würden die Kunden schon kommen.

»Klara? Schammi!«

Innen wurde der Schlüssel ins Vorhängeschloss gesteckt,

knirschend bewegte sich Metall auf Metall, dann öffnete sich ein Spalt zwischen den Türflügeln, und Schammis schmales Gesicht erschien. Er strahlte sie so begeistert an, als kehre seine eigene Mutter zu ihm zurück.

»Was ist denn hier los? Wieso ist der Laden nicht offen? Was denkt ihr euch eigentlich? Wie sollen wir Geld verdienen, wenn ihr …«

»Charlotte!«

Klara zwängte sich zwischen Nähmaschine und Regalen hindurch und stieß im schwachen Licht gegen einen Tisch voller Teekannen und Bierkrüge. Es schepperte, ein Gefäß fiel herunter.

»Mein Gott, bin ich froh, dass du wieder hier bist. Komm herein. Du bist ja ganz durchnässt. Sei vorsichtig mit dem Schirm. Schammi, mach die Türen hinter ihr wieder zu und schließ ab. Jesus Christus im Himmel, komm rasch, Charlotte …«

Klara war nur selten so redselig, es musste also etwas Schlimmes geschehen sein. Charlotte vergaß alle Müdigkeit und folgte ihr durch den dunklen Laden zur Wohnungstreppe.

»Geh voraus«, flüsterte Klara. »Du weißt ja, dass ich nicht so schnell bin. Erschrick nicht, er ist krank. Gestern Abend ist er gekommen. Er konnte sich kaum auf den Beinen halten. Schammi hat ihm Wasser zum Waschen und Rasieren gebracht, aber er musste ihm dabei helfen und ihn ankleiden wie ein Kind. Er hat keinen Bissen essen können. Charlotte, wir müssen ihn in das Gouvernementskrankenhaus bringen, sonst stirbt er uns unter den Händen weg …«

Böses ahnend stieg Charlotte hinauf. Der strömende Regen verdunkelte den Wohnraum, so dass Klara eine Petroleumlampe entzündet hatte. In ihrem Licht erschien Christian erschreckend hohlwangig, seine Augen waren entzündet, die Lippen aufgesprungen und blutig. Er saß auf dem Boden, den

Rücken gegen die Wand gelehnt, und sah zu ihr auf, dumpfe Hoffnungslosigkeit lag in seinem Blick.

Sie musste sich überwinden, die wenigen Schritte zu ihm hinüberzugehen, doch dann hockte sie sich neben ihn auf die Bastmatte, und ihr Mitleid war stärker als alle anderen Empfindungen.

Zaghaft hob er den Arm, fuhr damit hin und her, als könne er die Bewegung nicht richtig steuern, dann sank seine Hand auf ihr Knie.

»Es ist schön, wieder bei dir zu sein«, hörte sie ihn leise murmeln.

Er fieberte und hatte Schüttelfrost. Sie stellte keine Fragen. Er würde jetzt sowieso nicht darauf antworten, und außerdem war unschwer zu erraten, was geschehen war. Seine Hoffnungen hatten sich nicht erfüllt, er würde von nun an bei ihr bleiben und ihr eine Last mehr sein.

»Hast du ihm Chinin gegeben?«

Klara nickte. Sie hatte alles getan, was ihr möglich war. Nur die verdreckten und zerfetzten Kleider hatte sie ihm nicht ausziehen mögen, das verbot die Schamhaftigkeit. Sie hatte Schammi jedoch geholfen, Christian zu waschen, solange er mit einer Unterhose bekleidet war, außerdem hatte sie die Geschwüre an Armen, Beinen und Oberkörper mit Salbe behandelt. Klara war wirklich bis an ihre Grenzen gegangen. In der Nacht hatte sie mehrfach für Christian gebetet.

Charlotte entschied, erst einmal die Wirkung des Chinins abzuwarten. Er war vermutlich zu Fuß nach Daressalam zurückgekehrt, hatte kaum Nahrung zu sich genommen und unsauberes Wasser getrunken. In den Sümpfen hatte er sich Insektenstiche eingehandelt, die sich entzündet und das Fieber hervorgerufen hatten.

»Wir werden ihn aufpäppeln, dann werden wir sehen.«

Klara war unendlich froh darüber, die Verantwortung an

Charlotte abgeben zu können. Zu dritt mühten sie sich, den Kranken auf Charlottes Bett zu tragen. Schammi erhielt den Auftrag, den *bwana* mit Tee und Limonade zu versorgen und ihnen sofort zu melden, wenn sich sein Zustand verschlechterte. Dann erklärte Charlotte ihrer Cousine, sie wolle den Laden auf der Stelle wieder öffnen.

»Dein Mann ringt mit dem Tode, und du denkst nur an deine Geschäfte!«

Charlottes Kopf schmerzte immer noch, sie war übernächtigt, und jeder Schritt tat ihr weh – sie hatte wenig Lust, sich Klaras Vorwürfe anzuhören.

»Ich denke an uns alle. Wovon sollen wir leben, wenn wir nichts verkaufen? Wovon Medikamente für Christian bezahlen? Nur vom Beten allein wird das nicht gehen!«

Ärgerlich zerrte sie an den Klapptüren, die bei dem feuchten Wetter aufgequollen waren und sich nur schwer öffnen ließen. Klara hatte sich in Schweigen gehüllt, und Charlotte wusste, dass sie die Cousine verletzt hatte. Es tat ihr leid, doch sie war auch nicht bereit, sich zu entschuldigen. Stille trat ein, nach einer Weile begann die Nähmaschine leise zu rattern, der Regen hatte nachgelassen, so dass das Licht zum Nähen ausreichte.

Das Glück, dachte Charlotte beklommen und sah auf die Straße hinaus, die sich nun langsam wieder belebte. Ein Goanese, der bei einem der deutschen Offiziere als Koch arbeitete, ging von Laden zu Laden und besah die Auslagen, mehrere schwarze *boys* liefen mit Körben hinter ihm her. Zwei Frauen balancierten hohe Gefäße auf den Köpfen, wiegten die Hüften beim Gehen, die eine hatte sich ihren friedlich schlafenden Säugling auf den Rücken gebunden. Das Glück war etwas, über das man nicht nachdenken durfte. Man hatte das Leben so zu nehmen, wie es eben kam. Und im Grunde hatte sie es ja selbst so gewollt.

»War es schön auf Sansibar?«, fragte Klara, ohne von ihrer Näharbeit aufzusehen.

»Ja, sehr. George arbeitet in einer großen Klinik. Marie und den Kindern geht es gut.«

Charlotte fühlte sich schlecht, aber weitere Vorwürfe von Klara hätte sie nicht ertragen. Und eigentlich war es ja auch keine Lüge, Marie ging es in England sicher gut. Sie war froh, dass in diesem Augenblick eine Inderin den Laden betrat, um sich die zierlichen Tassen mit den aufgemalten Rosen anzuschauen, und sie beeilte sich, der Kundin noch eine Kanne mit dem gleichen Muster zu zeigen. Es war kein guter Tag, die Kundin ging wieder hinaus, ohne etwas gekauft zu haben. Klara arbeitete mit der Schere, wie immer langsam und mit großer Sorgfalt, denn sie hatte Angst, den Stoff zu verschneiden.

»Was ist mit deinen Füßen passiert? Und wo sind deine Schuhe?«

Sie hatte es also bemerkt. Charlotte hatte die Schuhe noch rasch gewechselt, bevor sie in den Laden hinunterging, aber da war es schon zu spät gewesen. Jetzt würde sie also doch lügen müssen.

»Ich habe sie leider bei Marie stehen lassen. Eine dumme Sache. Am Abend, als ich zu Bett gehen wollte, ist mir eine Flasche heruntergefallen, und ich bin in die Scherben getreten. Da hat Marie mir diese Bastschuhe geliehen. Sie waren bequemer, wegen der dicken Verbände …«

Sie hatte keine Chance, nicht bei Klara, die sie so gut kannte, dass sie ihre Gedanken lesen konnte. Vielleicht wäre die Cousine bei anderer Gelegenheit schweigend über diese Lüge hinweggegangen, heute jedoch war sie nicht dazu geneigt.

»Was für ein Pech. Du bist mit beiden Füßen in die Scherben getreten? War es denn dunkel im Zimmer?«

»Ja, ja – es war dunkel. Ich habe nach den Streichhölzern gesucht, um die Lampe anzuzünden.«

»Ach!«

Wieder wurde es still. Charlotte entschloss sich, den Tisch vor den Laden zu schieben, um ihre Waren dort auszustellen – der Himmel war zwar noch wolkenverhangen, doch es regnete nicht mehr.

»Charlotte?«

Sie antwortete nicht. Es war schwierig, den Tisch zu bewegen, ohne etwas Zerbrechliches umzustoßen.

»Ich weiß, dass Marie nicht auf Sansibar ist, Charlotte. Sie ist mit den Kindern in England.«

Charlotte erstarrte. Klara sprach leise, wie es ihre Art war, ihre Worte klangen nicht einmal vorwurfsvoll, nur unendlich traurig.

»Gestern Mittag kam ein Brief aus Leer. Von Ettje. Meine Mutter ist gestorben.«

»Deine Mutter? Tante Fanny? Aber sie … sie war doch … ganz gesund …«

»Sie hat nicht geklagt. Man fand sie am Morgen tot in ihrem Bett …«

»O mein Gott! Es … es tut mir so leid, Klara!«

Charlotte ließ den Tisch stehen, lief zu Klara hinüber und umarmte sie. Jetzt endlich kamen die Tränen, sie schluchzte, streichelte Klaras schmale Schultern, weinte über den dummen Streit und ihre Lügen, über ihre Enttäuschung, ihren Kleinmut und ein bisschen auch um Tante Fanny. Klara hielt ihre Hände fest, und auch ihr Kummer löste sich in Tränen auf.

»Es ist nur schlimm, dass ich nicht einmal zu ihrer Beerdigung gehen konnte, alle waren dort, sogar Marie ist aus England gekommen …«

»Eines Tages werden wir uns die Reise nach Deutschland leisten können, dann werden wir ihr Grab besuchen, Klara. Das verspreche ich dir.«

Klara hatte nicht einmal Abschied von ihrer Mutter genommen, bei Nacht und Nebel waren sie aufgebrochen, und nun würde sie sie in diesem Leben nicht wiedersehen. Wie seltsam – sie hatten offenbar geglaubt, das Leben in der kleinen Stadt würde still stehen, alles bliebe so, wie sie es zurückgelassen hatten. Doch dem war nicht so. Auch dort nahmen die Dinge ihren Lauf, und jeder Tag, jeder Monat, jedes Jahr vergrößerte den Abstand zwischen ihnen und der Heimat.

Am Nachmittag erschien Kamal Singh in ihrem Laden, um ihnen den gewohnten Tee zu bringen. Er wusste bereits, dass Charlottes Ehemann zurückgekehrt war, worüber er nicht sonderlich erstaunt wirkte. Er brachte ihnen eine Schachtel mit einem grauen Pulver, das die Geschwüre heilen sollte; woraus es bestand, konnte er nicht sagen.

»Sie müssen nicht traurig sein«, sagte er zu Klara. »Die Seele Ihrer Mutter ist nun erlöst, und wenn sie ein tugendhaftes Leben geführt hat, wird sie sich mit Gott vereinigen.«

Er lächelte, als Klara zweifelnd die Stirn runzelte, schließlich hing er einem ganz anderen Glauben an als sie. Dennoch dankte sie ihm freundlich und meinte, sie sei überzeugt davon, dass die Seele ihrer Mutter im Himmel sei.

In der Nacht schlief Charlotte auf einer Decke am Fußboden neben Christians Krankenlager. Er fieberte und murmelte allerlei Ungereimtes vor sich hin, rief irgendwelche Leute beim Namen, gab Befehle, jammerte, flehte, fluchte – hin und wieder weinte er. Sie flößte ihm Wasser ein und hoffte inständig, er möge endlich einschlafen; sie war am Ende ihrer Kräfte. Doch wenn sie ihn stützte, damit er aus dem Becher trinken konnte, fasste er ihre Schulter und klammerte sich an ihren Arm.

»Du gehst nicht fort, nicht wahr? Es ist so verdammt dunkel, ich kann dich nicht sehen …«

»Aber nein, die Lampe brennt doch. Ich bin bei dir und

passe auf dich auf. Trink jetzt. Noch einen Schluck. So ist es gut…«

»Die Geister der Hölle«, phantasierte er. »Tausendstimmig hörst du sie in der Nacht. Sie umschleichen dich, umkreisen dich auf leisen Sohlen, aber du hörst sie atmen. Du kannst sie riechen, du spürst, wie sie näher kommen …«

»Du bist in Daressalam in unserer Wohnung, Christian. Du bist in Sicherheit. Du bist bei mir …«

»Bei dir …«

Er entspannte sich und streckte sich wieder auf dem Bett aus, lag mit weit offenen Augen da und starrte auf die Insekten, die um die Lampe schwirrten.

Er musste Schreckliches erlebt haben, vermutlich hatte er im Freien übernachtet und gefürchtet, von Raubtieren angegriffen zu werden. Erschöpft ließ sie sich wieder auf ihr Lager gleiten und lauschte in die Nacht hinaus. Sie hatte dieses Geräusch schon öfter gehört, ein dumpfes, rhythmisches Stampfen, das man sogar körperlich spüren konnte, wenn man die Erde berührte. Es kam von Nordwesten her, wo das Viertel der Schwarzen war, und man hatte ihr erzählt, dass sie ihre *ngoma* feierten – eine geheime Versammlung, eine Feier, auf der nach uraltem Brauch Tänze aufgeführt wurden. Kein Weißer war dort zugelassen, auch konnte niemand sagen, welcher Art diese Tänze waren und wozu sie dienten. Doch in der zähen, ruhigen Kraft dieser Trommelschläge spürte Charlotte den Puls der afrikanischen Erde. Das fremde Land gab ihr großzügig von seiner Gelassenheit und schenkte ihr erlösenden Schlaf.

Christian wollte sich auf keinen Fall im Krankenhaus behandeln lassen, stur beharrte er darauf, ohne Arzt gesund zu werden. Er brauchte Wochen, um auf die Beine zu kommen. Immer neue Fieberanfälle warfen ihn aufs Lager zurück, auch die Geschwüre heilten nur langsam ab. Wenn es ihm besser ging, setzte er sich unten in den Laden in den schönen Sessel, den Kamal Singh Charlotte geschenkt hatte, um das Tun der beiden Frauen zu beobachten, trank Tee und schwieg sich aus. Bei jeder Gelegenheit rief er nach Schammi, ließ sich von ihm bedienen und wurde zornig, wenn der Junge seine Aufträge nicht wie erwartet ausführte. Schammi erfand bald allerlei Listen, um sich vor den Befehlen des *bwana* Christian zu drücken. Tagsüber versteckte er sich hinter Klaras Nähmaschine oder trieb sich hinten im Lager herum, oft erbot er sich auch eifrig, zum Markt oder aufs Postamt zu laufen, und blieb dann länger fort, als nötig gewesen wäre. Die sanfte Klara war ihm keine Unterstützung, umso mehr jedoch Charlotte, die energisch darauf bestand, dass Schammi vor allen Dingen für die Belange des Ladens da war.

Als Christian Anfang Dezember endlich fieberfrei war, atmete Charlotte innerlich auf. Sie hatte sich zuletzt schwere Vorwürfe gemacht, seine Pläne nicht hingebungsvoller unterstützt zu haben. Vielleicht wäre alles anders gekommen, wenn sie mit ihm gemeinsam ins Usambara-Gebirge gefahren wäre … Wenn sie ihm ihre gesamten Ersparnisse zur Verfügung gestellt hätte, anstatt sie in ihr Geschäft zu investieren … Hatte sie nicht geahnt, dass er scheitern würde? Wäre es nicht ihre Pflicht gewesen, an seiner Seite zu bleiben, um das Schlimmste zu verhindern?

Sie sprachen nicht darüber. Christian suchte ihre Nähe, als müsse er sich an ihr festhalten, folgte ihr mit Blicken, wenn sie ihre Kunden bediente, saß neben ihr, wenn sie am Abend ihre Eintragungen machte. Obwohl sie nie gelernt hatte, ein Handelsbuch zu führen, hatte sie doch einen genauen Überblick über Einnahmen und Ausgaben; sie wusste, welche Waren sie einkaufen musste und wie viel sie damit verdienen würde. Das Geld legte sie in eine Blechschachtel, die in einer Mauernische hinter einem losen Stein verborgen war. Hin und wieder brachte sie einen kleinen Betrag zur Post, um ihre Schulden bei Gerhard abzuzahlen, der Rest musste für den Laden und zum Leben reichen.

Christian verbrachte die Tage in vollkommener Untätigkeit. Nie versuchte er, sich im Laden nützlich zu machen; er war dort nur ein Gast, ein schweigender Beobachter, oft schlief er im Sessel ein, und man musste ihn wecken, wenn das Geschäft am Abend geschlossen wurde. Kamal Singh hatte ihn mit gemessener Freundlichkeit begrüßt, und Christian brachte es sogar fertig, dem Inder für das heilende Pulver zu danken, obgleich seine Abneigung gegen Kamal Singh eher noch stärker geworden war. Auch der Inder hegte keine Sympathien für ihn, er stellte seine Nachmittagsbesuche in Charlottes Laden ein und erschien nur noch am frühen Morgen, wenn Christian noch nicht aufgestanden war. Dann sprach Kamal Singh mit Charlotte wieder über Geschäfte, erklärte ihr einen Teil seiner komplizierten Handelsbeziehungen, und die Vorschläge, die er ihr unterbreitete, faszinierten sie.

»Ich habe aber nur wenig Geld«, wandte sie ein.

»Sie geben mir das, was Sie haben, und ich lege noch einmal so viel drauf.«

»Nein. Ich mache keine Schulden.«

Er drängte sie nicht, ließ jedoch durchblicken, dass er ihre Vorsicht für unklug hielt. Kleine Investitionen brachten kleine Gewinne, wer mehr erreichen wollte, der musste etwas wagen.

Das Weihnachtsfest – ihr erstes auf dem afrikanischen Kontinent – feierten sie alle gemeinsam in der evangelischen Missionsstation. Die beiden Krankenschwestern und der junge Pfarrer Peter Siegel hatten den Altar mit Palmzweigen und weiß blühenden Schirmakazien geschmückt, und Klara weinte vor Rührung, als die Weihnachtsgeschichte aus dem Lukasevangelium vorgelesen wurde, die auch daheim in Leer zu dieser Stunde in der evangelischen Kirche vorgetragen wurde. Schammi verfolgte den Gottesdienst mit viel Anteilnahme, obgleich er nicht alles verstehen konnte, doch er bemühte sich redlich, die deutschen Weihnachtslieder mitzusingen. Charlotte saß neben Christian, der die ganze Zeit über ihre Hand hielt, doch die rührselige Stimmung der anderen konnte sie nicht teilen. Sie kam sich schlecht vor, nicht würdig, an dieser christlichen Feier teilzunehmen, war sie doch nicht in der Lage, ihren Mann zu lieben und zu achten, wie eine Ehefrau es tun sollte. Stattdessen musste sie immer wieder gegen die aufsteigende Sehnsucht ankämpfen, jenes süße und zugleich so bittere Empfinden, das sie zu einem anderen Mann hinzog.

Ein Weihnachtsbrief, der vor wenigen Tagen eingetroffen war, hatte die verbotenen Gefühle wieder aufleben lassen. Ettje hatte ihnen ein gesegnetes Fest gewünscht und allerlei Neuigkeiten berichtet. So hatte Menna eine gesunde Tochter zur Welt gebracht, die Großmutter eine Grippe überstanden, und Marie hatte aus England geschrieben. George war früher als erwartet aus Sansibar zurückgekehrt, sie würden Weihnachten also alle gemeinsam mit den Schwiegereltern feiern können. Der einzige Wermutstropfen in Maries Freude war nur der schlechte Gesundheitszustand ihres Schwiegervaters. Inzwischen hatte George die Arztpraxis seines Vaters übernommen, die Arbeit machte ihm Freude, und alles sah danach aus, dass die Familie nach den langen Jahren in der Fremde endlich zur Ruhe kommen würde.

George hatte Charlotte seit ihrem Besuch auf Sansibar keine Nachricht mehr geschickt. Er war also wieder in England. Das war richtig so, dort wartete eine Aufgabe auf ihn und nicht zuletzt seine Frau mit den Kindern. Charlotte wünschte Marie alles Glück dieser Welt, sie war Georges Ehefrau, sie liebte ihn, und sie hatte es verdient, dass er nun endlich das tat, was sie sich immer gewünscht hatte. Er war sesshaft geworden und zur Ruhe gekommen. Der Stich, den diese Nachricht ihr selbst versetzte, die Unruhe und die schlaflosen Nächte waren ihr Teil, sie hatte es so verdient und würde damit fertig werden. Wie um sich selbst zu strafen, hatte sie sich Christians Wünschen gefügt, der mit zunehmender Genesung auch wieder seine Rechte als Ehemann wahrnahm. Sie hatte sich ihm mit geschlossenen Augen und fest zusammengebissenen Zähnen hingegeben, ungeduldig abgewartet, bis er sein Begehren gestillt hatte, und sich dann wortlos wieder auf ihr eigenes Bett gelegt, das man inzwischen neben dem von Christian in der Schlafkammer aufgestellt hatte. Sie hatte auch früher niemals Vergnügen bei ihren nächtlichen Begegnungen empfunden, doch jetzt verspürte sie nur noch Abscheu.

In der heißen, windigen Monsunzeit – es war schon Februar –, veränderte sich Christians Verhalten. Er schien wie aus einer Betäubung erwacht, doch es war kein frohes Erwachen, sondern vielmehr eine krankhafte Unrast, die Charlotte früher niemals an ihm bemerkt hatte. Früh am Morgen schon machte er sich im Laden zu schaffen, begann, die Waren anders anzuordnen, rückte die Regale, verschob Tische, kehrte das Unterste zuoberst, ohne dass man einen Sinn darin erkennen konnte. Er drang in den hinteren Bereich des Ladenraums ein und untersuchte Kamals Singhs Warenballen, öffnete die Verschnürung, besah sich Teppiche, Tierhörner und Seidenstoffe. Als Charlotte es ihm verbieten wollte, wurde er zornig. Sie sei blauäugig und lasse sich von diesem Inder ausnutzen, gewiss habe er diese Sachen am deutschen Zoll vorbeigeschmuggelt. Wenn die Behörden dahinterkämen, könnten sie beide, er und Charlotte, im Gefängnis landen, denn der gewitzte Inder würde die Schuld ganz sicher auf sie abwälzen.

»Das ist vollkommener Blödsinn!«

Er war streitsüchtig und machte ihnen allen das Leben

schwer. Jede Kleinigkeit störte ihn, die Wohnung war zu eng, der Laden schlecht geführt, Klara arbeitete zu billig, und Schammi war ein Faulpelz. Er blaffte sogar die Kunden an, wenn sie kein Deutsch sprachen. Seine Kenntnisse in Suaheli waren beschränkt, und er war auch nicht bereit, diese Negersprache zu lernen. Wenn Charlotte sich ihm entgegenstellte, kam es nicht selten zu langen Streitereien, die Christian stets mit beißendem Spott ausklingen ließ.

»Wie schön! Ich werde vor jeder Negerin drei Bücklinge machen und ihr die schwarzen Füße küssen, damit sie mir eine Handvoll Reis abkauft.«

Sein Eifer im Laden währte nur kurz, schon bald verlor er das Interesse daran und nahm seinen Platz im Sessel wieder ein. Dort hockte er teilnahmslos, starrte vor sich hin oder schlief und ließ Charlotte schalten und walten, wie sie es für richtig hielt. Am Abend nahm er sich Geld aus der Ladenkasse, um Wilhelm Schmidts Brauerei zu besuchen, und wenn er spät in der Nacht heimkehrte, war er betrunken. Dann warf er sich geräuschvoll auf sein Bett, um sofort einzuschlafen.

»Es ist die feuchte Hitze, Charlotte«, sagte Klara, die ebenfalls unter dem Monsun litt. »Wenn dieser heiße Nordostwind nachlässt, wird Christian wieder zu sich finden. Im Grunde ist er doch ein großzügiger und gütiger Mensch.«

»Sicher ist er das«, gab Charlotte seufzend zurück. »Zumindest war er das früher einmal …«

Sie ließ ihn gewähren, verschmerzte auch die fehlenden Beträge in der Kasse – zumindest verschafften sie ihr ruhige Abende und sorgten dafür, dass die nächtlichen Belästigungen ausblieben. Sie riet ihm nur, den Revolver mitzunehmen, damit er sich notfalls gegen die Löwen wehren konnte, wenn er spät in der Nacht zurück in die Inderstraße torkelte. Doch er lachte sie aus, prahlte damit, die feigen Biester nicht zu fürchten und sie notfalls mit einem Fausthieb in Schach halten zu können. Wie merkwürdig – hatte er nicht in seinen Fieberphantasien von Bestien geredet, die ihn umschlichen, und sich in panischer Angst an ihre Schulter geklammert?

»Damit ist nicht zu spaßen, Christian«, sagte sie daher. »Erst letzte Woche wurden zwei Schwarze von einer Löwin angegriffen. Sie haben Glück gehabt, dass ein deutscher Offizier dazukam, der die Bestie mit einigen Gewehrschüssen vertrieben hat.«

»Das gefällt dir, wie?«, höhnte Christian. »Ein strammer Offizier mit weißer Uniform und Orden an der Brust. Einer, der seine Munition vergeudet, um zwei besoffene Neger vor einem Löwen zu retten.«

Charlotte wurde bald klar, dass er krank sein musste. Vielleicht hatte das wochenlange, hohe Fieber diese Veränderung in seinem Charakter bewirkt, vielleicht war es aber auch die Hoffnungslosigkeit, die sie nach seiner Rückkehr in seinen Augen gesehen hatte. Sie vermied es, ihm zu widersprechen, doch auch das gefiel ihm nicht – im Grunde wartete er nur auf ihre Gegenrede, um einen neuen Streit zu provozieren. Manchmal hatte sie das Gefühl, dass er wie ein Besessener immer wieder eine Möglichkeit suchte, sich selbst zu verletzen.

Die kleine Regenzeit, die eigentlich im März eintrat, ließ in diesem Jahr auf sich warten. Es blieb heiß und feucht, in den Nächten konnte man nicht schlafen, und über die Mückenschwärme freuten sich nur die Schwalben, die über dem Ladeneingang ihre Nester an die Hauswand geklebt hatten. Klara fieberte und musste Chinin einnehmen, sie bestand jedoch darauf weiterzuarbeiten und saß mit vierzig Grad Fieber an ihrer Nähmaschine, um für die junge Ehefrau eines deutschen Offiziers Hemden und Unterröcke fertigzustellen. Am Abend war sie so schwach, dass Christian sie die Treppe zur Wohnung hinauftragen musste. Sie hatte schrecklichen

Durst, doch sosehr Charlotte sie bedrängte, sie wollte auf keinen Fall etwas essen.

»Es wird schon wieder«, flüsterte sie, als sie auf ihrem Bett lag. »Wenn ich nur ein wenig schlafen kann …«

»Ich sehe nachher noch einmal nach dir«, sagte Charlotte zärtlich. »Denk daran, viel zu trinken. Und später wirst du ein paar Bissen zu dir nehmen, darauf bestehe ich! Wenn es morgen nicht besser ist, bringen wir dich in die Gouvernementsklinik.«

»Morgen bin ich wieder gesund, Charlotte. Das verspreche ich dir. Gott wird mich schützen, um deinetwillen.«

Christian war ehrlich erschrocken über Klaras Schwäche und schien sogar bereit, an diesem Abend auf seinen üblichen Besuch in der Brauerei zu verzichten. Mit beklommener Miene setzte er sich in die Wohnstube und sah zu, wie Charlotte die heutigen Einnahmen und Ausgaben notierte. Inzwischen standen Tisch und Stühle in dem kleinen Wohnraum, außerdem eine uralte Kommode, die Christian für seine Hemden, Socken und die Unterwäsche beanspruchte. Dazu hatte Klara Vorhänge aus weißem Baumwollstoff genäht, die dem Raum vor allem abends beim Schein der Petroleumlampe ein freundlicheres Aussehen gaben.

Für das Geschäft war es ein guter Tag gewesen. Die deutsche Kundin hatte noch am Abend ihre Wäsche abholen und bezahlen lassen, denn sie würde übermorgen gemeinsam mit ihrem Mann ins Landesinnere nach Iringa aufbrechen.

»Was für ein Wahnsinn«, meinte Christian. »Das ist über fünfhundert Kilometer von Daressalam entfernt im Westen. Sie werden wochenlang durch Wälder und Savannen laufen. Flüsse überqueren. Sich Blutegel und das Fieber einhandeln. Eine Frau kann das nicht durchhalten, sie wird die meiste Zeit von den Schwarzen getragen werden müssen und todkrank in Iringa ankommen.«

»Wer weiß?«, meinte Charlotte, die jetzt das eingenommene Geld auf dem Tisch ausbreitete und nachzählte. »Vielleicht hält eine Frau das ja besser aus als mancher Mann.«

Er schüttelte den Kopf, was so viel heißen sollte, dass sie keine Ahnung habe.

»Dieses Land ist grausam, Charlotte. Es verzeiht nicht. Wir sind Fremde, die hier nicht willkommen sind …«

Über den Tisch hinweg streckte er den Arm nach ihr aus und umklammerte ihre Hand, in seinen Augen lag eine solche Traurigkeit, dass sie erschrak.

»Das ist nicht wahr, Christian. Dieses Land ist geduldig und großmütig. Wenn wir lernen, es zu lieben, wird es uns annehmen und reich belohnen.«

»Dieses Land wird uns niemals annehmen, Charlotte …«

»Wenn wir uns hinsetzen und jammern freilich nicht«, gab sie leicht verärgert zurück. »Hör zu, Christian, ich habe einen Plan, den ich mit dir besprechen möchte. Es geht um ein Geschäft, das Kamal Singh mir vorgeschlagen hat …«

»Der Inder?«

Unwillig zog Christian den Arm zurück. Er hatte sich Trost und Verständnis von ihr erhofft, geschäftliche Vorhaben interessierten ihn nicht.

»Kamal Singh will gemeinsam mit seinen Söhnen und anderen Geschäftspartnern eine Karawane ausstatten, und er hat mir angeboten, mich daran zu beteiligen …«

»Eine … Karawane? Wozu?«, fragte er gleichgültig.

Sie erklärte es ihm. Es sollte von Pagani nach Klein-Arusha am Kilimandscharo gehen, von dort aus weiter nach Nguruman und dann über Groß-Arusha zurück nach Daressalam. Auf dem Hinweg wurden bunte Baumwollstoffe, Glasperlen, Draht aus Messing, Kupfer und Eisen, Schießpulver, Gewehre und Schnaps mitgenommen, die bei den Eingeborenen vor allem gegen Elfenbein, aber auch gegen Tierhörner, Kopal und andere Dinge eingetauscht wurden. Diese würde man dann entweder nach Europa oder nach Sansibar verkaufen. Auch nach Abzug der Kosten würde ein guter Gewinn übrig bleiben.

»Das behauptet der Inder?«, fragte Christian unwillig. »Und darauf willst du dich einlassen? Was ist, wenn die Karawane nichts zurückbringt? Wenn sie von feindlichen Negerstämmen überfallen und ausgeraubt wird?«

»Kamal Singh ersetzt alle Waren, die durch Diebstahl abhandenkommen oder auf andere Weise verloren gehen. Auch solche, die durch Wasser beschädigt werden. Nur bei Feuer oder Krieg übernimmt er keine …«

»Wieso vertraust du immer wieder diesem Inder?«, unterbrach er sie aufgebracht. »Woher willst du wissen, dass er ehrlich ist? Er wird dein Geld nehmen und dir hinterher erklären, es sei leider kein Gewinn zu machen gewesen, die Karawane habe mehr gekostet, als sie eingebracht hat!«

Sie war enttäuscht, hatte sie doch gehofft, ihn in dieses Projekt miteinbeziehen zu können, war bereit gewesen, auf seinen Rat zu hören. Doch er verurteilte ihr Vorhaben von vornherein, und das nur aus dem Grund, weil es mit Kamal Singh zu tun hatte. Auch sie war zögerlich gewesen, doch jetzt, da Christian so aufgeregt mit den Händen in der Luft herumfuchtelte und ihr erklärte, sie sei ein naives Mädchen, das die Schlichen dieses Inders nicht durchschaute, jetzt war sie fest entschlossen, das Wagnis einzugehen.

»Sag, was du willst, ich werde einen Teil der Ersparnisse in diese Karawane investieren. Nicht alles, weil wir eine kleine Summe für Notfälle zurückhalten müssen. Aber ich will es versuchen.«

Er begann zu lachen. Sein Gesicht erschien ihr im Schein der Lampe verzerrt und voller Schatten, was auch daran liegen mochte, dass er nachlässig geworden war und sich nicht mehr gründlich rasierte.

»Du?«, rief er und fasste die Tischkante mit beiden Händen, um sich besser nach vorn lehnen zu können. »Du willst es versuchen? Was denkst du dir dabei? Hast du vergessen, dass dieser Laden auf meinen Namen läuft?«

»Ich habe den Mietvertrag mit unterschrieben!«

»Wen kümmert das? Ich bin dein Ehemann und verwalte unser gemeinsames Geld, so steht es im Gesetz. Du, meine Liebe, kannst ohne meine Einwilligung keine Geschäfte machen und keinen Vertrag unterschreiben.«

Triumphierend sah er sie an. Hohn zuckte in seinen Mundwinkeln, als habe er gerade eben einen mächtigen Gegner zur Strecke gebracht. Plötzlich wurde Charlotte von einer unbändigen Wut gepackt.

»Aber Geld verdienen, das darf ich, ja? Dagegen hat das Gesetz nichts einzuwenden?«

»Was willst du damit sagen?«, blaffte er zurück.

Sie wusste, dass der Streit jetzt eskalieren würde, aber sie konnte nicht länger schweigen.

»Was ich damit sagen will? Ich will damit sagen, dass *ich* es bin, die dieses Geld verdient hat. *Ich* habe uns eine Existenz aufgebaut, und *ich* bestimme, was mit den Rücklagen geschieht!«

Er fiel auf den Stuhl zurück, und sie bereute ihre Worte, kaum dass sie sie ausgesprochen hatte. Christian war totenblass geworden, hatte die Hände um die Tischkante gekrallt, und sie bemerkte, dass seines Fingernägel bläulich verfärbt waren.

»So steht es also.«

Die Worte kamen zischend aus seinem Mund, als habe er keine Kraft mehr, die Stimme zu gebrauchen.

»Glaubst du, ich hätte nicht bemerkt, wie sehr du mich verachtest?«, fuhr er fort. »Du weist mich vor Klara und diesem Negerbalg zurecht wie einen Lehrjungen. Du kokettierst mit jedem Neger, Araber oder Inder, der in diesen armseligen Laden kommt, um eine Flasche Lampenöl zu kaufen. Und in der Nacht liegst du bei mir wie eine Tote, reglos und gleichgültig. Hat es dir auf Sansibar gefallen? Ein Mann wie George Johanssen, ein erfolgreicher Arzt und reicher Erbe – das wäre doch besser als eine gescheiterte Existenz, wie ich es bin. Würdest du gern seine Frau sein? Da hast du Pech, meine Liebe, da kommst du leider zu spät …«

Sie zuckte unter seinen Beschimpfungen zusammen, als wären es Schläge. Es war boshaft, es war ungerecht. Und doch lag auch ein kleines Stückchen Wahrheit darin.

»Sei still«, flehte sie. »Willst du Klara wecken? Es geht ihr schlecht genug, sie braucht ihren Schlaf!«

Er hatte ihre Betroffenheit bemerkt und genoss jetzt seinen Sieg. Mit einem Ruck fuhr er von seinem Stuhl hoch, griff über den Tisch und zog die aufeinandergestapelten Münzen zu sich heran.

»Es wird dir nicht gefallen, mein Schatz«, trumpfte er auf. »Aber ich bin es, der über dieses Geld bestimmt. Und auch über das, was du dort in der Mauer versteckst. Von nun an werde ich unser Vermögen verwalten, wie es sich gehört.«

Völlig erstarrt sah sie zu, wie er die Münzen in seine Jackentasche gleiten ließ, und erst als er schon vor der Mauer kniete, um den losen Stein zu entfernen, begriff sie, dass er Ernst machte.

»Nein! Dazu hast du kein Recht.«

»Alles Recht der Welt. Ich werde nicht zulassen, dass du unsere Ersparnisse vergeudest.«

Sie stürzte auf ihn zu, fasste ihn an der Schulter, um ihn an seinem Tun zu hindern. Er fuhr herum, Wahnsinn in den Augen, und stieß sie vor die Brust. Der Stoß war so hart, dass ihr die Luft wegblieb. Sie stürzte rücklings gegen die Kommode und schlug mit dem Hinterkopf aufs Holz. Für einen Augenblick spürte sie nichts als eine dumpfe Erschütterung, als habe sich ihr Hirn im Schädel bewegt, dann sah sie wie durch einen Schleier hindurch Christians Gesicht. Er beugte sich über sie, bleich, die Augen geweitet vor Entsetzen.

»Charlotte ... Charlotte ...«

Eine Welle von Übelkeit stieg in ihr auf, sie konnte nicht antworten, machte nur eine abwehrende Bewegung mit der Hand. Sein Gesicht verschwand, und sie hörte die Tür schlagen. Es klang seltsam hohl und bedrohlich, und sie glaubte, ein Beben im ganzen Körper zu spüren. Erst nach einer Weile war sie imstande, sich zu bewegen, kroch mühsam auf allen vieren zur Wand, zog den Ziegelstein heraus und stellte fest, dass ihre Ersparnisse noch in der Schachtel waren. Doch war das jetzt noch von Bedeutung?

Die Nacht über wurde sie von Übelkeit und Kopfschmerzen geplagt, erst als gegen Morgen ein Gewitter losbrach und der ersehnte Regen endlich herabströmte, fühlte sie sich besser. Christians Bett neben ihr war leer geblieben, was sie als Erleichterung empfand. Sie wollte ihn nicht sehen, sollte er bleiben, wo er mochte. Er war nicht mehr der Mann, den sie damals geheiratet hatte, er hatte sie bedroht, Hand an sie gelegt und war dann feige davongelaufen, anstatt ihr zu helfen.

Schammi hockte zusammengekauert wie ein kleiner Schatten in der Küche und blickte sie mit großen, besorgten Augen an. Sie lächelte ihm zu und beeilte sich, ein Feuer anzuzünden.

»Lauter Donner, *bibi* Charlotte. Böser Donner. Jetzt ist vorbei. Schammi bringt *bibi* Klara den Tee. *Bibi* Klara wird bald gesund.«

Er hatte den Streit in der Nacht gehört, aber nicht gewagt, in die Wohnstube zu gehen. Jetzt schien er heilfroh, dass die immer zuverlässige *bibi* Charlotte die Dinge wieder in die Hand nahm.

»Natürlich, Schammi. Alles wird gut. Pass aber auf, dass du nicht schon wieder eine Tasse zerbrichst, ja?«

Zu ihrer Erleichterung fühlte sich Klara besser, das Fieber war gesunken, aber Charlotte hielt nichts davon, dass sie sich gleich wieder an ihre Näharbeiten setzen wollte.

»Es regnet, Klara. Da ist das Licht schlecht, und du kannst sowieso nicht nähen. Bleib besser hier oben in der Wohnung, und ruh dich aus. Ich komme schon allein zurecht.«

»Wo ist Christian? Hat es wieder Streit gegeben? Du bist schrecklich blass, Lotte.«

»Es geht mir gut.«

Das war gelogen, und Klara wusste es, doch Charlotte war nicht gewillt, sich ihr anzuvertrauen. Was gestern Abend in der Wohnstube geschehen war, konnte sie selbst kaum begreifen, und noch weniger würde Klara es verstehen können. Sie würde sie bemitleiden und trösten und im gleichen Atemzug erklären, dass sie Geduld haben müsse, dass Christian Schlimmes durchgemacht habe und Zeit brauche, um wieder zu sich zu finden. Auf solchen Trost konnte Charlotte verzichten.

Schlecht gelaunt und mit immer noch schmerzendem Schädel saß sie unten im Laden und war ausnahmsweise froh darüber, dass wegen des Regens nur wenig zu tun war. Gegen Mittag war Christian immer noch nicht aufgetaucht, und sie musste gegen die aufkommende Sorge ankämpfen. Doch sie hatte ihn schließlich nicht fortgeschickt, er war aus eigenem Antrieb davongelaufen, war ein erwachsener Mann und musste wissen, was er tat. Doch es half wenig, denn ihr war nur allzu klar, dass Christian hilflos wie ein Kind war.

Am frühen Nachmittag erschien Kamal Singh, gefolgt von einer Reihe schwarzer Träger, die eine Menge Kisten und Warenballen schleppten. Eine Weile herrschte reges Treiben im

Laden, Waren wurden aus dem hinteren Bereich hinausgetragen, die neuen Waren eingelagert. Kamal Singhs kurze, energische Anweisungen, der derlei Arbeiten stets in eigener Person überwachte, waren zu vernehmen. Als alles geregelt war, ließ er für sich und Charlotte Tee bringen und erkundigte sich nach Klaras Gesundheit. Christians Abwesenheit schien er gar nicht zu bemerken, er hatte einen sechsten Sinn für Dinge, die seinem Gegenüber peinlich sein könnten, und schwieg sich darüber aus.

»Ich werde mich an der Karawane beteiligen«, erklärte ihm Charlotte mit Entschlossenheit. »Aber nur zu dem Teil, den ich auch aufbringen kann.«

Sein Blick streifte nachdenklich den leeren Sessel, dann reichte er ihr die Hand, um das Geschäft abzuschließen.

»Sie sind eine kluge Frau, Charlotte. Ich bin sicher, dass wir noch sehr oft miteinander Geschäfte machen werden. Gute Geschäfte.«

Er hatte einen erstaunlich festen Händedruck, der wenig zu der sanften Art passte, in der er mit ihr sprach. Auch nicht zu seinen dunkelbraunen Augen, in denen jetzt, da der Regen den Laden verdunkelte, nur selten ein goldener Schein aufblitzte. Zum Abschied neigte er sich ein wenig nach vorn, als wolle er eine kleine Verbeugung andeuten, dann stellte er die Teegläser zurück auf das bunte gelackte Holztablett und trug alles hinüber in seinen Laden. Ein Windstoß zerrte an seinem weiten, safrangelben Mantel, und Charlotte, die immer noch von Kopfschmerzen geplagt wurde, glaubte, einen Dschinn mit wild flatternden Schwingen davonfliegen zu sehen.

Von Christian gab es noch immer keine Spur. Als der Regen nachließ und die Wolken aufrissen, wurde es lebhafter auf der Inderstraße. Schwarze Kinder plantschten in den Pfützen herum, eine Gruppe Sudanesinnen, Frauen der Askari, lief mit bloßen Füßen durch den gelblichen Schlamm, nur zwei Inderinnen in bunten Seidensaris umgingen die Wasserlachen mit großer Vorsicht, um sich nicht Sandalen und Gewänder zu beschmutzen. Schammi kam herunter und verkündete, *bibi* Klara habe gegessen und getrunken und schlafe jetzt ein wenig, dann hockte er sich neben den Eingang und starrte auf die Vorübergehenden. Er schwieg, aber Charlotte wusste, auf wen er wartete.

Es war nicht mehr möglich, sich gegen die Sorge zu verschließen. Nein, er war ganz sicher nicht von einem Löwen angegriffen worden – solche Vorfälle sprachen sich blitzschnell herum, sie hätte es längst erfahren. Wo aber konnte er sein? Er hatte die Einnahmen eines ganzen Tages eingestrichen, und das war nicht wenig gewesen. Ob er am Ende den Küstendampfer genommen hatte? Aber wohin? Zurück in Richtung Europa? Weit würde er nicht kommen, dazu reichte sein Geld nicht.

Ein junger Mann trat in ihren Laden und grüßte sie freundlich in deutscher Sprache. Fast hätte sie ihn nicht erkannt, denn Missionar Peter Siegel trug nicht die helle Leinenjacke, die er in der Missionsstation meist anhatte, sondern einen dunklen Anzug und einen schwarzen Hut.

»Wie schön, dass Sie uns einen Besuch abstatten!«, sagte sie höflich.

Sie ließ Schammi Kaffee kochen und bot Pfarrer Siegel den Sessel an, den er gern akzeptierte. Er sei unterwegs, um einige seiner Gemeindeglieder aufzusuchen, und habe schon so viel Gutes über ihre Tatkraft und den schönen Laden gehört …

Es musste an ihren Kopfschmerzen liegen, dass dieser eigentlich doch liebenswerte Mensch ihr fürchterlich auf die Nerven ging. Siegel war schmal gebaut, hatte trotz seiner Jugend schütteres Haar und trug ein dünnes, braunes Kinnbärtchen. Sein Gesicht zeigte meist ein Lächeln, das Schüchternheit und freundliche Gesinnung signalisierte, doch sie hatte bereits gemerkt, dass er trotz seiner scheinbaren Unsicherheit sehr hartnäckig und zielstrebig war.

Charlotte setzte ihn über Klaras Krankheit ins Bild und entschuldigte ihre Cousine, die nicht in der Lage sei, sich zu ihnen zu gesellen.

»Das tut mir unendlich leid«, sagte Peter Siegel bekümmert. »Ich hätte Ihrer Cousine sehr gern meine Aufwartung gemacht. Muss man sich Sorgen um sie machen? Können wir irgendetwas für sie tun?«

»Vorerst wohl nicht – es scheint ihr heute schon besser zu gehen.«

Der Missionar blickte sinnend auf die blechernen Petroleumlampen, die im Regal aufgereiht standen, und sprach von Gottes Gnade, die gerade in diesem Land so sehr vonnöten sei. Immer noch treibe sich der Aufrührer Mkwawa im Osten herum; zwar habe er seine einstige Macht verloren, denn die Wahehe wagten keinen offenen Widerstand mehr, doch Mkwawa sei ein gefährlicher Mörder, der mit seinen Anhängern aus dem Hinterhalt Überfälle auf deutsche Askari-Truppen unternahm. Charlotte hörte ihm zu und pflichtete ihm höflich bei, insgeheim glaubte sie jedoch nicht, dass dieser Mkwawa so schrecklich gefährlich war. Die Schwarzen, die sie bisher gesehen hatte, waren zwar leider oft betrunken und veranstalteten wüste Prügeleien, doch im Grunde waren sie fröhliche, gutmütige Menschen. Endlich reichte der Missionar Schammi seine leere Kaffeetasse, und Charlotte hoffte, er würde sich verabschieden, doch er zögerte und fragte: »Glauben Sie, es wäre möglich, Ihre Cousine für einen kurzen Augenblick zu sprechen? Ich will auf keinen Fall aufdringlich erscheinen, aber vielleicht könnten Sie sie fragen, ob sie mich empfangen möchte …«

»Aber natürlich …«

Schammi balancierte das Tablett mit dem Kaffeegeschirr

nach oben, sie hörten, wie eine Tasse auf der Treppe zerschellte, dann erschien er mit unschuldigem Lächeln wieder im Laden und verkündete, dass *bibi* Klara sich über einen Besuch sehr freuen würde. Missionar Siegel stülpte sich den schwarzen Hut auf, den er aus Höflichkeit abgenommen hatte, bewegte sich geschickt an den dicht gefüllten Regalen vorbei und folgte Schammi die Stiegen hinauf.

Ein merkwürdiger Mensch, dachte Charlotte. Aber Klara wird es gefallen, dass der Pfarrer so besorgt um sie ist. Der andere, der vor Weihnachten zurück nach Deutschland gereist ist, hat uns nie einen Besuch abgestattet. Sie überlegte kurz, ob sie mit hinaufgehen sollte, da es nach Klaras Vorstellung nicht schicklich war, sich allein mit einem Mann in der Wohnung aufzuhalten, aber erstens war Peter Siegel ein Geistlicher, und zweitens trieb sich auch Schammi dort oben herum.

Es mochten kaum zwanzig Minuten vergangen sein, da tauchte der Missionar wieder auf, dieses Mal erschien er ihr nachdenklich, fast ein wenig bekümmert. Er verabschiedete sich mit einem langen Händedruck und wünschte ihr von ganzem Herzen Gottes Segen, vor allem für ihre Cousine Klara, die eine so vortreffliche junge Frau sei und nur rasch gesunden möge. Dann trat er hinaus in den wieder einsetzenden Regen und lief mit nach vorne gezogenen Schultern davon.

»*Bwana* Christian hat uns vergessen«, stellte Schammi unvermittelt fest. »Ist fortgelaufen und kommt nicht wieder. Wir ohne ihn leben.«

»Schwatz keinen solchen Blödsinn!«, fuhr Charlotte ihn an. »Geh zu Schmidts Brauerei und frag nach ihm. Hör dich ein wenig um. Hast du mich verstanden?«

»Ja, *bibi* Charlotte.«

Schon nach kurzer Zeit kam er zurück und breitete hilflos die Arme aus.

»*Bwana* Christian nicht da. Trinkt nicht *pombe.* Heute nicht. Gestern nicht.«

Es war schon nach fünf. Gegen sechs Uhr wurde es dunkel, die wenige Kundschaft, die jetzt noch zu erwarten war, würde sie auch nicht reich machen. Charlotte trug Schammi auf, den Laden zu schließen und das Schloss vorzuhängen, dann brachte sie die Tageseinnahmen in die Wohnung hinauf, um das Geld in ihrem Versteck aufzubewahren. Es gab nicht nur Löwen nachts in den Straßen, man hörte auch immer wieder von Überfällen und Einbrüchen. Bisher war sie zum Glück davon verschont geblieben, doch man musste vorsichtig sein.

Klaras Gesicht glühte, ihre Temperatur war wieder gestiegen, aber sie behauptete steif und fest, sich gut zu fühlen; sie habe kräftig gegessen und auch viel getrunken. Charlotte zweifelte daran, Klaras Augen waren gerötet und hatten einen seltsamen Glanz, der nur vom Fieber herrühren konnte.

»Ist Christian gekommen?«

Charlotte schüttelte den Kopf. Sie war jetzt machtlos gegenüber all den Schreckensbildern, die an ihr vorüberzogen. War er in die Sümpfe gelaufen? Hatte er sich ins Meer gestürzt? Möglicherweise hatte er Streit gesucht und lag jetzt verletzt in irgendeinem dunklen Winkel. Hilflos, mit blutenden Wunden …

»Wir müssen etwas unternehmen, Charlotte …«

Der Entschluss kostete sie unendlich viel Überwindung. Man würde sie vermutlich belächeln, vielleicht auch abschätzig beäugen. Schau an, der Mann ist ihr davongelaufen. Nun ja, er wird Grund gehabt haben …

»Ich gehe zum Stadthaus. Vielleicht kann die Polizei oder die Schutztruppe uns helfen.«

Sie ließ Schammi bei Klara zurück und hastete durch die aufgeweichten Straßen, machte sich Vorwürfe, so lange gezögert zu haben, womöglich tat im Stadthaus zu dieser Stunde keiner mehr Dienst. Vom Minarett der Moschee waren die lang gezogenen Rufe des Muezzin zu vernehmen, Araber, Inder und schwarze Afrikaner liefen an ihr vorbei, um ihr Abendgebet zu verrichten, und sie wurde eine Weile mit dem Menschenstrom mitgerissen. Als sie die Moschee südlich der Inderstraße hinter sich gelassen hatte, hörte sie, wie jemand laut ihren Namen rief. Es war Sarah William. Ihre Reisebekanntschaft, die trotz Klaras Weigerung, für sie zu nähen, immer wieder in Charlottes Laden einkaufte.

»Ich bin in Eile …«

Sarah stand mitten auf dem Weg zwischen zwei breiten Wasserlachen und hatte zur Begrüßung den zusammengefalteten, grasgrünen Schirm gehoben.

»Falls du deinen Mann suchst, meine Liebe, könnte ich dir einen Wink geben.«

Charlotte erstarrte. Immer noch war die Straße voller Menschen, doch Sarah hatte deutsch gesprochen, eine Sprache, die nur wenige Eingeborene verstanden.

»Schau mich nicht so an, Mädchen. Er ist nicht etwa bei mir. Aber heute Nachmittag besuchte mich ein Bekannter und erzählte mir, dass es Ärger gegeben habe.«

»Ich verstehe nicht, wovon du redest.«

Sarah bohrte die Spitze ihres Schirms in den Matsch und seufzte. Offensichtlich tat sie sich schwer, einem begriffsstutzigen Wesen wie Charlotte solch einfache Dinge zu erklären.

»Hör zu, meine Liebe«, sagte sie schließlich. »Wir sind schließlich Reisegefährtinnen und müssen uns beide allein durchschlagen. Ich werde dir also das Haus zeigen. Aber hineingehen will ich auf keinen Fall, das würde meinem Ruf schaden, verstehst du?«

Charlotte nickte, obgleich sie gar nichts verstand. Doch eine böse Ahnung sagte ihr, dass sie Dinge sehen und erfahren würde, die besser vor ihr verborgen geblieben wären.

Dennoch schloss sie sich Sarah an, die mit wiegendem Schritt vorausging, geschickt die schlimmsten Schlammlöcher umschiffte und dabei noch die Stirn hatte, einem vorübereilenden Postbeamten mit strahlendem Lächeln einen guten Abend zu wünschen. Der Weg führte zurück, sie überquerten die Inderstraße, liefen an den verlassenen Markthallen vorbei in westlicher Richtung. Dort begann sich der Himmel im Abendrot zu färben, kleine Wölkchen schwammen darin, die ehemals grau gewesen waren, jetzt aber gelblich und orangerot leuchteten. Die verfallenen Häuser, an denen sie vorübergingen, erhielten in diesem Licht ein seltsam unwirkliches Aussehen, so als stünden die Trümmer und losen Steine in Flammen.

»Du willst doch nicht etwa ins Negerviertel?«

Das Viertel der Schwarzen lag am westlichen Rand von Daressalam; Charlotte hatte es nur von Weitem gesehen, man hatte ihr geraten, diese Gegend zu meiden. Dort standen niedrige Lehmhütten mit Strohdächern in ordentlichen Reihen, dazwischen wimmelten Kinder und Frauen, Hühner, Ziegen und Esel. Vor den Hütten wurde gekocht, getrunken, gefeiert, manchmal – so hatte man ihr erzählt – kam es auch zu üblen Schlägereien. Die Deutschen kontrollierten das Viertel häufig, denn es war ein unermüdlicher Quell von Ärgernissen.

»Nur an den Rand. Komm zu mir herüber. Von hier aus kannst du es sehen.«

Sarah war auf einen der Schutthügel gestiegen und deutete mit dem Arm auf ein lang gezogenes, flaches Gebäude, das mit Wellblechplatten gedeckt war. Eine niedrige Mauer umgab das Anwesen, in einer Ecke der Einfriedung lag allerlei Gerümpel, darunter Holzkisten, leere Blechdosen und Flaschen. Von der Rückseite des Gebäudes stieg eine feine Rauchsäule auf, dort wurde vermutlich auf offenem Feuer gekocht.

»Was ist das?«

Wieder tat Sarah einen Seufzer, dann überwand sie sich zu einer Erklärung.

»Also hör zu. Du musst es ja nicht an die große Glocke hängen und vor allem nicht die arme, kleine Klara damit behelligen. Versprich mir das. Mädchen wie Klara sollten von diesen Dingen besser nichts wissen.«

»Nun rede schon!«

»Dort halten sie sich ihre Negerinnen«, sagte Sarah in verächtlichem Ton. »Sie mögen nicht ins Negerviertel gehen, das wäre ihnen zu dreckig und zu gefährlich. Also haben sie sie hier eingepfercht, versorgen sie mit allem, was sie brauchen, und geben ihnen auch ein wenig Geld. Die Mädchen müssen sich vorher gründlich waschen, darauf legen sie Wert, und wenn eine krank wird, dann schicken sie sie zu ihrer Familie zurück.«

Charlotte starrte sie mit weit aufgerissenen Augen an. Konnte das sein? Sie hatte von solchen Häusern gehört, dort verkehrten heruntergekommene Gestalten, schmutzige Ganoven, der Abschaum der Menschheit.

»Ich kann sie ja verstehen«, schwatzte Sarah weiter. »Es sind lauter junge Kerle, die hierher nach Deutsch-Ost kommen, die meisten bleiben nicht allzu lang, und verheiratet sind die wenigsten. Tagsüber laufen sie in ihren schönen, weißen Uniformen herum, polieren ihre Orden und Silberknöpfe, aber in den Nächten überfällt sie die Einsamkeit. Es sind eben Männer, die halten es nicht lange aus, wenn sie nicht hin und wieder mal … na, du weißt schon. Und mit einer Schwarzen ist das für manche ganz besonders aufregend, das haben sie zu Hause in Deutschland nicht …«

»Hör auf!«, rief Charlotte entsetzt und hielt sich die Ohren zu.

Sarah betrachtete sie stirnrunzelnd, dann stieg sie von dem

Schutthaufen hinunter und machte Anstalten, in die Stadt zurückzukehren.

»Sie sind ihren Liebhabern nicht besonders treu, die Negerweiber, wenn sie etwas nebenbei verdienen können, dann tun sie es, weil sie das Geld für ihre Familien brauchen. Wie ich hörte, hat dein Mann gestern Ärger mit einem der Offiziere gehabt, der ihn mit seinem Negerliebchen erwischte …«

Sarah war schon einige Schritte weit entfernt und fast hinter einer Mauer verschwunden, als Charlotte sich wieder gefasst hatte.

»Sarah! Lauf doch nicht fort. Bitte! Ich kann doch unmöglich ganz allein da hineingehen.«

Sie blieb nicht stehen, wendete nur ein wenig den Kopf zur Seite.

»Es ist jetzt keiner dort, Mädchen. Sie kommen erst, wenn es dunkel ist …«

Damit war sie fort, und Charlotte blieb in hilfloser Verzweiflung zurück. Vielleicht war das alles ja gar nicht wahr, diese boshafte Person hatte ihr ein Märchen erzählt. Deutsche Offiziere und Beamte der Gouvernementsregierung sollten sich nachts in dieses Haus schleichen, um mit schwarzen Mädchen Unzucht zu treiben? Das konnte doch nur eine Lüge sein. Und Christian – was immer man über ihn sagen mochte, er würde doch niemals …

Oder etwa doch? War die Welt anders bestellt, als sie es bisher geahnt hatte? War sie ein naives, blauäugiges Hühnchen, wie Christian so gerne behauptete?

Das Abendrot war nur noch ein schwacher, orangefarbiger Schein, der langsam erlosch; bleiernes Grau breitete sich am Himmel aus und ließ den dichten Wald aus Akazien und Mammutbäumen hinter dem Ort dunkel erscheinen. Es blieb nicht mehr viel Zeit.

Sie musste um die Mauer herumgehen, um zu dem hölzernen Gatter zu gelangen, das die Umfriedung verschloss. Jetzt waren mehrere kleine Feuer zu sehen – flackernde, gelbrote Lichter in der herabsinkenden Dämmerung. Junge Afrikanerinnen hockten am Boden und kochten Mais und Gemüse, sie waren fröhlich, lachten und redeten, die bunten Tücher um ihre Köpfe leuchteten im Feuerschein, Ohrringe und Halsketten blitzten. Als Charlotte das Gatter aufzog, verstummten sie und starrten sie mit ungläubigem Staunen an. Wenn Sarah die Wahrheit gesagt hatte, dann war sie vermutlich die erste weiße Frau, die diesen umfriedeten Raum betrat.

»Jambo«, grüßte sie und bemühte sich, so unbefangen wie möglich zu wirken, wenngleich ihre Hände vor Aufregung zitterten. *»Jambo* – kocht nur in Ruhe weiter.«

»Was willst du?«

Sie wusste nicht, wer die Frage gestellt hatte. Es war jetzt schon so dämmrig, dass sie die dunklen Gesichter der Frauen kaum unterscheiden konnte, nur das Weiße in ihren Augen leuchtete und die Zähne, wenn sie lachten oder sprachen.

»Ich suche einen weißen Mann. Christian Ohlsen.«

Eine der Frauen erhob sich, zog das Tuch fester, das sie um den Körper gewickelt hatte, und jetzt erst sah Charlotte, dass sie einen winzigen Säugling an der Brust hielt. Sie reichte das Kind einer anderen, klägliches Gewimmer ertönte, doch die Mutter zog unbekümmert einen brennenden Stock aus dem Feuer, um damit eine Petroleumlampe zu entzünden. Sie hielt das Licht in die Höhe und ging auf Charlotte zu.

»Dein Mann?«, fragte sie mit rauer Stimme.

Die Frau war ganz sicher noch keine zwanzig, vermutlich weitaus jünger, obgleich es Charlotte schwerfiel, das Alter der Eingeborenen zu schätzen. Ihre Haut glänzte wie matte Bronze, die breite Nase und die wulstigen Lippen ließen sie in Charlottes Augen nicht gerade schön erscheinen, aber in ihrem Blick lag ein Ausdruck von Verstehen.

»Ja, er ist mein Mann«, gab Charlotte zu. »Ist er … ist er hier?«

Ohne eine Antwort machte die Schwarze kehrt, eilte mit dem Licht auf den Hauseingang zu und öffnete die Tür. Dann sah sie sich nach Charlotte um.

»Er ist hier. Aber du musst viel Kraft haben, *bibi.*«

Ein unangenehmer Geruch nach Essensresten, Urin und Alkohol schlug ihr entgegen, undeutlich erkannte sie die Umrisse von Holzkisten, einen kaputten Sessel, auf dem Boden lagen Strohmatten. Weiter hinten gab es einen schmalen Flur, von dem zu beiden Seiten mehrere Türen abgingen, einige standen offen, dahinter war es dunkel.

Die Frau ging bis zum Ende des Flures und zog dort eine grobe Brettertür auf. In dem winzigen Raum standen Bretterregale und Säcke, Mäuse huschten davon, als das Licht hineinfiel. Es roch so widerlich, dass sich Charlotte der Magen hob. Christian lag auf dem Rücken, die Arme über der Brust verschränkt. Man hatte seine Knie angewinkelt, um die Tür schließen zu können.

»Will nicht fort. Nur trinken. Wir den Brandy fortnehmen, er holt ihn zurück. Wird böse. Trinkt und trinkt.«

Charlotte starrte schaudernd auf das zusammengekauerte Bündel Mensch. War das wirklich Christian, ihr Ehemann? Sein Haar war zerzaust, die Oberlippe geschwollen, eine eingetrocknete Blutspur verlor sich in den zwei Tage alten Bartstoppeln. Jacke und Hose waren zerrissen und besudelt mit Erbrochenem.

»Nimm ihn mit. Wir dir helfen. Aber jetzt gleich. Schnell. Bevor andere Männer kommen …«

Er öffnete nicht einmal die Augen, als sie ihn aus dem Verschlag zerrten, willenlos ließ er geschehen, dass man ihn an den Füßen durch den Flur, in den Vorraum, über die Schwelle zog. Vor dem Gebäude kamen einige der Frauen herbei, um ihnen zu helfen, sie schafften den schlaffen Körper bis zum Gatter, danach kehrten sie zu ihren Feuern zurück und überließen Charlotte alles Weitere.

Voller Abscheu hockte sie sich neben ihren Mann, zog ihm die stinkende Jacke vom Körper und versuchte, ihn wieder zum Leben zu erwecken. Sie schüttelte ihn, rief seinen Namen, bat ihn, sich zusammenzunehmen, doch erst als sie ihm mehrere kräftige Ohrfeigen verpasste, regte er sich.

»Steh auf, verdammt. Willst du, dass uns die Löwen fressen?«

Tatsächlich rappelte er sich langsam auf alle viere, kroch durch den Schlamm und kam schließlich auf die Füße. Torkelnd schleppte er sich ein Stück voran, stolperte und sackte wieder in sich zusammen. Sie musste all ihre Kraft zusammennehmen, um ihn zu stützen.

Der Mond war aufgegangen und tauchte Trümmer, Buschwerk und Weg in bläuliches Licht, ließ zitternde Schatten wachsen und Palmen zu schwebenden, vielarmigen Geisterwesen werden. Christian lastete so schwer auf ihr, dass sie an den Marktunterständen eine Pause einlegen musste. Völlig erschöpft ließ sie ihn zu Boden gleiten und lehnte sich gegen einen der Pfosten, vernahm nichts als das gellende, lang gezogene Zirpen der Grillen und das hastige Pochen ihres Herzens. In ihrem Inneren herrschte eine eisige Leere, sogar die Angst vor den umherstreunenden Löwen war vergangen. Als sie zu Tode erschöpft in der Inderstraße ankamen, ließ sie Christian unten im Laden liegen, stolperte die Treppe hinauf und warf sich auf ihr Lager. Lange lag sie vollkommen reglos auf dem Bauch, wartete auf die Tränen, den Zorn, die Verzweiflung, doch sie blieben aus.

»Wie kannst du so grausam sein, Charlotte?«, fragte Klara in sanftem Ton. »Er hat bereut und seine Sünden vor den Herrn getragen. Christi Blut hat auch deinen Mann erlöst, Gott hat ihm vergeben.«

Es war Juni, und die Trockenperiode hatte eingesetzt, ein kühler Südostwind wehte über die Küste, beugte die hoch aufgesprossenen Gräser und trug den Duft der blühenden Akazien und Tamarindenbäume über die Stadt.

»Ich kann ihm nicht vergeben!«

Christian hatte wochenlang wie ein Fremder in der Wohnung gelebt. Charlotte sprach kein Wort mit ihm, sah durch ihn hindurch, als wäre er nicht vorhanden, seine verzweifelten Bitten und Selbstbeschuldigungen ließen sie gleichgültig. Tagsüber ging sie schweigend an ihm vorüber, kümmerte sich um ihr Geschäft, sorgte für Klara und Schammi, in der Nacht schlief sie bei ihrer Cousine. Christian hatte tagelang vor sich hin gebrütet, dann versuchte er eine Weile, sich im Laden nützlich zu machen, übernahm Botengänge, die eigentlich Schammis Aufgabe waren, versuchte sogar, die Wäsche zu waschen. Es war alles umsonst – der Stachel saß zu tief. Niemals hätte Charlotte es für möglich gehalten, dass ihr Mann sie mit einer anderen betrog. Dass er Freude daran haben konnte, mit einer Hure – denn was waren diese schwarzen Frauen anderes? – das Lager zu teilen. Jetzt war es ihr wie Schuppen von den Augen gefallen: die vielen Nächte, die er früher angeblich wegen seiner Geschäfte in Hamburg oder Bremen verbracht hatte. Sein langes Ausbleiben, damals, als das Geschäft in Konkurs ging – oh, er hatte sie schon immer abscheulich belogen und hintergangen. Sie hatte ein Scheusal geheiratet; es schauderte sie, ihn auch nur anzusehen, hätte er sie auch nur mit dem kleinen Finger gestreift, sie hätte vor Abscheu laut aufgeschrien.

»Ich will die Scheidung.«

Er hatte ihr keine Antwort gegeben, sondern sich nur bleich und schweigend vor ihr zurückgezogen. Es war Klara, die sich – selbst kaum von ihrem Fieber genesen – rührend um Christian bemühte, lange Gespräche mit ihm führte und ihn am Sonntag mit in die Missionsstation nahm. Christian war niemals wirklich fromm gewesen, doch jetzt, in seiner Verzweiflung, suchte er Halt in der protestantischen Lehre. Pfarrer Peter Siegel lud ihn ein, sein Herz zu erleichtern, redete ihm ins Gewissen, forderte eine Abkehr von der Sünde, und als Christian dieses aus tiefstem Herzen gelobte, erklärte der Missionar ihm, dass Gott der Herr den reuigen Sünder auf den rechten Weg geleite. Er müsse Geduld zeigen und den Beweis erbringen, dass es ihm Ernst sei, dann würde auch seine Frau ihm verzeihen.

Um Charlotte von der Ernsthaftigkeit seiner Umkehr zu überzeugen, siedelte Christian im April in die Missionsstation über, half beim Ausbau der Gebäude, der Bestellung des Gartens und – wie Klara voller Begeisterung berichtete – unterrichtete auch die Missionsschüler, brachte ihnen das Rechnen und die deutsche Sprache bei.

Klara besuchte Christian häufig, schilderte Charlotte seinen Eifer, lobte seine Geduld, seine liebevolle Art, mit den schwarzen Kindern und auch mit den erwachsenen Schülern umzugehen. Er habe all die Unrast und die schlechten Gewohnheiten früherer Tage abgelegt, sei ein neuer Mensch geworden. Klara kehrte von ihren Besuchen stets mit glücklich leuchtenden Augen zurück und vergaß niemals, Charlotte daran zu erinnern, dass sie ihrem Mann vor Gottes Altar Treue in guten und in schlechten Zeiten gelobt habe.

»Weshalb erzählst du mir das? War ich es vielleicht, die die Treue gebrochen hat?«

»Eine Frau muss verzeihen können, Charlotte. Es war nicht recht von dir, diesen schrecklichen Brief zu schreiben.«

Charlotte hatte Christian schriftlich aufgefordert, einer Scheidung zuzustimmen, und ihre Gründe dafür angeführt.

Klara hatte ihr seine Antwort überbracht. Er halte die Ehe, die er vor Gott geschlossen habe, für unauflöslich, niemals sei er freiwillig dazu bereit, sich von seiner Frau zu trennen.

»Ich habe ihm schon viel zu oft verziehen!«

»Bist du selbst niemals ohne Anfechtung gewesen?«

»Was soll diese Frage?«

Es waren schon zwei Briefe von George aus England eingetroffen, doch Charlotte hatte sie ungeöffnet in die Truhe geworfen. Sie wollte sich dieser Lektüre auf keinen Fall hingeben, denn sie kannte ihre tückische Wirkung. War sie einfältig gewesen, als sie sich Georges Zärtlichkeiten widersetzte? Nur einen einzigen Kuss hatte sie ihm gestattet, einen kleinen, viel zu kurzen Augenblick der Seligkeit gekostet. Weshalb hatte sie sich ihm nicht hingegeben? Für eine ganze Nacht, für viele Nächte, in denen sie sich hätten treffen können, heimlich, unter irgendwelchen Vorwänden. Hatte es Christian nicht ähnlich gemacht? Das Glück ergreifen, wenn es vorüberging. Vielleicht kam es nie wieder, ein ganzes Leben nicht mehr.

Nein, dachte sie dann. Ich will mir keine Seligkeit auf Kosten eines anderen Menschen erkaufen. Auch wenn George keine Skrupel hat, seine Frau zu betrügen, ich würde Marie niemals ein solches Leid zufügen.

Weshalb hatte ihr niemand davon erzählt, dass Männer ihre Frauen betrogen? Es schien die normalste Sache der Welt zu sein: Jeder tat es, George, Christian, die deutschen Offiziere und Beamten, die daheim Ehefrauen und Kinder hatten. Ob es auch der Großvater in Leer mit der ehelichen Treue nicht so genau genommen hatte? Und ihr Vater, der oft monatelang auf großer Fahrt gewesen war?

Sie wollte es nicht wissen. Eine tiefe, dunkle Spalte hatte sich vor ihr aufgetan, die Welt war nicht mehr dieselbe, die sie vorher gewesen war. Wo waren ihre Sehnsüchte? Die schönen Träume, die sie als junges Mädchen emporgetragen und beglückt hatten?

Als Kamal Singh Anfang Juni begann, die Träger für die Karawane anzumieten, ging sie zu ihm hinüber, und zum ersten Mal seit Beginn ihrer Bekanntschaft sah sie den Inder fassungslos.

»Das ist unmöglich.«

»Ich bin fest entschlossen.«

Er legte beide Hände an die Schläfen, als wolle er sich die Haare raufen.

»Sie werden sterben, Charlotte!«, rief er. »Es gibt kriegerische Stämme, die den schwarzen Trägern die Weiber rauben. Wissen Sie, was einer weißen Frau geschehen kann, die bei den Dschagga oder den Massai in Gefangenschaft gerät?«

»Ich weiß, dass Sie bewaffnete Männer anmieten, um die Karawane zu schützen.«

»Es ist purer Wahnsinn!«

Sie ließ sich nicht beirren. Es wurde ausgemacht, dass er zwei seiner jungen Leute abstellte, um Klara beim Führen des Ladens zu helfen, dafür erhielt er einen Teil der Einkünfte. Ende Juni würde er alle Träger angemietet haben, dazu die Karawanenführer, die Begleiter, den Koch, die *boys,* einen Übersetzer und alle anderen, die vonnöten waren.

Charlotte wollte mit der Karawane gen Westen reisen. Sie würde den Kilimandscharo sehen, jenen majestätischen, nebelumwölkten Berg, der schon immer das Ziel ihrer Sehnsucht gewesen war. Danach würde sie entscheiden, wie ihr Leben weitergehen sollte.

Teil III

Juli 1897

Rot glimmende Feuer in tiefer Dunkelheit, der stechende Geruch des Rauchs, schwarze Gestalten im Schein der Flammen, schreiend, zankend, die Fäuste reckend – so ähnlich hatte man ihr die Hölle beschrieben, als sie noch ein Kind war. Charlotte kniete vor ihrem Zelt im taufeuchten Gras und konnte den Blick nicht von dem faszinierenden Schauspiel wenden. Ein Kopfputz aus Federn tauchte auf, die Spitze einer Lanze, eine wallende Antilopenmähne, ein vorbeiwehender roter Umhang. Dazwischen Gezeter, Gejammer, schrille Rufe, das Klappern von Blechgeschirr, gackernde Hühner – jemand schleppte einen hölzernen Lehnstuhl vorbei. Irgendwo im Tumult krähte ein Hahn, zornig, beharrlich, als wolle er die Menschen zu größerer Eile antreiben.

Die Schlafenden im Nachbarzelt schien der Tumult nicht zu kümmern. Dort übernachteten die beiden Deutschen, ein Biologe und ein Maler, die ebenfalls mit der Karawane reisen würden. Man hatte sich gestern Nachmittag kennengelernt, als Charlotte mit dem Küstendampfer in Pangani ankam; die Herren waren bereits seit einigen Tagen hier, hatten sich in ihrem Zelt eingerichtet und Charlotte zum gemeinsamen Abendessen eingeladen. Staunend hatte sie festgestellt, dass diese reiseerfahrenen Männer Tisch und Stühle, sogar zwei Lehnstühle und zahlreiche Koffer mit allerlei Dingen mitführten, ohne die – so behaupteten die beiden – eine solche Safari kaum erträglich sei. Sie hatten sie wissen lassen, dass gegen fünf Uhr in der Früh, gut eine Stunde vor Sonnenaufgang, das übliche Gezänk zwischen den Trägern losgehen würde, von denen jeder gern die leichteste Last ergattern wolle. Zudem habe jeder Träger seinerseits einen Lastenträger angemietet, der von ihm entlohnt würde. Man müsse bedenken, dass die Schwarzen sich selbst versorgten und daher Kochgeschirr, Bastmatte und Lebensmittel für einige Tage mitführten, und das nicht nur für sich selbst, sondern auch für ihre Frauen und Kinder. Es lohne sich jedoch nicht, zu dieser Zeit schon aufzustehen, denn ein Weißer sei bei diesem Getümmel vollkommen fehl am Platze. Viel klüger sei es zu warten, bis der Koch das Frühstück bereitet habe, danach könne man sich immer noch in Ruhe reisefertig machen.

Als ob ein Mensch bei diesem Krach hätte schlafen können! Es war überwältigend und erschreckend zugleich, ein lärmendes, wimmelndes Inferno bei rötlichem Flammenschein, das sie nur aus sicherer Entfernung zu bestaunen wagte, denn hätte sie sich in diesen brodelnden Kessel hineinbegeben, wäre sie unweigerlich darin zerrieben worden. Wie sollte aus diesem Chaos jemals eine Karawane werden? An einem der Feuer entdeckte sie einige hell gewandete Araber, die dort in aller Ruhe schwatzten und rauchten und es den Trägern überließen, ihren Streit unter sich auszumachen. Diese Männer waren die eigentlichen Herren der Karawane und Kamal Singh für das Gelingen des Unternehmens verantwortlich, doch wie es schien, griffen sie nur dann ein, wenn ihre Zeit gekommen war.

In den stechenden Rauch mischte sich jetzt der Duft nach Kaffee und heißem Erdnussöl. Nebenan wurde die Zeltbahn beiseitegeschlagen, und im Lichtschein der Petroleumlampe war das scharfe Profil des jungen Malers Anton Dobner zu erkennen. Er gähnte ausgiebig, rieb sich den rötlichen Dreitagebart und fuhr sich mit den Fingern durch das wirr emporstehende blonde Haar. Als er Charlotte erblickte, grinste er.

»Nun? Habe ich Ihnen zu viel versprochen?«

»Keineswegs. Ich fürchte nur, vor heute Abend werden wir nicht aufbrechen können.«

»Unsinn! Es dauert zwar ein wenig, aber für gewöhnlich einigen sie sich schneller, als man es für möglich hält.«

Er zog den Kopf wieder zurück, und sie hörte, wie er im Zelt leise mit Dr. Meyerwald redete. Beklommen stellte sie fest, dass man die Schattenrisse der Männer durch den Stoff hindurch sehen konnte, wenn das Zelt von innen beleuchtet war. Also hatten die beiden gestern auch sie beobachten können, wie sie das Kleid auszog und die von Klara unter vielen Bedenken genähte Hose anlegte. Sie war weit geschnitten, dennoch hatte sie lange zupfen und ziehen müssen, weil sich ihre halb lange Unterhose darunter verknäulte. Auf das Mieder hatte sie trotz aller Bedenken nicht verzichten mögen, es war jedoch locker geschnürt, und sie trug ein weites, langärmeliges Baumwollhemd darüber, das sie mit einem Gürtel in der Taille zusammenfasste. Die teuersten Stücke ihrer Ausrüstung waren das Feldbett, der Tropenhelm und die Schuhe gewesen.

Humadi, der *boy*, den Kamal Singh für sie angemietet hatte, tauchte jetzt aus der Dämmerung auf, einen Becher und einen Teller voller kleiner, flacher Fladen in den Händen. Er war ein hübscher Junge mit rundem Gesicht und kahl geschorenem Schädel. Er trug das lange Gewand und die Mütze, die die Angestellten der Weißen bevorzugten, und sein Lächeln war eine Mischung aus Staunen und Herzlichkeit.

»*Jambo.* Guten Morgen. Humadi bringt Frühstück. *M'se* alles aufessen. Weg ist lang und viel mühsam laufen …«

Er sprach Suaheli, gemischt mit deutschen und arabischen Ausdrücken; es waren auch einige Worte in einer fremden Sprache dabei, vermutlich die der Wanjamuesi, des Stammes, dem er angehörte.

»*Jambo,* Humadi. Bist du schon einmal mit einer Karawane gereist?«

»Viel Male«, antwortete er stolz. »Als ich kleines Kind war, ich gehe mit Karawane nach Tabora. Dann *bwana* Singh hat mich zum *boy* gemacht. Jetzt wir alle mit Karawane zum Kilimandscharo. Berg von Dschagga und von bösem Geist.«

Charlotte lachte und machte sich über das Frühstück her. Der sehr dünne Kaffee hatte einen erdigen Geschmack, die in Erdnussfett gebackenen Hirsefladen waren hart wie Schuhsohlen, doch der Akazienhonig, mit dem sie bestrichen waren, machte alles wieder wett. Jetzt endlich war am östlichen Himmel ein fahler Lichtstrahl zu sehen, der immer höher stieg und sich in weitere, schmalere Lichtbänder aufteilte. Die Nacht schwand von Minute zu Minute, nun erkannte man die vielen Zelte, die viereckigen großen und kleinen Lastenbündel, um die die Träger sich immer noch eifrig stritten, und konnte Buschwerk und Stämme unterscheiden. Nur die Baumkronen lagen noch in einer weißlichen Nebelschicht, die sich nur langsam hob. Drüben fluchte der Biologe Meyerwald über das verdammte Sorghum-Gebäck, an dem man sich fast die Zähne ausbiss, während schon einige schwarze Diener im Zelt hantierten, die Feldbetten geräuschvoll zusammenklappten, Kisten zuschlugen, Stühle davonschleppten. Jetzt suchten sie auch Charlottes Zelt auf, um alles zusammenzupacken, und sie war froh, dass sie ihren einzigen Reisekoffer bereits geschlossen hatte – es wäre ihr peinlich gewesen, wenn die schwarzen Diener ihre Unterwäsche gesehen hätten.

Dr. Meyerwald tauchte vor seinem Zelt auf, den Kaffeebecher in der Hand, einen Hirsefladen in der anderen, mit vollem Mund Befehle auf Suaheli bellend. Vermutlich sorgte er sich um seine Ausrüstung, die gerade davongeschleppt wurde. Als er Charlotte erblickte, grüßte er sie mit einer höflichen Verbeugung und bemerkte, dass es sehr klug von ihr sei, für die Reise passende Kleidung angelegt zu haben. Sein dichter, schwarzer Vollbart ließ nur schwer erkennen, ob er dabei grinste, aber sein Tonfall war keineswegs ironisch gewesen. Nun, die beiden Herren hatten schon viele Reisen gemeinsam unternommen, wahrscheinlich war ihnen der Anblick einer Europäerin in Hose nicht ganz ungewohnt.

Sie ärgerte sich über ihre Befangenheit, zupfte ihr langes Hemd zurecht und griff nach einem zweiten Hirsefladen. Während die Diener hinter ihr das Zelt abbauten und die Tücher zusammenrollten, beobachtete sie neugierig, wie die Reisevorbereitungen auf der weiten Lichtung weiter vorangeschritten.

»Die Träger haben ihre Anführer«, erklärte Dr. Meyerwald, der schon gestern Abend eifrig bemüht gewesen war, ihren Wissensstand zu erweitern. Er sprach sehr flüssig und ein wenig monoton, sie konnte sich gut vorstellen, wie er vor einem gefüllten Hörsaal Vorlesungen über afrikanische Insekten hielt. Nur das Gewehr, das er sich jetzt über den Rücken hängte, und der breite Patronengürtel passten nicht zu dieser Vorstellung.

»Die einzelnen Gruppen sind stets vom gleichen Stamm und lagern an den Abenden immer zusammen. Schauen Sie sich einmal die Warenballen an. Man hat die Stoffe gestern aufeinandergelegt und in Bastmatten eingewickelt, danach mit Kokosstricken zusammengezurrt, mit Fäusten und Stöcken darauf herumgeschlagen, bis das Lastenbündel klein und steinhart wurde. Jetzt binden sie Stangen daran, immer drei an einen Ballen, so muss der Träger, der die Last auf dem Rücken hat, sich nur ein wenig zurücklehnen, wenn er den Ballen abstellt, dann steht das Zeug auf den Stangen. So braucht er sich nicht zu bücken und kann es leichter wieder aufnehmen …«

Die Ballen waren unterschiedlich schwer, manche wogen nur fünfzig, andere bis zu hundert Pfund – und sie begriff, weshalb die Träger sich gestritten hatten. Sie sah nicht zum ersten Mal eine Karawane – wie Dr. Meyerwald offensichtlich annahm –, in Daressalam trafen regelmäßig Waren aus dem Landesinneren ein, vor allem die langen Stoßzähne der Elefanten. Doch bisher hatte sie nicht darüber nachgedacht, welche unfassbar schwere Lasten diese Männer tragen mussten. Nur selten führten Karawanen Esel oder Maultiere mit, die doch nur an irgendwelchen Krankheiten starben oder von wilden Tieren gerissen wurden. Pferde waren noch anfälliger, es gab nur einige wenige an der Küste für die deutschen Offiziere. Für den Warentransport durch Steppe und Urwald kam nur der Mensch infrage.

Die aufsteigenden Nebel wurden durchsichtig und färbten sich rosig, schwarz zeichneten sich darin die Silhouetten der Baumwipfel ab, über den Morgenhimmel floss orangefarbiges Licht. Eine Frau nahm Charlotte den leeren Becher aus der Hand und hob den Teller auf, die Feuer waren inzwischen erloschen, nur hier und da hockte noch einer der Träger am Boden, um einige letzte Züge Hanf zu rauchen. Der Hahn krähte immer noch, doch wurde sein Kikeriki jetzt von Trommeln und seltsam quäkenden Hornklängen übertönt.

»Sie blasen auf der *bargumu,* das ist das Horn einer Antilope«, dozierte Dr. Meyerwald. »Und das ganz ohne Mundstück, die Töne werden nur durch die Lippenspannung hervor…«

Zahlreiche Gewehrschüsse ertönten, begleitet von einem mörderischen Geschrei und den hellen, trillernden Rufen der Frauen. Charlotte zog den Kopf ein, um nicht von einer verirrten Kugel getroffen zu werden.

»Der Anführer hat das Zeichen zum Aufbruch gegeben – es geht los, junge Frau! Aber immer *pole pole.* Wer jetzt schon hastet, der wird bald schlappmachen …«

Das Abenteuer begann, und sie fieberte ihm entgegen. Drüben, wo ein schmaler Pfad zwischen den Bäumen hindurch gen Westen führte, hatte sich eine Gruppe bewaffneter Männer versammelt, wild aussehende schwarze Burschen mit Karabinern und Lanzen, die zum Zeichen ihrer Kriegerwürde bunte Umhänge um die Schultern trugen. Dorthin strebten jetzt ihre beiden Reisegefährten, und sie schloss sich ihnen an. In den ungewohnten Kleidern fühlte sie sich seltsam frei und zugleich befangen, und sie war nur froh darüber, dass sie sich weiche Lederschuhe mit festen, flachen Sohlen gekauft hatte. Sie würde sich auf keinen Fall tragen lassen, auch wenn sie eine Frau war. Sie war kräftig und ausdauernd, und wenn ein Träger mit hundert Pfund auf dem Rücken diesen Weg gehen konnte, dann musste sie, die völlig ohne Last einherschritt, es auch schaffen.

Die drei Europäer wurden von bewaffneten Kriegern in die Mitte genommen, zwei Araber begleiteten sie, die ebenfalls mit langen Flinten ausgestattet waren und Charlotte mit abfälligen Blicken musterten. Vermutlich passte es ihnen nicht, dass eine weiße Frau mit der Karawane reiste, warum auch immer.

»Wir werden mit der Vorhut gehen«, brüllte ihr der unermüdliche Dr. Meyerwald ins Ohr, während sie sich langsam in Bewegung setzten. »So sind wir am besten bewacht. Wundern Sie sich nicht, wenn es zuerst sehr langsam vorangeht. Die Burschen sind das Lastentragen noch nicht gewohnt, haben sich an der Küste schöne Tage gemacht und müssen erst richtig Tritt fassen.«

»Aber was ist mit den Frauen und den Kindern?«

»Die laufen irgendwo am Ende mit. Ganz am Schluss geht immer die Gruppe der *wanjampara,* das sind die schwarzen Anführer und ihre Ratgeber. Das ist wichtig, weil die Karawane sich oft meilenweit auseinanderzieht und man Sorge haben muss, dass die Träger mit den Waren verloren gehen könnten. Manchmal finden auch Überfälle statt; räuberische Banden stoßen mitten in die Reihen der Träger hinein, schlagen die Schwarzen tot und nehmen mit, was sie kriegen können.«

»Kommt das oft vor?«, erkundigte sich Charlotte beklommen, denn auch Kamal Singh hatte von solchen Ereignissen gesprochen.

»Leider immer noch viel zu häufig«, antwortete Meyerwald mit Bedauern.

Sie schwieg. Vielleicht war es ja im Leben so eingerichtet, dass man für das Glück, das man sich erkämpfte, bezahlen musste. Mit Schuldgefühlen, mit Krankheit, vielleicht sogar mit dem Tod. Sie hatte es so gewollt, jetzt gab es kein Zurück mehr.

Die schwarzen Träger schienen sich wenig mit sorgenvollen Gedanken zu plagen – ganz im Gegenteil. In scheinbar überschäumender Begeisterung machten sie sich auf den Weg, riefen einander Scherzworte zu, lachten, trommelten, Gesänge wurden angestimmt, zahlreiche Stimmen fielen mit ein. Die Melodien waren seltsam eintönig und wurden häufig wiederholt, dazwischen erhoben sich jedoch immer wieder einzelne vorwitzige Ausrufe und helle Trillerlaute, die in Charlottes Ohren an Kriegsgeheul erinnerten.

Die frohe Aufbruchsstimmung wirkte ansteckend. Es hatte etwas Großartiges, inmitten dieser fröhlichen, lärmenden Menschen zu stecken, die laut überall verkündeten: Hier sind wir, wir sind stark, wir sind viele, wir sind mutig. Bald spürte sie die gleiche Begeisterung, folgte dem schmalen Pfad durch Palmen und dichtes Gebüsch hindurch und fand, dass der Maler Dobner, der vorausging, ruhig ein flotteres Tempo hätte anschlagen können. Noch war der Morgen frisch und kühl, Gräser und Blattwerk trugen glitzernde Tautropfen, schillernde Insekten saßen darauf, um ihren Morgentrunk zu nehmen. Weiße und blaue Blüten öffneten sich im Gras, wendeten sich der Sonne zu, die gleißend zwischen dem Blätterdach hindurchblitzte. Hier und da erkannte man ein graubraunes Äffchen im Gezweig einer Akazie, das die lärmenden Menschen mit neugierigen Augen aus sicherer Höhe betrachtete. Der Pfad wand sich entlang des breiten Pangani-Flusses, jedoch in respektvollem Abstand von den Krokodilen und Flusspferden, die das Ufer für sich beanspruchten. An einigen Stellen öffnete sich das Dickicht für kurze Zeit und gab den Blick auf das leuchtend blaue Wasser frei. Mangroven bedeckten einen Teil der Uferzone, hängten ihre dürren, verschlungenen Wurzeln ins Wasser, dazwischen stelzten weiße Vögel mit grauen Füßen und Schnäbeln, gemächlich und steif wie ältliche Jungfern. Ein Schwarm schwarzweißer Pelikane überflog den Fluss in westlicher Richtung, sie strebten den Seen und Feuchtgebieten zu, die nach der Regenzeit gut gefüllt waren.

»Sehen Sie die vielen Schmetterlinge!«, rief Dr. Meyerwald enthusiastisch. »Es gibt hunderte von Arten hierzulande, und die meisten sind noch nicht wissenschaftlich erfasst. Da drüben, das ist *Amphicallia thelwalli,* gelbschwarz mit stolzen sieben Zentimetern Flügelweite. Und dort auf den weißen Winden, sehen Sie doch nur! Schillernd blau mit rubinroten Flecken, *Arniocera zambesia,* klein, aber von großer Farbpracht. Und dort, der zarte grüngelbe Flattermann, das ist *Taeda prasina* …«

Tatsächlich gab es eine Unzahl wunderschöner bunter Schmetterlinge, doch Charlotte fand es sehr unangenehm, dass der eifrige Biologe den einen oder anderen davon mit bloßen Händen im Vorübergehen griff, ihm mit zwei Fingern die Flügel zusammenklemmte und das Objekt der Wissenschaft vorsichtig in eines der mitgeführten Pergamenttütchen steckte. Dabei schwärmte er davon, bereits dreizehn neue Arten dokumentiert zu haben, denen er besonders schöne Namen wie Bananenfalter, Mondsichelfalter oder auch Nachtblau gegeben habe. Charlotte beschloss, seine ständigen Vorträge einfach kommentarlos an sich vorübergleiten zu lassen; da er hinter ihr lief, konnte er ihr Gesicht sowieso nicht sehen. Als sich der Maler Anton Dobner nach einer Weile kurz zu ihr umwandte, schien er belustigt – vermutlich war er froh, heute einmal nicht das Opfer seines redseligen Freundes zu sein.

Immer wieder stießen die vorausgehenden Krieger laute Rufe aus, die dann von Mund zu Mund nach hinten weiterwanderten. Charlotte konnte die Worte zwar nicht verstehen, doch sie reimte sich zusammen, was sie bedeuteten. Man warnte die Träger vor hochstehenden Baumwurzeln, herabhängenden Ästen, Vertiefungen oder einem Bach, der den Weg kreuzte. Auch in umgekehrter Richtung wurden Nachrichten weitergegeben. Ab und an mussten sie stehen bleiben, weil irgendwo jemand seine Last verloren hatte, ein schlecht verschnürtes Paket sich auflöste oder einer der Träger gestürzt war und seine Verletzungen versorgt werden mussten. Sie waren jetzt schon mehr als drei Stunden unterwegs, und Charlotte, die langsam müde Füße bekam, fragte sich, wie ein Mensch stundenlang barfuß mit einer solch schweren Last durch den Wald laufen konnte. Weshalb stürzten sich diese Männer so begeistert in dieses Abenteuer, das sie doch so viel Kraft kostete und möglicherweise schlimm endete? Der Lohn, den sie dafür bekamen, war gering und wurde ihnen auch nur zum kleinen Teil in barer Münze ausgezahlt, Kamal Singh gab ihnen vor allem rotes Tuch, Schwarzpulver, schlechte Gewehre und billigen Schnaps.

An einer lichten Stelle unweit des Flusses wurde eine Rast eingelegt. Mit Trommeln, Stampfen und Geschrei vertrieb man mögliche Anwohner wie Schlangen oder ein verirrtes Krokodil, dann ließen sich die *wanjampara* auf dem Boden nieder, und die lange Reihe der Träger, zwischen denen immer einige bewaffnete Krieger gingen, füllte nach und nach die Lagerstelle. Erstaunt stellte Charlotte fest, dass die Frauen und Kinder kaum erschöpft aussahen, dabei wirkten die Knaben und Mädchen nicht älter als sechs bis acht Jahre. Einige der Träger waren allerdings fast am Ende ihrer Kräfte; sie stellten ihre Lasten ab und ließen sich daneben auf den Boden fallen – wie es schien, wollten sie bis zum folgenden Morgen hier liegen bleiben.

Humadi war bei den Frauen gewesen, jetzt lief er mit einer Kalebasse auf Charlotte zu, reichte ihr Wasser und packte einige übrig gebliebene Hirsefladen aus, falls sie Hunger hatte. Ein paar der Träger wollten hinunter zum Fluss laufen, doch es wurde ihnen verboten, und sie mussten wieder umkehren.

»Wenn die Burschen erst einmal im Wasser herumplantschen, bekommt man sie nicht so rasch wieder in den Griff. Dann erwischen sie mit ihren Pfeilen ein paar Fische, fangen an, sie zu braten, füllen sich den Bauch, und hinterher können sie nichts mehr schleppen«, erklärte Dr. Meyerwald sachverständig.

Charlotte hatte selbst große Lust, zum Fluss hinunter an das verlockend blinkende Wasser zu gehen, doch Meyerwald warnte sie eindringlich vor den Krokodilen, die sich gern im grauen Wurzelgeflecht der Mangroven verbargen. Also setzte sie sich unter eine Akazie, lehnte den Rücken gegen den Stamm und schloss die Augen, um ein wenig Ruhe vor seinen ständigen Belehrungen zu haben. Um sie herum ertönte munteres Geschwätz in allerlei Sprachen, die Leute schlürften aus Krügen und Kalebassen, Vögel stießen schrille Laute aus, ein Kind weinte und wurde mit rauer, dunkler Stimme getröstet.

Sie musste an Klara und Schammi denken, von denen sie sich gestern früh verabschiedet hatte. Schammi hatte kein Wort gesagt und sie nur schweigend und vorwurfsvoll angesehen, so dass sie fast Gewissensbisse bekam. Ihrem Versprechen, in wenigen Wochen zurückzukehren und ihm ein

Geschenk mitzubringen, glaubte er nicht. Vielleicht fürchtete er, sie für immer zu verlieren, genau wie seine Eltern und Geschwister. Klara dagegen, die zuerst so entsetzt über ihren Entschluss gewesen war, blieb beim Abschied gefasst. Zärtlich nahm sie Charlotte in die Arme, drückte sie an sich und flüsterte ihr zu, sie werde für sie beten. Ach, sie könne so gut verstehen, dass Charlotte den großen Berg sehen müsse, sie wäre ja selbst mitgelaufen, wenn es ihr möglich gewesen wäre. Aber sie sei zufrieden damit, hier in Daressalam den Laden zu verwalten, und sie wisse genau, dass Gott ihre geliebte Charlotte heil und gesund zu ihr zurückgeleiten würde. Charlotte war vor Rührung schließlich doch in Tränen ausgebrochen, obgleich sie fest entschlossen gewesen war, sich zu beherrschen. Kamal Singh, von dem sie sich ebenfalls hatte verabschieden wollen, war in seinem Geschäft nicht anzutreffen gewesen, man sagte ihr, er sei in der Stadt unterwegs und würde erst gegen Mittag zurückkommen. Es hatte sie bekümmert, denn er wusste, dass sie heute abreisen würde, aber er war ärgerlich auf sie und zeigte ihr seinen Unmut auf seine Weise.

Ein schmerzhafter Stich im rechten Fußgelenk riss sie aus ihren Gedanken. Hastig zog sie die Beine an den Körper und schlug mit der Hand auf die Stelle, an der sie gebissen worden war.

»Ameisen!«, rief Dobner wütend. »Verdammte Biester. Da kommen sie in ganzen Scharen!«

Er hüpfte umher und schlug sich fluchend auf die Oberschenkel. Die schwarzen Tierchen waren in seine Hosenbeine gekrabbelt, und auch Charlotte sprang auf und schüttelte ihre weiten Hosenbeine, stampfte mit den Füßen und bemerkte erst dann, dass es auf dem rötlichen Waldboden von Ameisen nur so wimmelte. Gelächter ertönte, besonders die afrikanischen Frauen hatten ihren Spaß daran, dass sich die Weißen ausgerechnet in der Nähe eines Ameisenhaufens niedergelassen hatten. Charlotte war nicht zornig darüber, sie kannte die Neigung der Schwarzen zu harmloser Schadenfreude und musste selbst schmunzeln. Die drei Europäer verzogen sich an eine andere, ameisenfreie Stelle, und Dr. Meyerwald, der glücklicherweise verschont geblieben war, erklärte, dass es vermutlich die honigbestrichenen Hirsefladen gewesen seien, die die Ameisenscharen angelockt hätten.

»Diese kleinen Tierchen haben ein höchst interessantes soziales Gefüge, liebe Frau Ohlsen. Wenn eine umherstreifende Ameise einen Leckerbissen entdeckt, den sie allein nicht forttragen kann, krabbelt sie zurück und teilt ihren Genossinnen die genaue Lage der Futterquelle mit.«

In diesem Augenblick erschienen einige Nachzügler am Lagerplatz, zwei Träger, die unterwegs gestürzt waren und sich mit verbundenen Knien voranbewegten, begleitet von einigen Frauen, einem bewaffneten Krieger und einem Weißen im hellen Tropenanzug. Der Mann blickte sich suchend um, entdeckte die drei Europäer unter einer Palme und nahm dann den Tropenhelm ab.

Charlotte stockte der Atem, als sie ihn erkannte. Er winkte ihr mit dem Tropenhelm zu, dann mühte er sich, zwischen den kreuz und quer lagernden Menschen hindurch einen Weg zu ihr zu finden.

»Christian Ohlsen«, sagte er und reichte ihren beiden verblüfften Weggenossen die Hand. »Ich habe vor, mich der Karawane anzuschließen. Natürlich nur, wenn Sie nichts dagegen einzuwenden haben, meine Herren.«

Brütend heiß lag die Mittagssonne auf der Flusslandschaft. Je weiter sie sich von der Küste entfernten, desto seltener fanden sich die schlanken Kokospalmen, die von arabischen Plantagenbesitzern angepflanzt wurden. Der Pfad wurde nun von niedrigen Büschen und einzeln stehenden Akazien gesäumt, die nur wenig Schutz gegen die heiße Sonne boten. Dafür war der Blick frei auf die grünenden Hügel, die sich rechts und links des Flusses erhoben. Jetzt, nach der Regenzeit, gediehen dort Gras und Buschwerk, so dass sie ein fruchtbares, liebliches Bild boten, in wenigen Wochen jedoch, wenn das Wasser verdunstet war, würden sie eine gelbbraune Farbe angenommen haben. Am Horizont konnte man im Dunst die bläulichen Gipfel des Usambara-Gebirges erkennen.

Die begeisterte Aufbruchsstimmung war längst verflogen. Zwar hatten Trommeln und Hörner zum Ende der Rast wieder ihren Einsatz gehabt, und auch die Gesänge tönten noch eine Weile fort, nachdem man jedoch den Ort Lewa – ein kleines Dörfchen mit nur wenigen braunen Lehmhütten – hinter sich gelassen hatte, war es still in der Reihe der Träger und Krieger geworden. Die Karawane zog sich weit auseinander, man hörte die Araber fluchen, die Krieger in der Vorhut machten finstere Mienen, und selbst die Gespräche unter den Weißen verebbten.

Charlotte hatte sowieso nicht daran teilgenommen. Stumm ging sie den drei Männern voran, wütend darüber, dass Christian sie ohne vorherige Ankündigung vor die vollendete Tatsache gestellt hatte. Sie hatte ihn nicht um seine Begleitung gebeten, ja, sie hatte ihn nicht einmal von ihrem Vorhaben in Kenntnis gesetzt – wie konnte er die Stirn haben, sich einfach der Karawane anzuschließen? Es war doppelt hinterhältig, denn natürlich hatte sie vor Dobner und Dr. Meyerwald keine Szene machen wollen. Dass sie ihren Ehemann nicht gerade freudig begrüßt hatte, würden die beiden allerdings bemerkt haben.

Wie stellte er sich das überhaupt vor? Soweit sie sehen konnte, bestand sein gesamtes Gepäck aus einem Bündel, das er über dem Rücken trug. Eine Bastmatte ragte daraus hervor, außerdem der Lauf eines kurzen Gewehrs, das er sich wer weiß woher besorgt hatte. Er besaß kein Zelt, keine Lebensmittel, nicht einmal ein Feldbett.

Der Pfad hatte sich wieder dem Fluss angenähert, dessen Fluten jetzt nicht mehr blau, sondern schmutzig braun erschienen. An einigen Stellen bildete das Ufer hohe, von Mangroven überwucherte Böschungen, dann wieder blickte man in flache Buchten. Dort wuchs Gras um dunkles Gestein; abgestorbene Stämme und totes Geäst, das der Fluss angespült hatte, bleichten in der Sonne.

»Da sind die Burschen ja – schade, dass wir keine Zeit haben, ich hätte mir gern eine hübsche Trophäe geschossen.«

Charlotte sah genauer hin und entdeckte zwischen den Schwemmhölzern den grauen Leib eines Krokodils. Es war ein mächtiges Tier, gewiss über drei Meter lang, der Rücken schrundig, das schmale Maul ein wenig geöffnet, so dass man die spitzen Zähne sehen konnte. Das, was sie für einen Ast gehalten hatte, entpuppte sich als der leicht gebogene, lange Schwanz eines weiteren Reptils. Wie versteinert lagen diese graubraunen Echsen in der Sonne – uralte Drachenwesen, die sich aus längst vergangenen Zeiten in die heutige Welt hinübergerettet hatten. Sie wusste, dass ein ausgewachsenes Krokodil mit Leichtigkeit ein Gnu oder eine Gazelle und selbst einen Menschen ins Wasser zerren und zerfleischen konnte, dennoch ärgerte sie sich über Dr. Meyerwalds prahlerische Reden. Was für eine Heldentat, mit dem Gewehr auf ein ahnungsloses, schlafendes Tier zu feuern!

»Dies hier ist eine Brutstätte der Malaria, genau wie die ganze Küstenregion«, hörte sie den Biologen schwatzen.

Dieses Mal hatte er recht. Immer noch befanden sie sich in Flussnähe, der Pfad war vom Hochwasser der Regenzeit ausgewaschen, nacktes Wurzelwerk trat zutage, dazwischen fanden sich immer wieder flache, bräunliche Pfützen, über denen Myriaden durchsichtiger Mücken schwärmten. Jeder, sogar die Träger mit ihren schweren Lasten, bemühte sich, diese Wegstelle so rasch wie möglich hinter sich zu lassen.

»Oben im Usambara-Gebirge herrscht ein ausgezeichnetes Klima, das dem des europäischen Berglandes ganz ähnlich ist«, vernahm sie Christians Stimme hinter sich. »Man nennt die Gegend auch den afrikanischen Harz.«

»Dennoch sind in der Missionsstation dort oben zwei Ärzte und ein Missionar dem Fieber zum Opfer gefallen«, wandte der Maler Dobner ein.

»Das werden sie von der Küste eingeschleppt haben«, entgegnete Meyerwald, der sich immer und überall als Sachverständiger aufspielte. »Die Luft dort oben ist auf jeden Fall so gesund, das man ein Höhensanatorium einrichten will, und der Kaffee soll ganz prächtig gedeihen. Die Versuchsstation der Ostafrikanischen Gesellschaft …«

Christians Geplauder mit den beiden Reisegenossen erbitterte sie. Er wusste ganz genau, dass sie ihn nicht in ihrer Nähe haben wollte, doch vor den beiden Männern tat er, als sei alles in bester Ordnung. Jetzt begriff sie auch, weshalb Klara bei ihrem Abschied so gefasst gewesen war – sie hatte von Christians Vorhaben gewusst, es vielleicht sogar gemeinsam mit ihm geplant! Und Kamal Singh? Hatte auch er Kenntnis davon gehabt? War er ihr deshalb ausgewichen?

Aber man würde ja sehen, wie lange Christian diese mühsame Reise durchstand. Er musste vollkommen verrückt geworden sein, sich einer Karawane anzuschließen – hatte er nicht in seinem Fieberwahn von schrecklichen Gestalten und angsteinflößenden Fratzen geredet? Sie hatte zumindest bisher geglaubt, er habe panische Furcht vor der afrikanischen Wildnis.

»Nein – das Geschäft gehört meiner Frau«, hörte sie ihn sagen. »Sie hat es ganz allein aufgebaut und führt es selbstständig. Ich helfe nur hin und wieder ein wenig aus …«

»Ah – wie klug von Ihnen«, witzelte der Maler Dobner. »Sie

lassen Ihre Frau arbeiten und widmen sich den schönen Dingen des Lebens – ist es so?«

»Nicht ganz, lieber Herr Dobner. Ich arbeite als Lehrer in der Missionsstation von Daressalam …«

Charlotte überstieg eine breite Baumwurzel, glücklich darüber, eine Hose zu tragen, mit der sie solche Hindernisse mühelos überwinden konnte. Sie vermied es, sich umzuschauen. Christian sollte nur ja nicht glauben, sich bei ihr einschmeicheln zu können, indem er ihr nach dem Mund redete. Sein guter Wille würde ohnehin nicht lange anhalten; es brauchten nur die ersten Schwierigkeiten aufzutreten, dann würde er wieder in eine seiner düsteren Stimmungen verfallen.

Irgendwo hinten in der Karawane rief jemand *»Mwame, mwame!«* Unter den Trägern kam Gelächter auf, fremde Ausdrücke flogen hin und her, auch die Krieger beteiligten sich daran. Ganz offensichtlich versuchten die Träger, sich mit Witzen und scherzhaften Wortwechseln über ihre Müdigkeit hinwegzuhelfen. Die Nachricht, dass bald das Nachtlager aufgeschlagen werden sollte, belebte die Kräfte aller neu, Trommeln und Gesänge setzten ohrenbetäubend ein, die Freude über die baldige Ruhezeit war so gewaltig, als habe man schon das Ende der Reise vor sich. Entsprechend groß war die Enttäuschung, als sie an einer breiten Lichtung vorüberzogen, die ganz offensichtlich vielen Karawanen als Lagerplatz diente. Verrostete Dosen, leere Flaschen und andere Überreste lagen dort um die erloschenen Feuerstellen, Ameisen tummelten sich auf dem Boden, und über dem Gebüsch summten schwarze Fliegen. Weder die Araber noch die deutschen Mitreisenden hatten Lust, sich hier niederzulassen, also zogen sie weiter auf dem nun leicht ansteigenden Pfad und entschieden sich endlich für eine Lichtung, die zwar nicht allzu groß, dafür aber von Karawanen unberührt war.

So erschöpft die Träger auch waren – jetzt hatten es alle

eilig, den Lagerplatz zu erreichen und die Last endlich von den Schultern zu bekommen. Von Ausruhen war jedoch keine Rede. Staunend beobachtete Charlotte, wie das morgendliche Chaos ganz offensichtlich aufs Neue ausbrach. Äxte wurden ausgepackt, ringsum begann ein Schlagen, Bersten, Knacken, Geäst brach herab und wurde mit unfassbarer Geschwindigkeit zu glatten Zeltstangen behauen. Frauen und Kinder zogen los, um Feuerholz zu sammeln, andere gruben mit Stöcken Vertiefungen in den Boden, aus denen sie Wasser schöpften.

»Haben wir denn gar nichts zu tun?«, wandte sich Charlotte beklommen an Dr. Meyerwald.

Der lachte. Wozu man die Neger denn bezahle? Das Leidige bei der Sache sei nur, dass sie sich verflucht viel Zeit ließen, bis endlich die Zelte stünden und das Essen gekocht sei. Aber auch das habe seinen Vorteil – er würde sich jetzt seinen Forschungen widmen, und Dobner sollte endlich zeichnen, solange das Licht dies noch zuließe. Inzwischen hatte Charlotte erfahren, dass der junge Maler von seinem Freund Meyerwald für die Zeichnungen bezahlt wurde, sie würden später Eingang in die Werke des ehrgeizigen Biologen finden.

Christian hatte sich ein Stück von ihr entfernt auf den Boden gesetzt und schien in die Betrachtung der Vorgänge auf dem Lagerplatz vertieft zu sein, zumindest sah er nicht zu ihr hinüber. Sie war zufrieden damit, ging noch ein wenig weiter zur Seite und ließ sich ebenfalls nieder. Als Humadi ihr die Kalebasse mit dem Rest Wasser brachte, zögerte sie einen Augenblick, dann trank sie in langen Zügen. Wieso sorgte sie sich um Christian? Wenn er kein Wasser mitgenommen hatte, hatte er selbst Schuld.

Bevor es dunkel wurde, hatten die Schwarzen nicht nur die Zelte für die Europäer und für sich selbst aufgestellt, auch die Warenballen lagerten auf einer Unterlage aus Holzstäben, die sie vor den gefräßigen Termiten bewahren sollte. Die schwarzen Frauen hatten währenddessen kleine Feuer entzündet und die Abendmahlzeit zubereitet, indem sie einige Hände voll Mais- oder Hirsemehl in das trübe Wasser warfen und einen Brei daraus kochten.

»Kommen Sie, Frau Ohlsen – wir wollen die erste Nacht in der Wildnis gebührend feiern!«

Für die Weißen waren Tisch und Stühle unter einem Vordach aufgestellt worden, sogar an eine Tischdecke hatte man gedacht, und Dobner gönnte sich ein weiches Kissen im Rücken. Der Koch hatte Hühner geschlachtet und das gebratene Fleisch mit Kreuzkümmel und Kurkuma gewürzt, dazu gab es leckere Küchlein aus Bananen und Hirsemehl, die in Erdnussöl knusprig ausgebacken waren. Das Wasser, das die Frauen aus dem Boden gegraben hatten, erschien Charlotte zwar wenig vertrauenerweckend, doch der Tee überdeckte den erdigen Geschmack, und zu guter Letzt bewirtete Dr. Meyerwald seine Gäste mit irischem Whiskey, einer Schachtel Marzipan und dicken Zigarren. Dobner und Meyerwald waren gehobener Stimmung, berichteten von Reisen durch die Savanne von Deutsch-Südwest, Begegnungen mit den Herero und ganz erstaunlichen Felszeichnungen, die Dobner fleißig kopiert habe. Dr. Meyerwald hielt die Bilder für Kritzeleien der Herero und setzte seinen Zuhörern auseinander, wie deutlich man anhand dieser simplen Darstellungen den niedrigen Entwicklungsstand der Eingeborenen erkennen könne. Christian verfolgte die Vorträge mit scheinbar großem Interesse und warf ab und an eine Frage ein, die Meyerwald Anlass zu weiteren Ausführungen gab. Immerhin stellte Charlotte fest, dass Christian keinen Tropfen Whiskey anrührte und stattdessen Tee trank.

Sie fühlte sich unbehaglich in dieser Runde und wäre viel lieber allein gewesen, um ihre erste Nacht in der afrikanischen Wildnis mit allen Sinnen zu erspüren. Um sie herum glommen noch die Feuer, irgendwo wurde ein Saiteninstrument gezupft, Gesänge waren zu hören, eintönig, fern jeder europäischen Melodie; Lieder, die vom Herzen Afrikas erzählten und denen sie so gern ungestört gelauscht hätte. Ein leichter Wind war aufgekommen, strich kühlend über die Haut und erlöste sie von der Hitze des Tages. Mit leisem, hellem Pfeifen glitten Fledermäuse an ihnen vorüber, manchmal durchschnitt die schlanke Silhouette einer Nachtschwalbe den Schein der Lampe, ihr dunkles Gefieder schimmerte im Licht wie bläuliche Seide. In der Ferne glaubte Charlotte, eine Art singendes Rufen zu vernehmen, doch sie hätte nicht sagen können, welches Tier diese Laute hervorbrachte.

Als sich Dobner und Meyerwald endlich zum Schlafen zurückzogen, blieb sie mit Christian allein zurück. Zum ersten Mal an diesem Tag sah er ihr in die Augen, und zu ihrer Überraschung war sein Blick ruhig. Er schien weder ein schlechtes Gewissen zu haben noch zornig auf sie zu sein, er machte auch keine Miene, um ihre Gunst zu betteln, wie er es noch vor Wochen getan hatte.

»Ich werde vor dem Zelt schlafen.«

»Rede keinen Unsinn«, gab sie böse zurück.

»Na schön. Wenn du meinst, dass wir die Form wahren sollten, dann werde ich bei dir im Zelt nächtigen«, erwiderte er mit kühler Höflichkeit. »Aber sei ohne Sorge – ich werde dich nicht berühren.«

Trotz der ungewohnten Anstrengung schlief sie schlecht in dieser Nacht. Mal erwachte sie vom Ruf eines Nachtvogels, dann wieder weckte sie eine krabbelnde Ameise, am häufigsten jedoch störte Christian ihren Schlaf. Ruhelos wälzte er sich auf seiner Bastmatte hin und her, setzte sich immer wieder auf, um etwas von dem restlichen Tee zu trinken, oder zuckte unter dem Biss eines Insekts zusammen. Ganz sicher machte auch er kaum ein Auge zu, doch sie konnte wenig Mitgefühl für ihn aufbringen. Stattdessen begann sie, über ihn nachzugrübeln und sich zu fragen, ob er sich vielleicht wirklich verändert hatte. Er hatte keinen einzigen Versuch unternommen, sich ihr zu nähern. Was bezweckte er? Wollte er sie zurückgewinnen? Sie beschützen? Oder wollte er einfach nur deutlich machen, dass er seine Frau nicht unbeaufsichtigt mit einer Karawane davonziehen ließ?

Gegen Morgen spürte sie das seltsam hohle Gefühl, das stets einen Fieberanfall ankündigte, und erschrak. Auf keinen Fall durfte sie krank werden; jetzt, da Christian mit der Karawane reiste, schon gar nicht. Leise zündete sie die Lampe an, stand vom Feldbett auf und kramte die kleine Flasche mit dem Chinin aus ihrem Koffer hervor. Sie nahm eine geringe Dosis von dem bitteren, weißen Pulver und spülte sie mit dem Rest Tee hinunter. Es war nicht das erste Mal, dass sie Fieber bekam, aber bisher hatte das Chinin immer gut geholfen, man musste es nur regelmäßig über mehrere Tage hinweg einnehmen. Bevor sie die Lampe löschte, sah sie auf Christian hinab, der bewegungslos auf seiner Bastmatte am Boden lag. Schlief er? Der Lampenschein erreichte sein Gesicht nicht, doch sie hatte den Eindruck, dass seine Augen einen Spalt weit geöffnet waren.

Als die Karawane gut zwei Stunden später den Lagerplatz verließ, hatten sich Charlottes Befürchtungen zerstreut, das hohle Gefühl war verschwunden. Der Weg führte nach Korogwe – ein Ort am Fuß des Usambara-Gebirges, bestehend aus etwa zwanzig Lehmhütten und einer verlassenen Missionsstation. Eine muntere Ziegenherde graste auf den Hügeln, und die Araber schickten ein paar Männer los, um Ziegenfleisch und Kochbananen gegen ein wenig Eisendraht, eine Stoffbahn und rote Glasperlen zu tauschen.

Das Usambara-Gebirge erhob sich vor ihnen in wilder, unberührter Schönheit, die Gipfel halb im Nebel verborgen. Grünende Berghänge, Felsgestein, dichte Waldgebiete, in denen sich Wasserfälle wie weiße Fäden den Hang hinabstürzten, erschienen vor ihren staunenden Augen. Der Pfad folgte nun nicht mehr dem Pangani, sondern einem seiner Quellflüsse, dem Mkomasi, doch die Karawanenstraße führte nicht unten am Fluss entlang, sondern durch die Berge, berührte Tamaranda und zog sich weiter nach Masinde.

Jeder Tag brachte neue Entdeckungen, Afrika erschien Charlotte wie ein blühender Garten Eden. Sie sahen die massigen Leiber der Flusspferde im braunen Wasser liegen, Adler kreisten über den Bergen, Hyänen stießen in den Nächten ihr seltsam heiseres Lachen aus, und ganz selten, doch unverkennbar, war das Brüllen eines Löwen vernehmbar. Längst hatte sie sich an die täglichen Strapazen gewöhnt, nahm das morgendliche und abendliche Zeremoniell der Afrikaner mit Heiterkeit und konnte die Ungeduld ihrer deutschen Reisebegleiter nicht begreifen. Weshalb eilen? Dieses Land war gesegnet, seine Bewohner hielten die Zeit in ihren Händen. Sie ließen die Stunden wie feinen Sand durch die Finger rieseln, berührten jede Minute, jede Sekunde mit zärtlicher Gelassenheit, nichts ging verloren, alles kehrte wieder zu ihnen zurück.

Am fünften Tag erreichten sie den Ort Masinde, auf einem Hügel inmitten eines felsigen Bergtales gelegen und im dichten Regenwald verborgen. Hier gab es eine Station der deutschen Polizeitruppe, ein massives, weiß angestrichenes Lehmgebäude mit vier Bastionen, was die Karawanenführer sehr zu schätzen wussten, denn noch vor wenigen Jahren hatte man hier hohe Wegzölle an Semboja, den Häuptling der Shamba, zahlen müssen. Es wurde beschlossen, einen Tag Pause zu machen, denn es gab einige Fieberfälle unter den Trägern, auch hatte sich der Maler Dobner einen Dorn in den Fuß getreten, einen ungewöhnlich spitzen, großen Stachel, der durch die Schuhsohle hindurch in den Fußballen eingedrungen war.

Charlotte verbrachte den Tag unter den schwarzen Frauen und Kindern, was Dr. Meyerwald ganz erstaunlich fand und mit teils amüsierter, teils befremdeter Miene beobachtete. Auch Christian, der Dobners Fuß gereinigt und verbunden hatte, suchte Charlotte häufig mit den Blicken, er schwieg jedoch, und man sah ihm nicht an, was er davon hielt.

Charlotte hatte die Kinder bald für sich gewonnen: Sie sang ihnen Lieder vor, die sie unglaublich schnell mitsingen konnten, sie erfand Geschicklichkeitsspiele mit kleinen Steinchen und Hölzern, sie stellte Fragen auf Suaheli, und auch wenn nicht alle diese Sprache verstanden, so begriffen sie doch, was die weiße Frau wissen wollte. Mit den Frauen war es schwieriger, sie schwatzten und stritten zwar unbefangen untereinander, doch Charlotte hatte schon bemerkt, dass es auch unter ihnen feste Gruppen gab, die den Kontakt mit anderen vermieden. Alle jedoch scheuten sich, längere Zeit mit einer weißen Frau zu reden, und wenn sie es taten, dann überlegten sie gut, was sie sagten und worüber sie besser nicht sprachen.

»Weshalb haben die Träger gestern ausgespuckt, als sie an diesem grauen Fels vorbeigingen?«

»Sie haben gespuckt? Nein, nein, *bibi* Ohlsen. Sie nicht haben gespuckt. Das hast du falsch gesehen.«

»Das mag sein. Aber sie haben auch Steine aufgehoben und sie vor den Fels geworfen.«

»Steine? Ja, vielleicht einer hat Stein aufgehoben und wieder fortgeworfen, weil er nicht gefällt.«

»So wird es gewesen sein«, erwiderte Charlotte geduldig. »Aber weshalb haben andere Männer Zweige abgerissen und sie vor den Fels gelegt?«

»Zweige? Sie waren im Weg, da sie sie haben abgerissen …«

»Jetzt verstehe ich«, versetzte Charlotte. »Wie dumm ich war. Ich habe gedacht, dieser graue Fels möchte Zweige und Steinchen fressen, und er mag gern angespuckt werden. Da habe ich ihn auch angespuckt …«

Die Frauen kicherten, eine beugte sich vor, um eine Horde Fliegen von den Teigfladen zu verscheuchen, eine andere legte die Fladen auf einen flachen Stein, der in der glimmenden Asche lag.

»Das vielleicht dumm von dir, *bibi* Ohlsen. Vielleicht aber auch nicht. Du den *mzimu* Tribut gezahlt hast.«

»Den mzimu?«

»Den Manen, den Geistern der Toten.«

Jetzt endlich bequemte sich eine der älteren Frauen, das Rätsel zu lösen.

»An dem Fels wurde einmal ein Mann getötet. Seine Manen immer noch dort sind. Sie wollen Wegzoll haben, sonst sie schicken Krankheit, wilde Tiere oder böse Menschen.«

»So ist das. Jetzt habe ich es verstanden.«

Ganz fremd waren ihr solche Vorstellungen nicht, auch daheim in Ostfriesland gab es Sagen von den Toten, die das Moor geschluckt hatte und die ruhelos an diesem Ort umgingen. Sie konnten die Lebenden in die Irre führen und sie tief hinunter in den Schlick ziehen.

»Was tut ihr aber, wenn ihr trotzdem ein Fieber bekommt?«

»Dann heilt Schamane. Manchmal auch Hexe. Aber Hexe ist nicht immer gut gelaunt; wenn sie böse, sie kann auch schaden …«

Die kranken Träger hatte man mit Chinin behandelt, aber es gab da einen Mann, der hinten mit den Führern der Karawane ging und den Charlotte schon mehrfach wegen seines auffällig bunten Kopfschmucks bestaunt hatte. Er saß jetzt bei den Fiebernden, rauchte Hanf in dicken Schwaden und bespritzte die Männer immer wieder mit einer trüben Flüssigkeit, die in einer Schale vor ihm stand. Ob das Wasser war?

»Ja, *bibi.* Wasser kann heilen. Er macht Zauber hinein. Er geht zu den Geistern. Wenn er dann in Wasser spuckt, die Geister geben dem Wasser Zauber …«

Wenn das so einfach wäre, dachte Charlotte amüsiert. Besser war schon, dass die Träger Chinin eingenommen hatten.

Am Abend saßen die vier Weißen wieder zusammen unter dem aufgespannten Vordach, und Dr. Meyerwald hatte zum Thema Magie eine Menge eigener Erfahrungen und Beobachtungen beizutragen. So habe er im Inland vor Jahren eine *mpepo,* eine Zauberin gesehen, ein scheußlich fettes Weib, mit grellrot und weiß bemaltem Gesicht, in bunte Tücher und Perlenschnüre gewickelt und mit einem Leopardenfell behängt. Sie habe sich vollkommen verrückt gebärdet, die Augen gerollt, die Finger zu Krallen geformt, er selbst habe sich nur durch einen behänden Sprung zur Seite vor dieser Megäre retten können. Vermutlich habe das Weib Pilze oder Pflanzengifte gefressen und sei davon in den Zustand der Besessenheit geraten, denn *mpepo* bedeute eigentlich »Wind« oder »Sturm«. Sie habe eine Dienerin bei sich gehabt, die die *dawa* – so nennt man hierzulande die Arzneien und Zaubergebräue – der Hexe an die Schwarzen verkaufte, wahrscheinlich Liebestränke und derartige Mittelchen. Nun, der Aberglaube sei weit verbreitet bei den Schwarzen, da habe die christliche Mission noch viel Arbeit vor sich.

»Vielleicht konnte diese Hexe ja wirklich zaubern«, überlegte Dobner und wackelte dabei probeweise mit seinem verbundenen Fuß.

»Ganz sicher«, knurrte Meyerwald spöttisch. »Sie hat sich ein kleines Vermögen zusammengezaubert, die schlaue Alte. Mit Liebestränken kann man schneller Geld verdienen als mit schlechten Zeichnungen, mein armer Freund.«

Dobner verzog das Gesicht und blieb für den Rest des Abends schweigsam.

Der folgende Tag brachte eine aufregende Abwechslung, denn die Karawane musste den Mkomasi überqueren, um wieder zum Pangani-Fluss zu gelangen, dessen Lauf man von nun an bis zum Kilimandscharo-Gebirge folgen würde. Die Furt war bekannt, sie wurde häufig von Karawanen benutzt und sei – wie der unermüdliche Meyerwald erklärte – vollkommen ungefährlich. Tatsächlich war der Fluss hier nicht allzu breit, er floss ruhig dahin, so dass man nicht fürchten musste, vom Strom erfasst und fortgespült zu werden. Doch die rotbraune Farbe des Wassers gefiel Charlotte wenig; man konnte nicht bis auf den Grund sehen und wusste so nicht, worauf man die Füße setzte.

Eine Gruppe Flusspferde, die sich ausgerechnet die Furt als Ruheplatz gewählt hatte, wurde mit Schüssen, Trommeln und Hörnerschall so lange verunsichert, bis sie sich gemächlich flussabwärts trollte.

»Ein Jammer«, rief Dr. Meyerwald. »Man hätte recht gut einen dieser Kolosse schießen können. Aber die Eingeborenen hier wollen das Fleisch nicht essen und weigern sich auch, es zuzubereiten, weil diese Viecher ihnen heilig sind …«

Charlotte lag die Frage nach den Krokodilen auf der Zunge, doch da niemand sonst davon sprach, schwieg auch sie.

Dobner, der immer noch Schmerzen in seinem Fuß verspürte, setzte sich auf einen Lehnstuhl und ließ sich von zwei Afrikanern hinübertragen. Als Humadi einen Stuhl für Charlotte herbeischleppte, lehnte sie jedoch ab. Schließlich war sie weder krank noch verwundet – sie konnte recht gut auf eigenen Füßen gehen.

Sie zog Schuhe und Strümpfe aus – die Hose würde im hüfthohen Wasser leider nass werden, daran war nichts zu ändern. Langsam ging sie den Pfad zum Ufer hinab und sah zu, wie die Träger ihre Lasten unter den gestrengen Augen ihrer Anführer und der Araber über den Fluss trugen. Es schien ihnen Spaß zu machen, sie riefen einander Scherzworte zu, und man hörte ihre seltsam rauen und doch melodischen Wechselgesänge. Als einer der Krieger mitten im Wasser ausglitt und in den braunen Fluten verschwand, ertönte ringsum schadenfrohes Gelächter. Der Krieger hatte ausnahmsweise keine Lust mitzulachen, denn mit ihm war sein Karabiner in den Fluss getaucht, und ein Gewehr war unter den Schwarzen etwas äußerst Kostbares.

Dr. Meyerwald stapfte mutig voraus, die Hose bis weit über die Oberschenkel aufgekrempelt, so dass man seine schwarz behaarten Beine sah, dann folgte Charlotte. Ihr klopfte das Herz bis zum Hals. Das Wasser war erstaunlich kalt und der Grund schlickig, so dass sie bis zu den Knöcheln im Schlamm versank. Immer wieder trafen ihre nackten Füße auf etwas Hartes – einen Stein, ein Stück Holz, eine Muschel –, sie hatte keine Ahnung, was es war, und sie wollte es auch nicht wissen. Christian hielt sich dicht hinter ihr, das Gewehr schussbereit in den Händen.

»Willst du Flusspferde abknallen?«, fragte sie spöttisch.

»Warum nicht? Vielleicht hättest du gern eine hübsche Trophäe?«

»Nein, danke!«

Ob er überhaupt schon einmal einen Schuss aus dieser albernen Flinte abgegeben hatte? Und wieso lief er so dicht hinter ihr?

Sie war stolz auf sich, als sie mit klatschnasser Hose, ansonsten aber unbeschadet am anderen Ufer ankam. Erleichtert hockte sie sich auf den Boden, um Socken und Schuhe wieder anzuziehen, da erhob sich plötzlich um sie herum lautes Geheul. In der Flussmitte war das Wasser aufgewühlt, einer der viereckigen Warenballen lag in den Fluten, man sah einen schwarzen Körper, einen zappelnden Arm, ein angstverzerrtes Gesicht mit weit geöffnetem Mund. Schüsse peitschten ins Wasser, jemand fasste Charlotte am Arm und riss sie vom Ufer fort. Es war Christian.

»Krokodile!«, brüllte Dobner. »Mein Gewehr! Bringt mir mein Gewehr!«

Sein Gebrüll war überflüssig, es gab schon genügend Leute, die blindwütig in den Fluss hineinfeuerten, allen voran Dr. Meyerwald, der beständig dabei fluchte, er habe es ja gewusst. Zu beiden Seiten der Furt brachten sich die Träger in Sicherheit, Warenballen wurden abgeworfen und landeten im braunen Wasser, die Frauen, die bereits das jenseitige Ufer erreicht hatten, kreischten in heller Verzweiflung, einige warfen mit Steinen. Eine der Frauen lief sogar in den Fluss hinein und musste gewaltsam zurückgerissen werden. Vermutlich war der Unglückliche dort in der Flussmitte ihr Mann.

Das Opfer verschwand, als habe der Mkomasi es verschluckt, einige behaupteten später, er sei weiter flussabwärts noch einmal aufgetaucht, doch wegen der Krokodile hatte niemand Lust, am Ufer entlangzulaufen, um den Leichnam zu bergen. Man erzählte von der riesigen Echse, die sich aus dem seichten Wasser aufgebäumt habe, den Mann am Oberschenkel packte und ihn mit sich zog. Keiner der Weißen hatte dieses Tier gesehen, es musste aber da gewesen sein, was sonst hatte den armen Burschen angefallen?

Es dauerte lange, bis die Karawanenführer die restlichen Träger dazu überreden konnten, ans andere Ufer zu gehen. Krieger, mit Speeren und Karabinern bewaffnet, säumten die Furt, und es gelang ihnen, den vollkommen durchweichten Warenballen aus dem Fluss zu ziehen.

Am Abend waren die Afrikaner schon wieder guter Dinge. An den Feuern wurde aufgeregt erzählt und gestikuliert, Gesänge ertönten, der Geruch der Hanfpfeifen breitete sich über dem Lager aus. Die Frau, die ihren Mann verloren hatte, saß schweigsam bei den anderen, einige trösteten sie, viele jedoch schwatzten und lachten, als sei nichts geschehen. Charlotte wusste von Kamal Singh, dass nicht alle Träger die Reise überlebten; Fieber, Unfälle oder feindliche Übergriffe forderten regelmäßig ihre Opfer. Der Tod konnte hinter jedem Fels, in jedem Fluss auf sie lauern – vielleicht besaßen diese Menschen deshalb die Gabe, den Augenblick in unbefangener Fröhlichkeit zu leben?

Die Stimmung bei den weißen Mitreisenden war eher bedrückt. Dobner laborierte immer noch an seinem Fuß herum, Dr. Meyerwald hatte sich wie jeden Abend auf die Suche nach unbekannten Insekten begeben und ein besonders schönes Exemplar einer großen, behaarten Raupenart entdeckt. Das Tier war jedoch nicht bereit, der Wissenschaft als Forschungsobjekt zu dienen, und so handelte sich der Biologe einige Stiche auf dem Handrücken ein.

»Das ist hochinteressant«, bemerkte Dr. Meyerwald, während Charlotte seine Hand beim Schein der Lampe untersuchte. »Vermutlich ist ein Gift in der Behaarung enthalten, mit dem die Raupe sich gegen natürliche Feinde wehrt. Leider sind einige dieser Härchen abgebrochen und stecken noch in meiner Haut. Können Sie sie entfernen, Frau Ohlsen? Nehmen Sie diese Pinzette dafür.«

»Ich will es versuchen.«

Die winzigen Stiche waren bereits heftig angeschwollen, so dass die Operation nicht ganz einfach war. Dr. Meyerwald bekämpfte etwaige Folgen der Verletzung mit einem Glas Whiskey und erzählte dann von einer Löwenjagd in der Savanne von Deutsch-Südwest, wo er drei dieser Burschen erlegt hatte und noch dazu zwei Treiber durch einen Meisterschuss vor dem sicheren Tod rettete. Sein Eifer ließ jedoch bald nach, er bat, sich zurückziehen zu dürfen, der Alkohol und die heutigen Vorkommnisse hätten ihn ein wenig ermüdet. Beklommen sah Charlotte, dass seine Hand bereits unförmig angeschwollen und krebsrot war.

Christian hatte die Rücksicht besessen, vor dem Zelt zu warten, bis Charlotte sich drinnen trockene Kleider angezogen hatte. Als er sich jetzt durch den niedrigen Zelteingang bückte und sich sogleich auf sein Lager legen wollte, hatte sie das Gefühl, etwas sagen zu müssen. Bisher hatte er sich wirklich sehr anständig benommen, es wäre feige von ihr gewesen, zu schweigen.

»Es war doch richtig, dass du dein Gewehr im Anschlag hattest, als wir über den Fluss gingen.«

Er zog die Jacke eng um den Körper und streckte sich auf der Bastmatte aus.

»Wer weiß? Wahrscheinlich hat nicht ein Krokodil den armen Kerl getötet, sondern die Kugeln dieser Verrückten, die ohne etwas sehen zu können ins Wasser schossen.«

»Wie auch immer – er ist tot«, gab sie beklommen zurück.

Sie löschte die Lampe und legte sich zurecht. Das Feldbett war keineswegs weich, doch unten auf dem Boden war man noch dazu allerlei Insekten ausgeliefert. Weshalb hatte Christian auch keine anständige Ausrüstung mitgenommen!

»Vielleicht hatte er ja vergessen, bei dem Felsen Tribut zu leisten«, bemerkte er nachdenklich.

»Das ist doch ein dummer Aberglaube!«

»Wieso? Dobner hat seinen Dorn im Fuß, Dr. Meyerwald hat sich eine geschwollene Hand eingehandelt. Da bleibe nur noch ich übrig.«

»Du?«

Sie hörte sein leises Lachen.

»Natürlich. Ich habe auch nicht ausgespuckt.«

Auf der nächsten Etappe ließen sich Dobner und Dr. Meyerwald tragen. Sie schaukelten auf Tüchern wie in einer Hängematte zwischen den afrikanischen Trägern, was Charlotte für eine angenehme Art der Beförderung hielt. Beide Männer waren jedoch missgelaunt und riefen den Schwarzen immer wieder zornige Befehle zu. Dobner versuchte zu zeichnen, was wegen des Schaukelns nicht recht gelingen wollte, Dr. Meyerwald beklagte, die gewohnten Eintragungen in sein Tagebuch nicht machen zu können, da seine rechte Hand immer noch geschwollen war. Über Nacht hatten sich auf seinem Arm bis hinauf zur Schulter juckende, rote Pusteln gebildet, auch konnte er schlecht schlucken, und das Atmen fiel ihm schwer.

Charlotte fühlte sich gut; sie nahm immer noch eine winzige Dosis Chinin, doch das Fieber hatte sich nicht zurückgemeldet. Christian ging es angeblich ausgezeichnet, doch sie wusste, dass er log. In der Nacht hatte ihn Schüttelfrost geplagt, das angebotene Medikament wollte er jedoch nicht nehmen.

»Du wirst das Chinin selbst benötigen, Charlotte. Ich bin das Fieber gewohnt, es kommt und geht. Morgen wird es vorbei sein.«

Die letzten Ausläufer der Usambara-Berge gingen in eine flache, baumlose Steppenlandschaft über. Dürres, braungrünes Gras wuchs auf dem verwitterten Boden, nur rechts und links des Flusses war ein grüner Vegetationsgürtel geblieben, in dem auch einzelne Akazien und Tamarinden überlebten. In der Ferne erblickte man die ersten Hügel des Pare-Gebirges, die Höhen und Felsen des wilden Berglandes lagen jedoch in bläulichem Dunst und wirkten aus der Entfernung seltsam unwirklich. Gnus grasten auf der anderen Seite des Flusses, schlanke, sehnige Tiere, von deren hohen Schultern schwarzes Fell herabhing, ein paar graue Kälber vollführten übermütige Bocksprünge – die Herde schien sich sicher zu fühlen.

»Das ist schon Massai-Land«, bemerkte Dr. Meyerwald. »Mich wundert überhaupt, dass wir die Kerlchen noch nicht zu Gesicht bekommen haben.«

Er hustete und strich behutsam über seinen rechten Ärmel, die elenden Pusteln juckten unerträglich, er durfte sich jedoch auf keinen Fall kratzen, das hätte die Entzündung verschlimmert.

Gegen Mittag, bei glühender Hitze, wurde die übliche Rast eingelegt. Dieses Mal lagerten sie dicht am Flussufer, und Charlotte staunte über die ungewohnten Vorsichtsmaßnahmen, die heute getroffen wurden. Die Afrikaner schleppten dorniges Gestrüpp herbei, das sie ähnlich einem Zaum um das Lager legten, die Waren hatten sie in der Mitte abgestellt und ließen sie von bewaffneten Kriegern bewachen. Dann erst setzten sie sich zum Ausruhen nieder, tranken Flusswasser, rauchten und dösten in der Sonne. Für die Weißen wurde Tee gekocht, zu dem es Maisfladen und kaltes Hühnerfleisch gab.

Die fünf Massai-Krieger waren schon von Weitem zu sehen, schlanke Gestalten, in orangerote Gewänder gewickelt, von ihren langen Speeren mit den blattförmigen Spitzen überragt. Sie gingen in einer Reihe, ohne Eile, mit den sparsamen Bewegungen der Bewohner der Wildnis, die ihre Kräfte zu schonen wissen, um Opfer oder Gegner im rechten Moment zu überraschen.

»Jetzt wird es lustig«, bemerkte Dr. Meyerwald. »Pack um Himmels willen deine Zeichnungen weg, Anton. Und passen Sie auf Ihr Gewehr auf, Ohlsen. Die Kerle sind unberechenbar.«

Das ist ja albern, dachte Charlotte. Was sollten uns diese fünf schmalen Knaben wohl antun können?

Unter den schwarzen Trägern und Kriegern war Unruhe entstanden; sie starrten missmutig auf die sich nähernden Massai, und dem Tonfall ihrer Gespräche war zu entnehmen, dass sie die rot gewandeten Burschen lieber gehen als kommen sahen. Den Grund dafür begriff Charlotte zunächst nicht.

Die fünf Massai-Krieger betraten das Lager mit einer Selbstverständlichkeit, als handele es sich um ihren höchsteigenen Besitz. Charlotte konnte den Blick nicht von den hochgewachsenen Männern wenden, die so ganz anders auftraten als alle Afrikaner, die sie bisher gesehen hatte. Ihre Nasen waren schmal, die Gesichter ebenmäßig, sie trugen das lange Haar zu zahllosen kleinen Zöpfchen geflochten und mit Bändern und Perlenschnüren durchzogen – allein für diesen Kopfschmuck mussten sie Stunden gebraucht haben. Vor allem aber war es ihre Körperhaltung, die sie von anderen Schwarzen unterschied. Sie war aufrecht und hatte etwas Hochmütiges. Ja, Charlotte konnte sich gut vorstellen, dass man einen Massai niemals in Gefangenschaft halten konnte. Er lebte nach seinen eigenen Gesetzen, oder er starb. Zähmen konnte man ein so stolzes Wesen nicht.

Ganz offensichtlich sahen diese Massai-Krieger nicht zum ersten Mal eine Karawane, denn sie hielten zielstrebig auf die Araber zu, zwischen denen jetzt ein afrikanischer Dolmetscher saß. Sie wechselten nur wenige Worte und erhielten einen Beutel bunter Perlen als Gastgeschenk, den sich einer der Krieger nachlässig um den Hals band. Damit schien das Gespräch vorerst beendet, und die schönen Massai sahen sich mit großer Unbefangenheit im Lager um.

Jetzt begriff Charlotte den Missmut der afrikanischen Träger. Die Massai schienen Narrenfreiheit zu genießen, und sie benahmen sich frech und boshaft wie ungezogene Knaben. Hier hoben sie einen Topf auf und durchbohrten das Blech mit ihrem Speer, dort lösten sie die Verpackung eines Warenballens, um neugierig dessen Inhalt zu betrachten. Sie machten sich sogar den Spaß, ihre Speere in die glimmende Feuerstelle zu halten und dann die afrikanischen Träger damit zu traktieren – wer sich nicht rasch in Sicherheit brachte, trug eine Brandwunde davon. Die Herren der Steppe hielten sich jedoch nur kurz mit solchen Scherzen auf, gab es in diesem Karawanenlager doch etwas viel Aufregenderes auszukundschaften.

Dobner wurde der Bleistift aus der Hand gerissen, noch bevor er ihn in seiner Jackentasche verschwinden lassen konnte.

Dr. Meyerwald kämpfte erbittert um sein Buch, büßte dabei jedoch zwei blinkende Knöpfe seiner Jacke ein – dann umringten die Massai Charlotte.

Sie zögerten. Besahen sie mit schmalen, dunklen Augen, in denen Neugier und Begehrlichkeit blitzte. Einer legte vorsichtig den Finger auf ihren Ärmel, ein anderer zupfte schon an dem Tuch, das sie um ihr Haar gebunden hatte.

»Nur langsam«, sagte Dr. Meyerwald zu Christian, der glaubte, einschreiten zu müssen. »Wir dürfen sie nicht verärgern. Schon wegen des Elfenbeins. Aber auch aus anderen Gründen.«

Die Massai wurden mutiger, traten noch dichter an Charlotte heran, redeten untereinander, lachten, staunten. Hatten sie noch nie eine weiße Frau gesehen? Charlotte wurde es unheimlich. Sie konnte den seltsam strengen Geruch wahrnehmen, der von ihrem eingefetteten Haar, von ihrer glänzenden Haut ausging. An ihren scheinbar so schlanken Armen traten Sehnen und Muskeln hervor, wenn sie den Speer anhoben. Eine Hand berührte ihre Wange, fuhr die Schläfe hinauf, schob sich unter das Tuch, um ihr Haar zu befühlen.

»Nein!«, sagte sie zornig und wich zurück.

Der Massai blieb unbewegt stehen, die Hand noch erhoben. Im gleichen Augenblick zog Christian Charlotte rasch zu sich heran und legte besitzergreifend den Arm um ihre Schultern. Einen kurzen Moment lang starrte der junge Massai-Krieger auf den weißen Mann, in seinem Gesicht zuckte es – war es Spott oder Zorn? Dann trat er einen Schritt zurück, und auch die anderen ließen von Charlotte ab. So fremd sich die Kulturen waren – Christian war ganz offensichtlich ihr Mann, ihr Besitzer, sein Anspruch wurde respektiert.

Die fünf Massai amüsierten sich noch ein wenig, indem sie einem schwarzen Krieger das Tuch stahlen und über die Dornbüsche warfen, dann zogen sie davon. Dumpfe Flüche der afrikanischen Träger folgten ihnen.

»Das waren *moran«,* ließ sich Meyerwald vernehmen, der jetzt das mühsam verteidigte Buch seinem *boy* reichte, damit er es in einer verschließbaren Kiste unterbrachte. »*Moran,* das sind junge Krieger, die noch nicht verheiratet sind. Sie verbringen ihre Zeit mit Waffenübungen, ziehen herum, richten Unheil an und brennen darauf, sich in den Kampf zu stürzen.«

»Es sind Rüpel, die man übers Knie legen sollte«, schalt Dobner. »Was für ein eitles, boshaftes Gesindel.«

»Nur bis zum Tag der Heirat«, versicherte Dr. Meyerwald grinsend. »Wenn sie einmal Weiber und Kinder haben, ist es aus mit der goldenen Freiheit, dann benehmen sie sich anständig.«

»Das soll in unseren Breiten ähnlich sein«, witzelte Dobner.

»Freilich«, gab Dr. Meyerwald unverdrossen zurück. »Weshalb sonst wäre ich immer noch Junggeselle? Im Übrigen waren diese fünf nur die Späher, den Hauptansturm haben wir noch vor uns.«

Charlotte begriff. Vermutlich würde der Häuptling des Stammes mit seiner Begleitung ins Lager kommen oder zumindest Boten schicken. Die Massai sollten geschickte Jäger sein und große Mengen des »weißen Goldes«, wie das Elfenbein hier genannt wurde, gelagert haben – jetzt würde wohl endlich der Handel beginnen.

»Das ganze Dorf wird herkommen«, erklärte Dr. Meyerwald lachend. »Schließlich haben wir eine Attraktion zu bieten, die wohl kaum einer von ihnen bisher gesehen hat: eine weiße Frau.«

Er behielt Recht. Schon wenig später sah man die Massai in einzelnen Gruppen heranziehen, Männer, Frauen Kinder jeglichen Alters. Fast alle trugen Gewänder und Umhänge aus rotem Tuch und reichlich Perlenschmuck, dazu breite, aus Draht gedrehte Arm und Fußreifen, die so schwer und eng waren, dass man sich kaum vorstellen konnte, wie jemand so etwas anlegen konnte. Beklommen stellte Charlotte fest, dass viele der Frauen ihre Brüste nicht bedeckten und dabei nicht die mindeste Scham verspürten. Wie gut, dass Klara nicht hier war, sie wäre vermutlich in Ohnmacht gefallen. Doch auch Charlotte empfand diese unbefangene Nacktheit ihrer Geschlechtsgenossinnen als peinlich. Verstohlen sah sie zu Dobner und Meyerwald hinüber, natürlich starrten sie die Massai-Frauen an. Wohin Christian seine Blicke richtete, wollte sie gar nicht wissen. Überhaupt waren diese Frauen nicht gerade schön, die meisten hatten Hängebrüste, und ihre Köpfe waren kahl rasiert. Um den Hals trugen sie breite, perlenbestickte und bemalte Halskrausen, die beim Gehen auf und niederwippten, und ihre langen Ohrgehänge waren ihnen bei der Arbeit gewiss sehr hinderlich.

Der Dornenzaun half nur wenig – kein Topf, keine Kalebasse, kein Koffer war vor den neugierigen Besuchern sicher. Vor allem aber scharten sie sich in einem dichten Knäuel um die weiße Frau, starrten sie an, schwatzten, zeigten mit den Fingern, kicherten, glotzten, hoben die Kinder hoch, damit sie besser sehen konnten. Zwar wagten die Männer nicht mehr, Charlotte zu berühren, doch die Frauen scherten sich wenig darum, wessen Ehefrau sie war. Sie zogen ihr das Kopftuch herunter und befühlten ihr Haar, sie zupften an ihrer weiten Hose, starrten missbilligend auf ihre Schuhe, die sie wohl sehr hässlich fanden.

Eine Weile rührte sich Charlotte nicht, unsicher, was geschehen würde, wenn sie sich dieser Zudringlichkeit erwehrte. Es waren zahlreiche, gut bewaffnete Massai-Krieger im Lager, nicht auszudenken, wenn aus einer Ungeschicklichkeit, einer dummen Kleinigkeit ein Streit entstünde. Dann aber erwachte sie aus ihrer Starre – wenn diese Frauen glaubten, sie einfach anfassen zu dürfen, dann wollte sie das ebenfalls tun. Sacht ließ sie die Finger über die rotweiß bestickte Halskrause einer

Frau gleiten, berührte den langen Ohrring, die rote Schnur, die sie um den kahl rasierten Kopf gewunden hatte. Die Frau war sehr jung und von einer herben, fremdartigen Schönheit. Ihre Brüste waren noch klein und fest, mit einer schmalen Perlenschnur umwunden, und sie lächelte, als sie Charlottes bewundernden Blick spürte. Was sie sagte, konnte Charlotte nicht verstehen; es schienen Worte zu sein, die aus der rauen, staubigen Savanne und der glühenden Sonne geboren waren. Die Massai-Frau streifte eines der bestickten Lederbänder von ihrem Kopf und reichte es Charlotte.

Ein Geschenk? Sie nahm die Gabe und band sie um ihr Handgelenk, dann zog sie das bereits herabgestreifte weiße Seidentuch von den Schultern und bot es der Frau als Gegengeschenk. Es wurde angenommen. Die schöne Massai-Frau wickelte sich die Seide um die Körpermitte und knotete die Enden zusammen.

Charlotte sah ihr dabei zu, staunte über die selbstverständliche Anmut, mit der diese junge Frau sich schmückte. Dann jedoch entstand Bewegung unter den Neugierigen, sie stießen helle, rufende Laute aus, wandten sich von Charlotte ab und liefen eilig davon. Der Grund war einleuchtend. Die Araber hatten Befehl gegeben, einige der Warenballen zu öffnen.

»Da haben Sie Glück gehabt, Frau Ohlsen«, meinte Dr. Meyerwald grinsend. »Wenn jedes dieser Weiber mit ihnen ein Tauschgeschäft getätigt hätte, säßen Sie jetzt mit leerem Koffer da.«

Drüben bei den Waren herrschte heftiges Gedränge, vor allem die Frauen hatten sich nach vorn geschoben, um die Perlen und Stoffe, den Kupferdraht und andere Dinge zu begutachten.

»Sind das die Tauschwaren für das Elfenbein?«

»Keineswegs. Erst einmal muss der Wegzoll bezahlt werden, denn diese Bande beansprucht die Herrschaft über das Gebiet, durch das wir reisen. Schauen Sie sich das an: Der Häuptling lässt seine Frauen entscheiden, ob die Waren angenommen werden oder noch andere ausgepackt werden müssen!«

Was für ein spannendes Schauspiel: So aufgeputzt und eitel sich diese Krieger gaben, es waren ihre Frauen, die sich die Tributgeschenke kritisch besahen, einiges verwarfen, anderes für gut befanden und schließlich weitere Angebote forderten. Zähneknirschend mussten sich die Araber darauf einlassen, Ballen um Ballen wurde ausgewickelt, der Inhalt ausgebreitet und von prüfenden Weiberhänden durchwühlt. Währenddessen machten sich einige der Araber an dem mitgebrachten Stoßzahn zu schaffen, kratzen daran, beklopften das Elfenbein, maßen den Umfang mit einem Band, und man sah ihnen an, dass sie nicht allzu begeistert von der Qualität waren.

Charlotte war Händlerin genug, um zu wissen, dass dies zum Geschäft gehörte. Wahrscheinlich würden Kamal Singhs Leute vorerst gar nichts kaufen, sondern nur ein wenig die Preise sondieren und sich alle Möglichkeiten offen lassen, zumal sie noch andere Elfenbeinverkäufer, vor allem die Dschagga am Kilimandscharo, aufsuchen wollten.

Sie hatte sich nicht getäuscht. Der Häuptling war ein älterer Mann, ein wenig kleiner als die Krieger, die ihn ständig wie eine Schildwache umgaben, doch an seinen Gesten und der Redeweise war zu erkennen, dass er ebenfalls kein schlechter Händler war. Charlotte starrte neugierig auf die Vorgänge, versuchte, ein paar Worte aufzuschnappen, den Ausdruck der Gesichter zu deuten, die erhobenen Finger, die raschen Blicke, die scheinbar unbeweglichen Mienen der Araber, das überlegene Lächeln des Massai. Wie ärgerlich, dass sie nicht mitmischen konnte, sie hätte zu gern gewusst, wie da geschachert und taktiert wurde. Nachdenklich besah sie das Lederband an ihrem Arm, es war hübsch mit Perlen bestickt – ob man solche Dinge nicht auch an der Küste verkaufen konnte? Ganz sicher besaßen die Massai

Kuhhörner; auch die runden Lederschilde, die sie bei sich trugen, waren sorgfältig gearbeitet und phantasievoll verziert. So etwas hatte sie auf Sansibar gesehen, also ließ es sich verkaufen. Wieso waren alle nur hinter dem Elfenbein her?

Die Verhandlungen schienen wie vermutet zu keinem Ergebnis zu kommen, der Häuptling konnte warten, es gab viele Karawanen, und er war nicht bereit, seinen Schatz an Elfenbein billig zu verschleudern. Man trennte sich in guter Freundschaft, und die Besucher verließen nach und nach das Lager, nicht ohne ihre Geschenke und den Elefantenzahn mitzunehmen. Als die Letzten gegangen waren, mussten die verschmähten Waren wieder eingepackt und verschnürt werden, dann gab der Karawanenführer das Zeichen zum Aufbruch.

Dobner und Dr. Meyerwald schaukelten weiterhin in ihren Hängematten, beide fühlten sich noch nicht in der Lage, zu Fuß zu gehen. Dr. Meyerwald war schlecht gelaunt, er hustete, klagte über Kopfschmerz, und außerdem fehlte ihm seine Notration Whiskey. Die flache Metallflasche, die er in der Hosentasche aufbewahrte, war auf geheimnisvolle Weise verschwunden.

»Da trinkt ein Massai heute Abend auf dein Wohl«, meinte Dobner schadenfroh. »Afrika fordert nun einmal Opfer von uns allen!«

Das Tempo war rascher als gewöhnlich; sie wollten heute noch den Ort Mikotscheni erreichen, um dort in der Nähe das Nachtlager aufzuschlagen. Dumpf klangen die Trommeln, die Wechselgesänge wurden mehr gebrüllt als gesungen, hin und wieder versuchte jemand, die Müdigkeit mit einem lang gezogenen Hornsignal oder einem schrillen, trillernden Ruf zu vertreiben. Niemand hatte Lust, noch weite Strecken zu laufen, und die Mehrzahl der Träger hatte schon gehofft, das Mittagslager würde zum Nachtlager werden.

Charlotte war erstaunt über sich selbst, denn sie verspürte nicht die geringste Erschöpfung. Immer wieder spähte sie zwischen Akazien und hohem Buschwerk hindurch auf die schier endlos weite Savanne jenseits des Flusses. Noch gab es dort Inseln aus graugrünem Gras, weiße Blumen neigten sich im Wind, inmitten von dürrem Gebüsch breiteten Schirmakazien ihre flachen, filigranen Baumkronen aus. Und dann, als sie schon nicht mehr daran geglaubt hatte, entdeckte sie die schlanken Hälse, die sich dem Blattwerk einer Akazie entgegenstreckten, die schräg abfallende Form des Rückens, den behaarten Rist, der sich wie ein Höcker vorwölbte.

»Giraffen!«

Christian blieb ebenfalls stehen, kniff die Augen zusammen und beschirmte sie mit der Hand.

»Es sind drei oder vier ...«, rief sie. »Nein, warte. Mindestens fünf. Ich glaube, sie haben eine ganz kleine dabei ...«

Unwillkürlich hatte sie in ihrer Begeisterung den altgewohnten, vertrauten Ton wieder angeschlagen, den es seit Wochen zwischen ihnen nicht mehr gegeben hatte.

»Jetzt sehe ich sie auch«, sagte er aufgeregt. »Es sind anmutige Tiere.«

»Sind sie nicht wunderschön? Sie wiegen sich vor und zurück, wenn sie gehen, als würden sie nach einem langsamen Tanzrhythmus dahinschreiten.«

»Du liebst dieses Land, nicht wahr?«, fragte er leise und sah sie lächelnd an. »Aber man muss sehr stark sein, um es lieben zu können.«

Zärtlichkeit und Trauer lagen in seinem Lächeln, es rührte sie, und sie wollte ihm soeben eine freundliche Antwort geben, als vor ihnen der warnende Ruf *»Mgogoro!«* erklang, der ein Hindernis auf dem Pfad ankündigte. Die Karawane staute sich, weiter vorne ertönten Axtschläge, vermutlich musste ein umgestürzter Stamm zerkleinert und aus dem Weg geräumt werden.

Die Unterbrechung zerriss die vertraute Stimmung, und Charlotte begriff erschrocken, dass sie auf dem besten Wege war, alles Gewesene zu vergessen. Hatte Klara vielleicht doch recht? Konnte man einem Menschen vergeben, der so abscheuliche Dinge getan hatte? War sie grausam und ungerecht, wenn sie die Scheidung von Christian forderte?

Während sie dem Geräusch des berstenden und splitternden Holzes lauschten, das anzeigte, dass das *mgogoro* aus dem Weg geräumt wurde, schwatzte Dr. Meyerwald hinter ihnen über die wirtschaftliche Bedeutung der afrikanischen Edelhölzer für das Deutsche Kaiserreich. Immer wieder musste er husten, was seinen Redefluss jedoch nur wenig unterbrach.

Charlotte bemerkte, dass Christian neben ihr schauderte.

»Du musst Chinin einnehmen, Christian. Du hattest Fieber heute Nacht«, sagte sie und blickte ihn besorgt an.

»Danke für deine Fürsorge«, gab er ironisch zurück. »Wenn es nötig sein sollte, werde ich deinen Rat befolgen.«

Drei Tage später näherte sich die Karawane dem Ort Klein-Arusha. Seit dem Morgen verhüllten Wolkenschleier den Himmel, ohne die flirrende Hitze mindern zu können, welche die Kehlen ausdörrte und an den Kräften zehrte. Sogar der Uferbewuchs des Pangani, der hier Rufu genannte wurde, war spärlich geworden, die wenigen Büsche von umherziehenden Gnus und Antilopen zernagt, das Gras an vielen Stellen von größeren Tieren niedergetreten. Rötliche Staubwirbel erhoben sich hier und da auf dem ausgetretenen Pfad wie tanzende *sheitani,* irrten zwischen den schwarzen Trägern umher und verloren sich im Gestrüpp. Gelbgrau breitete sich die Njika-Savanne zu beiden Seiten des Flusses in schierer Unendlichkeit aus, nur vereinzelt war ein wenig blassgrünes Buschwerk zu erkennen, eine dunkle Schirmakazie, die ihre Zweige wie schützende Hände über das trockene Gras breitete, eine graugrüne Insel im Boden an einer Stelle, wo sich noch ein wenig Feuchtigkeit gehalten hatte. Bleichende Knochen lagen umher, starrten sie gleichmütig aus leeren Augenhöhlen an – Überreste der einstmals großen Herden der Massai, die vor Jahren der Rinderpest zum Opfer gefallen waren.

Gegen Mittag, als sie in einer Flussbiegung haltmachten, um eine Rast einzulegen, geschah das Wunder. Der weißliche Dunst riss auseinander, und vor dem tiefblauen Himmel zeigte sich der gewaltige Berg gleich einer Geistererscheinung.

Was war die kleine Zeichnung ihrer Kindheit gegen die Magie dieses Augenblicks! Nichts, nicht einmal ein Abglanz. Es schien, als habe jemand einen Vorhang zurückgeschoben, um ihnen Einblick in eine überirdische Götterwelt zu gewähren. Riesig schwebte das Bergmassiv über der Savanne, erhob sich dunkel aus den Resten des Wolkendunstes, stieg als ein mächtiger Kegel in den Himmel empor, von weißen Schnee- und Eisfeldern gekrönt, die sich über die Felshänge hinunterzogen und in schmalen, glänzenden Linien ausfaserten.

»Beeindruckend«, murmelte Dr. Meyerwald, der, ebenso wie Dobner, wieder genesen war und seine Kenntnisse mit gewohntem Eifer über seine Mitreisenden ausschüttete. »Jetzt begreift man, weshalb die ersten Berichte über den Kilimandscharo als Hirngespinste abgetan wurden. Wo sollte mitten in der Savanne ein alpines Massiv wie dieses herkommen? Ohne Zweifel vulkanischen Ursprungs, beachten Sie die gleichmäßige Kegelform …«

»Er scheint so nah, als könne man ihn berühren«, murmelte Dobner, der vollkommen verzaubert dastand. »Was für eine Anziehungskraft. Man möchte immer weitergehen, jedes Hindernis meistern, sogar dem Tod entgegenblicken, um nur dorthin zu gelangen.«

Charlotte erschauerte. Sie kannte diese Worte, hatte sie mit heißen Wangen gelesen, sich hineingesteigert, und doch begriff sie ihren wahren Sinn erst in diesem Augenblick.

»Als wäre dort oben, wo die Eisfelder das dunkle Himmelsblau berühren, ein Ort, an dem sich alle Wünsche, alle Hoffnungen erfüllten …«, flüsterte sie.

»Der Ort, an dem das Glück wohnt. Meinst du das?«

Sie spürte Christians Hand, die sich auf ihre Schulter legte, vorsichtig und sehr leicht, als habe er Sorge, sie zu erschrecken. Sie wehrte sich nicht. Er war diesen gefahrvollen Weg mit ihr gegangen, stand jetzt neben ihr und empfand das Gleiche wie sie. Weshalb sollte sie ihm nicht vergeben? Er liebte sie.

Auch einige der Träger und ihre Begleiter waren bei der unerwarteten Erscheinung stehen geblieben. Manche, die unter den schweren Bürden kaum den Kopf heben konnten, hatten ihre Last abgestellt, um besser sehen zu können, andere gingen gleichmütig weiter, so dass die Karawane in Unordnung geriet. Man hörte die zornigen Rufe der Araber, die Trommeln setzten wieder ein, und die Karawanenführer mühten sich, ihre Leute in Bewegung zu bringen.

»Evollah! Evollah!«

Schweigend ging Christian neben Charlotte her, beide sahen immer wieder hinüber zu dem mächtigen Bergmassiv, als stünde zu befürchten, dass ein böser Zauber es wieder hinter dem Schleier verbergen könne. Umso redseliger war Dr. Meyerwald: Ein Deutscher aus Leipzig sei es gewesen, der den höchsten der drei Gipfel, den Kibo, im Jahr 1889 gestürmt habe. Hans Meyer heiße der Mann, und er selbst habe ihn vor drei Jahren auf den Kanarischen Inseln angetroffen und außerordentlich interessante Gespräche mit ihm geführt. So habe ein Negerhäuptling der Matschambe seinen Leuten einmal befohlen, auf den »Berg des bösen Geistes« hinaufzusteigen, um ihm etwas von dem glitzernden, weißen Silber zu bringen, das auf dem Gipfel verstreut läge. Nur wenige der naiven Burschen kamen von dort zurück; sie hatten Hände und Füße erfroren und berichteten, der böse Geist des Berges habe alle anderen getötet.

Klein-Arusha erwies sich als die übliche Ansiedlung eines Eingeborenenstammes, strohgedeckte Lehmhütten standen im Kreis um einen Dorfplatz, dessen Zentrum ein mächtiger Affenbrotbaum bildete. Eine Gruppe junger Krieger, ganz ähnlich geschmückt wie die Massai, lief der Karawane entgegen, und wieder einmal mussten die Warenballen geöffnet, die Tributzahlungen geleistet werden. Anschließend brachten die schwarzen Einwohner Bananen, Hühnereier, Erdnüsse und Bohnen, die sie den *wanjampara* zum Tausch gegen weitere Geschenke anboten. Wie üblich erwarben die Araber eine große Menge an Lebensmitteln, die am Abend an die schwarzen Träger und ihre Begleiter, vor allem aber an die vier Deutschen weiterverkauft wurden.

Seit einigen Tagen schon schleppten sie auch hölzerne Zeltpfosten mit, denn in der Njika-Savanne war nur Gestrüpp zu finden, es bereitete schon Mühe, das nötige Feuerholz aufzutreiben. In den Nächten wurde das Lager stets mit einem Zaun aus dornigem Gebüsch gesichert, man ließ die Feuer brennen und stellte eine Wache auf. Charlotte, die zuerst geglaubt hatte, diese Vorkehrungen erfolgten wegen der aufdringlichen Massai-Krieger, wurde bald eines Besseren belehrt. In der Abenddämmerung fanden sich viele Tiere am Flussufer ein; sie hatten Gnus und Impalas gesehen, einmal auch Büffel und vor allem Zebras. Doch die Dämmerung war auch die Zeit der Jäger. Durch das Sirren der Zikaden hindurch war immer wieder das ferne, manchmal auch erschreckend nahe Brüllen der Löwen zu vernehmen und hin und wieder der lang gezogene Todesschrei ihrer Beute. Die Herren der Savanne waren unterwegs, um sich die Mägen zu füllen – wer immer am Fluss seinen Durst stillte, der tat es unter Einsatz seines Lebens.

An diesem Abend war Dr. Meyerwald gemeinsam mit zwei Arabern und einigen Afrikanern flussabwärts gegangen, und nach einer Weile hörte man das trockene, harte Knallen ihrer Gewehre. Jubel verbreitete sich unter den schwarzen Trägern, es würde Fleisch geben, der *bwana,* der die Schmetterlinge fing, hatte Jagdglück gehabt. Tatsächlich schleppten die schwarzen Träger bald darauf mehrere Gnus und ein Impala herbei. Helles Blut rann aus vielen Einschüssen in den Kadavern, das verwundete Impala war schließlich von den Afrikanern durch einen Schnitt in den Hals getötet worden. Sein schmaler Kopf baumelte willenlos im Takt der Schritte, in seinen sanften, weit geöffneten Augen sammelten sich hungrige Fliegen.

»Waidmanns Heil«, bemerkte Christian trocken.

Charlotte musste sich abwenden, als die erlegten Tiere an ihr vorbeigetragen wurden. Es war lächerlich, das wusste sie; man hatte sie getötet, weil man ihr Fleisch benötigte, genau wie es die Raubtiere dort draußen in der Savanne taten. Es gab Jäger und Opfer in der Wildnis, so war die Welt nun einmal eingerichtet. Und doch musste sie an Kamal Singh denken, der niemals Fleisch anrührte, weil seine Religion es ihm verbot.

Die Afrikaner begrüßten die heimkehrenden Jäger mit schrillen Trillerlauten. Die Beute wurde blitzschnell zerlegt und an den Feuern geröstet, und selbst Charlotte musste zugeben, dass die aufsteigenden Bratendüfte verführerisch waren. Für die Weißen wurden selbstverständlich die besten Stücke reserviert, die Afrikaner jedoch waren weniger wählerisch, alles, sogar die Innereien, wurde gekocht und restlos verzehrt, nur die Knochen blieben übrig, und der glückliche Schütze Meyerwald hatte Mühe, sich seine Trophäen zu sichern.

»Die Hörner der Gnus haben sie – weiß der Teufel wie – abgetrennt und verschwinden lassen! Verflixte Neger. Sind doch allesamt Diebe und Gauner.«

Während der Mahlzeit, die der Koch mit Kurkuma und reichlich Pfeffer gewürzt hatte, schilderte Dr. Meyerwald die Jagd, regte sich über die dummen Araber auf, die allzu früh losgeballert hätten, und beklagte die Tatsache, dass er seine rechte Hand immer noch nicht wie gewohnt bewegen könne. Unter normalen Umständen habe er für ein Wild selten mehr als einen einzigen Schuss gebraucht. Niemand widersprach. Christian bemerkte lächelnd, dass die Abenddämmerung gute Augen erfordere und der lästige Staub die Sache nicht gerade einfacher mache. Charlotte vernahm das Gespräch nur am Rande, ihre ganze Aufmerksamkeit galt den Afrikanern, die das Festmahl mit Trommeln, Gesängen und Tänzen feierten. Die Melodien waren einfach, wie aus dem Augenblick heraus geboren, und doch mussten sie uralt sein, denn alle schienen sie zu kennen. Aus dem gleichförmigen, immer wiederkehrenden Singsang erhoben sich einzelne Stimmen, fanden Beifall und Antwort, dann schwollen die Töne an, und es erklangen helle Trillerlaute. Die Seele ihrer Musik aber war der Rhythmus der Trommeln, der stampfenden Füße, der auf und niederspringenden Körper. Sie trugen diesen Rhythmus in jedem Muskel ihrer schwarzen Leiber, er schien aus ihnen selbst zu kommen, und ihre Bewegungen waren von einer seltsam gelassenen Geschmeidigkeit, zu der ein Europäer niemals fähig gewesen wäre. Wie steif wirkten dagegen die »Tanznachmittage« der deutschen Offiziere und ihrer geschnürten Ehefrauen, zu denen sie gelegentlich Klavier gespielt hatte!

Auch Dobner war still, was nicht weiter auffiel – er redete selten. Während sein Reisegefährte auf die Pirsch gegangen war, hatte er fieberhaft gezeichnet, er schien jedoch wenig zufrieden mit dem Ergebnis zu sein, denn er hatte alle Blätter ins Feuer geworfen und war danach in eine trostlose Stimmung verfallen.

»Verfluchte Künstlerallüren«, hatte Dr. Meyerwald gestöhnt. »Wozu bezahle ich dich, Anton?«

»Es ist platt und kitschig. Keine Magie. Kein Geheimnis. Mein Talent reicht nicht aus …«

»Dass du nicht Rembrandt bist, weiß ich auch. Zeichne diesen Berg eben so, wie du es kannst! Ich brauche die Bilder!«

Später lag Charlotte im Zelt und starrte auf die schräge Stoffbahn über ihrem Feldbett, durch die der helle Mond hindurchleuchtete. Der mächtige Berg war kurz vor Einbruch der Dämmerung wieder im Nebel verschwunden, ob man ihn morgen früh wieder zu Gesicht bekommen würde, war unsicher, oft sollte er sich wochenlang in den Wolken verborgen halten. Doch er war da, sie spürte seine Gegenwart wie eine große Kraft, die sie erzittern ließ und sie zugleich mit Glück erfüllte. Die Karawane würde ein Stück in das Hochland zu Füßen des Bergmassivs hineinsteigen, jedoch nur bis zu dem Ort Moshi, wo man im Schutz der deutschen Truppenstation lagern wollte. Dort würde man über die augenblickliche Lage bei den Dschagga Erkundigungen einziehen. Die vielen Stämme lagen meist miteinander im Streit, was ein kluger Händler, der nicht Leib und Leben riskieren wollte, stets zu bedenken hatte …

»Dort oben auf dem Schneegipfel zu stehen, muss etwas Großartiges sein«, sagte Christian in ihre Gedanken hinein.

Er hustete, trank gierig einige Schlucke Wasser und ließ sich zurück auf sein Lager fallen. Er hatte heute Chinin eingenommen. Endlich. Es musste ihm sehr schlecht gehen.

»Das kann nur erfahrenen Bergsteigern gelingen«, gab sie zurück. »Ich glaube nicht, dass ich es versuchen möchte.«

»Ich dachte, du hättest Sehnsucht nach dem Ort, an dem sich deine Träume erfüllen.«

»Gewiss …«

Sie musste nach Worten suchen, ihr war wichtig, dass er sie verstand.

»Aber dieser Ort ist nicht oben auf dem Berg, Christian. Auch nicht in den Wolken, die ich als Kind so gern betrachtet habe. Unsere Träume sind wie ein Licht, das uns leuchtet, und auch wenn wir dieses Licht niemals erreichen, so brauchen wir es doch zum Leben.«

Er lag eine Weile still und schien nachzudenken.

»Du meinst, dass ein Mensch ohne Hoffnung nicht leben kann – ist es das?«

»Ja, das ist es, Christian.«

Überrascht vernahm sie sein leises Lachen.

»Da bin ich aber froh! Ich hatte schon gefürchtet, mit dir auf diesen Berg steigen zu müssen!«

Seine Heiterkeit steckte sie an – wie lange war es her, dass sie gemeinsam über ein und dieselbe Sache gelacht hatten? Erst als er wieder husten musste, hörten sie auf zu lachen.

»Du wärst tatsächlich mitgegangen? Bis oben auf den Gipfel?«

»Zweifelst du daran?«

Er drehte sich auf die Seite und legte den angewinkelten linken Arm unter den Kopf, um sie ansehen zu können.

»Deine Träume sind so stark, Charlotte«, murmelte er. »Vielleicht reichen sie ja für uns beide.«

Tiefe Erleichterung erfasste sie. Sie schlief ruhig und erwachte erst von dem lästigen Geschrei des Hahns, der schon Stunden vor Sonnenaufgang zu krähen begann. Die Afrikaner bestanden darauf, das Tier mitzuführen, ganz offensichtlich brauchten sie diese Weckrufe, um sich auf den kommenden Morgen einzustellen. Nach dem vierten oder fünften Hahnenschrei war es ihr unmöglich, wieder einzuschlafen. Ärgerlich über den beharrlichen Ruhestörer, drehte sie sich auf den Rücken und vernahm Christians schwere, viel zu rasche Atemzüge. Der Morgen konnte nicht mehr fern sein, im Zelt war es dämmrig, doch weder der Geruch einer frischen Feuerstelle noch der Duft der afrikanischen Hanfpfeifen drang zu ihr. Vielleicht herrschte nach dem ausgiebigen Mahl und der Feier gestern Abend noch allgemeine Müdigkeit, und sie würden ein wenig später aufbrechen.

Etwas strich außen an der Zeltbahn entlang, eine sachte, kaum hörbare Berührung, die sie nur vernahm, weil all ihre Sinne geschärft waren. Ihr Herz schlug plötzlich rasend schnell, ohne dass sie den Grund dafür benennen konnte. Ein Windstoß? Einer der Mitreisenden aus dem Zelt nebenan, den ein Bedürfnis hinausgetrieben hatte? Oder Humadi, der sich anschickte, ihnen den Morgentee …

Ein kratzendes Geräusch dicht neben ihr ließ sie erstarren. Das war kein Mensch – irgendein Tier machte sich an ihrem Zelt zu schaffen, scharrte, schnaufte, wollte unter die mit Stricken festgespannte Plane gelangen. Ein fremder, stechender Geruch drang ihr in die Nase. Die Ausdünstung eines wilden Tiers. Entsetzt sprang Charlotte von ihrem Schlafplatz auf.

»Christian!«, flüsterte sie. »Christian – da ist etwas neben dem Zelt …«

Er rührte sich nicht, schlief tief und fest, als wäre er betäubt. Erst als sie ihn heftig an der Schulter rüttelte, schlug er die Augen auf.

»Was … was ist?«

»Da!«

Eine mächtige, gelbe Pranke schob sich unter der Plane hindurch, angelte mit halb ausgestreckten Krallen wie spielerisch nach den gekreuzten Holzbeinen des Feldbetts und verfing sich dabei in einem Zipfel des Leinentuchs, mit dem Charlotte sich zugedeckt hatte. Dann knallten urplötzlich mehrere Schüsse, die Pfote verschwand und riss das Laken mit sich fort.

»Simba! Simba!«, brüllte eine Stimme, die keinem Araber, aber auch keinem Afrikaner gehören konnte.

Im gleichen Moment erwachte das Lager zum Leben. Wildes Geschrei ertönte, nebenan verlangte Dr. Meyerwald aufgeregt nach seinem Gewehr, Schüsse peitschten. Männer brüllten, Knüppel sausten durch die Luft, ein Pfeil drang durch die Zeltplane und traf die blecherne Petroleumlampe.

»Der verdammte Neger hat geschlafen und das Feuer ausgehen lassen!«, brüllte Dr. Meyerwald draußen. »Auf diese Leute ist kein Verlass! Ein Löwe im Lager!«

»Es war eine Löwin«, antwortete die Stimme des Unbekannten. »Und noch dazu trug sie ein Nachthemd!«

»Sie haben gerade Grund, Witze zu machen! Weshalb haben Sie die Bestie nicht erschossen? Sie haben sie doch als Erster gesehen, oder?«

»Gewiss. Aber hier zwischen den Zelten war es schwer, sie zu erwischen, ohne ein Menschenleben zu gefährden. Also habe ich nur in die Luft geschossen, um sie zu vertreiben.«

Christian hatte nach dem ersten Schrecken sein Gewehr gefasst, und war damit aus dem Zelt gelaufen. Charlotte folgte ihm besorgt, weniger wegen des Löwen – der war vermutlich längst davon – als vielmehr wegen der umherirrenden Pfeile und Gewehrkugeln. Im Lager herrschte immer noch helle Aufregung; die Frauen beeilten sich, Feuer anzuzünden, die Männer suchten im fahlen Licht des beginnenden Sonnenaufgangs nach weiteren Löwen zwischen den Zelten. Irgendwo in der Dämmerung war zorniges Schelten zu vernehmen – die Araber fielen über den unglücklichen Wächter her, der seine Aufgabe so schlecht erfüllt hatte. Besorgt hielt Charlotte Ausschau nach Christian, konnte ihn jedoch nirgendwo entdecken. Dicht vor ihr standen mehrere Männer, die sich heftig gestikulierend unterhielten; Araber, Afrikaner, dazwischen auch zwei Weiße. Einer von ihnen war unverkennbar

Dr. Meyerwald, der andere trug einen Hut mit breiter Krempe und wandte ihr den Rücken zu.

»Was für eine Negerschlamperei!«, rief Meyerwald. »Ich wollte gerade draußen mein Wasser abschlagen, das hätte übel ausgehen können …«

Der Unbekannte lachte und drehte dabei den Kopf zur Seite. Sein Blick fiel auf Charlotte. Abrupt hörte er auf zu lachen und starrte sie an, dann legte er Meyerwald mit einer langsamen Bewegung die Hand auf die Schulter, schob ihn mit dieser freundschaftlichen Geste beiseite und ging auf Charlotte zu.

»Frau Ohlsen! Was für ein unerwartetes Wiedersehen.«

Sie hatte keine Ahnung, wer dieser bärtige Mensch war, der sie anstrahlte und ihre Hand so fest drückte, dass sie fast aufgeschrien hätte.

»Erinnern Sie sich denn nicht?«, rief er. »Wir waren Reisegefährten auf der *Bundesrath.* Ich besaß die Frechheit, ihre Schwester vom Dampfer herunter ins Boot zu tragen …«

»Natürlich … Wie dumm von mir. Es muss an diesem Bart liegen, dass ich Sie nicht sofort erkannt habe. Herr von … von … Nun, jedenfalls kamen Sie aus Brandenburg.«

»Max von Roden. Zu Ihren Diensten, gnädige Frau.«

Er schien enttäuscht zu sein, dass sie seinen Namen vergessen hatte, deutete aber eine Verbeugung an und strich sich dann mit der Hand über den kurzen, blonden Bewuchs an Kinn und Wangen.

»Sie waren es wohl, der die Löwin von meinem Zelt vertrieben hat«, fuhr sie eifrig fort, um ihre Unhöflichkeit wiedergutzumachen. »Ich muss mich bei Ihnen bedanken, Herr von Roden. Was für ein Glück, dass Sie zufällig ins Lager kamen …«

Sie erkannte sein Lächeln wieder. Unbefangen und voller Selbstvertrauen, ohne aufdringlich zu wirken, dieses Mal war auch ein wenig Stolz dabei. »Nun – ganz so zufällig bin ich nicht hier«, gestand er. »Gestern erzählte mir einer meiner Botengänger, er habe in Masinde eine Karawane gesehen, mit der einige Europäer reisten. Da bin ich noch in der Nacht losgeritten ...«

Richtig, er war ein Mensch der raschen Entschlüsse, das hatte er schon damals bewiesen, als er Klara ganz einfach ins Boot getragen hatte. Weshalb er allerdings mitten in der Nacht aufgebrochen war, nur um einige Europäer zu begrüßen, konnte sie nicht so recht begreifen.

»Die Karawanen halten sich in Moshi meist mehrere Tage auf, um mit den Dschagga Verhandlungen aufzunehmen«, fuhr er lebhaft fort und sah sich nach Dr. Meyerwald um. »Ich würde mich unendlich freuen, Sie während dieser Zeit als meine Gäste empfangen zu dürfen. Meine Plantage ist nur etwa zehn Meilen von Moshi entfernt. Schlagen Sie es mir bitte nicht ab – ich habe so selten Gelegenheit, Landsleute zu begrüßen und Neuigkeiten auszutauschen. Zumal in deutscher Sprache ...«

Charlotte zögerte. Das Angebot war verlockend, ein wenig Komfort, in einem richtigen Bett schlafen, eine Plantage sehen. Und doch gefiel ihr etwas daran nicht, vielleicht war es der Übereifer, mit der die Einladung ausgesprochen wurde, diese Art, jemanden mit seiner Gastfreundschaft förmlich zu überrumpeln. Unsicher schwieg sie, während Dr. Meyerwald schon begeistert zustimmte und dann davoneilte, um seinem Freund Dobner die frohe Nachricht zu verkünden.

»Machen Sie mir die Freude, Frau Ohlsen?«, fragte von Roden, der bei ihr stehen geblieben war. Seine Stimme klang jetzt anders als vorher, leiser, auch wärmer. Wieso war ihr damals nicht aufgefallen, dass er hellblaue, ungemein klar blickende Augen hatte? Sie war fast froh, dass Christian in diesem Augenblick zwischen den Zelten auftauchte, die kurze Flinte über der Schulter, das zusammengeknüllte Laken vor sich hertragend.

»Die Löwin hat es in den Dornbüschen verloren!«, rief er ihr fröhlich zu. »Es sind ein paar Risse hineingekommen, aber die kann man flicken.«

Er begrüßte Max von Roden mit Zurückhaltung, und Charlotte erinnerte sich daran, dass er diesen Mann schon auf dem Postdampfer nicht besonders gemocht hatte. Auch die Einladung gefiel ihm nicht. Doch Charlotte, die daran dachte, dass er immer noch fieberte und auf der Plantage ein wenig Erholung finden würde, überredete ihn, mitzukommen.

Nach einem kurzen Frühstück brachen sie auf. Max von Roden wurde von drei Afrikanern begleitet, die jetzt jedoch ebenso wie ihr *bwana* zu Fuß gingen, da die vier Maultiere den Gästen als Reittiere dienten.

»Das Pflanzerleben ist doch eine einsame Geschichte«, meinte Dr. Meyerwald. »Tagein, tagaus nur unter Negern und Kaffeebäumen! Das wäre schon fast ein Grund, sich eine Frau zu suchen …«

Niemand hörte ihm zu, alle beobachteten fasziniert den Sonnenaufgang. Tiefrotes Licht floss über die graue Savanne, ließ eine einzelne Schirmakazie zu einem schwarzen Schattenriss werden und färbte die Morgennebel für kurze Zeit zart orange. Die Nebel, hinter denen der Berg verborgen lag.

Der Weg wand sich durch die Savanne, die Steigung war mäßig, und nur langsam gewannen sie an Höhe. Noch war es morgenkühl, doch die Nebel wurden durchsichtig und zerfaserten, gaben den Blick auf den unteren Teil des Bergmassivs frei, ohne dessen Gipfel zu enthüllen. Von Roden trieb die Maultiere mit Schnalzen und aufmunternden Rufen an, er selbst ging den staubigen Pfad mit leichtem Schritt, eilte mal voraus, blieb dann wieder zurück, um sich gleich wieder an die Spitze des kleinen Zugs zu setzen. Das Tempo war ungewohnt rasch, nur selten vernahmen sie die Trommeln und Hörner der Karawane, die sich hinter ihnen bewegte.

Charlotte hatte das Reiten zuerst genossen, zumal sich wieder einmal erwies, wie praktisch es für eine Frau war, eine Hose zu tragen. Doch als von Roden sich schmunzelnd an Christian wandte und bemerkte, er könne ihm zu seiner Frau nur gratulieren, stieg ein leicht beklommenes Gefühl in ihr auf. »Sie ist nicht nur eine Schönheit«, hatte er gesagt, »sondern auch eine ausgesprochen vernünftige Person, lieber Ohlsen. Für eine solche Reise sollte eine Frau Männersachen anlegen. Bei anderen Anlässen – und ich denke, da sind wir einer Meinung – sehen wir eine schöne Frau lieber in weiblicher Bekleidung.«

Christian hatte diese Sätze nur mit einem kurz angebundenen »Gewiss!« kommentiert, während Charlotte diese Komplimente eher peinlich waren. Ein Blick in von Rodens lächelndes Gesicht zerstreute jedoch ihre Befangenheit, es lag nichts Doppelsinniges in seinen Worten, er hatte einfach gerade heraus gesagt, was er dachte.

Bald wurde es drückend heiß, und immer noch führte der Pfad durch die graue Savanne, nur ab und an entdeckten sie eine einsame Akazie, die Zweige von Hitze und Wind zerrissen, ein wenig Buschwerk und in der Ferne einen blassgrünen Streifen: Dort floss ein Rinnsal vom Berg hinab durch die Steppe, das irgendwo in dem trockenen Boden versickerte.

Immer noch schritt ihr Führer kräftig aus, auch die drei Schwarzen waren gut zu Fuß, und Charlotte staunte über ihre Ausdauer. Waren sie nicht in der Nacht aufgebrochen und erst am Morgen unten in Klein-Arusha angekommen? Sie mussten doch müde sein nach dem langen Weg und ganz ohne Schlaf. Sie selbst spürte jetzt schon ein Ziehen in den Oberschenkeln, denn sie war das Reiten nicht gewohnt. Neidisch sah sie zu, wie Dobner und Dr. Meyerwald sich angeregt miteinander unterhielten, wenn der Weg das Nebeneinanderreiten ermöglichte. Die beiden waren auf früheren Reisen oft zu Pferd unterwegs gewesen; problemlos kamen sie mit den störrischen Maultieren zurecht, und Dr. Meyerwald wurde nicht müde zu betonen, dass er diese Art der Fortbewegung, die in Schwarzafrika leider nur in den Höhenlagen möglich sei, dem Reisen per pedes bei Weitem vorziehe. Auch Christians Reittier fügte sich ohne nennbaren Widerstand seiner Führung, und Charlotte musste zugeben, dass er keine schlechte Figur im Sattel abgab. Ihr eigenes Maultier jedoch war von der widerspenstigen Sorte, immer wieder blieb es stehen, als warte es darauf, von der lästigen Reiterin befreit zu werden, und es dachte gar nicht daran, auf ihre zornigen Rufe oder Fersentritte zu reagieren. Schließlich, als sie immer weiter zurückblieb, nahm sich Max von Roden ihrer an und führte das Maultier kurzerhand am Halfter.

»Man muss ein wenig energisch mit ihm sein«, erklärte er grinsend. »Es hat seinen eigenen Kopf, aber wenn es seinen Herrn einmal akzeptiert hat, dann ist es ein ausdauerndes und ungewöhnlich schlaues Bürschchen.«

»Schlau ist es sicher. Es will mich überreden abzusteigen, weil es sich ohne Reiterin leichter läuft.«

Von Roden lachte und zog das Tier voran, um den Abstand zu den anderen zu verringern; das Maultier trabte brav an seiner Hand und machte keinerlei Mätzchen mehr. Nach einer Weile ließ von Roden das Halfter los, ging aber weiter neben Maultier und Reiterin her, um notfalls wieder eingreifen zu können. Er schien Spaß daran zu haben, Charlotte beim Reiten zuzusehen, gab ihr Ratschläge, wie sie die Zügel halten und dem Tier mit den Beinen ihren Willen deutlich machen konnte, erklärte dann aber, sie mache das alles schon recht gut, das Reiten liege ihr offenbar im Blut. Charlotte, die inzwischen vor Anstrengung schwitzte, empfand sein Lob als reichlich übertrieben, dennoch ließ sie sich nicht verdrießen.

»Haben Sie sich heute früh sehr erschreckt?«, wollte er von ihr wissen.

»Nun ja – es war das erste Mal, dass ich einem Löwen so nah war. Er stand nur wenige Zentimeter von mir entfernt, nur die Zeltplane war zwischen uns. Und dann sah ich seine Pranke, die er unter der Plane hindurchstreckte …«

Ziemlich ungehalten stellte sie fest, dass er bei dieser Schilderung zu lachen begann. Als er ihren Unmut bemerkte, nahm er den Hut ab, fuhr sich mit der Hand durch das verwilderte, blonde Haar und stülpte ihn sich wieder auf den Kopf.

»Ich glaube nicht, dass Sie wirklich in Gefahr waren, Frau Ohlsen. Die Raubtiere machen momentan reiche Beute, erst gegen Ende der Trockenzeit, wenn alle Herden weggezogen sind, schaut das anders aus. Vermutlich war es ein junges Tier, das einfach nur die Neugier ins Lager getrieben hat?«

»Die … Neugier?«

Er schnalzte mit der Zunge, weil das Maultier die Gelegenheit wahrgenommen hatte, in eine langsamere Gangart zu verfallen.

»Ja, genau. Das Ganze hätte nur gefährlich werden können, wenn jemand aus dem Zelt getreten wäre, ohne von dem ungebetenen Besuch zu wissen. Dann hätte das Kätzchen möglicherweise geglaubt, sich verteidigen zu müssen …«

Es war seltsam, wie rasch seine sorglose Art auf sie übersprang. Belustigt sah sie auf ihn herunter, wie er seinen verdellten, braunen Hut immer wieder in den Nacken schob, um Reiter und Weg nicht aus den Augen zu verlieren.

»Sie meinen – als diese Raubkatze ihre Pranke in mein Zelt steckte, wollte sie nur … spielen?«

»Möglich.«

»Ach!«, sagte sie mit gespielter Enttäuschung. »Und ich habe schon geglaubt, Sie hätten mir das Leben gerettet!«

»Nun, den Glauben will ich Ihnen nicht nehmen. Der Gedanke gefällt mir!«

Wieder lachten sie. Dann schritt er schweigend neben ihr her, lächelte vor sich hin und schien in Gedanken versunken. Erst jetzt fiel ihr auf, wie groß er war. Ein wenig grobknochig, aber unter seiner Kleidung verbargen sich ganz sicher ansehnliche Muskeln. Einer dieser Männer, die immer auf ihre Körperkraft vertrauten – rührte daher seine Selbstsicherheit? Gleich darauf fiel ihr ein, dass ein Familienstreit ihn hierher verschlagen hatte, offenbar verfügte er auch über eine große Portion Sturheit.

»Reiten Sie jedes Mal gleich nach Klein-Arusha hinunter, wenn Sie hören, dass Europäer mit einer Karawane reisen? Ich meine, Sie hätten doch nur warten müssen, bis die Karawane Moshi erreicht hätte, das wäre um einiges näher für Sie gewesen …«

Er ließ sich Zeit mit der Antwort, spähte nach vorn, wo sich jetzt endlich ein wenig Grün zeigte, das um einen kleinen, von einem schmalen Bachlauf gespeisten Tümpel wuchs. Der Berg wollte sich immer noch nicht zur Gänze zeigen; weißer Dunst schwebte über der Hochfläche, nur undeutlich konnte man ein paar Bäume erkennen. Die schlanken Stämme waren dunkel, ihre Kronen verschwammen im Nebel.

»Es ziehen nicht alle Karawanen hinauf nach Moshi«, erwiderte er nach einer Weile. »Aber das war nicht der Grund. Ich renne keinesfalls jedem Europäer nach, der sich hier in der Gegend sehen lässt. Doch ich hörte, diesmal sei eine weiße Frau dabei … Ich hatte die verrückte Hoffnung, es könne Johanna sein …«

»Johanna ist Ihre Frau?«

Für einen Moment kniff er die Augen zusammen, und ein Schatten zog über sein Gesicht. Er schüttelte den Kopf.

»Johanna von Klitzing – meine Verlobte. Ich hatte Nachricht von ihr und bin zur Küste geritten, um sie in Daressalam abzuholen. Aber sie war nicht auf dem Postdampfer, und ich habe bis jetzt nicht erfahren, was geschehen ist.«

»Das tut mir sehr leid für Sie.«

»Die Sache wird sich gewiss bald aufklären und muss Sie nicht bekümmern«, sagte er und lächelte zu ihr hinauf. »Ich freue mich jedenfalls sehr, Sie wiederzusehen. Sie und ihren Mann. Gerade jetzt bin ich sehr glücklich, Sie bei mir zu Gast zu haben.«

Ihr Gefühl hatte sie also doch nicht getrogen. Trotz seiner Versicherung, wie sehr er sich über das Wiedersehen freue, hatte sie ihm nicht recht glauben können. Im Grunde musste er zutiefst enttäuscht gewesen sein, dass er in Klein-Arusha sie, Charlotte, angetroffen hatte, hatte er doch auf eine ganz andere weiße Frau gehofft. Ein Wunder, dass er noch so heiter sein konnte. Charlotte ärgerte sich, nicht auf ihre innere Stimme gehört zu haben, die ihr geraten hatte, die Einladung abzulehnen, die doch nur aus Verlegenheit ausgesprochen worden war. Was für ein verrückter Kauz, dieser von Roden! Weshalb sollte seine Verlobte mit einer Karawane zu ihm reisen? Sie konnte sich doch von der deutschen Schutztruppe nach Moshi begleiten lassen. Es gab immer wieder Offiziere oder Ärzte, die durch andere abgelöst wurden, einer solchen Gruppe hätte sie sich anschließen können. Doch im Grunde ging sie das nichts an. Die Dame musste selbst wissen, was sie tat.

Max von Roden hatte Charlotte und ihr Maultier inzwischen ihrem Schicksal überlassen und sich wieder an die Spitze der Gruppe gesetzt. Das war schon ein anderes Vorankommen als das gemächliche Reisen mit der Karawane, die sich oft weit auseinanderzog und immer wieder stockte, weil Störungen oder Hindernisse sie aufhielten. Von Roden gönnte ihnen nur wenige Pausen, suchte dafür Wasserlöcher aus, wo die Maultiere saufen und ein wenig grasen konnten, und trieb die Reisegruppe schon bald zum Weiterreiten an.

»Wenn wir das Tempo halten, sind wir am Abend auf der Plantage.«

Gegen Nachmittag glaubte Charlotte, ihre Beine kaum noch zu spüren, und sie konnte Christian ansehen, dass es ihm ähnlich ging. Unangenehmer war noch, dass der Maler Dobner und sein Freund Dr. Meyerwald inzwischen in einen heftigen Streit geraten waren. Es waren harte Worte und scheußliche Beleidigungen ausgeteilt worden, Dobner hatte Meyerwald einen »Ignoranten und drittklassigen Wissenschaftler« genannt, während Dr. Meyerwald seinem Freund die Bezeichnungen »Dilettant und Farbkleckser« entgegenschleuderte. Als sie sich Moshi näherten und zwischen dem Buschwerk das ausgedehnte, festungsartige Gebäude der deutschen Schutztruppe sichtbar wurde, ritt Dr. Meyerwald schweigend und mit finsterer Miene vorneweg, während Dobner, in dumpfe Niedergeschlagenheit gehüllt, das Schlusslicht der Gruppe bildete.

Nahe der deutschen Station war eine bunte Siedlung entstanden: Neben den strohgedeckten Lehmhütten der Eingeborenen standen die typischen, rasch errichteten Flachbauten, in denen Griechen und Inder ihre Waren anboten. Von Roden suchte einen Lagerplatz unter einer weit ausladenden Schirmakazie und schickte seine beiden Angestellten hinüber zu den Läden, um Tee und Früchte einzukaufen. Auch ihm war die Auseinandersetzung der beiden Männer unangenehm, und er unternahm einen gut gemeinten Versuch, die Streithähne zu versöhnen, der jedoch nicht von Erfolg gekrönt war.

»Kümmern Sie sich nicht darum«, knurrte Meyerwald, der es sich unter der Akazie bequem gemacht hatte. »Er hat ab und zu seine Anwandlungen – spätestens morgen ist er wieder normal.«

Dobner hatte sich abseits der Gruppe bei den Maultieren niedergelassen, hockte dort wie ein Häufchen Unglück, die Arme um die Knie geschlungen, und kaute an einem dürren Halm. Er tat Charlotte leid; sie spürte, wie sehr Meyerwald den sensiblen Maler immer wieder verletzte. Dennoch schienen die beiden aneinander zu hängen, sonst hätten sie wohl kaum so viele Reisen gemeinsam unternommen.

Christian lehnte mit dem Rücken gegen den Akazienstamm und hatte die Augen geschlossen. Er sah erschöpft aus. Als sie jedoch seine Hände fasste, waren sie kühl, er schien kein Fieber zu haben.

»Wie geht es dir?«, fragte sie ihn leise. »Ich übe mich im Träumen«, antwortete er und blinzelte sie an. »Leider will sich der Kilimandscharo heute nicht zeigen, aber ich versuche es mit den Wolken.«

Sie musste lachen und rieb seine Hände zwischen den ihren, ohne sie wärmen zu können, doch sie spürte, dass die Berührung ihm guttat. Inzwischen hatte sich Dr. Meyerwald wieder gefasst und berichtete von den »afrikanischen Negern«, die man seinerzeit nach Europa brachte und dem deutschen Kaiser vorstellte. Es sei doch hochinteressant, wie wenig diese ungebildeten Wilden von der Größe und Macht des deutschen Reiches zu begreifen imstande gewesen waren, was ganz offensichtlich daran lag, dass sie das Gesehene weder deuten noch in Worte fassen konnten – die Sprache der Neger sei wohlgemerkt recht arm an Ausdrücken.

Von Roden hörte sich den Vortrag schweigend an, wobei sein Blick immer wieder zu Charlotte hinüberwanderte. Ein heiteres Funkeln lag in seinen Augen, das sie nach einiger Zeit mit einem kleinen, verständnisinnigen Lächeln beantwortete. Sie war froh, dass es ihm gelang, ihren Verdruss über diesen lästigen Schwätzer in Heiterkeit zu verwandeln. Der Aufbruch zur letzten Etappe fiel allen schwer. Sogar von Roden behauptete, müde Beine zu haben, doch jetzt sei es nur noch ein Katzensprung, und auf der Plantage erwarte sie ein köstliches Mahl und ein weiches Lager. Auch der Maler Dobner, der sich ernsthaft mit dem Gedanken trug, in Moshi zu bleiben, ließ sich schließlich überreden mitzukommen. Er stellte jedoch die Bedingung, auf keinen Fall mit Herrn Dr. Meyerwald im gleichen Raum nächtigen zu müssen.

Eine knappe Stunde vor Sonnenuntergang, nach einem anstrengenden Ritt, der über schmale Pfade bergauf führte, erreichten sie das hohe, weiß gestrichene Tor, das von Roden am Eingang seines Besitzes hatte errichten lassen. Darauf prangte das bunt gemalte Wappen der Familie von Roden: drei rote Eichenblätter auf grünweißem Grund.

Charlotte war so erschöpft, dass sie nur noch schlafen wollte, nicht einmal der Anblick der üppigen Vegetation, der sanft gewellten Felder und der parkartigen Grünanlage mit einem Teich in der Mitte konnte sie noch begeistern. Nur das Wohnhaus, zu dem ein breiter, von Akazien gesäumter Weg hinführte, zog sie wie magisch an – ein schmuckloses, kastenförmiges Gebäude, hinter dessen Mauern ein hoffentlich weiches Lager auf sie wartete.

Schwarze Angestellte liefen ihnen schon auf dem Weg entgegen, begrüßten ihren *bwana* Roden und seine Gäste mit ganz offensichtlicher Freude und begleiteten sie bis zum Wohnhaus. Charlotte musste die Zähne zusammenbeißen, als sie von ihrem Maultier stieg. Ihre Oberschenkel schmerzten höllisch, vermutlich würde sie morgen früh kaum einen Schritt tun können. Sie war froh, dass von Roden ihr seinen Arm bot, um sie über die Schwelle zu führen.

»Sie haben doch nichts dagegen, Ohlsen?«, fragte er Christian lächelnd. »Es ist das erste Mal, dass eine weiße Frau mein Haus betritt, und ich muss unbedingt wissen, ob diese Hütte Gnade vor ihren Augen findet.«

Christian war viel zu müde, um etwas einzuwenden. Langsam und steif schleppte er sich hinter Dr. Meyerwald her; Dobner trat als Letzter ins Haus, so geistesabwesend, dass er sich den Kopf an der Türeinfassung stieß.

»Nun – was sagen Sie?«, rief von Roden erwartungsvoll.

Das Erste, das Charlotte ins Auge fiel, war ein Klavier. Ein kleines Instrument aus poliertem, braunem Holz, die Tastatur von runden Säulchen gestützt, auf den ausgeklappten Metallhaltern steckten weiße Kerzen. Dann erblickte sie ein Löwenfell an der Wand, eine prächtige Trophäe mit Kopf und Krallen, auf die jeder Jäger stolz sein konnte.

»Das schaut ja recht gemütlich aus!«, ließ sich Dr. Meyerwald vernehmen. »Gratuliere, von Roden. Ganz wie daheim.«

Die sonstige Einrichtung erinnerte an die, die Charlotte bei den weißen Offiziersfrauen in Daressalam gesehen hatte und die diese offenbar so liebten: Es gab wallende, von der Zimmerdecke bis zum Boden reichende Vorhänge, gerahmte Fotografien aus der Heimat, einen gemauerten Ofen, Regale mit Büchern und allerlei afrikanischen Schnitzereien, dazu einen runden Esstisch mit sechs Stühlen, auf dem eine Vase mit einer großen, weiß leuchtenden Blüte stand. Charlotte hatte diese Blume schon auf dem Markt in Daressalam gesehen, es handelte sich um eine einheimische Amaryllis-Art.

Kaffee und süße Limonade wurden gereicht, dazu klares, kühles Wasser, das die durstigen Reisenden gierig hinunterstürzten.

»Sadalla zeigt Ihnen jetzt, wo Sie untergebracht sind – danach werden wir gemeinsam essen, der Koch ist schon an der Arbeit. Mich entschuldigen Sie jetzt bitte – wir sind dabei, Pflanzlöcher für die Sisalsetzlinge auszuheben. Ich muss nachschauen, ob meine Angestellten ihre Aufgaben anständig erledigt haben.«

Aha – sie waren beim Pflanzen, und er traute seinen Arbeitern nicht über den Weg. Das erklärte wohl, weshalb er es so eilig gehabt hatte, wieder zurück auf die Plantage zu kommen. Charlotte verspürte zwar keinen Appetit – viel lieber hätte sie gleich geschlafen –, aber man durfte die Einladung selbstverständlich nicht ausschlagen. Der schwarze Angestellte, den von Roden »Sadalla« genannt hatte, verbeugte sich tief vor ihr. Als er ihr die Tür zu einem schmalen Nebenzimmer öffnete, sah er sie mit großer Erwartung an.

»Schönes Zimmer. *Bwana* Roden hat alle Dinge selbst gemacht. Viel Mühe, damit die *bibi* zufrieden ist.«

Sie begriff den Irrtum und beschloss, die Sache aufzuklären, bevor es zu weiteren Missverständnissen kam.

»Ich bin nicht *bibi* von Klitzing, Sadalla. Ich bin *bibi* Ohlsen. Der *bwana* mit dem hellen Tropenhelm und dem kleinen Gewehr – das ist *bwana* Ohlsen. Mein Ehemann. Verstehst du?«

Unsägliche Enttäuschung malte sich auf seinem Gesicht – er hatte ganz offensichtlich angenommen, die neue Hausherrin sei endlich angekommen.

»*Bibi* Ohlsen«, murmelte er und verbeugte sich wieder, dieses Mal jedoch weniger tief. »*Karibu.* Willkommen.«

Er zog sich zurück, bemüht, die knarrende Tür möglichst leise zu schließen. Drüben im Wohnraum wurde geflüstert, und da sie recht gut Suaheli verstand, begriff sie, dass Sadalla die Neuigkeit sogleich an seine Kollegen weitergab. Seufzend blickte sie sich um, und das unangenehme Empfinden, nicht die so sehnlich Erwartete, sondern die falsche zu sein, verstärkte sich. Von Roden hatte diesen kleinen Raum für seine Zukünftige mit großer Sorgfalt eingerichtet, vermutlich hatte er Monate gebraucht, um die Spiegelkommode, den Schrank und die hübschen Sitzmöbel anzufertigen. Eine Couch stand im Zimmer, dick gepolstert, vermutlich mit Hühnerfedern, dachte Charlotte. Decken waren darauf ausgebreitet, und sie ließ sich ächzend wegen ihrer schmerzenden Beine darauf nieder. Eine Weile lag sie auf dem Rücken, genoss das angenehme Gefühl, sich auf diesem komfortablen Lager ausstrecken zu können, und schloss die Augen. Nur nicht einschlafen – gleich würde es Abendessen geben. Bevor sie sich an den Tisch setzte, musste sie zumindest Hände und Gesicht waschen und ihr Haar in Ordnung bringen. Zu diesem Zweck stand drüben auf der Kommode eine Blechschüssel mit Wasser, daneben lag ein Handtuch, und es gab sogar Kamm und Bürste aus braunem Schildpatt.

Ihre Gedanken schwebten von dannen, wurden zu farbigen Seidentüchern, die im Lufthauch flatterten. Bilder schoben sich darüber und verschwanden wieder: der zierliche Schattenriss einer Giraffe, die graue, hitzeflirrende Steppe, die dreieckigen Formen der Zelte, vom flackernden Schein des Feuers unruhig beleuchtet. Sie sah einen kiesbestreuten Weg, von rosig blühenden Akazien gesäumt, an dessen Ende ein helles Gebäude mit einem säulengestützten Vordach leuchtete. Eine Frau lief in verzweifelter Hast durch die Allee auf sie zu, barfuß, das Haar aufgelöst, das weite Gewand gebauscht, als sei es ein Schleier oder ein Nebel …

»*Chakula!* Essen ist fertig, *bibi* Ohlsen. Bitte schnell kommen, der Koch hat große Mühe gemacht …«

Sie fuhr aus dem Schlaf und brauchte einen Augenblick, um das Traumbild abzuschütteln. Mühsam erhob sie sich, das verdammte Maultier innerlich verfluchend, und setzte sich vor die Spiegelkommode, um sich ein wenig zurechtzumachen. Sie hatte Schatten unter den Augen, was ihr überhaupt nicht gefiel, außerdem fühlte sie sich ein wenig fiebrig, was ganz sicher von der Anstrengung des langen Weges herrührte.

Der Geruch nach gebackenem Hühnerfleisch und gerösteten Erdnüssen zog in ihr Zimmer, und sie hörte, wie von Roden und Dr. Meyerwald über die Usambara-Bahn sprachen, die von Tanga aus bis zum Viktoria-See führen sollte, einstweilen jedoch recht langsame Fortschritte machte.

»Die Gesellschaft scheint finanziell am Ende zu sein«, meinte von Roden. »Da muss das Reich eingreifen. Ich bin sicher, dass ich in einigen Jahren meine Ernte per Eisenbahn an die Küste schaffen werde.«

»Sie scheinen mir ein unverbesserlicher Optimist zu sein, mein lieber von Roden …«

Sie hörte sein unbekümmertes Lachen. Als sie ins Wohnzimmer trat, sprang er auf, um ihr den Stuhl zurechtzurücken, dann erhob er sein Glas und erklärte, wie außerordentlich stolz er sei, solch angenehme Gäste aus der Heimat bei sich begrüßen zu dürfen. Seine Worte klangen ehrlich und fanden höfliche Erwiderung, dennoch war die Stimmung bei Tisch eher zurückhaltend, und von Roden hatte Mühe, seine Gäste bei Laune zu halten. Dobner war gar nicht erschienen, er sei unpässlich und wolle den Herrschaften nicht zur Last fallen, Meyerwald schien darüber erbost, verbarg seinen Ärger jedoch hinter langen Traktaten, die niemanden interessierten. Christian hatte Charlotte mit einem schwachen Lächeln begrüßt und besorgt gefragt, ob sie den Ritt gut überstanden habe.

»Ich bin ein bisschen müde und habe ziemlichen Muskelkater …«

»Das vergeht wieder …«, tröstete er sie.

Er war zusammen mit Meyerwald in einem Nebengebäude aus Lehmziegeln mit Wellblechdach untergebracht, das von Roden noch Ende letzten Jahres hatte errichten lassen, Dobner übernachtete im Schlafzimmer des Hausherrn, vermutlich im Bett der zukünftigen Ehefrau. Zäh zog sich der Abend dahin. Obgleich das Essen hervorragend war und sogar frischer Salat, Möhren und Kohl aus dem Garten aufgetischt wurden, blieb es bei Dr. Meyerwalds Monologen, die von Roden nur hin und wieder unterbrach, um eigene Erlebnisse hinzuzufügen. Charlotte erfuhr, dass er passionierter Jäger war – ein Erbteil der Familie – und den Löwen selbstverständlich selbst erlegt hatte, außerdem eine Menge anderer Tiere, deren Trophäen man an den Wänden bewundern konnte. Seine Jagdleidenschaft weckte nicht gerade ihre Sympathie, zweifelnd blickte sie zu Christian hinüber und entdeckte in seinem Gesicht die gleiche Abneigung. Es war ärgerlich, dass sie nicht im gleichen Raum übernachteten, sie hätte ihm gern unter vier Augen mitgeteilt, dass sie lieber schon morgen zurück nach Moshi reiten wollte.

Christian erhob sich als Erster und bat darum, zur Ruhe gehen zu dürfen, auch Dr. Meyerwald erklärte, eine gute Portion Schlaf nötig zu haben, und Charlotte beeilte sich, den allgemeinen Aufbruch zu nutzen, um gleichfalls gute Nacht zu wünschen. Es kam fast einer Flucht gleich – fast tat ihr von Roden leid, der soeben eine Flasche Rotwein geöffnet hatte, um seinen Gästen einzuschenken.

»Nun, dann also bis morgen«, sagte er und verkorkte die Flasche wieder. »Bis dahin hält sich der Wein ganz sicher.«

Er schlug noch einmal mit der flachen Hand auf den Korken und reichte die Flasche seinem schwarzen *boy*.

»Ich hoffe, Sie sind zufrieden mit Ihrer Unterbringung, Frau Ohlsen.«

»Es ist ein sehr schönes Zimmer, Herr von Roden. Ihre Verlobte ist zu beneiden.«

Sie stand schon auf der Schwelle, um sich zu verabschieden, doch sein Lächeln hielt sie zurück. Ganz offensichtlich freute er sich sehr über dieses Lob.

»Ja, ich habe eine Menge angestellt, damit Johanna sich bei mir wohlfühlt. Schauen Sie sich das Klavier an – der Transport hat mich ein Vermögen gekostet. Es stammt aus meinem Elternhaus, meine Mutter hat darauf gespielt. Ich habe es per Postdampfer nach Tanga schaffen lassen, dort wurde es zerlegt und in mehreren Paketen von schwarzen Trägern hierhergeschleppt.«

»Und wer hat es wieder zusammengesetzt?«

»Ich«, erklärte er mit unverhohlenem Stolz. »Hat mich ein paar Wochen lang beschäftigt. Ich habe es gestimmt, damit man auch wirklich darauf spielen kann.«

O weh, dachte sie. Falls die Dame musikalisch ist, wird sie vermutlich Ohrenschmerzen bekommen.

Er musste ihr die Skepsis angesehen haben, denn er sprang auf und klappte den Deckel der Tastatur auf. Leise schlug er einige Akkorde an, und zu ihrer größten Überraschung klangen sie rein.

»Spielen Sie Klavier?«, wollte er wissen. »Ich habe es früher mit großer Leidenschaft betrieben, aber jetzt sind meine Finger steif. Kommt von der Arbeit, vielleicht auch vom Alter …«

Er lachte, und sie überlegte, wie alt er wohl sein mochte. Dreißig, vierzig? Um seine Augen zeigten sich etliche Fältchen, aber die konnten auch durch Wind, Wetter und Sonne entstanden sein. Er hatte etwas an sich, das sie anzog. Mehr als ihr lieb war.

»Mir geht es ähnlich«, gestand sie zögernd. »Ich spiele nur noch hin und wieder …«

Sie biss sich auf die Lippen. Hätte sie bloß geschwiegen, denn jetzt lief er zum Regal und zog ein gewaltiges Notenbuch heraus, goldene Lettern und eine aufgedruckte Harfe schmückten den schwarzen Leineneinband.

»Vierhändig?«, fragte er voll Begeisterung. »Wollen wir das wagen? Nur ein paar Minuten, solange die anderen noch nicht eingeschlafen sind. Kommen Sie, machen Sie mir die Freude! Ich spiele unten, da habe ich es mit meinen Pranken leichter …«

Er hatte schon zwei Stühle zurechtgestellt und beeilte sich

jetzt, die Kerzenhalter auszuklappen und die Kerzen anzuzünden. Langsam trat sie näher, setzte sich auf den ihr zugewiesenen Platz und begann in den Noten zu blättern, während die beiden *boys* hinter ihnen den Tisch abräumten. Es war eine vollkommen verrückte Idee, zu dieser späten Stunde Klavier zu spielen, aber immerhin, ein paar Takte konnten ja nicht schaden.

Orchesterstücke verschiedener Komponisten, vierhändig gesetzt, Händels »Halleluja«, ein Satz aus der *Pastorale* von Beethoven, die Ouvertüre zu Mozarts *Zauberflöte* …

»Das ist hübsch«, entschied er. »Mögen Sie es auch?«

Sie bejahte. Im Grund war es ihr gleich, was sie spielten, die Hauptsache war, dass er seinen Spaß hatte. Mit welchem Feuereifer er sich auf dem Stuhl zurechtrückte, die Noten noch ein wenig zu sich herüberzog und seine Partnerin dann erwartungsvoll von der Seite ansah! Sie nickte ihm den Einsatz zu. Beim ersten Akkord waren sie noch nicht ganz zusammen, und sie runzelte die Stirn, weil er zu laut war, dann passte er sich an, überließ sich ihrer Führung, und es klappte erstaunlich gut. Seltsam mahnend erklangen die drei einleitenden Akkorde der Ouvertüre, dann lösten sie sich in einer absteigenden Melodie auf, fanden zu einer anderen Tonart, ohne ihren düsteren Ernst einzubüßen … Es war nicht der heitere Mozart, das von den Göttern geliebte Wunderkind. Diese Musik war voller dunkler Spannung, und die schönen Melodien, die immer wieder aufleuchteten, konnten nicht darüber hinwegtäuschen, dass es in dieser Musik eine andere, viel tiefere Dimension gab.

»Es ist, als stünde man auf einer schwankenden Brücke«, sagte Max von Roden leise, als der letzte Ton verklungen war. »Rings umher sieht man unfassbare Schönheit, gezackte Felsen, Wasserfälle, blühendes Gezweig. Doch tief unter der Brücke tobt der Strom mit tödlicher Gewalt.«

Sie schwieg. Wie oberflächlich hatte sie ihn doch beurteilt. Der fröhliche, zupackende Bursche, dem alles zu gelingen schien, was er anfasste, er hatte eine zweite, sehr nachdenkliche Natur.

»Es ist spät geworden«, meinte sie verlegen.

»Schlafen Sie gut, Frau Ohlsen.«

In der Nacht erwachte sie von einem starken Schüttelfrost. Erschrocken setzte sie sich auf, zündete die Petroleumlampe an und griff nach dem Wasserkrug, den man ihr bereitgestellt hatte. Ihre Hand zitterte so, dass sie das meiste neben das Glas goss. Angst erfasste sie, denn sie hatte das Chinin leichtsinnigerweise in ihrem Reisekoffer gelassen, und der befand sich jetzt in Moshi bei der Karawane. Sollte sie einen der Diener wecken? Von Roden hatte ganz sicher Chinin im Haus. Doch sie scheute sich davor, mitten in der Nacht in einem fremden Haus herumzulaufen, und beschloss, bis zum Morgen zu warten.

Bald darauf stieg das Fieber mit ungeahnter Heftigkeit, ihr Kopf drohte zu bersten, der ganze Körper schien in Flammen zu stehen. Scheußliche Fratzen mit runden Glotzaugen tanzten im Raum, ein Krokodil riss das Maul auf, zeigte ihr die spitzen Zahnreihen, und sie meinte, seinen stinkenden Atem riechen zu können. Stundenlang wälzte sie sich schweißgebadet in den Kissen, doch irgendwann noch vor Tagesanbruch sank das Fieber ebenso überraschend, wie es gekommen war, und sie fiel in einen bleiernen Schlaf.

Der scheppernde Klang einer Glocke weckte sie. Das Geräusch war nicht viel angenehmer als das lästige Hahnengeschrei, schlimmer sogar, denn der Schwarze, der den Arbeitsbeginn der Pflücker einläutete, betätigte den Klöppel ohne Unterbrechung. Immerhin fühlte sie sich fieberfrei, wenngleich ein wenig schwindelig, auch die Kopfschmerzen waren nicht zurückgekehrt. Vielleicht brauche ich ja gar kein Chinin einzunehmen, dachte sie erleichtert. Wie es scheint, habe ich den Fieberanfall auch ohne Medikament überwunden. Sie setzte sich vorsichtig auf und wollte schon die Beine von der Couch schwingen, als sie vor Schmerzen aufstöhnte – den Muskelkater hatte sie völlig vergessen.

Im Wohnraum nebenan saß Christian allein am gedeckten Tisch und las in einer alten Zeitschrift. Erschrocken stellte sie fest, dass sie verschlafen hatte – ihr Teller war der einzige, der noch unbenutzt war.

»Was macht der Muskelkater?«, erkundigte er sich und legte die Zeitung beiseite.

»Dem geht es ausgezeichnet«, murmelte sie. »Wo sind die anderen? Meine Güte, ich habe so tief geschlafen …«

Auch Christian sah mitgenommen aus. Dazu kam, dass ihm während der Reise ein stoppeliger, dunkler Bart gewachsen war, und auch seine Haare hätten dringend geschnitten gehört. Er schien jedoch guter Stimmung zu sein.

»Du hast nicht viel verpasst. Dobner ist in aller Frühe zurück nach Moshi geflüchtet, und unser Freund Meyerwald hat sich nach dem Frühstück entschlossen, dem Ausreißer nachzureiten. Von Roden hat ihm zwei schwarze Begleiter mitgegeben, die ihm den Weg weisen und anschließend die Maultiere zurück auf die Plantage bringen.«

»Ach!«

Sie war nicht sonderlich betroffen über diese Nachricht. Im Grunde war es sehr angenehm, ohne Dr. Meyerwalds langwierige Vorträge bei Tisch zu sitzen. Als eine schwarze Angestellte eintrat, um sie mit Kaffee und frischen Maisküchlein zu bedienen, stellte sie jedoch fest, dass der Geruch der Küchlein genügte, ihr Übelkeit zu verursachen.

»Nein, danke, für mich bitte nicht.«

Sie trank ein wenig Kaffee und kaute an einem kalten Hirsefladen, der ihr ebenso wenig mundete, aber wenigstens nicht so stark nach Erdnussöl roch. Den Honigtopf, den Christian ihr hinüberschob, rührte sie nicht an.

»Ist dir nicht gut?«

»Ich bin wohl noch etwas verschlafen …«

Sie wollte auf keinen Fall, dass er sich Sorgen um sie machte. Diese blöde Magenverstimmung würde bestimmt bald verschwunden sein, normalerweise konnte sie essen, was sie wollte, ihr wurde nie schlecht. Die Kaffeetasse in der Hand, lehnte sie sich im Stuhl zurück, um den Gesängen der Plantagenarbeiter zu lauschen. Sie klangen anders als die lauten, aufmunternden Lieder der Karawanenträger, sanfter, melodischer, und manchmal meinte sie, Anklänge an deutsche Kirchenlieder zu vernehmen.

»Jeder wird in eine Liste eingetragen, dann ziehen sie mit Hacken und Spaten los«, sagte Christian leise. »Hast du gestern bemerkt, dass die Kaffeebäume voller gelber Beeren sind? Es scheint eine gute Ernte zu werden …«

»Ich dachte, er wollte nur Sisal anpflanzen?«

»Die Sisalpflanzen brauchen mehrere Jahre, bis man sie ernten kann, deshalb baut er einstweilen noch Kaffee an, wie es sein Vorgänger getan hat. Die Kokospalmen des Arabers hat er abholzen lassen …«

Charlotte zwang sich, die Tasse leer zu trinken. Gewiss, so dachte sie, sah Christian diese große Plantage mit gemischten Gefühlen. Es war sein Traum gewesen, eine solche zu besitzen, doch er war zerplatzt.

»Was hältst du davon, wenn wir heute gegen Mittag aufbrechen?«, schlug er vor.

Noch gestern hatte sie ähnliche Pläne gehegt, heute jedoch zögerte sie. Zum einen fühlte sie sich immer noch schwach, und die Aussicht, schon wieder auf ein Maultier zu steigen, war nicht gerade verlockend. Zum anderen mochte sie von Roden nicht vor den Kopf stoßen. Das gestrige Klavierspiel hatte sie einander sehr nahe gebracht; trotz all seiner Eigenarten war er doch ein liebenswerter, anziehender Mensch.

»Oder möchtest du heute Abend unbedingt mit Herrn von Roden vierhändig spielen?«

Christian sprach in heiterem Tonfall, doch sie hörte die Eifersucht deutlich heraus. Obwohl ihr Ehemann die Musik liebte, war er immer zu faul gewesen, ein Instrument zu erlernen, da musste ihm von Roden unweigerlich ein Dorn im Auge sein. Der Mann besaß Geld, eine Plantage, er spielte Klavier, hatte eine adelige Verlobte …

»Es hat mir zwar viel Freude bereitet, aber ich muss es nicht unbedingt wiederholen. Wenn du möchtest, dann reiten wir eben schon heute Mittag. Nur mein Muskelkater …«

»Der vergeht beim Reiten am allerbesten. In Moshi werden wir Aufnahme in der Station der deutschen Schutztruppe finden, dort können wir uns ein wenig ausruhen. Weshalb isst du nichts, Charlotte? Du musst bei Kräften bleiben, der Ritt bergab wird nicht ganz einfach sein …«

Widerwillig schmierte sie Honig auf den Hirsefladen und zwang sich, ein paar Bissen zu verzehren; das kalte Hühnerfleisch und die Bohnen, die sie gestern so gelobt hatte, erschienen ihr heute ekelhaft. Während sie noch kaute, vernahm sie von Rodens kräftige Stimme, die irgendwo im Haus Anweisungen erteilte, dann riss er die Tür auf und wünschte ihr einen guten Morgen.

Er trug eine fleckige Reithose aus Leder und dazu eine ausgebeulte Jacke; den braunen Hut, den er beim Eintreten abgenommen hatte, warf er achtlos auf einen freien Stuhl. Seine ganze Erscheinung atmete morgenfrische Energie, vermutlich war er schon seit Tagesanbruch auf den Beinen, hatte seine Arbeiter kontrolliert, die Maschinen geprüft, den Fortgang der Arbeiten festgelegt und tausend andere Dinge erledigt.

»Haben Sie gut geschlafen, Frau Ohlsen?«

»Viel zu lange – bitte entschuldigen Sie, dass ich nicht rechtzeitig zum Frühstück erschienen bin.«

Er lachte und behauptete, die Frage keineswegs als Vorwurf gemeint zu haben. In seinem Haus könne jeder Gast so lange schlafen, wie er wolle. Wenn sie aber jetzt gut gefrühstückt habe, dann würde er sie und ihren Mann gern zu einem kleinen Ritt durch seine Plantage einladen. Zurzeit würden die Pflanzlöcher für die Setzlinge ausgehoben, vor allem für die Sisal-Agave, aber er pflanze auch Kaffeesetzlinge nach. An einer Stelle weiter hinten auf der Plantage habe er den Bach zu einem Teich gestaut, dort könnten sie die Wasch- und Gärbassins sehen, die man bei der Kaffee-Ernte brauche. Er habe auch neue Unterkünfte aus Lehmziegeln mit Wellblechdächern für seine schwarzen Angestellten errichten lassen, seitdem blieben die Kerle endlich auf der Plantage, während sie früher alle naselang davongelaufen seien …

»Das ist sehr freundlich von Ihnen«, unterbrach Christian ihn mit höflicher Kühle. »Aber meine Frau und ich wollen noch vor Mittag zurück nach Moshi reiten. Sie müssen das verstehen. Meine Frau hat Anteile an der Finanzierung der Karawane und möchte natürlich die Verhandlungen mit den Dschagga verfolgen.«

Von Rodens enttäuschtes Gesicht ging ihr näher, als sie angenommen hatte. Es gefiel ihr nicht, dass Christian ihre angeblichen Geschäftsinteressen vorschob, um seine eigenen Wünsche durchzusetzen, denn nun musste von Roden annehmen, dieser zeitige Aufbruch sei ihre Idee gewesen. Und dabei wäre sie jetzt, da er so begeistert von seiner Plantage erzählte, sehr gern geblieben. Es hätte ihr gefallen, an seiner Seite durch Kaffeefelder und Sisalpflanzungen zu laufen, seine Pläne anzuhören, über seine Scherze zu lachen und vielleicht auch mit ihm gemeinsam zu dem weit entfernten, schnee- und eisbedeckten Gipfel hinaufzusehen …

Sie musste sich zusammenreißen, vielleicht war es ja gut, dass sie heute noch fortritten. Sie wünschte ihm von Herzen, dass seine Verlobte recht bald auf der Plantage eintraf; es war schon seltsam, dass sie nicht auf dem Postdampfer gewesen war – hoffentlich war sie nicht krank geworden.

Als sie kurze Zeit später aus dem Wohnhaus trat, blieb sie vollkommen überwältigt stehen. Wo hatte sie gestern nur ihre Augen gehabt? Diese Landschaft war von einem unfassbaren Zauber, eine Sinfonie in hellen und dunkleren Grüntönen. Die rechteckigen Pflanzungen gediehen auf den sanft geschwungenen Hügeln, gelb leuchteten die unreifen Beeren an den Kaffeesträuchern, bläulich silbern die jungen Sisal-Agaven. Weiter oben an den steileren Hängen hingen noch zarte Nebelschleier, dazwischen waren maigrüne Stauden zu erkennen, deren breite Blätter anmutig in der leichten Brise wogten.

»Da oben haben die Dschagga ihre Bananenpflanzungen«, hörte sie von Rodens Stimme. »Sie sind geschickte Gärtner und verstehen eine Menge von der Bewässerung des Bodens. Ich muss mich gut mit ihnen stellen, sonst graben sie mir nämlich das Wasser ab, diese Kerle!«

Er lachte ein wenig grimmig, doch er schien die Enttäuschung schon überwunden zu haben. Als Charlotte den Fuß in den Steigbügel setzte, fasste er sie ohne Umschweife um die Taille und hob sie hoch, so dass sie mühelos aufsitzen konnte. Sein Angebot, die Gäste bis Moshi hinunter zu begleiten, lehnte Christian mit entschiedener Höflichkeit ab. Er sehe sehr deutlich, dass von Roden bis über beide Ohren in Arbeit stecke und auf seinem Besitz dringend gebraucht werde. Ein wegekundiger Angestellter, der die Maultiere später zurück auf die Plantage bringen konnte, genüge ihnen vollkommen.

»Es ist schade, dass meine Verlobte noch nicht eingetroffen ist«, sagte Max von Roden, als er Charlotte die Hand zum

Abschied reichte. »Sie hätten ganz sicher Gefallen aneinander gefunden.«

»Besuchen Sie uns in Daressalam, Herr von Roden – wir freuen uns.«

Er versprach, bei ihnen in der Inderstraße vorzusprechen, wenn er Johanna in Daressalam abholte. Es konnte nicht mehr lange dauern, ganz sicher hatte sie ihm längst eine Nachricht geschickt, aber die Post in der Kolonie sei eben noch ein wenig langsam …

Christian spornte sein Maultier an, und Charlottes Reittier folgte unaufgefordert, so dass ihr Gespräch ein jähes Ende fand. Als sie sich am Ende der Akazienallee ein letztes Mal nach dem Wohnhaus umsah, stand Max von Roden noch an derselben Stelle und starrte ihnen nach.

Juma, ihrem schwarzen Begleiter, schien es zu gefallen, für heute von der anstrengenden Buddelei erlöst zu sein. Während sie durch die Pflanzungen ritten, winkte er den Kameraden zu, freute sich über ihre neidischen Blicke und erwiderte laut die ihm zugerufenen Scherzworte. Er sei vor Jahren noch ein Sklave auf einer Kokosplantage bei Tanga gewesen, erzählte er, aber die Deutschen hätten seinen früheren *bwana* vertrieben und ihn allein an der Küste zurückgelassen. Dann sei *bwana* Roden gekommen und habe ihn auf seine Plantage mitgenommen, wo es viel Arbeit gab. *Bwana* Roden sei ein guter Herr, er habe schöne Häuser für sie gebaut und ihnen Gärten gegeben. *Bwana* Roden könne mächtig böse werden, aber er schlage seine Arbeiter niemals. Das täten nur die Araber und auch die Inder, die hier in der Nähe Plantagen hätten …

Christian scherte sich nicht um das Gerede, er verstand sowieso nur einen Teil davon, seine Kenntnisse in Suaheli hatten sich kaum verbessert. Charlotte dagegen wollte nicht unfreundlich erscheinen und stellte ab und an eine Zwischenfrage, obwohl es ihr schwerfiel. Nachdem sie das weiße Tor passiert und die Plantage hinter sich gelassen hatten, führte der Pfad in gewundenen Linien bergab, und sie musste die Bewegungen des Maultiers mit dem Körper ausgleichen. Es strengte sie stärker an, als sie erwartet hatte; vermutlich lag das daran, dass ihr Magen immer noch Probleme machte. Es war schade, denn jetzt, da sich die Morgennebel hoben, zeigte sich die Landschaft in ihrer ganzen Schönheit. Schroffe Felsen ragten hoch in den blauen Himmel, dazwischen lagen riesige Haine voll hellgrüner Bananenstauden, sie erblickten das weißliche Band eines Wasserfalls, und dort oben, wo der Dunst nun immer durchsichtiger wurde, reckten sich gewaltige Baumriesen im Gewirr des Regenwaldes. Immer noch war es angenehm kühl – unten in Moshi würden die Temperaturen vermutlich weitaus höher sein. Charlotte war eine Weile mit ihrem Maultier beschäftigt, das sich störrisch weigerte, um eine Kehre zu biegen, und sie fürchtete schon, absteigen zu müssen, als es plötzlich doch beschloss, den Weg fortzusetzen.

»*Bibi* Ohlsen! Schau hinauf! Der Berg ist heute gut gelaunt, er hat die Wolken verjagt, er will sich uns zeigen ...«

Fasziniert schaute sie auf den Kilimandscharo, der mitten im Himmel zu schweben schien. Der Berg war jetzt noch klarer und größer als vorgestern, da sie sich näher an den Gipfeln befanden. Eine Schar Vögel – Raben vermutlich – hatte sich von irgendwoher erhoben und flatterte den Bananenpflanzungen entgegen, ihre kleinen, schwarzen Körper mit den gezackten Flügelenden strichen vor dem glitzernden Gipfel vorüber, und sie hörten ihre schnarrenden Rufe.

»Siehst du nun wieder deine Träume?«, fragte Christian heiter. »Ich glaube fast, mir will es heute auch gelingen.«

Eine Welle der Übelkeit überkam sie, die sie an einer Antwort hinderte. Die Schreie der Vögel gellten ihr erschreckend laut in den Ohren.

»Willst du wissen, was ich träume, Charlotte? Du wirst vielleicht den Kopf schütteln, aber ich sehe eine Plantage vor mir, und ich weiß, dass sie eines Tages uns gehören wird. Du hast recht gehabt, niemand kann ohne einen Traum leben …«

Ihr Maultier machte einen Sprung, so dass sie sich rasch an seiner Mähne festklammern musste. Dann begann das verrückte Tier zu rennen und kümmerte sich nicht um ihre verzweifelten Versuche, es zu einer langsameren Gangart zu bringen. Sie vernahm die Rufe ihres schwarzen Führers, sie müsse die Zügel anziehen, doch die waren ihr längst entglitten. Mit beiden Händen klammerte sie sich an der Mähne des Tieres fest. War das noch der Pfad? Zweige schlugen ihr vor die Brust, streiften ihr Gesicht, rissen ihr das Tuch vom Kopf; sie vernahm ein Rauschen, als sei ein Gewässer in der Nähe, dann plötzlich war sie von braunen Gestalten umringt. Blattförmige Lanzenspitzen schienen aus dem Buschwerk emporzuwachsen, weiß und rot bemalte Gesichter, rollende Augen, Arme reckten sich ihr entgegen, griffen die herabhängenden Zügel ihres erschrockenen Maultiers …

Ein zentnerschweres Gewicht schien auf sie zu fallen. Sie würgte, erbrach sich, spürte, dass sie aus dem Sattel rutschte und in die Tiefe stürzte. Doch da war kein Aufprall, nur das grässliche Gefühl, in bodenlose Dunkelheit zu gleiten. Ihre Hände krallten sich in trockenes Gras, Gezweig, braunen Erdboden. Die bleierne Last, die sich auf sie gelegt hatte, raubte ihr den Atem, zwang sie, sich immer wieder zu übergeben.

»Charlotte!«, rief eine weit entfernte, verzweifelte Stimme.

Ihr Magen brannte wie Feuer, das in Windeseile ihren ganzen Körper erfasste. Stöhnend krümmte sie sich zusammen.

»Charlotte! Nein! Lasst mich! Charlotte!«

Doch Charlotte nahm nichts anderes mehr wahr als den höllischen Schmerz, der ihren Bauch wie eine Schraubzwinge zusammenpresste.

Max von Roden hatte sich zusammennehmen müssen, sonst hätte er wohl noch eine Weile dagestanden, um den drei Davonreitenden nachzustarren. Was war bloß los mit ihm? Es gab jede Menge Arbeit: Drüben bei den Angestellten wurde gebaut, da wollte er gleich mit dem Lot nachmessen, denn die Afrikaner mauerten gern einmal schiefe Wände. Dann musste er ein Auge darauf haben, dass die Löcher für die Setzlinge tief und breit genug gegraben und mit lockerer Erde angefüllt wurden. Im Stall sollte einer seiner Ochsen das Futter verweigert haben, hoffentlich hatte sich da keine Seuche eingeschlichen.

Während er zur Baustelle eilte, dachte er darüber nach, dass er unbedingt einen weißen Vorarbeiter brauchte, am besten sogar zwei, aber es war nicht leicht, gute Leute zu finden. Den Dänen hatte er wieder fortschicken müssen, weil er an der Flasche hing. Ein Deutscher aus Leipzig hatte sich nach ein paar Wochen einer Gruppe Goldsucher angeschlossen.

Er brauchte nicht einmal das Senkblei zu benutzen, schon mit bloßem Auge war zu erkennen, dass sich die frisch gesetzte Lehmziegelmauer ordentlich nach innen neigte. Da half nur abreißen und neu aufmauern. Es dauerte eine Weile, den schwarzen Arbeiter davon zu überzeugen; Makwetu fand alle möglichen Ausreden und versicherte ihm hoch und heilig, den Fehler noch ausgleichen zu können. Aber mit schiefen Wänden wollte Max von Roden gar nicht erst anfangen. Makwetu hatte sich bisher recht geschickt angestellt, da lernte er sicher auch noch, anständige Mauern hochzuziehen.

Nachdem sie gemeinsam das Werk zweier Stunden Arbeit umgestoßen hatten, ging er dem Schwarzen ein wenig zur Hand und schaute ihm dann noch eine Weile mit kritischen Augen zu. Dabei kam ihm unversehens wieder das Bild der drei Reiter in den Sinn, die hell gekleidete Frau in der Mitte, ein goldenes Tuch um das schwarze Haar geschlungen. Es stand ihr gut, es passte zu ihren dunklen Augen, die manchmal wie goldgelber Bernstein glänzten. Gestern Abend, als sie miteinander Klavier gespielt hatten, war er von diesen Augen voll und ganz in Bann geschlagen worden. Sie konnten unglaublich verträumt schauen, wenn sie sich in die Musik versenkte. Wenn er allerdings aus Versehen danebengegriffen oder einen Einsatz verpasst hatte, war der sanfte Ausdruck in ihrem Blick verschwunden, und sie hatte ihn energisch angeblitzt … Er fragte sich, ob sie mit ihrem Mann glücklich war. Auf Christian Ohlsen schien eine düstere Wolke zu lasten; schon auf dem Schiff war ihm das aufgefallen, und er hatte sie bewundert, mit welcher Sanftmut und Fürsorge sie ihm begegnete. Auch gestern Abend hatte sie …

»*Bwana* muss kommen! Wurzel ist in Erde, groß und dick wie Bauch von Elefant. Niemand kann herausziehen!«

»Sag Kapande, er soll mir ein Maultier satteln!«

Während er zu den Stallungen hinüberging, ärgerte er sich über die Arbeiter, die in solchen Fällen gern resignierten und behaupteten, es sei unmöglich, an dieser Stelle Pflanzlöcher zu graben. Trotzdem wurde er das Bild nicht los: Charlotte Ohlsen in Männerkleidung, auf dem Maulesel reitend. Er hatte sie um die Taille gefasst und gespürt, dass sie ein Mieder unter der Jacke trug, was nicht verwunderlich war. Es war geradezu aufregend gewesen, sie in die Höhe zu stemmen und ihren Körper zu spüren, warum auch immer. Vielleicht lag es daran, dass er so lange keine Frau mehr in den Armen gehalten hatte. Er machte sich nichts aus den schwarzen Frauen, auch nicht zum Zeitvertreib, wie es so viele Weiße hielten. Er wollte Johanna die Treue wahren, genau so, wie sie es sich gegenseitig vor über einem Jahr versprochen hatten. Sie kannten einander seit ewigen Zeiten, hatten schon als Kinder zusammen gespielt.

Im Hintergrund war jetzt der Kilimandscharo aus den Wolken getreten, ein großartiger Anblick, geradezu magisch und vielleicht auch der Grund, weshalb er sich ausgerechnet hier niedergelassen hatte. Man konnte die Konturen sehr klar erkennen, was nicht immer der Fall war und möglicherweise auf einen Wetterumschwung hindeutete. Raben schwirrten auf, ein ganzer Schwarm der schwarzen Räuber war unterwegs, wahrscheinlich hatten sie es auf den Mais abgesehen, den die Dschagga oben pflanzten.

»*Bwana* Roden! *Bwana* Roden!«

Er fuhr aus seinen Gedanken und erblickte einen Schwarzen auf einem Maultier, der ungeniert über die neu eingesäte Wiese ritt. Er wollte schon zu einem Donnerwetter ansetzen, als er Juma erkannte.

»*Bwana* Roden nicht böse sein mit Juma … Krieger sind so viele wie Halme auf den Wiesen … niemand weiß die Zahl. Speere schneiden wie Messer … stoßen in Herz. Fällt vom Maultier auf die Erde … Steht nicht mehr auf … Krieger haben weiße und rote Gesichter … Bogen mit Pfeilen … kämpfen mit *bwana* … Juma hat Angst. Maultier hat auch Angst und läuft zurück auf Plantage … Juma kann es nicht halten …«

Von Roden hatte genügend Erfahrung mit den Eingeborenen, um aus diesem Wirrwarr das Wesentliche herauszuhören.

»Wer ist vom Maultier gestürzt? Doch nicht …«

»*Bibi* Ohlsen fällt von Maultier … Juma kann *bibi* nicht helfen. Krieger stehen um sie herum, haben Speere, scharf geschliffen …«

»Dschagga?«

Juma zog die Schultern zusammen und bejahte die Frage leise. Es gab auch Dschagga auf der Plantage, und er fürchtete sich vor ihnen. Sie kamen meist nur für einige Tage, um sich Geld für ein schönes Tuch, ein scharfes Messer oder hübschen Schmuck zu verdienen, dann verschwanden sie wieder. Juma hatte mehrfach Streit mit ihnen bekommen und Prügel bezogen, denn die Dschagga waren stolz und verachteten die Schwarzen, die auf der Plantage wohnten.

»Zeig mir den Ort, wo es passiert ist!«

Von Roden ließ ihn stehen und rannte die wenigen Meter bis zum Stall, befahl Kapande, drei weitere Maultiere zu satteln und zwei Begleiter herbeizuholen, dann stürzte er zurück ins Haus, um sich zu bewaffnen. Was im Einzelnen passiert war, konnte er sich noch nicht ganz zusammenreimen, aber da Juma allein zurückgekehrt war und von den Ohlsens jede Spur fehlte, schien ihnen etwas zugestoßen zu sein.

Die Maultiere spürten die Unruhe und benahmen sich besonders bockig, er musste sich zusammennehmen – mit Zorn konnte man nichts ausrichten. Verflucht – er hätte darauf bestehen müssen, Charlotte und ihren Mann zu begleiten. Weshalb hatte er sich abweisen lassen? Er war bisher mit den verschiedenen Häuptlingen recht gut zurechtgekommen, aber dennoch waren die Dschagga unberechenbar, und die Stämme befanden sich praktisch pausenlos in irgendwelchen Kleinkriegen.

Juma hatte einen ziemlichen Schrecken erlitten. Von Roden sah ihm an, dass er viel lieber auf der Plantage geblieben wäre, doch an der Seite seines *bwana* und der drei anderen fasste er neuen Mut und stieß seinem Reittier die Fersen in den Bauch. Von Roden trieb zur Eile an, neben den Selbstvorwürfen peinigte ihn jetzt eine unbestimmte Angst. Charlotte war von ihrem Reittier gestürzt, vielleicht hatte sie sich etwas gebrochen und lag nun hilflos und mit peinigenden Schmerzen irgendwo am Wegesrand.

»Was ist mit *bwana* Ohlsen?«, forschte er Juma aus.

»Juma weiß nicht genau. *Bwana* Ohlsen hat mit Kriegern gestritten. Hat keine Angst vor den Lanzen. Aber dann ist das Maultier mit Juma davongelaufen …«

»Soso, das Maultier«, knurrte von Roden ungehalten.

Der Pfad an dieser Stelle war tief in den Boden eingegraben und von hohen Büschen gesäumt. Als sie um eine Kehre bogen, tat von Rodens Maultier einen Sprung zur Seite, um nicht den Mann umzulaufen, der plötzlich vor ihnen auftauchte. Christian Ohlsen sah schrecklich aus. Blut rann aus einer Wunde an seiner Stirn, seine Kleidung war zerrissen und voller Flecke, der Tropenhelm fehlte. Erschrocken stiegen sie ab, um ihm zu helfen; es war nur allzu deutlich, dass er sich unter Aufbietung seiner letzten Kräfte vorangeschleppt hatte. Als von Roden und Juma ihn unter den Armen fassten, sackten ihm die Beine weg. Vorsichtig ließen sie ihn zu Boden gleiten. »Von Roden«, stammelte Christian, als müsse er nachdenken, wen er vor sich hatte. »Sie ist … sie haben sie … ich konnte sie nicht daran hindern …«

»Woran konnten Sie wen nicht hindern? Nun reden Sie schon!« , rief Max von Roden und fasste ihn stützend bei den Schultern.

Christian sprach hastig und gepresst und musste zwischendrin immer wieder nach Luft ringen.

»Die Eingeborenen. Sie haben sie mitgenommen. Ihr Maultier ist durchgegangen und hat sie abgeworfen. Ich habe sie stöhnen hören und wollte zu ihr, aber sie war von diesen Kerlen umringt. Als ich das Gewehr anlegte, fielen sie in Scharen über mich her … Die verdammte Flinte ist nicht losgegangen …«

»Seien Sie froh, Mann«, knurrte von Roden. »Hätten Sie einen von ihnen erschossen, wäre das Ihr Todesurteil gewesen.«

Die Dschagga hatten Charlotte mitgenommen! Das sollte begreifen, wer wollte, aber es war auf jeden Fall eine böse Nachricht. Großer Gott – was würden sie mit ihr tun? Er wehrte sich gegen die scheußlichen Bilder, die in seinem Hirn auftauchten – solche Dinge passierten immer wieder. Aber doch nicht ausgerechnet Charlotte …

»Wohin sind sie gegangen? Den Pfad hinunter?«

Christian Ohlsen war ihm keine große Hilfe. Er war zu Boden geworfen worden und hatte für eine Weile das Bewusstsein verloren. Als er wieder zu sich kam, waren die Dschagga verschwunden, ebenso Charlotte und auch die Maultiere.

»Reiten dorthin und finden ihre Spuren«, sagte Kapande. »Niemand geht ohne Spur, nur Geist.«

Juma überließ Christian sein Maultier und lief freiwillig zu Fuß; er war voller Reue, trotzdem aber heilfroh, rechtzeitig entkommen zu sein. Christian Ohlsen brauchte drei Ansätze, um in den Sattel zu gelangen, schließlich half ihm von Roden hinauf, während Juma das unruhige Maultier am Halfter hielt.

»Sie haben Fieber, Mann. Das habe ich schon gestern bemerkt. Haben Sie Chinin genommen?«

Christian wischte sich mit dem Ärmel das Blut von der Stirn und gab keine Antwort. Immerhin stellte von Roden mit scharfem Blick fest, dass die Stirnwunde nicht erheblich war – eine aufgeplatzte Prellung, die von einem Schlag herrührte. Wahrscheinlich war er deshalb noch benommen.

Sie hatten nicht lange zu reiten. An der Stelle, wo der Überfall stattgefunden hatte, wurde der Pfad von einem schmalen Gebirgsbach überquert, der zurzeit nicht allzu viel Wasser führte. Die Dschagga waren das Bachbett heruntergelaufen und hier auf den Pfad gestoßen.

»Da, *bwana!*«

Juma hatte ein ockergelbes Tuch entdeckt, das sich im Gebüsch verfangen hatte.

»Das gehört ihr. Sie hat es verloren, als das Maultier durchging!«

Christian nahm das Tuch an sich, hielt es in den Händen

und besah es mit so verzweifeltem Blick, dass von Roden Mitleid bekam. Er mochte diesen Mann nicht besonders, aber er konnte seine Sorge um Charlotte nur allzu gut verstehen.

»Dschagga haben Zweige und Äste geschnitten«, vermeldete Kapande.

Von Roden hatte die frischen Bruchstellen als Folge des Kampfes gedeutet, jetzt aber erkannte er, dass Buschmesser benutzt worden waren.

»Sie haben Trage gebaut, *bwana.* Und dann sie sind bergab gegangen. Vielleicht nach Moshi …«

»Moshi?«, wiederholte Christian Ohlsen. »Wieso Moshi? Kann man das an den Spuren erkennen?«

Von Roden wurde klar, dass Ohlsen offensichtlich kaum Suaheli verstand, und er beschloss, die Sache mit der Trage besser zu verschweigen. Es konnte nur bedeuten, dass Charlotte ernsthaft verletzt war und weder reiten noch gehen konnte. Himmel – sie würde doch nicht sterben?

»Ja, hinunter nach Moshi. Es ist möglich, dass die Dschagga zur Karawane unterwegs sind, um ihr Elfenbein anzubieten«, sagte er bedächtig. »Vielleicht haben sie Ihre Frau dorthin mitgenommen …«

Es war eine recht vage Vermutung, an die er selbst nicht so richtig glauben konnte, aber sie war keineswegs vollkommen abwegig. Es konnte ja sein, dass die Dschagga mit der Dankbarkeit der weißen Schutztruppe rechneten, die sich ganz sicher in Geschenken ausdrücken würde.

»Dann reiten wir hinunter …«

Christian schien wieder aufzuleben. Er trieb sein Maultier an, doch er hing so weit vornüber im Sattel, dass von Roden nicht umhin kam, sich zu fragen, wie lange er sich wohl auf dem Tier halten würde.

»Hören Sie, Ohlsen! So hat das keinen Zweck. Reiten Sie zurück auf die Plantage, das ist nicht allzu weit, dort wird man

Sie versorgen. Wir werden Ihre Frau in Moshi finden und Ihnen Nachricht geben …«

»Ich reite dorthin, wo Charlotte ist …!«

Damit verschwand er hinter der nächsten Biegung. Was für ein sturer Bursche!, dachte von Roden. Aber hätte er selbst in einer solchen Situation nicht ebenso gehandelt? Was immer man gegen diesen Ohlsen sagen konnte: Er liebte seine Frau abgöttisch.

Die Gruppe zog sich auseinander; von Roden musste auf Kapande warten, der immer noch nach Spuren suchte. Juma wollte er lieber zur Plantage zurückschicken – er hatte jetzt kein Maultier mehr und hielt sie nur auf.

»Kapande! Komm jetzt, wir müssen weiter.«

Doch Kapande hockte im Bachbett und schien mit den Fingern Linien in den feuchten Boden zu malen. »Ja, *bwana.* Aber wir finden die *bibi* nicht in Moshi. Hier ich sehe Füße mit den Zehen nach oben. Zwei Männer, drei, vier …«

Das konnte nur bedeuten, dass sich ein paar der Dschagga-Krieger von den Übrigen getrennt hatten, um das Bachbett wieder hinaufzugehen. Vermutlich waren sie zurück in ihr Dorf gelaufen.

»Weshalb denkst du, dass wir *bibi* Ohlsen nicht in Moshi finden, Kapande?«

»Darum, *bwana!*«

Er hielt von Roden die flache Hand entgegen. Darauf glänzte ein kleiner, runder Gegenstand, ein Knopf aus Perlmutt, noch feucht vom Wasser. Solche Knöpfe waren an ihrer Jacke gewesen, daran erinnerte er sich genau.

Von Roden zog scharf die Luft ein, um seinen Schrecken vor Kapande zu verbergen. Sie hatten Charlotte in ihr Dorf gebracht, das war keine gute Nachricht. Weshalb? Was hatten sie mit ihr vor?

Er zögerte, dann entschied er sich, Christian Ohlsen nicht

zurückzurufen. Er würde ihnen seine beiden schwarzen Angestellten hinterherschicken; vielleicht schaffte er es bis Moshi, dann tat er klug daran, sich in die Hände des deutschen Militärarztes zu begeben. Dieses Bachbett konnte man nur zu Fuß bewältigen, was bedeutete, dass sie die Maultiere hinter sich herzerren mussten – eine kräfteraubende und zudem recht gefährliche Angelegenheit. Von Roden hatte weder eine Ahnung, mit welchem Dschagga-Stamm er es zu tun hatte, noch wusste er, was sie im Schilde führten. Das einzig Gute an der Situation war, dass Kapande sich vermutlich mit ihnen verständigen konnte, denn er hatte eine Dschagga zur Frau.

Der Schmerz hatte sie ausgehöhlt, ihr alle Kraft genommen und pulsierte jetzt wie ein giftiger, heißer Strom durch ihre Adern. Immer wieder schien eine mächtige Hand sie zu packen und durchzurütteln; sie spürte, wie ihre Zähne aufeinanderschlugen, und verkrampfte die Finger, wie um einen Halt zu finden. Doch der Schüttelfrost tat mit ihr, was er wollte; es war unmöglich, dagegen anzukämpfen.

War das der Tod? Sie war ihm nahe, konnte seine kalte Gegenwart spüren, doch seltsamerweise fürchtete sie sich nicht davor zu sterben. Es waren die Bilder, die ihr Angst machten. Die schwarzroten Maskengesichter, die sich vor ihrem Fieberblick seltsam verzerrten, in die Länge wuchsen, breite Mäuler öffneten, sie mit runden, hervorquellenden Augen anstarrten. Sie schienen mit dem peinigenden Schmerz verbunden zu sein, näherten sich ihr bedrohlich, wenn die Qual sich mehrte, wichen zurück, wenn sie ein wenig Erleichterung fand. Es half nichts, die Augen zu schließen, denn die Masken verschwanden nicht, stattdessen begannen sie zu tanzen, wandelten sich zu rotweißen Fabelwesen, bekamen Arme und Krallenfüße, und in ihren Mäulern wuchsen spitze Zähne. Sie bewegten sich in einem wilden Kreistanz immer dichter auf sie zu, berührten sie, schlugen nach ihr, rissen die Raubtiermäuler auf, und sie konnte sich nur vor ihnen retten, indem sie die Augen wieder öffnete. Ein vorübergleitender, belaubter Ast, ein Stück Himmel, ein brauner, sehniger Rücken, der sich vor ihr her bewegte – dies alles war flüchtig, und doch konnte sie sich für Sekunden daran festhalten und den Fiebergespenstern entkommen.

Auch die Geräusche halfen. Zuerst hatte sie nur ein Rauschen vernommen wie von einem großen Gewässer, doch es schien aus ihr selbst gekommen zu sein und legte sich allmählich. Sie hörte Stimmen, konnte jedoch keine Worte verstehen. Ein Schlagen und Zischen schien von einem Buschmesser herzurühren, Zweige knackten, Wasser gluckerte. Einmal spürte sie kühle Tropfen auf ihrer Haut wie einen kräftigen Regen, sie sah eine Hand, die ein Büschel nasser Blätter hielt und sie damit besprengte. Man flößte ihr Wasser ein, sie trank es durstig und erbrach es gleich wieder. Als sie danach die Augen schloss, zog ein kreisender Strudel sie tief hinab in dröhnende Finsternis.

Nur langsam trieb sie wieder an die Oberfläche des Bewusstseins, das Dröhnen wurde zu einem leisen Pfeifen, die Schmerzen kehrten zurück. Um sie herum war Dämmerlicht, aus dem sich glänzende schwarze Gestalten lösten, von Rauchschwaden umweht. Jetzt nahm sie auch den scharfen Geruch des Feuers wahr, und als sie zu husten begann, war es, als steche man ihr mit Messern in den Leib.

Ein schwarzes Gesicht beugte sich über sie, es war klein und mager, das Weiße der Augen von roten Äderchen durchzogen, die Pupillen glänzten. Über diesem Gesicht tauchte ein zweites, geflecktes auf. Der Kopf eines Leoparden.

Es war kein Fiebertraum, dieses Doppelwesen aus Mensch und Tier war Teil der Wirklichkeit. Vier Augen starrten sie an, zwei Hände betasteten ihren Bauch, aus dem menschlichen Mund kamen murmelnde Worte. Die Hände schienen in ihren Körper eindringen zu wollen, stießen auf ihr Mieder und wanderten über ihre Arme zu den Handgelenken. Jemand kreuzte ihr die Arme vor der Brust, hob ihren Kopf an und flößte ihr einen heißen Sud ein. Sie schluckte etwas von dem widerlich fauligen Gebräu, würgte und wollte sich erbrechen, doch man drückte sie zurück auf ihr Lager, und eine Hand verschloss ihren Mund. Eine Weile kämpfte sie, hustete, schluckte, rang nach Luft und war nahe daran zu ersticken, dann richtete man sie von Neuem auf und zwang sie, einen weiteren Schluck von der stinkenden Brühe zu nehmen. Die Quälerei wollte nicht aufhören, am Ende war ihr alles gleichgültig, sie trank den Sud bis auf den letzten Tropfen in der Hoffnung, dass man sie dann in Ruhe ließ. Seltsamerweise hatte ihr Magen die gleiche Entscheidung getroffen, denn er hörte auf zu rebellieren, sogar der Schmerz ließ nach, und als man endlich von ihr abließ, fiel sie in einen traumlosen Halbschlaf.

»Er will wissen, ob sie deine *bibi* ist.«

»Sag ihm, sie ist … die *bibi* eines Freundes.«

Charlotte vernahm die Sätze, konnte sie jedoch nicht recht zuordnen. Sie schwamm in einem sanften, warmen Fluss, trieb willenlos mit dem Strom dahin, und das Gefühl war so angenehm, dass sie auf keinen Fall wollte, dass es verging.

»Er fragt, wo dein Freund ist. Weshalb er nicht selbst kommt.«

»Sag ihm, dass mein Freund krank ist und ich deshalb an seiner Stelle komme.«

Der Strom wurde unruhig, und das schöne Gefühl des sachten Dahingleitens verebbte. Kleine Wellen schwappten über ihren Bauch, abgerissene Zweige trieben an ihr vorüber und stießen gegen ihren Körper. Es waren die vielen Stimmen, die ihre Ruhe gestört hatten, draußen redeten mehrere Leute durcheinander, ein unverständliches Palaver, von dem sie nur hin und wieder einen Satz verstand.

»Der Häuptling sagt, er will weiße *bibi* behalten, wenn sie nicht dir gehört.«

Plötzlich versiegte der sanfte Fluss, der sie getragen hatte, ließ sie im harten Uferkies zurück, und es dämmerte ihr, dass man möglicherweise über sie redete. Die Stimme kam ihr bekannt vor.

»Sag ihm, dass ihr Mann mein Gast und mein Bruder ist. Ich werde in allem so handeln, als sei sie meine eigene *bibi!*«

Das war von Roden, der da draußen verhandelte. Charlotte schlug die Augen auf und versuchte, im Dämmerlicht etwas zu erkennen. Wo war sie nur? Ihr Magen brannte, ihr Kopf schmerzte, und als sie sich jetzt aufsetzen wollte, wurde ihr so schwindelig, dass sie gleich wieder zurücksank.

»Der Häuptling will sie dir nicht geben, *bwana.*«

»Warum nicht? Was will er mit einer weißen *bibi?* Sind ihm die *bibi* der Dschagga nicht mehr gut genug? Sind sie faul oder hässlich? Bringen sie keine Söhne mehr auf die Welt?«

»Nicht zornig, *bwana.* Sonst sie uns töten.«

»Übersetze, was ich gesagt habe, verdammt!«

Wieder vernahm sie Worte in einer unbekannten Sprache, doch langsam begann sie zu begreifen. Der Sturz vom Maultier, das schreckliche Würgen, das Fieber, die Maskengeister … Sie befand sich in einer niedrigen, kreisrunden Hütte, dort glomm noch ein Feuer, dessen Rauch jetzt senkrecht zur Decke emporstieg und durch ein kleines Loch abzog. Eine Frau hockte in einiger Entfernung von ihr am Boden und wandte ihr den Rücken zu. Sie hatte die langen Bananenblätter, die vor dem Ausgang hingen, ein wenig zur Seite geschoben, um nach draußen zu spähen.

»Häuptling sagt, er ist mit seinen *bibi* zufrieden. Will weiße *bibi* dennoch behalten. Wenn dein Freund seine *bibi* zurückhaben will, er muss Preis bezahlen.«

»Aha!«, sagte von Roden auf Deutsch. »Daher weht der Wind!«

Charlotte unternahm einen zweiten Versuch, sich aufzusetzen, dieses Mal langsam und vorsichtig. Einen Augenblick lang drehte sich alles um sie, dann wurde es besser. Sie stützte sich mit den Händen ab und stellte fest, dass ihre Arme vor Schwäche zitterten. Nie zuvor hatte sie sich so hilflos gefühlt, sie konnte nicht einmal sitzen – wie sollte sie überhaupt von hier fortgelangen?

»Es ist nicht klug, solche Forderungen zu stellen«, hörte sie von Roden auf Suaheli mahnen. »Die deutschen Soldaten unten in Moshi werden kommen, um die weiße *bibi* zu befreien. Dann wird der Häuptling vielleicht all sein Land und viele Krieger verlieren …«

»Wir sind im Dschagga-Dorf, *bwana.* Viele Speere auf uns gerichtet!«

»Nun mach schon, Kapande!«

Das Palaver dehnte sich aus, und Charlotte ließ sich wieder zurücksinken, da ihre Arme ihr den Dienst versagten. Keuchend lag sie auf dem harten Boden und spürte, wie Panik in ihr aufstieg. Im gleichen Moment wurde ihr bewusst, dass ihre Kleider verschwunden waren. Man hatte sie ausgezogen, ihr nicht einmal ein Hemd gelassen, nur ein staubiger, roter Stofffetzen bedeckte ihren Körper.

»Der Häuptling will mit dir Preis verhandeln.«

»Ich zahle keinen Preis, verflucht! Ich fordere die weiße *bibi* zurück, die er entführt hat. Wo ist sie?«

Wieder hörte sie fremde Laute, dieses Mal kam die Antwort rascher. Vermutlich spielte der Übersetzer sein eigenes Spiel.

»Er sagt, sie viel Mühe mit ihr gehabt. Medizinmann war bei ihr. *Bibi* ist krank.«

»Ich will sie sehen!«

Unsinnigerweise erschrak sie über von Rodens energische Forderung – er durfte sie auf keinen Fall so sehen, vollkommen verdreckt, mit wirrem Haar und dazu nackt, nur mit einem knappen Tuch bedeckt …

Die langen Bananenblätter vor dem Hüttenausgang raschelten, und die Frau wich eilig zurück, als eine Hand den Blättervorhang beiseiteschob. Licht fiel in das Innere der Hütte und blendete Charlottes Augen, doch sie erkannte Max von Roden, der jetzt in gebückter Haltung eintrat.

Er schien ihre Blöße gar nicht wahrzunehmen, kniete neben ihr nieder und lächelte sie ermutigend an.

»Keine Angst, Frau Ohlsen. Ich hole Sie hier heraus.«

Sie versuchte, sein Lächeln zu erwidern, auch wenn es recht kläglich ausfiel.

»Haben Sie sich etwas gebrochen?«, fragte er und ließ nun doch den Blick über ihren Körper wandern.

»Ich glaube nicht … Es ist wohl eher ein Fieber … Wo ist mein Mann? Ist er etwa auch hier gefangen?«

»Zum Glück nicht. Er ist hinunter nach Moshi geritten, um nach Ihnen zu suchen.«

»Es tut mir schrecklich leid, dass ich Ihnen solche Mühe bereite …«

Er schüttelte den Kopf und legte ihr beruhigend die Hand auf die nackte Schulter. »Reden Sie keinen Unsinn. Es ist alles meine Schuld, ich hätte Sie begleiten müssen. Aber verlassen Sie sich darauf: In wenigen Stunden liegen Sie in einem gemütlichen Bett und erholen sich von dem Schrecken.«

»Ich kann doch gar nicht laufen …«

»Das soll unsere geringste Sorge sein«, entgegnete er aufmunternd, erhob sich und ging wieder hinaus.

Gleich darauf krochen zwei junge Frauen in die Hütte,

brachten eine Kalebasse und einen ziemlich schmutzigen, ehemals roten Stoff und machten sich an ihr zu schaffen. Sie schwatzten auf sie ein, gaben ihr zu trinken und halfen ihr, sich aufzurichten. Charlotte war zu schwach, um sich zu wehren, sie ließ geschehen, dass man sie mit den Tüchern umwickelte und sie dann wieder auf den Boden setzte. Immer noch war ihr mulmig zumute, alles drehte sich, und das hohle Gefühl, der Vorbote des Fiebers, kündigte sich erneut an. Was trieben diese Frauen mit ihr? Sie trugen das Haar kurz geschoren, weshalb ihnen Charlottes lange Lockenpracht offenbar sehr merkwürdig erschien. Sie fassten mit den Händen hinein und lachten, dann lief eine davon, brachte einen Topf mit einer hellbraunen Pampe, und sie begannen, Charlottes Haar damit einzuschmieren und in Zöpfchen zu flechten. Charlotte wehrte sich nicht. Durstig trank sie das klare Bergwasser. Was für ein Teufelszeug mochten sie ihr eingeflößt haben, dass sich ihr Magen tatsächlich beruhigt hatte?

Draußen wurde lebhaft verhandelt, und es war kein schönes Gefühl zu wissen, dass sie die Ware war, um die gefeilscht wurde.

»Das kommt gar nicht in Frage!«, hörte sie von Roden wütend ausrufen.

»Der Häuptling will weiße *bibi* nicht hergeben, wenn du dich weigerst, *bwana* …«

O Gott! Was verlangten sie bloß von ihm? Geld? Geschenke? Waffen? Ja, gewiss. Sie würden Gewehre und Patronen haben wollen, die waren besser als ihre Speere. Sie würde von Roden den Schaden ersetzen müssen, wenn sie das überhaupt konnte. Aber das war alles gleich – wenn sie nur bald aus dieser verdammten, stinkenden Hütte herauskam …

Die beiden Frauen hatten bereits einen Teil ihres Haares geflochten, als man sich draußen endlich einig wurde. Der Blättervorhang wurde zurückgeschoben, und sie erblickte einen geschmückten Krieger, nicht allzu groß gewachsen, doch mit ansehnlichen Muskelsträngen an Armen und Beinen. War er der Häuptling? Er musterte sie und schien nicht ganz zufrieden mit ihrem Aussehen zu sein. Eine der Frauen musste ein besticktes Band opfern, das sie um ihren Kopf gebunden hatte, die andere legte Charlotte eine lange Kette um den Hals. Ganz sicher ein wertvoller Schmuck, denn der Kupferdraht war äußerst kunstvoll zu winzigen, ineinandergreifenden Gliedern geschlungen. Als die beiden Frauen sie jetzt aus der Hütte führten, beschlich sie das aberwitzige Gefühl, geschmückt wie eine Braut zu sein, und sie fragte sich, ob sie das alles womöglich doch nur phantasierte.

Von Roden erwartete sie mit unbeweglicher Miene, allein seine Mundwinkel zuckten leicht, als er einen kurzen Blick auf sie warf. Die beiden Frauen ließen Charlotte los, die augenblicklich zusammensackte. Rasch sprang von Roden herbei, um sie zu stützen.

»Sie können mich doch nicht den ganzen Weg über tragen …«

»Nur bis zu der Stelle, wo der Pfad breiter wird, dann werden wir reiten.«

Ihr Abgang wurde von triumphierenden Rufen und Jubellauten begleitet, so dass Charlotte sich beklommen fragte, was von Roden wohl für sie bezahlt haben mochte. Sie hatte die Arme um seinen Hals gelegt, um ihm die Last zu erleichtern, während er schnell den Pfad hinabeilte und ihr leise versicherte, sie brauche sich keine Sorgen zu machen, er werde sie schon nicht fallen lassen.

Sobald die Wegverhältnisse es zuließen, hob er sie vor sich auf sein Maultier und flüsterte ihr während des unbequemen Ritts immer wieder zu, dass sie schon bald auf der Plantage seien. Sie reagierte kaum; das Fieber war wieder angestiegen, und sein Arm, mit dem er sie fest um die Mitte hielt, schmerzte sie höllisch. Der Weg zurück zur Plantage erschien ihr wie eine Ewigkeit.

»Warten Sie! Sagen Sie es ihr nicht. Sie ist noch zu schwach.«

»Wie Sie wollen.«

Charlotte schlug die Augen auf und erblickte einen bunt gemusterten Vorhang, hinter dem sich gleißend die rechteckige Form des Fensters abzeichnete. Sie hatte keine Ahnung, wie sie in dieses Zimmer gekommen war, wusste nicht, wie lange sie geschlafen hatte – aber es war Johannas Zimmer, der Raum, den von Roden für seine Braut eingerichtet hatte.

Die Tür wurde mit einem Ruck geöffnet, und ein weiß gekleideter Mann trat ein. Er trug eine Uniformjacke mit blanken Knöpfen und hielt eine Tasche in der Hand; sein rundes Gesicht wurde von einem üppigen Schnurrbart geziert, während sein dunkelblondes Haupthaar schon ziemlich gelichtet war.

»Sie sind ja wach! Und ich hatte schon Angst, Sie aus dem Schlaf reißen zu müssen …«

Unbekümmert zog er einen der Stühle zu ihrem Lager, setzte sich und griff nach ihrem Handgelenk, um den Puls zu fühlen. Er sei Dr. Brooker, zurzeit in Moshi stationiert. Der Herr von Roden habe ihn holen lassen, weil er sich Sorgen um sie mache. Allerdings habe er den Eindruck, dass sie auf dem Wege der Besserung sei. Ihr Puls gehe ein wenig schnell, ob sie Schmerzen habe, Übelkeit verspüre, Durchfall …

»Im Augenblick nicht …«

Er redete ohne Unterbrechung auf sie ein, während er ihr Augenlid herabzog, ihre Zunge besah und dann auf ihrem Bauch herumdrückte, allerdings ohne das Hemd zu heben, mit dem sie bekleidet war und das sie vorher noch nie gesehen hatte. Schließlich klappte er seine Tasche auf und suchte zwischen allerlei braunen Fläschchen, Klistier, Schröpfköpfen,

Messer und Zangen ein Fieberthermometer heraus, das er ihr in den Mund steckte.

»Meine Güte – nach den Schilderungen hatte ich schon befürchtet, einen Fall von Cholera vor mir zu haben. Was haben Sie gegessen, bevor Sie sich übergeben mussten? Haben Sie Wasser aus einem Bach oder Tümpel getrunken? Nein? Nun, Sie haben ja wirklich Glück gehabt, dass von Roden so ein entschlossener Bursche ist, sonst hätte dieser Dschagga-Häuptling Sie wohl in seinen Harem gesteckt. Sie haben mehrere Frauen, diese Neger, sie lassen sie auf den Feldern arbeiten, während sie selbst nur dahocken und dabei zuschauen, eine praktische Sache, was? Aber im Ernst: Von Roden hat Ihnen das Leben gerettet, weil er Sie gerade noch rechtzeitig dort herausgeholt hat …«

Er nahm das Thermometer, hielt es in die Höhe und kniff ein Auge zu, um den Stand der Quecksilbersäule genau abzulesen.

»Das sieht doch gut aus, junge Frau. Im Grunde hätte ich unten in Moshi bleiben können …«

»Die Dschagga haben mir einen Sud eingeflößt, ein Heilmittel, glaube ich. Danach ging es mir viel besser …«

»Ach was! Von Roden hat Ihnen Chinin gegeben, vermutlich hat das jetzt endlich gewirkt. Und natürlich der Schlaf. Sie müssen tüchtig essen, dann sind Sie in ein, zwei Tagen wieder auf dem Damm. Aber bevor Sie unter Menschen gehen, sollten Sie sich das Haar zurechtmachen, junge Frau. Momentan schauen Sie aus wie eine Dschagga …«

Er lachte ausgiebig über seinen eigenen Scherz, vermutlich gehörte diese Heiterkeit zu seinem Beruf; es ließ sich leichter mit den Kranken umgehen, wenn man sie zum Lachen brachte. In Charlottes Fall wollte es ihm jedoch nicht so recht gelingen, sie erschrak, als sie in ihr Haar fasste. Die kleinen Zöpfchen an Schläfen und Hinterkopf waren steif, der trockene Lehm bröselte heraus, vermutlich hatte sie das Bettzeug damit ruiniert.

»Ja, die Vorstellungen von Schönheit sind halt recht unterschiedlich«, plauderte er gut gelaunt weiter. »Manche Neger schmücken sich mit Narben am ganzen Körper, andere durchbohren sich die Nasen und Ohrläppchen, um irgendwelches Zeug hindurchzustecken. Dafür schnüren sich unsere Damen so eng ein, dass sie kaum Luft bekommen, und wir Männer lassen uns solche Matratzen auf der Oberlippe wachsen …«

Grinsend strich er über seinen Schnurrbart, klappte seine Tasche wieder zu und reichte ihr die Hand.

»In ein paar Tagen … Wie gesagt … Sie machen gute Fortschritte … Es war mir ein Vergnügen … Wenn Sie nach Moshi herunterkommen, stehe ich selbstverständlich zu Ihrer Verfügung. Das Gleiche gilt für den Offiziersstab und die Leute von der Mission – unsere deutschen Landsleute finden überall tatkräftige Unterstützung …«

Sie konnte sich kaum bedanken, da hatte er schon die Tür geöffnet, grinste ihr noch einmal frohgemut zu und ging eilig hinaus. Wie seltsam, dachte sie und musste lächeln. Er rennt davon, als würde ein ganzes Krankenhaus voller Verwundeter und Seuchenopfer auf ihn warten – in Wirklichkeit erwartete ihn nebenan vermutlich ein reich gedeckter Tisch und ein guter Tropfen, die Gastfreundschaft des Max von Roden war ihr ja bereits bekannt – sie selbst hatte sie in übergroßem Maß in Anspruch genommen. Wie lange sie wohl schon hier lag? Einen Tag? Oder länger? Neben der Couch hatte man eine umgedrehte Kiste als Nachttisch aufgestellt, darauf standen ein Krug mit Limonade, mehrere Trinkbecher und zwei braune Fläschchen. Sie erinnerte sich schwach daran, dass eine schwarze Frau sie zum Sitzen aufgerichtet hatte, um ihr ein Getränk einzuflößen. Mit sanften, geschickten Händen hatte sie ihr den Becher an den Mund geführt und dabei leise auf sie eingeredet, als wäre sie ein krankes Kind. Ob sie ihr auch dieses merkwürdige Hemd angezogen hatte? Es war aus weißer Baumwolle, hatte lange Ärmel, eine Knopfleiste, und – es war ein Männernachthemd!

Drüben im Wohnzimmer unterhielten sich Dr. Brooker und von Roden, doch sie sprachen mit gedämpften Stimmen, so dass sie kaum ein Wort verstehen konnte. Ein ungutes Gefühl beschlich sie. Hatte der Doktor nicht gesagt, sie sei in wenigen Tagen wieder ganz gesund? Weshalb also flüsterten sie, als läge nebenan eine Schwerkranke?

Eine schwarze Angestellte mit einem Tablett in den Händen trat ins Zimmer. Sie war bezaubernd anzusehen: Ihre füllige Gestalt steckte in einem weiten, blaurot gemusterten Gewand, eine üppige, aufwendig gebundene Haube aus dem gleichen Stoff bedeckte ihr Haar.

»*Bibi* Ohlsen hat klare Augen. Jetzt sie kann essen. Viel essen, Hamuna bringt dir gute Suppe von Hühnerfleisch und Gemüse.«

Sie schob die Sachen auf dem Nachttisch beiseite und stellte eine Schale ab, aus der ein verführerischer Duft aufstieg. Charlotte merkte, dass sie hungrig war – ein gutes Zeichen.

»Viel essen«, bemerkte Hamuna zufrieden, während Charlotte die Suppe löffelte. »Ich bringe noch Maiskuchen und Mus von Bananen. Und Knollen aus *uleia,* die *bwana* Roden hat im Garten gepflanzt. Sind gut, aber Kochbananen besser für Hamuna …«

»*Bwana* Roden hat Kartoffeln aus Europa gepflanzt?«

»Kartoffel.« Sie nickte. »Grünes Kraut mit giftige Beere – nur essen Knolle. Schmeckt gut …«

Charlotte leerte die Schale, dann ließ sie sich wieder aufs Kopfkissen sinken und schloss die Augen. Es war schön, in diesem hübschen Zimmer liegen zu dürfen und umsorgt zu werden, den Dingen ihren Lauf zu lassen, sich um nichts kümmern zu müssen. Wie lange war ihr so etwas nicht mehr widerfahren? Seit dem Tag, an dem Christians Geschäft in Konkurs ging, hatte sie immer stark sein müssen, hatte die Entscheidungen gefällt und für Christian und Klara Verantwortung übernommen, den Laden aufgebaut, das Geld verdient … Klara – ihre zärtliche, kleine Klara. Plötzlich überkam sie ein großes Heimweh nach ihrer jüngeren Cousine, und sie spürte, wie ihr die Tränen über die Wangen strömten. Es mussten die Nerven sein. Klara ging es sicher gut, sie führte den Laden mit Kamal Singhs Hilfe, und dann hatte sie ja auch noch die Unterstützung der Mission, vor allem die von Pfarrer Peter Siegel …

Jemand war an der Tür, wahrscheinlich Hamuna, die ihr die Maisküchlein brachte. Charlotte wischte sich rasch die Tränen ab; ihre freundliche Pflegerin sollte nicht sehen, dass sie geweint hatte. Doch es war nicht Hamuna, die ins Zimmer trat, sondern Max von Roden.

Er erschien ihr ungewöhnlich zögerlich, fast beklommen, und wieder fragte sie sich, ob der so übermäßig gut gelaunte Arzt ihr vielleicht etwas verschwiegen hatte. War diese Besserung nur kurzfristig? Hatte sie sich eine unheilbare Krankheit zugezogen? Als von Roden ihren Blick spürte, veränderte sich sein Gesichtsausdruck, und er lächelte ihr aufmunternd zu, was ihren Verdacht nur noch bestätigte.

»Ausgeschlafen?«, fragte er in scherzhaftem Ton und zog sich einen Stuhl heran. »Der Doktor sagt, Sie kämen bald wieder ganz in Ordnung. Das ist weiß Gott eine gute Nachricht. Ich hatte mir schon Sorgen gemacht …«

Wenn er sie tatsächlich belog, dann machte er es hervorragend. Eigentlich hatte sie ihm ein solches Talent nicht zugetraut, war er ihr doch immer als ein Mensch erschienen, der aussprach, was er dachte.

»Unkraut vergeht nicht – wie man bei uns in Leer sagt. Ich bin Ihnen unendlich dankbar ...«

»Dafür gibt es keine Ursache, Frau Ohlsen. Das alles ist nur durch meinen Leichtsinn passiert. Ich hätte mit Ihnen reiten sollen.«

»Wie können Sie so etwas auch nur denken! Woher sollten Sie wissen, dass die Dschagga uns überfallen? Es war einfach Pech – Schicksal, wenn Sie wollen.«

Er atmete tief ein und aus, als müsse er sich von einem schlimmen Gedanken befreien, dann grinste er schwach.

»Ja, das konnte freilich niemand vorhersehen. Und dazu haben die Burschen auch noch die beiden Maultiere einbehalten, genau wie Ihre Kleider. Die Frauen des Häuptlings wollten sie nicht mehr hergeben, sie waren ganz vernarrt in die Sachen, nur durch hartes Verhandeln konnte ich wenigstens den restlichen Inhalt Ihres Koffers retten ...«

Sie errötete, als sie daran dachte, in welchem Zustand er sie in der Hütte gesehen hatte.

»Nun«, sagte sie mit verlegenem Lächeln, »ich hoffe, Sie mussten nicht allzu viel für mich bezahlen?«

Seine Augen glitten hinüber zum Fenster, wo jetzt ein Windhauch den Vorhang auseinanderblies. Ein kleines Chamäleon hockte unbeweglich auf dem Fensterbrett, mit angewinkelten Beinen und erhobenem Kopf wie ein winziger Drache. Es musste Nachmittag sein, denn die Sonne war kraftvoll und in der Ferne hörte man die Gesänge der Schwarzen.

»Nun«, sagte auch er und räusperte sich. »Der Preis war zwar nicht gerade niedrig, aber ich hätte für Sie noch weit mehr gezahlt.«

»Ich werde es Ihnen natürlich ersetzen.«

»Da ist das letzte Wort noch nicht gesprochen«, wehrte er ab. »Ersetzen müssen Sie mir gar nichts. Das wäre ja noch schöner.«

»Aber ich bestehe darauf!«

»Nichts zu machen«, wehrt er ab. »Das habe ich mir selber eingebrockt, und ich werde es auch auslöffeln. Die Hauptsache ist, Sie werden rasch gesund.«

Er hatte wieder dieses selbstbewusste, aufmunternde Lächeln auf den Lippen, das ihr eine Spur aufgesetzt vorkam. Versuchte er tatsächlich, sie zu täuschen? Sie beschloss, der Sache auf den Grund zu gehen. »Es gefällt mir nicht, Sie so auszunutzen«, sagte sie daher betreten. »Zumal ich gleich morgen schon wieder Ihre Hilfe in Anspruch nehmen muss. Ich möchte hinunter nach Moshi reiten. Es geht mir gut, und ich will auf keinen Fall die Abreise der Karawane verpassen. Wie mein Mann schon sagte: Es steckt ja auch mein Geld in diesem Handel.«

Er runzelte die Stirn und machte eine abwehrende Bewegung.

»Schlagen Sie sich das aus dem Kopf, Frau Ohlsen. Die Karawane ist längst davon. Der Doktor hat Ihren Koffer mitgebracht und auch einige persönliche Dinge, die Sie in den nächsten Tagen benötigen werden. Ich lasse Ihnen die Sachen gleich bringen …«

»Das war sehr freundlich von Dr. Brooker. Aber ich werde Ihnen auf keinen Fall tagelang zur Last fallen. Zumal mein Mann unten in Moshi auf mich wartet und sich gewiss Sorgen um mich machen wird.«

Er sprang so hastig auf, dass der Stuhl umgefallen wäre, hätte er ihn nicht geistesgegenwärtig an der Lehne gepackt.

»Ich hole jetzt Ihre Sachen, und Hamuna wird Ihnen helfen, sich ein wenig zurechtzumachen«, sagte er mit gezwungener Ruhe. »Alles andere wird sich schon ergeben. Glauben Sie mir, Sie brauchen noch einige Tage Pflege und viel Ruhe, auf keinen Fall sollten Sie schon morgen auf ein Maultier steigen.«

Jetzt war sie sich sicher: Da war ein Schatten. Düster und bedrohlich breitete er sich im Raum aus, verdunkelte das gleißende Sonnenrechteck hinter dem Vorhang, verschluckte die Gesänge der Schwarzen auf den Feldern.

»Warten Sie!«

Er hatte die Türklinke schon in der Hand, doch auf ihren Ruf hin verharrte er reglos wie ein ertappter Dieb.

»Ich bin kein Kind, Herr von Roden. Sagen Sie mir die Wahrheit, ich spüre doch, dass Sie etwas vor mir verbergen.«

Unendlich langsam drehte er sich zu ihr um, die Türklinke haltsuchend umklammert. In seinem Blick lag tiefstes Mitgefühl.

»Ihr Mann kam mit knapper Not bis Moshi«, erklärte er heiser. »Meine Leute brachten ihn sofort in die Militärstation, doch man konnte ihm nicht mehr helfen.«

Sie begriff nichts. Wollte nichts begreifen. Von wem sprach er überhaupt? Christian war in Moshi. Dort gab es Ärzte, die ihn behandeln konnten, dort war er in sicheren Händen …

»Er starb noch in der gleichen Nacht«, hörte sie Max von Rodens dumpfe Stimme. »Dr. Brooker hat mir erklärt, dass es das Schwarzwasserfieber war – die Malaria hat seine Nieren ruiniert. Es musste schon eine ganze Weile in ihm gesteckt haben, ein Wunder, dass er in diesem Zustand die Strapazen der Karawane auf sich genommen hat …«

Sie konnte keinen klaren Gedanken fassen. Christian war doch noch vor Kurzem neben ihr geritten, sie hatten gemeinsam zu dem weißen Gipfel hinaufgesehen, und er hatte gesagt, dass er … was hatte er doch gesagt? Dass er jetzt wieder einen Traum habe. Eine Plantage. Er hatte sich so sehr gewünscht, eine Plantage zu besitzen …

»Ich will zu ihm! Ich will ihn sehen«, brach es aus ihr heraus. »Ich glaube das nicht, bevor ich ihn nicht gesehen habe …«

Plötzlich kniete von Roden neben ihrem Lager und schlang

beide Arme um sie, hielt sie fest an seine Brust gepresst, als müsse er sie daran hindern, etwas ganz und gar Unsinniges zu tun.

»Ich wollte es dir noch nicht sagen«, murmelte er. »Nicht bevor du wieder ganz gesund bist. Mein Gott, ich weiß, wie schwer dich diese Nachricht trifft, aber ich bin ein schlechter Lügner, und nun ist es heraus. Wir werden gemeinsam hinunterreiten, wenn es dir wieder besser geht.«

Sie war wie versteinert und spürte nicht einmal, dass er sie sanft hin- und herwiegte, ihr das verklebte Haar streichelte.

»Ich reite noch heute. Niemand hält mich auf … Ich muss … ihn wenigstens … noch einmal sehen.«

»Natürlich«, sagte er leise und drückte ihren Kopf an seine Schulter. »Das verstehe ich. Sehr gut verstehe ich das. Es ist nur … Sie haben ihn heute früh zu Grabe getragen. Es ist zu heiß, um allzu lange damit zu warten.«

Wie betäubt verharrte Charlotte an seiner Brust.

Christian war tot und schon in afrikanischer Erde begraben. Sie würde nicht einmal mehr Abschied von ihm nehmen können. In ihrem Herzen verspürte sie einen tiefen, dunklen Schmerz, der sich langsam in ihrem Körper ausbreitete.

»Lassen Sie mich bitte!«, murmelte sie schließlich und machte sich von ihm los. »Ich komme schon allein zurecht.«

Am nächsten Morgen erschien sie mit gewaschenem Haar und vollständig angekleidet im Wohnraum, wo von Roden und Dr. Brooker sich gerade bemühten, ihre Frühstücksgespräche so leise wie möglich zu führen. Beide Männer sahen sie überrascht an, Dr. Brooker begrüßte sie überschwänglich und behauptete, die Damen seien das wahre starke Geschlecht. Max von Rodens Blick war ernst. Man hatte kein Gedeck für sie aufgelegt, was jetzt schleunigst nachgeholt wurde.

»Falls Sie nichts dagegen haben, würde ich gern mit Ihnen

gemeinsam nach Moshi reiten«, verkündete sie Dr. Brooker. »Sie werden doch heute noch aufbrechen?«

Seine Heiterkeit legte sich ein wenig, und er warf von Roden einen fragenden Blick zu. Dann entschloss er sich dazu, ein wohlwollendes Lächeln aufzusetzen.

»Liebe junge Frau! Ich verstehe Ihren Kummer, aber Ihr Mann ist nun einmal tot und beerdigt – es kann ihm nicht mehr viel nutzen, wenn Sie sich auf diesem Ritt den Hals brechen. Sie sind noch zu schwach.«

»Sie schlagen mir meine Bitte also ab?«

»Das tue ich zwar nur sehr ungern, aber als Arzt muss ich Ihnen raten …«

»Lassen Sie nur«, unterbrach ihn Max von Roden kurz angebunden. »Ich selbst werde Frau Ohlsen begleiten, und wenn Sie mögen, können Sie sich uns anschließen.«

Es war ihr nicht recht. Sie wollte nicht, dass er ihretwegen seiner Arbeit fernblieb, vielleicht gab es auch einen anderen Grund für ihr Unbehagen, doch darüber mochte sie jetzt nicht nachdenken. Sie wollte überhaupt nicht denken, die Nacht war schlimm genug gewesen, hatte unzählige Bilder in ihrer Erinnerung aufgewühlt – schöne und schreckliche, heitere und unglückselige. Christian war tot, elend gestorben in diesem Land, in das sie ihn so hoffnungsfroh geführt hatte.

Dichte Nebel hatten sich auf die Pflanzungen der Dschagga und den darüber liegenden Regenwald gesenkt, schufen die Illusion, als befände sich hinter diesen weißlichen Schwaden nichts als der leere Himmel. Der Kilimandscharo war unsichtbar, es gab ihn nicht mehr, er war nur ein Märchen, das die Eingeborenen erzählten. Der Berg des bösen Geistes.

Überrascht stellte sie fest, wie gut sie sich auf dem Maultier hielt, vielleicht lag es daran, dass sie all ihre Aufmerksamkeit auf den Ritt lenkte, um nur nicht denken zu müssen. Sie erkannte die Stelle wieder, an der ihr Reittier durchgegangen war, den Ort, wo sie, gebeutelt von der Krankheit, gestürzt war, sah die abgebrochenen Äste, das Bachbett, das man sie hinaufgetragen hatte. Max von Roden ließ Dr. Brooker und zwei seiner schwarzen Angestellten vorausreiten und hielt sich stets dicht hinter Charlotte. Sie spürte seinen aufmerksamen Blick in ihrem Rücken, spürte, dass er sich um sie sorgte und ihr zur Seite springen würde, sollte sie ein Schwächeanfall überkommen. Doch sie spürte noch etwas anderes: eine gegenseitige Anziehung, die an jenem Abend am Klavier Christians Eifersucht herausgefordert hatte, was ihr jetzt bitter leidtat.

Die angenehme Temperatur der Plantagenregion war längst drückender Hitze gewichen, rötlicher Staub bedeckte Reiter und Maultiere, als sie die Militärstation in Moshi erreichten. Schwarze Arbeiter schufteten dort unter Aufsicht einiger Askari an der Erweiterung der Anlage, man hörte sie singen, während sie Steine klopften und in Mörtelkübeln rührten. Im Innenhof des Stationsgebäudes marschierten Askari-Soldaten in bunten Uniformen stolz im Gleichschritt, ihr Befehlshaber war ein Askari im Rang eines Effendi, der seine Kommandos mit wütendem Gesichtsausdruck und in deutscher Sprache brüllte.

Hauptmann Johannes und seine Offiziere empfingen die Witwe des verstorbenen Christian Ohlsen mit großer Herzlichkeit, ganz wie Dr. Brooker es ihr vorausgesagt hatte. Man kondolierte ihr rücksichtsvoll, bedauerte zutiefst, dass ihr Ehemann – wie so viele andere – als mutiger Pionier in der deutschen Kolonie sein Leben gelassen hatte, und der Hauptmann erwähnte beiläufig, dass noch im vergangenen Jahr zwei unglückliche junge Missionare der Leipziger Mission von den Dschagga am Meru-Berg hinterrücks ermordet worden waren. Sie habe großes Glück gehabt, mit dem Leben davongekommen zu sein.

»Dieses Land fordert bittere Opfer von uns allen!«

Charlotte schauderte es bei dieser Nachricht. Sie erkundigte sich nach dem Grab ihres Mannes und erfuhr, dass es sich in der Nähe der Leipziger Missionsstation befände, man würde sie dorthin geleiten, nachdem man gemeinsam einen kleinen Imbiss eingenommen habe. Ihre Mitreisenden Herr Anton Dobner und Herr Dr. Meyerwald seien ebenfalls anwesend; beide hätten beschlossen, die Karawane zu verlassen, um der jungen Frau Ohlsen beizustehen. Das hielten sie für ihre menschliche und patriotische Pflicht, schon allein um ihres verstorbenen Reisegefährten willen, der ein großartiger Mensch gewesen sei, aber auch, um eine unglückliche junge Witwe nicht schutzlos in der Fremde allein zu lassen. Besonders Dr. Meyerwald sei sehr betrübt über diesen Unglücksfall, zumal er schon länger die Vermutung gehegt habe, dass der arme Christian Ohlsen unter einem unheilbaren Fieber litt, er habe sein Ende sozusagen kommen sehen …

Trotz der Rührung über die Solidarität ihrer Mitreisenden verspürte Charlotte wenig Lust auf eine ausgedehnte gemeinsame Mahlzeit. Vor allem Dr. Meyerwalds ausführlichen Traktaten waren ihre Nerven ganz sicher nicht gewachsen.

»Kommen Sie«, sagte Max von Roden, der gesehen hatte, wie ihr zumute war. »Ich begleite Sie. Die Mission ist nicht allzu weit entfernt.«

Sie warf ihm einen dankbaren Blick zu. Zu Fuß verließen sie die Station, folgten einem Pfad durch vertrocknende Wiesen, vorüber an Tamarinden und Schirmakazien, zwischen denen hier und da ein paar Hütten standen, rasch zusammengezimmerte Verschläge aus Holz, mit Wellblech gedeckt. Die meisten waren Läden, die von Indern geführt wurden.

Die Missionsstation erwies sich als ein niedriges Gebäude aus Lehm, dem man ansah, dass es nur als Provisorium gedacht war. Neben dem Haus hatte man einen Garten angelegt, in dem Salat, Karotten und Kohlpflänzchen gegen die Trockenheit ankämpften, auch einige Bäumchen waren gepflanzt worden. Eine schwarze Frau, von rötlichem Staub umhüllt, war mit Unkrautjäten beschäftigt, vor dem Haus hockten vier Kinder in Gesellschaft eines weiß gekleideten Missionars und übten sich in der Kunst, dicken Maisbrei mit Hilfe eines Löffels aus einem hölzernen Napf in sich hineinzustopfen. Der Missionar war ein schlanker, junger Mann; als er Charlotte und von Roden erblickte, erhob er sich, um ihnen entgegenzugehen, und stellte sich als Pfarrer Walter vor.

»Frau Ohlsen! Seien Sie uns willkommen. Gott der Herr hat Ihnen eine harte Prüfung auferlegt, wir alle fühlen mit Ihnen.«

Er hatte gütige, blaue Augen, die von Enthusiasmus und einer gewissen Willensstärke sprachen – eine Mischung, die Charlotte bereits bei vielen christlichen Missionaren bemerkt hatte. Sein Händedruck war intensiv, und er hielt ihre Hand noch eine kleine Weile fest, als verleihe er seinen Worten durch diese Geste eine stärkere Bedeutung.

»Frau Ohlsen möchte das Grab ihres Mannes besuchen«, erklärte Max von Roden.

»Natürlich. Es ist ganz in der Nähe. Ich rufe nur Pfarrer von Lany herbei, damit er sich um die Kinder kümmert, dann begleite ich Sie.«

»Wenn es Ihnen nichts ausmacht, würde ich gern allein gehen. Sagen Sie mir einfach, wo es sich befindet.«

Er nickte verständnisvoll, wenn auch ein wenig betreten, dann wies er mit der Hand zu einer breiten Schirmakazie, die nur einige hundert Meter von der Mission entfernt zwischen Buschwerk und niedrigem Gestrüpp wuchs.

»Ihr Mann wurde mit dem Segen der Kirche bestattet, Frau Ohlsen. Er liegt gleich neben unseren beiden jungen Mitbrüdern Segebrück und Ovir, die letztes Jahr am Meru-Berg zu Märtyrern ihres Glaubens wurden. Gottes Rat ist unergründlich, auch die Erde Afrikas ist Gottes Erde. Gehen Sie im Frieden des Herrn …«

Christians Grab war ein frisch aufgeworfener, rötlicher Erdhügel, von dem der Wind den trockenen Staub emporwehte. Kleine Steine in Form eines Kreuzes lagen darauf. Um den Hügel herum wuchsen silbergraue und dunkelgrüne Grasbüschel, Disteln reckten ihre runden Köpfe empor und zeigten inmitten der Stacheln einen Ring winziger, lila Blüten.

Eine Weile stand sie reglos da, versuchte zu begreifen, dass dort unter der staubigen Erde Christians Körper lag, starr und ohne Leben, ein Leichnam. Dann spürte sie plötzlich einen Windhauch und hob den Blick. Wie zum Hohn zeigte sich jetzt der mächtige Berg über den Nebeln der Regenwälder, schien wie eine Traumerscheinung in der Ferne zu schweben, schöner und klarer denn je schimmerte der Gipfelfirn gegen den tiefblauen Himmel. Der Ort ihrer Träume, ihrer Hoffnungen, ihrer Sehnsüchte.

Jetzt endlich bahnte sich der Schmerz in ihrem Inneren seinen Weg, und die Tränen brachen aus ihr hervor. Heftig weinend kniete sie vor dem Hügel nieder, grub die Finger in die lockere Erde, als könne sie sich dort festhalten, während ihr Körper unter immer neuen Schluchzern erbebte. Er war nicht immer ein guter Ehemann gewesen, und doch hatte er sie geliebt, hatte sie um Vergebung angefleht und war zuletzt nicht von ihrer Seite gewichen, obgleich schon die tödliche Krankheit in ihm tobte. Weshalb hatte sie ihm nicht helfen können? Weshalb war sie so hart zu ihm gewesen? Weshalb war es ihr niemals gelungen, ihn zu lieben?

Sie wusste nicht, wie lange sie dort gekniet und geweint hatte, ob es Stunden oder nur Minuten gewesen waren. Irgendwann legte sich eine Hand auf ihre Schulter, sanft, aber mit Nachdruck, und sie hörte Max von Rodens leise, ernste Stimme.

»Es ist genug. Gehen wir zurück. Bitte!«

War er ihr nachgegangen? Oder hatte er die ganze Zeit über in ihrer Nähe gestanden? Sie ließ sich von ihm aufhelfen und fuhr sich mit dem Ärmel übers Gesicht. »Die Missionare werden heute Nachmittag eine Andacht für Ihren Mann halten. Bis dahin ruhen Sie sich aus. Ich bringe Sie jetzt zurück in die Station, damit Sie etwas zu sich nehmen und sich ein wenig hinlegen können.«

Sie fügte sich. Erschöpft, aber doch ruhiger als zuvor, ging sie an seiner Seite zurück zur Militärstation und war auf einmal froh darüber, dass er ihr den Arm um die Schultern gelegt hatte. Sie hätte sich sogar gern an ihn angelehnt, doch sie wagte es nicht.

Der Maler Dobner und Dr. Meyerwald hatten ungeduldig auf sie gewartet. Man sprach ihr aufrichtiges Beileid aus, nahm gemeinsam einen Imbiss, und die beiden Herren kündigten an, Charlotte auf der Rückreise begleiten zu wollen. Zum Ausruhen blieb ihr keine Zeit, denn gleich darauf brachte ihr Dr. Brooker Christians Hinterlassenschaften: seinen Rucksack mit wenigen Kleidungsstücken, seine Wasserflasche, ein leeres Notizbuch, ein Paar Schuhe zum Wechseln. Man hatte ihm den Ehering gelassen, da seine Finger aufgequollen waren und man den Reif nicht gewaltsam abziehen wollte, dafür händigte der Arzt Charlotte ein Tuch aus, das Christian um den Hals getragen hatte. Es war ihr eigenes. Das goldene Kopftuch, das sie verloren hatte, als ihr Maultier durchging.

Sie hatte die Andacht am Grab gefürchtet, doch zu ihrer Überraschung gelang es ihr, gefasst zu bleiben. Es ging feierlich zu, außer Dobner, Meyerwald und von Roden waren auch die weißen Offiziere zugegen, die von einer Abordnung Askari begleitet wurden. Charlotte sah, wie Pastor Walter, der Nachfolger des getöteten Segebrück, sich heimlich die Tränen aus den Augenwinkeln wischte. Sie selbst konnte hier vor all den Menschen nicht weinen, sie wollte es auch nicht, sie war keine, die mit ihrem Kummer hausieren ging.

Als sie nach der Zeremonie zur Miliärstation zurückkehrten, hielt sich Max von Roden an ihrer Seite.

»Ich mache Ihnen einen Vorschlag, Charlotte. Bleiben Sie mit ihren beiden Begleitern noch zwei Wochen als meine Gäste auf der Plantage – dann werden wir alle gemeinsam nach Daressalam reisen. Bis dahin haben Sie sich ein wenig erholt, und zudem werde ich einige Maultiere mitnehmen. Das wird für Sie leichter sein, als wenn Sie den ganzen Weg zu Fuß laufen müssten. Was halten Sie davon?«

Sie hielt nichts davon, wollte schon morgen, spätestens übermorgen aufbrechen. Es gab Dinge, die geregelt werden mussten, auch Klara würde sie brauchen, und nicht zuletzt wollte sie sich endlich wieder um ihren Laden kümmern.

»Es geht mir besser, wenn ich etwas zu tun habe«, erklärte sie.

Er machte eine ungeduldige Armbewegung, wie er es häufig tat, wenn ihm etwas nicht passte.

»Ich werde schon dafür sorgen, dass Sie sich auf meiner Plantage nicht langweilen. Seien Sie vernünftig, Charlotte. Sie sind noch nicht ganz gesund, morgen schon aufzubrechen, wäre vollkommener Unsinn!«

»Ich habe es mir nun einmal in den Kopf gesetzt!«

Abrupt blieb er stehen und sah sie durchdringend an.

»Was ist los?«, fragte er gereizt. »Was haben Sie gegen mich? Weshalb weisen Sie meine Einladungen ständig zurück?«

Lächelnd sah sie ihn an. Sie hatte sich nicht in ihm getäuscht, er war ein liebenswerter, offener Bursche, der sich nicht gut verstellen konnte. Er würde ihre Bedenken vermutlich nicht gelten lassen – doch sie wusste es besser.

»Sie reisen in zwei Wochen nach Daressalam? Ist es, weil Sie Post von Ihrer Verlobten bekommen haben?«

Das sei richtig, räumte er ein. Schon gestern habe Dr. Brooker ihm einen Brief überbracht, der lange unterwegs gewesen sei und sogar um ein Haar verloren gegangen wäre. Die Briefpost war tatsächlich immer noch ein Problem in der Kolonie, nicht selten wurden die schwarzen Briefträger überfallen oder von wilden Tieren angegriffen, manchmal ließen sie die Post auch einfach irgendwo liegen und machten sich davon.

»Johanna musste ihre Abfahrt verschieben, weil ihre Mutter schwer erkrankte. Ein verständlicher Grund – ich hatte so etwas schon in Betracht gezogen, aber wenn man gar keine Nachricht erhält, kommen einem die seltsamsten Gedanken. Ja, sie wird Anfang September mit dem Reichspostdampfer *Admiral* in Daressalam eintreffen.«

»Das freut mich sehr! Niemand hat dieses Glück mehr verdient als Sie, Herr von Roden.«

Er lächelte nicht, sah sie nur nachdenklich an und erwiderte dann, das Glück sei keine einfache Sache.

»Da haben Sie allerdings recht.«

Zwei Tage später machte sie sich mit Dobner, Dr. Meyerwald und einigen schwarzen Dienern auf den Weg zurück nach Daressalam.

Teil IV

August 1897

Der kühle Südostwind hatte das Meer aufgewühlt und ließ den Küstendampfer so heftig schaukeln, dass Charlotte sich an der Reling festhalten musste. Vor ihren Augen entschwand die Mündung des Pangani, eine breite, blau schimmernde Bucht, von Gebüsch und dichten Kokospflanzungen gesäumt, welche die Häuser des Ortes nahezu völlig verdeckten. Der Wind hatte die Morgennebel fortgeblasen und zerrte an den Palmen, eine Schar Enten flog vom Ufer auf, drehte eine Runde über der Bucht und ließ sich auf dem kabbeligen Wasser nieder.

Charlotte genoss diesen letzten Teil ihrer Heimreise. Wie hatte sie sich nach dem Meer gesehnt, nach seiner Kraft und Weite, dem Blitzen der Wellen im Sonnenlicht, dem salzigen Geruch, der ihr so vertraut war. Sie hatte sich in Pangani wieder umgekleidet, die »unanständige« Hose abgelegt und sich in eine wohlangezogene junge Frau verwandelt. Doch jetzt, da der Wind über das Deck fuhr und manchmal kleine Gischtflöckchen mit sich trug, wagte sie es, ihr Tuch abzunehmen und das lange Haar flattern zu lassen.

Es war eine schlimme Reise gewesen, die sie oft bis ans äußerste Ende ihrer Kräfte geführt hatte. Max von Roden hatte durchaus recht gehabt: Sie war noch schwach gewesen, und die langen Tagesmärsche erschöpften sie. Dennoch hatte sie das Tempo nicht verringern wollen und die Vorschläge ihrer Reisegefährten, doch einen Ruhetag einzulegen, energisch zurückgewiesen. Sie wollte diesen Weg so bald als möglich hinter sich bringen. Es war der Weg, den sie gekommen waren, der alte Karawanenweg, auf dem sie so viele Orte an Christian erinnerten. Hier, auf diesem Rastplatz, hatte ihr Zelt gestanden, in dem sie gemeinsam geschlafen hatten, dort war der Fels, dieser verdammte, elende Fels, bei dem sie ausgespuckt hatte – Christian hatte es nicht getan. Und dann der Flussübergang, die Erinnerung an den Tod des unglücklichen Trägers, Christian, der mit seinem lächerlichen Gewehr hinter ihr herlief und sie später vom Flussufer fortzerrte … Nie hätte sie geglaubt, dass sie einmal froh über Dr. Meyerwalds Vorträge sein würde, doch in diesen düsteren Zeiten klammerte sie sich an alles, was sie von ihrem Trübsinn ablenken konnte. Das kummervolle Schweigen des Malers war dazu wenig geeignet. Ihre beiden Reisegefährten waren immer noch zerstritten, sprachen kaum ein Wort miteinander, allein ihre Gegenwart hielt den brüchigen Waffenstillstand aufrecht und sorgte dafür, dass das gemeinsame Reisen überhaupt möglich war. In Pangani angekommen, hatten sich der Maler und der Biologe mit großer Herzlichkeit von ihr verabschiedet, sie mit vielen guten Wünschen versehen und Adressen mit ihr ausgetauscht. Dann hatte sich Dobner nach Tanga eingeschifft, während Dr. Meyerwald mit Vorbereitungen für einen Aufenthalt in Sansibar beschäftigt gewesen war, bei dem er sich der heimischen Insektenwelt widmen wollte.

Charlotte war der Abschied von den beiden nicht allzu schwer gefallen; undankbarerweise war sie eher froh, den letzten Teil der Fahrt allein zurücklegen zu können. Vielleicht war es der Anblick des Meeres, der die Schatten der vergangenen Tage von ihr nahm und neuen Lebensmut aufblühen ließ. Kleine Segelboote schossen an dem Küstendampfer vorüber, von geschickten Einheimischen gelenkt, die den schwerfälligen, grauen Riesen mit spielerischer Leichtigkeit überholten. Mit fast zärtlichen Blicken schaute Charlotte hinüber zur Küste, erkannte die Abbruchlinie, die an verschiedenen Stellen zwischen dichtem Pflanzenbewuchs hervortrat, die flach gespülten schwarzen Korallenfelsen am weißen Sandstrand, die strohgedeckten Hütten und Unterstände der Fischer, von Palmen beschattet. Es war ihre Heimat, das Land, nach dem sie sich immer gesehnt hatte. Es hatte ihr in der kurzen Zeit, in der sie hier gelebt hatte, Mühsal und Kummer, aber auch Freude geschenkt, und sie würde nie mehr von ihm lassen.

Als sie gegen Mittag Daressalam erreichten, war die Wolkendecke am Himmel aufgerissen, und die ausgedehnte Hafenbucht glitzerte im Licht der Sonne wie ein Meer aus bläulichen Glasscherben. Ein Reichspostdampfer, die *Kaiser,* hatte in der Bucht geankert; die Passagiere schienen schon an Land zu sein, denn die Ruderboote, die dem Hafengebäude zustrebten, waren mit Postsäcken beladen. Charlotte hatte es nicht eilig, an Land zu gehen, ließ den schwarzen Frauen mit ihren Körben, den hochbeladenen Trägern der Inder und allerlei buntem Volk den Vortritt und trug ihren Koffer selbst, während sie langsam über den Landungssteg zum Hafengebäude hinüberging. Niemand erwartete sie, Klara hatte keine Ahnung, dass sie vorzeitig von ihrer Reise zurückkehrte.

Am Hafengebäude überwachte ein deutscher Beamter die Einlagerung der Waren, die zuerst den Zoll passieren mussten; sie kannte ihn und grüßte freundlich, als sie vorüberging. Er hielt einen Moment inne und schien unschlüssig, dann wandte er sich wieder seiner Beschäftigung zu.

Jeder Eingeborene an seiner Stelle wäre auf mich zugelaufen, um einen kleinen Plausch mit mir zu halten, dachte sie amüsiert. Aber der pflichtbewusste deutsche Beamte unterbricht seine Arbeit nicht, um mit einer Bekannten zu schwatzen.

Sie mied das deutsche Viertel, bog links in die Kaiserstraße ein, um hinter der katholischen Missionsstation gleich wieder nach rechts zu schwenken. Einige schwarze Frauen, Kundinnen von ihr, die auf dem Markt eingekauft hatten, kamen ihr entgegen, und sie blieb bei ihnen stehen. *»Jambo!* Wie geht es dir? Sind deine Kinder gesund? Was hast du eingekauft?«

»Bibi Ohlsen ist wieder hier! Hast du den großen Berg gesehen? Ist er wirklich mit weißem Silber bedeckt? Ich habe Mais und Bohnen gekauft, aber die Händlerin hat mich betrogen, schau dir die Bohnen an, sie sind ganz klein, und ich habe fünf Pesa dafür geben müssen …«

»Fünf Pesa – das ist wirklich viel für so kleine Bohnen …«

»Bibi Klara wird sehr froh sein, wenn du zurückkommst. Sie näht immerzu und redet nicht viel mit uns …«

»Ich freue mich auch. Meine Cousine war lange genug allein, das ist nicht gut für sie …«

»Oh, *bibi* Klara ist nicht allein. Sie hat viel Besuch. *Bwana* Siegel kommt jeden Tag zu ihr. Sie sitzen und reden ganz leise miteinander in deutscher Sprache. Und *bwana* Siegel hält die Hand von *bibi* Klara fest …«

»Er … hält ihre Hand fest?«

Die Frauen begannen zu lachen und stießen sich gegenseitig an, wobei sich das Gelächter noch steigerte.

»Deine Schwester hat Glück. *Bwana* Siegel hat nicht viel Haar auf dem Kopf, aber Klugheit darin. Er wird einmal ein guter Vater sein.«

Wo hatte sie nur ihre Augen gehabt? Natürlich, Peter Siegel hatte sich von Anfang an für Klara interessiert. Wie besorgt er gewesen war, als sie Fieber hatte. Wie eifrig sie von ihm gesprochen hatte. Großer Gott, dachte sie. Ich habe nur an mich selbst und meine eigenen Sorgen gedacht, kein Wunder, dass Klara sich mir nicht anvertrauen wollte. Aber das wird jetzt anders werden. Alles wird anders werden. Ich werde ganz neu anfangen und alles besser machen.

In der Inderstraße war es um die Mittagszeit ruhig, einige Läden hatten die Sonnendächer weit heruntergegezogen und die Türen als Schutz gegen den Wind aufgeklappt. Andere Geschäfte schienen jedoch geschlossen zu sein, darunter auch das von Kamal Singh.

Klara saß wie gewöhnlich an ihrer Nähmaschine, ein grünes Stück Stoff lag vor ihr und bewegte sich sacht im Wind, doch Klara nähte nicht. Sie war vollkommen in die Unterhaltung mit einem Mann im hellen Leinenanzug vertieft, der neben ihr auf dem Sessel Platz genommen hatte und den Strohhut in den Händen drehte. Richtig, es war Peter Siegel.

Schammi hatte zwischen den Säcken mit Reis und Trockenbohnen gehockt und vor sich hin gedöst. Als er Charlotte mit ihrem Koffer erblickte, setzte er sich auf und starrte sie an, als sei er sich nicht sicher, ob er es mit einem lebendigen Menschen oder einem Geist zu tun hatte. Plötzlich jedoch sprang er auf die Füße, stürzte ihr entgegen – lachend oder weinend, das konnte sie nicht so recht erkennen – und fiel vor ihr auf die Knie.

»*Bibi* Charlotte ... *bibi* Charlotte ... Du bist zurückgekommen.«

Gerührt über diesen stürmischen Empfang, beugte sie sich zu ihm herunter und strich zärtlich mit den Fingern durch sein kurzes krauses Haar.

»Natürlich bin ich zurückgekommen, Schammi. Hast du etwa geglaubt, ich würde für immer fortbleiben? Du bist wirklich ein kleiner Dummkopf.«

Drüben vor dem Laden war Klara von ihrem Sitz hochgefahren, das grüne Tuch fiel zu Boden, doch es kümmerte sie nicht.

»Charlotte! Gott sei es gedankt! Charlotte!«

Die Begrüßung war innig, Klara umklammerte sie schluchzend und schien sie gar nicht mehr loslassen zu wollen, während Peter Siegel mit frohem Lächeln, wenngleich etwas gehemmt, danebenstand.

»Der Herr hat Sie zu uns zurückgeführt«, sagte er, als er Charlotte die Hand drückte. »Ich freue mich unendlich, Sie zu sehen. Vor allem aber wird Klara nun endlich ruhiger werden, sie hat sich große Sorgen gemacht.«

»Aber nein«, rief Klara, die sich die Tränen mit dem Handrücken von den Wangen wischte. »Ich wusste doch, dass Charlotte vernünftig ist. Ach, dass du wieder da bist, Lotte ...!«

Schammi lief hinauf in die Wohnung, um Kaffee zu kochen und eine Kleinigkeit zu essen anzurichten; sie wollten ihr Wiedersehen unten im Laden feiern, damit sie zugleich die Kundschaft bedienen könnten. »Setz dich doch, Charlotte. Wie schmal du geworden bist! Wo ist Christian? Ich hoffe doch, ihr habt euch auf dieser Reise wieder miteinander versöhnt. Wir haben so sehr dafür gebetet, Peter und ich ...«

Sie stockte und wurde rot, weil sie sich verplaudert hatte. Peter Siegel fasste ihre Hand und räusperte sich.

»Es ist viel geschehen seit Ihrer Abreise, Frau Ohlsen«, begann er förmlich. »Gutes und weniger Gutes. Aber um mit den guten Nachrichten zu beginnen, so will ich Ihnen gestehen, dass Klara und ich inzwischen Verlobte sind.«

Charlotte war keineswegs so überrascht, wie die beiden vermutet hatten. Sie lachte über Klaras schuldbewusste Miene und erklärte, dass sie mit ihrer Wahl vollkommen einverstanden sei. Sie begossen die Verlobung mit Kaffee und aßen dazu gekochte Bananen und kaltes Hühnerfleisch, das Schammi mit allen möglichen Gewürzen, vor allem Pfeffer, Chili, Tamarinde und Kurkuma, versehen hatte.

»Ich habe lange gezögert, Charlotte«, gestand Klara, die jetzt vor Seligkeit strahlte. »Peter hat mir das Versprechen gegeben, mit der Hochzeit noch eine Weile zu warten. Weil ich doch weiß, dass du mich im Laden brauchst. Vor allem jetzt, wo wir nicht wissen, was werden wird.«

»Wie meinst du das?«

Stockend berichtete Klara, dass Kamal Singh aus der Stadt verschwunden sei. Die deutschen Behörden hatten eine Gruppe Männer gestellt, die in der Nacht Boote mit Waren aus dem Karawanenhandel beluden, um sie unverzollt hinüber nach Sansibar zu schaffen. Die Burschen wurden verhört, und schließlich fiel der Name ihres Auftraggebers: Kamal Singh. Noch in derselben Nacht standen die deutschen Polizisten vor dem Haus, und Klara musste den Laden öffnen. Alle Waren, die Kamal Singh im hinteren Teil des Raumes gelagert hatte, wurden beschlagnahmt und abtransportiert.

»Er hat diese Dinge mit Hilfe seiner Söhne bis nach Indien und sogar nach Europa verkauft«, erläuterte Peter Siegel mit gerechter Empörung. »Alles am deutschen Zoll vorbei! Was für ein elender Betrüger. Leider konnte er sich der gerechten Strafe entziehen, wahrscheinlich hat ihn einer seiner Angestellten gewarnt.«

Charlotte war wie vor den Kopf geschlagen. Christian, der sich so oft getäuscht hatte – in diesem Punkt hatte er richtig vermutet, und sie hatte ihn dafür auch noch ausgelacht. Dennoch konnte sie Peter Siegels Empörung nicht teilen. Gewiss, Kamal Singh mochte ein gewaltiges Schlitzohr sein – er hatte sie benutzt, um seine zollfreien Geschäfte zu tarnen –, aber er hatte ihr auch viel geholfen.

»Es heißt, dass die beiden Häuser abgerissen werden«, sagte Klara bekümmert. »Die deutsche Kolonialverwaltung will die alten Gebäude auf der Inderstraße Stück für Stück verschwinden lassen und die Straße neu bebauen. Weil die Inder den Handel beherrschen und zu viel Einfluss in der Stadt haben.«

»Was? Aber das können sie doch nicht tun. Wir sind schließlich Deutsche, sie können nicht das Haus abreißen, in dem wir wohnen und unser Geschäft führen!«

Peter Siegel beruhigte Charlotte. Er sei bei den Behörden vorstellig geworden und habe die Lage erklärt. Allerdings sei es schwierig, denn Charlotte und Christian hätten den Mietvertrag mit dem Inder geschlossen. Der sei aber verschwunden, und die Kolonialregierung behalte sein Eigentum so lange ein, bis er seine Schulden beim deutschen Zoll und die dazugehörige Strafe bezahlt habe. Was vermutlich nie geschehen würde.

Nach einer festgesetzten Frist gingen die Grundstücke des Inders schließlich in den Besitz der Kolonialregierung über. Solange die Sache in der Schwebe sei, könne der Laden also erst einmal weitergeführt werden.

Charlotte lehnte müde den Kopf gegen die Rückenlehne des Sessels. So also sah der neue Anfang aus. Klara würde heiraten, und sie wäre die Letzte, die ihre Cousine davon abhalten würde. Sie gönnte ihr das Eheglück, von dem die behinderte Klara nie zu träumen gewagt hatte. Doch natürlich würde sie dann bei ihrem Ehemann leben, bestenfalls hier in Daressalam, vielleicht aber auch irgendwo im Landesinneren in einer Mission, denn Peter Siegel schien ihr ein ehrgeiziger Geistlicher zu sein. Den Laden und die kleine Wohnung würde sie über kurz oder lang verlieren, ob die Behörden planten, ihr dafür einen Ersatz anzubieten, stand in den Sternen. Wie auch immer – sie würde ganz allein zurechtkommen müssen.

»Jetzt erzähl doch einmal von deiner Karawanenreise. Habt ihr viel Elfenbein eingekauft? Hast du den Kilimandscharo gesehen? Und wo steckt Christian? Ist er noch am Hafen?«

»Nein, Klara. Christian ist tot.«

Charlotte hatte sich vor diesem Augenblick gefürchtet, der doch nicht zu umgehen war und der einen langen Bericht nach sich ziehen musste. Sie hatte Angst gehabt, von den aufsteigenden Bildern überwältigt zu werden und aufs Neue in Verzweiflung zu versinken, doch genau das Gegenteil geschah. Stockend fing sie an zu erzählen, verwirrte sich, musste die Reihenfolge der Ereignisse berichtigen, dann aber spürte sie, wie ihr leichter ums Herz wurde. Sie schilderte jedes Detail, jede schmerzliche Erinnerung, sprach ungeschönt von ihrer Reue und ihren Gewissensbissen und fühlte zugleich, dass die bitteren Gefühle in ihrem Herzen schwanden, je mutiger sie sie aussprach.

»Gott sei seiner Seele gnädig«, sagte Peter Siegel leise, und Klara, die sich gut vorstellen konnte, wie es in Charlotte aussah, verbot ihr energisch, sich Vorwürfe zu machen.

»Du hast unendlich viel für Christian getan«, stellte sie fest. »Vor allem hast du ihm vergeben. Und ich weiß, wie sehr er darauf gehofft hat, Charlotte.«

Peter Siegel blieb bis zum späten Nachmittag, da er meinte, die unglücklichen Frauen mit dem Trost des Evangeliums versehen zu müssen. Charlotte war froh, als er sich endlich mit einem langen, innigen Händedruck verabschiedete; sie hatte das Gerede von der Auferstehung im Herrn und der Vergebung aller Sünden durch Christi Blut gründlich satt. Es mochte Missionar Siegels Bestimmung sein, die protestantische Lehre zu verkündigen, und ganz sicher war er selbst felsenfest von dem, was er sagte, überzeugt, aber seltsamerweise fehlte seinen Worten alle Wärme. Sie klangen wie jene Predigten, die sie als Kind allsonntäglich hatte anhören müssen und die sich stets an jemand anderen zu richten schienen, niemals aber an sie selbst.

»Er ist ein so rührender Mensch«, seufzte Klara.

»Das ist er gewiss«, gab Charlotte zurück, und da sie Klara nicht verletzen wollte, fügte sie hinzu: »Ich glaube, ihr werdet sehr glücklich miteinander werden.«

»Sprich doch jetzt nicht von solchen Dingen, Lotte. An eine

Hochzeit ist nun sowieso nicht zu denken. Der arme Christian ist ja kaum unter der Erde …«

Sie schlossen den Laden und saßen bis gegen Mitternacht in der Wohnung zusammen, weil Klara unbedingt noch an diesem Abend einen Brief nach Leer schreiben wollte.

Auch Schammi hatte Charlottes Bericht aufmerksam gelauscht. »Fieber ist böse«, hatte er anschließend betroffen gemurmelt. »Kommt in der Nacht und zündet Bauch an, damit Seele verbrennt zu Asche.«

Wie früher schliefen beide Frauen zusammen in einem Zimmer. Trotz aller Müdigkeit flüsterten sie leise miteinander, und in der Dunkelheit des kleinen Raums wähnte sich Charlotte wieder daheim in Leer. Wie vertraut war ihr Klaras Wispern, ihr leises Atmen, ihre Gewohnheit, sich vor dem Einschlafen mit einem kleinen, wohligen Seufzer auf die Seite zu drehen.

»Denkst du daran, nach Deutschland zurückzukehren?«, flüsterte Klara.

»Nein. Du etwa?«

»Ich habe mir manchmal gewünscht, wieder in Leer zu sein«, gestand sie. »Aber jetzt ist das vorbei.«

Charlotte lächelte bitter. Ihre Cousine würde von nun an dort glücklich sein, wo Peter Siegel war. Das war nur natürlich, es musste so sein, es sollte so sein. Sie selbst aber würde niemanden an ihrer Seite haben, auch Klara würde sie verlassen. Das Glück. Wie hatte Max von Roden doch gesagt? »Das Glück ist keine einfache Sache.«

»Schlaf schön …«

»Du auch, Lotte …«

Rascher, als sie geglaubt hatte, fiel Charlotte in einen dumpfen, traumlosen Schlaf. Als Klara sie am Arm rüttelte, hatte sie Mühe, aus dem tiefen Abgrund wieder emporzutauchen, dann jedoch hörte sie die krachenden Schläge. Holz splitterte, eine Kette rasselte. Ein Hund begann zu kläffen, ein zweiter fiel ein, irgendwo kreischte ein Affe, der im Schlaf geweckt worden war.

»Es ist unten«, flüsterte Klara. »Gott steh uns bei …«

»Schon wieder so ein verdammter Löwe«, murmelte Charlotte schläfrig. »Weshalb tun die Behörden nichts gegen diese Biester?«

»Das ist kein Löwe!«

Unten im Laden polterte und schepperte es, als habe jemand das Regal mit den Töpfen und Petroleumlampen umgestoßen. Charlotte war plötzlich hellwach. Einbrecher! Man wollte ihre Waren stehlen.

»Zünde die Lampen an!«, rief sie Klara zu, während sie selbst aus dem Schlafraum hinüber zu den Wohnzimmerfenstern stürzte. Der Mond war von Wolkenschleiern verhangen, doch es war hell genug, um die Gestalten der Männer zu erkennen, die Bündel und Säcke aus dem Laden schleppten und auf mehrere Karren luden.

»Diebe! Zu Hilfe! Diebe!«, kreischte Charlotte und beugte sich zum Fenster hinaus. Niemand schien sie zu hören, in den umliegenden Häusern blieb alles dunkel.

»Wo ist mein Koffer?«

»Was willst du mit deinem Koffer?«

Klara hatte es gerade einmal geschafft, eine einzige Lampe anzuzünden, doch die wollte kaum brennen, da sie gestern Abend vergessen hatten, Petroleum nachzugießen. Bei ihrer hektischen Suche fiel Charlotte beinahe über Schammi, der ängstlich hinter einem Stuhl kauerte, dann fand sie ihren Koffer und riss ihn auf. Christians Hemd fiel ihr entgegen, ihre Hose, die Schuhe, Christians leerer Notizblock …

»Er ist nicht mehr drin. Sie haben ihn mir gestohlen«, keuchte sie verzweifelt.

»Was, um Himmels willen?«

»Meinen Revolver und die Patronen. Verdammte, dreckige Karawanendiebe …«

»Du wolltest doch nicht etwa mit einer Waffe auf Menschen schießen?«

Nein, das hätte sie vermutlich nicht fertiggebracht. Aber sie hätte die Diebe mit Schüssen in die Luft vertreiben können. In wilder Entschlossenheit griff sie einen Stuhl und schob den Riegel an der Wohnungstür zurück, um die Treppe hinunter in den Laden zu laufen.

»Bist du wahnsinnig?«, jammerte Klara. »Sie werden dich erschlagen!«

»Denkst du, ich lasse mir so einfach meine Waren stehlen?«, schrie Charlotte, doch Klara klammerte sich mit aller Kraft an sie. »Bleib um Gottes willen hier«, ächzte sie. »Wir können froh sein, wenn sie nicht hinaufkommen.«

»Weshalb sollten sie wohl hinaufkommen? Lass mich los! Klara!«

Zornig versuchte Charlotte, sich zu befreien, doch ihre Cousine, die sonst so schwächlich war, hielt sie mit eiserner Kraft fest.

»*Bibi* nicht streiten. Leute sind unten!«, ließ sich Schammi zaghaft vernehmen.

Tatsächlich war jetzt endlich Bewegung auf der Straße, man hörte heisere Rufe, Lichter leuchteten auf, eine helle Männerstimme fluchte auf Suaheli. Dann fiel ein Gewehrschuss.

Vollkommen erschöpft ließ Klara sich auf einen Stuhl fallen, während Charlotte die Lampe ergriff und nun doch die Stiege hinunter in den Laden rannte. Dort war alles voller Menschen. Nachbarn, Bekannte, auch andere, die sie noch nie zuvor gesehen hatte, fuchtelten mit Lampen, Knüppeln und Gewehren, krakeelten, jammerten und besahen neugierig das Chaos, das die Einbrecher hinterlassen hatten. Charlotte brauchte bloß einen kurzen Blick in die Runde zu werfen, um zu begreifen, dass ihr nur wenig geblieben war.

»Der Scheitan soll sie holen. In der Hölle sollen sie verbrennen!«

»Vier sind es gewesen. Zwei haben die Karren gezogen.«

»Nein, fünf. Einen habe ich noch am Hemd erwischt, da hat er sich umgedreht und mir die Faust ins Gesicht gehauen!«

»Die Türen haben sie zerschmettert.«

»Alles haben sie mitgenommen, die Hundesöhne ...«

Auch im Laden drängten sich jetzt Neugierige, aufgeregt wurde über das Ereignis geredet, jeder hatte etwas gesehen oder wenigstens gehört, mancher wusste zu berichten, dass bei anderen Überfällen sogar Ladenbesitzer verprügelt und die Kasse geraubt worden sei. Ab und zu bückte sich jemand, klaubte einen Gegenstand vom Boden auf, der den Dieben entfallen war, doch nur ein einziger, ein junger Afrikaner, brachte Charlotte seinen Fund. Ein kleines Amulett aus einem geschnitzten Mandelkern.

»Weshalb habt ihr die Diebe nicht verfolgt?«, schimpfte sie.

»Sie sind verschwunden wie die Geister. Zwischen den Häusern hindurch in die Dunkelheit. Wer kann sie da finden? Die Löwen sollen sie fressen.«

Der Tumult hatte auch zwei Askari der deutschen Polizeitruppe herbeigelockt, und die Verwirrung steigerte sich, als sie wissen wollten, wer die Diebe gesehen habe. Die Beschreibungen waren abenteuerlich, einer behauptete sogar, sie hätten Gesichter wie Leoparden und Füße wie Elefanten gehabt. Klar war nur, dass es schwarze Afrikaner gewesen waren – zu welchem Stamm sie gehörten, darüber wurde allerdings heftig gestritten. Man führte die beiden Polizisten zu der Stelle, wo die Spitzbuben angeblich zwischen den Gebäuden hindurchgeschlüpft und verschwunden waren, doch wegen der schlechten Beleuchtung waren keinerlei Spuren zu finden.

»Schreiben Sie alles auf, was gestohlen wurde, und kommen Sie ins Stadthaus«, wies der sudanesische Askari Charlotte an. »Wenn wir die Diebe finden, werden sie eine schreckliche Strafe erhalten.«

Nachdem sich die Polizisten wieder entfernt hatten, verlief sich auch die Menge der Neugierigen. Man gähnte, murmelte noch einige Verwünschungen an die Adresse der ruchlosen Diebe, und ein alter Inder meinte kopfschüttelnd, es sei ein Unglück, dass Kamal Singh nicht mehr in der Stadt wäre.

Schlagartig wurde Charlotte klar, dass es Kamal Singhs Einfluss gewesen war, der sie bisher vor solchen Übergriffen bewahrt hatte. Nun aber waren die Fäden, die er gesponnen hatte, zerrissen, die Machtverhältnisse in der Inderstraße hatten sich gewendet. Es war gut möglich, dass sie den Zorn derer zu spüren bekam, die Kamal Singh über Jahre hinweg unterdrückt hatte.

Als endlich alle gegangen waren, versuchte sie mit Schammis Hilfe die schwer beschädigten Ladentüren wenigstens notdürftig zuzuklappen. Das Schloss vorzulegen erübrigte sich – es gab nicht mehr viel zusammenzuhalten. Beim Schein der Petroleumlampe schoben sie Regale und Kisten wieder an Ort und Stelle, kehrten zerbrochenes Geschirr, Reiskörner und zertretene Bohnen vom Boden auf und trugen die wenigen Dinge, die man ihnen gelassen hatte, hinauf in die Wohnung. Vielleicht hatte Klara ja recht, und sie konnten froh sein, dass die Diebe nicht nach oben gekommen waren. So sicher das Versteck auch war, in dem Charlotte ihre Ersparnisse aufbewahrte, ein Dieb, der nicht vor brutaler Gewalt zurückschreckte, hätte sie zwingen können, es zu verraten.

Erst gegen Morgen krochen sie zurück in ihre Betten, zitternd vor Kälte und immer noch voller Angst, die Diebe könnten zurückkommen. Obgleich Charlotte die Wohnungstür mit der Truhe verbarrikadiert hatte, versteckte sich

Schammi vorsichtshalber in der Küche, da er glaubte, dass man dort kaum nach wertvollen Dingen suchen würde. Zum ersten Mal seitdem sie in Daressalam lebten, hoffte Charlotte, eine Löwin möge durch die Straße streifen. Sollte sie ruhig unten in den Laden eindringen, dann würde wenigstens niemand wagen, die Treppe hinaufzusteigen, um die Wohnungstür aufzubrechen.

Am folgenden Tag ging Charlotte zum Stadthaus, um den Einbruch zu schildern und eine Liste der gestohlenen Waren abzugeben. Man machte ihr wenig Hoffnung, ihren Besitz je wiederzusehen. Leider kämen Einbrüche immer wieder vor, besonders in den Geschäftsvierteln der Inder und Araber und noch häufiger in den Gegenden, in denen die Schwarzen wohnten.

»Weshalb gibt es keine nächtlichen Kontrollgänge? Wir haben eine Polizeitruppe und dazu eine Schutztruppe.«

»Selbstverständlich wird die Stadt auch in der Nacht bewacht, Frau Ohlsen.«

»Die Gegenden, in denen die Deutschen wohnen – das glaube ich Ihnen gern. Und was ist mit den übrigen Vierteln?«

Man erklärte ihr, dass die indischen und arabischen Geschäftsleute sich normalerweise selbst gegen Überfälle schützten, es gäbe bewaffnete Angestellte und Wächter.

»Schön, wenn man sich darauf verlassen kann …«

Sie war ärgerlich geworden und ging dem deutschen Leiter der Polizeitruppe auf die Nerven, so dass er sich schließlich zu der Bemerkung hinreißen ließ, sie könne froh sein, nicht als Mitwisserin dieses Inders Kamal Singh angeklagt zu werden. Sie habe sich in seine kriminellen Machenschaften hineinziehen lassen, die Schmuggelware sei in ihrem Laden entdeckt worden, und nur weil sich der Missionar Peter Siegel für sie eingesetzt habe, lasse man die Angelegenheit auf sich beruhen. Sie solle sich eben ein Geschäft im deutschen Viertel anmieten, das sei allemal besser, als sich unter Neger und Inder zu mischen.

Mutlos kehrte sie in die Inderstraße zurück. Die Mieten im deutschen Viertel waren viel zu hoch, und außerdem – wer würde dort einkaufen? Höchstens die wenigen deutschen Frauen, die anderen Kunden würden in der Inderstraße bleiben.

Inzwischen war Pfarrer Peter Siegel zu seinem täglichen Besuch eingetroffen, er zeigte sich tief erschrocken über die Vorgänge der Nacht, rüttelte zaghaft an den zerbrochenen Klapptüren, dann wanderte sein besorgter Blick zu den aus Lehmziegeln gemauerten Stufen, die hinauf in die Wohnung führten.

»Sie können hier unmöglich bleiben, Frau Ohlsen. Zwei schutzlose Frauen, die der Gewalt dieser Räuberbanden ausgesetzt sind … Ich habe Klara angeboten, vorläufig in unserem Missionshaus am Immanuelskap Quartier zu beziehen, dort wird auch Platz für Sie sein. Und Schammi wollte ohnehin schon lange in der Missionsschule lesen und schreiben lernen …«

Charlotte setzte sich auf einen Schemel, den die Einbrecher verschmäht hatten; der schöne Sessel, in dem Christian stets gesessen hatte, war ihnen lieber gewesen. Sie war mit ihren Kräften am Ende und fragte sich verbittert, wie das Schicksal so boshaft sein konnte. Es hatte ihr ihren Mann genommen, wollte auch Klara von ihr trennen, und nun brachte es sie um das Einzige, das ihr noch geblieben war: ihren Laden, ihre kleine Wohnung, das kleine Refugium, das sie sich geschaffen hatte. »Danke für das Angebot«, sagte sie ablehnend. »Wenn Klara in die Mission ziehen möchte, kann ich das gut verstehen, und ich werde auch Schammi nicht zurückhalten. Ich aber weiche nicht von der Stelle.«

Resigniert ließ der Missionar die Arme sinken und drang nicht weiter auf sie ein, da er einen Streit vermeiden wollte.

»Wenn Charlotte hierbleiben will, dann werde ich sie nicht allein lassen«, sagte Klara leise. »Es tut mir leid, Peter.«

»Ich will, dass du gehst, Klara!«, rief Charlotte aufgebracht, doch ihre Cousine blieb standhaft

»Nein!«

Klara, die allzeit Fügsame, konnte in seltenen Momenten unfassbar hartnäckig sein. Sie habe diesen Entschluss im Gebet getroffen, er sei unumstößlich, niemand könne sie davon abbringen. Auch Schammi wollte sich auf keinen Fall von *bibi* Charlotte trennen. Der Missionar seufzte tief, und der Blick, mit dem er Charlotte bedachte, war voller unausgesprochener Vorwürfe.

»Ich werde auf dich warten, Klara«, sagte er leise, als er sich verabschiedete. »Ich habe tiefstes Verständnis für deine Treue zu Charlotte – aber bitte vergiss nicht, dass du auch mir ein Versprechen gegeben hast.«

Charlotte hatte das niederschmetternde Gefühl, allen Menschen, die sie liebte, unrecht zu tun. Und doch wusste sie sich keinen anderen Rat, als um ihre Existenz zu kämpfen. Im Laden eines Arabers kaufte sie ein Gewehr und dazu Munition, sie lief an den Strand, um Schießübungen mit der alten Büchse abzuhalten, und kehrte mit schmerzender Schulter, aber guten Mutes zurück. Sie beauftragte einen indischen Handwerker, die zerschlagenen Klapptüren ihres Ladens zu ersetzen, was sie viel Geld kostete, aber die Arbeit, die er leistete, war die Sache wert. Für den Rest ihrer Ersparnisse kaufte sie neue Waren ein, feilschte lange um die Preise und stellte fest, dass Kamal Singh ihr die Sachen zu weitaus besseren Bedingungen geliefert hatte. Einige Wochen lang überlebten sie nur, weil Klara mit ihrer Näherei Geld dazuverdiente. Die Kunden kehrten zögernd in den Laden zurück, sie waren wählerisch und behaupteten, in den anderen Läden für Streichhölzer, Petroleum und Reis weniger bezahlen zu müssen.

Kondolenzbriefe aus Deutschland und England trafen ein. Ettje berichtete von der schweren Lungenentzündung ihres Mannes, die gottlob vorübergegangen sei; die Großmutter sei wohlauf und habe sich der Enkel angenommen, während sie selbst ihren Mann pflegen musste. Paul sei im Amt aufgestiegen und inzwischen verlobt, er wolle bald heiraten und mit seiner Frau ins Haus der Großmutter einziehen. Pastor Harm Kramer und Tante Edine sprachen ihr tiefstes Mitgefühl aus, wünschten Kraft und Gottes Segen, Menna schloss sich mit kurzen Worten an. Auch Marie schickte einen langen Brief, erzählte vom Gedeihen ihrer Kinder, von den wunderbaren Schwiegereltern, von befreundeten adeligen Familien, die Charlotte gänzlich unbekannt waren, und schloss mit der Bemerkung, dass eine junge Frau nicht für den Rest ihres Lebens eine trauernde Witwe bleiben müsse. Einige Wochen später brachte der Briefträger ein flaches Paket, das in Kairo aufgegeben worden war. Es enthielt ein Buch, dazu einen Brief von George. Er schien von Christians Tod nichts erfahren zu haben, denn er ließ ihn unerwähnt. Stattdessen schickte er neue Manuskripte mit der Bitte um Durchsicht, dazu sein gerade erschienenes Buch *Ein britischer Arzt im Land der Pharaonen,* das er vor allem ihr gewidmet habe. Tatsächlich fand sich eine Vorbemerkung in kursiver Schrift, der Autor bedanke sich bei Charlotte O. für die fleißigen Korrekturen, vor allem aber für die Anteilnahme und Ermutigung, ohne die dieses Buch niemals entstanden sei.

Er war also wieder in Kairo – wie seltsam, dass Marie nichts davon geschrieben hatte. Charlotte legte das Buch ungelesen zur Seite; sie hatte Scheu davor, sich auf Georges Schriften einzulassen, auch die Manuskripte blieben unkorrigiert. Sie hatte andere Sorgen.

Mitte Oktober stiegen die ersten, regenschweren Wolken am Horizont auf, ein graues Gebirge, das sich aus dem Meer erhob und die Sonne verdüsterte, dunkel und bedrohlich und doch sehnlichst erwartet. Das Land war ausgetrocknet, der rötliche Erdboden in Spalten gerissen. Am frühen Morgen entluden sich die Spannungen über der Bucht in krachenden Donnerschlägen, Blitze zuckten wie gleißende Pfeile über den Himmel, zerschlugen Strommasten und fällten uralte Palmen. Dann endlich strömte der Regen zur Erde.

Charlotte hatte den Laden trotz der Wasserfluten geöffnet. Sie hoffte, dass vielleicht doch ein paar Kunden vorbeikämen, die sich in ihrer Freude über den Beginn der Regenzeit nicht scheuten, klatschnass zu werden. Es liefen jedoch nur einige schwarze Kinder auf der Straße herum, führten jubelnde Regentänze auf, und wenn tatsächlich einmal eine weibliche Gestalt zu sehen war, dann eilte sie geduckt an Charlottes Laden vorüber, um anderswo ihre Einkäufe zu tätigen. Gierig atmete Charlotte den Geruch des Regens ein, diesen seltsam schweren Duft, in dem sich Erde und Wasser miteinander verbanden, diese erregende Verheißung auf Blüten und Früchte, auf neues Leben, vielleicht auf Glück. Es war ein Jahr her, dass sie hier gestanden und sich an diesem feuchten Duft berauscht hatte. Damals hatte sich eine Gestalt aus dem Regen gelöst, ein Mann war zu ihr in den Laden getreten, und sie hatte für eine kurze Zeit geglaubt, dass Gott ein Wunder geschehen ließe. Dass die Vergangenheit umkehrbar war, dass Sehnsüchte erfüllt werden könnten …

»Frau Ohlsen?«

Sie erschrak, denn sie hatte die beiden Männer wegen des prasselnden Regens nicht kommen hören. Es waren zwei junge Inder, die sich mit Schirmen vor den herabstürzenden Fluten schützten, damit ihre Jacken aus schönem, safrangelbem Tuch nicht vom Wasser verdorben wurden.

»Was kann ich für Sie tun?«

Sie traten lächelnd in den Laden, klappten die Schirme zu

und sahen sich um. Nicht mit den Augen von Käufern, die sich für bestimmte Waren interessierten, sondern mit prüfenden, neugierigen Blicken, die Charlotte verdächtig vorkamen.

»Wir haben Ihnen einen Vorschlag zu machen.«

Der Sprecher war ein gut aussehender Mensch mit glattem, zimtfarbigem Teint und hellbraunen Augen, auf seiner Oberlippe stand ein kleines, schwarzes Bärtchen.

»Was für einen Vorschlag?«

Vermutlich hatten sie erwartet, zum Niedersetzen eingeladen, vielleicht sogar mit Tee und Gebäck bewirtet zu werden, doch Charlotte hatte keine Lust dazu. Ihre deutlich ablehnende Haltung quittierten die beiden mit undurchsichtigem Lächeln. Das gleiche Lächeln, das sie so oft bei Kamal Singh gesehen hatte.

»Es wäre doch schade, wenn die Kolonialregierung dieses Haus abreißen würde. Das würde uns nicht gefallen und Ihnen gewiss auch nicht. Es gäbe eine Möglichkeit, dieses Unglück zu verhindern …«

Man wollte sie dazu bringen, das Haus zu kaufen. Sie sei eine Deutsche – weshalb sollten sich die Behörden nicht überreden lassen, einer Landsmännin diesen Gefallen zu erweisen?

»Wie soll ich das bewerkstelligen? Ich habe doch gar nicht genug Geld!«

»Das ist kein Problem, Frau Ohlsen. Wir leihen es Ihnen.«

Sie sprachen von einem sehr günstigen Zins, da auch ihnen daran gelegen sei, dass dieses Haus nicht abgerissen werde, man arbeite sozusagen Hand in Hand.

»Ihr Geschäft wird gut laufen; es wird unter unserem Schutz stehen, das sollten sie dabei nicht außer Acht lassen.«

Charlotte durchschaute das Spiel. Man würde ihr das Geld leihen und anschließend ihren Laden ruinieren, damit das Haus rasch wieder in indischen Besitz überging, doch was blieb ihr für eine Wahl?

»Ich werde es mir überlegen.«

Die beiden jungen Männer verbeugten sich leicht, spannten ihre Schirme wieder auf und stiegen vorsichtig über die brodelnden Rinnsale, die sich inzwischen auf der Straße gebildet hatten.

»Denken Sie bitte auch daran, dass unser Schutz nicht umsonst ist, Frau Ohlsen. Wenn Sie uns enttäuschen, könnte der Preis dafür sehr hoch werden …«

Dezember 1897

Die privaten Räume des Ehepaars von Liebert im Gouverneurspalast ließen fast vergessen, dass man sich in der Kolonie Deutsch-Ostafrika befand, denn das Mobiliar stammte bis ins Kleinste aus Deutschland. Es waren edle Möbel, die in einem adeligen Landhaus oder im ersten Stockwerk einer Berliner Stadtwohnung gestanden haben mochten. Schränke und Sessel waren aus Eichenholz gefertigt und mit kunstvollem Schnitzwerk versehen, hinter den geschliffenen Glasscheiben der Vitrine standen schön bemaltes Porzellan, silberne Teekannen, Kerzenleuchter sowie eine große Schale mit dem eingearbeiteten Monogramm der Familie. Nur der schwarze *boy*, der dienstbeflissen neben der Portiere aus weinrotem Samt verharrte, passte nicht zu dem deutsch-heimatlichen Ensemble.

»Nehmen Sie von diesem Konfekt«, sagte Frau von Liebert lächelnd und schob Charlotte den Teller hinüber. »Meine Mutter hat es mir geschickt, ein altes Familienrezept. Eigentlich wird es bei uns erst zur Weihnachtszeit gebacken, aber seitdem wir in Daressalam leben, stellt meine Mutter die Pralinen ein paar Wochen früher her, damit sie rechtzeitig vor dem Fest bei uns eintreffen.«

Charlotte bedankte sich artig, nippte an ihrer Teetasse und kaute auf einer trockenen Marzipanpraline herum. Es war schon seltsam mit den alten Familienrezepten – Mandeln, Rosenöl und Zucker waren auch in Darassalem zu haben. Aber natürlich schmeckte es anders, wenn das Konfekt in Deutschland gefertigt worden war.

»Ehrlich gesagt, liebe Frau Ohlsen«, nahm die Gouverneursgattin den Gesprächsfaden wieder auf. »Ich verstehe Sie nicht so ganz. Weshalb klammern Sie sich an dieses hässliche Haus in der Inderstraße? Das ist doch keine gute Gegend für eine Deutsche. Überhaupt bereiten die Inder in der Stadt meinem Mann recht viel Sorgen, sie sind unfassbar geschäftstüchtig, besitzen überall Grund und Boden und machen deutschen Geschäftsleuten das Leben schwer …«

Draußen ging ein kräftiger Regenguss herunter, und der schwarze *boy* erhielt den Auftrag, die Läden vorzuklappen, damit die Fensterscheiben geschont wurden.

»Aber sie tun doch auch etwas für die Stadt«, wandte Charlotte vorsichtig ein. »Denken Sie doch nur an das Eingeborenenhospital, das Sewa Hadji gestiftet hat.«

»Nun ja – das sind Einzelfälle. Im Übrigen ist es ein Unding, dass ein Inder in unserer Kolonie ein so gewaltiges Vermögen erwerben kann. Man weiß nie, auf welchen Wegen diese Orientalen dazu kommen, als Deutscher kann man ihnen einfach nicht vertrauen …«

Frau von Liebert war ein gutes Stück jünger als ihr Ehemann, eine zierliche, dunkelblonde Frau mit ernsten Gesichtszügen und blauen Augen, die Willenskraft offenbarten. Ihr Lächeln war verbindlich, sie vergaß jedoch niemals, dass zwischen ihr und der verwitweten Charlotte Ohlsen ein gewaltiger Standesunterschied lag. Charlotte war klar, dass dieser Abstand in den Augen der Gouverneursgattin noch ein gutes Stück gewachsen wäre, hätte sie von ihrer indischen Großmutter gewusst.

»Aber gerade deshalb kann es doch nur gut sein, wenn eine deutsche Geschäftsfrau in der Inderstraße Fuß fasst«, versuchte es Charlotte aufs Neue. »Ich habe momentan nicht das Geld, um dieses Haus zu kaufen, aber ich könnte eine Anzahlung leisten und den Rest in monatlichen Zahlungen abtragen. Wenn Sie ein Wort für mich einlegen würden …«

»Ich bin mit der Sache nicht vertraut, Frau Ohlsen. Nur könnte ich mir vorstellen, dass es noch andere deutsche Geschäftsleute gibt, die ebenfalls Interesse haben …«

»Es geht um meine Existenz, Frau von Liebert.«

Es donnerte so heftig, dass beide Frauen unwillkürlich zu dem goldenen Lüster hinaufsahen, der zu erzittern schien. Der nachmittägliche Gewitterregen rauschte nieder, einzelne Tropfen drangen durch die Lamellen der Klappläden und rannen am Holz herab auf den Fenstersims. Frau von Liebert beugte sich vor, um Tee nachzuschenken, dann nahm sie sich eine Marzipanpraline und kaute sie langsam, offenbar versunken in Erinnerungen an das weihnachtliche Deutschland, an Schlittenpartien, Eislaufen und den geschmückten Tannenbaum. Hier in Daressalam würde die Regenzeit bald enden, die ersten Monate des Jahres waren heiß und feucht, die Zeit der Fiebermücken und Tropenkrankheiten.

»Darf ich ehrlich sein, liebe Frau Ohlsen? Es will mir nicht in den Kopf, dass eine hübsche, junge Frau wie Sie, die noch dazu mit derart hervorragenden musikalischen Fähigkeiten ausgestattet ist – nein, widersprechen Sie mir nicht, Ihr Klavierspiel ist etwas ganz Besonderes, ich habe dafür ein Ohr –, dass eine junge Deutsche wie Sie unbedingt einen Laden in der Inderstraße führen will. Ist es denn nicht die höchste Bestimmung des weiblichen Geschlechts, Ehefrau und Mutter zu sein? Liebe Frau Ohlsen – schauen Sie sich doch um: Hier gibt es überall tüchtige und fleißige deutsche Männer, die glücklich wären, eine Frau an ihrer Seite zu haben.«

Das hatte sie kommen sehen. Seit Wochen luden die deutschen Frauen sie auf Geburtstagsfeste ein, ließen sie Klavier spielen, arrangierten Weihnachtsfeiern, man hatte ihr sogar eine geringfügige Anstellung bei der deutschen Reichspost angeboten.

»Ich habe nicht vor, gleich wieder zu heiraten, Frau von Liebert!«

»Aber natürlich nicht sofort!«, rief die Gouverneursgattin und fasste mitfühlend Charlottes Hand. »Ich weiß ja, auf welch tragische Weise Sie Ihren Mann verloren haben. Indes – wenn die Lage es erfordert, so denke ich, dass wir auch einmal über althergebrachte Bräuche hinwegsehen können. Niemand würde Anstoß daran nehmen, wenn Sie sich noch vor Ende des Trauerjahres wieder verehelichen würden.«

Charlotte versuchte noch einmal, auf ihr Anliegen hinzuweisen. Sie wollte das Grundstück mitsamt dem Haus kaufen, den Kaufpreis monatlich abbezahlen, auch wenn sie insgeheim die üblen Machenschaften der Schutzgelderpresser fürchtete …

Frau von Liebert, die ihre Entschlossenheit spürte, nickte verständnisvoll und bemerkte, sie wolle mit ihrem Mann darüber sprechen. Wenn sich die Gelegenheit dazu ergäbe – er sei momentan sehr beschäftigt. Am kommenden Sonntag würden sie einen neu angekommenen jungen Offizier mit einer kleinen Feier begrüßen. Ob sie Zeit habe, ein paar Stücke auf dem Klavier zu spielen? Einige der Herren kämen mit ihren Ehefrauen, und vielleicht ergäbe sich die Möglichkeit zu tanzen …

»Selbstverständlich bin ich bereit, Ihnen ein kleines Entgelt für die Mühe …«

»Ganz lieben Dank«, unterbrach Charlotte. »Aber ich spiele allein aus Freude an der Musik.«

»Eine Freude, die Sie an uns alle weitergeben, liebe Frau Ohlsen. Ich wünsche Ihnen wirklich, dass sich recht bald eine Lösung für all Ihre Sorgen findet.«

Der letzte Satz war das Zeichen dafür, dass sie sich jetzt zu verabschieden hatte, die Gouverneursgattin hatte noch andere Pflichten, und außerdem schien der Regen bereits nachzulassen. Als Charlotte durch das Portal in den weiß gestrichenen Arkadengang des Gouverneurspalastes trat, atmete sie tief durch. Im Palast roch es muffig wie in den meisten Häusern während der Regenzeit, da sich die Feuchtigkeit in Wänden und Stoffen festsetzte. Hier draußen aber duftete es nach den blühenden Akazien und Tamarinden. Die Grünanlagen, die man um den Palast herum geschaffen hatte, waren während der Regenzeit üppig gewachsen, in dem dunklen, großblättrigen Buschwerk leuchteten zartgelbe Blüten, in den Töpfen längs der steinernen Beeteinfassung reckten Agaven ihre grünweißen fleischigen Blätter.

»Ich bringe Regenschirm, Sie sonst werden ganz nass!«, rief der kleine *boy* besorgt, als er sah, dass Charlotte auf den Weg hinausgehen wollte. Doch sie lehnte das Angebot freundlich ab. Es machte ihr nichts aus, vom Regen durchweicht zu werden, im Gegenteil, sie sehnte sich danach, die Nässe bis auf die Haut zu spüren. Es passte zu ihrer Stimmung.

Monatelang hatte sie für ihren kleinen Laden gekämpft, hatte trotz schlechter Umsätze Schutzgelder gezahlt aus Furcht, noch einmal überfallen zu werden. Auf das Angebot der beiden Inder, ihr Geld zu leihen, war sie jedoch nicht eingegangen. Seitdem lief das Geschäft immer schlechter. Kunden, die früher regelmäßig bei ihr kauften, mit denen sie geschwatzt und Scherze gemacht hatte, mieden ihren Laden – warum auch immer. Nur Klaras Nähkünste hielten sie noch über Wasser, und Charlotte hatte sich selbst an die Maschine gesetzt, um die Cousine zu unterstützen. Es war eine mühsame Plackerei, die Näherei lag ihr überhaupt nicht, sie war viel zu ungeduldig, ihre Nähte waren schief, und zu allem Überfluss stach sie sich in den Finger.

Der Wind wehte böig vom Meer herüber und trug die letzten Regentropfen ins Landesinnere, während der Himmel über der Bucht schon aufriss. Charlottes helles Kleid war am Rücken dunkel vor Nässe, den Strohhut musste sie mit beiden Händen festhalten, sonst wäre er ihr vom Kopf gerissen worden. Sie überlegte, ob sie am Postamt vorbeigehen und dort warten sollte – heute Morgen war ein Dampfer aus Hamburg in die Hafenbucht eingefahren. Auf der anderen Seite – worauf sollte sie eigentlich hoffen? Ihr Brief nach Leer, in dem sie Paul freundlich daran erinnert hatte, ihr den geliehenen Teil ihrer Mitgift zurückzuzahlen, würde völlig umsonst gewesen sein. Sie glaubte kaum, dass Frau von Liebert ihr Anliegen unterstützte – die adelige Dame war der Ansicht, dass eine Frau kein Geschäft führen, sondern heiraten sollte. Damit war ihre letzte Hoffnung, den kleinen Laden doch noch zu retten, endgültig dahin. Ein deutscher Geschäftsmann würde Grund und Boden erwerben, das marode Gebäude abreißen und etwas Eigenes aufbauen.

Ihr Brief nach Leer war vor über drei Monaten abgegangen, bisher war keine Antwort eingetroffen. Vielleicht hätte sie an die Großmutter statt an Paul schreiben sollen, gewiss bewahrte die alte Dame das Schriftstück, das der Großvater damals aufgesetzt hatte, noch irgendwo auf. Aber wozu? Sie hätte nur Unfrieden in die Familie getragen, und letztlich konnte ihr dieses Geld – falls sie es denn überhaupt erhielt – auch nicht mehr helfen.

Sie hatte keine Lust, durch das deutsche Viertel zu laufen, und wählte lieber einen schmalen Pfad, der die Kokosplantagen der Protestantischen Mission durchquerte und zum Strand hinunterführte. Der Wind war nun schwächer, fuhr nur noch hin und wieder in die tropfenden Palmwedel. Das Buschwerk zwischen den Stämmen der Kokospalmen war kräftig aufgeschossen und würde den Missionaren gewiss viel Arbeit bereiten. Wie fruchtbar dieses Land war, wie köstlich der Duft der feuchten Erde, der sprießenden Pflanzen und Blüten – wenn es irgendwo auf der Welt einen Ort gab, der Eden hieß, dann musste er hier sein.

Der Blick auf die weite Bucht war jetzt frei, die Luft wieder klar, und die Sonne ließ das Wasser hellblau schimmern, als wäre es aus lichtem Aquamarin. Der Reichspostdampfer ankerte in der Nähe des Landungsstegs, umgeben von zahlreichen Ruderbooten und kleinen Seglern. Jetzt, da das Wetter günstig war, begann man damit, Kisten und größere Pakete auszuladen und zum Steg hinüberzurudern.

Charlotte hatte keine Eile, schlenderte gemächlich den Pfad oberhalb der Abbruchkante entlang, stieg über Wurzeln und durchwatete sumpfige Stellen, wobei Schuhe und Strümpfe endgültig nass wurden. Es war ihr gleich. Eine Stellung in der deutschen Kolonialverwaltung, vielleicht sogar bei der Post – warum nicht? Sie würde mit dieser stupiden Arbeit ihren Lebensunterhalt verdienen, und Klara konnte endlich heiraten. Vielleicht würde sie die Nähmaschine einpacken und Aufträge annehmen, Sarah William war immer noch eine treue Kundin, auch für andere Leute konnte sie nähen und auf diese Weise ein wenig Geld zusammensparen. In einigen Jahren würde sie dann vielleicht wieder einen Laden mieten und Waren kaufen können. Nicht hier in Daressalam, besser in Tanga oder in Pangani, vielleicht auch irgendwo im Inland.

Sie suchte sich eine günstige Stelle und kletterte die Abbruchkante hinunter zum Strand, wobei das nasse Kleid noch zusätzlich ein paar rötlich gelbe Flecke bekam. Darauf kam es jetzt auch nicht mehr an, sie würde die Sachen sowieso waschen müssen. Sie zog Schuhe und Strümpfe aus und lief barfuß durch die kleinen Wellen, die sanft über den weißen Strand schwappten, spürte entzückt die kitzelnde Kühle des Wassers und den weichen Sand, in den sich ihre Zehen eingruben. Das Glück, dachte sie. Man soll es fassen, wenn es vorüberkommt. Aber es ist eine schwierige Sache. Es ist wie das Eis, das oben auf dem Kilimandscharo liegt. Wem es tatsächlich gelingt, eine Handvoll davon zu greifen und die glitzernden Sternchen hinunter ins Tal zu tragen, dem werden sie dort zu Wasser zerfließen. Sie bückte sich ab und an, um eine Muschel aufzuheben oder ein angeschwemmtes Holz zu betrachten, und kam sich vor wie eines der schwarzen Kinder, die drüben bei einem umgedrehten Fischerboot hockten und kleine Hölzchen warfen. Sie besaßen nichts als ihre Fröhlichkeit und den süßen Augenblick des Spiels. Bestand darin das wahre Glück? Anstatt rastlos einem Traum nachzujagen, der doch unerfüllbar blieb, einfach nur die Wärme der Sonne, das sanfte Geräusch der Wellen und den schmeichelnden Wind zu genießen? Ein Glück, dessen sie sich nie gewahr geworden war, obgleich es doch direkt vor ihren Augen lag.

Einer der kleinen Segler hielt auf den Strand zu, lief auf, und die drei Insassen mühten sich, das Boot auf den Sand zu ziehen. Neugierig schaute sie ihnen zu und überlegte, ob es Fischer waren, die jetzt schon von ihrer Fahrt zurückkehrten. Doch die Männer sahen eigentlich nicht wie Fischer aus, hatten auch keine Netze an Bord. Sie schlugen einen Pflock in den Sand und vertäuten das Boot, damit die Flut es nicht davontrug. Dann schienen sie die Abbruchkante hinaufklettern zu wollen, blieben jedoch dicht davor stehen und starrten zu ihr hinüber. Ihr wurde ein wenig unbehaglich zumute, denn es war niemand in der Nähe außer den schwarzen Kindern; das gut bewachte Munitionsdepot der deutschen Schutztruppe befand sich noch ein ganzes Stück entfernt.

Einer der drei Männer lief auf sie zu. Ein schmaler, sehniger Bursche, nur mit kurzer Hose und einem offen stehenden, weiten Hemd angetan, das schwarze Haar war nicht kraus, sondern wellig und schulterlang. Hatte sie ihn nicht schon einmal irgendwo gesehen?

»Frau Ohlsen?«

Woher kannte er ihren Namen? Er blinzelte gegen die Sonne, während seine Hände in einer Innentasche seines Hemds herumsuchten, dann zog er einen zusammengefalteten Zettel heraus, warf einen kurzen Blick darauf und reichte ihn ihr.

»Was ist das?«

»Nehmen und lesen«, forderte er sie kopfnickend auf. »Aber niemandem zeigen. Guten Freund nicht verraten.«

Er schien nicht abwarten zu wollen, ob sie seinen Rat befolgte, sondern lief zu seinen beiden Begleitern zurück, sprach ein paar Worte mit ihnen, dann machten sich alle drei daran, die steile Kante emporzuklettern, wie sie es offenbar vorgehabt hatten. Charlotte blieb unschlüssig stehen, die Botschaft in der Hand. Die herangleitenden Wellen umspülten ihre Fußknöchel; wenn sie sich zurückzogen, zogen sie den sandigen Grund unter ihren Füßen mit sich fort. Endlich gab sie sich einen Ruck und entfaltete den Zettel.

Liebe Freundin, war in kleiner, verschnörkelter Schrift zu lesen. *Ich habe Ihnen Kummer bereitet, das war nicht meine Absicht, und ich bitte Sie, mir zu vergeben. Daressalam ist kein guter Ort mehr für Geschäfte, doch es werden bessere Zeiten kommen. Verkaufen Sie alle Waren und die Einrichtung Ihres Ladens, und fahren Sie mit dem Küstendampfer hinüber nach Sansibar. Nahe dem Hafen finden Sie ein blaues Haus, über die Eingangstür ist eine Palme gemalt, daneben zwei Sterne. Dort fragen Sie nach mir. Ich werde Ihr Helfer und Beschützer sein, so wie ich es auch in Daressalam gewesen bin.*

Kamal Singh

Sie musste den kurzen Text zweimal lesen, um den Sinn zu begreifen. Kamal Singh – sie hatte geglaubt, nie wieder etwas von ihm zu hören. War das der Ausweg? Nach Sansibar zu reisen und dort ein Geschäft unter seinem Schutz zu eröffnen? Auf jener immergrünen Insel, diesem Eiland aus Palmen,

Licht und Düften, das in ihrer Erinnerung zugleich mit der unheilvollen Sehnsucht nach George verbunden war?

Sie spürte, wie sich etwas in ihr gegen diese verführerische Aussicht widersetzte. Nein, es war nicht der Gedanke, dass ihr der palmengesäumte, weiße Strand ohne George leer und einsam erscheinen würde. Dass ein anderer jetzt in jenem Haus wohnte, in dem seine Bücher gestanden hatten, an jenem Schreibtisch saß, an dem er seine Manuskripte schrieb. George Johanssen gebührte in ihrem Leben nur noch ein winziger Platz, ganz am Rande des Geschehens, er war der Ehemann ihrer Cousine Marie. So war es, und so blieb es.

Viel wichtiger war die Frage, ob dieser dubiose Zettel tatsächlich von Kamal Singh stammte und nicht etwa eine hinterhältige Finte der neuen Machthaber in der Inderstraße war, um sie endgültig loszuwerden. Was wäre, wenn sie tatsächlich alles verkaufte und mit dem wenigen Geld, das sie dafür erhalten würde, nach Sansibar reiste, um dort festzustellen, dass sie völlig allein und ohne Hilfe dastand?

Die Sonne lag wärmend auf dem regenfeuchten Land, feine Nebeldünste stiegen auf, umhüllten Häuser und Buschwerk, umspielten die tiefgrünen Palmwipfel. Seevögel schwärmten über die Bucht, tauchten pfeilschnell ins Wasser ein, kreischten, zankten sich um die Beute. Sie las die Nachricht ein drittes Mal und steckte das zusammengefaltete Blatt in den Ärmel. Wenn es tatsächlich Kamal Singh war, der diese Zeilen geschrieben hatte – konnte sie ihm überhaupt trauen? Hatte er sie nicht schon einmal belogen? Auf der anderen Seite war er immer sehr großzügig gewesen, und sie hatte den Eindruck gehabt, dass er sie gern mochte, doch sie konnte sich auch täuschen. Und dennoch. Was hielt sie hier in Daressalam? Nicht einmal Klara, die würde Peter Siegel heiraten, und Schammi könnte sie mit nach Sansibar nehmen. Vielleicht wäre es klug, erst einmal mit dem Küstendampfer hinüberzufahren, um die Wahrheit herauszufinden, bevor sie all ihre Habe verkaufte. Die Überfahrt war nicht allzu teuer, das konnte sie sich noch leisten.

Ja, so würde sie es machen. Plötzlich verspürte sie neue Kraft, sah Hoffnung, ein Licht in all der Düsternis – vielleicht ein Irrlicht, aber immerhin. Sie blickte über die bläulich glitzernde Bucht, überlegte kurz, ob sie den Weg zurück zur Inderstraße durch den Ort abkürzen sollte, doch dann gefiel es ihr besser, am Strand entlang bis zum Hafen zu laufen, barfuß, Schuhe und Strümpfe in der Hand. Es machte ihr Spaß, durch die flache Brandung zu rennen, dass das Wasser hoch aufspritzte, mit der Flut um die Wette zu laufen, die sich immer dichter zur Bruchkante hinaufzog. Zweimal verlor sie ihren Strohhut, musste umkehren und das gute Stück aus dem Wasser fischen, schließlich hielt sie ihn mit einer Hand fest und erreichte den Landungssteg gerade in dem Augenblick, als die Flut den letzten Rand des weißen Strandes überspülte. Keuchend, aber hochzufrieden stieg sie die Stufen zum Kai hinauf und wollte sich gerade auf die niedrige Mauer setzen, um wenigstens die Schuhe wieder anzuziehen, als sie eine wütende Stimme vernahm.

»Zoll soll ich bezahlen? Wie komme ich dazu? Ich bin Deutscher, und diese Maschinen gehören mir!«

Sie hielt inne. Diese zornige Stimme war ihr wohlbekannt. Er war hier in Daressalam. Vermutlich um irgendwelche Gerätschaften abzuholen, die mit dem Dampfer aus Deutschland gekommen waren.

»Das ist ein britisches Fabrikat – na und? Das wurde bereits in Hamburg verzollt. Vielleicht schauen Sie mal in die Papiere, die Sie in der Hand halten.«

Sie schmunzelte, ließ sich auf die Mauer fallen und mühte sich, die nassen Schuhe überzustreifen, während sie auf weitere Zornesausbrüche lauschte. Wie energisch er auftrat – ganz der adelige Gutsherr.

»Weshalb ich kein deutsches Fabrikat gekauft habe? Das will ich Ihnen sagen: weil die britischen Pulper besser und preiswerter sind. Deshalb bin ich aber nicht bereit, doppelten Zoll zu zahlen, verdammt!«

Wie schön zu hören, dass sogar ein Max von Roden Ärger mit deutscher Bürokratie haben konnte. Sie rollte die feuchten Strümpfe zusammen und stopfte sie in ihre Rocktasche, dann versuchte sie, ein paar lose Haarsträhnen in den aufgesteckten Zopf zurückzuschieben – wie dumm, dass sie wieder einmal völlig derangiert aussah.

Jetzt tauchte seine Gestalt am Eingang der Zollstelle auf, der wohlbekannte braune Hut, die Reithose, eine helle Leinenjacke. Er blinzelte in die Sonne und wandte sich noch einmal um, kündigte grollend an, dass er in einer Stunde zurück sei, um seine Kisten abzuholen. Als er unter das Vordach trat, erblickte er Charlotte.

Sie sah, dass er für einen Moment erstarrte, aus Verblüffung oder Freude, war nicht auszumachen. Nun sprang er eilig die Stufen hinunter, als habe er Sorge, sie könne davonlaufen.

»Charlotte … Frau Ohlsen. Ich war in der Inderstraße und habe nach Ihnen gesucht. Wollte jetzt gleich wieder dorthin zurückgehen …«

Sein Händedruck war ungemein fest, auch das kannte sie schon, und sie lächelte.

»Ich war unterwegs, das tut mir leid. Umso schöner, dass wir uns hier zufällig begegnen. Hat Ihnen Klara wenigstens einen Kaffee angeboten?«

»Wir haben uns eine Weile unterhalten.«

Er führte sie mit einer sanften Armbewegung beiseite, denn aus dem Zollgebäude quoll soeben eine Gruppe schwarzer Träger. Vermutlich hatten die Männer ihren Lohn erhalten und wollten das Geld nun eilig auf den Markt tragen.

»Ihre Cousine hat mir erzählt, dass Sie Ärger haben«, fuhr er fort. »Haben Sie im Gouvernementspalast etwas erreichen können?«

Max von Roden zählte zu denen, die gern mit der Tür ins Haus fielen. Charlotte überlegte kurz, ob sie Ausflüchte suchen sollte, aber da sein Blick mit ehrlicher Anteilnahme auf sie gerichtet war, beschloss sie, ebenso ehrlich zu antworten.

»Leider nicht. Aber das ist halb so schlimm, dann werde ich eben neu anfangen. In Tanga oder Bagamoyo. Vielleicht auch auf Sansibar – es wird sich schon etwas finden.«

»So ist das also …«

Er schwieg einen kurzen Augenblick, ohne den Blick von ihr zu wenden, so dass es ihr fast peinlich war. Gerade wollte sie zu einem anderen Thema wechseln, als er fragte: »Und was ist mit dem Kilimandscharo? Hätten Sie nicht Lust, dorthin zu gehen?«

Was für eine Idee! Nach allem, was sie erlebt hatte, zog es sie keineswegs in diese Gegend zurück. Weder den magischen Berg noch Christians Grab wollte sie in naher Zukunft wiedersehen. Max von Roden schien es jedoch ernst mit diesem Vorschlag zu sein, denn er sah sie erwartungsvoll an.

»Einen Laden in Moshi eröffnen? Nein, auf keinen Fall.«

»Nicht um einen Laden zu eröffnen, Charlotte. Um auf meiner Plantage zu leben. Ich wollte … ich bin gekommen, weil ich …«

Er hob hilflos die Arme, machte eine Bewegung, als müsse er ersticken, und während sie noch verwirrt zu ihm aufsah, brach es aus ihm heraus.

»Wollen Sie meine Frau werden, Charlotte?«

Sie war so verblüfft, dass ihr die Worte fehlten. Hatte sie recht gehört? Drüben schwatzten die schwarzen Frauen miteinander, aus dem Zollamt drang Getöse, man schien eine hölzerne Kiste aufzubrechen. Es war gut möglich, dass sie ihn bei dem Lärm falsch verstanden hatte. »Können Sie den Satz bitte wiederholen?«

Ein Schwall von Erklärungen, Versicherungen, Bitten und Selbstvorwürfen ergoss sich über sie. Wochenlang habe er gegrübelt, wie er ihr diese Frage stellen solle; er sei eben kein Romantiker und schon gar kein Diplomat; natürlich habe er wieder einmal alles falsch angefangen, und es sei auch sicher noch viel zur früh, ihr Mann sei ja gerade einmal ein Vierteljahr unter der Erde. Doch dann habe seine Sorge überhandgenommen, es könne ihm ein anderer zuvorkommen, und wenn das geschehen wäre, hätte er sich für immer und ewig einen gottverdammten Idioten heißen müssen.

Endlich unterbrach er seinen Redeschwall und ließ sie zu Wort kommen.

»Ich begreife gar nichts! Sagten Sie nicht, Ihre Braut käme mit dem Postdampfer aus Deutschland?«

Verwirrt nahm er den Hut ab und fuhr sich mit der Hand durchs Haar. »Habe ich das nicht erwähnt?«, murmelte er kleinlaut. »Johanna war allerdings in Daressalam. In Begleitung ihrer Mutter und ihres Bräutigams. Sie haben eine Reise zum Kap unternommen und hier Station gemacht, um sich die Stadt anzusehen. Vor allem aber, um mir bei dieser Gelegenheit die Situation zu erklären.«

»So ist das also.«

Sie hatte unwillkürlich die gleichen Worte benutzt, die auch er vorhin gebraucht hatte, und auch sie schwieg danach. So also verfuhr man in adeligen Kreisen, um einem abgelegten Bräutigam die »Situation« zu erklären. Man leistete sich eine Reise hinunter zum Kap der Guten Hoffnung und traf sich bei dieser Gelegenheit, um dem geprellten Bräutigam die Absage persönlich zu überbringen – was ja auch sehr viel rücksichtsvoller war, als einfach nur einen Brief zu schreiben.

»Es ist nicht so, wie du denkst, Charlotte«, sagte Max von Roden unglücklich. »Ich hätte Johanna geheiratet, weil ich einer bin, der zu seinem Wort steht. Aber ich schwöre dir: Du bist mir nicht aus dem Kopf gegangen, seitdem ich dich auf dem Schiff gesehen habe. Als du bei mir auf der Farm warst, bin ich fast verzweifelt. Ich hätte schreien können, alle möglichen Dinge tun wollen, zu denen ich kein Recht hatte. Ich wollte … Das musst du doch gespürt haben …«

»Was soll ich gespürt haben?«, fragte sie lächelnd.

Es fiel ihm nicht ganz leicht, aber sie wollte es unbedingt hören. Heute war der Tag der Wunder, der Tag, der das Glück in greifbare Nähe rückte, ein gänzlich unverhofftes Glück, mit dem sie nicht mehr gerechnet hatte.

»Dass … dass ich dich wie ein Verrückter liebe!«

Wieso warf sie alle Bedenken über den Haufen? Sie war eine Händlerin – was wollte sie auf einer Plantage? Sie hatte sich über die moralischen Grundsätze der Gouverneursgattin geärgert – nun tat sie genau das, was Frau von Liebert ihr angeraten hatte. Sie hatte den mächtigen Berg mit dem schneeglänzenden Gipfel niemals wiedersehen wollen – nun würde sie an seinem Fuß ihre neue Heimat finden. Es sprach so viel gegen diese Entscheidung, und doch war sie fest davon überzeugt, das Richtige zu tun.

»Ich weiß, dass du deinem Herzen folgst, Charlotte«, hatte Klara gesagt. »Und du tust recht daran. Gott wird euren Bund segnen.«

Charlotte war sich keineswegs sicher, ob es allein ihr Herz war, dem sie folgte. Gewiss, Max von Roden hatte ihr immer schon gefallen, mehr, als sie sich hatte eingestehen wollen. Seine ungenierte Selbstsicherheit und die Fähigkeit, das Leben entschlossen anzupacken. Seine Liebe zur Musik. Vor allem aber seine impulsive Art. Als sie ihm ihr Jawort gab, hatte er mit einem Jubelschrei den Hut in die Luft geworfen. Er hatte sie geküsst, mitten unter den vielen Leuten, die am Hafen herumliefen – eine unfassbar sittenlose Handlung, für die man in Deutschland ins Gefängnis gesperrt werden konnte. Aber gerade deshalb war es wundervoll gewesen, ihr Herz hatte einen Trommelwirbel geschlagen, und sie hatte seinen Kuss erwidert wie ein albernes, junges Ding.

Ja, er hatte ihr Herz gewonnen. Aber da war noch mehr, das sie zum ihm hinzog. Es hatte etwas mit Magie zu tun, glich der Anziehungskraft, die der Berg mit dem fernen Schneegipfel ausübte, eine verwirrende, beängstigende Mischung aus Furcht und Faszination. Max von Roden weckte in ihr die gleiche körperliche Sehnsucht, die auch George in ihr hervorgerufen hatte.

Innerhalb weniger Tage änderte sich ihr Leben von Grund auf. Es war nicht das erste Mal, dass ihr ein solcher Wechsel widerfuhr, dieses Mal aber geschah es atemlos und wie im Rausch. Er hatte es fertiggebracht, dass sie noch in der folgenden Woche heiraten konnten – in der Kolonie sah man leichter über Aufgebot und Fristen hinweg. Am gleichen Tag wurden auch Klara und Peter Siegel getraut – das war Charlottes Wunsch gewesen, dem sich die beiden gern fügten. Es stellte sich heraus, dass Klara ihr eigenes Brautkleid schon vor Monaten genäht und in einer Kiste aufbewahrt hatte, jetzt war sie untröstlich, kein Kleid für Charlotte angefertigt zu haben.

»Ach was – ich nehme dich auch ohne Kleid!«, hatte Max fröhlich ausgerufen, und sowohl Klara als auch Charlotte waren errötet. Die Hochzeitsfeier im Gebäude der evangelischen Mission am Immanuelskap rauschte an Charlotte vorüber wie die Szenen eines Theaterstückes. Der mit Akazienzweigen und Palmwedeln geschmückte Raum. Klara, die versuchte, ihr Humpeln zu verbergen, als sie neben Peter zum Altar schritt, und dabei noch ungeschickter wirkte als sonst. Max, der ihr einen dünnen Goldreif mit einem roten Stein als Ehering an den Finger steckte. Die salbungsvollen Worte des Missionars, der Jubel der schwarzen Eingeborenen, Schammi, der nicht wusste, ob er lachen oder in Tränen ausbrechen sollte und beides abwechselnd tat. Die schönen Stoffe, Stickereien und Haushaltsgegenstände – Geschenke ihrer deutschen Freundinnen. Sarah William, die überraschend auftauchte, grell geschminkt und mit einem ihrer grellen Hüte geschmückt, die innigsten Glückwünsche, die Frau von Liebert durch einen schwarzen *boy* überbringen ließ …

Als es Nacht wurde, zogen sich Klara und ihr Ehemann in ein kleines Zimmer zurück, das Peter Siegel bisher allein bewohnt hatte. Für Charlotte und Max war ein Gästeraum hergerichtet worden, das Haus in der Inderstraße hatte man inzwischen leer geräumt. Ihre kleine Wohnung, der geliebte Laden, um den sie so gekämpft hatte, gehörten endgültig der Vergangenheit an.

Max legte den Arm um ihre Schultern und zog sie hinaus unter das Vordach des Missionsgebäudes. Dort standen sie eine Weile schweigend und lauschten auf die Geräusche der Nacht. Es hatte geregnet, Wasser tropfte von Dach und Blattwerk und versickerte im Erdboden. Ein Nachtvogel rief mit melodischer Stimme und fand Antwort irgendwo draußen in den Kokosplantagen, ein kleines Wesen bewegte sich knisternd im Gras, vielleicht eine Schlange, die der Regen aus ihrem Versteck vertrieben hatte. In der Ferne hörte man das Schlagen und Zischen der Wellen, den immerwährenden Rhythmus des Ozeans, der sich der Anziehung des Mondes ergab.

Max strich ihr über die Wange, und ihre Anspannung war so groß, dass die leise Berührung sie erzittern ließ.

»Hör zu, mein Liebes«, sagte er zärtlich. »Ich weiß, wie

schwer es für dich war, so rasch wieder zu heiraten. Ich habe dich mit meiner Ungeduld überrumpelt, weil ich es nicht abwarten konnte, dich zu meiner Frau zu machen. Jetzt aber will ich dich nicht bedrängen. Du sollst alle Zeit der Welt haben, dich an die neue Situation zu gewöhnen. Und an mich.«

Sie schwieg verblüfft, eine solche Rücksichtnahme hatte sie nicht erwartet. Sollte sie ihm sagen, dass das unnötig war? Was würde er dann von ihr denken? Dass sie eine schlechte Ehefrau gewesen war, die ihren Mann schon wenige Monate nach seinem Tod vergessen hatte?

»Aber ich …«

Jetzt wagte er, den Arm um ihre Schultern zu legen, eine sanfte, freundschaftliche Berührung, der Arm eines Beschützers.

»Sag nichts, Charlotte«, unterbrach er sie. »In gut drei Wochen sind wir auf meiner Plantage, und wenn du dann für mich bereit bist, werde ich sehr glücklich sein.«

Wie großherzig er war. Sie brachte es nicht fertig, ihm zu widersprechen.

»Ich danke dir.«

»Ich übernachte im Vorraum«, verkündete er. »Schlaf gut, mein Engel …«

Er zog sie in seine Arme und drückte ihr einen zarten Kuss auf die Stirn. Nicht mehr. Dann ging er eilig zurück ins Haus, um sich im Vorraum auf zwei Stühlen ein notdürftiges Lager zu errichten.

Der Abschied von Klara war das Schwerste, denn es war so gut wie sicher, dass sie sich lange Zeit nicht wiedersehen würden. Peter Siegel wollte vorerst in Daressalam bleiben, es war jedoch auch möglich, dass die Berliner Mission ihn an einen anderen Ort berief, und da er ein gehorsamer und eifriger Gesandter des evangelischen Glaubens war, würde er sich einer solchen Order gewiss nicht widersetzen.

»Vielleicht schicken sie Peter ja nach Moshi oder nach Arusha – das wäre wundervoll, Charlotte«, seufzte Klara.

Ihre Cousine war sehr blass, und Charlotte fragte sich mit leiser Sorge, wie sie diese Hochzeitsnacht erlebt haben mochte, doch in der Hektik des Aufbruchs war es unmöglich, sie danach zu fragen.

»Ja, gewiss. Warten wir ab, was geschieht.«

Sie verschwieg Klara das Schicksal der beiden unglücklichen Geistlichen, die von den Dschagga getötet worden waren. Peter Siegel hatte sicher davon gehört, einen Ruf nach Moshi würde er vermutlich nicht gerade als Glücksfall ansehen, obgleich er ihm die Chance bot, zum Märtyrer des evangelischen Glaubens zu werden. Vorerst focht er einen harten Kampf um Schammi aus, den er in seiner Obhut am Immanuelskap behalten wollte. Noch am Morgen der Abreise machte er mit dem Jungen einen Spaziergang durch die Kokospflanzungen, erinnerte ihn daran, dass er ein Christ hatte werden wollen, dass er lesen und schreiben lernen musste und dass er seine *bibi* Klara nicht verlassen durfte. Schammi hörte ihn schweigend an, dann lief er ins Missionsgebäude zu Klara und verabschiedete sich weinend von ihr. Er liebte *bibi* Klara über alles, vielleicht sogar ein klein wenig mehr als *bibi* Charlotte, die einmal fortgegangen, aber dennoch wiedergekommen war. Doch sein Herz gehörte *bwana* Roden, der war ein großer *bwana,* ein guter *bwana,* ihm wollte er folgen.

Max wählte die Strecke mit Bedacht, denn es war keine gute Zeit zum Reisen. Die Regenzeit an der Küste näherte sich ihrem Ende, im Inland hatten die Niederschläge schon früher aufgehört, doch es waren Sümpfe und reißende Gewässer entstanden, die an vielen Stellen Umwege erforderlich machten. Er hatte auf dem Hinweg einige Maultiere mit nach Daressalam gebracht, die die Mückenplage bisher erstaunlich gut überstanden hatten, eines davon stand Charlotte als Reittier zur Verfügung, die übrigen wurden als Lasttiere für Zelte und Lebensmittel genutzt. Etwa dreißig schwarze Träger beförderten den Pulper für die Kaffeefrüchte und zwei weitere Geräte, die der Herstellung von Sisalfasern dienen sollten und die Max »Raspador-Maschinen« nannte – Schabmesser-Maschinen. Alles war in kleine und kleinste Einzelteile zerlegt. In zwei oder drei Jahren schon würde man endlich die ersten Sisalblätter ernten und die Faser daraus gewinnen. Dazu wurden die mehr als hüfthohen, fleischigen Blätter abgeschnitten und durch die Maschinen gejagt, die die Faser vom eigentlichen Blattgewebe trennten. Danach bündelte man die Fasern und weichte sie in klarem Wasser ein, so dass sie weiß wurden; anschließend ließ man sie in der Sonne trocknen und kämmte sie.

»Dann werden die Einnahmen in die Höhe gehen, und ich kann weiteres Land bepflanzen«, erklärte er fröhlich. »Nur allzu viel Regen kann ich dann nicht gebrauchen, die Sisalpflanze muss guten Boden haben und viel Sonne.«

Charlotte ritt schweigend neben ihm her, hörte sich an, was er voller Begeisterung erzählte, und ihr fiel auf, dass er stets »meine Pflanzen«, »meine Arbeiter«, »meine Plantage« sagte.

»Ich könnte dir helfen, die Preise auszuhandeln«, bemerkte sie. »Darin bin ich gut.«

Er blinzelte sie belustigt an und wollte schon eine Bemerkung machen; als er jedoch erkannte, dass es ihr Ernst damit war, schluckte er den Satz hinunter.

»Das weiß ich inzwischen, mein Schatz.«

Er hatte in Daressalam neben ihr gesessen, als sie die Waren und die Einrichtung des Ladens verkaufte, und keine Miene gemacht, sich in ihre Verhandlungen einzumischen. Später hatte er grinsend behauptet, sie habe die armen Leute allesamt übers Ohr gehauen, und das auf so bezaubernde Weise, dass keiner außer ihm etwas davon bemerkt habe. Nach wirklicher

Anerkennung klang dieses Lob in ihren Ohren nicht – offenbar hatte er sich über ihre Bemühungen amüsiert.

Er war der geborene Anführer. Max von Roden hatte jedes einzelne Mitglied der kleinen Karawane im Auge, trieb die Leute an, wenn sie langsamer zu werden drohten, konnte zornig aus der Haut fahren, sobald ihm jemand nicht zu Willen war. Versperrte ein reißender Bach, ein umgestürzter Baum oder ein Steinschlag den Weg, ließ sich *bwana* Roden zu gotteslästerlichen Flüchen hinreißen, doch er war klug genug, den Rat der Eingeborenen einzuholen, bevor er entschied, wie sie das Hindernis überwinden würden. Als sie auf das erste Dorf trafen und der *jumbe* die üblichen Geschenke verlangte, stellte sie fest, dass der Herr von Roden geizig sein konnte und lange um den Durchgangszoll stritt. Dafür zeigte er sich beim Kauf und Tausch der Lebensmittel umso großzügiger und gab den Schwarzen dafür mehr, als die Sachen an der Küste kosteten. Vermutlich hatte er feste Grundsätze, er hasste Zölle, fand aber, dass es anständig war, frische Eier, Kochbananen oder zarte Maiskolben gut zu bezahlen. Am Lagerplatz ließ er stets zwei getrennte Zelte für sie aufbauen und erzählte seinen Angestellten und den Trägern scherzhaft, seine *bibi* brauche ihr eigenes Zelt, in das er nur mit ihrer Erlaubnis hineingehen dürfe. Das sei in *uleia* so üblich. Das Abendessen nahmen sie auf dem Boden sitzend ein, hielten die Schüsseln in der Hand und unterhielten sich, während sie Reis, Bohnen, Eier und gewürzte Soße verzehrten, die der indische Koch zubereitet hatte. Max achtete streng darauf, einen kleinen Abstand zwischen sich und Charlotte zu lassen, doch es geschah immer häufiger, dass ihr Gespräch versiegte und beide schweigend vor sich hin sahen. Fast alle Träger hatten eine Frau mit auf die Reise genommen, einige sogar zwei, die sie abwechselnd aufsuchten, und weder die leisen Gesänge der Diener noch das Schnarchen einiger Schläfer konnten gewisse zufriedene Laute übertönen.

Seltsam, dachte Charlotte errötend, sonst ist mir das nie aufgefallen, jetzt aber höre ich nichts anderes …

»Wir werden morgen zu den Pare-Bergen kommen«, bemerkte Max und räusperte sich. »Dort biegen wir nach Norden ab, dann brauchen wir den Mkomasi nicht zu überqueren und vermeiden außerdem das Zusammentreffen mit einigen Massai-Stämmen.«

Sie löste ihr Haar, um den Zopf neu zu flechten, und spürte, wie er jede ihrer Bewegungen mit den Augen verschlang. Eine Fledermaus glitt lautlos an ihnen vorüber, segelte auf ihren zarten Hautflügeln zielsicher durch die Dunkelheit. Ab und zu glomm ein winziges Lichtlein auf, taumelte hierhin und dorthin, bis es wieder erlosch. Ein Glühwürmchen.

»Das ist sicher besser so.«

Sie hatte bisher noch nie den Versuch gemacht, einen Mann zu verführen. Es schickte sich nicht für eine Frau, es war peinlich und ungehörig. Eine Frau durfte sich hübsch machen, lächeln, unverfänglich plaudern, und falls der Gesprächspartner ihr Komplimente machte, musste sie sittsam den Blick senken. Auf keinen Fall aber das Haar lösen und zwischen den offenen Locken mit dunklen, goldglänzenden Augen zu ihm hinübersehen. Aber weshalb sollte sie das nicht tun? Schließlich war er seit einigen Tagen ihr Ehemann.

Er fuhr sich mit der Hand über das unrasierte Gesicht und zog den Hut ein wenig tiefer in die Stirn. Dennoch gelang es ihm nicht, in eine andere Richtung zu schauen. Er verfolgte weiterhin ihr Tun, beugte sich sogar vor, um ihr eine verirrte Haarnadel zu reichen, und seine Miene dabei war mehr als angespannt. Als ihre Finger sich für einen kleinen Augenblick berührten, zuckten beide zusammen.

»Wenn wir in die Berge kommen, werde ich dir die Thornton-Fälle bei Gonja zeigen«, murmelte er. »Das wird dir gefallen. Du … liebst Wasserfälle, nicht wahr?«

Im Usambara-Gebirge hatte sie ihn gebeten, doch näher zu einem der prächtigen Katarakte zu reiten, aber er hatte gemeint, es bringe sie zu sehr von der Strecke ab.

»Ich finde sie wunderschön«, gestand sie. »Dieses wilde Tosen, die Gewalt des herabstürzenden Wassers. Und wenn die Sonne daraufscheint, sieht man einen Regenbogen.«

Sie flocht das Haar in aller Ruhe zu einem lockeren Zopf, wickelte ein Band um das Zopfende und steckte die Haarnadeln in ihre Rocktasche.

»Lass uns schlafen gehen«, entschied sie und reckte sich.

Auch diese Bewegung entging ihm nicht, und im schwachen Feuerschein konnte sie erkennen, dass er schmerzlich die Augen zusammenkniff.

»Glaubst du, dass wir hier sicher sind? Kann ich mich auskleiden und ein Nachthemd …«

»Gute Nacht!«, sagte er heiser und stürzte so eilig in sein Zelt, dass er fast den Stützpfosten umgerissen hätte.

Enttäuscht streckte sie sich auf ihrem einsamen Lager aus. Er war einer, der zu seinem Wort stand. Weshalb sollte sie ihm das übel nehmen, wo es ihr im Grunde sogar gefiel? Überhaupt war es angenehm, mit ihm zu reisen; sie fühlte sich sicher in seiner Gegenwart, konnte darauf vertrauen, dass er das Richtige tat. In den Nächten wurde das Lager stets von zwei Eingeborenen bewacht, vor allem wegen der Löwen und Geparden, die es auf die Maultiere abgesehen hatten. Die Wächter wechselten nach einigen Stunden, und da sie nur schlecht schlafen konnte, hatte sie festgestellt, dass Max hin und wieder aufstand, um die Wachen zu kontrollieren. Vermutlich erging es ihm ebenso wie ihr.

Die Natur war überwältigend schön. Nichts erinnerte mehr an die trostlose, graue Steppe der Trockenperiode, als die Hitze über der ausgedörrten Landschaft flimmerte und die Augen der Reisenden vom rötlichen Staub entzündet waren. Die

Steppe jenseits des Pangani-Flusses hatte sich in ein gelbes Blütenmeer verwandelt, in dem Inseln aus dichtem Buschwerk schwammen, die Zweige der Akazien – einst filigrane Scherenschnitte vor dem taubenblauen Himmel – waren jetzt mit grünem Laub und weißen Blüten bedeckt. An vielen Stellen waren flache Seen entstanden, Tümpel, in denen graue Reiher, Marabus und Störche nach Beute stocherten. Einmal erblickten sie eine Schar Flamingos. Aus der Ferne sahen die Vögel aus wie eine zartrosa Wolke, die sich im Gras ausgebreitet hatte.

»Da gibt es jetzt Jagdwild in Massen«, stellte Max mit leichtem Bedauern fest. »Ein Fest für die Raubtiere, aber auch die müssen ihre Jungen füttern und überleben.«

»Du würdest wohl gern auf die Jagd gehen?«

Er musterte eine Herde schlanker, hellbrauner Impalas, die unweit eines kleinen Wäldchens grasten. Hyänen hielten sich in der Nähe auf, und sie vernahmen ihre seltsamen Rufe, die wie menschliches Gelächter klangen. Als die Impalas endlich unruhig wurden und in hohen, fliegenden Sprüngen die Flucht ergriffen, durchquerten sie einen der flachen Tümpel, und das Wasser spritzte unter ihren Hufen in feinen Gischtfontänen auf.

»Ich gebe zu – es juckt mich in den Fingern«, räumte er grinsend ein.

Der Aufstieg im Pare-Gebirge erwies sich als mühsam. Dichtes Gestrüpp und tief eingegrabene Bachläufe mussten überwunden werden, und Charlotte wurde auf ihrem bockigen Maultier heftig durchgeschüttelt. Nach einer Weile stieg sie ab und ging zu Fuß weiter, das war angenehmer, als jeden Augenblick fürchten zu müssen, aus dem Sattel zu rutschen. Sie bereute es nicht, denn nun hatte sie die Muße, sich umzuschauen, und sie entdeckte unzählige Dinge, die sie entzückten. Weiße Blüten wie große Sterne leuchteten zwischen dem dunkelgrünen Bewuchs der Felsen, zarte, blaue Glockenblumen verbargen sich im Gras, violette Distelgewächse reckten ihre Köpfe in die Höhe. Scharen bunter Schmetterlinge taumelten zwischen den Blumen umher, es roch nach dem harzigen Duft der Bäume und der Süße blühender Pflanzen. Manchmal erkannte sie die Fußabdrücke großer Tiere im feuchten Erdreich, ganz sicher gab es hier Büffel, vielleicht auch Leoparden, doch die lärmende Karawane verscheuchte jedes wilde Tier schon aus weiter Ferne. Nur die kleinen, grauen Affen keckerten und schimpften, und gelegentlich flatterte ein Vogel auf, um sich einen höheren Platz im Geäst zu suchen.

An diesem Abend schlugen sie das Lager nahe einem Gebirgsbach auf, dessen Wasser eiskalt und reißend talwärts strömte. Steiler, hellgrauer Fels erhob sich zu beiden Seiten des Bachlaufs, nur an manchen Stellen von Grün überwuchert. Ein Rauschen war aus der Ferne zu hören, das weder vom Wind noch von dem rasch fließenden Gewässer stammen konnte.

Max überwachte sorgfältig, dass seine Maschinen sicher und trocken verwahrt wurden, dann wandte er sich Charlotte zu, die gemeinsam mit Schammi Feldbett und Koffer in das gerade aufgebaute Zelt trug.

»Lass das die Schwarzen tun«, sagte er unzufrieden. »Es ist nicht gut, wenn die weiße *bibi* Roden selber die Koffer schleppt.«

Sie begriff das nicht. Bisher hatte sie sich nie gescheut, selbst Hand anzulegen – er tat das schließlich auch.

»Es ist eine Frage des Ansehens. Die Schwarzen leiten den Rang einer Person gern von solchen Kleinigkeiten ab. Wenn du das Spiel nicht mitmachst, werden sie zuerst verunsichert sein und dann frech werden.«

»Ich verstehe«, erwiderte sie schmunzelnd. »Du stehst übrigens in meinem Zelt, *bwana* Roden, dabei hast du gar nicht meine Erlaubnis dazu eingeholt. Das ist in *uleia* nicht üblich, nicht wahr?«

Seine hellen Augen blitzten, doch er blieb ernst. »Nein, das ist in Europa nicht üblich«, bestätigte er dann.

»Du wolltest mir den Wasserfall zeigen«, fuhr sie fort. »Er kann nicht weit sein, man hört ihn schon rauschen.«

»Wollte ich das?«

»Vorgestern Abend schon …«

Sie gingen allein, stapften durch hohe Gräser und sprangen über loses Felsgestein. Einen Pfad gab es nicht, sie mussten sich den Weg selbst bahnen, wozu Max sein langes, geschwungenes Buschmesser zu Hilfe nahm. Wenn es allzu schwierig wurde, blieb er stehen, um ihr zu helfen, dann fühlte sie den festen Druck seiner Hand. Auf ihre Bemerkung, dass es lästig sei, mit einem langen Kleid durch die Wildnis zu laufen, erwiderte er nichts.

Das Geräusch des herabstürzenden Wassers wurde stärker, bis nach einer Talbiegung endlich der Blick auf das wunderbare Naturschauspiel frei wurde. Aus großer Höhe schoss das Wasser den Berg hinab, traf schäumend auf Felsgestein, zerteilte sich in schmale und breite Bänder, bildete immer neue Kaskaden und verschwand dann hinter Bäumen und Buschwerk.

»Willst du näher heran?«

»Natürlich! O mein Gott – es ist traumhaft schön!«

Sie lief jetzt so rasch voran, die Röcke gerafft, dass er Mühe hatte, ihr zu folgen. »Sei vorsichtig! So warte doch! Charlotte!«

Er musste schreien, um das Tosen des Wassers zu übertönen. Endlich hatte er sie eingeholt und hielt sie atemlos fest, dann schlug er mit dem Buschmesser das dichte Gebüsch zur Seite. Von Gischtnebeln umwölkt, stürzte hier der Wasserfall in ein felsiges Becken, das Licht der Abendsonne brach sich auf Milliarden winziger Tröpfchen zu einem zitternden, vielfarbigen Regenbogen.

Sie waren beide völlig außer Atem, und Charlotte meinte, seinen raschen Herzschlag zu spüren. Oder war es ihr eigener?

»Gott strafe mich!«, rief er ihr ins Ohr. »Aber ich kann nicht länger warten.«

Er riss sie an sich, überfiel sie mit einer Flut verzweifelter Liebkosungen, wusste kaum, wo er seine Hände lassen sollte, und war drauf und dran, ihr das Kleid vom Leib zu reißen. Zuletzt hob er sie auf die Arme und trug sie ein gutes Stück durch hohes Gras und Gebüsch; erst als sie kurz vor dem Lagerplatz waren, stellte er sie wieder auf die Füße.

»Es ist in *uleia* üblich, um Erlaubnis zu fragen«, raunte er ihr zu. »Wirst du mir dein Zelt öffnen, wenn ich dich darum bitte?«

»Versuche es, *bwana* Roden.«

Er kam nach Eintritt der Dunkelheit, noch bevor es im Lager still geworden war, brennend vor Ungeduld. Der flackernde Schein der Lagerfeuer leuchtete durch die Zeltwand hindurch, als er ihr die Kleider abstreifte. Er ließ ihr nicht einmal das Hemd, war begierig, ihren bloßen Körper ganz und gar zu besitzen, fand jede noch so verborgene Stelle, um sie mit Händen und Lippen zu berühren. Irgendwo stritten zwei Frauen miteinander, ein Saiteninstrument erklang, und eine raue, kehlige Stimme sang dazu eine eintönige Melodie. In der Ferne rauschte der Wasserfall.

In dieser Nacht widerfuhr Charlotte etwas Erstaunliches, von dem sie bisher keine Ahnung gehabt hatte. Sie spürte zum ersten Mal, dass eine Frau die gleiche Lust wie ein Mann empfinden konnte, und es verwirrte sie sehr, da sie bislang angenommen hatte, derlei Gefühle stellten sich höchstens bei einer Dirne, niemals aber bei einer Ehefrau ein.

Dezember 1898

Die Dschagga-Frauen waren zwischen den großblättrigen Bananenstauden kaum zu sehen, doch man hörte sie schwatzen und singen, während sie das Unkraut mit Hacken und Buschmessern eindämmten. Max von Roden mochte ihre Lieder, sie klangen anders als die der Männer, die auf seinem Land arbeiteten, getragener, ein wenig melancholischer, dann wieder ertönten helle, trillernde Laute, und man hörte Gelächter. Diese Frauen waren fleißige Arbeiterinnen, drüben auf der anderen Seite hatten sie Mais gepflanzt, der trotz der Trockenheit in diesem Jahr recht gut stand und bald geerntet werden konnte. Im Grunde war es schade, dass er nur wenige Dschagga-Frauen auf seiner Plantage beschäftigen konnte. Ihre Männer ließen sie nicht gehen, denn sie mussten die eigenen Felder bestellen, auf denen ihre Ehemänner und Brüder keinen Finger rührten.

Er ritt noch ein wenig näher heran und zügelte dann das Maultier, um sich die Pflanzung gründlich zu betrachten. Sie zog sich weit den Hang hinauf und umfasste etwa drei Hektar Land; wie alle Dschagga-Felder wurde sie von ausgeklügelten Bewässerungskanälen versorgt. Eigentlich war es sein Land, er beanspruchte den Besitz offiziell immer noch für sich, denn er gehörte zu der Plantage, die der Araber ihm damals verkauft hatte. Dennoch hatte er dieses Landstück den Dschagga für unbestimmte Zeit abgetreten und verlangte auch keine Pacht dafür. Es war der Preis, den er damals für Charlotte hatte zahlen müssen, um sie aus ihrer Gefangenschaft zu befreien.

Zuerst war er wütend gewesen, hatte daran gedacht, die Schutztruppe zu Hilfe zu rufen, um sich sein Eigentum zurückzuholen, dann hatte er es sich anders überlegt. Die Gefahr, dass die Burschen ihm aus Rache dort oben das Wasser abgruben, war nicht zu unterschätzen, und er brauchte verdammt viel Wasser auf der Plantage. Nicht nur für die Pflanzungen, auch für die Kaffee-Ernte und vor allem für den Sisal, der im kommenden Jahr zum ersten Mal geschnitten und zu Fasern verarbeitet werden sollte.

Jetzt hatten die Dschagga-Frauen ihn entdeckt, kamen zwischen den Bananenstauden hervor und beschatteten die Augen mit den Händen, um ihn besser sehen zu können. Zwei von ihnen trugen leuchtende, karminrote Gewänder, ganz sicher von dem Lohn gekauft, den ihre Männer auf der Plantage verdient hatten. Eine der jüngeren Frauen hatte sich ihren Säugling auf den Rücken gebunden; sie warf nur einen kurzen, gleichgültigen Blick auf den weißen *bwana* und bückte sich dann, um weiterzuhacken. Eine Begrüßung oder Ähnliches fand nicht statt, man kannte sich und ließ einander in Ruhe.

Er musste schmunzeln, als er sein Maultier den Abhang wieder hinunterlenkte. Charlotte wäre jetzt zu den Frauen hinübergeritten, um mit ihnen zu schwatzen. Auf welche Weise sie sich mit ihnen verständigte, hatte er noch nicht ganz herausgebracht, sie mischte Suaheli mit neu aufgeschnappten Worten der Dschagga-Sprache, behalf sich mit Gesten und Mimik – und irgendwie klappte es. Sie hatte ihnen sogar Hühner und ein paar Ziegen abgehandelt, die stinkenden Biester vermehrten sich inzwischen auf der Plantage wie die Karnickel. Wenn eines der Zicklein für einen leckeren Braten sein Leben lassen musste, lief Charlotte davon, da sie es nicht mit ansehen konnte, wie es geschlachtet wurde.

Charlotte – seine Frau. Sie war ein Geschenk des Schicksals, das beste und größte, das er je erhalten hatte. Gar nicht auszudenken, dass sie diesem zwielichtigen Inder anheimgefallen wäre, hätte er nicht den raschen Entschluss gefasst, an die Küste zu fahren und um sie anzuhalten. Aber selbst wenn sie schon fort gewesen wäre – er wäre ihr nach Sansibar gefolgt und hätte sie zurückgeholt. Charlotte war die Frau, die für ihn bestimmt war, das hatte er schon gespürt, als er sie zum ersten Mal erblickte.

Ein beklemmendes Gefühl stellte sich ein, das ihn schon seit dem Morgen verfolgte, denn sie hatten beim Frühstück einen kleinen Streit gehabt. Sie war hartnäckig; wenn sie sich in eine Idee verbissen hatte, dann konnte man ihr hundertmal erklären, dass die Sache diesen und jenen Haken hatte – sie kam immer wieder damit an. Dieses Mal hatte sie ihm in den Verkauf der Kaffee-Ernte hineinreden wollen. Gut, es gab verschiedene deutsche Handelsgesellschaften, aber er war bisher mit der Ostafrikanischen Handelsgesellschaft gut zurechtgekommen, er kannte die Leute, die dort etwas zu sagen hatten, und war der Meinung, einen guten Preis für seinen Kaffee zu bekommen. Charlotte aber wollte pokern, gleichzeitig mit L & O. Hansing und der Rheinischen Handel-Plantagen-Gesellschaft verhandeln und so bessere Bedingungen herausschlagen. Er war strikt dagegen, denn man konnte sich viel Ärger dabei einhandeln, doch das wollte sie nicht hören. Geschäft sei Geschäft, und wer den besseren Preis zahlte, der bekam die Ware. Er war ungehalten geworden, ein Wort hatte das andere gegeben, und schließlich war er davongestürmt und auch zum Mittagessen nicht zurückgekehrt. Er hatte eine gute Ausrede, denn die Arbeiter waren damit beschäftigt, mehrere der alten Eukalyptusbäume zu fällen, die die Felder, auf denen von nun an Sisal gepflanzt werden sollte, allzu sehr beschatteten. Die Sache war nicht ungefährlich, deshalb überwachte er die Rodung und legte auch selbst Hand an. Vor einer Stunde hatte er das Zeichen zum Feierabend gegeben, und eigentlich hätte er hinüber zum Haus reiten können, um sich zu waschen und etwas zu essen. Doch sein verdammter Starrsinn hatte ihn davon abgehalten, so dass er stattdessen noch einen Kontrollritt über das Land unternommen hatte. Charlotte sollte merken, dass sie zu weit gegangen war. Dabei litt er selbst ganz scheußlich, wenn sie sich nicht einig waren. Er liebte sie, hätte keinen Tag mehr ohne sie sein wollen, auch keine Nacht, das schon gar nicht. Die Leidenschaft, die sie in ihm entfachte, war in den vergangenen zehn Monaten eher noch heftiger geworden, es kam vor, dass er sie am frühen Morgen vor dem Aufstehen noch einmal nahm, da ihm die Zeit bis zum nächsten Abend viel zu lange erschien.

Wohlgefällig ließ er den Blick über die rechteckig angelegten Sisalpflanzungen schweifen. Die schmalen, fleischigen Blätter standen schon einen guten Meter hoch. Er würde die Regenzeit abwarten und dann in den ersten Monaten der Trockenperiode versuchen, eine Ernte einzubringen. Weiter oben gab es noch mehr ausgedehnte Felder, auf denen Kaffeebüsche wuchsen, zwischen die er Bananen gesetzt hatte, damit die Pflanzen genügend Schatten bekamen. Er würde vermutlich noch einige Jahre zweigleisig fahren, der Kaffee gedieh ausgezeichnet und war von guter Qualität. Er bemerkte ein paar Pflücker, die die letzten roten Beeren zwischen den unreifen gelben heraussuchten. In zwei Wochen würde er die Leute erneut losschicken, dann wären genügend Kaffeebeeren nachgereift. Wenn er Glück hatte, könnte er sogar noch im Januar ernten.

Er ritt zu seinen Schwarzen hinüber und wurde mit dem üblichen *»Jambo, bwana!«* begrüßt. Er stellte ein paar Fragen und brachte heraus, dass sich während des Tages wieder einmal drei Arbeiter aus dem Staub gemacht hatten. Sie hatten offensichtlich Besseres zu tun gehabt und noch nicht einmal ihren Lohn abgeholt.

Unversehens wurden die Wolkenschleier in der Ferne durchsichtig, und der Berg tauchte vor dem blauen Himmel auf – ein Anblick, der ihn immer noch faszinierte. Es schien, als schwebe das gewaltige Felsmassiv, das vor Millionen von Jahren ein Vulkan gewesen sein sollte, auf einer Schicht weißer Quellwolken. Max von Roden hatte schon seit Jahren die verrückte Idee, dort hinaufzusteigen, bisher aber nie die Zeit dafür gefunden. Und jetzt war es schon gar nicht möglich, er konnte Charlotte nicht zumuten, mit der Arbeit auf der Plantage allein zu bleiben, zumal er noch immer keinen vernünftigen Vorarbeiter gefunden hatte. Vielleicht wollte er jetzt auch keine gefahrvollen Bergtouren unternehmen, weil ihm sein Leben plötzlich kostbarer erschien als früher. Es war reich, dieses Leben, es bot ihm eine atemlose Fülle an Arbeit und Freude, an Erfolgen und Fehlschlägen, an Zukunftshoffnungen und an glücklichen Augenblicken, die allesamt mit Charlotte zu tun hatten …

Plötzlich stieg die Sehnsucht nach ihr mit großer Heftigkeit in ihm auf, und er begriff, dass es Zeit war umzukehren. Er brauchte das Maultier nicht einmal anzutreiben, bereitwillig trabte es voran. In der Ferne kam jetzt schon das Wohnhaus in Sicht, umgeben von schönen alten Eukalyptusbäumen, die er an dieser Stelle auf jeden Fall erhalten wollte, und gleich darauf erkannte er die von Akazien gesäumte Allee, die zum Wohnhaus führte. Hinter dem Wohnhaus lag der Gemüsegarten, in dem Charlotte Kohl, Salat, Karotten und sogar Radieschen zog, außerdem jede Menge anderer Gemüsesorten; sie hatten auch Apfelbäume und ein Pfirsichbäumchen gesetzt. Nie hätte er geglaubt, dass aus der leidenschaftlichen Händlerin eine so geduldige Gärtnerin werden könnte. Sie hatte auf dem Rasen vor der Akazienallee mehrere Blumenbeete angelegt, die prächtig gediehen und ihm viel Freude bereiteten. Ach, sie hatte so viele Talente, auch im Haus hielt sie alles in Ordnung und wartete dazu täglich mit neuen Einfällen auf. Ein Badezimmer mit einer Berieselung hatte er nach ihren Ideen gebaut, einen heizbaren Waschkessel aufgestellt, sie kochte Marmelade aus Mango, Banane und Feigen, die sie mit Tamarinde und Zitronengras würzte, und hatte mit enormer Beharrlichkeit ihr Vorhaben durchgesetzt, den Eingeborenen Lesen, Schreiben und Rechnen beizubringen. Nur mit den Hausangestellten war sie viel zu großmütig, hielt diese nicht auf Abstand und war allzu vertraulich, aber das würde sie schon noch lernen. Er wusste, dass sie aus kleinen Verhältnissen stammte und es nicht gewohnt war, mit der Dienerschaft umzugehen. Aber sie war lernbegierig und nahm Anteil an allem, was seinen Besitz betraf. Wieso war er so starrsinnig gewesen? Tat sie nicht genau das, was er sich von ihr erhoffte? Sollte sie sich ruhig einmischen, er würde schon dafür sorgen, dass es nicht überhandnahm. Hin und wieder hatte sie ja recht kluge Einfälle, das musste er ihr lassen.

Er gab seinem Maultier die Sporen und hielt auf die Stallungen zu, ritt jedoch einen Umweg, um nachzuprüfen, ob der Pulper bei den Wasserbecken gereinigt worden war. Es war ziemlich trocken zurzeit; wenn die Reste der Kaffeefrüchte in der Maschine verblieben, klebte das Zeug zusammen, und man hatte am nächsten Tag Mühe, den großen Rührbottich wieder in Gang zu setzen. Die meisten Arbeiter waren schon in ihren Häusern verschwunden, ließen sich von ihren Frauen das Essen zubereiten und tranken *pombe.* Ein paar Nachzügler brachten noch ihre Ausbeute, die sie sorglos neben dem Pulper abstellten, dann wünschten sie dem *bwana* Roden *lala salama* und machten sich ebenfalls auf den Weg zu ihren Unterkünften.

Vor den Stallgebäuden stieg er ab und überließ das Maultier zwei schwarzen Angestellten, dann zwang er sich, noch rasch die Runde in den Ställen zu drehen, schaute nach den Ochsen, den Maultieren und raunzte einen Schwarzen an, der die Schweine und Ziegen einsperren sollte, es aber offenbar vergessen hatte. Vor einigen Tagen hatte ihm ein Leopard zwei Böcke gerissen, und er hatte den Burschen noch nicht erwischt. Nicht dass er besonders um die Ziegenböcke getrauert hätte, die Biester vermehrten sich rascher, als man zuschauen konnte, aber der Leopard würde wiederkommen, weil er hier Beute gemacht hatte. Vor allem die schwarzen Angestellten, die ein Stück Land von ihm erhalten hatten und Vieh hielten, hatten Angst vor dem Räuber. Er würde sich spätestens morgen Nacht auf die Lauer legen, auch wenn Charlotte es schrecklich fand, dass er loszog, um ein Tier zu erlegen. Sie würde sich damit abfinden müssen – die Jagd war eine alte Tradition in seiner Familie, und außerdem hatten ihn die Schwarzen flehentlich darum gebeten.

Während er zum Haus hinüberging, beschleunigte sich sein Puls merklich. Er freute sich darauf, diesen dummen Zwist aus der Welt zu schaffen – ein ganzer Tag ohne ein Gespräch mit ihr, ohne eine Berührung, war für ihn ein verlorener Tag. Sorgfältig legte er sich im Kopf noch einmal seine Argumente zurecht, denn ganz und gar ins Hintertreffen wollte er bei dem Friedensschluss auch nicht geraten. Er war keiner, der heute so und morgen anders dachte – das wäre sicher nicht in Charlottes Sinn gewesen. Aber er war auch kein Hagestolz, er konnte sich besinnen, eine gemeinsame Lösung finden, vor allem mit Charlotte, seiner Frau, dem wichtigsten Menschen in seinem Leben.

Die Akazien waren schon verblüht, doch es lag noch ein schwacher, süßer Duft in der Luft, und er atmete tief ein, als er durch die Allee dem Hauseingang zueilte. Neben der Tür hockte Schammi auf dem Boden, was ungewöhnlich war –

seitdem er auf der Plantage weilte, trug er ein langes, schneeweißes Gewand mit passender Mütze und legte großen Wert darauf, den kostbaren Stoff nicht zu beschmutzen. Der kleine Bursche war ihm treu ergeben, aber leider hatten ihn die beiden Frauen in Daressalam gründlich verdorben. Schammi hielt sich fern von den übrigen Angestellten, da er glaubte, etwas Besseres zu sein, zumal er die deutsche Sprache erstaunlich gut beherrschte. Er war ein Stück gewachsen, seitdem er auf der Plantage lebte, was sein Selbstbewusstsein gehoben hatte. In Charlottes Eingeborenenschule spreizte er sich mit seinen Kenntnissen, und neulich hatte sie lachend erzählt, er stelle den kleinen Mädchen nach – allerdings mit wenig Erfolg.

Schammi erhob sich, als er den *bwana* Roden am Eingang der Allee erblickte, klopfte sorgfältig sein Gewand ab und lief dann auf seinen Herrn zu.

»*Jambo, Schammi!*«, begrüßte ihn Max von Roden.

»*Jambo, bwana!*«

Er verneigte sich eilig, wobei er den angewinkelten linken Arm auf die Brust presste und hastig weiterredete. »Es ist Besuch da, *bwana.* Dschagga sind gekommen mit *pombe* und mit Mais und Eiern zum Geschenk. Eine stinkige Haut vom Rind haben sie mitgebracht. Und *bibi* Charlotte muss ihnen Schnaps geben ...«

Max war über diese Nachricht wenig erfreut, obgleich der Besuch eines Dschagga-Häuptlings mit seinem Anhang eigentlich eine gute Sache war, denn er war auf die Freundschaft zu ihren Stämmen angewiesen. Gerade heute aber wäre er lieber mit Charlotte allein gewesen.

»Welche Dschagga?«

Schammi hatte seinen Verdruss gespürt, er hatte einen guten Instinkt für die Stimmungen der Weißen. Es gefiel ihm, denn Schammi konnte die Dschagga nicht leiden, sie waren ihm ebenso unheimlich wie die Massai.

»Mandara ist es, *bwana.* Sitzt im schönen Zimmer auf dem Boden. Trinkt Schnaps und isst gute Samosas, die der Koch hat zubereitet. *Bibi* Charlotte wird ihm noch teures, kostbares Kleid von rotem Tuch und Salz und Zigaretten geben. Ihm und den anderen, die mit ihm gekommen sind …«

Schammi war der einzige Schwarze auf der Plantage, der seine Frau *bibi* Charlotte nannte, alle anderen sagten *bibi* Roden. Aber natürlich brauchte Schammi seine Extrawurst.

»Es ist gut, Schammi. Was hockst du hier draußen? Geh hinein, und hilf Hamuna und Sadalla, die Gäste zu bedienen.«

Schammis Gesicht zog sich in die Länge, offenbar hatte er gehofft, sich vor dieser Aufgabe drücken zu können. Die »Gäste« waren schließlich Wilde, sie hatten bemalte Gesichter und trugen Speere mit sich, die sie allerdings am Eingang der Wohnstube auf die Bitte von *bibi* Charlotte hin abgelegt hatten. Er, Schammi, war kein Wilder, er konnte die Sprache von *uleia* sprechen und sogar etwas schreiben, er trug ein schönes Kleid und wohnte mit Sadalla in einem Haus mit Wellblechdach, gleich neben dem Garten. Es war eine Schande, dass er solche Leute bedienen sollte, das hätte *bwana* Roden eigentlich wissen müssen.

Das Wohnzimmer war vom Geruch des ranzigen Rindertalgs erfüllt, mit dem die Dschagga ihr Haar einfetteten, die übrigen strengen Düfte konnte Max nicht ausmachen, wollte es auch gar nicht. Charlotte saß auf einem Stuhl, bemüht, die Rolle der würdigen Gastgeberin zu spielen, in einiger Entfernung thronte der Häuptling gleichfalls auf einem Stuhl, die übrigen Gäste hatten am Boden Platz genommen. Mandara war ein ausgemergelter alter Mann, der jedoch eine gute Portion Selbstbewusstsein ausstrahlte. Er war einer jener Häuptlinge, die sich gern mit den weißen Kolonialherren verbündeten, um dadurch Schutz vor feindlichen Übergriffen anderer Dschagga-Stämme zu erhalten. Die ständigen Kriege der Eingeborenen erinnerten Max manchmal an die Zustände im europäischen Mittelalter, als jeder Adelige seine Kämpfer aufstellte, um den Nachbarn unter den irrwitzigsten Vorwänden um sein Land zu bringen.

Es fand eine ausgiebige Begrüßung mit Worten und Gesten statt, obwohl Max den Schwarzen nicht die Hand reichte. Er wusste, dass sie das nicht mochten, da sie fürchteten, ein böser Zauber könne durch seinen Arm in sie eindringen. Sadalla stellte ihm einen Stuhl bereit, dann musste er einen Becher *pombe* und anschließend einen Schnaps trinken, um seine Gäste zufriedenzustellen. Ein rascher Blick in Charlottes Gesicht hatte ihm gezeigt, dass sie froh über seine Heimkehr war, ihr Lächeln fiel allerdings sparsamer aus als gewohnt. Aber sie sorgte dafür, dass er ausgiebig mit Hühnerfleisch, Currysoße und süßer Hirse mit Zimt, Mandeln und Feigen bewirtet wurde, was er als gutes Zeichen wertete.

Höflichkeiten wurden ausgetauscht. Charlotte hatte Kapande herbeiholen lassen, der die Sprache der Dschagga verstand, außerdem sprach der Häuptling etwas Suaheli, das er sogar mit deutschen Brocken mischte. Sie sprachen von den Massai, die drüben in Usambara ein Dorf überfallen haben sollten, und Mandara beklagte sich über die Elefantenjagd. Das Elfenbein bringe den Dschagga nichts als Unglück und Streit, denn jeder wolle so viele Elefanten wie möglich töten, um reich zu werden. Bald würde es keine Elefanten mehr am Kilimandscharo geben, vielleicht könne man dann wieder in Frieden leben. Max erklärte, dass es ganz sicher immer Elefanten am Kilimandscharo geben würde, doch im Stillen musste er dem alten Häuptling Recht geben. Er selbst war passionierter Jäger, aber was hier in Afrika vielerorts geschah, hatte nur wenig mit dem edlen Waidwerk zu tun. Das Wild wurde in Massen abgeschlachtet, einzig um der begehrten Trophäen willen. Zur Ablenkung erzählte er von dem Leoparden, der unter seinen Ziegen gewildert hatte, und die Augen der Dschagga leuchteten bei seinem Bericht. Wenn er den Schakal der Wälder erlege, dann solle er mit dem Fell zu Mandara kommen, damit der Medizinmann den Geist des Leoparden aus seiner toten Haut vertreibe. Wenn er das nicht tue, lebe der Geist des Tieres weiter, und da es ein böser Geist sei, könne er viel Unheil anrichten. Max deutete diesen Vorschlag auf seine Weise, vermutlich hoffte Mandara, die begehrte Trophäe zum Geschenk zu erhalten.

Der Besuch dehnte sich aus, und es war klar, dass er die Gäste über Nacht beherbergen musste, denn inzwischen war es schon dunkel geworden. Zum Glück hatte der deutsche Schnaps gemeinsam mit dem *pombe* schon seine Wirkung getan; der Häuptling kam bald darauf zu sprechen, wo er die Nacht verbringen wolle. Dieses Mal nicht unter freiem Himmel wie bei früheren Besuchen, sondern besser in einem Haus. Er sagte nicht, warum, aber wahrscheinlich fürchtete er einen nächtlichen Besuch des Leoparden. Mit dem Nebengebäude, das rasch mit Bastmatten und Decken ausgestattet wurde, war Mandara vollauf zufrieden, zumal es eine feste Tür aus Holz besaß.

Als Max in den Wohnraum zurückkehrte, fand er dort nur noch Sadalla und Hamuna, die die Schüsseln, Becher und Teller forträumten und die Stühle wieder an ihren Platz stellten.

»*Bibi* Roden in Zimmer ist«, vermeldete Hamuna.

Max überlegte, ob er besser anklopfen sollte, fand es jedoch albern, da es nicht seine Gewohnheit war. Sacht öffnete er die Tür, um ihr Zeit zu geben, sich auf sein Eintreten vorzubereiten.

Sie hatte den Raum, den er einst für Johanna eingerichtet hatte, nach eigenem Geschmack verändert, die Möbel umgestellt, einige Bilder aufgehängt, die ihre Cousine gezeichnet hatte, und sich von ihm einen kleinen Tisch anfertigen lassen, den sie als Schreibtisch benutzte. Dort saß sie jetzt beim Licht der Lampe, über ein Schreiben gebeugt.

»Sind sie zufrieden?«, fragte sie über die Schulter, ohne aufzusehen. Er begriff, dass sie Mandara und seinen Anhang meinte.

»Ich denke schon …«

»Es ist Post gekommen.«

Sie wies mit einer Kopfbewegung zu einem Stapel Briefe, die allesamt noch ungeöffnet waren. Das Schreiben, das sie gerade las, schien der Handschrift nach von ihrer Cousine Ettje aus Leer zu stammen. Er schwieg dazu, die Nachrichten aus der ostfriesischen Kleinstadt waren ihm momentan vollkommen gleichgültig.

»Lass uns reden, Charlotte …«

Jetzt endlich blickte sie ihn mit ihren dunklen, fremdländischen Augen an. Den Augen ihrer indischen Großmutter. Ein Fünkchen Gold blitzte darin auf und verlosch gleich wieder.

»Ich bin heftig geworden. Es tut mir leid.«

Mit einem erlösten Seufzer lehnte sie sich zurück und schob den Brief von sich.

»Ist dein Zorn jetzt verraucht?«, erkundigte sie sich.

»Schon lange. Ich wollte gleich, als ich heimkam, mit dir sprechen, aber das war nicht möglich …«

Sie lächelte. Dann streckte sie ihm auffordernd die Arme entgegen, und er beugte sich über sie, küsste ungestüm ihr Haar und ihre Stirn, zog sie zu sich empor und umschlang sie.

»Wir werden uns einigen, mein Schatz«, murmelte er, das Gesicht an ihre Schulter gepresst. »Versuchen wir es in diesem Jahr auf deine Weise und schauen wir, was dabei herauskommt. Aber ich bitte dich, die Verhandlungen mir zu überlassen …«

»So wollen wir es halten.«

Er war berauscht vom Duft ihrer Haut, von der Aussicht,

den verführerischen Körper, den er in seinen Armen hielt, entkleiden und besitzen zu können. Jenes Feuer in ihr zu entfachen, das sie dazu bringen würde, tausend verrückte Dinge zu tun, die er ihr am Anfang ihrer Ehe niemals zugetraut hatte. Ihre Zärtlichkeiten waren so überbordend, dass er hin und wieder mit einer gewissen Eifersucht an ihren ersten Mann hatte denken müssen. Hatte er ihr all diese Dinge beigebracht? Es musste wohl so gewesen sein, denn er war sich sicher, dass sie ihren Mann niemals betrogen hatte.

Ungeduldig hob er sie auf seine Arme und trug sie hinüber ins Schlafzimmer, stöhnte dann wie üblich über die vielen Haken an Kleid und Korsett, die er einen nach dem anderen vorsichtig öffnen musste, dann ergab er sich dem Rausch. Es war wie eine Erlösung, nach der nicht nur sein Körper, sondern auch seine Seele geschrien hatte. Sie gehörte ihm, gab sich ihm ohne Vorbehalte und voller Leidenschaft hin, seine Frau, seine Geliebte und eines Tages auch die Mutter seiner Kinder. Er hoffte sehr darauf, dass sie schwanger wurde; er wünschte sich einen Sohn von ihr, der seine Plantage einst weiterführen würde. Bislang jedoch schien sein Wunsch nicht in Erfüllung zu gehen, vielleicht lag es daran, dass sie einmal eine Fehlgeburt gehabt hatte.

»Irgendwann wird es schon so weit sein«, flüsterte sie schläfrig, als sie nach ihrer Versöhnung eng aneinandergeschmiegt dalagen. »An mangelndem Bemühen kann es jedenfalls nicht liegen.«

Er grunzte, was ein Lachen andeuten sollte, und zwickte sie. »Irgendwelche wichtigen Neuigkeiten aus deiner Heimat?«, fragte er, schon halb im Schlaf. Es war blödsinnig, eine solche Frage zu stellen, vermutlich war sie viel zu müde, um eine Antwort zu geben.

»Ja«, murmelte sie. »Etwas Schlimmes. Meine Cousine hat sich von ihrem Ehemann scheiden lassen.«

»Welche deiner vielen Cousinen? Ettje?«

»Nicht Ettje. Marie.«

Er konnte sich nicht recht entsinnen, wer Marie gewesen war, denn es gab noch eine Menna, die ebenfalls einen Ehemann hatte. Trotzdem verspürte er ein Unbehagen bei dieser Nachricht, das ihn bis in seine Träume hinein verfolgte.

Juni 1899

Charlotte ließ das Buch sinken und lehnte den Kopf zurück in das weiche Kissen. Es war angenehm, hier unter dem Vordach zu sitzen, die Augen zu schließen und den herbsüßen Duft der Kaffeeblüten einzuatmen. Woran erinnerte er sie nur? An Weißdorn? Schlehen? Jasmin? Vielleicht an alles zugleich, und doch war es ein ganz eigenständiges, ungemein zartes Aroma, das sich nur in warmen Nächten zu intensiver Süße verdichtete. Es war schade, dass die Kaffeeblüte bald vorüber sein würde, denn die Bäume erschienen aus der Ferne wie mit flauschigem Schnee bedeckt und erinnerten sie an ihre Kindheit. Sie dachte in letzter Zeit oft daran, und seltsamerweise stiegen Erinnerungen in ihr auf, die lange verschüttet gewesen waren. Ein Spaziergang bei Schneetreiben am Fluss entlang, die braunen Stiefel, die wegen der dicken Wollsocken so schrecklich eng waren, der taubenblaue Mantel ihrer Mutter, auf den die dicken, feuchten Schneeflocken weiße Tupfer setzten. Mama hielt Jonnys emporgestreckte Hände, damit er durch den Schnee marschieren konnte, er musste damals noch sehr klein gewesen sein …

Es lag wohl an der Schwangerschaft, dass ihr diese lang vergangenen Zeiten wieder einfielen. Sie war schon im sechsten Monat.

Von dem kleinen Platz links der Akazienallee war jetzt erzürntes Stimmengewirr zu vernehmen, und sie musste schmunzeln. Max hatte wieder einmal *sShauri* zu halten, eine Art Gericht, bei dem die Streitigkeiten der schwarzen Angestellten geregelt wurden. Er tat es mit viel Hingabe, hörte aufmerksam zu, wenn die Klagen und Gegenklagen vorgebracht wurden, oft entschied er auch erst, nachdem er den Fall mit ihr besprochen hatte. Es war nicht einfach, solche Zwistigkeiten unter den Eingeborenen aus der Welt zu schaffen – sie hatten ihre eigenen Gesetze im Hinterkopf, die meist wenig mit dem Rechtsempfinden eines Europäers zu tun hatten. Aber das *sShauri* gehörte zu den Aufgaben des *bwana* Roden, den sie als eine Art Häuptling ansahen, und Max bemühte sich redlich darum, diese Rolle auszufüllen. Sie musste lächeln – gewiss hatten die Herren von Roden in Brandenburg früher ebenfalls in ihren Dörfern Gericht gehalten.

Sie trank einen Schluck Zitronenlimonade und klappte das Buch zu. Nein, die erbauliche Literatur, die Klara ihr geschickt hatte, war nicht nach ihrem Geschmack. Einen Augenblick lang überlegte sie, ob sie aufstehen sollte, um nach dem Garten und den neu angelegten Blumenbeeten zu sehen, aber sie fühlte sich zu träge dazu. Lieber noch ein wenig verweilen, die Gegenwart des mächtigen Berges hinter den Wolken spüren und auf Max' Stimme lauschen, die jetzt energisch zwischen den aufgeregten Rednern hervortrat. Manchmal regte sich das Kind in ihrem Bauch, dann fuhr sie mit der Hand an die Stelle und glaubte, das kleine Wesen für einen Augenblick zärtlich berühren zu können. Das Glück hatte seinen wärmenden Mantel über sie gebreitet, und sie verharrte still darunter, schmiegte sich in seine Falten und ahnte zugleich, dass es nicht für immer sein konnte.

Der Tumult drüben brach ab, jetzt sprach nur noch Max, schien einen Schiedsspruch zu fällen, der mit beifälligem Gemurmel aufgenommen wurde. Charlotte hob leicht den Oberkörper an, um nachzusehen, ob sie richtig vermutet hatte. Tatsächlich – Kläger, Beklagte und Zuhörer gingen in kleinen Gruppen hinüber zu ihren Behausungen, es wurde eifrig geredet und gelacht, das *sShauri* war vor allem für die Zuschauer ein wundervolles Spektakel, zu dem jeder gern seine Ansicht kundtat. Alle schwarzen Angestellten nahmen den Umweg über die inzwischen üppig grünende Wiese, um nicht die Akazienallee zu kreuzen. Charlotte hatte schon öfter bemerkt, dass die schnurgerade gepflanzten Baumreihen den Eingeborenen unheimlich waren, sie mieden diesen Weg, weigerten sich, ihn zu überqueren, doch den Grund dafür hatte sie noch nicht herausgefunden. Der einzige Schwarze, der sich dort unbefangen bewegte, war Schammi. Aber der nahm sowieso jede Möglichkeit wahr, sich von den übrigen Angestellten der Plantage abzugrenzen. Er mochte jetzt zwölf oder dreizehn Jahre alt sein, war lang aufgeschossen und sehr dünn, sein schmales Gesicht mit den großen lebhaften Augen erinnerte sie manchmal an einen Springbock, den eine fremde Witterung beunruhigte. Schammi war sehr stolz darauf, jeden Morgen die Namen der zur Arbeit erschienenen Schwarzen in eine Liste eintragen zu dürfen, die am Abend wieder verlesen wurde. Die Arbeiter erhielten dann eine kleine Summe, das *posho,* dazu eine Marke, die sie am Ende des Monats in Geld umtauschen konnten.

Der Bretterboden des überdachten Vorbaus knarrte unter Max' Schritten, als er mit zufriedenem Grinsen zu ihr hinüberging.

»So habe ich es gern, mein Schatz«, lobte er und ließ sich neben ihr nieder. »Geht es euch beiden gut?«

»Natürlich – sieht man das nicht?«

Er runzelte die Stirn und meinte, sie sei ein wenig blass um die Nase. Dann erklärte er zum wiederholten Mal, dass sie die Rückenlehne ihres Stuhles verstellen könne, sie sitze viel zu gerade, sein Sohn müsse sich ja ganz eingeklemmt vorkommen. Er war sehr stolz auf diesen selbst gebauten Liegestuhl, zu Anfang hatte er ständig das Rückenteil verstellt, wenn sie darauf Platz genommen hatte, um ihr zu beweisen, dass sie vier verschiedene Positionen zur Auswahl hatte. Sie ließ es sich lächelnd gefallen, manchmal benahm er sich wie ein großer Junge, aber auch das liebte sie an ihm.

»Ich wollte sowieso noch rasch durch den Garten gehen und mich dann um die Wäsche kümmern …«

»Nichts da«, knurrte er. »Du bist heute schon genug herumgelaufen. Gleich wird das Essen aufgetragen, und wenn du magst, spielen wir noch ein paar Stücke vierhändig vor dem Schlafengehen.«

Sie seufzte, doch sie schwieg. Es war nahezu unmöglich, ihm klarzumachen, dass eine Schwangerschaft keine Krankheit war. Die Marktfrauen in Leer hatten in diesem Zustand ihre Waren verkauft, und die Afrikanerinnen arbeiteten hochschwanger auf ihren Feldern. Doch Max war anders erzogen. Bei ihm zu Hause wurde eine schwangere Frau umhegt und mit besonderen Speisen gefüttert, sie zeigte sich so wenig wie möglich in der Öffentlichkeit, und reiten oder ähnliche körperliche Betätigungen kamen schon gar nicht infrage. Seitdem er wusste, dass sie ein Kind trug, hatte er sie nicht mehr genommen, was ihm schwer genug fiel. In den Nächten hielt er sie umschlungen, vergrub sein Gesicht in ihrem Haar, und oft ließ er sacht die Hand über ihren Bauch gleiten, in dem das neue Leben heranwuchs. Ihr gemeinsames Kind, der Sohn, auf den er so sehr hoffte.

»Und wenn es ein Mädchen wird?«

»Das nehmen wir auch. Dann wird es eben beim nächsten Mal ein Junge.«

»Aber eine Frau könnte die Plantage doch auch führen.«

»Das glaubst du nur, mein Schatz. Eine Plantage braucht einen Mann. Vor einer Frau haben die Arbeiter keinen Respekt.«

Er goss sich ein Glas Limonade ein und warf einen neugierigen Blick auf das zugeklappte Buch in Charlottes Schoß. Als er den Titel entziffert hatte, grinste er leicht spöttisch – er hatte ihr gleich gesagt, dass sie nicht viel Freude daran haben würde. Max schätzte Klara sehr, doch er hatte oft bemängelt, dass sie unter dem Einfluss ihres Ehemannes mit jedem Brief frommer würde. Wobei das Wort »fromm« in seinem Sprachgebrauch kein Lob war. Er selbst hatte einige Reiseberichte und Romane für Charlotte in Berlin bestellt, darunter auch das heiß umstrittene Buch der Bertha von Suttner *Die Waffen nieder*, das Charlotte tief erschüttert und zu Tränen gerührt hatte. Was Max auch wieder nicht recht gewesen war, denn er fürchtete ernsthaft, diese Aufregung könne dem Kind schaden, also hatte er Mozarts Klavierkonzerte für seine Frau geordert und die Monatshefte von Velhaagen & Klasing abonniert.

»Seid ihr mit der Arbeit vorangekommen?«, erkundigte sich Charlotte nun. »Ausgezeichnet! Bald werden wir ganz groß in das Geschäft mit dem Sisal einsteigen. Der Boden bei den ehemaligen Kokospflanzungen ist genau richtig, wir müssen nur noch ein paar Bäume roden, dann können wir pflanzen …«

Sie wusste, dass er die augenblicklichen Probleme schönredete, um sie nicht zu beunruhigen, doch sie war nicht ärgerlich darüber. Die Schwangerschaft machte sie ohnehin gelassener, spann sie in einen Kokon ein, der drängende Sorgen von ihr abhielt und ihr die Zuversicht gab, alles würde sich schon zum Guten wenden. Die erste Sisalernte war ein Fehlschlag gewesen, die Pflanzen waren noch zu jung, die Fasern zu weich und leicht zerreißbar. Auch die Kaffee-Ernte war geringer ausgefallen als erwartet, schon deshalb, weil Max die alten Kaffeebäume gerodet hatte, um Sisal zu pflanzen. Leider hatten seine eher halbherzigen Verhandlungen um den Kaffeepreis nichts eingebracht, im Gegenteil, sie hatten Einbußen hinnehmen müssen. Max hatte sich damals sein Erbe auszahlen lassen und bis auf eine kleine Notreserve alles in die Plantage investiert, es konnte also knapp werden in den kommenden Jahren.

»Da schau!«, rief er und deutete mit dem Glas in der Hand nach Westen. »Seine Majestät zeigt sich, um uns eine gute Nacht zu wünschen.«

Der Kilimandscharo war seit Tagen nicht zu sehen gewesen, jetzt plötzlich tauchte sein dunkler Kegel vor dem Abendhimmel auf, schwamm dort in zartem, orangefarbigem Dunst wie eine Erscheinung, die ein Geisterbeschwörer herbeigezaubert hatte. Weißer Nebel stieg aus den Regenwäldern empor, lagerte sich hier und da an den Berghängen ab und schimmerte fast ebenso hell wie der Schnee auf seinem Gipfel.

»Ein gutes Zeichen«, bemerkte Max. »Du wirst sehen, die Agaven wachsen gut an, und in ein paar Jahren sind wir so reich, dass wir anbauen können. Einen Saal mit einem Konzertflügel für dich, mein Liebling …«

Er brachte sie zum Lachen. Als sie spürte, wie sich das Kind dabei bewegte, nahm sie seine Hand und legte sie auf ihren Bauch. Staunen und Entzücken malten sich in seinem Gesicht; in diesem Augenblick konnte er kaum fassen, dass er es war, der dieses zappelnde Leben in sie gepflanzt hatte.

»Wenn das ein Junge ist, dann wird er einmal ein …«

Ein lauter Ruf vom Hauseingang her unterbrach ihn. Es war Sadalla, der eben gerade die Schüsseln mit Reis, Hühnerfleisch und roten Bohnen aus der Küche zum gedeckten Tisch im Wohnzimmer trug.

»*Bwana* Roden! *Bibi* Roden! Gäste kommen.«

Schon wieder, dachte Charlotte resigniert. Eigentlich war sie recht froh, dass die lästige Jagdgesellschaft aus Frankreich, die sich über zwei Wochen bei ihnen einquartiert hatte, vor einigen Tagen weitergezogen war.

»Ganz so schlimm wird es nicht«, beruhigte sie Max

schmunzelnd, der ihre Gedanken erraten hatte und zur Akazienallee hinüberblickte. »Ich glaube, es ist nur ein einziger Gast, er führt zwei bepackte Maultiere mit sich.«

Die Sonne war schon gesunken, der Abendhimmel glühte orangerot, so dass sich Reiter und Maultiere als dunkle Silhouetten zwischen den blühenden Akazien abzeichneten. Sie mussten ziemlich erschöpft sein, die Tiere zockelten mit gesenkten Köpfen dahin, auch der Reiter schien es nicht gerade eilig zu haben, das vielversprechende Nachtquartier zu erreichen. Charlotte richtete sich in ihrem Stuhl auf und musste tief Atem holen; ihr Herz klopfte plötzlich so stark, dass sie es im ganzen Körper spürte.

»Wenn du mich fragst, ist es einer dieser verrückten Goldsucher«, meinte Max. »Sind oft unterhaltsame Burschen.«

Der Reiter hob den Kopf und spähte zu ihnen hinüber. Jetzt, da er näher kam, wurden seine Konturen deutlicher, und Details wie ein heller Tropenhelm, eine offene Jacke und eine hellbraune Reithose wurden sichtbar. Ein blonder Vollbart verdeckte Wangen und Kinn, und doch gab es keinen Zweifel. Auch wenn sie ihn noch nie im Sattel gesehen hatte, diese lässige, scheinbar unbeholfene Haltung, die im nächsten Augenblick in höchste Anspannung umschlagen konnte, hatte sie nur ein einziges Mal an einem Mann bemerkt.

»Es ist George«, sagte Charlotte leise. »George Johanssen.«

»Was?«, rief Max aus. »Der Doktor aus London? Für den du als Backfisch so geschwärmt hast? Das ist ja großartig – da werden wir uns heute Abend ganz sicher nicht langweilen!«

Er unterließ es, die Scheidung zu erwähnen, so wie er es überhaupt seit ihrer Schwangerschaft vermied, von unangenehmen Dingen zu sprechen. Sie warteten, bis der Gast ein Stück näher geritten war, dann sprang Max auf, um ihm entgegenzugehen. Die Worte, die gewechselt wurden, konnte Charlotte nicht genau verstehen, doch sie sah, wie Max impulsiv die Hand zu dem Reiter hinaufstreckte und George die dargebotene Rechte ergriff. Gleich darauf waren die beiden von Juma, Sadalla und Schammi umringt, die sich um Maultiere und Gepäck kümmern sollten, und George stieg aus dem Sattel. Er war ein Stück größer als Max und wirkte neben ihm noch schmaler, als sie ihn in Erinnerung hatte. Als er jetzt den Hut abnahm, musste er sich das blonde Haar hinter die Ohren streichen. Einen Friseur hatte er vermutlich schon lange nicht mehr aufgesucht.

Charlotte war aufgestanden und erwartete den Gast an den Stufen zum Vorbau. Das Herzklopfen hatte sich zum Glück gelegt, und sie empfing George Johanssen mit dem Lächeln einer guten Freundin.

»Du bist noch schöner geworden, als du es in Daressalam gewesen bist«, sagte er, und erwiderte ihr Lächeln. »Lass dir zu diesem netten Burschen da neben mir gratulieren!«

»Aber nein!«, rief Max dazwischen. »Ich bin es, den Sie beglückwünschen müssen. Ich habe die wunderbarste Frau der Welt für mich erobert.«

»Das will ich gern glauben«, gab George zurück.

Seine grauen Augen ruhten mit der gewohnten Intensität auf ihr, und natürlich erkannte er ihre Schwangerschaft an der hochgezogenen Taille ihres Kleides. Mit einem raschen Lachen rettete sie sich aus der Verlegenheit.

»Ihr redet alle beide vollkommenen Blödsinn. Aber gehen wir hinein, Hamuna zeigt dir unser Gästezimmer, und dann sputest du dich ein wenig, George, das Essen ist schon aufgetragen …«

»Höre ich da den Ton deiner Großmutter in Leer heraus?«, witzelte George. »Ich glaube, du hast doch mehr von ihr, als ich zunächst angenommen hatte!«

»O ja!«, pflichtete ihm Max lachend bei. »Charlotte ist die Herrin dieses Hauses. Meiner Wenigkeit ist es gestattet, unter ihrem Dach zu wohnen und sich von ihr umsorgen zu lassen!«

Die Stimmung war allzu ausgelassen, als dass man sich hätte wohlfühlen können; Charlotte kam es vor, als steckten in Georges Bemerkungen zahlreiche Spitzen, was aber sicher nicht der Fall war. Er bemühte sich einfach nur, freundlich zu sein, und er schien Max wirklich zu mögen. Für das Abendessen hatte er einen hellen Anzug angelegt und sogar den Bart ein wenig gestutzt, so dass er nun sehr viel zivilisierter aussah. Max goss Rotwein ein, von dem er sich einen guten Vorrat angelegt hatte, und die Gespräche wurden nun sachlicher. Nur gelegentlich erlaubte sich George eine kleine Ironie, die Max zumeist gar nicht bemerkte, Charlotte aber umso mehr auffiel.

Sie sprachen über die Plantage, die Max mit großem Stolz als sein Lebenswerk darstellte; den Hinweis auf den zu erwartenden Erben verkniff er sich, um Charlotte nicht allzu sehr in Verlegenheit zu bringen. George hörte voller Interesse zu, wollte dieses und jenes wissen, und Charlotte ahnte, dass er neugierig war, was Max von Roden dazu gebracht hatte, seine heimatlichen Güter zu verlassen, um am Kilimandscharo neu anzufangen. Doch er stellte die Frage nicht direkt, lobte stattdessen den Rotwein und den indischen Koch, bewunderte Max' Jagdtrophäen, darunter das Leopardenfell, das inzwischen ebenfalls an der Wand über dem Kamin seinen Platz gefunden hatte.

»Die Löwenplage in Daressalam ist inzwischen eingedämmt«, erzählte George und sah Charlotte dabei an. »Wer jetzt bei Wilhelm Schmidt sein Weißbier trinkt, kann zu später Stunde sorglos heimwärts wandern.«

»Davon schrieb mir Klara«, gab sie zurück. »Sie ist in Daressalam verheiratet und wohnt mit ihrem Mann in der Mission am Imanuelskap.«

»Ich weiß«, erwiderte er ruhig. »Wir sind uns hin und wieder begegnet. Ich arbeite seit einem halben Jahr in dem Eingeborenenhospital, das der Inder Sewa Hadji gestiftet hat.«

»Ach …«

Er lächelte und half ihr über die Peinlichkeit hinweg, indem er über seine Arbeit berichtete, über seine Hoffnung auf einen Impfstoff gegen die Malaria, nun, da man den Erreger, die Anopheles-Mücke, ausfindig gemacht habe. Es gäbe leider immer noch Fälle von Pocken und Cholera, vereinzelt zum Glück, aber nicht desto weniger tragisch. Charlotte hörte schweigend zu und ärgerte sich über ihre fromme Cousine, die Georges Anwesenheit in Daressalam in keinem ihrer Briefe erwähnt hatte. Was bildete sie sich eigentlich ein? War sie ihre Tugendwächterin? Glaubte Klara tatsächlich, sie, Charlotte, könne sich noch nach George sehnen, da sie doch vollkommen glücklich verheiratet war?

»Den Kilimandscharo wollen Sie besteigen?«, hörte sie Max begeistert ausrufen.

»Den Berg des bösen Geistes – ganz recht. Ich bin gespannt, wie er uns dort oben empfangen wird.«

»Kalt und frostig, Mann. Ich hoffe, Sie haben warme Kleidung dabei. Außerdem soll die Luft dort oben verdammt dünn sein, vor ein paar Monaten haben zwei Bergsteiger diese Unternehmung nur knapp überlebt …«

Das Gespräch zog an ihr vorbei. Sie gab Schammi einen Wink, das Geschirr möglichst unauffällig abzuräumen und den Nachtisch aufzutragen, und nippte an ihrer Zitronenlimonade. Den Rotwein überließ sie den beiden Männern, die jetzt eifrig über den Aufstieg zum Kibo diskutierten, dem »Hellen«, wie er in der Sprache der Dschagga hieß, »der Dunkle«, eislose Mawensi und der mit nur viertausend Metern niedrigste Gipfel, der Shira, interessierten George weniger. Durch den Regenwald schlängelte sich der Pfad bis hinauf zur baumlosen Zone, wo nur noch Heidekraut und

Flechten gediehen, dann ging es weiter über Lavageröll. Am besten war es, es Dr. Hans Meyer gleichzutun, der zur letzten Etappe mitten in der Nacht aufgebrochen war. In dieser Höhe war die Luft so dünn, dass jede Bewegung ein Vielfaches an Kraft kostete, doch wenn man tatsächlich den Gipfel erreichte, auf dem Dr. Meyer vor Jahren eine deutsche Fahne ins Eis gesteckt hatte, dann waren alle Anstrengungen reich belohnt.

Die beiden Männer verstanden sich glänzend. Sie waren von der gleichen Begeisterung beseelt, und Charlotte begriff, dass Max nur allzu gern bei dieser Unternehmung dabei gewesen wäre. Doch er war zu verantwortungsbewusst, um sich diese Freiheit zu gestatten; es tat ihr leid, aber zugleich war sie sehr froh darüber – sie wäre vor Angst um ihn gestorben.

Während sie das süße Kompott aus Bananen und Mango löffelte, betrachtete sie nachdenklich Georges Gesicht. Seine Stirn hatte waagerechte Furchen bekommen, die sich stärker eingruben, wenn er kritisch dreinsah, auch die kleinen Linien um die Augen waren mehr geworden. Sein Blick besaß immer noch dieselbe Eindringlichkeit, doch die jugendliche Neugier war schon lange daraus verschwunden, Ernst lag darin und ein Anflug von Resignation. Sie dachte daran, dass er im Hospital gewiss viel Elend zu sehen bekam, dem er nicht abhelfen konnte, und sie fragte sich, aus welchem Grund er wohl zurück nach Daressalam gekommen sein mochte. Marie – so hatte Ettje geschrieben – hatte inzwischen wieder geheiratet, Georges Kinder lebten bei der Mutter …

Sie ist immer noch die Gleiche, dachte Charlotte bitter. Marie nimmt sich vom Leben, was sie haben will, erst hat sie George gewollt und ihn bekommen, nun hat sie sich einen anderen geangelt, mit dem sie ihr Leben nach ihren Vorstellungen führen kann. Warum auch nicht? Marie und George hatten vermutlich niemals zueinander gepasst …

»Gewiss, wenn man mit den Offizieren der Schutztruppe redet, dann zollen sie diesem Aufrührer einen gewissen Respekt«, sagte Max soeben. »Mkwawa scheint ungewöhnlichen Mut besessen zu haben und dazu großen Einfluss. Aber wir wissen auch, dass er jeden Schwarzen, der nicht mit ihm gemeinsame Sache machen wollte, brutal ermorden ließ. Nein – einen Helden sollten wir keinesfalls aus ihm machen.«

Sie waren inzwischen bei dem Rebell Mkwawa angekommen, ein Häuptling der Wahehe, der die Deutschen jahrelang im Landesinneren in Atem gehalten hatte. Vor acht Jahren hatte er den unglücklichen Oberst Zelewski mit seiner Askari-Truppe niedergemetzelt, was der Rebellion der Wahehe mächtigen Auftrieb gegeben hatte. Es war ein zähes Ringen gewesen, das viele Menschenleben gekostet hatte, doch zuletzt siegte die deutsche Schutztruppe unter Tom von Prince. Der einst mächtige Mkwawa wurde wie ein Jagdwild gehetzt, entkam den Verfolgern immer wieder, bis er im vergangenen Jahr endlich gefunden wurde. Es wurde berichtet, dass er seine Begleiter niedergemacht und sich anschließend selbst das Leben genommen habe.

»Aufrührer?«, fragte George und zog ironisch die Stirn in Falten. »Aber gehört dieses Land denn nicht in Wahrheit ihnen? Den Afrikanern?«

Es war ein heißes Thema, und Charlotte wusste recht gut, dass Max diese Dinge völlig anders sah.

»Dieses Land ist riesig, mein Freund. Es ist genügend Platz für alle da.«

George drehte das Rotweinglas in seiner Hand und schien zu überlegen, ob es der Mühe wert war, ein Streitgespräch zu beginnen. Er entschloss sich dafür.

»Das mag wohl sein. Doch dann sollte jeder den anderen und seine Lebensweise respektieren. Wir aber behandeln die schwarzen Eingeborenen wie Untergebene, oft sogar wie Sklaven. Bestenfalls sehen wir sie als unwissende Kinder und glauben, über ihr Schicksal entscheiden zu dürfen.«

»Sie scheinen ein Weltverbesserer zu sein«, sagte Max grinsend, womit er nach Charlottes Ansicht den Nagel auf den Kopf traf.

»Natürlich sind sie wie die Kinder«, fuhr er fort. »Aber fragen Sie doch meine Schwarzen auf der Plantage, ob sie zufrieden mit ihrem Leben sind. Sie sind hier in Sicherheit, besitzen Häuser, halten ihr Vieh, dürfen ihr Land bearbeiten. Es gefällt ihnen, und sie sind dankbar dafür. Keiner von ihnen wäre in der Lage, eine solche Plantage ins Leben zu rufen, sie können weder vernünftig organisieren noch wirtschaften, noch haben sie das dazu nötige Durchhaltevermögen. Sie sind tatsächlich wie die Kinder und denken nur bis zum nächsten Tag.«

Charlotte spürte Georges Augen, die auf sie gerichtet waren – fragend und unsicher, ob er die Diskussion besser abbrechen sollte. Sie hatte sich früher zu seinen Ansichten bekannt, war sogar hellauf davon begeistert gewesen, seine Manuskripte, in denen er solche Dinge darlegte, hatten sie fasziniert.

»Aber …«, wandte sie zögernd ein. »Vielleicht brauchen die Afrikaner ja gar keine Plantagen. Die Dschagga bauen ihre Bananen und ihren Mais auch ohne uns an und haben damit ihr Auskommen. Es ist nicht recht, dass man sie jetzt immer weiter hinauf zum Regenwald treibt und ihr Land an Buren und Deutsche aus Russland verteilt, die dort Plantagen anlegen.«

»Gewiss, mein Schatz«, sagte Max sanft. »Aber du darfst nicht vergessen, dass die Dschagga auch früher keineswegs wie im Paradies gelebt haben. Eher wie im Mittelalter, ständig in Gefahr, von fremden Stämmen niedergemetzelt zu werden. Dazu kommt, dass arabische Sklavenhändler die Menschen in diesem Land jahrhundertelang wie Vieh gefangen und verschachert haben. Und nicht selten waren es die afrikanischen Häuptlinge, die ihre eigenen Leute verkauften. Wir Deutschen haben ihnen das Handwerk gelegt und die Sklaverei verboten. Wir bieten den Schwarzen Wohlstand und ein sicheres Leben, dafür können sie uns verdammt dankbar sein.«

»Mkwawa war es nicht«, bemerkte George mit leiser Ironie. »Er zog die Freiheit dem sicheren Leben vor.«

»Mkwawa war ein Phantast, und er hat dafür bezahlt.«

»Die einen nennen ihn einen Phantasten, die anderen einen Freiheitskämpfer. Vielleicht braucht ein Volk einen Mann wie ihn, um an sich selbst glauben zu können.«

»Nennen Sie ihn, wie Sie wollen, Johanssen, aber er hat den Afrikanern nichts als Unglück und Elend gebracht. Ich schwöre Ihnen, es liegt mir verteufelt viel daran, dass meine schwarzen Arbeiter zufrieden sind. Auf meiner Plantage wird nicht geprügelt wie bei den Buren, und es gibt auch keine *kiboko,* höchstens mal ein hartes Wort, und wenn einer gar zu frech wird, gebrauche ich meine Fäuste. Schließlich sind wir von ihnen abhängig. Aber so, wie Sie sich das denken, funktioniert das nicht …«

Sie stritten bis spät in die Nacht hinein, doch zu Charlottes großer Erleichterung schienen sie es beide mehr als ein Spiel zu betrachten, einen Austausch von Argumenten, einen sportlichen Kampf mit dem Florett, bei dem man den Gegner nicht wirklich verletzen, sondern nur seine Überlegenheit beweisen will. Es war George, der Max immer wieder herausforderte, ihn reden ließ und dann mit einer scheinbar harmlosen Frage einhakte. George, der über diese Dinge schon seit Jahren nachgrübelte, ohne eine Lösung gefunden zu haben, und Max, der so genau zu wissen glaubte, wo der richtige Weg lag, ohne lange darüber nachdenken zu müssen. Als sie zu Bett gegangen war, hörte sie nebenan immer noch ihre gedämpften Stimmen, und sie fand es merkwürdig, dass sie dabei so ruhig einschlafen konnte.

George brach schon am folgenden Morgen auf, er hatte

sich mit Freunden unten in Moshi verabredet und wollte sie nicht warten lassen.

»Ich bin sehr froh, dass du so glücklich bist«, sagte er beim Abschied zu ihr. »Du hast es verdient, Charlotte.«

In diesem Augenblick erkannte sie die Trauer in seinen Augen, und sie hielt seine Hand länger fest, als es nötig gewesen wäre.

»Sei vorsichtig«, warnte sie ihn beklommen. »Der Aufstieg ist nicht ungefährlich. Schon viele, die es versucht haben, sind nicht zurückgekommen.«

Er lachte und erwiderte voller Ironie, der böse Geist dort oben könne mit einem wie ihm nicht viel anfangen. Charlotte blieb unter dem Dach des Vorbaus stehen, als er davonritt, und plötzlich krampfte sich ihr Herz zusammen. Er erschien ihr unendlich einsam.

»Was für ein sympathischer Kerl«, sagte Max. »Ich bin zwar in vielem nicht seiner Meinung, aber dennoch hat er mir gewaltig imponiert. Ich hoffe, er besucht uns bald wieder.«

»Ja, das wäre nett …«

Sie war sich sicher, dass sie George Johanssen niemals wiedersehen würde.

September 1899

Charlotte warf die Salatköpfe in den Korb und stützte ihren schmerzenden Rücken mit beiden Händen, während sie sich aus der gebückten Stellung aufrichtete. Selbst im Schatten der Obstbäume war es unerträglich warm, kein Lüftchen regte sich, der Himmel war von Dunst überzogen, in dem die Sonne wie eine gleißende, lichtgelbe Kugel stand.

»Bauch ist groß!«, sagte Hamuna grinsend und beschrieb mit dem Arm einen weiten Bogen vor ihrem eigenen Bauch. »Großer Bauch und Schmerz im Rücken – *binti.*«

»Ach, Hamuna! Du mit deinen Voraussagen!«, stöhnte Charlotte und wischte sich den Schweiß von der Stirn. »Gestern hast du noch gesagt, es wird ein *kijana,* weil meine Füße geschwollen waren.«

»Binti – kijana – Mädchen oder Junge – beides ist möglich«, redete sich Hamuna schlau heraus.

»Nimm noch ein paar Maiskolben und Zitronen mit. Und Weißkohl – damit werden wir demnächst wohl die Ziegen füttern müssen, wenn ich nicht endlich lerne, Sauerkraut zu machen.«

All ihre Versuche waren bisher fehlgeschlagen, das Zeug hatte geschäumt und fing dann an zu schimmeln, so dass sie es hatte fortwerfen müssen. Sie blickte noch einmal nach Norden, wo sich der große Berg hinter dem Dunst verborgen hielt, und zupfte dann einige dicke Radieschen heraus, die unbedingt gegessen werden mussten, das Kraut begann schon zu schießen. Wie seltsam, dass sie hier in Afrika die gleichen

Gartenfrüchte pflanzen und ernten konnte, die auch im Gärtchen der Großmutter in Leer gestanden hatten. Damals war ihr diese Arbeit schrecklich langweilig erschienen – jetzt konnte sie gar nicht genug davon bekommen, lief wohl zehnmal täglich hinaus, um ihre »Damenplantage«, wie Max den Garten nannte, zu begutachten, dabei freute sie sich über jedes Kräutlein und jeden Kohlkopf.

Sie hatte gerade den Korb ergriffen und kämpfte gegen das Sodbrennen an, das sie jedes Mal plagte, wenn sie sich bückte, als sie Hamunas überraschten Ausruf vernahm.

»Schau, *bibi* Roden! *Kongoti* sitzt auf Baum.«

In einem Eukalyptusbaum saß wahrhaftig ein Storch. Er hatte sich auf einer unbelaubten Astgabel niedergelassen und hockte dort unsicher auf dürren Beinen, den langen, roten Schnabel an den gebogenen Hals gepresst. Charlotte hatte noch nie einen Storch auf der Plantage gesehen, aber sie musste lachen, weil der Bursche so ernsthaft dreinschaute, als warte er auf etwas.

»In meiner Heimat sagt man, dass der Storch die Kinder bringt«, erklärte sie Hamuna.

»In Afrika bringt *kongoti* nicht *kitoto*«, meinte die Dienerin und schielte misstrauisch zu dem schwarz-weißen Besucher hinüber. »Vielleicht ist er gekommen extra für *bibi* Roden. Aber besser ist, er fliegt wieder fort.«

Als Max gegen Mittag zurückkehrte, hatte der Storch Gesellschaft bekommen. Wohl dreißig bis fünfzig seiner Artgenossen hatten sich die Plantage als Ruheplatz ausgewählt. Sie hockten wie weiße Flecken in den Eukalyptusbäumen, einige waren neben dem großen Teich gelandet und stelzten auf der Wiese herum, andere saßen auf dem Dach des Wohnhauses, auf dem Stall, sogar auf den Akazien der Allee. Nur auf den Wohnhütten der schwarzen Angestellten wagte kein einziger Platz zu nehmen, denn dort jagte man sie davon.

»Was für eine seltene Invasion«, bemerkte Max grinsend. »Ganz sicher hat das etwas zu bedeuten, Charlotte. Ich glaube, ich sollte Juma und Mtangi nach Moshi schicken und Dr. Brooker bitten, zu uns hinaufzukommen.«

Er redete seit mindestens drei Wochen davon, doch Charlotte hatte bisher immer behauptet, es sei noch jede Menge Zeit und man könne dem Doktor nicht zumuten, für nichts und wieder nichts den Weg zur Plantage zu machen.

»Wegen der Störche?«, kicherte Charlotte. »Aber Max, das ist doch albern.«

Er lud sich einen Berg Salat auf den Teller, um den Ertrag ihrer »Damenplantage« zu würdigen, wenngleich sie wusste, dass er der gebratenen Ziege mit weitaus größerer Begeisterung zusprach.

»Nicht wegen der Störche, mein Schatz. Weil es jetzt jeden Augenblick so weit sein kann. Du musst das doch spüren, oder nicht?«

Sie spürte gar nichts und wusste auch nicht, was sie da spüren sollte. Schließlich war es ihre erste Geburt, und weder die Großmutter noch Tante Fanny hatten sich über solche Details ausgelassen. Nur dass es sehr wehtat, war ihr bekannt. Es musste auf jeden Fall weitaus schlimmer sein als damals die Fehlgeburt, dafür würde sie aber auch ein Kind auf die Welt bringen. Und so Gott wollte, war es ein gesunder Junge.

»Also, ich schicke die beiden noch heute los – dann kann der Doktor schon morgen Mittag hier sein«, entschied Max eigenmächtig.

»Wenn sie ihn unten in der Station entbehren können …«

»Verflixt noch mal, das müssen sie. Schließlich geht es hier um Le…« Er stockte erschrocken und fuhr dann fort: »… um Mutter und Kind. Um dich und unseren Sohn.«

»Oder unsere Tochter.«

»Meinetwegen auch eine Tochter«, brummte er belustigt. »Wenn sie dir ähnlich wird, dann können wir sie behalten.«

Sie lachte und lehnte sich im Stuhl zurück. Ihr war ein wenig übel. Wahrscheinlich hatte sie zu viel gegessen.

»Ich reite noch mal raus, bin aber bald wieder da!«, verkündete er und trank im Aufstehen sein Glas leer. »Lauf nicht so viel herum, es ist sicher besser, wenn du dich ein wenig aufs Ohr legst.«

Sie gab keine Antwort; seine ständigen Vorschriften gingen ihr auf die Nerven. Gewiss, er sorgte sich um sie, aber weshalb meinte er eigentlich, alles besser zu wissen? Wenn es nach ihm gegangen wäre, hätte sie die Schwangerschaft im Bett oder im Lehnstuhl verbracht.

Als er fort war und Sadalla das Geschirr hinaustrug, bereute sie ihren Ärger schon wieder. Er war eben ein Mann, seine Tatkraft, die sie so sehr bewunderte, seine Durchsetzungsfähigkeit – all das half ihm wenig angesichts dieses weiblichen Mysteriums, das ihm fremd war und ihn hilflos machte. Es war an ihr, ihn immer wieder zu ermutigen und ihm zu zeigen, dass sie sich der Sache gewachsen fühlte. Einfach war das nicht, denn außer Hamuna gab es kein weibliches Wesen, mit dem sie sich hätte austauschen können. Auch wenn sie eine Weile böse auf Klara gewesen war – jetzt hätte sie die Cousine gern in ihrer Nähe gehabt. Es wäre so schön gewesen, mit Klara über allerlei Dinge zu reden, die nur unter Frauen besprochen werden konnten. Über Haus und Garten, über Gefühle und Sehnsüchte, über die Liebe und das Leben als Ehefrau, über die Schwangerschaft …

Klara hatte nichts davon geschrieben, dass sie vielleicht auch ein Kind erwartete. Auch kein Wort darüber, ob sie glücklich mit Peter Siegel war, allerdings lobte sie den missionarischen Eifer ihres Ehemannes in jedem Brief über den grünen Klee. Ach, wenn sie doch nur ein einziges Gespräch unter vier Augen mit ihr führen könnte – sie war sich sicher, dass auch Klara ihr vieles zu erzählen hatte.

Ihrem Magen ging es wieder gut, fast bereute sie jetzt, nicht noch ein Stück von dem selbst hergestellten Ziegenkäse genommen zu haben. Sie hatte keine Lust, sich schon wieder ins Bett zu legen, obgleich sie sich eigentlich schläfrig fühlte. Stattdessen setzte sie sich ans Klavier und spielte eine Invention von Bach, der ihr in letzter Zeit immer besser gefiel. Lächelnd dachte sie an ihren alten Klavierlehrer, der einst so eifrig bemüht gewesen war, ihr den großen Johann Sebastian näherzubringen. Damals war ihr diese Musik steif vorgekommen, ein kunstvolles Gebäude aus musikalischen Themen, die einander Antwort gaben, ineinanderflossen und sich wieder trennten, weiterströmten und sich verwandelten. Jetzt erst entdeckte sie, dass mehr dahintersteckte. Eine ganze Welt von Empfindungen, die nur derjenige entschlüsseln konnte, der die Sprache dieser Musik begriff …

Was war eigentlich mit ihren Augen los? Sie konnte ja kaum noch die Noten entziffern. Wieso war es so dämmrig?

»Nyenje! Nyenje!«, schrie jemand draußen vor dem Haus. War das Kapande? Oder Mtangi? Nein, der war wohl mit Juma nach Moshi geritten.

Hamuna kam ins Zimmer gelaufen, mit den Armen fuchtelnd, ihre bunte, umständlich gewickelte Haube drohte sich aufzulösen.

»Nyenje! Der ganze Himmel ist voll. Schnell kommen, *bibi* Roden. Sie fressen den Garten auf …«

Heuschrecken! Charlotte fuhr erschrocken hoch, der Klavierhocker kippte um und schlug auf den Dielenboden. Sie hatte von den großen Schwärmen gehört, die in kürzester Zeit jedes Blatt und jeden grünen Halm vertilgten, aber bisher war die Plantage davon verschont geblieben. Schon unter dem Vordach blieb sie stehen, musste sich an einem Holzpfeiler festklammern und starrte ungläubig auf das wimmelnde Inferno. Eben gerade war alles ruhig gewesen, nicht ein einziger Windhauch, doch jetzt brach es wie ein rötliches Unwetter über das Land herein. Milliarden geflügelter Wesen schwärmten am Himmel, schossen zischend wie kleine, graurote Pfeile an ihr vorüber, eine rauschende, knisternde Flut, die sich über die grüne Wiese gelegt hatte wie ein lebendiger Teppich.

Drüben bei den Wohnhütten der schwarzen Angestellten herrschte große Aufregung. Männer, Frauen und Kinder sprangen in den Gärten herum und schlugen mit Tüchern und Zweigen auf die gefräßigen Insekten ein, um ihren Mais und die Hirse zu retten. Sie vernahm Max' laute Stimme, der seine Angestellten zusammentrieb und in die Kaffeepflanzungen schickte, dann rief er den schwarzen Frauen zu, sie sollten Feuer anzünden, der Rauch würde die Biester vertreiben.

Eine Berührung an ihrer Wange riss sie aus der Erstarrung – eine verirrte Heuschrecke hatte sie gestreift und war dann auf den Boden gefallen. Dort krochen zahllose weitere Tierchen herum, bedeckten die Pflanzen in den Kübeln so dicht, dass Blätter und Blüten kaum noch zu sehen waren. Ein rötlich grauer, knisternder, malmender Überzug, der nichts als kahle Strünke übrig lassen würde.

Ihr Garten! Die Kohlpflanzen, der Salat, die jungen Apfelbäumchen, der Mais … Sie eilte zurück ins Haus, riss ein Laken aus dem Schrank und rannte durch die gleich einem Hagelsturm heranschwirrenden Insekten. Im Garten hüpften Schammi, Sadalla und Hamuna wild durcheinander und droschen auf die Pflanzen ein, Schwärme von Heuschrecken wirbelten bei jedem Schlag empor, um sich gleich darauf an einer anderen Stelle niederzulassen. Charlotte stürzte zu einem der kleinen Apfelbäumchen, das in diesem Jahr zum ersten Mal kleine Früchte trug, und versuchte, die gierigen Fresser zu vertreiben. Es war aussichtslos, man konnte förmlich sehen, wie die Blätter schwanden, die hungrigen Heuschrecken krochen in Scharen über den Stamm, hingen an den Ästen und fraßen, fraßen, fraßen. Wenn sie mit dem Laken gegen den kleinen Baum schlug, flatterten einige der Insekten in die Höhe, doch die meisten kümmerten sich gar nicht um den Angriff, sie waren im Fressrausch, nur die unmittelbar getroffenen fielen zu Boden und verbreiteten einen widerlichen Geruch.

Plötzlich wurde ihr speiübel, sie stolperte rücklings gegen den Gartenzaun und übergab sich. Gleich darauf spürte sie, wie ihr Leib sich verhärtete und die erste Schmerzwelle durch Bauch und Rücken zog. Der Schmerz war so heftig, dass sie sich zusammenkrümmte und die Arme um den Leib schlang.

»Hamuna!«

Die schwarze Dienerin hatte ihr buntes Kopftuch abgewickelt, um damit nach den Heuschrecken zu schlagen, das Haar darunter war kurz geschoren und lockig wie das Fell eines neu geborenen Lämmchens.

»Gehen in Haus, *bibi* Roden. Hier nicht bleiben. Wir nicht helfen können. Gehen in Haus. Hamuna geht mit dir …«

Es klang seltsam beruhigend inmitten von all dem Geschrei und den feindlich herumschwirrenden Insekten. Rauch zog zu ihnen herüber, die schwarzen Frauen hatten Max' Rat befolgt und Feuer angezündet, doch wie es schien, kümmerte der Qualm die gefräßigen Heuschrecken nur wenig.

An Hamunas Arm stieg Charlotte die Stufen zum Vorbau hinauf, dort ließ der Schmerz nach, und sie konnte wieder Atem holen.

»Es ist vorbei, Hamuna. Lauf zurück in den Garten, ich brauche dich jetzt nicht …«

»Gehen in Haus, *bibi* Roden.«

»Ja, ja. Ich ruhe mich ein wenig aus.«

»Du kannst ausruhen morgen. *Kitoto* ist wach, du nicht ausruhen. Du ihm helfen.«

Das Kind wollte auf die Welt! Ausgerechnet jetzt in diesem schrecklichen Chaos, während hier draußen alles vernichtet wurde, das sie so liebevoll geschaffen hatte, wollte das Kind geboren werden! Sie konnte nichts daran ändern, die Geburt überwältigte sie genau wie der Einfall der Heuschrecken, gegen den sie ebenso machtlos war. Sie ließ sich auf einem Stuhl nieder, umschloss ihren Bauch mit den Armen und begann hilflos zu schluchzen.

»Bauch wird böse, wenn du weinst.«

Hamuna hatte recht, denn jetzt kündigte sich die nächste Wehe an, riss an ihrem Rücken und presste ihren Leib wie mit einer eisernen Schlinge zusammen. Sie stöhnte leise, während ihr noch die Tränen übers Gesicht liefen, schreien wollte sie auf keinen Fall, schon deshalb, weil sie sich vor Hamuna schämte.

»*Kitoto* hat viel Kraft. Du keine Angst. Hamuna ist hier.«

Sie rieb ihr den Rücken, und es linderte tatsächlich ein wenig den Schmerz. Dabei schwatzte sie unaufhörlich, erzählte von einem *malaika,* einem Geist, ganz ähnlich einem Engel, den sie auf dem Haus habe sitzen sehen. Das sei ein gutes Zeichen, ein *malaika* beschütze die Menschen und führe sie auf den Weg Gottes.

Charlotte begriff nicht viel, offensichtlich brachte Hamuna ihren alten Glauben und die Predigten der Missionare, die manchmal auf die Plantage kamen, durcheinander. Ein *malaika* – vermutlich hatte sie einen Storch auf dem Hausdach sitzen sehen. Die verdammten Störche waren hinter den Heuschrecken her gewesen, deshalb ihr massenhaftes Erscheinen heute früh. Aber wo immer sie sich jetzt die Bäuche vollschlugen – auf der Plantage war es nicht. Kein Einziger war zu entdecken.

»Hamuna hat fünf *kitoto* geboren … Eine *binti* ist gestorben am Fieber. Zwei *mvulana* sind fortgegangen mit Karawane …

Hamuna sie nicht wiedergesehen. Ein *mvulana* ist gestorben an Schlägen von deutsche *bwana*. Ein *mwulana* hat geheiratet zwei Frauen, aber Missionar in Daressalam hat gesagt, er darf nicht haben viele Frauen ...«

Es war das erste Mal, dass Hamuna über ihre Kinder sprach, und Charlotte musste sich eingestehen, dass sie auch nie danach gefragt hatte. Max hatte Hamuna von der Küste mitgebracht, aus Tanga oder Bagamoyo, das wusste Charlotte nicht mehr genau. Dort hatte sie im Haushalt eines indischen Geschäftsmannes gearbeitet. Sie musste viel älter sein, als Charlotte geglaubt hatte, wenn sie schon fünf Kinder in die Welt gesetzt hatte – wie traurig, dass die meisten offenbar nicht mehr am Leben waren ...

Die Wehen kamen jetzt in kürzeren Abständen, und der Schmerz wurde so heftig, dass Charlotte die Zähne zusammenbiss und die Finger in die Tischdecke krallte. Wenn die Welle verebbt war, lehnte sie sich keuchend im Stuhl zurück; es war seltsam, aber in diesen kurzen Erholungspausen fehlte ihr nichts, der boshaft peinigende Schmerz war verschwunden, als hätte es ihn nie gegeben.

»Schammi soll meinem Mann Bescheid sagen.«

»Lass *bwana* arbeiten. Er muss Bananenstauden schützen. *Nyenje* fressen nicht Kaffeeblätter, aber Bananen. Kaffeebaum braucht Schatten von Banane ...«

Charlotte beharrte nicht auf ihrem Wunsch. Im Grunde hatte Hamuna recht – Max hätte sich nur schrecklich aufgeregt, und helfen konnte er ihr sowieso nicht. Sie wusste ja selbst nicht so genau, wie man ein Kind auf die Welt brachte. Aber Hamuna, die jetzt über das Unglück der Dschagga klagte, Hamuna hatte schon fünf Kinder geboren, sie wusste, was zu tun war. Sie hatte sie auch gepflegt, als sie krank war, es war gut, dass Hamuna bei ihr war.

»Dschagga haben Rauch gemacht wegen *nyenje.* Aber das

nichts hilft, *nyenje* werden fressen allen Mais und alle Bananen und alle Hirse. Dschagga müssen hungern. Werden kommen auf Plantage wegen Arbeit. Schlimmes Unglück von bösem Geist *sheitani* …«

Die Wehe kam so schnell, dass Charlotte nun doch einen lauten Schrei ausstieß und sich stöhnend an der Tischkante festklammerte.

»Wie lange dauert das denn noch? Weshalb kommt das Kind nicht endlich? Ich kann nicht mehr …«

»Dauert manchmal viele Tage. Manchmal *bibi* nur hustet, und *kitoto* fällt aus ihrem Bauch heraus. Einmal es tut viel weh und andere Mal nur ganz wenig. *Kitoto* ist immer anders …«

»Hör auf!«

Es dauerte die ganze Nacht. Hamuna schickte Sadalla zu den Hütten der Schwarzen, um zwei alte Frauen herbeizuholen. Sie breiteten für Charlotte eine Schicht Bastmatten auf dem Fußboden des Schlafzimmers aus, überredeten sie, sich darauf zu setzen, und hängten ihr Amulette um den Hals. Charlotte tat, was sie von ihr verlangten, ließ sich von ihnen Arme, Beine und den Rücken reiben, wehrte sich nicht, wenn sie auf ihrem Bauch herumdrückten und sie mit einem Sprühnebel aus *pombe* bespuckten. Die beständig gemurmelten und ganz sicher unchristlichen Beschwörungen konnte sie sowieso nicht verstehen. Sie war ganz und gar damit beschäftigt, dem höllischen Schmerz zu begegnen, der ihren Körper in zwei Teile reißen wollte.

Max rannte im Wohnraum umher wie ein Irrsinniger und klopfte alle fünf Minuten an die Schlafzimmertür, um zu fragen, wie es drinnen stünde, doch er brachte es nicht über sich hineinzugehen.

»Ich kann nicht sehen, wie sie leidet«, stöhnte er verzweifelt. »Noch dazu, wo es meine Schuld ist – ich habe ihr das angetan. Großer Gott!«

Das Kind wurde geboren, als die Morgennebel über der Plantage die Farbe von reifen Orangen annahmen. Kein Vogel war zu hören, nicht einmal ein Affe zeterte, Gärten, Wiesen und Bäume waren kahl gefressen. Nur zwei Störche stelzten gemächlich durch die leeren Gärten und füllten sich die Mägen mit toten Heuschrecken.

Als Dr. Brooker am Nachmittag auf der Plantage ankam, gab es für ihn nicht mehr viel zu tun. Charlotte lag erschöpft in ihrem Bett, das Kind schlief in einer hölzernen Wiege, die Max heimlich ohne Charlottes Wissen für seinen Sohn angefertigt hatte.

»Ein Unglück kommt selten allein«, sagte der Arzt mitfühlend. »Ein Mädchen. Ein verflucht kräftiger Brocken, hätte gut auch ein Junge sein können.«

»Was reden Sie für einen Unsinn!«, fuhr Max ihn an. »Eine Tochter ist genau das, was ich mir gewünscht habe!«

Juni 1900

Charlotte tauchte die Feder wieder ins Tintenfass und las den angefangenen Satz noch einmal durch, um ihn vernünftig zu Ende zu bringen. Sie hätte den Brief an die Großmutter lieber in aller Ruhe geschrieben, aber die Jagdgesellschaft wollte gleich nach Moshi aufbrechen, und Max hatte versprochen, ihren Brief dort im Kaiserlichen Postamt abzugeben. Zu allem Überfluss stand Schammi neben ihrem Schreibtisch, und obgleich er *bibi* Charlotte nicht zu stören wagte, wusste sie doch genau, dass er etwas auf dem Herzen hatte.

»Was ist denn, Schammi?«

»Schammi ist traurig. *Bwana* Roden hat kein Vertrauen zu Schammi. Schammi hat immer getan, was *bwana* Roden gesagt hat, war niemals ungehorsam …«

Von draußen war ein Gewchrschuss zu hören, dann ein zweiter. Charlotte seufzte und schrieb weiter, während Schammi den hell gemusterten Fenstervorhang ein wenig beiseiteschob und mit sehnsüchtigen Augen hinausspähte. Ohne Zweifel war es Max, der das Gewehr des Baron von Bleiwitz drüben auf der Wiese ausprobierte. Er hatte die fabelhafte Waffe, eine Winchester 95, schon gestern Abend mit glänzenden Augen betrachtet und mit dem Baron lange darüber gefachsimpelt, ob sie auch für die Elefantenjagd geeignet sei.

»Wenn mein Mann es so angeordnet hat, Schammi, dann hat er seine Gründe dafür. Und ich bin ganz seiner Meinung. Du bist noch zu jung, es ist besser, wenn Juma die Gewehre trägt.«

Schammis Miene wurde kummervoll. Er war immerhin ein ganzes Stück größer als Juma, der außerdem als Hasenfuß bekannt war. Weshalb behandelte man ihn immer noch wie ein Kind? Er wusste genau, wie er mit einem Gewehr umgehen musste, schließlich hatte er seinen *bwana* Roden oft genug zur Jagd begleitet.

»Aber wenn *simba* unseren *bwana* angreift, kann Schammi ihn mit dem Gewehr …«

Energisches Protestgeschrei erhob sich draußen vor dem Fenster, gleich darauf hörte man Hamunas beruhigenden Singsang. Doch der kleine Schreihals schwieg nur einen kurzen Augenblick, weil er Luft holen musste, und begann gleich darauf von Neuem zu brüllen. Charlotte beendete eilig die Zeile, fügte gute Wünsche und herzlichste Grüße bei, dazu die Ankündigung, dass sie im nächsten Brief die erste Fotografie ihrer Tochter Elisabeth schicken würde.

»Ich vertraue dir den Brief an, Schammi«, sagte sie und steckte das Schreiben in einen Umschlag. »Erinnere *bwana* Roden daran, dass er ihn in Moshi zur Post bringt.«

Dieser ehrenvolle Auftrag tröstete Schammi zwar ein wenig, aber was war ein Brief – und mochte er noch so wichtig sein – gegen das Vorrecht, die Ersatzgewehre der Jagdgesellschaft tragen zu dürfen?

Draußen auf dem kleinen Wiesenplatz neben der Akazienallee schraubte die Baronin von Bleiwitz ihren Fotoapparat vom Stativ und packte die einzelnen Teile in eine Holzkiste. Hamuna trug die plärrende Elisabeth auf dem Arm, schaukelte sie, zeigte mit dem Finger in die Luft, wo gerade eine Schar Raben vorüberflog, sang ihr ein Kinderlied vor – nichts wollte fruchten. Als die Kleine Charlotte entdeckte, streckte sie die Arme nach der Mama aus und schluchzte noch ein Weilchen an ihrer Schulter.

»Ich habe ganz entzückende Aufnahmen von Ihrer Tochter gemacht«, schwärmte die Baronin. »Was für ein zauberhaftes Kind!«

Agnes von Bleiwitz war eine Schönheit. Charlotte konnte sich gut vorstellen, wie sie im Reiterkleid durch märkische Wälder ritt, zierlich wie auf einem Scherenschnitt, einen wehenden Schleier hinter sich herziehend. Vor sieben Jahren hatte sie Alexander von Bleiwitz geheiratet, zwei Jahre später hatten die Ärzte ihr gesagt, sie könne niemals Kinder bekommen. Seitdem begleitete sie den Baron auf seinen Reisen und teilte seine Passion – die Großwildjagd.

»Ich fürchte, Hamuna hat ihr so viele Mangostückchen gegeben, dass sie Bauchweh bekommen wird«, meinte Charlotte lächelnd.

»Ja, es war die einzige Möglichkeit, sie zum Stillhalten zu bewegen.«

Elisabeth hatte sich inzwischen müde geweint und schlief in Charlottes Arm. Es war kein Wunder, dass das Kind völlig überdreht war, es fehlt ihm die gewohnte Ordnung. Gestern Abend, als sie mit den Gästen zusammensaßen, hatte Max seine Tochter auf dem Schoß gehalten, ihr Leckereien zugesteckt und sie auf den Klaviertasten herumhämmern lassen. Er war vollkommen vernarrt in Elisabeth und bedauerte nur hin und wieder, dass sie Charlotte leider gar nicht ähnlich sehe, sondern ganz und gar nach seiner Familie schlage. Die Kleine hatte blonde Löckchen, und ihre hellblauen Augen erinnerten Charlotte an ihren verstorbenen Großvater. Auch ihr Vater sollte solche Augen gehabt haben, doch das hatte sie Max nicht erzählt.

»Ich glaube, ich muss mich beeilen«, sagte Agnes. »Die Träger stehen schon bereit.«

Sie klappte das hölzerne Stativ zusammen und überließ es dann Schammi, die teure Ausrüstung in mehrere Futterale aus Wachstuch zu stecken und auf die Träger zu verteilen. Max und Alexander von Bleiwitz hatten jetzt ihre Schießübungen beendet und gingen durch die Akazienallee zum Haus hinüber. Sie schritten eilig voran, und Charlotte sah, wie Alexander auf die Baumwipfel deutete, die voller Knospen hingen. Wahrscheinlich erzählte Max gerade von dem Überfall der Heuschrecken im vergangenen Jahr, den die Akazien zu seiner Erleichterung gut überstanden hatten.

»Wir sind bereit, Gnädigste«, rief Max ihnen fröhlich entgegen. »Wenn wir heute bis Moshi und noch ein Stück weiter kommen wollen, müssen wir jetzt losziehen.«

Er nahm die schlafende Elisabeth aus Charlottes Arm, und als die Kleine zu quengeln begann, stemmte er sie hoch in die Luft und drehte sich mit ihr im Kreis, dass das weiße Kleidchen flatterte. Die Kleine jauchzte, streckte sich und ruderte mit den Armen.

»Flieg, mein Engelchen!«, rief Max lachend. »Das nächste Mal nehme ich dich mit auf Safari. Dann zeige ich dir *simba* und die langhalsige *twiga,* und du wirst *tembo* sehen, den grauen Riesen.«

»Damit wirst du wohl noch ein wenig warten müssen«, meinte Charlotte lächelnd. »Erst muss sie sprechen und laufen lernen, darauf bestehe ich.«

Max beendete den Engelsflug und drückte seiner Tochter zwei zärtliche Küsse auf die vom Mangosaft verklebten Wangen, dann reichte er die Kleine an Hamuna weiter und zog Charlotte an sich.

»Du bist dumm, Liebling«, murmelte er, die Arme fest um sie geschlungen. »Elisabeth wird gut versorgt – wir könnten einige wundervolle Tage und Nächte in der Savanne verbringen. Weshalb sträubst du dich immer dagegen? Ich verspreche dir auch, kein einziges Tier zu schießen.«

»Das kann ich dir nicht zumuten, mein Schatz. Ich weiß doch, was für ein Nimrod du bist.«

»Aber es ist wirklich schade, gnädige Frau«, mischte sich Alexander von Bleiwitz ein. »Sie bringen sich um ein großartiges Erlebnis.«

»Ein andermal«, wich Charlotte aus. »Wir können die Plantage schließlich nicht einfach sich selbst überlassen. Wenn wir erst einen vernünftigen weißen Vorarbeiter gefunden haben, dann vielleicht …«

»Dann wirst du eine neue Ausrede finden«, seufzte Max und küsste sie zum Abschied auf die Stirn. Es war nur die Andeutung eines Kusses, eine flüchtige Berührung, die sie kaum spürte, ganz anders als sonst, wenn sie voneinander Abschied nahmen. Vermutlich störte ihn die Gegenwart des Ehepaars von Bleiwitz, das stets sehr distanziert miteinander umging.

Sie blieb bei Hamuna auf der Wiese stehen und sah zu, wie sich die Jagdgesellschaft zum Abmarsch bereit machte. Man hatte Maultiere für die drei Weißen gesattelt, auch einige Packtiere waren mit Zelten, Feldbetten, Kochtöpfen und anderen Dingen beladen worden, die schwarzen Begleiter gingen mit ihren Lasten zu Fuß. Ihnen würde später die Aufgabe zufallen, den Jägern das Wild zuzutreiben. Max wandte sich im Davonreiten noch einmal zu ihnen um, schwenkte ausgelassen den Arm, und Charlotte hob die Hand, um zurückzuwinken. Dann nahm Schammi ihre Aufmerksamkeit in Anspruch, der sich ganz am Ende des Zuges hielt, den Blick missmutig auf den vor ihm herlaufenden Juma gerichtet. Sie würde ihn sich einmal vorknöpfen müssen, diesen verwöhnten Burschen. Er wurde von Tag zu Tag schwieriger, ständig war er beleidigt, stritt sich mit den anderen Angestellten und erfand tausend Ausreden, einen ungeliebten Auftrag nicht ausführen zu müssen. Es war schade um ihn, denn er hatte gute Anlagen, eigentlich hätte er auf eine richtige Schule gehen müssen, aber Max hielt nichts davon. Schammi sollte auf der Plantage bleiben, er würde schon eine geeignete Aufgabe für ihn finden.

Elisabeth hatte noch eine Weile nach ihrem Papa geweint, jetzt war sie unter Hamunas leisem Zureden eingeschlafen und sah in den Armen der schwarzen Betreuerin wie ein rosiger, goldlockiger Weihnachtsengel aus. Hamuna hatte sich als verlässliche Kinderfrau erwiesen, auch wenn sie vieles auf ihre afrikanische Weise tat und nicht verstehen wollte, dass ein Kind einen regelmäßigen Tagesrhythmus brauchte. Sie hätte die Kleine am liebsten den ganzen Tag über mit sich herumgetragen, aber Charlotte und Max bestanden darauf, dass Elisabeth um die Mittagszeit für einige Stunden in ihr Bettchen gelegt wurde. Aus der Wiege, die Max für sie gebaut hatte, war sie längst herausgewachsen, und der Papa hatte mit Hingabe ein Kinderbett mit hölzernen Gittern angefertigt.

»Wollen *kitoto* in Gefängnis stecken«, hatte Hamnua kopfschüttelnd dazu bemerkt.

Es war noch früh am Morgen, aus den Pflanzungen stiegen zarte Nebelschleier und vereinigten sich mit dem Dunst, der die Felder der Dschagga und den Regenwald verhüllte. Seit Tagen hatten sich die Berggipfel nicht gezeigt, sie schienen dort hinter den Wolken zu warten, um sich irgendwann, völlig überraschend, wie ein phantastisches Geisterbild den Blicken zu offenbaren.

Charlotte riss sich von dem Anblick der davonziehenden Jagdgesellschaft los und wandte sich den anstehenden Arbeiten zu. Die Jäger würden eine gute Woche unterwegs sein, solange war sie Herrin der Plantage und für alles verantwortlich. Es gab allerdings außer den routinemäßigen Arbeiten nicht viel zu tun, die Kaffeebäume hatten zu blühen begonnen, und es musste nur hin und wieder Unkraut gejätet werden; die neuen Sisalpflanzen würde Max nach seiner Rückkehr in Angriff nehmen. Viel wichtiger war der große Gemüsegarten, der sich in diesem Jahr prächtig machte, nur das Apfelbäumchen hatte den Ansturm der Heuschrecken nicht überlebt, es war eingegangen.

Charlotte entschloss sich dennoch, einen Ritt durch die Pflanzungen zu unternehmen, sozusagen in Vertretung ihres Mannes, der jeden Morgen dort unterwegs war. Sie wollte vor allem nach den Sisal-Agaven schauen, an denen Max vor einigen Tagen gelbliche Flecken bemerkt hatte, deren Ursache er sich nicht erklären konnte. Hoffentlich war es kein Ungeziefer oder gar ein Pilzbefall, das hätte das Ende ihrer Hoffnungen bedeutet, schließlich sollte der Sisal in einigen Jahren zu ihrer einzigen Einnahmequelle werden.

Sie ließ sich von Sadalla und drei anderen schwarzen Angestellten begleiten und nahm ein Gewehr mit. Sie selbst hielt diesen Aufwand für überflüssig, aber Max hatte sie darum gebeten, nachdem einige Dschagga-Stämme im vergangenen Dezember Moshi angegriffen hatten. Die Nachricht war ein ziemlicher Schrecken für sie alle gewesen, schlimmer noch die darauf folgenden Strafexpeditionen der Schutztruppe. Von der Plantage aus hatten sie den Rauch der brennenden Hütten sehen können, auch hatte man die gerade erst wieder aufkeimenden Pflanzungen der Dschagga niedergetrampelt und abgebrannt. Max hatte diese Vorgänge zwar tief bedauert, aber letztlich für notwendig befunden. Rebellion arte stets in Mord und Gewalt aus, davor müssten die weißen Pflanzer, ihre Frauen und Kinder geschützt werden.

Charlotte schaute zuerst in der Arbeitersiedlung vorbei, besah sich ein durchgerostetes Wellblechdach und versprach, Abhilfe zu schaffen, dann bewunderte sie drei bunte Zicklein, die am Morgen auf die Welt gekommen waren. Vor allem redete sie den Frauen ins Gewissen, die ihren Nachwuchs so ungern in ihre Schule schickten, weil sie Lesen, Rechnen und Schreiben für überflüssige, ja sogar gefährliche Künste hielten, die nur für die Weißen gut waren, nicht aber für afrikanische Kinder. Sie erhielt zögerliche Versprechungen, die Frauen waren ihr wohlgesonnen, sie kamen inzwischen häufig mit ihren Kindern zum Wohnhaus, um sich mit Salben gegen Wunden und Geschwüre versorgen zu lassen. Aber Charlotte wusste aus Erfahrung, dass auf ihre Zusagen wenig Verlass war: Sie würden die Kinder für ein oder zwei Tage schicken, dann blieben sie wieder daheim.

Während sie langsam durch die Pflanzungen ritt, vergaß sie ihren Verdruss und genoss stattdessen den Anblick der aufblühenden Kaffeebäume, atmete ihren bittersüßen Duft und freute sich darüber, dass die Bananenstauden zwischen den Kaffeebäumchen wieder üppig emporschossen. Die große Regenzeit hatte in diesem Jahr ausgiebig Feuchtigkeit gebracht, was dem Kaffee gutgetan hatte, den Agaven allerdings weniger, sie liebten es eher heiß und trocken. Manchmal fragte sie sich, ob Max mit dem Sisal aufs richtige Pferd setzte, doch er war fest von der Richtigkeit seiner Entscheidung überzeugt. In diesem Jahr nun wollten sie endlich die erste Ernte einbringen – der Bedarf an Sisalfasern war groß, wenn sie gute Qualität liefern konnten, würde es mit ihren Finanzen bald besser aussehen. Max hatte im vergangenen Jahr Geld leihen müssen, um Mais, Saatfrüchte und Hirse einzukaufen, anders hätten sie die Arbeiter nicht ernähren können, die durch die Heuschreckenplage alle Feldfrüchte eingebüßt hatten. Auch viele Dschagga waren auf der Plantage erschienen und hatten um Arbeit und Essen gebeten; sie erzählten, dass ihre Frauen und Kinder hungerten, und so versuchte Max, so viele wie möglich von ihnen zu beschäftigen, doch ihre Vorräte konnten nicht für alle reichen.

Die Sonne brannte jetzt heiß vom Himmel, und sie war froh über den leichten Wind, der ihr die Schläfen kühlte. An schattigen Plätzen sah man noch die letzten Tautropfen auf den Blättern der Kaffeebäume; wenn ein Sonnenstrahl sie traf, funkelten sie in den bunten Farben des Regenbogens. Charlotte beschirmte die Augen mit der Hand und blickte über die sanft ansteigenden Anlagen, die sich bis hinauf zum Regenwald erstreckten. Auch das Land, das Max an die Dschagga hatte abgeben müssen, gehörte jetzt wieder zur Plantage, sie hatten es im Zuge der Strafexpeditionen gegen die Eingeborenen zurückerhalten. Früher hatte sie Max' Besitzerstolz ein wenig belächelt, jetzt verspürte sie selbst eine ungeheure Freude beim Anblick dieses Landes, das ihnen beiden gehörte und das eines Tages ihre Kinder erben würden. Die viereckigen Kaffeefelder glichen lichten Hainen, in denen sich die hellgrün und gelb gefärbten Bananenstauden mit dem dunkleren Grün der Kaffeebäumchen mischten, an einigen Stellen waren ihre Äste schon mit weißem Blütenschaum überzogen. Ein Stück weiter hinten reckten silbrig glänzende Agaven ihre dornenbewehrten Blätter steil zum Himmel – ein fremdartiger Zauberwald, Refugium für graue Echsen und schuppenbewehrte Drachen. Wie seltsam, dass gerade diese unschönen Pflanzen, die man nicht einmal essen konnte, ihr Auskommen sichern, vielleicht sogar künftigen Wohlstand bringen würden.

Sie ritt bis an den Rand der Pflanzung und stieg ab, um die Blätter näher zu betrachten. Obgleich sie die Agaven von allen Seiten sorgfältig untersuchte, fand sie zunächst nichts bis auf ein paar braune Außenblätter, die flach am Boden verdorrten und wohl im Mai der Feuchtigkeit zum Opfer gefallen waren.

»Schau, *bibi* Roden! *Uchawi,* der böse Zauberer, ein Geist, hat Zeichen gemacht auf Blätter!«

Da waren sie! Gelbliche und hellbraune Flecke, einige sehr klein, andere liefen auseinander und schienen sich miteinander zu vereinigen. Die Oberfläche des Blattes war an diesen Stellen trocken wie Leder und fühlte sich rau an.

»Ein Geist war das sicher nicht, Sadalla. Aber vielleicht irgendein Schädling. Schneide dieses Blatt ab, wir nehmen es mit.«

Vielleicht war es auch die Sonne im Verein mit den Tautropfen, die noch an den Blättern gehaftet hatten? Aber der Tau lief eigentlich sehr schnell von den fleischigen Blättern ab, und außerdem hatten sie seit der Regenzeit erst einen guten Monat lang Sonne gehabt. Charlotte seufzte. Sie hätten so glücklich sein können, sie liebten einander, sie hatten ein bezauberndes Töchterlein, das prächtig gedieh. Aber die Sorge um die Existenz schien nicht aufhören zu wollen.

Während sie zum Wohnhaus zurückritt, schalt sie sich schon eine Närrin und nahm sich vor, Max auf keinen Fall mit solchen vermutlich vollkommen unbegründeten Ängsten zu belasten. Wer sagte denn, dass diese gelben Flecke sich ausbreiten würden? Sie waren ja nur vereinzelt zu sehen und auch nur an den äußeren Blättern. Wahrscheinlich war das Ganze völlig unerheblich, der harten Faser im Inneren des Blattes konnten sie nichts anhaben.

Die Akazienallee war in der Sonne aufgeblüht und erschien aus der Ferne wie ein Reihe bauschiger, karminroter Wölkchen. Max würde sich bei seiner Rückkehr wie ein Schneekönig freuen, er liebte seine Akazien und hatte sie schon gepflanzt, bevor er daranging, das Wohnhaus des Arabers umzubauen.

Wohlgerüche verschiedenster Art umfingen sie, als sie die Stufen zum Vorbau hinaufstieg. Der Duft der Akazien war überwältigend, zart, voll wilder Süße, und zugleich strömte auch aus der Küche ein aufregendes Aroma von Zimt, Vanille und Muskatblüte. Der Koch hatte die Anweisung erhalten, während der Abwesenheit des *bwana* kein Fleisch zu braten, denn wenn Max mit dem Ehepaar von Bleiwitz zurückkehrte, würde noch so manches Schweinchen und Zicklein dran glauben müssen. Also wurden Samosas mit Gemüsefüllung serviert und dazu allerlei köstlich gewürzte Soßen, die der indische Koch immer auf andere Art und doch jedes Mal wundervoll zubereitete. Man hatte auch den Wohnraum wieder in Ordnung gebracht, wo Agnes heute früh einige fotografische Aufnahmen versucht hatte, die leider aus Mangel an Licht nichts geworden waren. Später hatte sie Charlotte und Max unter dem Vordach des Hauses aufnehmen wollen, doch Max war viel zu ungeduldig gewesen und davongelaufen, um die Träger zusammenzurufen. So hatte sie nur Charlotte fotografiert, die ihre Tochter Elisabeth auf dem Arm hielt, und außerdem mehrere Fotos von der Kleinen mit ihrer Kinderfrau Hamuna geschossen.

Den Rest des Tages verbrachte Charlotte in rastloser Tätigkeit. Sie hielt ihre Schulstunden ab, grub im Garten, spielte mit Elisabeth auf der Wiese, besah die Fortschritte am Bau des neuen Gästehauses, das auch als Wohnung für einen weißen Vorarbeiter dienen sollte, erstellte eine Liste der Dinge, die bei nächster Gelegenheit in Moshi eingekauft werden mussten, außerdem schrieb sie einen Brief an Klara und bat sie, in Daressalam Erkundigungen über die Erfahrungen der dortigen Agavenpflanzer einzuziehen. Am Abend fühlte sie sich zwar erschöpft, aber keineswegs müde, wie sie gehofft hatte, und sie begriff, dass sie nur deshalb so rastlos war, weil sie Max schon jetzt unendlich vermisste. Es war lächerlich, aber es ging ihr jedes Mal so, wenn er die Plantage für einige Tage verließ. Sie hatte es ihm einmal gestanden, wofür er sie leidenschaftlich umarmt und zugleich fürchterlich ausgelacht hatte. Er selbst schien unter der Trennung weniger zu leiden, angeblich fühle er sich ihr nah; ganz gleich, wo er sich befand, in seinen Gedanken sei er immer bei ihr.

Aus dem Badezimmer ertönten Geplantsche und Gejauchze – Hamuna badete Elisabeth, dann musste die Mama ein

Stück auf dem Klavier vorspielen, das die Kleine schweigend und mit großem Interesse anhörte. In ihr Bettchen wollte sie nicht, was Hamuna sehr wohl verstehen konnte, also durfte sie auf einer weichen Decke vor dem Kamin herumkrabbeln und schlief dort nach einer Weile ein.

Charlotte war ruhelos, saß in ihrem Zimmer am Schreibtisch und plante die kommenden Tage, an denen sie allerlei Arbeiten erledigen würde, die Max normalerweise störten. Die hölzernen Dielen mit rauen Steinen blank scheuern, die Vorhänge waschen, seine Jagdtrophäen von der Wand nehmen und entstauben. Sie zog ein Büchlein aus der Schublade hervor, in das sie seit Elisabeths Geburt täglich allerlei Begebenheiten eintrug und dem sie auch Zeichnungen von ihrer Tochter, eine Haarlocke und ein paar gepresste Blüten beigefügt hatte. Max wusste nichts davon, sie würde die Zeit nutzen, um die Buchdeckel hübsch mit buntem Stoff einzubinden, denn sie wollte ihm das Büchlein im November zum Geburtstag schenken. Die heutige Eintragung geriet nicht nach ihrem Gefallen, und sie ärgerte sich, dass sich ihre schlechte Stimmung auf die Seiten übertrug, die doch ein heiterer Rückblick auf das erste Jahr ihres Kindes sein sollten.

Hamuna trug die schlafende Elisabeth ins Bettchen und ging dann hinüber in ihre Unterkunft; auch Charlotte beschloss, schlafen zu gehen. Sie verriegelte die Türen, zog die Vorhänge zu und machte sich nachtfertig, wohl ahnend, dass sie nur schwer Schlaf finden würde. Draußen war es mondhell, Zikaden sangen ihr schrilles, eintöniges Lied, unten am Teich quakten die Frösche. Eine Weile jagte sie einigen lästigen Insekten nach, erwischte jedoch nur einen unschuldigen Nachtfalter, dann gab sie es auf und nahm sich die Deutsch-Ostafrikanische Zeitung vor, die vor einigen Tagen mit der Post gekommen war. Doch die Buchstaben schwammen vor ihren Augen, so dass sie das Blatt schließlich fortlegte und die Lampe löschte.

Sie spürte ihr Herz klopfen, hörte die raschen unruhigen Schläge im Kopfkissen, ganz gleich, ob sie auf der Seite oder auf dem Rücken lag. Als ihr die Augen endlich zufielen, sah sie einen Zug dunkler Gestalten, Menschen, Tiere und auch andere Wesen, die weder das eine noch das andere waren, einige trugen gezackte Flügel, andere hatten zarte Beinchen wie große Spinnen, die sie ruckartig in genau festgelegter Reihenfolge bewegten, immer eins nach dem anderen.

Später sagte man ihr, es sei unmöglich gewesen, die Reiter waren noch viel zu weit entfernt. Doch Charlotte war sich sicher, vom Schnauben eines Pferdes aufgewacht zu sein. Sie wusste nicht, weshalb sie schweißgebadet aus den Kissen fuhr und die Vorhänge aufriss, es gab keinen Grund dafür außer dem wilden, verzweifelten Flattern ihres Herzens. Es war früher Morgen, die Nebel, die den Berg verbargen, glühten rosig, eine Schar grauer Vögel erhob sich aus den Eukalyptusbäumen, als habe sie dort etwas aufgeschreckt.

Auf bloßen Füßen eilte sie zur Eingangstür, schob mit zitternden Händen den Riegel zurück und öffnete die Tür. Der Duft der Akazien schlug ihr entgegen, schwer und betäubend wie süßer Honig, die Blüten leuchteten hellrot, als stünde die Allee in Flammen. Am Ende des Weges warteten zwei Männer, die eine Last zwischen sich trugen, neben ihnen das Ehepaar von Bleiwitz.

Wie in Trance stieg Charlotte die Stufen hinab, zunächst langsam, setzte tastend Fuß vor Fuß, glaubte noch, einen bösen Traum zu erleben. Dann begann sie zu rennen, barfuß, mit aufgelöstem Haar, im flatternden, weißen Nachthemd.

»Wir haben gehofft, dass er es noch schafft«, hörte sie Alexander von Bleiwitz stammeln. »Er wollte auf seiner Plantage sterben.«

Max' Körper war unversehrt, nur sein Gesicht hatte einen harten Zug, den es im Leben niemals gehabt hatte.

»Eine schwarze Mamba. Lag im hohen Gras, er ist direkt auf sie getreten. Ich habe das Biest mit drei Schüssen erledigt, aber da war es schon zu spät …«

Sie hörte sich schreien, wild und fremd, es waren Töne, die noch nie zuvor aus ihrer Kehle gedrungen waren. Sie spürte das starre, schon erkaltete Gesicht ihres Mannes unter ihren tastenden Händen, küsste seine toten Lippen, fuhr mit den Fingern durch sein Haar. Als die Männer versuchten, sie von dem Toten zu trennen, schlug sie um sich wie eine Furie.

»Liebste, Sie dürfen sich nicht so gehen lassen«, sagte Frau von Bleiwitz. »Denken Sie doch an Ihr Kind.«

Teil V

April 1905

Charlotte trug die Lampe leise hinüber in ihr Zimmer und stellte sie auf dem Schreibtisch ab. Eine kleine Weile verharrte sie lauschend – aber außer dem Geräusch des Regens war nichts zu hören. Elisabeth war endlich eingeschlafen.

Heute war Lohntag auf der Plantage gewesen, den sie wegen des Regens unter dem Vordach abgehalten hatte. Es hatte unzufriedene Gesichter unter ihren Angestellten gegeben, und viele hatten sie um einen Vorschuss gebeten, um die neue Steuer zahlen zu können. Seit Anfang des Jahres waren die Abgaben von vier Rupien an die Kolonialregierung nicht mehr pro Hütte, sondern pro arbeitsfähigem Mann zu entrichten, und für manche Familien fielen die Steuern nun doppelt oder gar dreimal so hoch aus. Besonders schlimm war es für die Dschagga, denen inzwischen auch die Elefantenjagd verboten worden war.

Sie begann, die ausgezahlten Gelder zu addieren und ins Rechnungsbuch einzutragen, notierte dann einige Ausgaben für Reis, Kleiderstoffe und Konserven, die sie in Moshi gekauft hatte, dazu zwei Bücher für Elisabeth, Buntstifte und Papier. Kritisch sah sie noch einmal über die Zahlen, dann schloss sie das Buch und legte es zurück in die Schublade.

Wie jeden Abend fühlte sie sich erschöpft, zugleich aber viel zu unruhig, um schon zu Bett zu gehen. Eine kleine Weile starrte sie in den Lichtkreis der Lampe, sah den Insekten zu, die darin herumwirbelten, dann glitt ihr Blick an den gerahmten Fotografien vorüber. Max als Zwanzigjähriger in Brandenburg neben seinen Eltern, Max in einer Gruppe Großwildjäger, die sich mit einem erlegten Nashornbullen hatten ablichten lassen. Das letzte Bild von ihrem Mann war am Tag seines Todes aufgenommen worden. Im Vordergrund sah man Elisabeth, die auf Hamunas Schoß heftig gezappelt hatte und daher nur unscharf getroffen war. Max stand im Hintergrund, breitbeinig, die Arme in die Hüften gestemmt, hinter seiner rechten Schulter ragte der Gewehrlauf in die Luft, ein dünner, schwarzer Strich. Sein Gesicht war nicht zu erkennen, aber ganz sicher hatte er gegrinst.

Sie griff zu einem Schreiben, das vor zwei Wochen angekommen war, überflog es noch einmal und zog dann das Briefpapier aus der Schublade, um die Antwort zu verfassen.

Meine liebe Klara,
was für eine Nachricht! Und du hast so lange gezögert, mir dieses künftige, frohe Ereignis anzukündigen. Wie musst du gebangt haben, als sich Schwierigkeiten einstellten und du fürchten musstest, das Kind zu verlieren. Aber nun wird gewiss alles gut, ich bin sicher, dass sich euer sehnlichster Wunsch erfüllen wird.
Hier auf der Plantage nehmen die Dinge ihren gewohnten Lauf. Ich führe weiter, was Max aufgebaut hat, und habe darin meinen Frieden gefunden. Sein Herz hing so sehr an diesem Land, dass ich es niemals verlassen könnte, und oft, wenn ich vor schweren Entscheidungen stehe, spüre ich, dass Max mir nahe ist und mir den Weg zeigt. Wie unberechtigt meine Zweifel damals waren – es war der Sisal, der die Plantage gerettet hat. Max hat immer fest daran geglaubt, doch das Schicksal wollte nicht, dass er diese Freude noch erleben durfte.
Am späten Nachmittag sahen wir die Berggipfel in großer Klarheit und freuten uns über den majestätischen Anblick.

Nun, da ich diese Zeilen schreibe, geht ein heftiger Regenguss nieder, ich höre, wie die Tropfen aufs Dach trommeln. Morgen werde ich mit Elisabeth über die Wiese gehen, um die ersten Blumen zu pflücken. Sie hat sehr viel Freude daran, Sträuße und Kränze zu binden, die wir unter die Eukalyptusbäume auf Max' Grab legen. Wie bekümmert war ich oft als Kind, die Eltern und Jonny verloren zu haben, doch jetzt weiß ich, dass ich unendlich reich war, denn ich hatte noch meine Erinnerungen. Meine Tochter weiß nicht einmal mehr, wie ihr Vater aussah. Sie hat nichts als unsere Erzählungen, aber davon hat sie reichlich, denn sie ist nun schon sehr verständig und hört aufmerksam zu, wenn ich ihr von Max berichte.

Sag Peter, dass er sich über die seltsamen »Pilgerschaften« der Eingeborenen zum Rufiji-Fluss nicht aufregen muss. Es gibt viele »Zauberer« unter den Eingeborenen, ich selbst wurde einmal von einem Dschagga-Magier behandelt, und vielleicht verdanke ich seiner dawa *sogar mein Leben. Die Gerüchte um das Wunderwasser, das* maji-maji, *sind gewiss übertrieben; ich mag auch nicht glauben, dass es Gesundheit, Wohlstand und Regen bringt, wie hier behauptet wird, und schon gar nicht daran, dass es einen unverwundbar macht. Dennoch denke ich, dass dieses Festhalten am alten, afrikanischen Glauben für die Schwarzen immer noch besser ist als jener Zustand, in den schon viele von ihnen geraten sind: dass sie nämlich an gar nichts mehr glauben und weder Gesetz noch Regel kennen. Ich mache mir oft Gedanken um meinen armen Schammi, der nach Max' Tod vollkommen durcheinander war und davonlief. Ich habe bis heute nichts von ihm gehört und kann nur hoffen, dass es ihm gut geht. Er ist ja ein kluger Bursche und wird sich schon durchwinden.*

Der Brief ist lang geworden, liebe Klara. Elisabeth schläft

schon eine ganze Weile, ich soll dir aber ausrichten, dass sie sich über deine Bilder sehr gefreut hat. Sie hat so lange gequengelt, bis ich sie alle an der Wand des Schlafzimmers aufgehängt habe, damit sie sie beim Einschlafen betrachten kann. Ich lege zwei kleine Zeichnungen bei, die sie für »Tante Klara« angefertigt hat. Ich habe den Eindruck, sie schlägt in deine Richtung: Sie malt mit Begeisterung, so dass ich gar nicht genug Papier auftreiben kann. Vom Klavierspiel will sie jedoch nichts wissen.
Seid herzlich von mir umarmt, du und das Ungeborene und auch Peter, der nun bald ein glücklicher Vater sein wird.

Bis wir uns wiedersehen
deine Cousine Charlotte

Sie las den Brief noch einmal durch und war sehr unzufrieden. Weshalb schon wieder dieser melancholische Tonfall? Hatte sie nicht vorgehabt, Klara aufzuheitern, ihr Mut zu machen? Es musste an der späten Stunde liegen, an der Stille in dem sonst so lärmenden Haus, vielleicht auch an dem herabrauschenden Regen. Zu dieser Zeit überkam sie oft ein Gefühl der Einsamkeit, das sie tagsüber niemals empfand.

Einen Moment lang überlegte sie, ob sie das Blatt zerreißen und neu schreiben sollte, aber es war schon spät, und morgen würde der Briefträger kommen, dem sie die Post mitgeben wollte. Besser war wohl, erst einmal schlafen zu gehen und morgen früh, wenn sie in besserer Stimmung war, noch rasch ein paar fröhliche Sätze anzuhängen.

Der Regenguss war vorüber. Tröpfelnd und rieselnd rann das Wasser vom Dach herab und sammelte sich vor dem Haus in zwei Rinnen, die Max damals hatte graben lassen, um es durch die Wiese hinunter zum Teich zu leiten. Als sie die Vorhänge schließen wollte, entdeckte sie, dass in einem Fenster des Verwalterhäuschens noch Licht brannte, was ihr ein wenig über die Melancholie hinweghalf. Sie war nicht ganz allein, es gab auch andere, die zu dieser Stunde noch wach waren. Überhaupt war es albern, sich immer wieder solchen Stimmungen hinzugeben, sie hatte weiß Gott genug Gründe, zufrieden und dankbar zu sein. Zum Beispiel für die beiden jungen Deutschen drüben im Verwalterhäuschen, die seit vier Jahren auf der Plantage arbeiteten und sich als fleißige und verlässliche Menschen erwiesen hatten. Ihre Ankunft musste eine Fügung des Schicksals gewesen sein, hatte sie in dem schrecklichen Jahr, das auf Max' Tod folgte, doch kurz davor gestanden, alles hinzuwerfen. Der Sisal war voller gelber Flecke, die die Qualität minderten, ein Schädling ließ die Kaffeebeeren braun werden, so dass sie abgepflückt und verbrannt werden mussten. Das Schlimmste aber war, dass die schwarzen Arbeiter ihre Anweisungen nur zögernd und unwillig ausführten, sie waren Max' energische Art gewöhnt und wollten nicht glauben, dass eine *bibi* die Plantage führen könnte.

Lächelnd sah sie zu, wie drüben im Verwalterhaus die Tür geöffnet wurde. Die beiden Männer hatten einen Hund, den sie in der Nacht ins Haus holten. Jacob Götz und Wilhelm Guckes stammten aus der Gegend von Kassel und hatten in Usambara auf einer Kaffeeplantage gearbeitet, bevor sie zu ihr kamen. Dort hatte es angeblich Ärger mit dem Plantagenbesitzer, einem ehemaligen deutschen Offizier, gegeben, was Charlotte zuerst Anlass zu Misstrauen gab, das sich jedoch schon bald als unbegründet erwies. Jacob und Wilhelm akzeptierten sie von Anfang an als Herrin der Plantage, fügten sich ihren Anweisungen, und mit den schwarzen Arbeitern kamen sie gut zurecht. Die beiden waren unzertrennliche Freunde seit ihrer Kindheit, und wie es schien, dachte keiner von ihnen an eine Heirat, sie hatten an sich selbst genug. Das Verwalterhaus hatten sie mit viel Liebe ausgestattet, eigene Möbel gebaut und sogar Kissen genäht, auch schliefen sie ganz offensichtlich miteinander im selben Bett. Ganz so, wie sie es damals mit Klara gehalten hatte.

Klara! Sie zog rasch die Vorhänge zu und blickte wieder zweifelnd zum Schreibtisch hinüber. »Bis wir uns wiedersehen« hatte sie unter den Brief gesetzt. Was für eine dumme Floskel. Seit sieben Jahren waren sie nun voneinander getrennt, und die Hoffnung, sich wiederzusehen, war vor zwei Jahren noch weiter in die Ferne gerückt, als Peter die Order erhalten hatte, im Süden der Kolonie, in der Nähe von Kilwa Kivinje, eine neue Missionsstation ins Leben zu rufen. Der Süden war eine Gegend, die man bisher vernachlässigt hatte, nun aber wurde dort überall Baumwolle angebaut, und die Mission der eingeborenen Stämme hatte große Bedeutung bekommen. Peter Siegel und seine Frau Klara lebten inzwischen in einem angeblich »einfachen, aber wunderschönen« Missionshaus in Naliene, etwa neunzig Kilometer westlich der Küste gelegen. Klara hatte hübsche Bilder gezeichnet und oft von der fruchtbaren Landschaft und den freundlichen Eingeborenen geschwärmt, doch Charlotte wusste recht gut, dass Klara ihr nicht immer die ganze Wahrheit mitteilte. Ganz sicher war das Leben dort sehr mühselig für eine behinderte Frau, und dazu war sie nun schwanger geworden. Mit dreiunddreißig erwartete sie ihr erstes Kind, hatte sogar »Schwierigkeiten« gehabt, von denen sie im Einzelnen nichts berichtete. Großer Gott – ob es überhaupt jemanden gab, der ihr bei der Geburt zur Seite stehen konnte? Eine treue Seele wie Hamuna?

Sie ließ sich auf ihren Stuhl fallen, nahm sich den Brief noch einmal vor, grübelte und schob ihn dann wieder zur Seite. Nein, es war nicht möglich. Sie hatte um die Plantage Sorge zu tragen. Zu dieser Zeit würde man einen Teil der Agaven schneiden und verarbeiten. Sie hatte eine kleine Tochter, die sie brauchte. Ein Wirbelwind, die mit den schwarzen Kindern herumtobte, braun gebrannt mit zwei hellblonden

Zöpfchen, die sich ständig auflösten. Eine bezaubernde, widerspenstige Göre, die die Geduld ihrer Kinderfrau schamlos ausnutzte und dann wieder freigiebig all ihre Leckereien an die schwarzen Freunde und Freundinnen verteilte. Elisabeth war der wichtigste Mensch in Charlottes Leben, ihr einziges Kind, ihr Augenstern und Max' Vermächtnis an sie. In den bitteren Wochen nach seinem Tod war eine Nachricht aus Brandenburg eingetroffen. Max' Bruder und seine Schwägerin kondolierten ihr tief ergriffen zum Tod ihres Ehemannes und forderten Charlotte auf, die kleine Tochter auf ihr Gut in Brandenburg zu bringen. Das Kind sei immerhin eine von Roden, nach Max' Tod käme seinem Bruder die Vormundschaft zu. Man wünsche nicht, dass das Mädchen in Afrika wie eine Wilde aufwachse, es habe Anspruch auf eine standesgemäße Erziehung. Charlotte hatte den Brief zornig zerrissen und ins Feuer geworfen, und sie war sich vollkommen sicher, dass Max das Gleiche getan hätte. Nichts auf der Welt hätte sie dazu bringen können, ihr eigenes Kind, Max' Tochter, fortzugeben.

Weshalb sorgte sie sich überhaupt? Peter Siegel konnte Klara nach Kilwa bringen, dort gab es eine Station der Schutztruppe, also auch Ärzte, die ihr beistehen würden. Und außerdem war Peter Siegel bei all seinem religiösen Fanatismus doch ein zärtlicher Ehemann, hatte er nicht große Angst um Klara gehabt, als sie in der Inderstraße krank darniedergelegen hatte?

Entschlossen nahm sie die Lampe und ging hinüber ins Schlafzimmer. Seitdem sie dem Gitterbettchen entwachsen war, schlief Elisabeth neben ihr, dort, wo Max früher gelegen hatte. Beide waren sehr zufrieden damit, vor allem Elisabeth, die jetzt oft von Albträumen geplagt wurde und sich dann an die Mama kuscheln konnte. Doch auch Charlotte war froh, den ruhigen Atem ihres Kindes zu hören, wenn sie am Abend nicht einschlafen konnte und sich trüben Gedanken hingab. Jetzt lag die Fünfjährige zusammengekauert wie ein junges Kätzchen auf der Seite, das Gesichtchen rosig im Schlaf. Natürlich nuckelte sie wieder am Daumen und hatte noch dazu ein Zopfende in den Mund gesteckt. Charlotte kleidete sich aus und zog das Nachthemd über, dann beugte sie sich leise über ihre Tochter, zog ihr vorsichtig den Daumen aus dem Mund und legte den blonden Zopf nach hinten. Was für eine dumme Angewohnheit, morgen würde sie Hamuna einschärfen, Elisabeths Zöpfchen am Abend zusammenzubinden.

Als sie sich im Bett ausgestreckt und das Licht gelöscht hatte, wurde ihr bald klar, dass nicht einmal Elisabeths unbefangener Schlaf sie heute von ihren Sorgen abhalten konnte. Sie versuchte, ihren Gedanken eine andere Richtung zu geben, dachte an Marie, die vor einigen Monaten einen Brief mit einer hübschen Fotografie ihrer Kinder geschickt hatte. Der dreijährige Arthur saß auf einem hölzernen Schaukelpferd, neben ihm kniete die achtzehnjährige Berta, eine zarte junge Frau, herausgeputzt wie eine feine Dame. Dahinter stand Johannes, der inzwischen sechzehn war, dünn und hellblond, seine Augen blickten kritisch, fast feindselig in die Welt. Marie schien recht glücklich mit ihrem zweiten Ehemann zu sein, der – so schrieb sie – allen drei Kindern ein guter Vater sei und keine Unterschiede mache. Nur am Rande hatte sie erwähnt, dass George nach langer Abwesenheit wieder in London sesshaft geworden sei und in Whitechapel eine Arztpraxis eröffnet habe, sie pflege jedoch keinen Kontakt zu ihm. Charlotte kannte diesen Stadtteil nur, weil Marie ihn hin und wieder in ihren Briefen erwähnte. Wenn man ihr glauben konnte, dann gaben sich in Whitechapel Bettler und Kriminelle ein Stelldichein – es war gewiss eine ganz andere Gegend als die, in der die Praxis von Georges Vaters gelegen hatte. Ob George wohl wieder geheiratet und eine Familie gegründet hatte?

Seit seinem Besuch auf der Plantage hatte sie nie wieder etwas von ihm gehört, aber sie wünschte ihm sehr, dass er nach den langen Wanderjahren endlich zur Ruhe gekommen war.

Auch sie hatte ihren Frieden gefunden. Sie war jetzt fünfunddreißig Jahre alt und hatte in diesem Land zwei Ehemänner begraben. Den einen hatte sie bemitleidet und geglaubt, für ihn sorgen zu müssen; sein unseliges Ende hatte sie nicht verhindern können, es belastete sie immer noch. Den anderen aber hatte sie geliebt, und sie liebte ihn immer noch. Die drei kurzen Jahre an Max' Seite waren übervoll mit Glück gewesen, mehr, als vielen anderen Menschen in ihrem ganzen Leben beschieden war. Das Schicksal hatte ihr diese Zeit geschenkt, dafür war sie dankbar, mehr konnte und wollte sie nicht verlangen.

Sie hatte Menschen, die ihr nahestanden. Ihr Kind. Hamuna. Schammi, der fortgelaufen war. Einige Nachbarn, zu denen der Kontakt jedoch nicht allzu eng war. Natürlich die Familie in Leer, doch die war weit fort. Nicht nur räumlich, auch ihr Leben verlief in ganz anderen Bahnen, und oft war es schwer, einander zu verstehen. Sie hatte Klara …

Klara, ihre kleine Cousine. Hatte sie etwa vergessen, wie sehr sie sich während ihrer eigenen Schwangerschaft nach Klara gesehnt hatte? Ihre Cousine war allein mit ihrem Mann in einem primitiven, einsam gelegenen Missionshaus. Was, wenn Peter Siegel sie nicht rechtzeitig nach Kilwa brachte? Was, wenn Klara diese Geburt nicht überlebte?

Sie zündete die Lampe wieder an und ging auf Zehenspitzen hinüber zu ihrem Schreibtisch. Sorgfältig tauchte sie die Feder ein und schrieb ein Postskriptum.

Nein, du kannst mich nicht von meinem Vorhaben abbringen, versuche es erst gar nicht, denn ich bin fest entschlossen. Mitte Juli werde ich hier aufbrechen, das letzte Stück von

Mombo bis Tanga kann ich zum Glück mit der Usambara-Bahn fahren, und dann nehme ich den Küstendampfer bis Kilwa Kivinje. Für den Weg bis Naliene werde ich Maultiere mieten.
Sieben Jahre lang haben wir uns nicht gesehen, so viel ist inzwischen geschehen. Ich habe große Sehnsucht nach dir, meine Klara, und ich will an deiner Seite sein, wenn deine schwere Stunde naht, die doch zugleich die glücklichste deines Lebens sein wird.
Charlotte

Der Zug kam nach mehreren Stößen und unter dem ohrenbetäubenden Kreischen der Bremsen zum Stehen. Weißer Dampf zog über den Bahnsteig, nur schemenhaft erkannte man durch das Zugfenster die Form einer strohgedeckten Baracke, vor der sich eine Anzahl Eingeborener versammelt hatte.

»Tanga!«, rief der weiße Pflanzer vergnügt und schob sich den verrutschten Tropenhelm aus der Stirn. »In nur fünf Stunden – unsere Usambara-Bahn ist doch ein Segen.«

Charlotte stimmte ihm höflich zu, in Wirklichkeit war sie unsicher, ob sie sich seiner Begeisterung anschließen konnte.

Sie fühlte sich nach der Bahnfahrt von Mombo bis Tanga viel erschöpfter als nach einer ganzen Tagesreise entlang des Karawanenwegs auf dem Rücken ihres Maultieres. Vor allem die Enge im Waggon war lästig. Man saß aneinandergepresst auf den Holzbänken, die einen schliefen, die anderen gestikulierten und schwatzten, wieder andere aßen irgendwelche Früchte und warfen die Kerne über die Köpfe der Mitreisenden hinweg zum Fenster hinaus. Für die Pflanzer in Usambara war die Bahn allerdings ein großer Vorteil, denn der Transport ihrer Ernte kostete jetzt nur noch die Hälfte von dem, was sie an die eingeborenen Träger zahlen mussten.

Wie viel sich hier an der Küste verändert hatte! Wo früher noch Kokospalmen und Zuckerrohr angebaut worden waren, sah sie jetzt ausgedehnte Sisalplantagen. Auch Baumwolle wurde gepflanzt – wie man hörte, versprach sich die Kolonialregierung davon große Gewinne.

Du bist eine richtige Landpomeranze geworden, dachte sie, als sie aus dem Waggon stieg und gleich darauf hilflos im Geschiebe und Gedränge der Reisenden feststeckte. Pflanzer brüllten nach ihren schwarzen Angestellten, Eingeborene reichten Käfige mit gackernden Hühnern aus den Zugfenstern, Händler gebrauchten ihre Ellenbogen, um so rasch wie möglich zu den Lastenwaggons zu gelangen, in denen ihre Waren gelagert waren. Bevor sie Juma im Gewimmel erspähen konnte, der in der Klasse für Neger gereist war, war sie schon von afrikanischen Frauen und Kindern umlagert, die ihr mit viel Geschrei Gebäck und Früchte in flachen Körben zum Kauf anboten. Schließlich erwarb sie eine Mango und mehrere zusammengerollte Fladen, die mit Gemüse gefüllt waren. Wie rasch sich die Afrikaner doch an das Feuer und Rauch spuckende Ungetüm gewöhnt hatten. Waren sie früher in panischer Angst vor der Eisenbahn davongelaufen, so verschafften sie sich jetzt durch den Verkauf von Reiseproviant einen kleinen Nebenverdienst.

Juma, der Hasenfuß, war heute früh beim Anblick der Dampf schnaubenden Lokomotive in großen Schrecken geraten und hatte, so erzählte er ihr jetzt, die ganze Fahrt über dicht an der Waggontür gekauert, um im Notfall rasch hinausspringen zu können. In Mombo hatte sie Kapande und Makwetu mit den Mauleseln zurück auf die Plantage geschickt und nur Juma mit nach Tanga genommen, aber vielleicht hätte sie doch besser den ruhigen Kapande als ihren Begleiter wählen sollen.

»Viel gut«, meinte Juma, dem sie einen Fladen und die

Mango als Stärkung gereicht hatte. »Aber zu Hause ist *chakula* besser.«

»Ich dachte, du hast früher in Tanga gelebt, Juma.«

»Das war schlechte Leben. Immer nur schleppen Kisten auf Schiff.«

Sie gingen hinüber zu dem eindrucksvollen, weiß gestrichenen Bahnhofsgebäude, vor dem eine Gruppe schmuck uniformierter Askari herumstand und sie neugierig beäugte. Es war Ende Juli, die Wiesen und Grünanlagen um das Gebäude herum waren jetzt verdorrt, doch die Fahne des deutschen Kaiserreichs auf dem Dach flatterte munter im Südostwind. Charlotte atmete seit langer Zeit wieder den salzigen, faden Geruch des Meeres, und die Empfindungen, die nun in ihr aufstiegen, verwirrten sie. Noch immer schien der Atem des Ozeans ihr von geheimnisvoller Ferne zu künden, von lockenden Traumbildern, die dort hinter dem Horizont auf den Wellen trieben wie verzauberte, schlafende Inseln. Sie musste lächeln, denn die Zeit der Hoffnungen und Sehnsüchte war für sie vorüber. Sie war kein junges Ding mehr, trug das Haar straff nach hinten gekämmt und fest aufgesteckt, die ersten Fältchen zeigten sich in der zarten Haut um ihre Augen. Der Duft des Meeres rief höchstens ein wenig Heimweh nach der kleinen Stadt in Ostfriesland in ihr hervor, und auch das war unnütz, denn der Weg dorthin war ihr abgeschnitten.

Die beiden deutschen Beamten im Bahnhofsgebäude zeigten sich freundlich und waren sehr bemüht, ihr weiterzuhelfen.

»Das Postamt? Im Zentrum, Sie müssen nur geradeaus zur Bucht hinuntergehen, dann sehen Sie schon die Fahne. Der Küstendampfer? Gegen drei Uhr an der Anlegestelle. So, Sie wollen also nach Kilwa reisen? Nach Kilwa Kivinje? Wenn Sie mir die Bemerkung gestatten – eine so hübsche, junge Dame sollte hierzulande nicht ohne Begleitung unterwegs sein.«

»Danke für die Auskünfte. Ich wünsche einen angenehmen Tag.«

Der Wind wirbelte rötliche Staubwolken empor, so dass sie die Augen zusammenkneifen mussten. Indische Händler mit beladenen Maultierkarren kamen ihnen entgegen, auch viele Eingeborene, die sich im Usambara-Gebirge als Arbeiter verdingen wollten. Ein Araber starrte sie mit blitzenden, schwarzen Augen an, und sie musste ihm und seinen beiden schwarzen Trägern ausweichen, da die Gruppe geradewegs auf sie zuhielt. Er schien kein Händler zu sein, sondern einer jener Akiden, die die deutsche Kolonialregierung inzwischen überall als Dorfvorsteher und Distriktverwalter eingesetzt hatte. Charlotte wusste, dass diese Leute bei den Schwarzen verhasst waren, denn sie kassierten unerbittlich die neue Kopfsteuer ein.

Der Weg führte an den strohgedeckten Baracken der Eingeborenen vorüber durch vertrocknete Gärten und verwildertes Gelände, bald jedoch verbreiterte er sich zur Straße, war von einzelnen Häusern und Läden gesäumt, und zwischen Palmen und Akazien erblickten sie die protzigen Gebäude der Kolonialherren. Blaugrün wie ein kostbarer Smaragd schimmerte dahinter die Bucht von Tanga.

Charlotte hatte es eilig, das Postamt zu erreichen. Es war eine Angelegenheit, die sie gern erledigt haben wollte, und sie hoffte, das neue Wunderwerk des Fernsprechers, das inzwischen fast alle größeren Küstenstädte miteinander verband, würde ihr dabei gute Dienste leisten. Am Tag vor ihrer Abreise hatte der Briefträger die Post gebracht, darunter einen Brief aus Daressalam, und sie erkannte zu ihrer allergrößten Überraschung Georges Handschrift. Tatsächlich arbeitete George Johanssen seit einigen Wochen wieder in der Klinik für Einheimische in Daressalam und fragte an, ob er im kommenden Monat auf ihrer Plantage Station machen dürfe. Er wollte den bekannten Arzt Robert Koch aufsuchen, der in Amani im Usambara-Gebirge nach dem Erreger der Schlafkrankheit forschte, danach plante er zu den Meru-Bergen zu reisen, um die Eingeborenen gegen Typhus zu impfen.

Er war also doch nicht zur Ruhe gekommen, hatte seine gerade erst gegründete Praxis in London wieder aufgegeben, um in der alten Rastlosigkeit in die Ferne zu ziehen. Weshalb aber ausgerechnet Daressalam? George schien erst vor Kurzem erfahren zu haben, dass Max nicht mehr lebte, denn zu Beginn seines Briefes fand er eindringliche Worte, um sein Mitgefühl auszudrücken. Er war ein gewandter Schreiber, das wusste sie seit Langem, aber in diesem Fall hatte er sein Ziel nicht erreicht. Sie empfand seine Trauer um Max als halbherzig und den geplanten Besuch als sehr unpassend. Sie würde ihm per Fernsprecher kurz und bündig erklären, dass er und seine Freunde ihrer Plantage gern einen Besuch abstatten könnten, sie selbst jedoch nicht dort sein würde.

Sie hatte noch nie in ihrem Leben ein Ferngespräch geführt. Der Fernsprecher bei der Post in Leer, ein unförmiger Holzkasten, war zwar für jeden zugänglich, aber solch überflüssige Geldausgaben waren im Etat der Familie Dirksen nicht vorgesehen. Schließlich war man früher auch ohne neumodisches Zeug wie dieses ausgekommen.

Ein Postbeamter nahm sich ihrer an und führte sie zu zwei an der Wand aufgehängten Holzkästchen, unter denen ein Brett zum Auflegen von Papieren oder Büchern angebracht war. Eine junge Afrikanerin stand dort, das schlafende Kind auf den Rücken gebunden, und schwatzte eifrig in den Hörer hinein.

»Ein Gespräch zum Krankenhaus für Einheimische in Daressalam?«, fragte der Beamte, schmunzelnd ob ihrer Ahnungslosigkeit. »Ich werde Sie anmelden.«

Unfassbar, dachte sie. Diese junge Schwarze benutzt den Fernsprecher vollkommen unbefangen, sie lacht und redet, als stünde der Gesprächspartner ihr direkt gegenüber. Und ich komme daher wie ein ahnungsloses, dummes Schaf.

Sie musste warten, ging währenddessen ruhelos auf und ab und sorgte sich, dass George vielleicht schon zu den Meru-Bergen aufgebrochen war. Vielleicht hatte er auch mit seinen Patienten zu tun und keine Zeit, einen Anruf entgegenzunehmen. Weshalb hatte sie nicht ihren Namen genannt? Ach, sie hatte sich das alles so einfach vorgestellt, jetzt würde es wahrscheinlich gar nicht klappen.

Juma schien diesem Wunder der Technik vollkommen gleichgültig zu begegnen. Er hatte Charlottes Reisegepäck am Boden abgestellt und sich daneben niedergelassen, um die Ereignisse in aller Ruhe abzuwarten. Dabei döste er vor sich hin, wahrscheinlich war er todmüde nach der aufregenden Reise mit der Dampf spuckenden Feuermaschine.

»Nehmen Sie bitte den Hörer ab – Ihr Gespräch ist da!«

Sie stürzte zu dem freien Telefonkasten und stieß vor Aufregung fast mit der jungen Afrikanerin zusammen, die ihr Gespräch gerade beendet hatte. Der Hörer glich einer runden Blechdose, die durch eine Schnur mit dem Holzkasten an der Wand verbunden war.

Sie vernahm ein Rauschen, dann knackte es zweimal, eine seltsam krächzende Stimme sagte etwas, das sie nicht verstehen konnte.

»Wer ist dort?«, fragte sie unsicher.

»Hier ist Dr. Johanssen. Wen wollten Sie sprechen?«

Es war George. Wie fremd sich seine Stimme anhörte. Nicht nur flach und gepresst, sie klang auch abweisend.

»George! Ich bin es, Charlotte. Ich … ich bin in Tanga.«

Eine winzige Pause entstand, und sie fürchtete schon, die Verbindung sei abgerissen.

»Charlotte? Das ist ja kaum zu glauben! Sei mir herzlich gegrüßt.«

Es klang zwar immer noch ungewohnt, aber sie spürte, dass sich seine Sprechweise verändert hatte. Ja, das war George, seine gewinnende Art oder vielmehr der Charme, mit dem er weiblichen Wesen gern begegnete. Verwirrt stellte sie fest, dass plötzlich die Erinnerung an den Plytenberg in ihr aufstieg. Mein Gott – wie lange war das her!

»Ich wollte dir nur mitteilen … ich werde einige Wochen nicht auf der Plantage sein … eine Sache, die sich nicht verschieben lässt … leider … ich bin unterwegs …«

Wieso redete sie ein derart unzusammenhängendes Zeug? Es musste an diesem Holzkasten liegen, der sie von der Wand herab durch sein metallgefasstes, rundes Auge anglotzte.

»Charlotte«, sagte Georges verzerrte Stimme. »Ich weiß kaum, was ich sagen soll. Ich habe erst hier in Daressalam vom Tod deines Mannes erfahren. Zuerst wollte ich es kaum glauben. Max war ein ehrlicher und aufrichtiger Mensch, ich habe ihn geachtet, und es gibt nicht viele, von denen ich das sagen könnte. Es tut mir unendlich leid um euch beide …«

Es knackte und knirschte in der Leitung, so dass sie den blechernen Hörer dicht an ihr Ohr pressen musste, um seine Worte zu verstehen.

»Danke für dein Mitgefühl …«

»Es ist mir sehr ernst, Charlotte. Ich habe dir früher einmal etwas von dem Glück erzählt, das man fassen sollte, bevor es vorübergeht. Aber wie es scheint, ist dieses Himmelsgeschenk eine flüchtige Angelegenheit und will sich nur selten auf Dauer bei uns niederlassen. Ich weiß, dass diese Worte dich wenig trösten werden, aber ich fürchte, für den Verlust, den du erlitten hast, kann es kaum einen wirklichen Trost geben. Alles, was ich dir anbieten kann, ist meine Freundschaft. Wir kennen uns doch schon so lange, Charlotte, wir sollten einander nicht ganz aus den Augen verlieren …«

Sie war bewegt und schämte sich plötzlich, ihn so falsch eingeschätzt zu haben. Sie hätte ihm gern gesagt, wie dankbar sie für dieses Angebot war, wie sehr auch Max ihn gemocht hatte, doch sie brachte kein Wort über die Lippen. Wie offenherzig George sich über dieses technische Wunderwerk mitteilte, er redete einfach so, als stünden sie einander Auge in Auge gegenüber. Ihr selbst dagegen war es unmöglich, diesem Holzkasten ihre Gefühle anzuvertrauen.

Ihr Schweigen musste ihn verunsichert haben, denn er sprach jetzt rasch von anderen Dingen.

»Wirst du dich länger in Tanga aufhalten?«

»Ich reise heute noch weiter nach Kilwa Kivinje.«

»In den Süden? Willst du etwa deine Cousine Klara in Naliene besuchen?«

Das wusste er also auch. Er musste im Missionshaus in Daressalam nachgefragt haben.

»Ja. Sie erwartet ein Kind.«

»Klara ist schwanger? Das freut mich, ich glaube, sie hatte es sich sehnlichst gewünscht. Wann wird es so weit sein?«

»In zwei Wochen vielleicht. Oder auch früher …«

Hinter ihrem Rücken vernahm sie jetzt Männerstimmen, und als sie sich umwandte, stellte sie fest, dass zwei Askari auf ein Gespräch warteten. Es machte sie nervös.

»Ihr solltet Klara wohl besser nach Kilwa bringen«, fuhr George fort. »Bei den Schutztruppen gibt es einen Arzt.«

»Das haben wir vor …«

»Wenn es mir möglich wäre, würde ich zu euch hinunterkommen. Aber wir haben einige Fälle von Typhus, um die ich mich kümmern muss. Ich wünsche dir eine gute Reise. Ruf mich von Kilwa aus an, sobald es Neuigkeiten gibt. Ich freue mich, von euch zu hören. Und … lass uns in Verbindung bleiben …«

»Gern …«

Sie wartete noch einen Moment und lauschte in die runde

Dose hinein, doch sie vernahm nur ein lautes Knacken, dann war die Leitung tot. Er musste den Hörer eingehängt haben.

Er ist einsam, dachte sie mitleidig. Er zieht von Ort zu Ort und hat gewiss viele Bekannte, aber offenbar keinen einzigen Freund. Wie schade, dass er nicht nach Kilwa fahren kann. George ist ein guter Arzt.

Zwei Stunden später saß sie im Küstendampfer neben ihrem Koffer und sah zu, wie eine junge Afrikanerin ihren Säugling stillte. Sie schob einfach das bunte Tuch, das sie um ihren Körper gewickelt hatte, ein wenig zur Seite und reichte dem Kleinen die Brust. Charlotte lehnte den Kopf gegen die Reling und dachte voller Sehnsucht an ihre kleine Tochter, von der sie sich immer weiter entfernte. Elisabeth war in guter Hut, beruhigte sie sich. Ein paar Wochen nur, dann würden sie sich wiedersehen …

In der Mitte des Schiffsdecks hockten einige schwarze Arbeiter eng aneinandergedrängt zusammen, von drei bewaffneten Askari bewacht. Es war ein trauriger Anblick: Die armen Kerle waren in zerfetzte Lumpen gewickelt, keiner von ihnen besaß ein Hemd. Vermutlich hatten sie die Steuer nicht zahlen können und mussten sie nun im Süden auf den Baumwollfeldern abarbeiten.

»*Maji-maji*«, sagte jemand mit halblauter Stimme. »Kolelo macht uns alle zu *askari ya mungu. Maji-dawa* wird *uchawi* besiegen.«

Aha, dachte Charlotte, der Schlangengott Kolelo machte diese armseligen Gestalten zu Kriegern des *mungu,* des Weltenschöpfers. Der Zauber des *maji* würde das Böse besiegen und alles wieder in Ordnung bringen. Doch was für ein *maji* war gemeint?

Maji, das bedeutete Wasser. Meinten sie das Zauberwasser vom Rufiji-Fluss? Angeblich sollte das auch zu einer glücklichen Geburt verhelfen. Nun, Peter Siegel durfte sie damit wohl nicht kommen – als evangelischem Christen war ihm schon das katholische Weihwasser ein Gräuel.

Graue Wolken zogen sich über Kilwa Kivinje zusammen, als der Küstendampfer im Hafen festmachte. Charlotte stand fröstelnd an der Reling und hielt mit einer Hand den Tropenhelm fest, der ihr sonst vom Kopf geweht worden wäre. Wie trübsinnig diese eigentlich doch reizvolle Landschaft auf sie wirkte. Vielleicht lag es an dem aufkommenden Gewitter – eine Seltenheit in der Trockenphase –, vielleicht auch an ihrer Müdigkeit, denn sie hatte zwei Nächte auf dem Schiff verbracht, ohne rechten Schlaf zu finden. Weder der palmenbestandene Strand noch die weiße Festung der deutschen Schutztruppe mit den vorgelagerten Häusern und Hafenanlagen konnten ihr Begeisterung abringen, auch die schwach begrünten, flachen Hügelketten im Hintergrund ließen sie gleichgültig. Sie spürte eine unerklärliche Abneigung gegen diesen Landstrich und sehnte sich zurück aufs Meer, wo spielende Delphine das Schiff so anmutig begleitet hatten.

Während über ihnen schon die ersten Blitze aufzuckten, wurden die schwarzen Arbeiter von ihren Bewachern mit eisernen Fesseln aneinandergekettet und im Gänsemarsch über den Landungssteg getrieben. Charlotte hatte zwar früher in Daressalam häufig solche unangenehmen Bilder vor Augen gehabt, heute jedoch trugen sie weiter zu ihrer trüben Stimmung bei. Auch Juma starrte beklommen auf die Gefangenen und schien sehr froh zu sein, dass ihm selbst ein besseres Schicksal beschieden war.

Das Bezirksamt war nicht besetzt, doch sie schafften es gerade noch, trockenen Fußes die Festung zu erreichen, wo man sie ohne weitere Fragen einließ. Kaum waren sie über den Innenhof zum Hauptgebäude gelaufen, da krachten über ihnen die Donnerschläge, und der Regen klatschte wie aus Eimern auf den roten Staub.

Es stellte sich heraus, dass nur wenige weiße Offiziere in der Festung anwesend waren, dafür aber der Bezirksamtmann und Stabsarzt Dr. Lott. Charlotte atmete erleichtert auf – ein Arzt war auf jeden Fall zur Stelle.

»Sie bringen Regen mit«, bemerkte Dr. Lott heiter, als er sie in seinem Dienstzimmer begrüßte. »Das ist ein gutes Omen, Frau von Roden. Seien Sie uns herzlich willkommen.«

Er war ein blonder Mensch mit rötlichem Schnauzbart, der wegen seiner hellen Haut stets mit Sonnenbränden zu kämpfen hatte. Auch jetzt waren Kinn und die Umgebung des Adamsapfels entzündet. Seine etwas ruppige Fröhlichkeit erinnerte Charlotte an Dr. Brooker.

»Ich bin zu einem Besuch bei meiner Cousine Klara Siegel in der Missionsstation Naliene unterwegs. Sie erwartet in den kommenden Tagen ein Kind. Ist sie vielleicht gar schon in Kilwa?«

»Bedaure, Frau von Roden. Eine Entbindung hatten wir hier schon lange nicht mehr. Dafür kann ich Ihnen aber heute Abend einen leibhaftigen Bischof präsentieren. Keine Sorge – er wird Sie nicht beißen, selbst wenn Sie Protestantin sind ...«

Er bemühte sich, ihr den Hof zu machen, erzählte, dass dieser Posten in Kilwa reichlich eintönig sei, die Gegend sei lange vernachlässigt worden, erst in letzter Zeit würden Truppenstationen und Polizeiposten ausgebaut. Dabei sei die Landschaft nicht übel, drüben in den Bergen gewiss auch fruchtbar, sicher nicht mit dem Usambara-Gebirge oder dem Kilimandscharo zu vergleichen, aber immerhin. Schließlich versicherte er ihr, dass er ihren Mut bewundere – es sei immer noch eine kleine Sensation, wenn eine weiße Frau ganz allein durch die Kolonie reise. Charlotte lächelte höflich zu seinem Geschwätz. Er war ein wenig lästig, aber im Grunde ein anständiger Bursche, und wie die meisten jungen deutschen Offiziere hatte er lange keine weiße Frau mehr gesehen.

»Meine Güte! Ich rede Ihnen die Ohren voll. Mtusi – zeig Frau von Roden die Gästezimmer!«

Das Abendessen wurde in der Offiziersmesse eingenommen, einem recht karg eingerichteten Raum mit hell gestrichenen Wänden, einem klobigen Schrank aus dunklem Holz und einer langen, weiß gedeckten Tafel. Gerahmte Fotografien ergänzten die Ausstattung: ein Bild der Lüneburger Heide, ein Foto des Reichspostdampfers *Bürgermeister* und das übliche Bild von Kaiser Wilhelm II. Es waren außer Dr. Lott nur zwei junge Feldwebel und der Funker erschienen, ein Unteroffizier lag krank darnieder und ließ sich entschuldigen, dafür aber saßen drei geistliche Herren mit am Tisch.

»Seine Exzellenz, Bischof Cassian Spiß – Frau von Roden aus der Kilimandscharo-Region.«

Charlotte hatte zuerst geglaubt, die Ankündigung eines leibhaftigen Bischofs sei als Scherz zu verstehen gewesen, jetzt wurde sie eines Besseren belehrt. Bischof Cassian hatte zum Glück nichts von jenen wohlgenährten Prälaten, über die ihr Großvater früher gern gespottet hatte. Er war eher schmal, das dunkle Haar war an der Stirn gelichtet, und er trug das Habit der Benediktiner in Weiß, wie es in Afrika üblich war. Das Bischofskreuz auf seiner Brust war keineswegs mit Diamanten besetzt, sondern aus schlichtem Metall. Seine beiden Begleiter waren Laienbrüder und grau gewandet, sie erschienen ihr von Statur und Gesichtszügen her jedoch handfester und wurden ihr als Andreas Scholzen und Gabriel Sonntag vorgestellt.

Charlottes anfängliche Befangenheit schwand rasch, denn der schwarzbärtige Bischof erwies sich als leutselig, und es störte ihn wenig, dass sie sich gleich als Protestantin und Enkelin eines Superintendenten zu erkennen gab.

»Ihr Schwager hat also eine evangelische Missionsstation

bei Naliene aufgebaut – das ist große Anerkennung wert. Ja, wir von der päpstlichen Fraktion müssen uns anstrengen, damit wir nicht von den Protestanten überrundet werden. Aber im Grunde sind wir doch alle Botschafter des einen christlichen Glaubens …«

Er stammte aus dem Süden, wie man an seiner Aussprache hören konnte; als sie ihn unbefangen fragte, ob er aus dem Bayrischen käme, widersprach er heftig: Er sei Tiroler.

Dr. Lott begann sofort das Lied von den lustigen Tirolern anzustimmen, und da die schwarzen Angestellten zum Essen auch Bier und Whisky serviert hatten, fielen die Offziere begeistert ein. Der Bischof ließ ihnen ihren Spaß, fügte aber hinzu, dass man in seiner Heimat keineswegs lustiger als anderswo sei und dass so mancher Bergbauer dort ein hartes Leben führe. Charlotte überlegte, ob er vielleicht gar selbst der Sohn eines solchen Bauern war, einer jener begabten Knaben, denen die katholische Kirche eine Ausbildung zum Priester ermöglichte. Trotz seines fast asketisch wirkenden Äußeren schien er ausdauernd und von robuster Gesundheit zu sein, das Fieber, das fast jeden Europäer in Afrika befiel, hatte ihm bisher nichts anhaben können.

»Wenn ich auch einmal raten darf«, wandte er sich schmunzelnd an sie. »Könnte es sein, dass Sie Ihre Kindheit im schönen Ostfriesland verbracht haben?«

»Hört man das so deutlich?«

»Ein wenig«, erwiderte er zurückhaltend. »Nur wenn man ein Ohr für Dialekte hat.«

Er hatte schon vor sieben Jahren in der Nähe von Songea eine Missionsstation gegründet und eine Kirche erbaut. Dort hatte er auch die Sprachen der Einheimischen erlernt und ihre Grammatik verfasst. Die der Wangoni, die aus Südafrika eingewandert waren, und die der Kigoni, der ursprünglichen Bewohner der Gegend um Songea.

»Es ist ein vielverbreiteter Irrtum, wenn man glaubt, die Sprachen der Eingeborenen seien arm – ich habe festgestellt, dass sie unendlich viele Sachverhalte und auch Gemütszustände ausdrücken können, für die es im Deutschen manchmal gar kein Adäquat gibt. Aber dieses Wissen erschließt sich dem Europäer nicht, weil er sich keine Mühe macht, diese Sprachen zu erlernen, und weil er die Denkweise der Afrikaner nicht begreifen kann …«

Was für ein Wunder – er hatte vor Jahren die Schriften von Heinrich Barth gelesen, den er hoch schätzte. Allerdings diente sein eigenes Interesse an den afrikanischen Sprachen nur einem einzigen Zweck: »Wer auszieht, die Eingeborenen eines fremden Landes zum christlichen Glauben zu führen, der muss verstehen, was in ihren Köpfen vor sich geht, und mit ihren eigenen Worten zu ihnen reden können. Nur so und nicht anders kann Gottes heilige Botschaft in ihren Herzen Wurzeln schlagen …«

»Dann ist Ihre Gemeinde am Njassa-See wohl sehr groß?«

Er strich sich ein wenig verlegen über den schwarzen Kinnbart, seinem Lächeln war jedoch der Stolz auf den Erfolg abzulesen.

»Wenn wir in einigen Wochen in Peramiho ankommen, hoffe ich, dort bereits weitere bekehrte Heidenkinder anzutreffen. Unsere Arbeit ist mühsam und voller Rückschläge, aber dennoch sieht Gott der Herr mit Wohlgefallen auf unser Werk, Frau von Roden …«

»Seine Exzellenz wartet noch auf zwei junge Damen, ohne die er nicht weiterreisen mag«, stichelte Dr. Lott, der ordentlich gebechert hatte und sich darüber ärgerte, dass die junge Frau von Roden nur noch Augen für den Bischof hatte.

»Das ist richtig. In den nächsten Tagen werden zwei Missionsbenediktinerinnen aus Tutzing mit dem Küstendampfer hier eintreffen. Wir werden dann alle gemeinsam den langen Fußweg über Liwale bis hinüber nach Peramiho gehen …«

Das war die von ihm gegründete Gemeinde bei Songea – gut vierhundert Kilometer westlich von Kilwa, in der Nähe des Njassa-Sees.

»Na, hoffentlich sind die Damen gut zu Fuß!«, witzelte einer der beiden Feldwebel.

Charlotte bedauerte, dass sie sich der Gruppe nicht anschließen konnte, doch Naliene lag weiter nördlich, und außerdem wollte sie schon am nächsten Morgen aufbrechen, um ja keine Zeit zu verlieren.

»Darf ich Ihnen meinen Segen mit auf den Weg geben – auch wenn Sie die Enkelin eines Superintendenten sind?«, fragte der Bischof aus Tirol, als sie sich nach Stunden voneinander verabschiedeten. Seine Augen blickten sie dabei sehr ernsthaft an, und doch war sie fast sicher, dass der dunkle Vollbart einen heiteren Zug um seine Mundwinkel versteckte.

»Ich bitte Sie darum, Eure Exzellenz …«

Am folgenden Morgen hatte sie beim Frühstück einen harten Kampf mit Dr. Lott zu bestehen, der sie unbedingt in Kilwa zurückhalten wollte.

»Wozu wollen Sie drei Tage lang durch die Wildnis ziehen, um dann doch wieder hierher zurückzukehren? Bleiben Sie hier bei uns, bis Ihr Schwager und die Cousine eintreffen – so ist es doch beschlossen, oder nicht?«

»Ich bin nicht ganz sicher, Doktor. Möglicherweise ist das Kind schon geboren. Oder es lässt sich noch ein bis zwei Wochen Zeit …«

»Ich sehe schon«, knurrte er. »Sie langweilen sich hier bei uns. Nun, ich kann es Ihnen nicht verdenken. Nur Neger, Inder und Baumwolle, die in Bündeln auf die Schiffe verladen wird. Mit aufregenden Ereignissen und großen Heldentaten können wir nicht dienen, da müssen Sie sich an den Herrn Bischof halten …«

»Aber nein, ich fühle mich bei Ihnen herzlich aufgenommen. Aber ich habe meine Cousine sieben Jahre lang nicht gesehen und kann es kaum erwarten, sie wieder in die Arme zu schließen.«

Endlich hörte er auf, sie zu bedrängen, und bedauerte nur, sie nicht begleiten zu können. Er gab Charlotte vier Maultiere und zwei schwarze Begleiter mit auf den Weg. Beim Abschied hielt er seinen Tropenhelm mit dem Arm gegen die Brust gepresst und drückte ihr lange die Hand.

»In diesem Land kann ein Mann auf drei verschiedene Arten vor die Hunde gehen«, sagte er verdrießlich. »Die einen rafft das Fieber dahin, die anderen der Alkohol. Aber die übelste Art zu krepieren ist die Langeweile.«

Er lachte laut über seinen Witz, doch Charlotte sah ihm an, dass ihm im Grunde nicht zum Scherzen zumute war.

Je weiter sie ins Landesinnere ritten, desto drückender wurde die Hitze, denn es fehlte der kühle Küstenwind. Der Weg führte sacht bergan durch lichte Wälder und Steppengebiete, die wenigen Flussläufe, die ihnen zu Gesicht kamen, waren nahezu ausgetrocknet, nur in der Mitte des leeren Flussbettes suchte sich ein schlammiges Rinnsal seinen Weg zum Meer. Häufig begegneten ihnen kleine Gruppen von Trägern, die unter der Führung eines weißen Vorarbeiters schwere Warenballen auf ihren Schultern zur Küste schleppten. Baumwollpflanzungen dehnten sich zu beiden Seiten des Weges aus, darauf wuchsen halbhohe, dürre Büsche von grauer Farbe, auf denen die geöffneten Samenkapseln wie weiße Flöckchen hafteten. Zwischen dem Gestrüpp sah sie die Pflücker mit ihren Körben voller flauschiger, weißer Fasern. An einigen Stellen hatte man die Baumwolle auf großen Tüchern zum Trocknen ausgebreitet, viereckigen Schneefeldern gleich, in denen schwarze Frauen umherliefen, um die zarte wolkige Pracht zu wenden.

Charlotte verspürte eine seltsame Spannung, ein tiefes Unbehagen, dessen Grund sie erst begriff, als Juma ihn aussprach.

»Nichts reden, *bibi* Roden. Auch kein Gesang. Nicht wie bei uns, wenn Kaffee pflücken.«

»Du hast recht, Juma. Das ist seltsam.«

Verhielten sich die Baumwollpflücker so still, weil überall Aufseher mit Stöcken und Nilpferdpeitschen herumstanden? Sie waren ebenfalls Schwarze, aber ähnlich wie die Askari stammten sie vermutlich nicht aus der Gegend und wurden für ihre Arbeit gut bezahlt. Was hätte Max wohl dazu gesagt? Er war immer der festen Meinung gewesen, dass ein Pflanzer seine Angestellten zwar mit fester Hand regieren sollte, doch sie mit der Peitsche zur Arbeit zu zwingen, wäre für ihn ein Ding der Unmöglichkeit gewesen. Schließlich war man aufeinander angewiesen.

In den Nächten, die sie auf einem Lagerplatz unter freiem Himmel verbrachten, gewann sie den Eindruck, als sei das Schweigen auch auf ihre schwarzen Begleiter übergegangen. Sie hatten ein notdürftiges Zelt für die weiße *bibi* aus Stöcken und Tüchern errichtet, die drei Schwarzen schliefen auf ihren Bastmatten, doch die sonst üblichen, leisen Gespräche vor dem Einschlafen blieben aus. Juma lagerte vor dem Zelt seiner Herrin, die beiden anderen schliefen ein Stück davon entfernt, auf der gegenüberliegenden Seite der Feuerstelle.

»Weshalb redet ihr nicht miteinander, Juma?«

»Wollen nicht reden mit Juma. Nur schnell mit Maultieren wieder zurückreiten. Zur Küste. Viel Angst.«

»Angst? Wovor?«

»Nicht wissen. Nicht sagen.«

Es hob ihre gedrückte Stimmung keineswegs, auch wenn sie sich sagte, dass gewiss irgendein afrikanischer Geisterglaube hinter solchen Ängsten stehen musste. Einen wirklichen Grund dafür konnte sie nicht herausfinden. Die Nächte waren ruhig, und in den größeren Dörfern gab es deutsche Polizeistationen.

Am Nachmittag des dritten Reisetages erreichten sie endlich das Missionshaus, das Peter Siegel einige Kilometer von dem Ort Saliene entfernt im Busch errichtet hatte. Charlotte kannte es schon aus Klaras Zeichnungen, es war nicht viel mehr als ein lang gezogener Bau aus Zweigen und Lehm, mit Stroh gedeckt und von ein paar kleinen Nebengebäuden umgeben. Und doch erschien ihr die Missionsanlage wie eine grüne Oase der Hoffnung. Ein Garten mit allerlei Gemüsesorten und Kräutern, Mais, Ananas und kleinen Obstbäumen war neben den Hütten angelegt worden; Ziegen und Hühner liefen vor dem Missionshaus herum, und über allem breitete ein gewaltiger Maulbeerfeigenbaum seine Zweige aus. Er musste uralt sein; sein Stamm war dreigeteilt, die Äste wanden sich knorrig nach allen Seiten, voll besetzt mit süßen Früchten.

Braune Affen, die im Baum herumsprangen, kündigten die Gäste mit lautem Kreischen an. Eine junge Eingeborene erschien am Eingang des Hauses und starrte ihnen mit erschrockenen Augen entgegen, dann verschwand sie. Gleich darauf hörten sie den Aufschrei.

»Charlotte!«

Da war Klara! Himmel, sie mochte es kaum glauben, sie war es wirklich. Kleiner, als sie sie in Erinnerung hatte, das Gesicht rot vor Aufregung, der Leib unter dem weißen Kleid rund wie eine Tonne.

»Du hast tatsächlich zu uns gefunden. Mein Gott – wie weit du gereist bist! Ich komme fast um vor Freude. Lass dich umarmen! Stör dich nicht daran, dass ich dick wie ein Fässchen bin. Ach, Charlotte, meine geliebte große Cousine. Wie … habe … ich dich … vermisst …«

Trotz ihres unförmigen Körpers und des steifen Beins war

sie Charlotte entgegengelaufen und hatte sich in die ausgebreiteten Arme der Cousine geworfen. Sie zitterte vor Glück, redete wie ein Wasserfall und begann dabei immer heftiger zu schluchzen. Auch Charlotte weinte, während sie Klara umfangen hielt. Wie zierlich sie war, sie spürte fast nur den unförmigen Bauch, Klaras Körper war mager, ihre Arme waren dünn. Weshalb hatte sie diese Reise erst jetzt angetreten? Sie hätte Klara doch in Daressalam besuchen können. Ach, sie hatte sich selbstsüchtig in ihren Kummer vergraben, sich auf der Plantage eingeigelt und Briefe geschrieben. Als ob Geschriebenes die Gegenwart eines geliebten Menschen ersetzen könnte!

»Gott segne dich, Charlotte!«, hörte sie Peter Siegels Stimme. »Sei uns willkommen. Gerade jetzt hat Gott dich zu uns geführt, wo wir dich so dringend brauchen.«

Auch er hatte sich verändert, schien offener, weniger ehrgeizig und dafür herzlicher geworden zu sein. Sein Haar war noch spärlicher und an den Schläfen schon grau, doch sein Schritt war nicht mehr zögerlich wie früher, sondern fest. Er hatte eine Menge erreicht, und als Charlotte ihm sagte, seine Missionsstation käme ihr vor wie ein Garten Eden, lächelte er voller Stolz.

»Der Anfang ist gemacht. Aber es muss weitergehen. Eine Kirche wollen wir bauen. Mit einem Turm und einer Glocke, die die Gläubigen zur Andacht ruft.«

Als sie im Missionshaus auf selbst gebauten Hockern um einen wackeligen Tisch saßen, wollte er nicht aufhören, von seiner Arbeit zu berichten. Von seiner Schule, von den bekehrten Heiden, von der Kirche, die im kommenden Jahr schon errichtet werden sollte, zwar nicht aus Stein, aber aus Holz und Lehm. Gott der Herr brauche keine gewaltigen Bauten, sein Geist wehe überall, auch in einer kleinen Hütte. Klara hielt Charlottes Hand und warf nur ab und an einen Satz ein, der Peters Berichte bestätigte und ihn in ein glänzendes Licht rückte. Charlotte hörte geduldig zu, ließ sich mit frischer Ziegenmilch und Maisgebäck bewirten und wechselte immer wieder Blicke mit Klara. Es war wie früher, wenn sie bei Tisch den Erwachsenen zuhören mussten und sich dabei mit den Augen verständigten. Ja, sie begriff, dass Klara ihren Mann liebte und bewunderte, es war schön zu spüren, dass die beiden glücklich miteinander waren. Aber Klaras Blicke sagten ihr auch, dass nicht alles so großartig war, wie Peter es darstellte. Sie sagten es nicht auf spöttische Weise, sondern eher mit leisem Bedauern und der unausgesprochenen Bitte um Verständnis.

»Die Eingeborenen sind wohl in ihren Dörfern?«, fragte Charlotte schließlich zögerlich. »Ich meine nur, weil in Daressalam auch viele von ihnen bei der Missionsstation wohnen …«

»Oh, wir leben hier mit fünf Wangoni-Familien, die sich unter dem Schutz der Missionsstation sehr wohl fühlen.«

Charlotte spürte Klaras bekümmerten Blick und begriff, dass irgendetwas nicht in Ordnung war. Außer der jungen Eingeborenen, die sie bei Tisch bediente, hatte sie keinen einzigen Schwarzen zu sehen bekommen. Nur Juma und die beiden Männer aus Kilwa hockten draußen unter dem Feigenbaum und schienen jetzt endlich miteinander zu reden.

»Sie sind gestern Abend alle fortgegangen«, sagte Klara. »Zu einer *ngoma,* einer magischen Zeremonie. Wir haben die ganze Nacht über ihre Trommeln gehört. Sie werden wohl eine Menge *pombe* getrunken haben, denn sie sind bis jetzt nicht wiedergekommen …«

Peter Siegel beeilte sich zu versichern, dass er solche Feiern zwar wenig leiden könne, da sie regelmäßig in Alkoholgenuss und Haschischrauchen endeten, doch es sei leider nicht möglich, sie den Eingeborenen seiner Mission zu verbieten. Nur

Matumbe nehme niemals daran teil, sie sei von ihrem Stamm vor Jahren verstoßen worden, weil sie mit sechs Fingern an jeder Hand geboren wurde. Tatsächlich entdeckte Charlotte jetzt bei näherem Hinsehen, dass die schwarze Frau an jeder Hand zwei kleine Finger statt nur einem besaß, eine seltsame Missbildung, die sie bisher geschickt verborgen hatte. Abgesehen von diesem Mangel war sie jedoch eine hübsche Person mit ausdrucksvollen Augen und sorgfältig in kleine Zöpfchen geflochtenem, langem Haar.

Als die Dunkelheit hereinbrach, trieb Matumbe die Ziegen und Hühner in den Stall, band die Maultiere an und sorgte dafür, dass Juma und die beiden Begleiter ihr Nachtlager in einem der kleinen Gebäude beziehen konnten. Peter Siegel hatte ein Einsehen und bot Charlotte sein eigenes Bett an, er selbst würde nebenan im Wohnraum schlafen. Er blickte Klara lächelnd an – hatte sie ihm von Leer erzählt? Von den Zeiten, als sie noch mit Cousine Charlotte im selben Bett schlief und die beiden Schwatzliesen Tante Fannys Unwillen erregten?

Was kümmerte sie die kärgliche Einrichtung des kleinen Schlafraums? Die kahlen Wände, von denen der Lehm bröckelte, die einfachen Kisten, in denen man Kleidung und anderes aufbewahrte? War es daheim bei der Großmutter viel komfortabler gewesen? Ein wenig, denn es gab zumindest Tapeten an den Wänden und eine wackelige Kommode. Sonst aber war alles wie damals: Es war dunkel im Zimmer, sie lagen dicht beieinander und flüsterten.

»Weißt du noch, wie du mir damals immer diese aufregenden Liebesgeschichten erzählt hast? Du hast sie bei Kantor Pfeiffer heimlich gelesen …«

»Weißt du noch, wie wir auf den Dachboden gestiegen sind? Die kleine Truhe mit der Zeichnung darauf … Der Kilimandscharo …«

»Als wir vor Ohlsens Laden standen und den Löwen angestarrt haben …«

Wie seltsam. Sie redeten kaum über die vergangenen sieben Jahre, in denen sie voneinander getrennt gewesen waren. Stattdessen stieg die Kinderzeit wieder auf, der Frühling in der kleinen Stadt an der Leda, die ersten, lindgrünen Knospen, wenn der Himmel noch grau über der Stadt hing und das Wasser dunkel und schmutzig aussah. Die große Windmühle, die rauchigen Gaststätten, der Markt mit Butter und Käse und duftendem Roggenbrot. Und Paul, der mit Lehmklüten nach ihnen geworfen hatte.

»Erinnerst du dich noch, wie verzweifelt Ettje damals war, als sie den Pickel auf der Stirn hatte?«, fragte Klara kichernd. »Wie gut, dass George niemals in Erwägung gezogen hat, sie zu heiraten, sie ist so glücklich mit ihrem Mann.«

»Ja, George hatte nur Augen für Marie …«

Das Geräusch von Huftritten störte ihr Geflüster, ein Maultier schnaubte draußen vor dem Gebäude, jemand murmelte leise, beruhigende Worte.

»Sind das eure Missionskinder? Aber wieso kommen sie mitten in der Nacht zurück?«

»Aber nein. Sie haben keine Maultiere. Es muss jemand fortgeritten sein …«

Die schönen Erinnerungen, in die sie sich eingesponnen hatten, waren plötzlich zerrissen und davongeweht. Etwas stimmte nicht. Man hatte ihr etwas verheimlicht, um sie nicht zu beunruhigen.

»Bleib liegen. Ich schaue einmal nach.«

»Das ist doch nicht nötig, Charlotte. Peter wird sich darum kümmern.«

Sie stand auf und zog sich die Jacke über das Nachtgewand. Drüben im Wohnraum war es dunkel, das unverglaste Fenster mit einem hölzernen Laden verschlossen. Doch als sie die

Tür öffnete, erblickte sie Peter Siegel, der im langen, weißen Nachthemd mit einer Petroleumlampe in der Hand vor dem Missionshaus stand. Der Lampenschein ließ im zerklüfteten Stamm des Feigenbaums verzerrte Gesichter erstehen, als lösten sich jene Geistwesen aus dem Holz, vor denen die Schwarzen solche Furcht hatten. Ein Affe, den das Licht geweckt hatte, zeterte verärgert.

»Deine Schwarzen sind fortgeritten«, sagte Peter mit großer Verwunderung. »Hast du eine Ahnung, was sie bei dunkler Nacht davongetrieben haben mag?«

»Sie wollten zurück zur Küste, weil sie vor irgendetwas Angst hatten. Zumindest hat Juma mir das erzählt.«

»Dann müssen sie ihn mit diesem Blödsinn angesteckt haben, denn er ist mit ihnen geritten.«

»Was?«

Sie war wie vor den Kopf geschlagen. Juma, der elende Hasenfuß. Wie konnte er ihr das antun? Hatte er nicht lange Jahre auf der Plantage gelebt und war immer gut behandelt worden? Ach, hätte sie doch nur den treuen Kapande mitgenommen! Oder am besten Sadalla, aber den hatte sie Elisabeth nicht fortnehmen können, das Kind hing an ihm fast so sehr wie an Hamuna.

Es war nicht zu ändern, in der Dunkelheit hätte man Juma sowieso nicht aufspüren und zur Umkehr überreden können. Sie kehrten ins Haus zurück, verriegelten vorsichtshalber die Tür und legten sich wieder schlafen.

»Alles in Ordnung, Klara. Es waren nur meine Begleiter, die nach Kilwa zurückgeritten sind. Was hast du denn?«

Charlotte spürte, dass sich Klaras Körper neben ihr versteifte.

»Es ist nichts«, flüsterte Klara, noch ein wenig außer Atem. »Du hast doch gesagt, der Arzt will in einigen Tagen kommen, nicht wahr?«

»Das hat Dr. Lott mir versprochen ...«

»Nun, dann werde ich auf jeden Fall so lange damit warten.«

»Du ... du hast ... Wehen?«

George Johanssen zog die Tür hinter sich zu und ließ sich an dem mit Papieren, Schachteln und allerlei Geräten bedeckten Tisch nieder. Das kleine Büro war wie eine Insel in dem überfüllten Krankenhaus, der einzige Ort, an den sich das Personal für eine kleine Weile zurückziehen konnte, um etwas zu essen, einen Kaffee zu trinken, ein kurzes Gespräch zu führen, bevor es sich wieder in den Strom stürzte. In den niemals versiegenden Strom des Leidens und des Todes, dessen sie nicht Herr werden konnten, sosehr sie auch kämpften.

Keine Frage – er brauchte ein paar Stunden Schlaf. Die Bilder und Zettel an der Wand, ja selbst der Fernsprecher, tanzten schon vor seinen Augen, ein bedenkliches Zeichen. Vermutlich erschien ihm seine Arbeit auch aus diesem Grund in solch düsterem Licht.

Es gab schließlich viele Erfolge, das musste er sich immer wieder sagen. Knochenbrüche verheilten, Geschwüre wurden herausgeschnitten oder durch Salben zum Verschwinden gebracht, man führte Operationen durch, von denen die meisten gelangen, nur machten später eintretende Entzündungen oft den Erfolg zunichte. Die hygienischen Verhältnisse in der Klinik waren unaussprechlich. Bewundernswert waren nur die Geduld und Leidensfähigkeit der Afrikaner und ihr Vertrauen in den weißen *bwana daktari,* dem er leider nur allzu oft nicht gerecht werden konnte. Für die Unglücklichen, die mit Typhus, Cholera oder der Schlafkrankheit hierhergebracht wurden, gab es nur selten eine Rettung. Man sonderte sie ab und versorgte sie so gut es ging, doch wichtiger war es, sich um die Angehörigen zu kümmern, die oft den Erreger schon in sich trugen. Er hatte Impfungen gegen Typhus durchgeführt, doch nun war der Impfstoff ausgegangen, und er musste warten, bis eine neue Lieferung eintraf. Zornig dachte er an die Ärzte im Gouvernementskrankenhaus, die nicht bereit waren, ihnen auszuhelfen, sondern ihre Medikamente für die weißen Patienten aufsparten. Doktor George Johansson war dort ohnehin nicht gut angeschrieben: Man hatte seine Veröffentlichung über die medizinische Versorgung der Einheimischen in Afrika gelesen und hielt ihn für einen Unruhestifter und Nestbeschmutzer.

»Wie schade, dass Sie Ihr Talent so verschwenden, lieber Kollege«, hatte man zu ihm gesagt. »Ihr Buch über die Besteigung des Kilimandscharo ist großartig. Auch die Veröffentlichung über den Nil – wir haben sie begeistert verschlungen. Aber Sie leisten dem Deutschen Reich und dem Kolonialgedanken einen Bärendienst, wenn Sie weiterhin derart ungereimtes Zeug zu Papier bringen …«

Er hatte in Deutschland und auch in England durchaus Zuspruch für seine Kritik erhalten. Bis auf einige gut gemeinte Spenden, die er verschiedenen Krankenhäusern zugeführt hatte, war der praktische Erfolg jedoch gering gewesen. Die medizinische Versorgung der Eingeborenen interessierte die Kolonialherren nur, wenn größere Epidemien ausbrachen, dann sorgten sie sich um die Arbeitskräfte und ihre eigene Gesundheit. Vor allem hier in Deutsch-Ostafrika wehte inzwischen ein anderer Wind. Man war es leid, dass die Kolonien immer noch keinen Gewinn abwarfen, und hatte zu Methoden gegriffen, die in britischen und niederländischen Kolonien längst gang und gäbe waren. Zu hunderten schleppte man die Eingeborenen auf die Plantagen und zwang sie zur Fronarbeit, wer sich weigerte, wurde in Ketten gelegt, wer nicht gehorchte, bekam die *kiboko* zu spüren. Es war noch nicht lange her, da rühmte sich das Deutsche Reich, den Sklavenhandel der Araber in den Kolonien abgeschafft zu haben – nun versklavte es die Schwarzen selbst, um auf dem Weltmarkt Gewinne mit Baumwolle, Sisal und Kautschuk zu machen.

»Doktor muss essen!«

Shira hatte einen Teller mit Samosas und Curry aus der Küche geholt und schob die Papiere auf dem Tisch zusammen, um ihm die Mahlzeit vorzusetzen. Die junge, indische Krankenschwester hatte sich offensichtlich vorgenommen, für sein leibliches und seelisches Gleichgewicht zu sorgen, denn sie hielt sich fast immer in seiner Nähe auf, lächelte ihn an und nutzte jede Gelegenheit, ihm einen Becher Kaffee oder ein kleines Gebäckstück zu bringen. Er ließ sich die Fürsorge gern gefallen, lohnte es ihr, indem er ihr Lächeln erwiderte und sich auf kurze Gespräche einließ. Shira war zierlich von Gestalt und hatte eng stehende schwarze Augen, sie konnte geräuschlos durch die Gänge huschen, und wenn sie die Verbände von einer Wunde löste, bemühte sie sich, dem Kranken keine Schmerzen zu verursachen. Möglicherweise hatte sie sich in den englischen Doktor Johansson verliebt, wahrscheinlich sogar.

Er hatte gerade zwei Bissen gegessen, da stieg der Lärm im Flur heftig an, und er eilte aus dem Büro, um nachzusehen, was dort vor sich ging. Eine afrikanische Krankenhelferin versuchte drei Frauen davon abzuhalten, in das Zimmer der Typhuspatienten einzudringen, doch die Mutter des erkrankten Jungen wollte sich nicht zurückweisen lassen. George musste vermitteln und erklären, versuchte, die Frauen zu beruhigen, machte Versprechungen, die wohl kaum einzuhalten waren, und musste am Ende doch energisch werden. Es fiel ihm schwer, diese Frauen fortzuschicken. Sie waren arm und hatten Lebensmittel für den Jungen gekauft, denn die Küche der Klinik konnte nur eine Mahlzeit am Tag ausgeben. Der Junge war jedoch so gepeinigt, dass er sowieso keine Nahrung zu sich nehmen konnte.

Zurück im Büro, schob er den Teller zur Seite und bat Shira, ihm einen Becher Kaffee einzugießen. Die Hand, mit der er den Becher an den Mund führte, zitterte leicht, er hatte seit vorgestern kaum geschlafen und heute die Nacht durchgearbeitet, jetzt war es später Nachmittag. Während er den schwarzen Kaffee trank, fiel sein Blick auf den Fernsprecher an der Wand, und ihm schien, als starre ihn das Zyklopenauge des Holzkastens boshaft an.

Weshalb war Charlotte so kurz angebunden gewesen? Die Betroffenheit darüber hing ihm seit Tagen nach. Fünf Jahre lang hatten sie einander nicht gesehen, doch als er jetzt ihre Stimme gehört hatte, war es, als sei die Zeit stehen geblieben.

Was hatte er am Fernsprecher nur für einen Unsinn geredet – es war kein Wunder, dass sie nichts darauf zu sagen wusste. Das Glück. Charlotte war kein Mensch, der wie er dem Glück hinterherlief. Sie tat das, was notwendig war, mutig und zuverlässig, sie folgte nicht irgendwelchen Träumen, sie packte das Leben an, nahm, was sich ihr bot. Vielleicht hatte sie gerade darum das Talent, glücklich zu sein. Max von Roden war der Richtige für sie gewesen, aufrecht und ehrlich, einer, der sich ein erreichbares Ziel setzte, kein Phantast und Glückssucher wie ein gewisser George Johanssen.

Eine schwarze Krankenschwester stürzte in den Raum und fragte nach frischem Verbandsstoff. Er schickte sie in den Lagerraum, wo noch eine Kiste stand; wenn die verbraucht war, würde man auf die gewaschenen alten Verbandsstoffe zurückgreifen müssen. Als sie fort war, überlegte er, ob er hinüber in die Aufnahme gehen sollte; er wusste, dass noch Kranke vor dem Gebäude saßen, die man bisher wegen des großen Andrangs nicht eingelassen hatte. Doch stattdessen blieb er tatenlos auf seinem Stuhl sitzen und überließ sich seinen düsteren Gedanken.

Er hatte einst auf Sansibar versucht, Charlotte zu verführen, und er schämte sich zutiefst, wenn er daran dachte. Damals hatte er wider sein eigenes Gewissen, wider seinen festen Vorsatz gehandelt. An diesem verfluchten Tag hatte er sich ihre Zuneigung zum zweiten Mal und damit endgültig verscherzt, aus purem Leichtsinn, aus Dummheit, weiß der Teufel aus welchem Grund noch, vermutlich deshalb, weil es ihm gelungen war, das schlummernde Feuer in ihr zu wecken. Sie hatte ihn als haltlosen Verführer erlebt und verachtete ihn seitdem. Deshalb ihre kurzen Antworten. Vielleicht war dieser Eindruck nicht einmal falsch – es war ihm noch niemals gelungen, eine Frau für längere Zeit glücklich zu machen. Er dachte an seinen Besuch auf der Plantage vor fünf Jahren, durchlebte noch einmal das peinigende Gefühl, dass ein anderer gekommen war, dem nun gehörte, was er verspielt hatte. Ein netter, anständiger Bursche, der vielleicht sein Freund hätte sein können, aber so wie die Dinge lagen, hatte er sich vorgenommen, nie wieder dorthin zurückzukehren. Er hatte zwei Jahre in Ägypten verbracht, dann in einer Klinik in Südafrika gearbeitet und war schließlich nach England gereist, weil er Sehnsucht nach seinen Kindern verspürt hatte. Es war eine unsinnige Idee gewesen, Marie hatte sich vehement gegen ein Treffen gewehrt, und er hatte schließlich resigniert, um seinen Kindern den Zwiespalt zu ersparen. Nur einmal hatte er sie gesehen, in der Regent Street, als ein Automobil an ihm vorüberratterte und er auf dem Rücksitz Marie erkannte. Neben ihr saß Berta, gekleidet wie eine junge Dame, ihnen gegenüber Johannes, den er kaum wiedererkannte. Er war sich sicher, dass auch Marie ihn gesehen hatte, doch sie zeigte keinerlei Regung, und auch er verharrte stumm und reglos, blickte dem Automobil nach, bis es im Verkehrsgewühl verschwand.

Es reichte langsam mit dem Selbstmitleid. Er stellte den leeren Becher neben die Kaffeekanne, räumte den halb abgegessenen Teller zur Seite und begab sich zur Aufnahme. Er würde bis heute Abend durcharbeiten, allerdings keine Operationen durchführen, sondern nur Diagnosen stellen und Wunden behandeln. Danach wollte er in sein Quartier nahe der Inderstraße gehen und ein paar Stunden schlafen. Er arbeitete ehrenamtlich im Krankenhaus und bekam keinen Lohn, dafür nahm er sich die Freiheit, seine Arbeit nach eigenem Gutdünken einzuteilen.

In dieser Nacht schlief er wie betäubt, ohne ein einziges Mal aufzuwachen, trank am Morgen etwas Whisky, mit Wasser vermischt, und sank wieder ins Reich der Träume. Erst am Nachmittag kam er zu sich und rief nach seinem schwarzen *boy*, verlangte Waschwasser und frische Wäsche, dann begab er sich in die Inderstraße, um in einer Garküche eine Kleinigkeit zu essen. Bei seiner Ankunft in Daressalam war er – aus welchem Grund auch immer – als Erstes in die Inderstraße gelaufen. Doch das Haus, in dem Charlotte damals ihren Laden geführt hatte, war abgerissen. Stattdessen prangte dort ein Neubau, ein weißer Kasten mit großen Fenstern, Satteldach und einem lächerlichen, säulengestützten Vorbau. Ein deutscher Zollbeamter wohne dort, hatte man ihm erzählt, das Haus aber gehöre Kamal Singh, dem Inder.

Bei einer Goanesin erwarb er eine Teigtasche, die mit Hühnerfleisch, Reis und Bohnen gefüllt war und nach Zitronengras duftete. Sie war mit Chili feurig gewürzt und trieb ihm das Blut rasch durch die Adern, doch als er den letzten Bissen verzehrt hatte, fühlte er, dass die Benommenheit des langen Schlafes endlich vergangen war. Ihm kam eine Idee, unsinnig, möglicherweise sogar alles andere als gut, und doch konnte er nicht widerstehen. Charlotte musste längst in Kilwa angekommen sein, vermutlich war sie inzwischen weiter nach Naliene gereist. Aber es war auch möglich, dass sie und Klara sich in Kilwa aufhielten, der Zeitpunkt der Entbindung schien in nicht allzu weiter Ferne zu liegen. Er hatte Charlotte nicht beunruhigen wollen, aber er sorgte sich ein wenig um Klara. Sie war schon über dreißig, nicht mehr ganz jung also, und es war ihr erstes Kind. Sein französischer Kollege Gaspard Rameau hatte den Stabsarzt Dr. Lott einmal als *boucher* beschrieben, als Metzger, was nicht viel Gutes verhieß. George war Dr. Lott noch nie begegnet und wollte ihm nicht unrecht tun, zudem von Rameau kein verlässliches Urteil zu erwarten war – er war empfindlich und nörgelte gern an Kollegen herum.

George lenkte seine Schritte zum Postamt. Er mochte vom Klinikfernsprecher aus nicht gern Privatgespräche führen, zumal Shira, die Allgegenwärtige, vermutlich mit gespitzten Ohren mithören würde. Sie konnte recht gut Deutsch, ihr Vater hatte einen Posten im Hafenamt.

In dem weitläufigen Eingangsbereich des Hauptpostamts herrschte ungewöhnlich viel Betrieb. Mehrere indische Geschäftsleute standen beieinander und schienen sich zu beraten, Afrikaner unterhielten sich gestikulierend, ein deutscher Postbeamter eilte mit einem Telegramm durch den Raum und verschwand hinter einer Tür.

»Ein Gespräch zum Bezirksamt Kilwa Kivinje.«

Der junge Telegraphenbeamte zuckte die Schultern.

»Bedaure – momentan ist die Leitung gestört.«

Das war zwar ärgerlich, aber nicht weiter ungewöhnlich – solche Unterbrechungen kamen immer wieder vor. Man hatte erst kürzlich einige Giraffenbullen abschießen müssen, die immer wieder die Telegraphenstangen umgebrochen hatten, auch Nashörner, Blitzeinschlag oder Steppenbrände konnten der Leitung gefährlich werden.

»Dann versuche ich es morgen wieder.«

Er war enttäuscht, hatte er doch gehofft, eine Nachricht von Charlotte zu erhalten oder vielleicht sogar sie selbst sprechen zu können. Plötzlich wurde ihm bewusst, wie sehr er darauf gehofft hatte, und er musste sich selbst zur Ordnung rufen. Welch zweifelhaftem Glück lief er jetzt wieder hinterher? Er hatte ausgespielt, es gab nichts mehr zu gewinnen. Und doch …

»Ah – Dr. Johanssen!«

Der deutsche Kollege aus dem Gouvernementskrankenhaus hatte den Arm gehoben und steuerte jetzt quer durch den Raum auf ihn zu. Wie hieß dieser Mensch doch? Dr. Wildermut, oder Meierhut … egal, es lohnte sich nicht, den Namen zu behalten.

»Jetzt haben Sie es! Was sagen Sie dazu? Hm?«

George war wenig an einem Gespräch interessiert. Nur der Höflichkeit halber blieb er stehen, fest entschlossen, den nun unweigerlich folgenden Angriffen mit Ironie zu begegnen.

»Guten Tag – oder vielmehr guten Abend«, grüßte er.

»Sagen Sie besser: Gute Nacht! Haben Sie es noch nicht mitbekommen? Die verdammten Neger machen einen Aufstand. Einen deutschen Baumwollpflanzer haben sie ermordet. Mehrere Akiden erschlagen. Wie die Berserker fallen sie dort im Süden über die Missionen und Polizeiposten her, Inder sind abgestochen worden, ihre Läden in Brand gesteckt …«

George starrte in das gerötete Gesicht des Arztes, der sich jetzt mit einem weißen Schnupftuch den Schweiß abwischte und dann den dunkelblonden Schnurrbart mit dem Finger nachzog.

»Im Süden, sagen Sie?«

»Sind Sie denn vom Himmel gefallen, Johanssen? Gestern kam die Meldung aus Kilwa Kivinje. In der Nähe von Matumbi auf einer Baumwollplantage wurden die Aufseher niedergemacht, und seitdem sind die Schwarzen dort unten außer Rand und Band. Das kommt dabei heraus, wenn man diese Burschen mit Samthandschuhen anfasst! Leute wie Sie,

Johanssen, leisten solchen Frechheiten Vorschub. Sehen Sie es endlich ein? Der Neger braucht keine medizinische Versorgung – er braucht die *kiboko,* und wenn das nicht fruchtet, eine Kugel durch den Kopf!«

Der Mann war so aufgeregt, dass George die Beleidigungen nicht einmal ernst nehmen konnte. Stattdessen wurde ihm mit Entsetzen bewusst, dass Naliene nicht weit von Matumbi lag – wenn Charlotte zur Mission hinausgeritten war, dann steckte sie jetzt mitten im Gebiet der Aufständischen.

»Eine verfluchte Sache. Genau wie in Südwest, da sind sie auch frech geworden. Als ob diese Neger sich mit ihren verdammten Buschtrommeln quer über den Kontinent miteinander abgesprochen hätten …«

»Und was ist mit Kilwa Kivinje? Ist dort noch alles ruhig?«

»Keine Ahnung. Die Kabel sind unterbrochen, wahrscheinlich haben diese Dreckskerle sie durchgeschnitten. Irgend so ein afrikanischer Quacksalber soll ihnen weisgemacht haben, sein *maji-maji,* dieses Wunderwasser, lasse unsere Gewehrkugeln von ihnen abprallen. Na, die werden staunen, wenn erst unsere Truppen unten bei ihnen eintreffen …«

»Sind sie schon unterwegs?«

»Nur ein Teil. Siebzig Mann sind mit dem Gouvernementsdampfer nach Samanga abgefahren, und sechzig Mann sind von Lindi nach Kilwa abgezogen worden. Unten im Hafen liegt die *Bussard,* die wird weitere hundertzwanzig Soldaten hinunter nach Kilwa bringen, aber sie müssen erst abwarten, bis alle eingetroffen sind. Das wird den Negern schlecht bekommen, mein Lieber. Und Sie, Johanssen, werden jetzt endlich begreifen, dass diese Burschen dumpfe, feige Mörder sind, die man mit der Peitsche zu …«

George machte eine knappe, ironische Verbeugung und eilte davon, ohne die weiteren Ausfälle des Kollegen zu beachten. Ein Aufstand. Es war in den Kolonien immer wieder zu solchen Erhebungen der Eingeborenen gegen die weißen Eroberer gekommen, alle hatte man bisher brutal niedergeschlagen, und genau das würde vermutlich auch dieses Mal geschehen. *Maji-maji* – das Wunderwasser, das sie unempfindlich gegen die Gewehrkugeln machen sollte. Großer Gott – würden sie tatsächlich im festen Glauben an diesen Zauber gegen die Maschinengewehre der deutschen Schutztruppen anrennen?

In der Bucht von Daressalam ankerten mehrere größere Schiffe, darunter auch der Kreuzer *Bussard* der kaiserlichen Marine. Ein Küstendampfer legte gerade am Landungssteg an, und George konnte sehen, dass er von Passagieren und Gepäckstücken förmlich überquoll. An ihrem Turban konnte man erkennen, dass es sich überwiegend um Inder handelte – vermutlich waren sie vor den aufständischen Afrikanern im Süden geflüchtet. Indische Händler hatten die Eingeborenen jahrzehntelang in die finanzielle Abhängigkeit getrieben – jetzt richtete sich der Zorn der Aufständischen auch gegen sie. Inder, Araber und Europäer – wer immer den aufgebrachten Kriegern in die Hände fiel, würde mit dem Leben bezahlen.

George spürte, wie der Wind sein Haar zerzauste. Der Marinekreuzer würde von Daressalam bis Kilwa weniger als vierundzwanzig Stunden benötigen. Das Unglück war nicht aufzuhalten.

Klara schrie nicht. Sie wollte auf keinen Fall, dass sich jemand ihretwegen beunruhigte. Also stöhnte sie nur verhalten, und wenn es gar zu schlimm wurde, biss sie in einen Zipfel der Bettdecke.

»Ich schaffe es schon. Mach dir nur keine Sorgen, Peter. Der Doktor wird gewiss bald hier sein …«

Die Wehen waren zu Anfang nur schwach gewesen und gleich wieder vergangen. Zwei Tage lang hatte sich Klara recht wohl gefühlt, doch so sehr Charlotte sie drängte, mit Peter und ihr gemeinsam nach Kilwa zu reisen – Klara weigerte sich. Sie musste eine Ahnung gehabt haben, denn am dritten Tag setzten die Wehen mit großer Heftigkeit ein, und alle waren froh, dass sie nicht im Busch unterwegs waren.

Das Kind ließ auf sich warten. Klara humpelte im Haus umher, saß leise keuchend auf dem Hocker am Tisch, und wenn die Wehe vorüber war, scherzte sie darüber, dass sie nun alle im Haus in Atem hielt. Am Abend war sie erschöpft und meinte, das Kind wolle eine rechte Nachteule werden. Sie quälte sich durch die Nacht, doch als der Feigenbaum den ersten Schatten in der aufgehenden Sonne warf, lag Klara immer noch in den Wehen, auch gegen Mittag war das Kind noch nicht auf der Welt. Charlotte wurde langsam klar, dass es schon zu lange dauerte. Klara hatte nicht mehr viel Kraft, aber aus irgendeinem Grund wollte es mit der Geburt nicht vorangehen.

Wäre doch nur die alte Hamuna bei ihr gewesen! Matumbe hatte nur wenig Ahnung davon, wie man ein Kind auf die Welt beförderte, aber wenigstens war sie treu und half, wo immer sie konnte. Charlotte massierte Klara Bauch und Rücken, sie wusch sie mit warmem Wasser, führte sie im Raum umher und erzählte ihr dabei allerlei heitere Begebenheiten, um ihr die Angst zu nehmen. Dabei war sie selbst viel besorgter als Klara, die zwischen den Wehen ständig versicherte, es könne nun ganz sicher nicht mehr lange dauern.

Manchmal setzten die Schmerzen für eine Weile aus, dann fiel sie in einen tiefen erschöpften Schlaf, und Charlotte überließ sie Matumbes Aufsicht, um zu Peter hinüberzugehen. Klaras Ehemann war vollkommen verstört. Mal betete er mit lauter Stimme, dann wieder lief er in den Busch hinaus, und man hörte ihn nach jemandem rufen. Wenn er zurückkehrte, fragte er hoffnungsvoll, ob das Kind schon auf der Welt sei, und versank anschließend in tiefen Trübsinn. Hin und wieder erschien er im Schlafraum und nahm Klaras Hand, streichelte ihr mit hilfloser Geste die Wange, doch immer war es Klara, die ihm trotz ihrer Schmerzen Mut zusprach: Er solle Vertrauen haben und für sie beten.

Charlotte konnte die Quälerei bald nicht mehr mit ansehen. Weshalb kam Dr. Lott nicht endlich? Hatte er es nicht versprochen? Oh, dieser haltlose Schwätzer! Wenn er sich in Kilwa so langweilte, hätte er längst hier sein können.

»Du musst dem Kind helfen, Klara! Press es heraus!«

»Pressen? Ja, wie denn? Wie soll ich das denn machen?«

»Meine Güte. So als ob du … Verdauung hättest.«

»Großer Gott, Charlotte. Sag nicht solche Dinge …«

»Nun probier es doch mal! Irgendwann tut man es von selbst, wenn es so weit ist, dann wird das Kind bald geboren.«

Charlotte versuchte, ihr dabei zu helfen, und strich mit den Fäusten über Klaras Bauch, wie es damals Hamuna bei ihr getan hatte. Wenn Klaras Leib hart wurde unter der nächsten Wehe, musste sie mit ihren Bemühungen nachlassen, und Klara hatte sich wieder dem Schmerz entgegenzustemmen. Sie schrie immer noch nicht, doch wenn die Pein ihren Höhepunkt erreichte, begann sie zu wimmern.

Gegen Abend ließen die Wehen wieder nach, und sie lag still und bleich auf dem Lager, hatte die Hände gefaltet und betete. Charlotte wusste sich keinen Rat mehr.

»Matumbe – was tun die alten Frauen in deinem Stamm, wenn ein Kind nicht geboren werden will? Gibt es Kräuter? Einen Sud? Irgendein Mittel?«

»Matumbe weiß nicht. Sie hängen ihr Beutel mit *dawa* um. Machen Rauch. Drücken auf Bauch und ziehen das Kind heraus.«

»Was für eine *dawa?*«

»Zauber von *mungu.* Fetisch. In Leder eingenäht.«

Charlotte seufzte. Das würde wohl kaum helfen.

»Wo sind die Wangindo, die bei der Mission wohnen? Weshalb kommen sie nicht zurück?«

»Matumbe weiß nicht. Laufen weg vor Trommeln.«

Tatsächlich waren hin und wieder die Trommeln der Eingeborenen zu hören – aber wieso sollten sie Angst vor den eigenen Trommeln haben? Das Mädchen redete wirres Zeug, mit ihm war wirklich nicht viel anzufangen. Wären sie doch nach Kilwa geritten – selbst wenn die Wehen unterwegs eingesetzt hätten, hätten sie Klara irgendwie in die Stadt bringen können, und sie wäre jetzt in den Händen eines Arztes.

»Gott der Herr wird uns nicht im Stich lassen, er wird diesem Ungeborenen beistehen«, murmelte Peter, der an Klaras Lager kniete.

»Wir müssen sie nach Kilwa bringen«, entschied Charlotte. »Es ist die einzige Möglichkeit, Peter. Du wirst eine Trage für sie herstellen, und wir brechen noch in der Nacht auf.«

Er war froh, etwas tun zu können, auch wenn dieses Unternehmen purer Wahnsinn zu sein schien. Außer Charlottes Maultier gab es in der Mission nur noch einen Esel, der sollte die Trage ziehen, während Peter auf dem Maultier vorausreiten würde, um den Arzt in Kilwa zu alarmieren. Dr. Lott konnte ihnen dann entgegenreiten, so sparten sie Zeit.

Es war schon dunkel, und Matumbe musste für Peter und Charlotte die Lampe halten, während sie die Äste für die Trage mit dem Buschmesser abschlugen. Die Schwarze zitterte dabei vor Angst, da sie fürchtete, die beiden könnten die Geister des nächtlichen Waldes aufrühren.

»Es gibt keine Geister, Matumbe. Keine *sheitani.* Wie oft habe ich dir das schon gesagt? Gott der Herr herrscht über Licht und Dunkelheit, alle Wesen kommen aus seiner Hand und kehren zu ihm zurück …«

Matumbe stieß einen leisen Schrei aus und ließ die Lampe fallen, das Licht flackerte auf und erlosch.

»Matumbe!«

Charlottes zorniger Ruf blieb ohne Antwort. Es war finster, nur langsam wuchsen Schattengebilde aus der Dunkelheit, bizarre Äste, Baumstämme, seltsame Formen, die der Wind bewegte. Leises Rascheln war zu vernehmen, ein Hauch streifte Charlottes Wange, vielleicht der Luftzug einer vorübergleitenden Fledermaus.

»*Bwana* keinen Lärm machen. Nicht Äste schlagen.«

Das war nicht Matumbe. Jemand musste sich unhörbar in ihre Nähe geschlichen haben.

»Bwunge«, hörte sie Peters Stimme. »Weshalb kommst du in der Nacht? Wo sind die anderen? Weshalb versteckt ihr euch?«

Gott sei Dank – es musste einer von Peter Siegels afrikanischen Schützlingen sein. Was weiter gesprochen wurde, konnte Charlotte nur teilweise verstehen, denn Bwunge bediente sich einer seltsamen Mischung aus der Wangoni-Sprache, dem Suaheli und deutschen Ausdrücken. Sie begriff nur, dass Peter dem Schwarzen zuredete, mit seiner Familie und den anderen zur Mission zurückzukehren. Doch er stieß auf taube Ohren, Bwunge gab keine Antwort mehr und verschmolz mit den Geisterschatten des nächtlichen Waldes.

»Was ist los?«

»Lass uns ins Haus gehen, Charlotte.«

Sie fanden die Lampe auf dem Waldboden, doch das Öl war ausgelaufen, so dass sie nur kurze Zeit brannte, als sie sie mit einem Streichholz entzündeten. Matumbe hockte zusammengekauert in einer Ecke des Wohnraums, die Arme vor der Brust gekreuzt, die missgestalteten Hände unter den Achseln verborgen. Drüben im Schlafzimmer lag Klara still auf ihrem Lager, nur hin und wieder zuckte ihr Gesicht, und ihre gefalteten Hände verkrampften sich.

»Es ist vollkommen unbegreiflich«, stöhnte Peter. »Ich habe sie den christlichen Glauben gelehrt, ihnen die Vergebung der

Schuld durch Christi Blut verkündet, ich habe einige von ihnen sogar getauft. Aber sie sind alle zu ihrem Stamm zurückgekehrt und wieder zu Heiden geworden.«

Charlotte war wenig beeindruckt. Was jammerte er jetzt wegen seiner Schäfchen – es ging um Klara.

»Wie auch immer – lass uns die Trage fertigstellen und den Esel anspannen!«

Er stand mitten im Raum, stützte sich mit den Armen auf dem Tisch ab und starrte vor sich hin.

»Mein Gott! Wozu habe ich zwei Jahre lang gepredigt und gewirkt? Es war alles umsonst. *Mungu,* ihr Götze, habe sich endlich seinem Volk gezeigt, er habe ihnen eine *dawa* gegeben, die sie unverletzlich mache, das *maji-maji.* Drüben in Mahenge hätten sich schon die tapferen Krieger gesammelt, die Donde aus dem Süden, die Ngoni, die Ngindo und alle Stämme in Sagara schlügen die Kriegstrommeln. Sie kämpfen gegen *uchawi,* den bösen Geist. Sie halten die Weißen für eine Ausgeburt Satans. Sie wollen uns alle ermorden.«

Charlotte stockte der Atem. Ein Aufstand. Nicht der erste, den sie in Afrika erlebte, doch als die Dschagga Moshi angriffen, hatte sie auf der sicheren Plantage gesessen, Max an ihrer Seite, sie waren bewaffnet und hätten sich verteidigen können. Jetzt aber waren sie schutzlos mitten im Busch, und Klara brauchte dringend ärztliche Hilfe.

»Wir sollen in der Mission bleiben«, fuhr Peter fort und sah sie dabei hilflos an. »Bwunge will versuchen, uns zu schützen. Alle Weißen seien des Todes, auch ihre schwarzen Angestellten müssten sterben …«

Waren die beiden Schwarzen aus Kilwa deshalb so überraschend geflüchtet? Hatten sie sich an die Küste in die sichere Festung der Schutztruppen retten wollen? Und der untreue Juma war mit ihnen geritten, ohne seine *bibi* Roden zu warnen!

»Das ist jetzt alles gleich!«, stieß Charlotte verzweifelt hervor. »Klara muss nach Kilwa gebracht werden – wir werden es schon schaffen. Oder hast du Angst?«

»Wenn Bwunge die Wahrheit gesagt hat, dann könnten wir unterwegs leicht von den aufgebrachten Kriegern getötet werden.«

»Und wenn wir hierbleiben, wird Klara sterben!«

Peter machte eine unkontrollierte Bewegung mit den Armen, dann fiel er auf einen Hocker und schlug die Hände vors Gesicht.

»Gott wird uns helfen!«, stöhnte er. »Seine heiligen Engel …«

»Mach, was du willst!«, fauchte ihn Charlotte an. »Ich bringe Klara nach Kilwa, wenn nötig, auch allein!«

»Nein, nein. Ich werde mit euch gehen.«

Schwankend raffte er sich auf, ergriff Buschmesser und Lampe, um draußen die Trage für seine Frau fertigzustellen. Doch noch bevor er die Tür öffnen konnte, erstarrten sie.

Hufschläge waren zu hören. Jemand ritt in den Hof der Mission ein, ein Maultier schnaubte, weil es hart gezügelt wurde. Geistesgegenwärtig löschte Charlotte die Lampe und fasste ein Buschmesser. Sie würde Klara und das Ungeborene verteidigen, wenn nötig, mit ihrem Leben.

»Heda!«, rief draußen eine halblaute Stimme. »Missionar Siegel?«

»Der Arzt«, murmelte Peter. »Gott hat uns erhört.«

Er stürzte zur Tür und riss sie weit auf.

»Dr. Lott! Der Himmel schickt Sie. Kommen Sie rasch, meine Frau ist …«

Endlich! Charlottes Hände zitterten so heftig, dass sie mehrere Streichhölzer benötigte, bis das sanfte Licht der Petroleumlampe den Raum erhellte. Neben Peter Siegel erblickte sie einen Mann, der unmöglich Dr. Lott sein konnte.

»George?«, stammelte sie.

Es war mehr eine Ahnung denn Gewissheit. Sein Gesicht war halb von dem tief in die Stirn gezogenen Tropenhelm verdeckt, doch er war es. Sein heller Anzug war rötlich vom Staub, und als er jetzt den Helm abnahm, sah sie, dass seine Augen entzündet waren. Er musste wie ein Besessener Tag und Nacht unterwegs gewesen sein, um hierher zu gelangen.

»Charlotte – sei mir gegrüßt. Wer hätte geglaubt, dass wir uns so bald wiedersehen«, sagte er mit schwachem Lächeln.

Sie war so erleichtert, dass sie nahe daran war, ihm um den Hals zu fallen. Was auch immer ihn hierhergeführt haben mochte, seine Gegenwart brachte augenblicklich Hoffnung und Sicherheit in diese schreckliche Lage. George war wagemutig und erfahren, er war ein Mann, und er war ein Arzt.

»Setz dich, George ... Mein Gott, wie hast du es nur geschafft, uns in der Nacht zu finden? Ruh dich aus. Matumbe – bring Wasser, Milch, etwas zu essen.«

Er warf seinen Helm in eine Ecke und ließ sich auf einem Hocker nieder. Doch er wollte nichts zu sich nehmen, er brauchte nur Wasser, um sich den Staub von Gesicht und Händen zu waschen.

»Wie ich euch gefunden habe? Ich hatte einen Führer. Komm herein, Juma!«

»Juma?«

Charlottes schwarzer Diener hatte vor der Tür gehockt, da er sich nicht ins Haus traute. Jetzt aber trat er eilig ein, um der unheimlichen Dunkelheit draußen zu entkommen.

»Juma ist weggelaufen. Viel schlimme Gedanken. *Bwana daktari* will wissen, wo ist *bibi* Roden. Juma es ihm zeigen. Wir viel geritten, Tag und Nacht. Keine *pumska,* keine Rast. *Bwana daktari* immer antreiben. Juma muss reiten, nicht schlafen ...«

Sein Gesicht war grau vom Staub, er hustete und setzte sich

dann vollkommen erschöpft in eine Ecke des Raums auf den Boden. Charlotte war viel zu erleichtert, um ihm jetzt eine Strafpredigt zu halten, das konnte bis später warten.

»Er lief in Kilwa auf mich zu, weil er mich wiedererkannt hatte«, erklärte George. »Als ich nach euch fragte, war er gleich bereit, mir den Weg zu zeigen.«

»Iss etwas, und ruh dich aus, George. Dann aber bitte ich dich, nach Klara zu sehen.«

»Sie hat Wehen?«

»Seit über zwei Tagen.«

»Weshalb sagst du das erst jetzt?«

Klara sah ihnen mit weit offenen Augen entgegen, der Lärm hatte sie geweckt, und ihre feinen Ohren hatten längst vernommen, wer da angekommen war. Trotz ihrer Schwäche war es ihr ein wenig peinlich, dass ausgerechnet ein Bekannter, eigentlich ja ein Verwandter, sie nun untersuchen würde, doch sie verbarg tapfer ihre Scham, als George ihren Bauch abtastete.

»Vertraust du mir, Klara?«

»Natürlich, George.«

»Hör zu. Dein Kind liegt mit dem Kopf nach oben, also genau falsch herum. Wann sind die Wehen schwächer geworden?«

»Vor ein paar Stunden …«

Charlotte, die die Lampe hielt, konnte erkennen, dass Georges Gesichtsmuskeln zuckten, als bedeute das nichts Gutes, doch seine Stimme blieb ruhig.

»Ich werde versuchen, dein Kind zu drehen, anders wird es nicht gehen. Es wird nicht angenehm sein – aber du bist eine tapfere Frau, Klara.«

»Das bin ich ganz und gar nicht, George. Aber ich werde alles ertragen, wenn es nur meinem Kind hilft.«

Matumbe wurde herbeigerufen, zu zweit mussten sie Klara

festhalten, während Dr. Johanssen ans Werk ging. Charlotte mochte gern glauben, dass er versuchte, so behutsam wie möglich zu sein, doch das, was er da tat, war entsetzlich. Hätte sie nicht die Aufgabe gehabt, Klara in ihrer Not zu stützen, ihr den Schweiß aus dem Gesicht zu wischen, ihren gequälten Körper umklammert zu halten – sie wäre vermutlich in Ohnmacht gefallen.

Es war kurz vor Morgengrauen, als Klaras Sohn geboren wurde. Es war ein kräftiger Säugling, doch sein Körper war leblos, die Haut blass, fast bläulich.

»Halt ihn an den Füßen, und klopf ihm sanft auf den Rücken. Nimm den Strohhalm, und saug ihm die Flüssigkeit aus dem Mund. Nun mach schon, Charlotte!«

Mit zitternden Händen gehorchte sie, doch das Kind regte sich nicht und wollte nicht schreien. George war nur mit Klara beschäftigt, untersuchte die Nachgeburt, rieb ihr Schläfen und Arme, und rief ihr zu, sie habe einen Sohn, bis sie endlich zu sich kam und die Augen aufschlug.

»Einen Sohn? Ich will ihn sehen.«

George strich Klara über die kühle, schweißfeuchte Stirn, hielt die Hand eine kleine Weile an ihrer linken Schläfe, dann lächelte er sie an. Nie hatte Charlotte ihn so zärtlich gesehen.

»Charlotte hat deinen Kleinen im Arm. Schlaf jetzt, ruh dich aus. Es ist alles in Ordnung, du hast einen Sohn geboren.«

Klaras Kopf sank auf die Seite, sie war viel zu matt, um auf ihrer Bitte zu beharren.

»Ich danke dir, George«, flüsterte sie und fasste seine Hand. »Du kamst wie ein rettender Engel. Gott segne dich.«

Charlotte hatte das Kind in ein Tuch gewickelt und hielt es an ihrer Brust, als könnte sie ihm durch die Wärme das Leben wiedergeben.

»Leg ihn hierher!«

»Aber …«

»Tu was ich sage, Charlotte.«

Er untersuchte den Säugling, stellte alles Mögliche mit ihm an, horchte auf die Herztöne, doch es war umsonst.

»Es war vorauszusehen, die Nabelschnur hatte sich um seinen Hals gewickelt«, murmelte George. »Wäre ich doch früher gekommen. Himmel, ich wollte sofort nach Kilwa aufbrechen, als du mich anriefst. Ich habe es nicht getan, weil … weil ich glaubte, du wolltest es nicht. Es war falsch. Alles hätte anders kommen können …«

Er stockte und wandte sich ab. In seiner Verbitterung hatte er Dinge gesagt, die Charlotte verletzen würden.

»Aber … er atmet doch.«

»Du täuschst dich, Charlotte.«

Der Säugling zuckte mit den Ärmchen, und sein winziges Gesicht verzog sich zu einer schmerzhaften Grimasse. Er gab keinen Laut von sich, doch sein Atem war wahrnehmbar. Schwach und unendlich rasch wie der Atem eines kleinen Vögleins.

»Er lebt … Mein Gott, er lebt.«

Georges Hände waren unendlich sanft, als er das kleine Wesen in die Tücher einhüllte und Charlotte in den Arm gab.

»Halt ihn warm, du weißt ja, wie man das macht. Und vergiss bitte die Dummheiten, die ich eben geredet habe.«

Sie spürte das lebendige Kind dicht an ihrem Körper, und plötzlich löste sich all ihre Anspannung in einem gewaltigen Glücksgefühl. Sie hätte weinen und lachen können, ihn umarmen und küssen, sich an seine Schulter lehnen und vor Glück schluchzen.

»Du bist ein wundervoller Arzt, George. Du hast Klara und dieses Kind gerettet – ich liebe dich dafür.«

Er schwieg und sah sie mit dem altgewohnten Blick an, eindringlich, als sähe er sie zum ersten Mal. Dann lächelte er schwach und wandte sich ab, um den Vorhang beiseitezuschieben, der Wohn- und Schlafraum voneinander trennte.

»Ein Sohn wurde geboren«, verkündete er laut.

Peter Siegel hatte drüben in heller Verzweiflung ausgeharrt, unfähig, die Qualen seiner Frau mit anzusehen. Jetzt starrte er fassungslos auf das Kind in Charlottes Arm, lobte jedoch nicht George, sondern Gott den Herrn in seiner Güte. Das Kind lag reglos in den Tüchern, doch die bläuliche Farbe war aus seinem Gesichtchen gewichen, es war jetzt rosig und vor allem – es atmete. Der Missionar, der keine Ahnung davon hatte, wie knapp sein Sohn dem Tod entgangen war, segnete den Kleinen mehrfach. Dann lief er zu Klara, beugte sich über die Schlafende und küsste ihre Stirn.

»Sie ist so schrecklich blass – es geht ihr doch gut, oder?«

»Es war eine schwere Geburt, Peter. Aber sie wird sich erholen.«

George wollte drüben bei Peter schlafen, der jetzt versicherte, vor Freude kein Auge schließen zu können. Charlotte legte den Säugling in die kleine Kiste, die Klara als Kinderbett zurechtgemacht hatte, und kroch auf Peters Ehelager. Sie schaute noch einmal besorgt auf die schlafende Klara und löschte dann die Lampe. Klaras Atemzüge waren erschreckend flach. Charlotte nahm sich vor, wach zu bleiben, immer wieder nach der Cousine zu sehen, ihr Wasser einzuflößen, im Notfall George zu alarmieren. Doch während sie noch grübelte, wo Matumbe den Wasserkrug hingestellt haben mochte, übermannte sie schon der Schlaf. Ohne Übergang zog er sie hinab in kühle, traumlose Dämmerung, deckte alle Sorgen mit dem schwarzen Tuch des Vergessens zu und gab ihr erlösende Ruhe.

Ein Schrei riss sie in die Wirklichkeit zurück. Gellend, verzweifelt, der Ruf eines Menschen in äußerster Todesangst.

Gleich darauf krachten schwere Schläge, Holz splitterte, ein großer Gegenstand stürzte um. Charlotte war einen Augenblick wie gelähmt und begriff nur eines: Es war Matumbe, die drüben schrie.

Es blieb ihr keine Zeit, auch nur aus dem Bett zu steigen. Der Vorhang bauschte sich, wurde heruntergerissen, Tageslicht fiel in den dämmrigen Schlafraum. Man hatte drüben die Tür eingedrückt und einen Teil der Wand gleich mit umgerissen. Geisterwesen mit grell bemalten Gesichtern drängten zu den beiden Frauen hinein, sie trugen Speere und Pfeile, ihre Körper waren mit der roten Erde gefärbt.

»Nein! Lasst sie in Ruhe. Sie hat euch niemals ein Leid zugefügt …«

Peters Stimme überschlug sich. Sinnloserweise redete er in deutscher Sprache auf die Eingeborenen ein, flehte, beschwor Gottes Zorn auf sie herab. Für einen Augenblick erblickte Charlotte seine helle Gestalt zwischen den rötlichen Körpern der Krieger, wie er mit ausgebreiteten Armen versuchte, den Schafraum zu schützen. Dann sank er zu Boden, von einem Schlag oder einer Lanze niedergestreckt. Er besaß doch ein Gewehr – weshalb hatte er es nicht benutzt? War der Überfall zu rasch gekommen? Drüben im Wohnraum herrschte Getümmel, sie hörte Georges Stimme, laut und zornig auf Suaheli.

»Sie ist eine von euch. Weshalb wollt ihr sie töten? Was hat sie getan?«

Charlotte warf sich instinktiv über Klara, mehr konnte sie nicht tun. Die bemalten Eindringlinge stießen die Kisten um, rissen Kleider und Wäsche heraus, nahmen die Bilder von den Wänden und zerbrachen sie. Einer fand den Säugling und schleppte ihn mitsamt seiner Kiste hinaus. Draußen vor dem Missionshaus gackerten aufgeregt die Hühner, die Ziegen meckerten, man hörte den Esel unwillig schnauben. Sie führten das Vieh der Mission aus den Ställen.

»Mein Kind«, wisperte Klara. »Lass mich doch, Charlotte. Rette mein Kind. Ich flehe dich an …«

Hände griffen nach ihnen. Charlotte wehrte sich, schlug mit den Armen, versuchte, sich an Klara festzuklammern. Doch als man sie an ihren offenen Haaren hochzerrte, war der Schmerz so stark, dass sie aufgab.

»Sie ist krank!«, rief sie auf Suaheli. »Sie hat ein Kind geboren!«

Niemand hörte auf ihr Geschrei. Man stieß sie, riss an ihren Kleidern, schlug auf sie ein. Was wollten sie? Weshalb stachen sie ihr nicht eine Lanze in den Körper? Trennten ihr den Kopf mit dem Messer ab? Sie taumelte, wurde vorangestoßen, stürzte über einen Schemel und fiel zu Boden. Wehrte sich wütend gegen die Hände, die sie fassten und aufheben wollten.

»Sie brennen das Haus nieder!«, brüllte ihr jemand ins Ohr. »Steh auf! Rasch!«

Sie begriff nicht, dass es George war, der versuchte, sie vom Boden hochzuzerren. Sie roch den Brand, sah jetzt die ersten Flammen züngeln, über ihnen hatte das Strohdach längst Feuer gefangen.

»Klara! Klara!«

Ihre Stimme klang wie die einer Irrsinnigen. Mit verzweifelter Anstrengung wollte sie sich aus der Umklammerung winden, um in das brennende Inferno zu stürzen, das einst das Schlafzimmer gewesen war. Klara!

»Hörst du denn nicht, Charlotte«, keuchte er. »Klara ist in Sicherheit. Verdammt, bist du denn taub!«

Sie retteten sich mit knapper Not auf den Hof, standen dort atemlos, husteten, hielten sich aneinander fest. Hinter ihnen loderten meterhohe Flammen empor, waberten, sausten, knisterten, dann stürzten die Reste der hölzernen Dachkonstruktion ein, und die roten Funken stoben weit in die Umgebung. Jubelrufe waren zu hören, die Krieger schwenkten höhnisch ihre Speere, einige tanzten, andere standen still und starrten in die Flammen.

»Verhalte dich ruhig«, sagte George. »Ich weiß nicht, was sie vorhaben, aber sie wollen uns nicht töten.«

»Woher willst du das wissen?«

»Sonst hätten sie es längst getan. Sie haben Klara und Peter aus dem Haus geschleppt ...«

»Peter ... Was ist mit ihm?«

Eine dunkle Speerspitze berührte Georges Brust, und er schwieg. Jetzt, bei Tageslicht, konnte man die Angreifer deutlicher erkennen. Es mochten um die dreißig Männer sein, fast alle jung, in schmutzige Tücher gewickelt, die den Oberkörper freiließen, Tierzähne und Knochenschnitzereien schmückten Nasen und Ohren. Charlotte kannte die Dschagga, die stolzen Massai des Nordens. Doch nie zuvor, nicht einmal während ihrer Gefangenschaft bei den Dschagga, hatte sie solchen Hass gespürt, solche Lust am Zerstören, Niederbrennen, vielleicht auch an Schlimmerem.

Man führte sie ein Stück in den Busch hinein, wo sie Peter bewusstlos am Boden liegend fanden, Klara saß bei ihm und hielt ihr Kind an sich gepresst. Nicht weit von ihnen hockte Juma, verstört, am ganzen Leibe zitternd, aus einer Wunde am Hals rann Blut. Matumbe war nirgendwo zu sehen.

Mehrere junge Krieger bewachten sie mit gezückten Speeren, offensichtlich hatten sie nicht die Absicht, die Bewohner der Mission zu schonen. Dennoch schien keiner von ihnen etwas dagegenzuhaben, dass George sich um die Verletzten bemühte. Peter hatte eine Wunde am Kopf, Blut war ihm über Stirn und Schläfen gelaufen, doch es schien bereits zu trocknen. Klara war offenbar unverletzt, sie weinte leise und antwortete auf keine Frage.

»Wir müssen Juma verbinden ...«

Charlotte zögerte, dann begriff sie, dass es kein Verbandszeug gab. Sie setzte sich hin und riss Streifen aus ihrem Unterrock, die George schweigend entgegennahm.

»Ruhig, Juma. Es ist gar nicht schlimm. Heb den Kopf. So machst du es gut. Sehr gut. Es wird bald aufhören zu bluten …«

Drüben loderten weitere Feuer, man konnte den Rauch sehen und hörte die trillernden Jubelrufe der Wangindo-Krieger. Sie hatten jetzt die Nebengebäude in Brand gesteckt, vermutlich würden sie auch den Garten niedertrampeln und die Zäune einreißen. Das kleine Paradies, das Peter und Klara ungefragt in den afrikanischen Busch gesetzt hatten, ging den Weg alles Irdischen. *Mungu* siegte über Christus am Kreuz, gefräßige Feuergeister verschlangen das Haus des christlichen Gottes.

Peter kam nur langsam zu sich. Abwesend starrte er zu den Rauchschwaden hinüber, als könne er nicht begreifen, woher sie kamen, und bewegte dabei die Lippen.

»Das tun sie nicht … Gott wird das nicht zulassen … Ich habe sie getauft … ich habe ihnen das Evangelium gepredigt …«

Der Säugling begann leise zu schreien, und Charlotte musste trotz der schrecklichen Lage lächeln. Sie wechselte einen Blick mit George und wusste, dass er das Gleiche empfand. Das Kind lebte, sein Herz schlug kräftig, es hatte zum ersten Mal einen Schrei getan. Sie stützte Klara, die Mühe hatte, aufrecht zu sitzen, und blickte fasziniert auf das rote Gesichtchen des Säuglings, den verzerrten Mund, die kleine Faust, die nun zwischen den Tüchern sichtbar wurde.

»Werden sie uns töten, Charlotte?«, flüsterte Klara.

»Ganz sicher nicht.«

»Aber warum haben sie uns das angetan?«

Klara sah zu den jungen Kriegern auf und sagte etwas, das Charlotte nicht verstehen konnte. Unter der Kriegsbemalung war schwer zu erkennen, was die Männer empfanden, doch einer von ihnen löste eine Kalebasse von seinem Gürtel und warf sie neben Klara auf den Boden. Es war Wasser darin. Klara trank durstig einige Züge und wollte die Kalebasse an Charlotte weiterreichen, doch in diesem Augenblick kehrten die übrigen Wangindo-Krieger aus dem Busch zurück. Sie bewegten sich lautlos wie Tiere des Waldes, umringten die am Boden Sitzenden, und Charlotte spürte, wie sie von Panik erfasst wurde. Weshalb hatte man sie bisher noch nicht getötet? Sparte man sie für andere Dinge auf? Es gab diffuse Berichte von grausigen Folterungen und Verstümmelungen, die die Eingeborenenstämme an ihren Gegnern vornahmen. Was sie den Frauen antaten, wurde stets als »schlimmer als der Tod« bezeichnet.

Die Krieger schienen sich nicht einig zu sein. Die Reden gingen hin und her, schwirrten über die Köpfe der Gefangenen hinweg; es wurde wütend und beharrlich über ihr Schicksal gestritten, doch nur Peter und Klara waren in der Lage, einige Worte davon zu verstehen. Charlotte wagte nicht nachzufragen. Plötzlich drangen mehrere junge Krieger auf George ein, fassten ihn unter den Armen und zogen ihn aus der sitzenden Stellung hoch. Dann banden sie ihm die Hände auf den Rücken. Er wehrte sich nur schwach, angesichts der auf ihn gerichteten Speere hätte ihm jeder Widerstand nur schwere Verletzungen oder gar den Tod eingebracht. Es war so einfach, einen Menschen zu töten, man benötigte kein Gewehr, keinen Revolver – ein Stoß mit der Lanze, ein Schnitt mit dem Messer genügten. Charlotte war weniger einsichtig als George. Als man sie emporhob und ihre Arme auf den Rücken zwang, schrie sie zornig auf und krümmte sich zusammen. Es half ihr wenig, die Männer fesselten sie, legten ihr zusätzlich eine Schlinge um den Hals und verknüpften sie mit einem Seil, das man um Georges Nacken gebunden hatte.

»Was soll das? Warum tut ihr das?«

Klara redete in heller Verzweiflung auf die Wangindo ein, doch niemand kümmerte sich um ihr Flehen. Die Männer stießen ihre beiden Geiseln voran, andere zogen an dem Seil, das man ihnen um den Hals gelegt hatte, und es blieb ihnen nichts anderes übrig, als zu folgen.

Die Krieger schleppten Töpfe, Gewänder und Geschirr mit sich, die sie im Missionsgebäude erbeutet hatten, dazu eine Menge geschlachteter Hühner und Ziegen. Maultier und Esel trieben sie ebenso wie ihre beiden Geiseln vor sich her. Was aus dem Missionarsehepaar und ihrem Kind wurde, schien ihnen gleich zu sein. Auch der verletzte Juma interessierte sie nicht. Sie überließen sie ihrem Schicksal.

»Es kann nicht mehr lange dauern, dann werden die deutschen Schutztruppen hier sein«, rief George Klara zu. »Sie sind schon in Kilwa gelandet. Sie werden euch bald finden …«

Der Wald dämpfte seinen Ruf und ließ seine Stimme matt klingen, doch Charlotte hoffte inständig, dass Klara ihn gehört hatte. Trotz der Lasten bewegten sich die Eingeborenen rasch voran, ganz anders als die schwarzen Karawanenträger, die eher gemächlich dahergingen und sich über jede Rast freuten. Sie liefen auf verschlungenen Pfaden durch lichten Busch und trockene Savannen, nur wenn man auf eines der schmalen Rinnsale stieß, wurde haltgemacht, um zu trinken und die Kalebassen zu füllen. Der Aufbruch nach diesen kurzen Pausen geschah rasch und ohne Rücksicht auf die erschöpften Geiseln, die man mit Stößen und Drohungen zum Weitergehen zwang. Das Sprechen war ihnen verboten, auch die Wangindo unterhielten sich nicht miteinander. Sie gingen nahezu geräuschlos über die ausgedörrte Steppe, setzten die bloßen Füße instinktiv so, dass nicht einmal das trockene Gras raschelte.

Hin und wieder wandte sich George nach Charlotte um,

und für einen kurzen Augenblick trafen sich ihre Augen. *Halt durch. Wir finden einen Weg. Gib nicht auf.* Meist büßte er für seinen Blick mit einem festen Schlag gegen die Schulter, doch er störte sich nicht daran. Charlotte hatte voller Schrecken gesehen, dass er verwundet war; rote Flecken zeigten sich auf seiner hellen Jacke, zwei am rechten Oberarm und einer im Rücken. Er hatte versucht, Matumbe gegen die eindringenden Krieger zu schützen, stammten die Verletzungen daher? Was war aus der jungen Frau geworden? Hatte man sie etwa in dem brennenden Haus zurückgelassen? Ach, wenn sie George doch fragen könnte.

Charlotte war bald so erschöpft, dass sie die Lage als irrwitzig empfand und immer wieder glaubte, gleich aus einem bösen Traum zu erwachen. Unter sengender Sonne stolperten sie inmitten einer Horde bemalter Krieger dahin, gefesselt, wie Vieh mit Stricken aneinandergebunden, immer wieder angetrieben, gestoßen, mit Schlägen bedacht. Zum Glück hatte sie sich zum Schlafen nicht ausgekleidet, war viel zu müde gewesen, doch sie trug keine Schuhe. Ihre Füße waren längst von den trockenen Halmen zerstochen und bluteten, doch sie spürte den Schmerz nur während der kurzen Pausen, wenn sie sich niedersetzte, um ein wenig auszuruhen. Niemand gab ihnen Wasser, sie mussten sich auf den Bauch legen und wie die Tiere aus dem schlammigen Rinnsal trinken.

Gegen Abend führte der Weg bergan, spärlich bewachsene Hügel waren zu erklimmen, staubige Pfade führten in enge, trockene Talsenken. Die Wangindo waren schlanke Menschen, einige hatten erschreckend dünne Beine, doch keiner der Krieger zeigte auch nur einen Anflug von Müdigkeit. Charlotte war völlig erschöpft, sie spürte, dass George, der durch ein Seil mit ihr verbunden war, immer wieder das Tempo verlangsamte, um ihr die Möglichkeit zum Ausruhen zu geben. Doch wenn die Bewacher ihn voranstießen, musste auch Charlotte folgen. Mit letzter Kraft hielt sie sich aufrecht, wollte auf keinen Fall zu Boden sinken, schon um den Schwarzen nicht den Triumph zu gönnen, sie so schwach zu sehen. Aber auch, weil sie nicht wusste, was man in diesem Fall mit ihr anstellen würde. Als die Sonne unterging, schienen vor dem roten Himmel Schattengestalten zu tanzen – Menschen, Bäume, Giraffen, wirbelnde Antilopen, schwarze Masken mit weiten, grinsenden Mäulern. Sie taumelte und fand Halt an Georges Schulter, der rasch herbeigesprungen war, um sie mit seinem Körper zu stützen.

»Es kann nicht mehr weit sein«, flüsterte er. »Sonst hätten sie längst ein Nachtlager aufgeschlagen. Nur noch ein paar Schritte, Charlotte. Du schaffst es.«

Jetzt endlich hatten ihre Bewacher ein Einsehen. Sie lösten den Strick um ihre Handgelenke, befreiten sie auch von der Schlinge um den Hals und gaben ihr eine Kalebasse, die sie mit ihren tauben Händen kaum festhalten und zum Mund führen konnte. Das Wasser war schlammig und warm, doch sie trank gierig. Wahrscheinlich würde sie krank davon werden, doch das war besser, als zu verdursten.

George hatte recht gehabt. Nach kurzem Weitermarsch rochen sie den Rauch der Feuerstellen, Frauen und Kinder liefen ihnen entgegen, redeten durcheinander, stießen schrille, trillernde Laute aus, befühlten die Lasten, die die Männer heimschleppten, und besahen scheu die beiden Gefangenen. Die letzte Wegstrecke glich einem Triumphzug siegreicher Kämpfer, die ihre Beute und die gefangenen Feinde dem staunenden Volk präsentierten – und ganz sicher war es das auch.

Ein Tamarindenbaum stand im Zentrum des Dorfes, im letzten Abendrot erschien er Charlotte wie ein bizarrer, düsterer Riese, der aus einem wulstigen, in sich verdrehten Stamm herauswuchs. Unter seinen Ästen mit dem fiedrigen Blattwerk saßen zwei Greise und starrten neugierig auf die ankommenden Krieger, sie waren nackt bis auf einige Fetzen um ihre Lenden.

Jetzt drängten sich Halbwüchsige und Kinder um die beiden Gefangenen, zupften sie am Haar, rissen an ihren Kleidern, lachten, fragten, betasteten sie ungeniert, während die Frauen sich um Töpfe, Kleider und Geschirr aus dem Missionshaus zankten. Charlotte stand wie versteinert da und wusste plötzlich nicht mehr, was sie von alldem halten sollte. Sie waren Beute, ebenso wie die Töpfe und das geschlachtete Vieh, das jetzt von einigen Frauen gehäutet und gerupft wurde. Immer noch hatte sie das Gefühl, in einem grausigen Traum gefangen zu sein.

Doch der Irrsinn setzte sich fort. Mehrere Krieger jagten die Kinder davon und zerrten die beiden Weißen vom Dorfplatz in eine abseits stehende Hütte, die ganz offensichtlich nicht mehr bewohnt wurde. Trockene Zweige wurden von außen vor den Eingang gestellt und verflochten wie Gitterstäbe. Dann entfernten sich die Männer, und sie blieben allein zurück.

Es war fast dunkel, durch die Zweige vor der Türöffnung drang der schwache Schein einiger Feuer, die man entzündet hatte, um das Festmahl zuzubereiten. Stimmengewirr war zu hören, Äste wurden zerbrochen, um die Feuer zu nähren, hin und wieder huschte eine Frau oder ein Kind an der Hütte vorüber, versuchte, zu ihnen hineinzuschauen, doch im Dunkel des runden Innenraums konnten sie die Gefangenen nur als Schatten erkennen.

George durchmaß mit langsamen Schritten die Hütte, und Charlotte begriff schaudernd, dass er sie nach Schlangen absuchte, die sich gern in verlassenen Behausungen aufhielten. Als er sich schließlich setzte, ließ sie sich erschöpft neben ihm nieder.

»Kannst du mir die Hände freimachen?«

»Ich versuche es.«

Die Stricke waren aus Hanf gedreht und fest angezogen, und sie brach sich fast die Finger, um die Knoten zu lösen. Als es ihr endlich gelang, nahm George die Arme langsam nach vorn und rieb sich die tauben Hände.

»Sie werden ganz sicher nach uns sehen«, flüsterte Charlotte.

»Möglich. Aber ich vermute eher, dass sie jetzt mit ihrer Mahlzeit beschäftigt sind. Und später werden sie feiern.«

Sie wagte es nicht, sich in der dunklen Hütte auf dem Boden auszustrecken, stattdessen kauerte sie sich zusammen und umschloss die angezogenen Knie mit den Armen.

»Was sollen wir tun, George?«

»Warten.«

»Bis sie uns töten? Oder verstümmeln? Wie kannst du so gelassen sein?«

»Scht …«, machte er leise und legte seinen Arm um ihre Schultern. »Ich bin keineswegs gelassen, Charlotte. Aber wir müssen versuchen, ruhig zu bleiben und unseren Verstand zu benutzen.«

»Ja …«, murmelte sie.

Es war gut, seine Nähe zu spüren, seinen Arm, der sie jetzt näher zu sich heranzog, seine unrasierte Wange, die an ihrer Schläfe kratzte.

»Es ist mir nicht ganz klar, was sie vorhaben«, flüsterte er. »Es scheint zwei Parteien unter ihnen zu geben, und ich vermute, dass einige Stammesmitglieder zur Vorsicht raten. Sie haben zwar die Missionsstation niedergebrannt, aber niemanden getötet.«

»Und weshalb haben sie uns hierhergeschleppt? Als Geiseln?«

»Ich kann mir keinen anderen Grund denken.«

Sie konnte sein Gesicht kaum erkennen, und sie war froh

darüber. Es war nicht George, an den sie sich jetzt vertrauensvoll lehnte, der ihre Schulter rieb, mit ihrem Haar spielte. Es war ein guter Freund, der einzige und beste, den sie hatte. Der in dieser schrecklichen Lage an ihrer Seite war, die gleiche tödliche Gefahr vor Augen hatte und dennoch versuchte, ihr Trost und Hoffnung zu spenden.

»Wieso haben sie gerade uns ausgesucht? Weil wir nicht zur Mission gehören?«

»Vielleicht«, gab er leise zurück, und sie spürte seinen Atem an ihrem Ohr. »Aber möglicherweise auch deshalb, weil wir unverletzt sind und laufen können.«

»Du bist nicht unverletzt, George. Was ist mit deinem Arm? Deinem Rücken? Lass mich nach den Wunden sehen.«

Ein kleines Lachen erschütterte seinen Brustkorb. Wahrhaftig, er hatte die Stirn zu lachen, während jeden Augenblick ein grausiges Schicksal über sie hereinbrechen konnte.

»Bin ich der Arzt oder du?«

»Du kannst deinen eigenen Rücken nicht sehen, Doktor Johanssen!«

»Du auch nicht – es ist zu dunkel.«

Sie seufzte. Er hatte leider recht. Wieder überfiel sie die Erschöpfung; sie schloss die Augen, und ihr Kopf sank auf die Brust.

»Hör zu, Charlotte. Die Kolonialregierung zieht alle verfügbaren Truppen in den Süden, um die Revolte, die sie schon den *maji-maji*-Aufstand nennen, niederzuschlagen. Sie werden mit Geschützen und Maschinengewehren gegen Pfeile und Lanzen kämpfen, und ich fürchte, der Ausgang dieses Gemetzels steht von vornherein fest. Mein Herz schlägt nicht auf der Seite der Kolonialherren, und doch wird es uns beiden übel ergehen, wenn wir zwischen die Fronten geraten.«

Sie begriff, was er meinte. Die Wangindo würden nicht zögern, ihre Geiseln zu töten, wenn die deutschen Truppen sich näherten.

»Wir müssen so bald wie möglich fliehen, Charlotte. Aber wir brauchen viel Glück. Misslingt die Flucht, wird es für uns keinen zweiten Versuch geben.«

»Ich verstehe …«

Der Geruch von gekochtem Fleisch drang in die Hütte, vermischt mit dem Duft nach Yamswurzel und Sesam. Niemand hatte sich bisher die Mühe gemacht, ihnen Wasser oder etwas zu essen zu bringen. Aber möglicherweise dachte man erst an die Gefangenen, wenn alle anderen gesättigt waren.

»Versuche zu schlafen«, sagte George. »Es ist das einzig Vernünftige, was du jetzt tun kannst.«

Er zog sie enger an sich, und sie legte ihren Kopf in seinen Schoß.

»Weck mich nach einer Weile, dann werde ich wachen, und du kannst dich ausruhen.«

Er strich ihr sacht übers Haar, und sie rückte sich auf seinen sehnigen Beinen zurecht, die ihr kein bequemes Kopfkissen boten.

»Keine Sorge – auch ich werde mich ausruhen. Aber ich schlafe wie ein alter Waldläufer – mit wachen Sinnen.«

Es regnete. Über ihr schlugen die Tropfen auf das Wellblechdach, sie hämmerten und hüpften, man konnte glauben, die ganze Wohnung würde dadurch erschüttert. Es war angenehm, im Bett zu liegen, in die weiche Decke gewickelt, und dem beharrlichen Trommeln des Regens zu lauschen. Auf der Rückseite des Hauses stürzten die Wasserfluten vom Dach, sammelten sich in breiten Pfützen und flossen dann in vielen kleinen Rinnsalen durch die Straßen von Daressalam zum Meer hinunter. Was für ein Lärm die dicken Tropfen machten. Sie prasselten dicht an dicht auf das blecherne Dach, der

Boden erzitterte, man konnte Kopfschmerzen davon bekommen …

»Klara? Kannst du auch nicht schlafen?«

Jemand strich ihr über die Wange. Das war nicht Klara. Das war auch nicht ihre kleine Wohnung in der Inderstraße. Sie öffnete die Augen und blickte in Georges Gesicht, das sich im gelblichen Dämmerlicht über sie beugte.

»Schau einmal an, wie gut du geschlafen hast. Du hast sogar geträumt, hm?«

Seine Stimme klang zärtlich und ein wenig erheitert. Mit einer erschrockenen Bewegung richtete sie sich auf, und die Wirklichkeit stürzte dumpf und schwer über sie herein. Durch die verschlungenen Äste vor dem Hütteneingang flackerte rötlich-gelber Feuerschein, Trommeln wurden geschlagen, ein seltsam wilder, sich steigernder und wieder abfallender Rhythmus, der bis in ihren Traum gedrungen war. Stimmen mischten sich hinein, dunkler Singsang, aus dem immer wieder schrille Rufe aufstiegen, die vielstimmig beantwortet wurden.

»Ich fürchte, die Gruppe der Bedächtigen hat sich nicht behaupten können. Die jungen Krieger glauben an die *dawa* vom Rufiji-Fluss …«

Erst jetzt bemerkte Charlotte den unangenehmen Geruch. Eine kleine Schale stand dicht am Eingang, und obgleich George sein Halstuch darübergelegt hatte, war sie von allerlei Insekten umschwärmt.

»Sie haben uns die Reste ihres Mahls gebracht und auch etwas zu trinken. Hier.«

Er griff hinter sich und reichte ihr eine kleine Kalebasse, in der dieses Mal angenehm frisches Wasser war. Die Mahlzeit roch jedoch so ekelhaft, dass Charlotte trotz ihres Hungers nichts davon essen wollte.

»Versuch es. Wir haben gestern den ganzen Tag gefastet und werden unsere Kräfte noch brauchen.«

Die Schüssel war aus einer halbierten Kokosnuss gefertigt, der Inhalt bestand aus einer fettigen Flüssigkeit, in der dunkle, undefinierbare Brocken schwammen. Es roch nach Yamswurzel und Ziegengedärm, was noch darin war, wollte sie besser nicht wissen.

»Bleib dort sitzen, und tu so, als würdest du essen.«

»Ich kann das Zeug nicht herunterbringen, George. Ich bin kein Waldläufer wie du und habe niemals in der Sahara Heuschrecken verspeist …«

»Du sollst ja auch nur so tun. Ich werde derweil versuchen, diese Lehmwand zu lockern.«

Er hatte sich einen kräftigen Stock aus dem Gezweig herausgebrochen und machte sich damit im Hintergrund der Hütte zu schaffen. Charlotte begriff. Während er versuchte, einen Fluchtweg zu schaffen, sollte sie die Lage so unauffällig wie möglich im Auge behalten. Plötzlich fing ihr Puls vor Aufregung an zu rasen – es war so weit. Sie würden handeln. Die einzige Chance wahrnehmen, die sie hatten. Und auf das Glück hoffen.

Sie starrte auf die vorbeiziehenden Schatten, die sich zum Rhythmus der Trommeln bewegten, auf- und niedersprangen, die Arme fest an den Körper gepresst, die Beine geschlossen. Das wirbelnde Metrum hatte sie in eine Art Trance versetzt, sie tanzten ohne eigenes Bewusstsein, füllten sich mit Energie, die sich im gemeinsamen Tanz vervielfachte. Was würde geschehen, wenn der Höhepunkt dieser Zeremonie überschritten war? Würden sie dann in Schlaf fallen? Oder war es möglich, dass sie unter der Wirkung der hochgepeitschten Kampfbereitschaft darangingen, ihre Geiseln hinzurichten?

Durch die Trommelschläge hindurch vernahm sie Georges beharrliches Schaben, ab und zu ächzte er leise vor Anstrengung, Staub wirbelte auf, und es roch nach trockenem Ziegendung. Manchmal rollte ein Lehmbrocken zu ihr hinüber. Die Wände der Hütte waren lange nicht mehr ausgebessert worden, hatten Risse und Spalten bekommen. George hustete, und sie hörte ihn fluchen.

»Was ist? Soll ich dir helfen?«

»Zieh ganz behutsam einen kräftigen Ast heraus. Dieser ist zerbrochen.«

Vorsichtig untersuchte sie das Gittergewirr am Eingang. Sie fand einen geeigneten Ast, doch sie musste ihn zerbrechen, sonst hätte sie ihn nicht herauslösen können. Zum Glück würden es die Schwarzen wegen ihrer Trommeln nicht hören.

George arbeitete fieberhaft. Charlotte stockte der Atem, als sie durch die Bresche in der Lehmwand die Mondsichel erblickte, schmal wie ein gebogenes Fädchen. Der Nachthimmel würde ihren Fluchtweg nur wenig erhellen, aber auch den Verfolgern nicht viel helfen. Zumindest der Mond war ihr Verbündeter.

»Was tun sie?«

»Sie tanzen noch. Aber ich glaube, die Zahl der Tänzer ist geringer geworden …«

»Ich versuche es jetzt, Charlotte. Viel weiter kann ich das Loch nicht öffnen, die hölzernen Stangen in der Wand sind eng gesetzt.«

Sie spürte, wie ihr Herz gegen den Rhythmus der Trommeln anhämmerte. Wenn sie jetzt entdeckt wurden, war alles aus. Die Bresche war so schmal, dass George mit den Beinen zuerst hindurchstieg und sich dann mühsam nach draußen zwängte. Charlotte folgte ihm, ohne abzuwarten, was weiter geschah; wenn man sie erwischte, wollte sie wenigstens bei ihm sein. Endlich hatte sie es geschafft, George fasste ihre Hand und zog sie mit sich fort. Schemenhaft waren die dunklen Formen der Hütten zu erkennen, als sie daran vorüberschlichen, bemüht, die Füße so leise wie möglich aufzusetzen. Charlotte verspürte keine Erschöpfung mehr, keinen Schmerz. Nur Georges Hand war wichtig, seine Orientierung, auf die sie sich verließ, das Glück, das sie jetzt nötiger brauchten als jemals zuvor.

Die Hügel waren kahl bis auf ein paar dürre Sträucher, die ihnen keine Deckung gaben. In geduckter Haltung stiegen sie aus der Talsenke bergan, hörten ihren eigenen, raschen Atem, sahen die flackernden Feuerstellen, die tanzenden Gestalten, die mächtige Tamarinde zwischen den Hütten wie eine geballte, dunkle Wolke. Auf der Kuppe des Hügels legten sie sich flach auf die Erde und krochen voran, bis sie die andere Seite erreicht hatten.

Nichts hatte darauf hingedeutet, dass die Wangindo ihre Flucht bemerkt hatten. Doch selbst wenn sie erst nach Stunden feststellten, dass ihre Geiseln entwischt waren – sie waren rasche Läufer und kannten die Umgebung. Im lichten Buschwerk und in der ausgedörrten Savanne konnte man sich nur schwer vor ihnen verbergen.

Sie liefen schweigend hintereinander her, George fasste immer wieder nach ihrer Hand, damit sie einander in der nächtlichen Dämmerung nicht verloren. Unter dem schwarzen, sternenbesäten Himmel zeichneten sich schattenhaft die Hügel ab, gelegentlich tauchte die bizarre Form einer Schirmakazie oder ein heller Gesteinsbrocken vor ihnen auf, einmal sogar der gewaltige Stamm eines Baobab, mächtig wie ein Geist, die knorrig gewundenen Äste wie verschlungenes Wurzelwerk zum dunklen Himmel gestreckt. Immer wieder blieb George stehen, um zu lauschen. Charlotte kannte die Stimmen der nächtlichen Savanne, das beharrliche Sirren der Grillen, das seltsame Lachen der Hyänen, die grunzenden, schnarrenden, schnaufenden Laute, auch das Brüllen der Raubtiere, die in der Kühle der Nacht ihre Beute suchten. Sie waren völlig schutzlos, außer dem Stock in Georges Hand stand ihnen keine Waffe zur Verfügung. Unsichtbare Wesen bewegten sich in ihrer Nähe, sahen sie mit nachtscharfen Augen an, Halme knisterten, trockene Stängel brachen, manchmal vernahmen sie das Geräusch erschreckter Hufe auf eiliger Flucht. Als sie auf frischen Elefantendung stießen, änderten sie die Richtung in der Hoffnung, die Herde zu umgehen.

Die Küste lag im Osten; wenn es ihnen gelingen sollte, Kilwa oder einen der nahe gelegenen Orte zu erreichen, waren sie gerettet. Aber wie sollten sie in der Nacht die Himmelsrichtungen erkennen? Wie im Gewirr der kahlen Hügel und schmalen Taleinschnitte überhaupt eine Richtung einhalten?

Als die ersten Sterne verblassten, erklommen sie die Kuppe einer Erhebung, und George umfasste ihre Schultern. Triumphierend streckte er den Arm aus.

»Der Fluss!«, wisperte er.

Sie starrte in die Dämmerung und erkannte im grauen Talgrund ein unregelmäßiges, dunkles Band, das sich durch die ausgetrocknete Erde zog wie der Körper einer riesigen Schlange. Schatten bewegten sich an seinen Rändern, die sie zuerst für Gebüsch gehalten hatte, doch es waren Tiere, die im Wasser standen und tranken.

»Was für ein Fluss?«

»Wahrscheinlich der Mandandu. Wenn nicht, ist es auch gleich. Er fließt auf jeden Fall zur Küste.«

»Wir müssen also nur seinem Lauf folgen.«

»In sicherer Entfernung – ja.«

Löwengebrüll war zu hören, das dumpfe Hämmern fliehender Hufe, dann der kurze, jammervolle Todesschrei eines sterbenden Gnus – dort unten am Fluss regierten die Jäger.

Sie stießen auf eine Gruppe niedriger Felsen, schrundiges Gestein, von Wind geformt, das wie eine Herde schlafender Tiere aus dem Boden ragte.

»Hoffen wir, dass es nicht der Lieblingsplatz der Löwen ist«, murmelte George. »Aber so haben wir wenigstens Deckung und im Notfall einen Schutz im Rücken.«

Sie lagerten dicht am Fels und teilten sich den Rest Wasser aus der Kalebasse, die George mitgenommen hatte. Im Osten hellte der Himmel auf, die graue Savannenlandschaft färbte sich langsam gelbbraun, jetzt erkannten sie einsame Akazien und flache Felsen; die gewundene Schlange des Flusses schmückte sich mit blauen Wasserstellen, braunem Schlamm und blassgrünem Buschwerk. Als die aufgehende Sonne über den ausgedörrten Erdboden flammte, fielen Charlotte die Augen zu. Sie schlief halb im Sitzen, den Rücken an den Fels gelehnt, den Kopf an Georges Schulter.

Wie lange hatte sie geschlafen? Der ziehende Schmerz in ihren Füßen weckte sie. Zusammengekauert lag sie im schmalen Schatten des Felsens, unter ihrem Kopf ein Polster, das sich als Georges zusammengerollte Jacke herausstellte. Nichts war zu hören außer dem Summen der Insekten.

»George?«

»Beweg dich nicht.«

Er hockte unweit von ihr auf dem Boden, den Rücken dicht an den Fels geschmiegt, und deutete mit dem Finger zum Fluss. Sie erschrak. Eine große Anzahl schwarzer Krieger lagerte an einer breiteren Ausbuchtung des Wasserlaufs. Sie tranken und füllten ihre Kalebassen, doch ein einziger scharfer Blick hätte ihnen die Gegenwart der Weißen oben zwischen den Felsen offenbart.

»Sie suchen nicht nach uns«, flüsterte George. »Es muss ein anderer Stamm sein. Ngoni oder Donde vielleicht.«

Wie erstarrt blieb Charlotte liegen und wagte kaum, den Kopf zu heben. Nur der Schatten des Felsens verbarg sie vor den Augen dieser kriegerischen Eingeborenen. Ihr dunkles Kleid würde nicht auffallen, doch Georges zusammengerollte Jacke war aus hellem Stoff, wenn auch inzwischen ziemlich staubig und voller Flecken.

Minuten dehnten sich ins Unendliche. Sie konnten nichts, aber auch gar nichts tun, jede Bewegung, jeder Fluchtversuch hätte ihre Anwesenheit offenbart. Schweigend blickten sie auf die Männer, verfolgten ihr Tun und hielten den Atem an, während sie auf ihren eigenen Herzschlag lauschten.

Die Krieger lösten sich nach und nach vom Flussufer und zogen ganz in der Nähe der Felsen in einer langen Reihe hügelan nach Norden. Auch jetzt hätten sie die beiden Weißen leicht entdecken können, doch ein helfender Geist schien George und Charlotte vor ihren Augen zu verhüllen. Nichts geschah.

Charlotte tat einen tiefen Atemzug, um die Anspannung zu lösen, George fuhr sich mit der Hand über die Stirn und verscheuchte eine zudringliche Fliege.

»Wir werden wohl noch öfter auf solche Gruppen stoßen«, sagte er beklommen. »Sie ziehen tatsächlich in großer Zahl in den Kampf. Diese da hatten sogar Gewehre.«

»Wie weit ist es wohl bis zur Küste?«

»Vielleicht fünfzig Kilometer. Wenn wir uns beeilen, sind wir morgen Abend in Kilwa.«

Er sagte es mit einem leichten Grinsen, in dem sich Zuversicht mit Selbstironie mischte. Sie besaßen weder Waffen noch Lebensmittel – eine leichte Beute für Raubtiere und feindliche Eingeborene –, George wies Verletzungen am Rücken auf, Charlottes Füße waren voller blutiger Wunden. Fünfzig Kilometer. Vielleicht auch mehr.

»Zieh deinen Unterrock ganz aus, und reiß ihn in Streifen.«

Sie drehte ihm den Rücken zu, während sie den Rock hob, um das Band des Unterrocks zu lösen. Sie brauchte sich vor ihm nicht zu schämen, er war schließlich Arzt, er wollte sie verbinden, das war etwas ganz Normales.

Er verrichtete sein Werk schweigend und mit sanften Händen, sah dabei hin und wieder zur ihr auf, doch er blieb ernst.

»Ich kann dich auch ein Stück tragen.«

»Das fehlte noch, George Johanssen!«

Der erste Schritt war höllisch, und sie sah, wie sein Gesicht zuckte, als spüre er selbst den Schmerz. Dann jedoch wurde es leichter, ein Gefühl der Taubheit stellte sich ein, und nach einer Weile lief sie neben ihm her, als habe sie nie wunde Füße gehabt.

Unten am Fluss füllte er die Kalebasse für sie, dann gingen sie stromabwärts, wobei sie sich in einiger Entfernung zum Ufer hielten. Die afrikanische Sonne brannte ohne Erbarmen auf die trockene Erde herab, hatte sie in unregelmäßigen Mustern aufgebrochen und ließ rötliche Staubgeister aus ihrem Inneren aufsteigen. An manchen Stellen war der Flusslauf nur wenige Meter breit, im gelbbraunen Uferschlamm hatten Elefanten gewühlt und weiche Mulden hinterlassen. Träge, aber unaufhaltsam, floss das Wasser dem Ozean zu, und Charlotte hatte die verrückte Hoffnung, dass auch sie dort ankommen würden, solange dieses Wasser noch nicht versiegt war.

Hatten sie zu Anfang noch sorgenvoll die Umgebung mit Blicken abgesucht, so wurden sie schließlich nachlässiger. Alles schien so friedlich. Hin und wieder tranken Gnus oder Zebras am Fluss, doch sie beachteten die Menschen wenig, nur das Leittier hob witternd den Kopf, bis sie vorübergegangen waren.

George half ihr über schwierige Wegstellen hinweg, reichte ihr die Hand, manchmal machte er Scherze über ihre hübschen Schuhe, die längst die Farbe des rotgelben Staubes angenommen hatten. Eine seltsame, völlig aberwitzige Unbefangenheit ergriff sie. Sie lachte über seine Scherze, machte Witze über den stoppeligen Bart, der ihm inzwischen gewachsen war, und behauptete, er stehe ihm gut, weshalb er überhaupt glatt rasiert herumlaufe. Wegen der Damen in Daressalam? Die könne er sowieso nur mit einem aufgezwirbelten Schnurrbärtchen beeindrucken.

»Runter!«

Er riss sie in das lichte Ufergebüsch, hielt den Arm um sie und drückte sie fest an den Boden.

»Krieger«, murmelte er. »Sie überqueren den Fluss und werden dann wohl nach Nordosten ziehen. Keine Angst, sie sind weit genug entfernt und haben uns sicher nicht gesehen.«

Er hatte die ganze Zeit über die Hügel genauestens beobachtet. Sie keuchte vor Schrecken und kam sich unendlich dumm vor, presste sich an die Erde und atmete den Geruch des trockenen Staubes. Dicht neben ihr lag George, sie spürte seinen raschen Puls, hörte seinen Atem, und plötzlich hatte sie das Gefühl, dass es schon immer so gewesen sei. Seit ewigen Zeiten, schon lange bevor sie in diese Welt getreten war, hatte er neben ihr geatmet, sie kannte seinen Pulsschlag, den Geruch seines warmen Körpers, seine Hände, früher hatte sie auch seine Träume gekannt.

Ich bekomme einen Sonnenstich, dachte sie erschrocken. Ich werde verrückt. George ist Maries Ehemann. Das heißt, er war es. Er hat sie geheiratet, weil er sie liebte …

»Es ist vorbei«, sagte er leise. »Ich hoffe, ich habe dir nicht wehgetan. Aber sie tauchten ziemlich überraschend auf, und ich hatte keine Zeit mehr, dich zu warnen.«

»Natürlich. Ich habe … geträumt. Wie gut, dass du aufgepasst hast.«

Sie hatte einen Riss im Kleid davongetragen, doch das war inzwischen bedeutungslos geworden.

Sie lief hinter ihm her und betrachtete seinen Rücken. Die Verletzungen schienen tatsächlich nicht sehr tief zu sein, es war kein weiteres Blut ausgetreten. Er bewegte sich immer noch in der gleichen Weise wie damals, als sie in Leer durch die Wiesen gelaufen waren, ein wenig schlaksig, federnd, doch wenn es nötig war, konnte er kraftvoll und geschickt sein. So war er damals über die Zäune gesprungen und hatte beim Wettlauf gesiegt – um Marie zu beeindrucken.

»Keine Sorge, Charlotte. Gib mir die Hand. Wir gehen einfach weiter.«

Drüben am Fluss lag eine Löwin, verschmolz fast mit der Farbe des Uferschlammes. Das große Tier räkelte sich, drehte sich auf den Rücken, so dass ihr hell behaarter Bauch zu sehen war, wälzte sich hin und her, streckte die Pranken und kam dann wieder auf der Seite zu liegen. Ihr Bauch hob und senkte sich, der Schweif peitschte den Boden, die Ohren zuckten nervös. Als die dunkle Mähne im Buschwerk auftauchte, erhob sich die Löwin und wandte dem großen Männchen fauchend den Kopf zu. Der Löwe bewegte sich auf sie zu und wurde mit wütenden Prankenschlägen empfangen, er brüllte und versuchte, sie zu beißen, doch sie kam geschmeidig auf die Füße und lief ein Stück flussabwärts. Er folgte ihr.

»Sie sind nicht hungrig«, meinte George. »Sie sind ganz und gar miteinander beschäftigt.«

Sie schwieg, doch die Unbefangenheit war von ihr gewichen. Plötzlich spürte sie wieder den Schmerz in ihren Füßen, den Hunger, die Erschöpfung. Der Fluss machte unendlich viele Windungen, sie kamen so langsam voran, überall lauerten tödliche Gefahren – wie sollten sie es nur bis zur Küste schaffen? Sie starrte auf die bleichenden Knochen eines Büffels, den die lange Trockenzeit wohl schon vor Jahren dahingerafft hatte, und musste sich zusammennehmen, um ihre Mutlosigkeit vor ihm zu verbergen.

»Noch ein kleines Stück, und wir machen eine Rast.«

»Meinetwegen müssen wir keine Pause machen, George. Lass uns besser weitergehen.«

»Gut!«, sagte er und sah sie lächelnd mit eindringlichen, grauen Augen an.

Gegen Mittag legten sie eine kurze Rast im Schutz eines Felsens ein, und George ging zum Fluss hinüber, um die Kalebasse für sie aufzufüllen. Ihr war schwindelig vor Erschöpfung, doch während er am Wasserlauf kniete, wagte sie nicht, die Augen zu schließen, sondern spähte sorgfältig in alle Richtungen. Der Fels hatte die Sonnenhitze aufgenommen und warf sie glühend zurück, die Luft flimmerte. Was für ein Land! So musste die Erde vor der Erschaffung der Welt ausgesehen haben, nichts als totes Gestein und roter Staub – wie konnte es hier überhaupt Leben geben? Wie war es möglich, dass diese verfluchten Grillen immer noch beharrlich und eintönig zirpten? Sie dachte an Klara, an den Säugling, der sich mit so viel Mühe ins Leben gekämpft hatte und der nun vielleicht schon gestorben war. Verschmachtet, genau wie seine Eltern, die hilflos allein im Busch geblieben waren. Juma, der zuerst davongelaufen, dann aber reumütig zurückgekehrt war und seine Treue nun möglicherweise mit dem Leben bezahlt hatte. Niemand wusste, was aus Matumbe geworden war, auch George nicht.

Nicht nachdenken. Sie konnte nichts für all ihre Lieben tun. Sie musste um das eigene Überleben kämpfen. Für Elisabeth, ihr Kind, das sie nicht allein lassen wollte …

»Trink«, sagte George und hielt ihr die gefüllte Kalebasse an den Mund. »Es ist nicht mehr weit. Die größte Wegstrecke liegt schon hinter uns.«

»Danke …«

Sie trank mit geschlossenen Augen; als sie die Kalebasse absetzte, kniete er immer noch dicht neben ihr. Sacht hob er den Finger und wischte einen Tropfen von ihrem Kinn.

»Weißt du, dass ich damals alles darum gegeben hätte, mit dir durch die Wüste reiten zu dürfen?«, fragte sie leise.

»Das habe ich geahnt, Charlotte. Ich dachte sogar ernsthaft daran, dich nach Kairo einzuladen. Wärest du gekommen?«

»Stehenden Fußes. Aber ich weiß nicht, was daraus geworden wäre …«

»Nichts Gutes«, erwiderte er ernst.

Sie setzten den Weg fort. Zweimal noch mussten sie sich im dürren Buschwerk des Flusslaufs vor kriegerischen Eingeborenen verstecken. Sie alle strebten nach Nordosten, möglicherweise sammelten sie sich an einem bestimmten Ort, um die Küstenstädte der Kolonialherren anzugreifen. Die schwarzen Kämpfer zogen eilig durch die hitzeglühende Landschaft, gingen auf unbekannten Pfaden, die sie ohne Umwege zu ihrem Ziel führten. Diese Menschen waren hier zu Hause – nie war Charlotte der Sinn dieses Satzes so deutlich geworden.

Gegen Abend stieg die Landschaft zu beiden Seiten des Flusses an, schmale Rinnen zogen sich von den Hügeln zum Strom hinab, sie führten jedoch kein Wasser. Dennoch fanden sich immer häufiger einzelne Schirmakazien und Tamarinden, an deren Ästen noch ein wenig Grün verblieben war. In einer Ausbuchtung des Tales entdeckten sie mehrere kleine Erhebungen, die sie zuerst für rötliches Felsgestein hielten, doch es waren die Reste eines verlassenen Dorfes, kreisrunde Lehmhütten, um eine Tamarinde gruppiert, die einst der Mittelpunkt der Siedlung gewesen war. Dächer gab es keine mehr, die Wände waren in der Regenzeit aufgeweicht und fortgespült worden, nur die größte der Hütten hatte noch einigermaßen standgehalten. Aus den brüchigen Lehmwänden ragten die ausgebleichten Holzstangen hervor, der Eingang war eine breite Lücke, die Wind und Hitze beständig erweiterten.

»Weshalb mag das Dorf verlassen sein?«

»Das kann viele Gründe haben. Eine Seuche. Ein Überfall eines feindlichen Stammes. Vielleicht auch das Ausbleiben der

Regenzeit. Wenn der Fluss ganz und gar austrocknet, ist hier kein Leben mehr möglich …«

Die Nacht war nahe. Sie suchten den Innenraum der Ruine nach Schlangen und anderem Getier ab, dann brachen sie trockene Äste von der Tamarinde, um den Hütteneingang notdürftig zu verschließen. Sie arbeiteten Hand in Hand, waren eine verschworene Gemeinschaft gegen die feindliche Wildnis, vergaßen niemals, Hügel und Flusslauf im Auge zu behalten. Als sie die Äste vor dem Eingang ablegten, setzte sich Charlotte müde auf den Boden und trank ein wenig Wasser. Die sinkende Sonne lag rostrot auf den kahlen Hügeln, zeichnete die schwarzen Formen der Tamarinden nach, blitzte gelb und weiß auf dem ruhig dahinfließenden Strom.

»Dieses Haus hat brüchige Wände und keine Tür«, hörte sie George heiter sagen. »Der Wind bläst Staubwolken daraus empor, und die Löwen sind unsere Nachbarn.«

Sie wandte lächelnd den Kopf und sah ihn an: das Haar von der Sonne gebleicht, die Kleidung an vielen Stellen zerrissen, fleckig, voller Staub. Die Anstrengungen der vergangenen Tage hatten sich in seinem Gesicht eingegraben, aber die Spottlust war ihm dennoch nicht vergangen.

»In der Nacht umgibt uns das Lied der Wildnis, und der tausendfach gestirnte Himmel ist unser Dach«, fuhr er leise fort. »Willst du mit mir in dieses Haus eintreten?«

»Oh, George! Du wirst wohl niemals aufhören, deine Scherze zu machen!«

»Ich meine es ernst, Charlotte.«

Ein Kreis schloss sich. Schweigend lagen sie nebeneinander, hörten auf die Geräusche der nächtlichen Savanne, die verschlungene, vielstimmige Melodie des Werdens und Vergehens. Sie sahen die Lichter an der dunklen Himmelskuppel erscheinen, zuerst blass, dann immer deutlicher, bis sich das Firmament auf sie herabsenkte und sie umhüllte. Dann erst zog George sie an sich. Es gab keine Erinnerungen mehr, keine enttäuschten Hoffnungen, keine Irrtümer, keine Zweifel – es gab nur ihre Sehnsucht, die sie über all die Jahre hinweg nie verloren hatte und die sich in dieser Nacht zwischen Leben und Tod im Mondschatten des Tamarindenbaumes erfüllte.

Eine Ewigkeit später riss sie eine laute, heisere Stimme aus dem Schlaf.

»Gewehre runter!«

Es war hell, sie hatten im Schutz der dachlosen Mauern bis in den Morgen hinein geschlafen. Durch das Gezweig vor dem Eingang erkannten sie die Gestalt eines weißen Offiziers der Schutztruppe.

»Du liebe Güte – Frau von Roden. Fast hätten wir auf Sie geschossen. Wir dachten, es sei ein Hinterhalt der Wangindo.«

Es war einer der beiden Feldwebel aus Kilwa, von einer Gruppe Askari begleitet. Er grinste über das ganze Gesicht, als er neben Charlotte einen bärtigen, schlanken Mann in zerrissenen Kleidern entdeckte.

»Mein Gott, da wird sich Ihre Schwester aber freuen. Oder ist sie Ihre Cousine? Unsere Leute haben sie mit Mann und Kind nach Kilwa gebracht, und sie hat immer wieder nach Ihnen gefragt.«

August 1905

Ein kühler Abendwind wehte von der Bucht in das kleine Zimmer herein und brachte einen Stapel Manuskriptblätter auf Georges Schreibtisch in Unordnung. Charlotte stand auf, um das Fenster zu schließen und die Lampe anzuzünden. Als sie das Licht dicht neben ihn auf den Tisch stellte, hob er den Kopf und lächelte sie dankbar an.

George war erschreckend hager, auch der kurze, blonde Bart konnte die eingefallenen Wangen nicht verbergen. Drei Wochen hatte er im Fieber gelegen, hatte es abgelehnt, sich in der Klinik behandeln zu lassen, und sich stattdessen hier auf seinem Lager herumgequält. Charlotte war nicht von seiner Seite gewichen. Während das Fieber ihn schüttelte, hatte er ihr Briefe diktiert, die sie an verschiedene seiner Freunde in Deutschland schicken sollte, polemische, zornige Gegendarstellungen zu Presseartikeln über den Aufstand in Deutsch-Ost, die dort in einigen Zeitungen erschienen waren. Manchmal verwirrten sich seine Sätze, dann hatte er verzweifelt nach Medikamenten verlangt, Chinin, Brom, sogar Rauschmittel sollte sie ihm besorgen, damit seine Gedanken wieder klar würden. Sie gab ihm das, was sie für richtig hielt, schrieb auf, was er hatte formulieren wollen, und wenn sie ihm den fertigen Brief vorlas, schlief er erlöst ein.

Jetzt, kaum genesen, saß er stundenlang am Schreibtisch, unablässig mit seiner Post beschäftigt, und machte zwischendurch Notizen für ein weiteres Buch, das er seinem Verleger in Leipzig schicken wollte.

»Vergib mir, Charlotte. Nur noch ein paar Tage. Dann werden wir Zeit für uns haben. Wir haben so viel versäumt ...«

»Ich würde dich nicht lieben, wenn du ein anderer wärest, als der, der du bist, George.«

Das Land war aus den Fugen, würde nie mehr das werden, was es gewesen war. Als sie in Kilwa ankamen, ankerte der Marinekreuzer Bussard in der Bucht. Ort und Festung waren voller Askari, die wahllos schwarze Gefangene machten, sie brutal zusammenschlugen, öffentliche Prügelszenen waren an der Tagesordnung. Angst hatte die weißen Kolonialherren erfasst, und diese Angst machte sie kurzsichtig und grausam.

Wenige Kilometer nördlich in Mohoro hatte man den schwarzen Führer und Propheten Ngawale Kinjikitile, der angeblich über magische Kräfte verfügte und von *hongo,* einem mächtigen Geist besessen war, gehängt. Er war es gewesen, der den Aufstand in aller Heimlichkeit am Rufiji-Fluss geplant und zusammen mit seinen Anhängern sein die Waffen der deutschen Soldaten außer Kraft setzendes Zauberwasser, das *maji-maji,* in der ganzen Kolonie verteilt hatte. Nicht alle Eingeborenenstämme hatten sich dem Aufstand angeschlossen, die Wahehe, die Dschagga oder die Massai hatten die überlegenen Waffen der Kolonialherren bereits zu spüren bekommen, so dass ihnen der Mut zu neuem Aufbegehren fehlte. Während der zwei Wochen, die sie in Kilwa verweilten, schien die Lage vollkommen unübersichtlich. Täglich trafen neue Meldungen ein, die sich am folgenden Tag als Irrtümer herausstellten. Weiße Pflanzer, die man für ermordet hielt, tauchten wieder auf, Spähtrupps galten als verschollen und fanden sich doch wieder ein, Bezirksämter wurden zurückerobert und fielen wenige Tage später wieder in die Hände der Aufständischen. Eine Meldung jedoch erfuhr Mitte August traurige Bestätigung: Bischof Spiß und seine vier Reisegefährten, die trotz aller Warnungen nach Liwale aufgebrochen waren, fand man erschlagen in der Savanne. Dr. Lott hatte ihnen Boten nachgeschickt, um sie zu warnen, doch der Bischof glaubte an keinen Aufstand, er vertraute auf Gottes schützende Hand.

Inmitten all dieser Schrecknisse spürten George und Charlotte umso deutlicher, welches Glück ihnen zuteilgeworden war. Klara und Peter waren wohlauf, auch der kleine Sohn, der auf den Namen Samuel getauft werden sollte, machte gute Fortschritte. Und sie hatten einander. George liebte sie, behauptete, sie immer geliebt zu haben, wenngleich er sich nicht darüber im Klaren gewesen sei.

»Ich habe vieles in meinem Leben falsch angefangen, Charlotte. Ich brauche dich an meiner Seite, damit du mir den richtigen Weg weist.«

Sie lachte ihn aus und erinnerte ihn daran, wie sicher er sie durch die Savanne geführt hatte. Nie habe er den Mut verloren; während sie selbst manchmal verzweifelt sei, habe er die Kraft gehabt, sie aufzurichten.

»Jetzt kann ich es dir ja sagen«, gestand er ihr grinsend. »Ich habe noch nie in meinem Leben solche Furcht gehabt. Vor allem um dich. Aber seltsamerweise auch um mich selbst. Um unsere Liebe, auf die wir so lange warten mussten.«

In Kilwa gab es für sie kaum eine Möglichkeit, miteinander allein zu sein, denn viele der Einwohner hatten sich aus Furcht vor Überfällen in die Festung der Schutztruppe geflüchtet. Wer in seinem Haus verblieb, hielt Tag und Nacht die Waffen bereit; keinem Neger dürfe man trauen, hieß es, denn unter den Angestellten gäbe es Verräter. Sie schliefen mit Klara, Peter und dem kleinen Samuel im selben Raum, genossen es, wieder vereint zu sein, genossen die zärtliche Geborgenheit, die sie sich gegenseitig gaben. In den Nächten lagen sie voneinander entfernt, spürten die Sehnsucht, die sie zueinander hinzog, doch sie wagten nicht, einander zu berühren.

Peter war von den Ereignissen gezeichnet. Schweigsam und scheu saß er neben Klara, nahm hin und wieder seinen Sohn in den Arm, schüttelte den Kopf, manchmal weinte er. George führte lange Gespräche mit ihm. Später, als sie in Daressalam waren, erzählte er Charlotte, dass Peter Siegel an allem zweifelte, woran er bisher geglaubt hatte. Nur Klara und sein Sohn hielten ihn aufrecht, doch im Grund wusste er nicht mehr, was er mit seinem Leben anfangen sollte.

Zwei Wochen verbrachten sie in Kilwa, dann war Klara so weit wieder bei Kräften, dass sie mit dem Gouvernementsdampfer nach Daressalam reisen konnten, wo die Eheleute erst einmal in der Mission am Immanuelskap bleiben wollten.

Charlotte und George bezogen Georges Quartier in der Inderstraße, um ein paar Tage auszuruhen und miteinander allein zu sein. Es waren glückliche Stunden, in denen sie weder die Unruhen im Hinterland noch die aufgeregte Bürgerwehr der Einwohner wahrnahmen, einen schützenden Kreis um sich zogen und nur füreinander lebten. Ihre Gespräche sprangen aus der Vergangenheit in die Zukunft, ohne die Gegenwart zu berühren, in den Nächten umgab sie die Leidenschaft ihrer Körper wie eine undurchdringliche Hecke, die sie mit gnädiger Blindheit schlug.

Sie erwachten erst, als in Daressalam der große Sieg bei Mahenge bejubelt wurde. Zu Tausenden seien die aufständischen Neger gegen die deutschen Maschinengewehre angerannt, hätten im Kugelhagel sterbend wassergefüllte Kalebassen gegen die *boma* geworfen, doch das *maji- maji* habe sich als untauglich erwiesen, der Glaube der naiven Schwarzen sei erschüttert.

»Sie werden es so machen wie in Südwest«, stöhnte George. »Verbrannte Dörfer, vernichtete Ernte – zu tausenden werden sie verhungern, selbst Frauen und Kinder werden keine Gnade finden.«

Er fieberte schon, während er die ersten Briefe nach Deutschland schrieb. Noch schien es Hoffnung zu geben, im Reichstag wurde gestritten, die Kräfte, die sich für eine andere, menschlichere Kolonialpolitik starkmachten, benötigten Unterstützung und vor allem genaue Berichte. Doch in der Kolonie wurde nach militärischen Gesichtspunkten entschieden, und das bedeutete nichts anderes als die vollkommene Unterwerfung der Eingeborenen. Nie wieder sollte ein Neger es wagen, seine Hand gegen die weißen Kolonialherren zu erheben.

George hielt sein Versprechen. Als er getan hatte, was ihm möglich war, um den Lauf der Dinge zu verändern, schlug er Charlotte vor, gemeinsam auf ihre Plantage zurückzukehren.

»Du warst lange genug von deiner Tochter getrennt. Lass uns dort gemeinsam leben – ich weiß, wie sehr du an diesem Land und den Menschen hängst.«

Charlotte hatte insgeheim auf diese Entscheidung gehofft. Oben in der Kilimandscharo-Region war gottlob alles ruhig geblieben, sie hatte von Daressalam aus Briefe mit Jacob und Wilhelm gewechselt, auch Zeichnungen von Elisabeth lagen in ihren Briefen. Charlotte wollte George ein Heim geben, einen Ort, an dem er ausruhen konnte. Weshalb nicht auf der Plantage? Sie hatten ihre Liebe, wuchsen mit jedem neuen Tag enger zusammen, und oft glaubte Charlotte, jenes seltsame Empfinden, das sie in der Savanne überkommen hatte und das ihr damals als eine Art von Wahnsinn erschienen war, war nichts als die tiefe Wahrheit. Sie hatte ihn schon immer gekannt. Er war ein Teil von ihr, den sie vor unendlichen Zeiten, noch lange bevor sie geboren wurde, verloren hatte und der jetzt zu ihr zurückgekehrt war.

Zum ersten Mal in ihrem Leben spielte das Geld keine Rolle. George verfügte nach dem Tod seiner Mutter über reiche Mittel. Einen Teil davon hatte er für seine Kinder in Papieren angelegt, mit dem Rest finanzierte er seine Reisen und seinen Lebensunterhalt. Die Einnahmen aus seinen Büchern kamen ausschließlich sozialen Einrichtungen zugute, er brauchte das Geld nicht. Vielleicht war er auch deshalb ein so ruheloser Mensch, da er sich niemals seinen Lebensunterhalt hatte erarbeiten müssen.

Sie war voller Hoffnung, als sie mit dem Küstendampfer nach Tanga fuhren, um die erste Wegstrecke mit der Usambara-Bahn bis Korogwe zurückzulegen. Von dort aus ging es mit angemieteten Begleitern zu Fuß weiter, einen Weg, den sie nun schon so oft zurückgelegt hatte, der jedoch in jeder Jahreszeit anders und neu erschien. Es war Anfang Oktober, an der Küste hatte bereits die Regenzeit eingesetzt, jenseits des Usambara-Gebirges, im Land der Massai, wartete die aufgebrochene, trockene Erde immer noch auf die ersten, erlösenden Gewitterwolken.

George war schweigsamer als gewöhnlich. Wenn sie in den Nächten beieinander im Zelt lagen, hielt er sie eng umschlungen, doch meist war sie es, die von der Zukunft redete, von den Büchern, die er am Fuß des Kilimandscharo schreiben würde, von gemeinsamen Ausritten auf ihrem Besitz, von Elisabeth, ihrem geliebten Kind, die wie eine kleine Ostfriesin ausschaute und ihrer Mutter ganz und gar nicht ähnlich sah. Die vielleicht ein Geschwisterkind haben würde – George hatte Charlotte gebeten, seine Frau zu werden, sie wollten in Moshi in aller Stille heiraten.

Bei Blitz und Donner ritten sie durch das hölzerne Eingangstor des von Roden'schen Besitzes, und Charlotte meinte lachend, ein solcher Empfang würde sonst nur Königen zuteil. Dann mussten sie sich sputen, der Regen stürzte mit Macht über sie herein, und als sie vor dem Wohnhaus von den Maultieren stiegen, waren sie nass bis auf die Haut.

Eine bittere Enttäuschung erwartete Charlotte, die geglaubt hatte, ihre kleine Tochter würde sich aufschluchzend vor Freude in ihre Arme stürzen. Elisabeth verbarg sich hinter Hamunas buntem Rock und war trotz aller Bitten und zärtlichen Rufen nicht bereit, ihre Mutter zu begrüßen. Mit zornig zusammengekniffenen Augen lugte sie aus ihrem Versteck hervor und besah Charlotte wie eine Fremde. Als Hamuna sie schließlich mit sanfter Gewalt hervorzerrte, riss sie sich von ihr los und rannte durch den Regen hinüber zum Verwalterhaus.

»Hab ein wenig Geduld«, tröstete George. »Sie ist ärgerlich auf dich, weil du so lange fort gewesen bist. Morgen wird sie es sich anders überlegt haben.«

Elisabeth tauchte schon beim Abendessen wieder auf. Im langen Nachthemd stand sie in der Tür, den linken Zopf in der Hand drehend, den Blick scheu auf Charlotte gerichtet. Doch es war George, dem sie an diesem Abend ihre ganze Aufmerksamkeit widmete. Sie wollte neben ihm sitzen, stellte ihm neugierige Fragen, die er mit gewohnter Freundlichkeit beantwortete, schließlich verlangte sie, auf seinen Schoß steigen zu dürfen. Charlotte war verletzt, doch zugleich auch erleichtert. Natürlich verstand es George, das Herz ihres Kindes zu gewinnen; es fiel ihm leicht, er hatte solche Dinge schon immer gekonnt. Es war gut, dass die beiden sich mochten, denn George würde bei Elisabeth von nun an die Vaterstelle vertreten.

In der Nacht schlief sie wie gewohnt bei ihrer Tochter, während George im Nebenzimmer untergebracht war. Doch erst am Morgen kuschelte sich die Kleine an Charlotte, und beide weinten bittere Tränen der Versöhnung.

»Nie wieder gehst du weg!«

»Ich verspreche es dir.«

»Hoch und heilig?«

»Für immer und ewig.«

Die Tage schienen friedlich, vom Ablauf der Arbeiten auf der Plantage bestimmt. George nahm wenig Anteil daran, die Leitung der Plantage überließ er Charlotte und ihren beiden Vorarbeitern, er selbst ritt umher, redete mit den Arbeitern, bot seine ärztliche Hilfe an, machte Ausflüge zu den Dschagga. Er beobachtete Charlotte, wenn sie die schwarzen Kinder unterrichtete, doch er sagte nichts dazu. Wenn sie *shauri* hielt, hörte er aufmerksam zu und fragte sie später, was dieses oder jenes Wort bedeute, denn er versuchte, die Sprache der Dschagga zu lernen. Oft spielte er mit Elisabeth. Er brachte ihr das Reiten bei, er zeichnete mit ihr, manchmal sah Charlotte die beiden – den schlanken, hochgewachsen Mann und die quirlige Kleine im hellen Kleidchen – über die Wiese zu den Eukalyptusbäumen gehen und dort an Max' Grab verweilen.

An den Abenden vergrub er sich in Charlottes Bücher. Die *Deutsch-Ostafrikanische Zeitung* und den *Pflanzer*, die die Post brachten, überflog er nur kurz, um sie angewidert beiseitezulegen. Er schrieb Briefe nach England und Deutschland, bekam jedoch nur selten Antwort, was ihn verbitterte. Immer häufiger lenkte er das Gespräch am Abend auf die Gegenwart, und Charlotte spürte kummervoll, dass er auf ihrer Plantage immer ein Fremder bleiben würde.

»Ich weiß, wie sehr du dich bemühst, gerecht und großzügig zu sein, Charlotte. Und doch ist es nicht möglich. Du hast einen Zaun um dich gezogen und versuchst, ein Paradies zu errichten. Doch um uns herum leben die Menschen, denen das Land einst gehörte. Und sie leben in Armut, weil man sie aus den fruchtbarsten Gebieten verdrängt hat.«

»Aber ich gebe ihnen Arbeit. Sie bekommen ihren Lohn. Und ich sorge für sie.«

»Ja. So als wären sie deine Kinder!«

»Was ist daran schlimm?«

»Nichts«, knurrte er unzufrieden. »Nur dass ihre eigenen Kinder lesen und schreiben lernen und damit ihre Wurzeln verlieren.«

»Es gibt Entwicklungen, die man nicht aufhalten kann, George …«

»Eroberer tun seit Menschengedenken immer das Gleiche: Sie nehmen sich das Land, das sie haben wollen, und zwingen den Einwohnern ihre Kultur auf. Wenn nötig mit Gewalt.«

Die Gespräche drehten sich im Kreis. Er konnte stundenlang unter dem Vordach sitzen und auf den schneebedeckten Gipfel des mächtigen Berges schauen, er liebte das sanfte Rauschen des Windes in den Eukalyptusbäumen, stand mit ihr am Morgen vor dem Haus, um die aufsteigenden Nebel über den Pflanzungen zu sehen. Sie ritten hinauf in die Regenwälder, suchten nach Elefantenspuren, stiegen Hand in Hand über reißende Bäche und fanden immer neue Wasserfälle. Doch sosehr ihn die wilde Schönheit dieses Landes faszinierte – er blieb ein Fremder. Nur ihr zuliebe verweilte er auf der Plantage, wo er im Grunde keine Beschäftigung fand und nur ihr Gast war.

Um die Jahreswende drang die Nachricht durch, dass viele aufständische Stämme sich nun den Deutschen unterworfen hatten. Doch ihr Schicksal verbesserte sich dadurch keineswegs. Man hatte ihre Brunnen zugeschüttet und alle Lebensmittel fortgeschleppt, die Felder vernichtet, die Dörfer niedergebrannt. Sie waren dem langsamen Hungertod preisgegeben.

Charlotte schauderte es. War dies wirklich noch das Land, in das sie vor über zehn Jahren mit so vielen Hoffnungen gereist war? Sie hatte, genau wie ihr zweiter Mann, daran geglaubt, dass es hier Platz für sie alle geben würde – Weiße und

Schwarze, Inder, Goanesen, Araber. Doch wie es schien, war gerade für die Eingeborenen Afrikas kein Platz mehr in ihrer Heimat. Was ihnen blieb war Unterwerfung oder Tod.

Sie verschwieg ihr Entsetzen. In den Nächten schlief sie nicht, lag mit offenen Augen auf dem Lager, hörte Elisabeths ruhige, vertrauensvolle Atemzüge und wusste sich keinen Rat. An einem frühen Januarmorgen hielt sie es in dem stickigen Zimmer nicht mehr aus; sie warf eine Jacke über ihr Nachtgewand und lief über die taufeuchte Wiese hinüber zu den Eukalyptusbäumen. Feine Dünste hoben sich von den Pflanzungen, stiegen auf zu den Nebeln des Regenwaldes, die Oberfläche des großen Teichs schien noch blind, doch drüben am Laub der Orangenbäumchen glitzerten die Tautropfen. Es war ihr Land, Max hatte sie es lieben gelehrt, sie hatte seinen Traum bewahrt, der auch zu ihrem geworden war. Und doch …

Instinktiv blickte sie zum Haus hinüber und sah George, der durch die Akazienallee langsam zu ihr hinüberging. Er hatte nach ihr gesucht und wusste, wo sie zu finden sein würde.

»Du musst das nicht tun, Charlotte«, sagte er leise. »Nicht meinetwegen.«

»Ich will es!«

Schweigend zog er sie an sich und hielt sie lange Zeit fest, als wolle er sie mit dieser Umarmung um Vergebung bitten. Erst als sie ihm leise Worte zuflüsterte, begann er sie zu küssen, zärtlich und zugleich voller Begehren, als sei es das erste Mal.

Am Tag ihrer Abreise heirateten sie in der Missionskirche von Moshi. Es war März, und der Regen hatte wieder eingesetzt. Elisabeth war voller Aufregung, denn Charlotte hatte ihr erzählt, sie würde nun endlich die kleine Stadt kennenlernen, von der sie ihr so oft erzählt hatte.

»Und wann kommen wir wieder nach Hause?«

Charlotte hatte die Plantage vorerst Jacob und Wilhelm überlassen, doch die beiden besaßen nicht das Geld, den Besitz zu kaufen. Man würde sehen. Was Max aufgebaut hatte, war Elisabeths Erbe, und Charlotte war nicht gewillt, das Erbe ihrer Tochter zu verschenken. Es würde sich ein Käufer finden.

Anfang April standen sie auf dem Passagierdeck des Reichspostdampfers *Markgraf* und sahen, wie die Bucht von Daressalam langsam ihren Blicken entschwand. Elisabeth hing wie eine Klette an der Reling, zitternd vor Begeisterung über das Vibrieren und Stampfen der großen Maschine und den Anblick der nebelumwölkten Kokospalmen an der Spitze des Immanuelskap. Dort standen Peter und Klara, um sie noch einmal zu grüßen, bevor sie sich für lange Zeit voneinander trennten.

»Bereust du es?«, fragte George und streichelte ihr sacht die Schulter.

Sie dachte an die öffentliche Auspeitschung eines Eingeborenen, die sie in Daressalam kurz vor ihrer Abreise gesehen hatten. Stumm schüttelte sie den Kopf.

»Nein, George. Wir werden einen Ort finden, an dem wir gemeinsam glücklich sein können. In Deutschland oder in England, das ist mir vollkommen gleich, wenn du nur an meiner Seite bist.«

Er atmete tief durch und sah sie mit grauen, eindringlichen Augen von der Seite an.

»Ich liebe dich, Charlotte.«

Sie lächelte und blickte zurück auf die blau schimmernde Bucht in der Ferne, die windbewegten Palmen, die kleinen Boote der Einheimischen, die wie leichte Federn auf dem glitzernden Wasser trieben. Das Land hinter der Stadt hüllte sich in geheimnisvolles Grün, dunkel und von schmalen Wasseradern durchzogen, voller Sümpfe und Teiche, in denen zahllose Flamingos standen wie rosige Wolken. Pelikane flogen übers Wasser. Afrika war wie eine ewige Melodie, wild und schön, berstend vor Leben, herb und süß zugleich, lockend und voll tiefer, hilfloser Trauer. Dieser Klang würde sie nicht mehr loslassen, denn er lebte in ihrem Inneren. Wohin auch immer sie reiste, sie würde dieses Lied mitnehmen.